Fusión

Fusión

Julianna Baggott

Traducción de Julia Osuna Aguilar

Rocaeditorial

Título original: *Fuse*

Copyright © 2013 by Julianna Baggott

Primera edición: marzo de 2013

© de la traducción: Julia Osuna Aguilar
© de esta edición: Roca Editorial de Libros, S. L.
Av. Marquès de l'Argentera, 17, pral.
08003 Barcelona
info@rocaeditorial.com
www.rocaeditorial.com

Impreso por Liberdúplex, S.L.U.
Crta. BV-2249, km 7,4, Pol. Ind. Torrentfondo
Sant Llorenç d'Hortons (Barcelona)

ISBN: 978-84-9918-584-2
Depósito legal: B-2.461-2013
Código IBIC: YFB; YFC

Para mi padre, Bill Baggott:
gracias por ayudarme a construir mundos,
sobre todo el original mundo de mi infancia.

Prólogo

Wilda

*T*endida como está sobre una fina capa de nieve, ve tierra gris abrazando un cielo igual de gris y comprende al instante que ha vuelto. El horizonte parece desgarrado pero esas hendiduras de garras no son sino una fila de tres árboles raquíticos que dan la sensación de grapar la tierra con el cielo.

De repente boquea para coger aire, en una reacción retardada, como si alguien tratara de robarle el aliento y ella tirase de él para que volviese a su garganta.

Se incorpora y se sienta. Sigue siendo pequeña, apenas una niña de diez años. Tiene la sensación de haber perdido mucho tiempo, aunque en realidad no es así; no han pasado años, como mucho varios días o semanas.

Se apretuja el mullido abrigo contra las costillas para guarecerse del frío. Ese chaquetón es la prueba. Toca los botones de plata y siente la bufanda remetida por el abrigo, en una doble vuelta por el cuello. ¿Quién la ha vestido? ¿Quién le ha dado dos vueltas a la bufanda? Se mira las botas —unas nuevas, azul marino con cordones gruesos— y las manos enfundadas en guantes, cada dedo metido en una cápsula tirante.

Le cae un rizo pelirrojo y brillante por el hombro del chaquetón; cada punta de cada mechón está perfecta, como si le acabasen de cortar el pelo.

Se arremanga el abrigo y deja a la vista un brazo. Al igual que bajo la luz brillante, el hueso está liso, no hay rastro del plástico burbujeante ni del mosaico de esquirlas que tenía por piel; ni siquiera hay lunares o pecas. La epidermis es totalmente blanca, tanto como debería serlo la nieve, o más incluso. Aunque en realidad nunca ha visto nieve blanca con sus propios ojos. Por debajo de esa palidez se disgregan unas venillas azules. Se acaricia la mejilla con la suave piel del interior de la muñeca y luego los labios. Piel suave contra piel suave.

Mira a su alrededor y sabe que están cerca: siente la electricidad de sus cuerpos en el aire. Recuerda cuando la escogieron entre los demás huérfanos; sin madres ni padres, dormían en un rudimentario cobertizo cerca del mercado. Ignora por qué la eligieron a ella; se limitaron a levantarla y agarrarla con fuerza. Uno se la puso en el regazo y cargó con ella por los escombros mientras los demás saltaban a su alrededor. Aquel ser tenía una respiración entrecortada y mecánica y las piernas muy musculosas. Con los ojos humedecidos por el viento, veía borrosa su cara angulosa. Si en aquella ocasión no tuvo miedo, ahora en cambio sí que está asustada. Rondan por allí, con sus robustos cuerpos zumbando como abejas gigantes, pero han venido para abandonarla a su suerte. Se siente como una niña de un cuento de hadas. En los de su madre —porque hubo un tiempo en que tuvo una— había un leñador que tenía que llevar el corazón de una niña a una reina mala, pero no pudo hacerlo; otro abrió en canal un lobo para salvar a la gente que se había comido. Los leñadores eran fuertes y buenos, aunque a veces abandonaban a las niñas en el bosque, niñas que tenían que valerse por sí mismas.

Cae una nieve ligera. Muy lentamente hace ademán de levantarse pero siente el mundo más pesado de la cuenta, como si hubiese crecido de un día para otro. Hinca las rodillas en el suelo y justo en ese momento oye voces por el bosque, dos personas que van hacia ella. Incluso desde la distancia, distingue las cicatrices rojas de sus caras. Una va cojeando y ambas llevan un saco en la mano.

Se tapa la nariz y la boca con la bufanda. La idea es que la encuentren, porque es una expósita; recuerda que utilizaron esa palabra en la sala de la luz brillante: «Queremos que sea una expósita». Era la voz de un hombre resonando por un altavoz. Era el que estaba al mando, aunque no llegó a verlo. «Willux, Willux», murmuraba la gente, personas de pieles lisas sin nada fusionado. Iban de un lado para otro, alrededor de su cama, que estaba rodeada de barrotes de metal de donde colgaban bolsas transparentes de líquido conectadas a tubos, en una maraña de cables y máquinas que emitían pitidos. Era como tener madres y padres, pero tantos que perdía uno la cuenta.

Recuerda la luz por toda la habitación, la bombilla brillante, tan resplandeciente y cercana que desprendía calor; y la primera vez que se pasó la mano por la piel, y cuando se tocó la barriga, también lisa del todo. El ombligo —eso a lo que su mamá siempre llamaba el «túnel de la barriga», y a lo que las voces de la sala llamaban «umbilicus»— ya no estaba.

Se lleva la mano bajo el abrigo y la camisa y se la pasa por la barriga. Como aquella vez, sigue habiendo un solo tramo de piel seguida de más piel.

«Curada —decían las voces tras las mascarillas blancas, aunque sonaban preocupadas—. Pero, a pesar de todo, un triunfo.» Hubo quien sugirió que se quedase en observación.

Se dispone a abrir la boca para llamar a las dos figuras de los sacos, pero no consigue abrirla del todo; es como si le hubiesen dado un par de puntadas en las comisuras de los labios, como si se las hubiesen lacrado.

¿Y qué va a decir? No le vienen las palabras a la cabeza. Se arremolinan en su interior y forman un borrón. No es capaz de ponerlas en orden ni articularlas. Por fin consigue gritar, pero la única palabra que le surge de la boca es «Queremos», aunque no sabe por qué es. Intenta pedir ayuda de nuevo pero vuelve a gritar:

—¡Queremos!

Las dos jóvenes se le acercan. Son recolectoras, se nota por las verrugas y las cicatrices de los dedos, producto de haber tocado tantas raíces, bayas y colmenillas venenosas. Una tiene dos pinchos de plata, como las de los tenedores antiguos, en lugar de dos dedos de la mano. Es la que cojea, y tiene una cara de una belleza peculiar, a pesar de unas laceraciones de intenso color rojo; es sobre todo por los ojos, que relucen con un naranja medio dorado que parece metal líquido, teñidos por el propio brillo de las bombas. Es ciega. Se coge del brazo de la otra recolectora y pregunta:

—¿Quién eres tú?

Suena como un gorjeo. La niña había oído el sonido de los pájaros en la habitación brillante, que estaba grabado y se emitía por unos altavoces ocultos. «Arrullos», piensa la niña, y luego oye otros pájaros por el bosque. Las aves de aquí cantan igual que aquellas con las que se crio: nada de límpidas notas dulces como las de la habitación brillante, estas son rasgadas y repiqueteantes.

Ambas jóvenes parecen asustadas. ¿Acaso habrán notado ya que es distinta?

11

Quiere decirles cómo se llama, pero no le viene el nombre. Las únicas palabras que tiene en la cabeza son «flor de fuego», que era como solía llamarla su madre: nacida del fuego y la destrucción, arraigó y creció. No conoció a su padre, pero está segurísima de que pereció en medio del fuego y la destrucción.

Y entonces le viene: Wilda, se llama Wilda.

Pone las manos sobre la tierra helada. Quiere contarles que es nueva, y que el mundo ha cambiado para siempre.

—Queremos que nos devolváis —dice en cambio, y le sorprenden esas palabras. ¿Por qué ha dicho eso?

Las mujeres se miran entre sí y la ciega le pregunta:

—¿Cómo has dicho? ¿Que devolvamos qué?

La otra tiene una cicatriz que surca entera una de sus mejillas, como si se le hubiese fusionado una trenza en la cara y con el tiempo se hubiera recubierto de piel.

—No está bien de la cabeza.

—¿Quién eres? —insiste una vez más la ciega.

—Queremos que nos devolváis —le dice otra vez; al parecer son las únicas palabras que puede decir.

Las recolectoras miran de repente a su alrededor, incluso la ciega, cuando oyen las sinapsis eléctricas que surcan el aire. Los seres que la han traído están inquietos.

—Hay muchas —dice la de la cicatriz trenzada con los ojos muy abiertos—. Están protegiéndola. ¿No las sientes? Las han enviado nuestros guardianes para cuidarla.

—Ángeles —dice la ciega.

Se disponen a irse cuando Wilda se arremanga y les enseña el brazo, tan blanco que parece destellar.

—Queremos que nos devolváis —dice muy lentamente— a nuestro hijo.

12

PRIMERA PARTE

Pressia

Polillas

El vestíbulo del cuartel de la OSR está moteado por una serie de faroles de aceite caseros que arrojan luz desde las vigas del alto techo. Los supervivientes están acostados entre mantas y esterillas, aovillados unos con otros para entrar en calor. Sus cuerpos despiden una cálida humedad colectiva, a pesar de que las ventanas alargadas no cierran y apenas están cubiertas con trozos de cortinas vaporosas. Con el viento racheado del exterior, la nieve empieza a revolotear en ráfagas y se cuela por las ventanas, como si a cientos de polillas las hubiesen atraído hasta allí con la promesa de bombillas encendidas contra las que poder estrellarse de nuevo.

Aunque fuera está oscuro, es casi de mañana y los más madrugadores han empezado a levantarse. Pressia ha pasado la noche en vela; a veces se queda tan ensimismada por el trabajo que pierde la noción del tiempo. Tiene en la mano un brazo mecánico que acaba de armar con los despojos que Il Capitano va trayéndole: unas tenazas de plata, un codo con rodamientos, cable eléctrico viejo para sujetarlo y tiras de cuero que ha cortado a medida para unirlo al delgado bíceps del amputado. Es un chico de nueve años con los cinco dedos fusionados entre sí, casi como un palmípedo, una mano totalmente inservible. Cuando llama al niño por su nombre, la voz le sale ronca:

—¡Perlo! ¿Estás por aquí?

Después se va abriendo paso entre los supervivientes, que se remueven y murmuran, y oye un siseo agudo y sollozante.

—¡Chitón! —dice una mujer.

Pressia ve algo encogido bajo el abrigo de la mujer y a continuación la cabeza negra y sedosa de un gato que asoma por un lado de su cuello. Un crío rompe a llorar y alguien maldice. De la garganta de un hombre surge una canción, una nana:

—Las niñas fantasma, las niñas fantoche, las niñas fantasma. ¿Quién puede salvarlas de este mundo, sí, de este mundo? Ancho el río, la corriente corre, la corriente corroe, la corriente corre.

El chiquillo se calma: la música sigue funcionando, amansando a la gente. «Seremos unos miserables pero todavía somos capaces de esto, de que surjan canciones de nuestro interior.» Le gustaría que la gente de la Cúpula lo supiese. «Puede que seamos unos depravados, sí, pero también seres capaces de una ternura, una bondad y una belleza asombrosas. Tal vez seamos humanos imperfectos, pero seguimos siendo buenos, ¿no es cierto?»

—¿Perlo? —vuelve a llamar, al tiempo que mece la prótesis de brazo contra el pecho.

Desde hace un tiempo, en aglomeraciones de gente como la presente, no puede evitar buscar con la mirada a su padre, a pesar de no recordar su cara. Antes de morir, su madre le enseñó los tatuajes latentes que tenía en el pecho, y uno de ellos pertenecía a su padre, prueba de que había sobrevivido a las Detonaciones. Es evidente que allí no está; lo más probable es que ni tan siquiera esté en el mismo continente…, o lo que queda de él. Sin embargo, no se resiste a escrutar las caras de los supervivientes para ver si encuentra a alguien que se parezca en algo a ella: ojos almendrados, cabello negro brillante, etc. Es incapaz de dejar de buscar, a pesar de lo irracional de creer que algún día lo encontrará.

Una vez ha atravesado el vestíbulo entero, llega ante una pared empapelada con carteles. En lugar de la garra negra de la ORS, que en otros tiempos infundía miedo a los supervivientes, estos carteles llevan la cara de Il Capitano, con sus rasgos serios y su recia mandíbula. Contempla la hilera de pósters, con todos los ojos en fila, y con Helmud, su hermano, apenas un bulto en la espalda. Sobre la cabeza se lee: ¿CAPAZ Y FUERTE? ÚNETE A NOSOTROS: LA SOLIDARIDAD NOS SALVARÁ. Se lo inventó Il Capitano y está bastante orgulloso. Debajo, la letra pequeña promete el fin de las muerterías (las batidas de soldados de la ORS cuya misión era exterminar a los débiles y recolectar muertos en campo enemigo) y del servicio militar obligatorio a los dieciséis años. Para los que se ofrezcan voluntarios, Il Capitano promete «comida sin temores». ¿Temor a qué? La ORS tiene un historial bastante oscuro: capturaban a gente y la encerraban, la desenseñaban a leer, la utilizaban como blancos humanos...

Todo eso ha acabado, los carteles han funcionado y hay más reclutas que nunca. Llegan desde la ciudad, harapientos y hambrientos, quemados y fusionados; en ocasiones se presentan familias enteras. Il Capitano le ha dicho que va a tener que empezar a rechazar a algunos. «Esto no es un Estado del bienestar. La idea es armar un ejército.» Hasta la fecha, sin embargo, siempre ha conseguido convencerlo para dejarlos pasar a todos.

—Perlo —murmura mientras avanza por el pasillo y va pasando la mano por los bordes rizados de los carteles.

¿Dónde estará? Las cortinas se baten con fuerza, se cuelan en la habitación y con ellas la nieve, que entra como si la gran estancia estuviera respirando hondo.

Una familia ha colocado una manta sobre un palo y ha montado una especie de tienda de campaña para resguardarse del viento. De pequeña ella solía hacer lo mismo en la trastienda de la barbería quemada, con una silla y una sábana sujeta con el bastón del abuelo; allí jugaba a las casitas con su mejor amiga, Fandra. El abuelo las llamaba «iglúes» y Fandra y ella se ponían a castañetear los dientes, como si fueran esquimales. El anciano se reía con tanta fuerza que el ventilador que tenía en la garganta se ponía a girar como loco. Siente una punzada de dolor: por el abuelo y por Fandra, ambos muertos, y por su infancia, igual de muerta.

Al otro lado de las ventanas hay soldados montando guardia a intervalos de metro y medio por el perímetro del cuartel de la ORS. Las Fuerzas Especiales de la Cúpula se han multiplicado y desde hace unas semanas se las ve rondar por los bosques con sus abultadas siluetas cargadas de músculo animal y esas pieles suyas, recubiertas de un material sintético, de camuflaje. Son ágiles y casi no hacen ruido, con una rapidez y una fuerza increíbles, a pesar de ir bien pertrechados, con armas alojadas en los cuerpos. Atraviesan como balas los escombrales, esprintan entre los árboles, se internan por callejones, sin hacer ruido, siempre a hurtadillas, como si llevasen a cabo rastreos rutinarios por la ciudad. Más que nada buscan a Perdiz, el medio hermano de Pressia, que está escondido al amparo de las madres; al igual que Lyda —que también es pura, y que salió de la Cúpula como cebo para él— e Illia, que estaba casada con el gerifalte mayor de la ORS, un marido cruel al que mató. Las noticias que les llegan son por los informes

17

poco detallados de soldados de la ORS, quienes temen profundamente a las madres. En uno de ellos se informaba de que las madres están enseñando a Lyda a pelear. Es extraño porque solo es una chica de la Cúpula que no está en absoluto preparada para vivir en esas tierras salvajes y cenicientas, y menos aún con las madres, quienes, si bien pueden ser cariñosas y leales, también son capaces de barbaridades. ¿Cómo lo llevará? En otro informe se contaba que Illia no lograba adaptarse: después de tantos años en la burbuja de la granja, sus pulmones no llevaban bien las arremetidas de ceniza revoloteante.

Todos los que presenciaron la muerte de la madre de Pressia deben andarse con cuidado, pues son los únicos que conocen la verdad sobre la Cúpula y Willux, y es posible que este siga buscando algo que ellos tienen: los viales. Il Capitano y Bradwell arramblaron con todo lo que pudieron en el búnker después de que muriera su madre. Perdiz es quien tiene ahora los sueros y, con suerte, los mantendrá a buen recaudo. Son de gran valía para Willux: con esos viales, otro ingrediente y la fórmula para combinarlos podría salvar su propia vida. Aunque no cabe duda de que los sueros de su madre son muy poderosos, ahí afuera son demasiado peligrosos e impredecibles como para utilizarlos; ahora mismo no son más que *souvenirs*.

¿Cuánto tiempo podrán seguir ocultando las madres a Perdiz? ¿Lo suficiente para que muera Ellery Willux? Esa es la gran esperanza: que muera pronto y Perdiz tome la Cúpula desde dentro. Pressia tiene a veces la sensación de vivir en un estado permanente de espera, a sabiendas de que tarde o temprano algo cederá, y solo entonces el futuro tomará forma.

Al notar que *Freedle* aletea en el bolsillo del jersey, mete la mano y pasa un dedo por la espalda de la cigarra robótica.

—Chiss —murmura—. No pasa nada.

No quiere dejarlo solo en su cuartillo, o ¿será que es ella la que no quiere estar sola?

—¡Perlo! —llama—. ¡Perlo!

Y por fin oye al chico.

—¡Aquí! ¡Estoy aquí! —Va corriendo hasta ella, zigzagueando entre supervivientes—. ¿Lo has terminado?

Pressia se arrodilla y le dice:

—A ver si encaja bien.

Le rodea la parte superior del brazo con las tiras de cuero y la ajusta con los cordones de cable eléctrico. El poco movimiento que puede hacer con la mano fusionada le permitirá al chico aplicar presión sobre una palanquita.

Perlo prueba y las tenazas se abren y se cierran.

—Funciona. —Vuelve a abrirlas y cerrarlas una y otra vez a más velocidad.

—No es perfecto pero de algo te servirá.

—¡Gracias! —Lo dice tan alto que alguien acostado en el suelo lo manda callar—. A lo mejor puedes hacerte algo para ti —susurra mirándole la cabeza de muñeca—. No sé, quizás haya algo...

Pressia ladea la muñeca y esta parpadea; uno de los ojos, que tiene un pegote de ceniza, se cierra más despacio, desacompasado con el otro.

—No creo que pueda hacer nada por mí. Pero me las arreglo.

La madre del chico lo llama en voz baja y este se da media vuelta, la saluda con el brazo con aire triunfal y sale disparado para enseñárselo.

Y entonces resuena a lo lejos un disparo que reverbera en el aire, y Pressia se agacha como por instinto y se lleva la mano al bolsillo para proteger a *Freedle*. Lo saca y se lo pega al pecho. La madre de Perlo también atrae a su hijo hacia sí. La chica sabe que lo más probable es que algún soldado de la ORS le haya disparado a alguna sombra en movimiento, y aunque los disparos aislados son habituales, eso no quita para que sienta una presión en el pecho a la altura del corazón. Entre Perlo, su madre y el disparo, todo combinado, rememora el peso de la pistola en su mano, cuando la levantó, apuntó y disparó... Incluso ahora le retumban los oídos y ve expandirse la neblina de sangre, que inunda su visión, unos brotes rojos ante sus ojos igual que las flores explosivas que se disparan solas en los escombrales. Apretó el gatillo, aunque ya no recuerda si fue lo correcto, es incapaz de discernirlo. Su madre murió, está muerta, y Pressia apretó el gatillo.

Camina deprisa, ciñéndose a las paredes del vestíbulo, por donde se extiende un cartel tras otro. Lleva a *Freedle* arropado con cuidado en el puño. Cuando pasa por una ventana, no puede evitar la tentación y mira afuera.

Viento. Nieve. Entre las nubes que atraviesan el cielo como terrones de ceniza atisba una estrella luminosa, toda una rareza, y por debajo, la linde del bosque, con los precarios árboles apiña-

19

dos con sus ramas retorcidas. Distingue el uniforme de los soldados y, de tanto en tanto, el destello de un arma y los delgados pe-
nachos de vaho que se forman en el frío del cerro. Ve por unos
instantes la cara de su madre tendida en el suelo del bosque y
luego se borra, se va para siempre.

Más allá de los soldados, la vista vacila entre los árboles: ¿hay
algo allí, algo que quiere entrar? Se imagina a las Fuerzas Especiales agazapadas, acechando en la nieve. ¿No necesitarán ni dormir? ¿Serán en parte de sangre fría, y soportarán tener las pieles
revestidas por una fina capa de hielo? Está todo en silencio, pero
resulta inquietante porque sigue notándose la energía acechante.
Nevó hace tres días, apenas un polvo fino al principio, pero luego
los copos se volvieron más gruesos, y ahora el césped está recubierto por una alfombra oscura y vidriosa de varios centímetros y
la nieve no para de revolotear.

Siente que alguien la coge del codo y se vuelve al punto: es
Bradwell, con las cicatrices parejas cruzándole la mejilla, las pestañas oscuras, los labios gruesos cortados por el frío. Mira la mano
que la agarra, enrojecida y curtida; tiene los nudillos llenos de cicatrices, son bonitos. «¿Cómo van a ser bonitos unos nudillos?», se
pregunta Pressia. Es como si Bradwell los hubiera inventado.

Pero las cosas entre ellos han cambiado.

—¿No has oído que te he llamado? —le pregunta el chico.

Pressia tiene la sensación de que está hablándole debajo del
agua. Solo una vez, cuando el incendio de la granja, logró reunir
valor para hacerle prometer que encontrarían un hogar para los
dos, pero eso fue solo porque en realidad no creía que el momento
fuese a durar.

—¿Qué quieres?

—¿Estás bien? Parece que estás en otra parte.

—No, es que he tenido que hacerle un brazo a un chico, y
acaba de sonar un disparo. Pero no ha sido nada.

Nunca admitiría haber visto un rojo brillante explotando ante
sus ojos, como tampoco su miedo a enamorarse de él. Es algo que
Pressia entiende como una verdad absoluta: todo aquel al que ha
querido ha muerto. Visto lo visto, ¿cómo querer a Bradwell? Lo
mira y las palabras le martillean el cerebro: «No lo quieras, no lo
quieras…».

—¿Te has quedado toda la noche despierta?

—Sí.

Pressia se fija en que Bradwell tiene el pelo de punta y hecho un revoltijo. Ambos tienen la habilidad de desaparecer durante días. Bradwell está obsesionado con las seis cajas negras que surgieron de entre los rescoldos de la granja y se pasa días enteros encerrado en la antigua morgue, donde se ha instalado, en los sótanos del cuartel. Pressia, por su parte, se ha volcado en las prótesis. Él sigue empeñado en entender el pasado, mientras que ella se dedica a ayudar a la gente del aquí y ahora.

—Y tú tampoco has dormido, ¿no?

—Hum…, se podría decir que no. ¿Ya es de día?

—Casi.

—Pues entonces sí. He avanzado bastante con una de las cajas negras. Y una me ha mordido.

—¿Que te ha qué? —*Freedle* aletea nervioso en la mano de Pressia.

El chico le enseña una pequeña punción en el pulgar.

—No se ha ensañado. Tal vez haya sido solo una advertencia. Pero creo que ahora le gusto, porque ha empezado a seguirme por toda la morgue como un perrillo. —Pressia empieza a caminar por el pasillo, por delante de otros carteles de reclutamiento de Il Capitano, y Bradwell la sigue—. Las he desmontado enteras y las he vuelto a reconstruir. Y contienen información sobre el pasado, hasta ahí llego, aunque no parecen estar diseñadas para transmitirla. No son espías de la Cúpula ni nada parecido, una opción que tenía que descartar. Si alguna vez tuvieron esa habilidad, la han perdido. —A Bradwell se le ve entusiasmado, pero a Pressia no le interesan las cajas negras; está harta del empeño del chico por demostrar la validez de las teorías conspirativas de sus padres sobre la Cúpula, su versión de la verdad, la Historia Eclipsada y todo eso—. Y esta que te digo, no sé en qué sentido, pero es distinta, es como si me conociera…

—¿Qué hiciste para que te mordiera?

—Hablar.

—¿De qué?

—No creo que quieras saberlo.

Pressia se detiene y se queda mirándolo. Bradwell se lleva las manos a los bolsillos y los pájaros de su espalda empiezan a batir las alas, alterados.

—Pues claro que quiero saberlo. Ha sido así como has abierto la caja, ¿no? Es importante.

21

El otro respira hondo y hace una pausa breve, antes de clavar la vista en el suelo y encogerse de hombros.

—Vale, como quieras. Estaba divagando sobre ti.

Nunca han hablado de lo que pasó en la granja. Pressia recuerda la forma en que la abrazó y el roce de sus labios en los suyos. Pero ¿acaso ese tipo de amor sobrevive? El amor es un lujo. Ahora él la mira, con la cabeza ladeada y los ojos fijos en ella, y Pressia siente una ola de calor por el cuerpo. «No lo quieras.» No es capaz ni de mirarlo.

—Ah, entiendo...

—No, no entiendes nada, todavía no. Ven conmigo.

La lleva por otro pasillo y, tras doblar una esquina, allí apostada en la puerta, esperando tranquilamente, hay una caja negra del tamaño de un perro pequeño, de esos que su abuelo solía llamar «terrier», a los que les gusta cazar ratas.

—Le he dicho que espere y se ha quedado aquí. Le he puesto *Fignan* de nombre.

Freedle asoma por la palma de su dueña para contemplarlo con sus propios ojos.

—¿Sabe sentarse y dar la patita? —pregunta Pressia.

—Creo que sabe mucho, pero mucho más que eso.

Perdiz

Escarabajo

*E*l silo subterráneo huele a agua estancada y humedad. Por las paredes y el suelo de tierra surgen cúmulos de moho de un rojo intenso. Las paredes están llenas de filas de botes donde las madres guardan en vinagre extrañas conservas. Pertrechada hasta los dientes, Madre Hestra hace guardia por encima de su cabeza y, a cada pisada, le recuerda que lo tienen encerrado bajo tierra. A veces, Perdiz siente como si los pasos fuesen latidos de corazón y estuviese atrapado en las costillas de una inmensa alimaña.

Lleva seis días sin ver a Lyda. Resulta difícil medir el tiempo allí solo como está, enfrascado en los mapas que está haciendo de la Cúpula, con tan solo una ranura en la puerta del silo para calibrar la luz del día; cada poco las madres interrumpen su trabajo cuando le traen comidas más bien pobres: caldos aguados, tubérculos blancos con tierra y, de vez en cuando, un dado de carne que se come de un bocado.

Se dice a sí mismo que lo de arriba tampoco es mucho mejor, todos esos residuos baldíos de los antiguos barrios residenciales, toda la desolación. Pero, Dios, se siente atrapado, y si hay algo peor que esa sensación, es el aburrimiento. Las madres le han dado un viejo farol para que pueda trabajar y le han proporcionado papel, lápices y un tablero de madera que ha colocado en el suelo a modo de escritorio. Está dibujando mapas, intentando recordar cada detalle de los planos que memorizó para salir de la Cúpula y procurando anotarlo todo lo antes posible. Sin embargo, hora tras hora, minuto tras minuto y pisada tras pisada sobre su cabeza, el aburrimiento resulta asfixiante.

Con todo, en realidad está obligado a confiar en la protección de las madres, al menos hasta que idee un plan. Una parte de él quiere esperar a que muera su padre, que está bastante debilitado: décadas de potenciación cerebral le han provocado parálisis múltiples y un grave deterioro de la piel. Su madre le contó que eran síntomas evidentes de la degeneración rauda de células. El organismo de su padre no puede ya tardar en sufrir un colapso, y ese momento podría ser el ideal para su regreso. Posiblemente la Cúpula lo acogería como el heredero de su padre: al fin y al cabo, este había gobernado como un monarca.

Otra parte, en cambio, querría derrocarlo estando todavía con vida, vencerlo por las razones justas. ¿Acaso no merece la gente de la Cúpula saber la verdad sobre lo que hizo su padre? Si lograse hacerles llegar esa verdad y explicarles que hay otra forma de vivir —una en la que no son borregos que siguen las órdenes de su padre, una en la que no viesen a los supervivientes como crueles miserables que se merecen lo que tienen— la escogerían por encima del reinado de su padre. Perdiz está convencido de ello.

Tiene que conseguir pasar tiempo con Lyda para poder preparar un plan. Si volver es inevitable, también lo es que lo hagan juntos.

24

Entre tanto está centrado en acabar los mapas y superar el confinamiento en solitario, la tremenda fuerza del aburrimiento, el moho, las esporas, la comida racionada y, despojado de toda arma, la horrible sensación de necesitar a las madres, que lo tratan como a un crío y, al mismo tiempo, igual que a un criminal peligroso. Siguen considerándolo un enemigo, sobre todo porque proviene de la Cúpula; además, es un muerto —un hombre y, para colmo, de la Cúpula—, y no es de fiar.

A las madres les interesan los mapas, por eso le han dado material para trabajar; Perdiz, sin embargo, quiere entregárselos a Il Capitano: es la única ofrenda que puede darles, aunque tal vez nunca sirva para nada. ¿Qué posibilidades hay de que Il Capitano logre formar un ejército capaz de derrocar a la Cúpula? Así y todo, al menos puede contribuir con algo. Mientras trabaja en los mapas, deja que su mente repase todo lo que su madre le contó antes de morir. Ha anotado todo lo que recuerda, palabra por palabra, pues tiene la sensación de que rezuman información codificada.

Deja el lápiz en el tablero y abre y cierra el puño. Tiene la mano agarrotada, hasta el meñique seccionado por la mitad, que ya se le ha curado y ahora no es más que una protuberancia roja brillante. Se frota los dedos y los nota pegajosos por el suero cerúleo con el que lo han bañado las madres, ante la inminencia de un nuevo traslado. En teoría ese suero, que hacen mezclando extracto de alcanforero y cera de abejas, oculta su olor corporal y lo enmascara, aunque le deja la piel tirante y brillante. Se cree que las Fuerzas Especiales tienen un olfato extraordinario, al igual que algunas alimañas y terrones. Las madres nunca permiten que Perdiz y Lyda permanezcan en un mismo sitio mucho tiempo. Son protectoras, aunque también es cierto que Madre Hestra le dijo a Perdiz que no podían arriesgarse a que las Fuerzas Especiales lo encontrasen, pues pondría a todo el mundo en peligro. Lo mejor es la vida nómada.

Se pregunta si a Lyda también la habrán bañado en el suero; siempre tiene miedo de que un día no dejen que lo acompañe al siguiente destino, aunque hasta la fecha siempre ha ido. Intenta imaginarse el tacto de la piel de la chica recubierta por aquella sustancia de cera.

A su lado, en el suelo de tierra, está la caja de música metálica de su madre que encontró en la caja de los Archivos de Seres Queridos. Aunque Bradwell la calcinó en el sótano de la carnicería, se aseguró de hacérsela llegar cuando pasó todo. Es más sentimental que Perdiz, y cuando se trata de cosas legadas por los padres, Bradwell siente cierta debilidad. Le ha quitado el hollín pero los engranajes se han quedado negros. Como es toda de metal, sigue funcionando, si bien la melodía suena ligeramente desafinada. Es lo único que las madres le han permitido quedarse, tal vez porque ellas mismas son madres. Coge la caja, le da cuerda y deja que suene; las notas repican en el aire húmedo y cerrado. Echa de menos a su madre; lleva años añorándola, desde su infancia, y ya se le da bastante bien. Quizá por eso se le dé tan bien echar de menos a Lyda: por los años de práctica.

Cuando las notas se van apagando, mira el mapa más reciente, un corte transversal de los tres tercios superiores de la Cúpula —Superior Primera, Superior Segunda y Superior Tercera— y de tres subsuelos llamados Sub Uno, Sub Dos y Sub Tres, que incluyen una zona para los mastodónticos generadores de energía. La planta baja se llama Cero, y es donde está la academia, el sitio en el que ha pasado gran parte de su vida.

Añora la academia con una nostalgia implacable: aunque no

debería querer regresar a su cuarto de la residencia, vaguear con Hastings, pedirle los apuntes prestados a Arvin Weed, esquivar al rebaño (un grupo de chicos que lo odia), lo desea con todas sus fuerzas. Hasta echa de menos las clases. Piensa en Glassings, su profe de historia, cuando lo sacó al pasillo el día del baile; Perdiz acababa de robar el cuchillo, y con la perspectiva que da el tiempo, se podría decir que aquel fue el momento clave, en que pudo haberse echado atrás y haber seguido con su vida de siempre.

Pero no fue así; de un modo u otro acabó aquí, impotente.

Lo más irónico es que tiene los viales, el legado de su madre, y son muy poderosos. Su padre mató por ellos: al abuelo adoptivo de Pressia, así como a su hijo mayor y a la mujer a la que en teoría amaba, la madre de Perdiz.

Los viales le recuerdan lo que su madre quería que fuese: un revolucionario, un líder.

Se acerca a los tarros de conservas de las madres y coge el tercero por la izquierda, debajo del cual hay un agujero estrecho y profundo donde se esconden unos cuantos escarabajos. Mete la mano y saca un bulto lleno de barro pero cuidadosamente envuelto. Se lo lleva hasta el camastro y desenvuelve los viales de su madre; cuatro de ellos están unidos a jeringuillas con las agujas cubiertas con tapones de plástico duro. Tras el incendio en la granja, Bradwell e Il Capitano los cogieron del búnker de su madre, así como todo lo que creyeron que podía servir de algo: ordenadores, radios, medicamentos, provisiones, armas, municiones. Después de eso les pareció que lo más conveniente era dividir el grupo en dos: Il Capitano, Helmud, Bradwell y Pressia se fueron al cuartel general, mientras que Lyda, Perdiz e Illia se fueron con las madres porque eran las más preparadas para esconderlo y mantenerlo a salvo. Y si las Fuerzas Especiales encontraban a un grupo, al menos el resto podría seguir adelante. Bradwell e Il Capitano se llevaron el grueso de las pertenencias de su madre, pero Perdiz escondió los viales bajo su chaqueta.

Ahora los contempla de uno en uno y siente su tacto frío. Su madre lo llevó a Japón cuando era apenas un crío, a instancias de su padre, que sabía que los japoneses eran unos adelantados en nanotecnología biomédica para reparar traumas sufridos en catástrofes, en especial por medio de células autogeneradas que se movían por el cuerpo y lo reparaban.

El padre de Perdiz se sometió a potenciación cerebral desde

muy joven para que su cerebro se iluminase con los impulsos de las sinapsis, pero ahora tiene síntomas visibles de degeneración rauda de células: la parálisis, el deterioro de la piel y, con el tiempo, el fallo orgánico y la muerte. No es solo cosa de él. Perdiz recuerda ahora que en la Cúpula a todo aquel que estaba enfermo, viejo o extenuado se lo llevaban rápidamente a un ala aislada del centro médico. En las últimas semanas se ha dado cuenta de una verdad muy lúgubre: con el tiempo la degeneración rauda de células acabará afectando también a las Fuerzas Especiales y a todos los chicos de la academia que se han sometido a potenciación, incluido, algún día, el propio Perdiz.

Antes de morir su madre le contó que si se combinaba lo que había en esos viales con otra sustancia siguiendo una fórmula —que estaba perdida—, el resultado podía revertir la degeneración rauda de células, o DRC. En aquel momento estaba demasiado embargado por la emoción —llevaba sin ver a su madre desde que era pequeño— como para captar lo que estaba diciéndole. Pero ahora, al recordarlo, intenta concentrarse en particular en las tres cosas necesarias para revertir la DRC: el contenido de esos viales, otro ingrediente en el que supuestamente alguien estaba trabajando y la fórmula para combinarlo todo.

Su madre le enseñó una lista de gente de la Cúpula que estaban de su lado, entre los que se incluían los padres de Arvin Weed, el padre de Algrin Firth e incluso Durand Glassings. Forman parte de una organización en el seno de la Cúpula. Cuando enviaron a Lyda fuera de la Cúpula como cebo para él, alguien de la organización le susurró a esta el mensaje: «Dile al cisne que estamos esperándolo». Cuando se lo dijo a su madre, esta murmuró: «Cygnus», una palabra que todavía no ha logrado descifrar.

También le contó que el líquido de los viales contiene un material regenerador de células muy potente; pero también que el suero es algo inestable, imperfecto y peligroso.

Pone uno de los viales al trasluz, ansioso por saber qué lo hace tan inestable, imperfecto y peligroso. ¿Qué pasaría, por ejemplo, si entrase en contacto con la piel de un ser vivo? Quiere probarlo; se le ha metido la idea en la cabeza y no hay manera de quitársela.

Antes de nada necesita un ser vivo con el que experimentar.

Un escarabajo.

Vuelve de nuevo donde los tarros y se apresura a sacar uno.

27

Una vez más salen varios escarabajos disparados pero ahora encierra a uno en el puño. Tiene el lomo verde reluciente y la cabeza rojo fuerte, con unos cuernos que parecen las espinas de una planta. Se resiste y patalea, con sus patas nudosas y preñadas de pinchos, pero lo retiene en la palma y nota que le cosquillea los dedos.

—Lo siento —le susurra al insecto—, de verdad.

Lo lleva al tablero, abre la caja de música de su madre, lo mete dentro con cuidado y cierra la tapa. Lo oye arañar el interior. Ojalá Arvin Weed, el cerebrito de la academia, estuviese allí. Dios, cómo se arrepiente de no haber prestado atención en las prácticas de laboratorio.

Coge una de las jeringuillas, le quita el tapón y la aguja reluce. Sabe que eso significa que malgastará una gota. «Solo una», se dice, solo eso.

Abre de nuevo la caja de música y el escarabajo sale y se arrastra por el tablero, pero Perdiz lo coge y lo sujeta con mucho cuidado.

Con las patitas todavía en movimiento pero sin ir a ninguna parte, una cola afilada surge de debajo de sus alas y deja a la vista un aguijón oscilante. Parecen empañados los diminutos puntos negros que tiene por ojos. Perdiz mira la aguja y empieza a presionar el émbolo cuando de repente siente el pinchazo. Los dedos con los que tenía cogido el lomo acorazado del escarabajo se ven invadidos en un visto y no visto por pequeñas punzadas de un calor horroroso. La quemazón le hace apartar los dedos y pegar un grito por la conmoción, aunque no llega a soltar el insecto.

Acto seguido acerca todo lo rápido que puede la aguja al escarabajo pero siente las manos tan rígidas por el dolor que tiene que dejarlo ir. El insecto corre por el tablero, pero no antes de que caiga de la aguja una gota de líquido que aterriza, espesa y húmeda, en una de sus patas traseras. Cojea entonces en la trampa húmeda y espesa de líquido e intenta arrastrarse hacia delante.

El grito ha alertado a Madre Hestra, que llama a la puerta del silo con los nudillos:

—¿Qué ha sido ese ruido?

—¡Nada!

Perdiz se apresura a envolver las jeringuillas, con la mano toda enrojecida ya, y va hasta el tarro, lo levanta como puede y mete el bulto en el agujero. El escarabajo sale a rastras del tablero y se pierde en la oscuridad.

Justo entonces se abre la puerta del silo subterráneo con gran estrépito y aparece Madre Hestra, iluminada débilmente por detrás.

—¿Qué ha sido ese ruido? —pregunta.

—Nada, estaba cantando una canción de la academia. Es que a veces el silencio aquí abajo se hace insoportable. —Se frota la mano, que le arde, pero para enseguida porque no quiere levantar más sospechas.

Madre Hestra es bastante corpulenta y tiene a su hijo de cinco años, Syden, fusionado a la pierna a perpetuidad. Lleva un traje de pieles cosidas entre sí y amoldadas a su cuerpo, con un agujero para la cabeza rojiza del chico, justo por encima de la cadera. La mayoría de las madres son amasoides, fusionadas con sus hijos, algo a lo que Perdiz no ha llegado a acostumbrarse. Cuando las Detonaciones, la mayoría de las madres llevaban en brazos a sus hijos o los protegían de las luces cegadoras, dobladas sobre ellos o agachadas. Perdiz no puede ni imaginarse cómo es quedarse así atrofiado, sin crecer nunca, atrapado para siempre dentro de los límites del cuerpo de tu propia madre. La cara de Syden ha empezado a envejecer. ¿Se hará también él así de mayor?

Madre Hestra se queda mirando a Perdiz. La mujer tiene una mejilla cauterizada con palabras: unos garabatos del revés que se quedaron impresos en la piel durante las Detonaciones, la huella de un tatuaje chamuscado. Perdiz no ha logrado leer lo que pone, no quiere ser maleducado y quedarse mirándola fijamente.

—Bueno, pues déjate de cantos.

—De todas formas me iba a acostar ya.

—Haces bien. Nos vamos mañana por la mañana y te despertaré temprano.

—¿Vendrán también Lyda e Illia?

Preferiría que Illia no fuese, está loca. Aunque no puede culparla por ello: estuvo encerrada en una granja, donde su marido la maltrataba y la obligaba a ocultar sus cicatrices bajo una media diseñada para parecer una segunda piel. En los últimos tiempos le ha dado por volver a envolverse con trozos de tela... ¿será que se avergüenza de su piel?, ¿o es solo la fuerza de la costumbre? Asesinó a su marido con un escalpelo por la espalda y aquello la ha dejado bastante trastornada. A la única a la que quiere ver es a Lyda.

—Lyda, sí. Illia no lo sé —le responde Madre Hestra.

—¿Adónde vamos?

—No puedo decírtelo.

Al momento, se aparta de su campo de visión y cierra con un portazo. Por unos segundos Perdiz se queda deslumbrado por la noticia: se acabó el aislamiento y verá a Lyda mañana; pronto todo será distinto, se acerca el momento, lo nota. Dios, cómo la echa de menos.

Es entonces cuando oye un rasgueo bastante sonoro y otro ruido, como de una pala contra la tierra, pero no es eso; suena más bien como algo que araña con fuerza.

Tiene la sensación de no estar solo.

La caja de música de su madre está tirada en el suelo. La coge y ve un talón negro grande que surge de un radio fino, la pata de un insecto, de un insecto gigante, que surge por debajo del tablero. Es demasiado grande para ser la pata del escarabajo, pero... está arañando el suelo.

Lleva la mano al tablero y lo levanta. La pata se contrae y desaparece de la vista.

Ahí está el escarabajo, con la cola repicando contra el caparazón y batiendo las alas desesperadamente, y luego aquel resuello, en su intento por respirar.

Tiene una pata espinosa, gruesa y gigante.

El líquido del vial ha funcionado. Como no tenía dañada la piel, en lugar de reparar una herida, las células han creado tejido y cartílago sanos a una velocidad increíble; hasta los vistosos pinchos de la pata trasera se han ordenado a la perfección. Y, por alguna razón, aquello le resulta familiar: ¿la delicadeza de reconstruir un miembro pequeño? ¿Ha oído hablar de ello alguna vez?

Perdiz no quiere tocarlo. Siente un intenso hormigueo por la mano. «Inestable, imperfecto, peligroso.» Así calificó su madre el suero. La pata del insecto no para de contorsionarse y marcar el suelo como con una garra.

Y siente entonces que le recorre un extraño poder. Ha hecho aquello con una sola gotita de líquido. Le palpita la cabeza y le zumban los oídos y piensa en el poder que ostenta su padre. ¿Qué sintió este cuando impactaron las Detonaciones, con aquel cúmulo de estallidos de luz cegadora palpitando por toda la Tierra?

Dios santo, se dice Perdiz. ¿Y si su padre se hubiese deleitado con el poder de todo aquello? ¿Y si se creyó como iluminado por dentro? ¿Y si lo que sintió en su interior fue la misma sensación de este momento infinitesimal pero multiplicada exponencialmente, hasta el infinito?

El insecto pliega las alas contra el cuerpo. La pata se convulsiona una vez más y luego el escarabajo hunde su poderosa pierna en la tierra como un cuchillo y se propulsa. Las patitas pequeñas se arrastran tras ella y luego la pierna grande se contrae y vuelve a extenderse. El insecto echa a volar y bate las alas, pero la pierna es demasiado pesada para la potencia de las alas y se cae al suelo, aunque la pierna gigante está ahí para amortiguar la caída. Se contrae una vez más, coge impulso, bate las alas, aterriza, se contrae, coge impulso…

El escarabajo ya no es lo que era hace unos instantes.

Es una especie nueva.

Il Capitano

Nuevo

*H*a estado nevando intermitentemente, y ahora ha vuelto a empezar. La nieve cae del cielo como un sudario, a la deriva entre los árboles oscuros y los matorrales, hasta acomodarse en las ramas retorcidas. En este otoño tan frío la mayoría de las ramas han echado gruesas capas de pelo. Il Capitano pasa los dedos por el tronco desgarbado de un abeto, y ahí está, algo que no es solo la cobertura vellosa de una planta o similar; no, se trata de piel, de pelusa como la del vientre de un gatito.

—¿Será esto lo de la supervivencia del más fuerte? —le pregunta a su hermano Helmud, ese lastre enraizado para siempre en su espalda.

—Más fuerte —murmura Helmud, que mira entonces por encima de uno de los hombros de su hermano y cabecea luego hacia el otro. Hoy parece inquieto.

—Estate quieto ya —ordena Il Capitano.

—Quieto ya.

Le ha dado cosas a su hermano para tenerlo entretenido. Helmud siempre ha tenido las manos muy inquietas. E incluso resultó que en secreto había confeccionado un lazo para matarlo, aunque luego acabó salvándole la vida. Después de eso decidió que tenía que confiar en él, que no le quedaba más remedio. Para que tuviese las manos ocupadas, Il Capitano le dio una navajilla y maderas para que tallase. «¿Tú te lo has pensado bien?», le preguntó Bradwell en cierta ocasión, a lo que Il Capitano le contestó que sí, que claro que sí. «¡Es mi hermano!» Aunque la navaja también podría ser para ponerlo a prueba, como diciéndole: «Vamos, ¿quieres matarme? ¿Estás seguro? Te lo voy a poner fácil».

A veces cuando se agacha, cae revoloteando hasta el suelo una lluvia de astillas. Hoy Helmud está tallando como un descosido.

Il Capitano se sienta en una raíz grande de árbol y apoya el rifle entre las botas. Han salido sin desayunar y ahora tiene hambre. Le quita el papel encerado a un bocadillo hecho con picos de pan, que le gustan más porque aportan una dureza adicional a sus dientes.

—Hora de comer, hermano —le dice a Helmud.

Il Capitano está acostumbrado a las repeticiones constantes de su hermano, que por lo general no son más que un eco bobo; a veces, sin embargo, las palabras tienen cierto significado. Y esta vez Helmud repite la frase en un tono ligeramente distinto:

—Hora de comer hermano —dice, como si tuviese intención de devorar a Il Capitano.

Es una broma para mantenerlo en guardia.

—Anda, anda, ¿te parecerá bonito, eh?

—¿Eh?

—No tendría ni que compartir este bocadillo contigo, y lo sabes.

Antes de conocer a Pressia no lo habría compartido, pero es evidente que ha cambiado. Lo siente por todo el cuerpo, como si el cambio se produjese célula a célula. Se pregunta si Helmud también lo notará, puesto que comparten tantas células. Tampoco es que de repente se haya vuelto un blando, nada de eso: sigue sintiendo en el pecho la misma rabia furiosa y casi constante; pero ahora se debe más a que tiene un objetivo, algo que proteger. ¿Será a la propia Pressia?

Puede que la cosa empezara con ella, pero va más allá.

Parte un poco de pan con un pequeño trozo de carne y se lo pasa a Helmud. Tiene que compartir con él, sus corazones bombean la misma sangre, y si pretende ayudar a derrocar la Cúpula —y le gustaría vivir para ver ese día—, necesita a Helmud a su lado y sano. Ser cruel con su hermano es como serlo consigo mismo. Y a lo mejor se trata de eso: Il Capitano se detestaba a muerte antes de conocer a Pressia pero ese odio se ha suavizado. Ahora se ve como un niño abandonado: primero por su padre, un piloto al que echaron de las fuerzas aéreas por chalado (de pequeño había intentado ser como él y aprender todo lo posible sobre artefactos voladores, como si eso lo hiciese más merecedor de un padre). Y luego su madre cuando murió; al parecer, no merecía

33

tener ni padre ni madre. Él también se volvió un poco loco, pero no debía quedarse atrapado por todo aquello, ¿verdad? Pressia ve cierta valía en él, y tal vez tenga razón.

—¿Has visto lo bueno que soy? —le pregunta a Helmud.

—Bueno que soy.

Il Capitano ha salido más temprano hoy para seguir las pulsaciones eléctricas. No le gusta que circulen cada vez más cerca del cuartel. Han estado esquivándolo, pero ahora está seguro de sentir algo. Aunque no sabe interpretarlas, sabe cuándo se mueven a más velocidad, lo que significa que uno ha llamado de algún modo a los otros y estos responden.

Envuelve con un trapo el resto de bocadillo, lo mete en la bolsa y se encamina hacia las pulsaciones. Ve un rastro de pisadas por la nieve —cada huella atravesada por otra de rueda— y distingue a lo lejos varias siluetas que corren de un lado para otro como flechas. Las sigue a una distancia prudencial.

Cuando llega a un claro se detiene al ver que unos cuantos soldados de las Fuerzas Especiales se han reagrupado. Son hermosos y fuertes, casi majestuosos; hay algunos más corpulentos y otros más nervudos. No parecen verse afectados por el frío, como si la segunda piel que los recubre estuviese regulada para aislarlos. Tienen un olfato muy fino. Uno levanta la cabeza y pone tensas las aletas de la nariz cuando huele a los hermanos; acto seguido cruza la mirada con Il Capitano, que no se mueve pero tampoco se pone tenso, pues no quiere mostrarse asustado.

En las últimas semanas ha notado que los de este grupo nuevo no tienen la complexión tan robusta como aquellos contra los que Helmud y él lucharon en el bosque, con Bradwell y Lyda. No parecen ni tan bien formados —da la impresión de que los cambios de sus cuerpos se hubiesen hecho deprisa y corriendo—, ni tan ágiles: a veces se tambalean, como si no estuviesen del todo cómodos con las armas que tienen alojadas en los brazos. Cuando se agrupan así es como si necesitaran cierta cercanía, a semejanza de los humanos.

Los otros tres seres también se quedan mirando a los hermanos, como si el primer soldado los hubiese alertado de algún modo que le ha pasado desapercibido. Aunque nunca le han dicho nada, sabe que hablan. Parecen aceptar su presencia como parte del entorno, al igual que hacen con los agudos *cri-cris* de un pájaro de pico metálico o los chillidos infantiles de un animal atrapado en una de las trampas de Il Capitano. No andan buscándolo a él, esa no es la razón por la que están aquí. Tiene claro que quieren a Perdiz, y teme que también anden detrás de Pressia, que, al fin y al cabo, comparte sangre con su hermano y podría ser útil en la Cúpula, sobre todo para atraer al chico.

A Il Capitano le gustaría hablar con ellos. A pesar de que es consciente de que la lealtad que tienen a la Cúpula está programada, hubo uno que renegó cuando lucharon cerca del búnker: Sedge, el hermano de Perdiz. Son humanos, solo que a un nivel sepultado por muchas capas. Tiene la impresión de que el más mínimo contacto podría ayudar, pero está esperando el momento adecuado.

Se aleja de los árboles y se agacha en la nieve, sintiendo cómo se cuela el frío y la humedad por sus pantalones. Abre los brazos en un gesto de súplica y baja la cabeza haciendo una especie de reverencia.

Escucha el arrastrar de pies y el chasquido de las ramas. Cuando alza la vista han desaparecido.

Se echa hacia atrás y se apoya en los talones.

—Mierda.

—Mierda —repite Helmud.

—No digas palabrotas —le dice a su hermano—. No está bonito.

Cuando se levanta, sin embargo, escucha algo tras de sí. Se coloca entonces el rifle muy lentamente sobre el pecho y se vuelve.

A menos de seis metros, en medio del camino, hay un soldado de las Fuerzas Especiales al que no había visto antes. No está enviando ninguna pulsación baja para que reverbere en el resto de Fuerzas Especiales de la zona. Interesante, tal vez no quiera que nadie sepa dónde está.

Es alto y el más delgado de los soldados de las Fuerzas Especiales que ha visto. De hecho, su rostro todavía se aferra a la humanidad, y no solo por los ojos, que siempre parecen humanos en las Fuerzas Especiales, sino también por la suavidad de la mandíbula y la nariz pequeña. Tiene las espaldas y los muslos fuertes sin ser desmesurados, y dos armas alojadas en los antebrazos, aún relucientes; se ve que no las ha usado nunca.

Se trata de un ejemplar bastante nuevo.

Se queda mirando con cautela a Il Capitano, que levanta las manos muy lentamente y le dice:

35

—Mira, vamos a tomárnoslo con calma y tranquilidad.

—Tranquilidad —repite Helmud, que, reconcomido por los nervios, no para de tallar en la espalda de su hermano.

—¿Qué quieres? —le pregunta Il Capitano.

El ser ladea la cabeza y olisquea el aire.

—¿Quieres algo de comer? De haber sabido que venías, habría traído más.

El soldado sacude la cabeza y acto seguido se agacha y despeja de hojas muertas el suelo, dejando a la vista la tierra cenicienta. Se incorpora entonces y levanta el pie. De la punta de la bota aparece una daga gruesa. Il Capitano retrocede, al tiempo que se pregunta si va a destriparlo, pero entonces el ser clava la daga en el suelo, levanta la barbilla, aparta la mirada, la fija en el bosque y empieza a escribir una palabra. Il Capitano comprende en el acto que el otro tiene los ojos y los oídos intervenidos, como Pressia en su momento. Ya ha jugado a ese juego. El soldado quiere decirle algo sin dejar constancia.

Bajo la palabra está pintando lo que parece un símbolo.

Está demasiado lejos para leerlo, y además bocabajo.

36 El ser se retira, da unos cuantos brincos por el bosque y salta para quedarse agarrado a un árbol cuya copa ha desaparecido y tiene el tronco comido por la carcoma.

Il Capitano prueba a dar un paso adelante. Mira hacia el soldado, que sigue mirándolo desde los árboles. Rodea la palabra y lee para sí: «Hastings». ¿Será un nombre? ¿Un sitio? Le viene a la cabeza la palabra «batalla». ¿Hastings no tiene algo que ver con la guerra? Il Capitano sabe que no debe repetir la palabra en voz alta. Se queda mirando el símbolo, una cruz como la que la Cúpula utilizó como colofón del Mensaje, el que cayó del cielo en pequeños papeles justo después de las Detonaciones: una cruz con un círculo rodeando el centro.

—¿Qué querrá de mí? —comenta Il Capitano con su hermano.

El soldado salta del árbol y empieza a correr, pero de pronto se detiene.

—Quiere que lo sigamos.

—Sigamos.

Il Capitano asiente y sigue al soldado por el bosque durante kilómetro y medio, a paso ligero, hasta que llegan por fin a un claro desde donde se divisa la ciudad, o lo que en otros tiempos fuera la ciudad. Desde esa altura es fácil ver cómo quedó reducida a los escombrales, a mercados negros, armazones de antiguos edificios, a una cuadrícula de callejones y calles sin nombre.

Busca con la mirada al soldado: ha desaparecido. Está sin aliento y a su hermano también le late el corazón con fuerza, aunque tal vez sea solo porque se le ha acelerado el suyo.

—Maldita sea —murmura Il Capitano—. ¿Para qué me habrá hecho venir hasta aquí?

—Venir hasta aquí.

Il Capitano ve también la Cúpula, la curva blanca sobre la montaña lejana y su cruz reluciente en el cielo cenizo.

—¿Se creerá que no sé de dónde viene?

Se frota los ojos con los nudillos.

—De dónde viene —repite Helmud, que señala entonces hacia la tierra estéril y semidesértica que rodea la Cúpula, donde un grupo de gente está acarreando leña y disponiéndola sobre el suelo helado.

—¿Y esos chalados qué hacen?, ¿construir algo delante de la Cúpula?

—¿Delante de la Cúpula?

¿Por qué allí? ¿Es eso lo que el soldado quería enseñarle? Pero de ser así, ¿por qué? Se queda contemplando los movimientos de las personas y ve que están organizadas y se dedican a transportar cosas como hormiguitas en filas ordenadas.

—Esto no pinta bien. Para mí que van a hacer una hoguera…

—Hoguera.

Il Capitano mira hacia la Cúpula.

—Pero ¿por qué iban a querer hacer algo así?

37

Pressia

Siete

*L*a morgue está fría y vacía, a excepción de una larga mesa de acero en el centro. Desde la última vez que estuvo aquí, hace un par de semanas, Bradwell la ha llenado con más papeles y libros aún; hay partes del manuscrito inacabado de sus padres dispuestas en distintos montones y ha pegado el Mensaje en la pared, el original que su abuelo guardó durante años y que le dio a Bradwell cuando volvieron a la barbería para recoger lo que había quedado (al fin y al cabo, él es el archivista).

«Sabemos que estáis ahí, hermanos y hermanas.
Un día saldremos de la Cúpula para reunirnos con vosotros en paz.
De momento solo podemos observaros desde la distancia,
con benevolencia.»

Cuando el Mensaje cayó por primera vez desde el casco de una aeronave en los días que siguieron a las Detonaciones, debió de parecer una promesa; ahora, en cambio, suena más bien a amenaza.

Bradwell atranca la puerta con una barra gruesa, una tranca improvisada que ha atornillado a la pared.

—Qué bien te lo has montado aquí abajo.

El chico va hacia su camastro y alisa las mantas.

—No puedo quejarme.

Pressia se acerca a la mesa y coge la campanilla que le dio en la granja. Se la encontró en la barbería calcinada justo antes de irse de casa, aunque le falta el badajo. Está encima de un recorte de prensa que debió de sobrevivir a las Detonaciones, probablemente en el baúl de los padres de Bradwell, porque no está tan lleno de ceniza ni chamuscado como el resto de documentos. Lo ha cuidado bien, porque Bradwell siempre ha procurado cuidar las cosas del pasado. Cuando asesinaron a sus padres —en su propia cama— antes de las Detonaciones, encontró el baúl, que estaba guardado en una cámara acorazada oculta y contenía el trabajo inacabado de sus padres, su intento por derrocar a Willux, así como cosas que Bradwell ha conservado: revistas, periódicos y envoltorios viejos. El baúl está encajado bajo un fregadero de acero oxidado. La campana tapa parte del titular, del que solo se lee: «se declara ahogo accidental». Debajo se ve una fotografía de un joven en uniforme, con cara adusta, que mira fijamente a la cámara. Bradwell está usando la campanilla de pisapapeles. ¿Eso es lo que significa para él?

Pressia se saca del bolsillo a *Freedle* para ver cómo está y lo pone encima de la mesa, donde parpadea y escruta los alrededores.

Propulsándose con su motor interno, la caja negra pasa entonces cerca de sus pies.

—Es verdad que parece un perrito faldero. Tenías razón.

—Una vez tuve un perro.

—No me lo habías contado.

—Se lo conté a Perdiz cuando estábamos buscándote por los fundizales. Un amigo de la familia, Art Walrond, convenció a mis padres para que me comprasen uno diciéndoles que un hijo único necesitaba un perro. Y luego le puse de nombre *Art Walrond*.

—Extraño nombre para un perro.

—Es que yo era un niño extraño.

—Pero cuando Art Walrond, el amigo de la familia, y *Art Walrond*, el perro de la familia, estaban en el mismo cuarto y decías, «Siéntate, Art Walrond», ¿quién obedecía?

—¿Se trata de una pregunta existencial o algo así?

—Puede. —Y parecen estar otra vez bien; a lo mejor pueden ser amigos, de esos que no paran de chincharse.

Bradwell alarga la mano y acaricia la caja negra por arriba como si fuese un perro.

—No es como lo recordaba.

A Pressia le gustaría imaginárselo de pequeño, a ese niño raro con su perro; y también le gustaría saber más de ella de pequeña. Se pasó la mayor parte de la infancia intentando recordar cosas que nunca sucedieron, la vida que su abuelo se inventó para ella. Pero él no siempre fue su abuelo, sino solo un desconocido que la rescató y se la apropió. ¿Le resultaría duro mentirle todo el rato? Tal vez su mujer y sus hijos murieron y ella le sirvió para compensar esas pérdidas. Ahora está muerto, sin embargo, y jamás lo sabrá.

Si las Detonaciones nunca hubiesen sucedido, le habría gustado conocer a Bradwell en una realidad sin puños de cabeza de muñeca, ni cicatrices, ni pájaros alojados en la espalda, en la de antes de tantas pérdidas. Se habrían besado por primera vez bajo el muérdago (una costumbre de la que le habló en cierta ocasión el abuelo).

Al otro lado de la mesa la habitación está ocupada por tres filas de una especie de puertecitas cuadradas, tres por fila, nueve en total. Se acerca llevada por la curiosidad y palpa uno de los tiradores.

—Aquí es donde guardaban los cadáveres —le explica Bradwell—. Y esta mesa metálica era para las autopsias.

Los muertos. Pressia ve en la cabeza la cara de su madre en el instante en que se vaporizó. Aparta la mano del tirador y mira hacia la pared del fondo, a los bloques de hormigón resquebrajados por los que se cuela tierra desde el otro lado.

—Es una morgue, es normal que guardasen aquí los cuerpos —comenta, aunque más para sí misma que para él.

—Y todavía los guardan de vez en cuando.

—Entonces será como tener un compañero de piso —dice intentando quitarle hierro al asunto.

—Más o menos. Por ahora solo he tenido uno.

—¿Quién?

—Un chiquillo que murió en el bosque. ¿Quieres que te lo presente?

De repente tiene la sensación de que hubiese aparecido un intruso.

—¿Está ahí metido?

—Se lo encontraron unos soldados mientras patrullaban. Me lo trajo Il Capi porque quiere saber de qué murió. Y están intentando dar con la familia para que venga a identificar el cuerpo.

—¿Y si no tiene familia?

—Pues supongo que le tocará enterrarlo a un recluta novato. —Tira de uno de los cajones y Pressia se prepara para ver el cuerpo del chico—. También da la casualidad de que una morgue es un sitio ideal para esconder cajas negras.

Conforme va apareciendo la larga bandeja, ve que está ocupada por las otras cinco cajas, estas inmóviles y con las luces apagadas. Al lado de cada una hay un trozo de papel pegado a la bandeja con cosas anotadas y un encabezado; les ha puesto nombre: *Alfie, Barb, Champ, Dickens, Elderberry...*, en orden alfabético. *Fignan* está en el suelo, pegado a los talones de Bradwell. *Freedle* despega de la mesa y se pone a revolotear alrededor de la caja, que despliega ahora un brazo pequeño con una cámara que parece estar grabando al insecto en su vuelo.

—¿Por qué les has puesto nombre?

—Porque es más fácil hablar con ellas si tienen nombre. Yo me crié solo, así que me da por ponerme a hablar con cualquier cosa —le explica.

Con ese comentario Pressia ve un fogonazo de la infancia de Bradwell. A los diez años ya vivía solo en el sótano de la carnicería y se valía por sí mismo. La del chico ha sido una existencia solitaria, no cabe duda.

—Pero los nombres que les he puesto no tienen mucha importancia. Estas cinco son idénticas, están diseñadas para soportar calor, presión y radiación a niveles extremos. Mira, disponen de varios enchufes. —Coge una y le muestra a Pressia los agujeritos de los enchufes—. Conseguí quitar los cables con uno de los sopletes que ha creado Il Capi y luego... —Coge tres cables y los mete todos a la vez en los agujeros, en una operación delicada—. Allá vamos.

La tapa de la caja negra se repliega con un zumbido y deja a la vista un interior rojo, ovalado y de hierro grueso.

—¿Qué es eso?

—Es donde se almacena toda la información, una especie de cerebro, y responde a órdenes sencillas. Abrir huevo.

El huevo rojo vibra entonces y unas pequeñas puertas metálicas retroceden y dejan a la vista chips, cables y un vasto engranaje de conexiones que semejan sinapsis.

41

—Mira, este es el cerebro. ¿A que es bonito? —Coge el huevo rojo y le da vueltas en la mano. Contiene toda una biblioteca de datos.

—Bibliotecas… —murmura Pressia asombrada—. Eso eran edificios que contenían libros, una habitación tras otra de libros, y había gente que los despachaba.

—Los bibliotecarios.

—Me suena. —Era un concepto que le costaba imaginar—. Y te podías llevar los libros a casa si prometías devolverlos.

—Exacto —dice Bradwell—. Yo tenía un carné de biblioteca cuando era pequeño, con mi nombre mecanografiado al lado de mi foto.

Por unos instantes parece nostálgico y Pressia le envidia el recuerdo. Ella se construyó una infancia a partir de los recuerdos que le contó el abuelo, y ahora tiene que desmantelar ese mundo, *desrecordarlo*. Desearía poder acordarse de algo tan sencillo como un carné con su nombre y su foto. Piensa en su verdadero nombre: «Emi», dos sílabas que vibran por unos segundos en sus labios; «Brigid», como una brigada que cruza un ancho lago helado; «Imanaka», como el sonido de unos palos entrechocando entre sí. ¿En quién se suponía que debía convertirse Emi Brigid Imanaka?

Tal vez esa versión de sí misma —Emi— podría haberse enamorado sin reparos de Bradwell. Ella no, no cuando eso parece garantizar perderlo para siempre.

El chico vuelve su atención a las cajas.

—Tuve que abrir la caja para activar el huevo. Pero luego lo puedes dejar dentro de la caja negra y te responderá a cualquier pregunta que se te ocurra. —Devuelve el huevo a la caja—. Cerrar. —El huevo se autocierra y el resto de la caja se ajusta a él.

—¿Qué le has preguntado?

—Lo primero que le pregunté es qué era.

—¿Y?

Se inclina hacia la caja y le repite la pregunta:

—¿Qué eres?

Tras unos cuantos chasquidos en el centro de la caja, surge de la tapa un ojo mecánico parecido a una cámara. La bola dispara un haz de luz donde se dibuja el propio huevo y empieza a dar vueltas en el aire. La voz de un joven recita una breve historia de los aparatos de grabación, incluidas las cajas negras, que solían pintarse de rojo o naranja para que fuese más fácil distinguirlas en un accidente.

—Esta caja forma parte de una serie de cajas negras idénticas, en un proyecto avalado por el gobierno, con financiación federal, para registrar historia cultural y datos en caso de un holocausto, tanto nuclear como de otras características.

Les proporciona las medidas exactas de la caja de aluminio y explica el aislamiento para altas temperaturas, el casco de acero inoxidable y las conexiones nanotecnológicas resistentes a la radiación que posee.

—Guau —exclama Pressia.

—Contiene imágenes de arte, de películas, de ciencia, historia, cultura popular, de todo.

La idea de «todo» le produce cierto vértigo.

—Del Antes... —dice Pressia medio aturdida.

—Contiene una versión del Antes, pero solo una digitalizada y purgada. La información no tiene que ser necesariamente verdad.

—Me acuerdo de que el abuelo me explicó cómo funcionaba el universo con unas piedras que rotaban en círculos en el suelo, el sol, los planetas, las estrellas... Siempre fingía saberlo todo porque, cuando no era así, yo me ponía muy nerviosa.

—¿Qué es el universo? —le pregunta Bradwell a la caja negra.

Otro haz de luz creciente muestra los planetas y los satélites orbitando alrededor del sol, así como las constelaciones que motean el cielo. Pressia alarga la mano, como queriendo atrapar un satélite, pero sus dedos dan con el vacío. *Freedle* alza el vuelo, atraviesa también la imagen y, confundido, aterriza sobre sus patas retráctiles y se queda mirándola.

—Eso era lo que intentaba explicarme el abuelo, el universo.

—Es difícil explicarlo en toda su dimensión con unas piedras en el suelo.

Pressia se siente perdida. Hay tantas cosas que no sabe..., no puede ni imaginárselo.

—¡Es increíble la cantidad de información a la que podemos tener acceso! Es posible que llegue a cambiar la vida de la gente. Tendremos acceso a información médica, tecnológica, científica... Podremos hacer cambios de verdad.

—Es más que todo eso, Pressia.

43

—¿A qué te refieres? ¿Cómo puede haber algo más que «todo»?

—Estas cajas solo conocen aquello con lo que las han cebado, pero resulta que a todas les pusieron la misma dieta salvo a *Fignan*, que es distinta. —Bradwell coge la caja que tiene a sus pies—. Cada una tiene un número de serie en la parte de abajo, menos *Fignan*, que tiene un símbolo de *copyright*.

Le da la vuelta y le muestra un círculo que contiene una C mayúscula bastante corriente. Pressia pasa el dedo por encima y le pregunta:

—¿Qué es eso del *copyright*?

—Es un símbolo para señalar la propiedad sobre algo. Se utilizaba mucho en el Antes, pero solía ir seguido del año. Este no lo tiene.

Pressia gira por una cara la caja.

—También podría ser una U en un círculo. —Vuelve a girarlo, esta vez dos caras—. O un cuadrado sin acabar, o un recuadro.

—Las cajas negras no son solo cajas que son casualmente negras. Se le da ese nombre a cualquier cosa (un aparato o un proceso) pensada en términos de entrada y salida de datos, pero en la que no puede verse cómo los procesa ni qué ocurre en el interior. En una caja blanca o de cristal, en cambio, es posible introducir información y, una vez dentro, ver desde fuera la forma de procesarla.

—La Cúpula es una caja negra —comenta Pressia.

—Desde nuestra perspectiva, sí. Al igual que el cerebro humano.

«E igual que tú —piensa para sí—. Y que yo.» Se pregunta si dos seres humanos pueden llegar a ser cajas blancas el uno para el otro.

Bradwell coloca la caja sobre la mesa.

—Pero *Fignan* es un impostor. Aunque se diseñó para encajar con el resto, en realidad su creador tenía planes muy distintos para él. Lo que pasa es que no le da la información a cualquiera. Se enciende con una palabra y luego se pone a hablar. —Bradwell se lleva las manos a los bolsillos y agacha la cabeza—. ¿Repito entonces lo que estaba diciéndole, lo que le conté sobre ti? Vamos, solo para intentar averiguarlo, es solamente eso, ¿vale?

—Vale. —Pressia quiere retrasar el momento, de modo que pregunta—: Pero, antes de nada, cuando se encendió y te habló, ¿qué te dijo?

—Me dijo «siete».

—¿El número siete?

—Repitió «siete» una y otra vez y entonces se detuvo y empezó a pitar como esperando una respuesta, mientras pasaban los segundos de un reloj, hasta que se paró de nuevo: se acabó el tiempo, como en un concurso de la tele.

—¿Un concurso de la tele? —pregunta Pressia, que sabe que se trata de una referencia del Antes, pero no sabe ubicarla.

—Sí, esos programas de televisión donde la gente respondía a preguntas que le hacía un presentador con un micrófono, y se ganaban premios, como viajes o esquís de agua, mientras el público les gritaba cosas y aplaudía como loco. Había uno en que cuando fallabas te daban una corriente eléctrica. A la gente le encantaba.

—Ah, sí, los concursos —dice como si se acordara. ¿Qué serán unos esquís de agua?—. Pero ¿qué más nos da que esta no se abra? Tenemos todo lo que queramos en las otras cinco.

—*Fignan* contiene secretos, lo programaron para guardarlos a buen recaudo.

Pressia sacude la cabeza.

—¿Ya estás otra vez con tu manía por desenmascarar la verdad, el pasado, con tus dichosas lecciones de Historia Eclipsada? ¿Es que no te cansas?

—¡Pues claro que no! ¿Cuántas veces tengo que decirte que es nuestra obligación entender el pasado en toda su dimensión, o estaremos condenados a repetirlo? Y si logramos comprender a Willux, al enemigo, entonces…

Furiosa, Pressia replica:

—Podemos mejorar la vida de la gente con lo que hay en esas cajas y tú tienes que estar persiguiendo misterios, secretos… Vale, estupendo, pues hazlo otra vez. Hazle repetir la historia esa del concurso.

Bradwell menea la cabeza de un lado a otro y se pasa la mano por el pelo.

—Es que ese es el problema, que no me acuerdo de qué dije exactamente. Creo que debería repasar el proceso mental. ¿Estás segura de querer oírlo?

—Pues claro. —¿La está retando?

—Bueno, estaba… divagando… sobre ti. Era en plena noche y, en fin, te fui describiendo…, hablando de tu aspecto, de tus ojos

45

oscuros, de lo peculiar de su forma y lo vidriosos que se te ponen a veces, y hablaba sobre lo brillante que tienes el pelo, y la quemadura de media luna alrededor del ojo. Mencioné tu mano, la que te falta, que no es que haya desaparecido del todo, sino que existe dentro de la muñeca, que es tan parte de ti como cualquier otra cosa.

Pressia se pone colorada. ¿Por qué tiene que andar hablando de sus cicatrices, de sus deformidades? Si estuviese enamorado de ella, ¿no suprimiría su visión las imperfecciones? ¿No vería solo su mejor versión? Se aparta y se queda mirando la hilera de cajas, que parpadean con una luz tenue, en repeticiones mínimas.

—Es posible que mencionase tus labios.

El silencio invade la estancia.

La rojez de las mejillas se le extiende hasta el pecho. Se agarra el colgante del cisne y empieza a darle vueltas, nerviosa.

—Vale, entonces dijo «siete». Pero ¿qué más da…? ¿Por qué no nos concentramos en las cajas buenas? Que se quede con sus secretos, si quiere.

Bradwell avanza hasta ella, le coge la muñeca con mucha delicadeza y se queda mirando el colgante. La agarra con fuerza, pero a la vez con calidez.

—Espera, también mencioné el colgante, y cómo se te queda justo en el hueco entre ambas clavículas, el colgante del cisne.

La caja negra se ilumina en el acto y empieza a emitir un pitido, una especie de alarma, y dice:

—Siete, siete, siete, siete, siete, siete, siete.

Ambos se quedan mirándola con los ojos como platos.

El pitido continúa durante la cuenta atrás y luego se apaga.

—Esto tiene que ver con mi madre —dice Pressia. Su madre le contó muchas cosas que no entendió. Hablaba muy rápido, en una especie de taquigrafía. Pressia no le pidió aclaraciones porque dio por hecho que ya tendría tiempo para que le contase todo lo que quisiera saber. Pero sí que recuerda a su madre hablando de la importancia del cisne como símbolo y de los Siete—. Los Mejores y Más Brillantes, un programa muy importante que reclutaba a los jóvenes más inteligentes de las naciones. Y a partir de ese grupo, crearon otro, más de élite, de veintidós…, y de ahí Willux formó su grupito de siete. Eso fue cuando tenían nuestra edad. Hace mucho.

—Los Siete.

—El cisne era su símbolo. —Pressia da vueltas por el cuarto—. Recuerda que te conté que se hicieron unos tatuajes cuando todavía estaban unidos, y eran jóvenes e idealistas, una fila de seis tatuajes palpitantes que pasaban por encima del corazón propio, que era el séptimo latido.

Tres de los latidos estaban parados, pero no así el de su padre. Aunque Pressia sabe que debería alegrarse solo por el hecho de que haya sobrevivido, no puede evitar soñar con verlo. A veces lo único que quiere es salir y ponerse a buscarlo. Incluso ahora la sola idea hace que el corazón le vaya a cien por hora, como con latidos suplementarios, igual que los propios tatuajes.

Bradwell, Il Capitano y Perdiz se aferraron a la idea de que había latidos que seguían palpitando, y que eso significaba que existen más supervivientes, incluso otras civilizaciones, más allá de las esteranías. Pero ¿cómo de lejos? Para Pressia, en cambio, se trata de algo personal.

Vuelve junto a la caja, se agacha y se queda mirándola.

—Cisne —dice, y el artefacto vuelve a encenderse y a repetir siete veces la palabra «siete» hasta que empieza a pitar—. Está pidiendo una contraseña… o siete.

—¿Te sabes sus nombres? —le pregunta Bradwell.

—Todos no.

—Cisne.

La caja negra dice «siete» una vez más y cuando acaba y empieza a pitar, Bradwell dice:

—Ellery Willux. —Una luz verde parpadea al instante en una fila de lucecitas que hay junto al ojo-cámara—. Aribelle Cording. —Se enciende otra luz verde.

—Hideki Imanaka —dice Pressia, y también acepta ese nombre.

Ha dicho tan pocas veces el nombre de su padre en voz alta que aquella luz verde se le antoja una confirmación: existe de verdad, es su padre y siente una esperanza como no ha sentido en mucho tiempo.

—¿Y el resto? —le pregunta Bradwell.

Sacude la cabeza y dice:

—Caruso podría habernos ayudado, él lo habría sabido.

Era el que vivía en el búnker con su madre. Cuando Bradwell e Il Capitano volvieron allí después de que ardiese la granja, fueron con la intención de convencerlo para que fuese a vivir con ellos. Pero se encontraron con que se había suicidado. Bradwell nunca le contó cómo lo hizo y Pressia tampoco preguntó.

—Ojalá hubiera sabido lo mucho que podía habernos ayudado. Y en ese caso tal vez no se hubiese…

—¿Caruso no era uno de ellos?

—No.

—Intenta recordar.

—¡No puedo! —se queja Pressia, que frunce la frente, pensativa—. Ni siquiera sé si dijo todos los nombres.

Tiene la mente en blanco, solo ve la imagen de la muerte de su madre, su cráneo y la neblina de sangre.

—Quién sabe a qué tendríamos acceso si averiguásemos las contraseñas.

—¡No! —Ahora está enfadada—. Tenemos que concentrarnos en lo que podemos hacer, ahora, hoy, por esta gente que está sufriendo y necesita ayuda. Si nos dejamos arrastrar por el pasado, estaremos dándoles la espalda a los supervivientes.

—¿El pasado? —Bradwell también está furioso—. ¡El pasado no es solo el pasado: es la verdad! La Cúpula tiene que rendir cuentas por lo que le hizo al mundo. La verdad ha de salir a la luz.

—¿Por qué? ¿Por qué tenemos que seguir peleando contra la Cúpula? —Pressia ha renunciado a la verdad—. ¿Qué puede importar la verdad cuando hay tanto sufrimiento y muerte?

—Pressia —le dice Bradwell suavizando la voz—, ¡mis padres murieron intentando averiguar la verdad!

—Mi madre también está muerta, y tengo que dejar de aferrarme a ella, debo olvidarla. —Se acerca a Bradwell y le dice—: Deja tú de aferrarte a tus padres.

El chico pasa por delante de las filas de cajones y se detiene ante el último, el del fondo.

—Deberías ver al niño muerto.

—No, Bradwell…

Coge el tirador que tiene a la altura del pecho y le dice:

—Quiero que lo veas.

Pressia respira hondo, mientras Bradwell tira del cajón, de donde sale la bandeja. Va a verlo de cerca.

El chico tiene unos quince años y el pecho descubierto, con la parte de abajo envuelta en una sábana. La piel se le ha puesto color cardenal, al igual que los labios, violáceos como si hubiese comido moras. Tiene las manos encogidas, junto al cuello, como garras retorcidas, y le sobresale un pie por debajo de la sábana. Es de pelo moreno y corto. Lo más impactante es la barra plateada que tiene alojada en el pecho desnudo y que va de un lado a otro de las costillas. Era un crío cuando estallaron las Detonaciones, un chiquillo que iba en un triciclo. El manillar está lleno de óxido y lo rodea como si tuviera otro costillar. La piel que está repegada al metal es muy fina, casi una telaraña.

Pressia cierra los ojos y se agarra sus propias costillas con ambos brazos.

—¿Qué le ha pasado?

—Nadie lo sabe. —Cuando Bradwell retira la sábana, se ve que el chico solo tiene una pierna y que la otra ha sido seccionada no hace mucho. El corte es tan feo que se ve el hueso, y la imagen hace que Pressia contenga la respiración—. Le explotó la pierna y se desangró vivo. —Va a la encimera junto al fregadero, coge una cajita de cartón y se la enseña a Pressia, que solo puede imaginar que es un corazón humano todavía palpitante.

Cuando Bradwell levanta la tapa, se ve que está llena de restos de metal y plástico. Una de las piezas tiene un codo metálico que conecta otras dos más pequeñas que están quebradas, ambas de dos centímetros y medio.

—Encontraron todo esto junto al cuerpo. Lo tenía incrustado en lo que le quedaba de pierna.

—¿Qué son?

—No lo sabemos. —Cierra la tapa de la caja y se queda mirando el cadáver—. Pero fue la Cúpula, que no tiene intención de desaparecer. Las Fuerzas Especiales son cada vez más agresivas, más voraces. Pressia, yo no tengo intención de darle la espalda a nadie, pero es necesario que encontremos una forma de contraatacar.

49

Lyda

Tinas metálicas

*L*a habitación es espaciosa y solo contiene dos grandes tinas metálicas de aspecto industrial iluminadas por la luz tenebrosa de las ventanas maltrechas. El baño estaba previsto para la noche, pero en las horas más oscuras han estado confinadas porque el zumbido de las Fuerzas Especiales se escuchaba demasiado cerca y se han visto obligadas a posponer el baño.

Han tenido que traer a rastras a Illia, a la que no le gusta desnudarse delante de nadie, ni tan siquiera la cara; de hecho, ahora la tiene tapada con un trapo gris, aovillada como está en una de las bañeras. Cuando hacen pasar a Lyda, Illia dice:

—Estás aquí.

—Y tú —le responde Lyda, que no se refiere solo a su presencia física sino a que también está allí en el plano emocional.

En un principio a Illia le tuvieron que prescribir los baños porque se le acumula la ceniza de los fundizales en los pulmones y las madres temen que haya arraigado en ellos una bacteria. Illia necesita descanso y cuidados especiales.

Pero hace unas cinco noches sucedió algo milagroso en estas mismas tinas. Illia, por lo general ausente y callada, volvió en sí, como si de pronto le bajara la fiebre, y empezó a contarle historias a Lyda, relatos extraños y anónimos sin contexto alguno sobre «la mujer» y «el hombre», mitos o recuerdos, tal vez de su propia infancia.

Cuando Lyda le comentó a Madre Hestra la gran mejora de Illia, la madre habló de «curación». A Lyda le encantó aquello porque en el centro de rehabilitación nunca se utilizaba esa palabra. Al contrario que su propia madre, las de aquí son feroces, pero también ferozmente cariñosas. Por irónico que parezca, es la primera vez en su vida que se siente protegida, más de lo que nunca experimentó en el interior de la burbuja protectora que en teoría es la Cúpula.

Desde la curación se han bañado a diario con la esperanza de seguir mejorando. Y así ha sido. Durante el día Illia es una luz crepuscular que no para de toser en su cuarto, pero, con la caída de la noche, el baño la cambia.

—Hoy no te han puesto solo agua —le dice Illia, con una voz mansa y suave, algo ronca por no usarla—; tiene algo más.

Una de las madres le ha dicho a Lyda que tiene que sumergirse del todo. «El suero debe cubrirte cada centímetro de piel y cada pelo de la cabeza.» El ambiente huele como a jarabe, a medicamento. Lyda se quita la capa y la deja en el respaldo de una silla. Cuando mete los dedos en la bañera caliente y turbia, se le quedan pegajosos y secos en el acto y le dejan una extraña película.

—Dicen que disimula el olor humano —le cuenta Illia—. Así estarás más segura para el viaje de mañana.

—¿Qué se siente?

—Lo mío es solo agua. Yo no puedo ir…, ni ganas que tengo.

—¡Ni yo!

Aunque tiene unas ganas tremendas de ver a Perdiz, le gusta estar allí. Han empezado a enseñarle a combatir cuerpo a cuerpo y a cazar. Se nota los músculos más fuertes y cada vez afina más la puntería. Ha aprendido a aguardar en silencio y, a pesar de que es peligroso, la llena de una extraña paz. Incluso ahora, al desvestirse, no siente la vergüenza que experimentaba en los vestuarios de la academia femenina. Se siente como en su propia piel, y eso es bueno. Dobla la ropa en la silla, se mete en la tina y se sumerge en la extraña pócima.

—Yo prefiero morir aquí.

—Pero, mujer, una cosa es que estés enferma y otra que te estés muriendo.

Lyda no quiere hablar de muerte. En la Cúpula rara vez la mencionan; la palabra en sí es poco apropiada. A los primeros síntomas de enfermedad, escoltaron al padre de Lyda hasta el centro médico, al ala de cuarentena, y nunca más volvió a verlo. La enfermedad y la muerte son algo de lo que avergonzarse, y se pregunta ahora si su padre, al igual que Willux, se sometió a demasiada potenciación y sufrió la misma degeneración. «Tu padre ha pasado a mejor vida», le dijo su madre. «Ha pasado a mejor vida.»

51

—¡Cuéntame una historia! Me paso el día esperando que me cuentes una.

Es cierto solo en parte, porque hay algunas que le dan miedo: la narración tiene un componente agorero, como si la historia no fuese a acabar bien.

—Hoy no.

—La última vez me contaste que la mujer trabajaba como guardiana del saber en aquel lugar tranquilo y que el hombre recurrió a ella para pedirle que protegiera la semilla de la verdad, una semilla que florecería en el mundo que estaba por venir. ¿Qué pasó luego?

—¿Te conté que la mujer se enamoró del hombre?

—Sí, me dijiste que era como si el corazón le fuese a mil por hora.

Lyda lo comprende, siente lo mismo cuando piensa en Perdiz, sobre todo cuando se lo imagina besándola.

—¿Te he contado que el hombre estaba enamorado de ella?

—Sí, y ahí te quedaste, en que quería casarse con ella.

Illia sacude la cabeza.

52

—No puede casarse.

—¿Por qué?

—Porque va a morir.

—¿A morir?

—Y ella no puede morir con él porque tiene que sobrevivir como guardiana del saber y de la semilla de la verdad, que contiene secretos.

—¿Qué clase de secretos?

—Secretos que pueden salvarlos a todos.

¿Será verdad la historia? ¿Ocurrió todo eso en el Antes?

—¿Y cómo muere él?

—Está muerto, y ella lo está por dentro.

—¿Qué pasa con la semilla de la verdad? —Lyda está expectante, y por mucho que se dice a sí misma que es solo un cuento, no está del todo convencida.

—Se casa con uno de los elegidos para sobrevivir, con el único propósito de que la semilla de la verdad no muera. Se casa con un hombre con contactos cuando se acerca el Fin.

A Lyda la recorre un escalofrío: Illia está hablando de sí misma, y el hombre con contactos tiene que ser Ingership, su marido, al que mató. Pero se teme que al mencionarlo por su nombre Illia vuelva a retraerse. ¿No está en realidad contándole la historia de esa manera porque no es capaz de afrontar la verdad, pero a la vez le sirve para curarse?

—Cuéntame sobre el Fin —susurra Lyda.

—Una explosión de sol… todo se volvió iridiscente y se resquebrajó, como si los objetos y los humanos contuvieran luz. Fue la entrada más luminosa a la oscuridad.

—¿Y la guardiana sobrevivió?

Illia mira ahora a Lyda con los párpados entornados.

—Estoy aquí, ¿no? Estoy aquí.

Lyda asiente. Desde luego. Pero si Illia sabe que es la guardiana, ¿por qué le cuenta la historia en tercera persona?

—Illia, ¿por qué no dices directamente que «me enamoré de un hombre»? ¿Por qué no me lo cuentas todo y punto? ¿No confías en mí?

—¿Y qué pasa si resulta que no soy quien crees que soy? Un ama de casa humilde, enfundada en su media, una esposa maltratada que nunca ha sabido nada, que no tiene pasado, que nunca ha conocido el amor y no tiene poder alguno. —Alza los brazos, relucientes y mojados, con los puños cerrados—. Tú ignoras la diferencia entre estas cicatrices y estas otras, ¿no es verdad? Tú no sabes nada de cicatrices. —Tiene los brazos llenos de marcas y quemaduras, una hilera de abrasiones por todo un brazo y un reguero de esquirlas por el otro.

Lyda sacude la cabeza.

—Es verdad, no sé nada.

—¡Yo soy la guardiana! ¿Y dónde está la semilla, eh? Esa es la pregunta: ¿dónde está ahora la dichosa semilla? —Illia está furiosa y blande los puños en el aire.

—No lo sé, lo siento. No sé de qué hablas, ni a qué te refieres. —La chica se coge del borde de la bañera—. Dímelo, dime a qué te refieres.

—No podía darle la verdad a los muertos, tenía que guardarla. —La voz suena distante y angustiada.

—¿De qué muertos hablas? ¿De cuáles?

—Es que hubo tantos…

—¡Illia! Quiero que me digas lo que significa, que me cuentes la historia de verdad. Cuéntamelo, por tu bien y el mío. Suéltalo ya, haz el favor de contármelo todo.

—Y ahora no puedo morir hasta que haya cumplido mi mi-

53

sión, hasta que la haya entregado. Hasta entonces no puedo morir, Lyda. —La mira como si desease morir, pero Lyda no lo entiende—. No puedo morir —repite, como quien confiesa una profunda tristeza—, todavía no.

—Illia, no estás muriéndote. Cuéntame qué te ha pasado, dímelo, por favor. Y deja de hablar de muerte.

—¿Que no hable de muerte? ¿Qué quieres, que te hable de amor? Pues son la misma cosa, bonita. Lo mismo.

La habitación se sume en el silencio. Lyda se encoge en la bañera y cierra los ojos; al hacerlo, lo único que ve son los brazos mojados de Illia, el rociado de escoria y la extraña hilera ordenada de abrasiones. Lo que más la inquieta es que estén ordenadas. Las Detonaciones causaron fusiones y cicatrices al azar, no todas bien dispuestas una tras otra. Piensa en Ingership y entiende ahora la diferencia entre ambos tipos de cicatrices: unas son de las Detonaciones y las otras son de torturas, de nueve años de suplicios.

Se oye a Illia murmurar para sí y respirar con dificultad con el paño sobre la boca.

—Echo de menos la verdad, echo de menos el arte, el arte. La vida habría valido la pena si tuviese arte.

¿Acaso Illia era artista? A Lyda le encanta el arte; una vez hizo un pájaro de alambre. La mujer empieza a desvariar sobre la muerte:

—¡Quiero morir! Quiero estar muerta. Pero la guardiana no puede morir, la guardiana no puede hasta que cumpla su misión. La guardiana ha de encontrar la semilla.

La cosa tiene ya poco de relato o de leyenda, parece más bien un mantra o una oración. Aunque se trata de una plegaria funesta y aterradora Lyda cierra los ojos: el suero debe cubrirle cada centímetro de cuerpo y pelo, le explicó la madre. Se sumerge con la columna clavándosele en el metal. Cuando se interna entera en el agua, todo está en calma. Siente como si el suero la retuviese, como si la bañera tirase de ella. La respiración contenida empieza a quemarle los pulmones. «Un segundo más de paz —piensa—. Solo uno más.»

Perdiz

Frío

Perdiz ha empaquetado sus cosas y está listo: lleva los mapas enrollados en la mochila, la caja de música en el bolsillo del abrigo y los viales bien sujetos a la barriga con un trozo que ha rasgado de la sábana. Con todo, cuando la puerta del silo se abre de golpe por la mañana, le sorprende la luz polvorienta y la ráfaga de aire frío que entran a la par.

—¡Es la hora! —le grita Madre Hestra.

Apenas ha dormido. El escarabajo se arrastró hasta una esquina entre espasmos, hasta que por fin encontró un hueco y desapareció por él. La imagen se le quedó grabada en la cabeza, aquella pata gigante. Pero, más allá de esa visión en su retina, no le gusta dormir porque no para de soñar con que encuentra a su madre: en la academia, con su cuerpo amputado y ensangrentado bajo las gradas del estadio, en el silencio de la biblioteca o en el laboratorio de ciencias, el peor escenario, como si fuese un bicho que diseccionar; en el sueño está seguro de que ha muerto, pero de repente parpadea con un ojo. Es mejor no dormir mucho…

Sube el pequeño tramo de escalones de madera y siente la bofetada del viento. El cielo está cerrado, con oscuros bancos de nubes inflados. En otros tiempos en aquel paraje había una urbanización buena, con sus hileras de casas color crema, que ahora, en cambio, parecen huesos blanqueados.

Ve a Lyda en la esquina de una vivienda derruida. Con la capa meciéndose al viento, lleva en la mano una lanza rematada por una hoja afilada en la punta. Al principio lo mira como asustada, pero luego esboza una sonrisa que le ilumina la cara. Tiene también la piel brillante por el suero y los ojos llorosos. ¿Será porque se alegra de verlo o por el viento? Está empezando a crecerle el pelo, en una suave pelusilla sobre la cabeza. Con el cabello así de corto se le ve más la cara y lo guapa que es. Siente la urgencia de correr hacia ella, de levantarla en volandas y besarla. Pero Madre Hestra malinterpretaría el gesto como una agresión y podría llegar a atacarlo. No les dejan estar a solas. Fue una de las condiciones: la protección total de la chica.

Tiene que contentarse con sonreírle y guiñarle un ojo; Lyda hace otro tanto y luego se va hacia Madre Hestra y le acaricia el pelo a Syden.

—Caminaremos en fila —les dice la madre.

—¿Illia no viene? —pregunta Perdiz.

—La ceniza de los pulmones ha hecho que enferme y es mejor que se quede aquí para recuperarse.

—¿La ha visto un médico?

—¿Qué médico quieres que la vea? —repone Lyda, un tanto cortante.

—Es otra víctima de los muertos —dice fríamente Madre Hestra fulminando con la mirada a Perdiz—. Al fin y al cabo, fueron ellos quienes crearon la ceniza, y ha enfermado de los pulmones por culpa de eso, y hasta es posible que muera algún día de lo mismo. Otro asesinato.

—Yo no soy un muerto —intenta defenderse Perdiz—. Yo era un niño cuando estallaron las Detonaciones, y lo sabes.

—Un muerto es un muerto —sentencia Madre Hestra—. Poneos en fila.

Lyda va detrás de Madre Hestra, mientras que Perdiz va cerrando la fila, aunque a menos de un metro de Lyda. Siente un nudo en la barriga y le late con fuerza el corazón.

—Hola —le susurra.

Lyda lleva la mano detrás de la espalda y lo saluda.

—Te he echado de menos —murmura el chico.

Ella mira hacia atrás y le sonríe.

—¡Ya está bien de cháchara! —les reprende Madre Hestra. ¿Cómo los habrá oído?

Tiene ganas de contarle lo de los viales, lo de la pata del escarabajo, y esa extraña sensación que tan familiar le resulta. «Necesitamos un plan», quiere decirle; a fin de cuentas, fue algo parecido lo que los unió, su plan para robar el cuchillo de la muestra de hogar con las llaves de la urna de los cubiertos que tenía Lyda. Por un lado no puede quedarse el resto de su vida allí, custodiado por las madres, pero ninguno de los dos tiene adonde huir, están atrapados. ¿Tendrá ella la misma sensación? Seguramente...

Están dejando atrás los fundizales para internarse en las esteranías, que son unas tierras yermas, ventosas y peligrosas. Se imagina la pinta que deben de tener: Madre Hestra vestida con pieles y tirando del peso de su hijo, Lyda con su capa al viento, y él mirando nervioso a un lado y a otro.

Sin armas se siente vulnerable e inútil. La madre lleva al hombro un saco de cuero lleno de dardos de jardín. Le gustaría tener algo, lo que fuese; ya se había acostumbrado a llevar los cuchillos y los ganchos de carnicería de Bradwell. De hecho, por extraño que parezca, le alivia bastante haber sometido sus músculos a codificación especial, para ganar en fuerza, velocidad y agilidad. La extraña gratitud hacia su padre, por habérsela administrado, le revuelve la barriga.

Las esteranías que se extienden ante ellos se vieron calcinadas por las Detonaciones; se quedaron peladas, y siguen estándolo, sin árboles, sin vegetación, con tan solo restos de una autovía desmoronada, coches comidos por el óxido, caucho fundido y puestos de peaje volcados.

Perdiz se frota la cara, que se nota tirante del frío. Aprieta los puños y uno de ellos lo nota tenso aún del dolor por la mordedura del escarabajo. El helor se le extiende por los huesos incluso hasta la punta del meñique perdido, algo que parece imposible pero que juraría que es cierto.

Ahora tienen que ser cuidadosos. Por la arena, que se eriza en espirales, surgen y se arquean espinas dorsales. Los terrones son seres que se fusionaron con tierra y con escombros durante las Detonaciones y que ahora se dedican a cazar humanos. Engarzados con tierra, piedra o arena, los hay de todos los tamaños y formas; parpadean en el suelo y pueden acechar en círculos hasta atacar. Pero los terrones conocen a las madres, y las temen.

Lyda ha ralentizado el paso para separarse un poco de Madre Hestra y estar más cerca de Perdiz. ¿Adrede? El chico aligera la marcha.

—¿Hacía este frío que pela cuando éramos pequeños? —le pregunta.

—Yo tenía una parka azul y mitones unidos entre sí por un hilo y cosidos a su vez a las mangas del abrigo, para no perderlos. Nosotros deberíamos ir así, para no perdernos de vista el uno al otro.

57

Se detiene y Perdiz sigue avanzando hasta ella. Lyda mira de reojo a Madre Hestra y luego se vuelve hacia él, que la besa, sin poder evitarlo. La chica le acaricia rápidamente la mejilla; con las pieles bañadas en el ungüento de cera el tacto resulta extraño.

—Illia tiene algo.

—¿A qué te refieres?

—Sabe cosas, y dice que no puede morir hasta que cumpla con su cometido. No para de hablar de la semilla de la verdad.

—¿No estará delirando o algo así? ¿Qué crees que quiere decir?

—No lo sé —confiesa Lyda, que, antes de que Madre Hestra les grite, se vuelve y da unas zancadas para recuperar el paso en la fila.

La madre se detiene al borde de una pendiente. A los pies tienen una gasolinera en ruinas y unas vallas publicitarias medio engullidas por la arena.

—Quedaos aquí. Os llamaré cuando compruebe que es seguro seguir.

Perdiz mira la cabeza del hijo de Madre Hestra, que oscila a ambos lados en la bajada hasta la autovía hundida.

—Todavía no me acostumbro.

—¿A qué?

—A los niños fusionados a los cuerpos de sus madres. Me resulta, no sé, inquietante.

—Pues a mí me gusta ver niños, para variar —replica Lyda. Por culpa de la limitación de los recursos, en la Cúpula solo se les permite procrear a algunas parejas. Así y todo, ese intercambio de pareceres es como una brecha entre ambos—. En el Antes había tantos niños… —añade—. Y ya no están.

«El Antes» es una expresión que utilizan los miserables. ¿Se le están pegando las costumbres y el habla de las madres? El cambio lo perturba. Ella es la única que lo entiende. ¿Y si se convierte en uno de ellos? Se detesta a sí mismo solo por pensar en esos términos —nosotros, ellos—, pero es un sentimiento demasiado arraigado.

—¿Eres feliz aquí?

Lyda mira hacia atrás y le dice:

—Tal vez.

—A lo mejor no es que seas feliz aquí en concreto, sino que

estás feliz en general. Como una de esas personas que se levantan silbando, ¿sabes? —No puede ser que esté feliz solo por estar allí, ¿no?

—Yo no sé silbar.

—Lyda —dice Perdiz con una voz tan contundente que a él mismo le sorprende—, yo no quiero volver, pero es inevitable. Nuestra casa ya no es un lugar concreto. —Oye en su cabeza la voz de su padre: «Perdiz, se acabó. Eres uno de los nuestros, vuelve a casa». No hay casa que valga.

—Y si no es un lugar, ¿qué es?

Perdiz intenta imaginarse cómo era aquel sitio antes de que todo se viniese abajo y las ondas de arena se lo tragaran.

—Una sensación —le dice.

—¿De qué?

—Como de algo perfecto pero inalcanzable, de algo que nos han robado. Una casa, un hogar, solían ser algo sencillo. —Ve que Madre Hestra está remontando la siguiente loma con Syden. En cualquier momento les hará señas para que la sigan—. Sé lo que contienen los viales, he estado experimentando un poco.

—¿Experimentando?

—He visto que genera células y cómo va construyéndolas. Le inyecté una dosis en la pata a un escarabajo y creció sin parar. Mi padre quiere lo que hay en esos viales, y ahora sé lo potente que es.

—Igual que el chico ese al que le dieron el primer premio en el concurso de ciencias del año pasado.

—¿El qué? ¿De quién hablas?

—No recuerdo el nombre, pero era el que ganaba todos los años.

—¿Arvin Weed?

—¡Sí! El mismo.

—¿Y por qué le dieron el premio?

—¿No fuiste?

—Sí, creo que sí. Tengo un vago recuerdo de pasear con Hastings por los puestos.

—El equipo en el que estaba fabricó un nuevo tipo de detergente para pieles sensibles.

—¡Qué chulo!

—Venga, no me trates como a una niña pequeña.

—Perdona, no era mi intención. Yo no hice nada, ni tan siquiera un volcán con levadura.

—Bueno, pues Arvin Weed documentó cómo había conseguido regenerarle la pierna a un ratón que se había quedado impedido por culpa de una trampa.

—Venga ya…

Pero entonces recuerda que Hastings hizo un comentario sarcástico al respecto, en plan: «Un trabajo estupendo, Weed, has descubierto los ratones de tres patas y media, una especie fundamental». Weed lo miró fijamente y, cuando Hastings se fue hacia otra parte, lo cogió del brazo y le dijo que debería importarle aquel experimento, que podía salvar a gente. A lo que Perdiz le respondió: «¿Cómo piensas salvar a nadie con un ratón de tres patas y media?».

El recuerdo lo sobresalta.

—Dios… —murmura—. ¡Él ya lo ha averiguado! Así que la Cúpula ya tiene acceso a lo que contienen los viales. Cuando mi padre hizo que me siguieran hasta el búnker de mi madre, lo que buscaba era las otras dos cosas: el ingrediente que faltaba y la fórmula. Él ya iba un paso por delante. Tiene una de las tres cosas que necesita para recuperarse de la degeneración rauda de células y salvar la vida. —De repente se ha convertido en una carrera y su padre le lleva la delantera. Su madre le contó que este sabía que la potenciación cerebral acabaría pasándole factura, pero pensó que podía encontrar una solución y, en cuanto la tuviese, vivir para siempre—. ¿Y si mi padre nunca se muere?

—Todos los padres mueren.

Perdiz piensa en la extremidad abultada y musculosa del escarabajo.

—Mi padre no es como el resto de padres. —Alarga la mano para coger la de Lyda, a la que parece sorprenderle lo repentino del gesto—. Necesitamos un plan para regresar al interior de la Cúpula y sacar a la luz la verdad una vez dentro.

Lyda se le queda mirando con los ojos vidriosos, asustada.

—No va a pasar nada —le dice Perdiz—, ya nos inventaremos algo.

—Pues a Sedge sí que le pasó algo.

El padre de Perdiz le hizo creer durante años que su hermano mayor, Sedge, se había suicidado. Lo cierto, sin embargo, es que fue el mismo progenitor quien mató a su primogénito. ¿Cuántas veces había imaginado Perdiz a su hermano metiéndose la pistola en la boca? Le mintió. Pero ahora está muerto de verdad. «Perdiz, se ha acabado. Eres de los nuestros, vuelve a casa.» Lo que más aborrece Perdiz es la forma en que se lo dijo, suavizando la voz como si quisiera a su hijo, como si su padre pudiese entender alguna vez algo como el amor. Nunca acabará, ni es uno de ellos, ni existe ninguna casa a la que volver.

—Es capaz de matarte —le dice Lyda—, y lo sabes.

Perdiz asiente:

—Lo sé.

De repente un terrón surge del suelo tan cerca del pie de Lyda que le hace perder el equilibrio cuando la tierra se resquebraja.

La visión aumentada de Perdiz toma forma. Cuando el terrón abre las fauces, el chico salta y, en mitad del aire, le pega una patada a la cabeza rocosa. Le gusta el chasquido que hace cuando le parte el cráneo con el pie.

Lyda se ha levantado ya y está con la lanza en ristre.

El terrón fija ahora la mirada en el chico.

—Venga —lo desafía este—. ¡Vamos!

El cuerpo le arde en deseos de meterse en pelea y el corazón le martillea el pecho; siente los músculos como encogidos, a la espera de que les den rienda suelta.

Pero Madre Hestra grita desde la pendiente al otro lado de la autovía para llamar la atención del terrón y, cuando este se vuelve, le tira un dardo de jardín, en un perfecto lanzamiento a gran distancia; le alcanza en toda la sien y el terrón muere en el acto con un suspiro.

—¿Por qué ha hecho eso? ¡Lo tenía controlado! —grita Perdiz.

Lyda se acerca al terrón, cuya parte viva se revuelve por la tierra, saca el dardo y se restriega la sangre en la falda.

—¿De verdad lo tenías controlado?

—Pues claro que sí.

Lyda, sin embargo, sacude la cabeza como si estuviera reprendiéndole.

—Yo habría sabido cuidar de mí misma.

Perdiz exhala con fuerza.

—¿Estás bien?

—Sí.

Mientras la chica se sacude el polvo de la capa, Perdiz ve algo en su mirada que no sabe reconocer.

Pero en ese momento Madre Hestra les hace señas para que prosigan la marcha y, cuando están lo bastante cerca, Lyda le grita:

—¿Cuánto queda?

—Cinco kilómetros o así. Seguid en fila recta y nada de cháchara.

Caminan en silencio durante lo que les parecen horas, hasta que llegan a una hilera de prisiones derrumbadas, salvo por dos menos dañadas. Los armazones de acero y parte de los cimientos se mantienen en pie, pero todo lo demás son escombros. Enfrente de las cárceles hay una especie de fábrica que tiene una chimenea aún en pie y otras dos caídas como árboles y hechas añicos al impactar contra el suelo.

Madre Hestra se detiene ante una cicatriz larga y dentada que hay en la tierra, no lejos de una lámina de metal fijada al suelo por dos goznes caseros. Escruta las estructuras de acero en la distancia, donde debe de haber una de las suyas, pues Madre Hestra levanta el brazo y parece esperar una señal. Perdiz escudriña también la estructura pero no ve ni un alma.

Por fin la madre parece satisfecha al recibir algún tipo de luz verde. No tienen que andar mucho más.

—Hemos llegado —les anuncia, al tiempo que levanta la chapa metálica del suelo contra el viento.

La abertura conduce a un oscuro túnel.

—¿Qué hay ahí abajo? —quiere saber Lyda.

—El metro. Supimos que estaba aquí porque trazamos la trayectoria de la línea que pasaba por los barrios residenciales. Durante las Detonaciones los túneles se alzaron por debajo de la tierra. —Perdiz imagina los vagones empujando hacia arriba montañas de tierra y creando aquel montículo—. En cuanto vimos el desgarrón de tierra supimos lo que era y nos pusimos a cavar.

—¿No quedó gente atrapada dentro? —pregunta Lyda intentando atisbar algo por el boquete en pendiente.

—Habían muerto mucho antes de que los encontrásemos, pero les dimos un entierro digno. Nuestra Buena Madre quiso honrarlos porque nos dieron algo. En las esteranías siempre hay tesoros escondidos, pero a menudo hay que cavar para encontrarlos.

Lyda se pone a gatas sin problemas, mientras que Perdiz no lo hace de tan buen grado. La gente que no murió del impacto lo hizo sepultada viva. Mira de reojo a Madre Hestra y le dice:

—¿Las señoras primero?

Esta sacude la cabeza y contesta:

—Tú primero.

Perdiz se pone a gatas sobre el suelo frío y duro. Madre Hestra, que le sigue por el túnel, cierra la trampilla y en el acto todo se vuelve negro.

De pronto, una luz brillante ilumina el fondo del túnel y la cara de Lyda aparece bañada de dorado.

—Es perfecto —dice esta.

Y por un momento Perdiz imagina que al final del túnel lo aguarda toda su infancia: los huevos de Pascua pintados, los dientes de leche, su padre como un arquitecto muy trabajador, un burócrata de mediana edad; y su madre, metiendo ropa mojada por la boca abierta de la secadora. Una casa, un hogar, lo que le han robado. Perfecto…, como si alguna vez hubiese existido algo perfecto.

Il Capitano

Pira

Aunque baja a trompicones la colina, con las zarzas enganchándosele a los bajos del pantalón a modo de pequeñas garras, Il Capitano consigue abrirse camino a buen paso. El viento sopla con fuerza, pero se siente con las pilas cargadas. «Hastings»... Tal vez no sea ni una batalla ni un saludo, sino algo tan simple como el nombre del soldado. Al principio no se le ha ocurrido porque no ve a los seres de las Fuerzas Especiales lo suficientemente humanas como para tener nombres, pero está claro que en otros tiempos eran niños normales..., bueno, mejor que normales: eran los niños más privilegiados del mundo.

¿O debería intentar deducir otro significado? «Haste» en inglés es ir deprisa. «Tidings» son saludos, que siempre son cordiales, no hostiles, algo más apropiado para la ocasión. «Haste» más «tidings» da «Hastings», ¿no es eso? A Il Capitano nunca se le han dado bien las palabras, él es más de armas, de motores y cacharros eléctricos.

—Hastings —dice en voz alta, y esta vez Helmud no lo repite.

Estará dormido: cuando hace frío suele meter la barbilla en la espalda de su hermano, plegar sus brazos larguiruchos y quedarse dormido; en esa postura, desde lejos, puede parecer incluso un único hombre. Se imagina a Pressia viéndolo así. A veces cuando están hablando ella mira a Helmud, pero no como el resto de la gente, que parece mirar algo deforme; ella lo mira más como si participase en la conversación. Aunque en realidad a él le gustaría que por una vez lo viese solo y únicamente a él.

Se pregunta si Hastings volverá a aparecer y le brindará información real. «Vaya —piensa Il Capitano—. ¿Y si he conse guido un informante, alguien de dentro?» Considera la posibilidad de decírselo a Bradwell y Pressia, pero le gusta la idea de saber algo que ellos no saben, una especie de caudal de poder.

Ahora se acerca ya a los supervivientes de la pira y ve que han reunido palos, han arrastrado troncos partidos y han dispuesto pequeños abetos con los que puede formarse una buena hoguera, a pesar de que la madera parece verde y húmeda. Unos cuantos hombres que tiran de carretillas lo miran por el rabillo del ojo pero prosiguen su camino.

En el suelo hay tres niñas sentadas que están inventando una canción. Son posts, nacidas en el Después, pero aun así, como todos los posts, tienen deformidades. Las Detonaciones causaron tal impacto en las células que afectaron incluso a las espirales del ADN. Y nadie se salvó, ni se salvará en varias generaciones. Una de las chicas tiene la cabeza rapada al cero, como si acabasen de desparasitarla, y se le ven los huesos nudosos del cráneo, que está arqueado por un lado, como si por dentro cupiese más de un cerebro. A otra de las chicas le sobresale un hombro bajo el abrigo. Las tres tienen la piel moteada y los ojos hundidos.

En cuanto las niñas lo ven, se levantan e inclinan la cabeza. El uniforme de la ORS lleva mucho tiempo asociado al miedo y, visto que poco puede hacer al respecto, prefiere aprovechar la circunstancia. El miedo puede ser una buena baza.

—Descansen —les dice. La niña del hombro salido alza la vista y se echa a temblar al ver a Helmud, que ha asomado la cabeza—. Es mi hermano, tranquila.

Uno de los hombres se le acerca. Tiene la barriga hinchada, posiblemente por un tumor que le ha ensanchado las costillas.

—No estamos haciendo nada malo, es por el bien común.

—Tranquilo, solo quería saber qué estabais haciendo por aquí —contesta Il Capitano al tiempo que se pone el rifle por delante.

—Hemos recibido un mensaje —le explica el hombre.

Una chica alta, mayor que las otras, con una abultada trenza de piel a un lado de la cara le dice:

—¡Es cierto: pueden salvarnos! Ella es la prueba viviente. Fui yo la que la encontré, no muy lejos de aquí.

—Espera. ¿Por qué me da la impresión de que estáis haciendo una hoguera?

—Hoguera —dice Helmud, y todo el mundo se lo queda mirando boquiabierto.

65

—Queremos hacerles saber que la hemos encontrado y que les ofrecemos a otras tres —dice la joven con la cara trenzada—. Las pondremos aquí en fila y esperaremos.

—La de en medio es mía —apunta el hombre de las costillas ensanchadas señalando a la chica de la cabeza rapada.

—Pero ¿a quién habéis encontrado? ¿A qué niña?

—¿A qué niña? —insiste Helmud.

—A la Niña del Nuevo Mensaje —le cuenta la joven—. ¡Es la prueba de que pueden salvarnos a todos!

—¿Cuándo la encontrasteis?

—Estamos ya en el tercer día santo.

—¿Y quién puede salvarnos, si puede saberse? —pregunta Il Capitano, a pesar de que conoce la respuesta. La Cúpula ha mandado un mensaje por medio de una niña. ¿Será por eso por lo que Hastings lo ha hecho ir hasta allí?

La joven sonríe y la trenza de la mejilla se le abulta. Levanta las manos hacia la Cúpula y dice:

—Los Benevolentes, nuestros Guardianes.

No es la primera vez que escucha hablar en esos términos a los seguidores de la Cúpula, los que confunden a Willux y su gente con dioses, y a la Cúpula, con el Cielo.

Acaricia con la mano la punta del rifle, como para recordarles que existen más autoridades con las que lidiar que la Cúpula.

—No creo que sea buena idea —dice con mucha calma—. Voy a tener que pediros que os disperséis.

—Pero estamos preparando a la Niña del Nuevo Mensaje para la pira —replica la joven, que tiene la mirada perdida y la cara encendida como si le hubiesen golpeado con algo.

—¿Qué queréis, quemarla?

—¿Quemarla? —murmura Helmud.

Il Capitano oye el chasquido de la navaja de su hermano al abrirse.

—No, vamos a venerarla y adorarla. Y a esperar que se lleven al resto. —La joven se balancea mientras habla y la falda le cepilla las pantorrillas, que están pálidas y llenas de ceniza.

Il Capitano vuelve a mirar a las tres chiquillas, que entornan los ojos y ladean las cabezas. Es muy inquietante que ni siquiera parezcan asustadas.

—Los ángeles nunca se alejan mucho —dice el hombre de las costillas ensanchadas.

—¿Es que no oyes el zumbido de sus espíritus sagrados? —le pregunta la joven.

—¿Te refieres a las Fuerzas Especiales? Eso tiene poco de zumbido sagrado, te lo aseguro.

—Lo aseguro.

—Tú no crees, pero ya creerás.

Il Capitano apunta con el arma al hombre de la carretilla y le dice:

—¿Qué os parece si me traéis a la niña? Ahora.

—Ahora —susurra Helmud.

La joven mira al de la carretilla, que asiente.

—Está en la ciudad, a buen recaudo —le explica esta—. Puedo llevarte hasta ella. —Sin más la joven echa a andar hacia el otro extremo del bosque e Il Capitano la sigue. Al poco ella mira hacia atrás, dejando a la vista su mejilla bulbosa y trenzada, y le dice—: Es de verdad, ya lo verás. Es la prueba, ella misma te lo dirá.

Pero en cuanto termina la frase, sus ojos se clavan por detrás de Il Capitano y se ensanchan. Con asombro en la voz, le susurra:

—¡Mira!

No quiere mirar, no puede ser nada bueno. Helmud se arquea en su espalda, girándose para ver de qué se trata. Il Capitano respira hondo y se vuelve.

Al otro lado de la pira, la inmensa Cúpula se alza sobre una montaña, en una mole acechante coronada por una cruz que se clava en las nubes color carbón. Al principio no distingue nada raro, salvo por unos puntitos negros; pero entonces ve que se mueven y tienen patas: no son puntitos sino unos seres negros y menudos que parecen arañas y que están saliendo de una pequeña abertura en la base de la Cúpula. Como robots resplandecientes, van saliendo y correteando una tras otra.

—¡Nos mandan regalos! —exclama la joven.

—No lo creo. De regalos, nada.

—Nada.

Incluso desde lejos Il Capitano juraría oír los crujidos de los cuerpos metálicos y el roce de la arena bajo unos pies articulados. Son criaturas malignas, creadas por la Cúpula. Tiene que avisar a Bradwell y Pressia.

—No tenemos mucho tiempo —le dice a la joven—. Sigamos.

Υ

De camino a la ciudad, Il Capitano se entera de que la joven de la mejilla trenzada se llama Margit. No para de hablar en todo el rato, de contarle cómo fue a recolectar colmenillas con su amiga ciega y se encontró con la niña; pero Il Capitano apenas la escucha. Cada vez que la joven baja el ritmo, la empuja en la espalda con el arma. ¿Cuánto tiempo tardarán en llegar las arañas robot a la ciudad? Se les veían unas patas pequeñas pero ágiles.

Recorren a toda prisa un callejón tras otro de chabolas ennegrecidas, construidas con montones de roca, tablones y lonas. La ciudad está en constante descomposición, con ese penetrante hedor a muerte, al olor dulzón y nauseabundo de los cadáveres, así como a carne espetada y chamuscada.

Mientras cruzan los escombrales va contando las columnas de humo que surgen de entre las rocas, una costumbre que tiene. Cada una representa una cavidad llena de terrones o alimañas que se alimentan de los supervivientes que atrapan. Il Capitano ha perdido a muchos hombres en los escombrales.

Va pendiente también de las Fuerzas Especiales que rondan por la ciudad. Le resulta igual de extraño que inquietante no ver ninguna. ¿Las habrán evacuado porque sabían que venían las arañas?

Margit lo conduce hasta una alcantarilla custodiada por un amasoide compuesto por dos hombres con los torsos unidos y por una mujer con la mitad del cuerpo fusionada con la espalda de uno de ellos. Podían buenamente ser unos desconocidos que en las Detonaciones se encontraron fundidos entre sí mientras esperaban en la cola del autobús o en la del banco; al menos Il Capitano está fusionado con alguien a quien conoce, con un miembro de su familia.

Uno de los del amasoide lleva en la mano una cadena y otro una roca, mientras que la mujer que tienen a la espalda escruta el panorama por debajo de una capucha oscura. Cuando ven el arma y el uniforme retroceden ligeramente.

—Quiere verla con sus propios ojos —les dice Margit.

Todo el amasoide asiente y se aparta a un lado para dejarle paso.

Pese a que parte del conducto de la alcantarilla está hundido, parece seguro. Il Capitano y Margit son demasiados altos para ir de pie, de modo que se agachan para entrar y caminan encorvados. Helmud se va golpeando en la espalda con el techo y no para de gimotear.

—Deja de quejarte —le dice Il Capitano.

—Quejarte —repite el otro.

Pronto ve la luz de un farol de aceite casero y a unas cuantas personas alrededor. Se detiene y le dice a Margit:

—Quiero verla a solas, que salga todo el mundo.

—Es demasiado valiosa.

—Una pena.

—¿Nos podemos quedar por lo menos dos contigo?, ¿las dos que la encontramos? No diremos nada.

Il Capitano contempla las caras entre las sombras.

—Vale, pero el resto que se vaya.

—Que se vaya —dice Helmud, como si fuese mejor que ellos porque le han dejado quedarse. ¿Adónde iba a ir si no?

Margit se acerca al resto, discute un momento y luego estos se dispersan y pasan al lado de Il Capitano de camino a la salida de la alcantarilla.

Aparte de Margit se quedan otras dos figuras sentadas en el suelo: la de la recolectora ciega y la de la niña.

Cuando Il Capitano se acerca, Margit le dice a la niña:

—Este hombre quiere hablar contigo, quiere conocer la verdad.

Se cuelga el fusil a la espalda de Helmud y se arrodilla. Ahora que está más cerca de la luz puede ver los ojos de la ciega, quemados en las Detonaciones. A muchísima gente le pasó lo mismo. Pero las cataratas no son lechosas como las de su abuela en el Antes, no: son ojos que parecen brillar, más gatunos que humanos.

—La chica es sagrada —dice la ciega—. Los ángeles la guardaron hasta que llegamos nosotras y luego nos la dejaron para que la cuidásemos.

Alarga la mano y palpa a tientas la cara pálida de la niña, a la que de pronto se le entrecorta la respiración y se le saltan las lágrimas.

—Su voz… —prosigue la ciega entre sollozos— no es como la nuestra. La han hecho pura. No tiene aspereza, ni rémoras. ¡Suena a nueva!

—Por eso, porque la han vuelto a hacer —dice Margit—. Es la Niña del Nuevo Mensaje, ¡la que nos salvará a todos!

—Yo puedo ayudarte —le dice Il Capitano a la niña—. Eso espero, al menos.

69

La niña lo mira y se retira el pelo de la cara, que está pálida y blanquecina como la leche.

—¿Y decís que la han hecho pura?

—¿Pura? —repite Helmud, que se echa hacia delante para verla más de cerca.

—Súbele las mangas —le dice Margit— y lo verás con tus propios ojos, si es eso lo que necesitas, ver para creer.

—A mí no me ha hecho falta —dice orgullosa la ciega.

Il Capitano se queda mirando unos segundos a la niña antes de cogerla por la muñeca. No parece asustada, sino más bien agradecida. Le arremanga un brazo y deja a la vista una carne inmaculada; sin dar crédito, le sube la otra manga y ve un brazo igual de impecable.

—¿No nació en la Cúpula? ¿No es pura?

—Estaba destrozada y vivía en la calle. Algunos de los huérfanos la han identificado —le cuenta Margit.

—¿Cómo te llamas? —le pregunta Il Capitano.

La niña no se mueve ni dice nada.

—Se llama Wilda. Nos lo dijeron los huérfanos y ella asintió.

—Dile el Nuevo Mensaje —interviene la ciega, que alarga la mano para tocar el pelo brillante de la niña—. Díselo.

La niña entrelaza los dedos, se los lleva a la barbilla y se hace un ovillo.

—¿Hay algo que quieras decirme?

La mano de Helmud asoma entonces por el hombro de su hermano, con un barquito que ha tallado en madera. «Joder —piensa Il Capitano—. ¿Eso lo ha hecho mi hermano?» Es tan delicado y hermoso que lo conmueve y hace que se le humedezcan los ojos. Tiene que cerrarlos para no dejar escapar una lágrima.

El barquito es un regalo. La niña lo coge entre ambas manos.

—Decirme —le dice Helmud—, dime.

Pressia

Cadete

—¿*L*e has hecho preguntas personales a las cajas? —interroga Pressia a Bradwell—, ¿sobre tus padres y eso?

Están comiendo carne correosa de lata en el extremo despejado de la mesa metálica.

—Sí, alguna que otra —confiesa el chico.

Fignan está en el suelo junto al radiador, que de vez en cuando echa una débil bocanada de vapor caliente; tiene los brazos y las piernas plegados en el cuerpo y las luces casi apagadas. Pressia se arrodilla a su lado y le pregunta a Bradwell:

—¿Le gusta estar calentito?

—Creo que en realidad está succionando energía, porque parece sentirse atraído por los enchufes, como el del flexo que uso para leer o el radiador cuando se pone a vibrar. No sé de qué forma consigue extraer la energía, pero eso explicaría cómo ha sobrevivido.

—¿Y el resto de cajas?

—Siempre que las saco del cajón hacen lo mismo.

En cuanto menciona el cajón, Pressia piensa en el chico muerto y amoratado con el manillar alojado en las costillas. No puede quitarse de la cabeza la visión de su cuerpo tendido en la bandeja, y su mente repasa a toda velocidad los muertos que ha visto en los últimos meses. La recorre un escalofrío.

—Entonces ¿sigues pensando en tus padres? —le pregunta a Bradwell.

—Más que nunca.

—¿Y eso?

—Porque me estoy acercando a ellos, en lugar de alejarme. Ingership dijo que Willux los conocía. Siguen teniendo lazos en este mundo, por su trabajo para intentar detener a Willux y por mí. Igual que tu madre, ¿no crees? Sigue estando aquí, con el cisne, los Siete. Aunque parece todo un embrollo, ha de tener algún sentido.

—Supongo.

—Yo no soy de la opinión de Il Capitano, que quiere derrocar a la Cúpula. Ni pienso como Perdiz, que quiere vengarse de su padre. Yo lo único que quiero es que todo el mundo sepa la verdad.

—Siento lo que te dije antes. Sé que tus padres lo arriesgaron todo por la verdad; y quiero saber distinguir entre lo real y lo que se inventaron y nos hicieron tragar como verdad absoluta.

Aunque no del mismo modo que Bradwell: él quiere conocer la verdad sobre el mundo, mientras que ella solo quiere saber la verdad sobre sí misma en este mundo. Puede parecer un deseo egoísta, insignificante y mezquino. «Emi Brigid Imanaka.» Son solo tres palabras, y «Pressia Belze» no es más que una invención.

—Bien —dice Bradwell, pero ve que está mirándola como si no la creyese del todo. A lo mejor se ha dado cuenta de qué quiere ella en realidad—. Venga, pregúntale a *Fignan* por tu madre y tu padre.

Pressia apoya la mano con cuidado en la tapa de la caja.

—¿Tú crees que debo?

—Solo si es lo que quieres.

—Me siento como si estuviese haciendo trampa. —Aparta la mano de la caja—. Quiero recordarlos por mi cuenta…, pero creo que soy incapaz. ¿Por qué no me acuerdo de las Detonaciones? O, en realidad, de casi nada del Antes.

—¿Y quieres hacerlo?

—Lo necesito. O sea, tengo que atravesar ese túnel hasta esa parte de mi historia si quiero llegar al Antes. Es como si fuese la puerta cerrada de un desván. Si la abro, encontraré las cosas que mi mente ha borrado de las Detonaciones y tal vez, al fondo del todo, tenga recuerdos de mis padres.

—Pues el otro día estuve pensando en eso, y en que seguramente hablabas un japonés fluido —comenta Bradwell—. Al fin y al cabo viviste allí, te criaron entre tu padre y tu tía. Debes de tener dentro el idioma, en lo más hondo.

—Supongo que lo tendré arrinconado, como todo lo demás.

—A lo mejor eso también influyó, el que no tuvieses un idioma para procesar todo lo que estaba pasando.

—Me sé la letra de la canción de la niña a la que se le levanta el vestido con el viento en el porche, la que me cantaba mi madre.

—Eso es un recuerdo fácil.

—¿Qué quieres decir?, ¿que no tengo agallas para recordar las cosas duras?

—No, lo que quería decir es que…

En ese momento alguien llama a la puerta. *Fignan* se enciende y su motor vuelve a la vida con un gruñido.

—¡Bradwell! —llama una voz de hombre.

El chico va hasta la puerta y pregunta:

—¿Qué ocurre?

—Hemos recibido noticias de Il Capitano. Es importante.

Bradwell levanta la retranca y sale al pasillo.

Por el tono grave de voz, Pressia comprende que se trata de una urgencia, que ha pasado algo malo, y al instante se le encoge el corazón. Se queda mirando la fila de luces que semejan varios ojos seguidos en la espalda de *Fignan*. «Siete cisnes que nadan», le viene a la cabeza, pero no sabe de dónde se ha sacado eso. *Fignan* la mira fijamente, como un perrillo que solo sabe hacer un truco, y la chica se arrodilla a su lado y le murmura:

—¿Me contarías cosas sobre mis padres si te preguntase?

Nada más decirlo se pregunta si en realidad teme averiguar cosas sobre sus padres. ¿Hará que los eche más de menos? ¿Será información que no quiere saber? Al fin y al cabo es una bastarda, una hija secreta…

Fignan se levanta y saca uno de sus brazos, que le agarra unos cuantos pelos de la cabeza y se los arranca.

—¡Ay! —exclama, y se levanta en el acto frotándose donde le ha arrancado el pelo—. Joder, ¿a qué ha venido eso?

El pelo desaparece como un hilo que devanara rápidamente el motor del interior. Aturdida, se aparta de *Fignan* y choca con la mesa metálica, de donde sale rodando la campanilla, que cae por debajo de la mesa y repica contra el suelo.

La recoge y, cuando va a ponerla en su sitio, ve el recorte de periódico. Ahora lee el titular entero: «La muerte del cadete ahogado se declara accidental». Debajo de la foto aparece el nombre del chico: «Cadete Lev Novikov». Pressia coge el recorte, donde se explica que la operación de entrenamiento fue un esfuerzo internacional: los Mejores y Más Brillantes de varios países reunidos en un esfuerzo diplomático para promover un intercambio

73

cultural abierto. Deduce que se trataba de una ramificación de los Mejores y Más Brillantes que reunía a la élite de los jóvenes del mundo entero, lo cual explicaría por qué invitaron a su padre, que era japonés; Lev Novikov, por su parte, era originario de Ucrania. La cara del chico se le antoja angustiada, aunque tal vez solo sea porque sabe que murió hace mucho. Es guapo y serio. Debajo del recorte hay otro: «Un cadete recibe una estrella de plata al heroísmo». Hay una foto de otro cadete, que Pressia reconoce en el acto, pese a que está más joven y sus ojos parecen más oscuros y vivos.

«Cadete Ellery Willux.» Lee por encima el artículo: «Willux, de 19 años, intentó salvar al cadete Novikov en un accidente que se produjo durante la instrucción. "Es una lástima, porque el chico [Novikov] llevaba un tiempo enfermo —declaró el oficial Decker—, y justo empezaba a recuperarse. Era su primer baño de la temporada"». Hicieron un funeral y, ese mismo día por la tarde, una ceremonia para entregar la medalla. Escudriña el artículo en busca de otra cita textual: «"Es un día triste, pero se ha recompensado el heroísmo", comenta el cadete Walrond».

Walrond... ¿el mismo Arthur Walrond, el amigo de la familia que convenció a los padres de Bradwell para que le comprasen un perro al que llamó *Art Walrond*? ¿Formaba parte también de los Mejores y Más Brillantes? ¿Fue en aquella instrucción donde se conocieron Willux, su madre y su padre? ¿Y eso sucedió antes o después de convertirse en los Siete? Pero ¿cómo es que Bradwell no le ha contado nada de eso?

Vuelve a poner los dos artículos donde estaban, con la campanilla encima. *Fignan* se le acerca con un zumbido y Pressia retrocede. Se detiene y parece jugar con el parpadeo de las luces. Y entonces gime, en un quejido casi lastimero. ¿Se estará disculpando?

Ladea la cabeza y alza la vista hacia la caja.

—¿Qué quieres de nosotros?

La caja negra no responde. Tal vez no esté programada para querer; se pregunta si entenderá de deseos y miedos.

Bradwell vuelve al cuarto y le dice:

—¿Qué?, ¿hablando con una caja? ¿A que no son tan mala compañía?

Pressia se avergüenza y cambia de tema:

—¿Qué decía el mensaje de Il Capitano?

—He quedado en verlo en los escombrales. Hay una niña, un caso extraño. Y unas arañas, algo de unas arañas.

—¿No ha dicho que vaya yo también?

—Es demasiado peligroso.

—Voy contigo, quiero ayudar.

—Il Capi es capaz de matarme si te llevo conmigo.

—¿Me estáis protegiendo aquí por mi propio bien, o en realidad me tenéis prisionera?

—Ya sabes la respuesta. Es solo que Il Capi quiere…

—Si me siento como una prisionera, será porque lo soy.

Bradwell se mete las manos en los bolsillos y suspira.

—No soy tan frágil —insiste Pressia, aunque no está segura de que sea cierto. ¿Tiene una fisura en su interior (haber apretado el gatillo y haber matado a su madre) y es de esas que nunca llegan a curarse del todo?

El chico alza la vista y la mira.

—Es demasiado pronto.

—Te olvidas de una cosa. —Reconoce esa voz suya, baja pero segura.

—¿De qué?

—De que yo tomo mis propias decisiones y no tengo que pedirte permiso.

Lyda

Vagón de metro

De pequeña Lyda nunca fue en metro. Era el sector disidente de la población el que viajaba bajo tierra: los revolucionarios y los pobres, aquellos a los que Dios no quería lo suficiente para bendecirlos con riqueza. En los documentales de la Ola Roja de la Virtud mostraban escenas de cómo arrestaban a elementos subversivos en los metros. A su padre le encantaban esas películas y los videojuegos que daban de regalo al comprarlas.

Pero nunca se había imaginado así los vagones de metro. El suelo está inclinado y cuajado de esquirlas de cristal y otros restos, mientras que las ventanillas están todas resquebrajadas, formando dibujos que parecen telarañas. El resto del vagón está intacto: los asientos rojos de plástico, los barrotes plateados, los mapas del metro y los anuncios por debajo del plexiglás astillado. El farol arroja sombras cambiantes y da la impresión de que se asoman fantasmas por detrás de los asientos.

—Entonces, esta será nuestra casa un tiempo —comenta Lyda—. ¿Por cuánto?

Madre Hestra está intentando arreglar unas luces de Navidad que las madres han conectado a una pequeña batería. Las bombillitas parpadean.

—Ni idea. Días, semanas…, hasta que deje de ser seguro.

Perdiz y Lyda pasan tan cerca el uno del otro que se rozan con los codos. La chica comprueba si Madre Hestra se ha dado cuenta, pero no parece haberse percatado de nada.

—¿Qué comeremos? —pregunta Lyda.

—He traído provisiones para varios días. Cuando se acaben vendrá alguien con más.

Lyda tiene miedo de hablar con Perdiz. ¿De veras quiere que

vuelvan juntos a la Cúpula, que hagan un plan? Parece verse arrastrado hacia atrás... Así ve ella la Cúpula, como algo que ha dejado atrás, el pasado, otro mundo. ¿Cómo va a volver? Pero a su vez ella se siente arrastrada por él.

Se acerca ahora a él y alza el farol para ver el anuncio de una línea de productos de limpieza —¡VISTE TU CASA DE LARGO!— y otro de un refresco de limón con burbujas sonrientes; en el de al lado solo aparece una joven que mira por una ventana y por debajo solo pone ¿NECESITAS AYUDA? seguido de un número de teléfono.

—¿Crees que tiene depresión? ¿O será que quiere suicidarse?

—¿O que está embarazada y no está casada? —murmura Perdiz. Lyda se pone colorada: es imposible quedarse embarazada sin estar casada, ¿no?—. Seguramente a los operadores que respondían les diese igual. Total, tenían una misma respuesta para todo.

—Los sanatorios —susurra Lyda—. ¿Qué te parece lo de Illia? Me ha contado una historia sobre un hombre y una mujer y la semilla de la verdad. Parece un cuento, pero no lo es, estoy convencida de que... —Se detiene en mitad de la frase. Perdiz la está contemplando con la mirada perdida—. ¿Qué pasa?

—Dios, ¿cuánto tiempo piensan tenernos aquí metidos? —pregunta en un hilo de voz—. No creo que pueda aguantarlo, no contigo aquí.

El comentario le hace daño.

—¿A qué te refieres?

—Pues a tenerte tan cerca y que no me dejen besarte.

El corazón le da un vuelco. Se cubre la cara con las manos y le susurra:

—A mí me pasa lo mismo.

Llevan toda su vida vigilados, como ovejas, formados en filas, instruidos en grupos, leyendo todos al mismo tiempo y volviendo la página a la vez, tanto en el Antes como en la Cúpula. Por eso les parece tan cruel verse así, en un lugar donde todo es tan salvaje e inexplorado: pero, en lugar de ser libres y salvajes ellos también, se sienten una vez más controlados.

Lyda pone la mano en el plexiglás y Perdiz la imita. El meñique de ella roza el herido del chico, prueba de lo salvajes que pueden ser las madres. Aunque le da lástima que haya perdido el dedo, le encanta el barbarismo de las madres; al igual que sentir el peso de la lanza en la mano, lanzarla con toda su fuerza y oír el ruido sordo al impactar en el blanco. Después de una infancia de sentimientos reprimidos, de ira constantemente contenida, de negar los miedos y avergonzarse del amor, el barbarismo se le antoja de lo más honesto.

—Os quiero a un metro de distancia. ¡A un metro! —les ordena Madre Hestra.

Perdiz levanta las manos, como diciendo: «Nada de contacto, ¡prometido!», y luego se separan unos pasos.

La madre le ha dicho a Lyda que si los deja a solas, tal vez él haga «avances no deseados», y que incluso podría «hacerle daño». Pero a Lyda le encantaría decirle que está muy equivocada, que a ella siempre le ha gustado más Perdiz que viceversa; que le encanta estar a solas con él, besar sus labios, pasar las manos por su piel y que él la acaricie con las suyas. Sabe lo que hacen las parejas casadas cuando están a solas, o al menos ha oído rumores al respecto, porque en la academia a las chicas no les cuentan nada de eso. «Un corazón feliz es un corazón sano», eso es a lo que llaman educación sanitaria, la asignatura que cubre todos los temas relacionados con el cuerpo.

—Vamos a trabajar en los mapas —sugiere Perdiz—. Tenemos que hacerlos antes de…

¿Antes de qué?

—Madre Hestra —la llama Perdiz—, ¿puede ayudarme Lyda con los mapas?

La madre tiene un pedacito de comida en la mano que mete en la boca abierta de su hijo. Después de meditarlo, le concede el permiso.

Perdiz se saca los mapas de la mochila y los extiende sobre una parte del suelo que está más o menos despejada de residuos.

—Quizá sea mejor que hagas tu propio mapa —le dice a Lyda.

Perdiz se acerca entonces al anuncio de la casa de tiros largos y retira algunos trozos de plexiglás hasta que consigue coger un borde del cartel y tirar de él. A continuación se lo tiende a Lyda, para que escriba por detrás.

La chica se queda mirándolo. «Necesitamos un plan para volver a la Cúpula.» Eso ha dicho. «Necesitamos», en plural. ¿Será eso lo que ha estado esperando oír? La criaron para convertirse en esposa, en ese plural, y ¿con quién podría estar mejor que con Perdiz? Ahora, sin embargo, lo mira y piensa que no existe ningún «nosotros». Cada uno es un individuo. Es extraño que se dé cuenta de todo eso justo ahí, entre las madres, entre gente fusionada entre sí. Pero es eso: todo el mundo está solo durante toda su vida, y tal vez ni siquiera sea algo tan horrible.

De pronto se siente entumecida, como si se le hubiese metido el frío por las costillas. Coge el cartel, inspecciona el vagón, y de pronto tiene también la sensación de estar en una caja torácica y que cada uno de ellos fuese una cavidad del corazón palpitante. Le da la impresión de que podría morir ahí atrapada, aporreando las ventanas. Por eso algunas tienen esos dibujos de telaraña: de la gente que las aporreó con la esperanza de salir.

No hay salida.

79

Pressia

Muñeco de nieve

*B*radwell conduce echado hacia delante para no aplastar a los pájaros que revolotean bajo su camisa. A Pressia le gusta observar sus manos sobre el volante, rojas y arañadas, y cómo trastea en las ruedecillas de la calefacción pero sin conseguir que salga calor. Luego acciona los limpiaparabrisas para quitar la ceniza y la nieve menuda, aunque tan solo funciona uno, que se desliza por el cristal como una cola desgajada. *Fignan,* que va en el asiento que los separa, levanta uno de sus brazos larguiruchos y lo mueve al compás del limpiaparabrisas, como si este lo estuviese saludando y le devolviese el saludo. La chica comprueba cómo está *Freedle,* al que lleva guardado en el bolsillo, y se pasa luego la mano por el puño de muñeca. Después se queda mirando a Bradwell y las cicatrices gemelas y dentadas que le recorren la mejilla y le pregunta:

—¿Cómo te hiciste esas cicatrices?

El chico se lleva la mano a la cara para tocarlas.

—Un amasoide. Me pilló con la guardia baja y casi me mata. Pero tu abuelo hizo muy buen trabajo, ¿no te parece?

—Yo siempre tenía la esperanza de que me pudiera arreglar.

—¿Arreglarte? —se extraña Bradwell, y después le mira de reojo la cabeza de muñeca—. Ah.

—¿Y tus pájaros? ¿Nunca has querido que llegase alguien que pudiera quitártelos, como por arte de magia?

—No.

—¿Nunca? ¿Ni una vez? ¿Nunca has querido no tenerlos, librarte de ellos?

Bradwell sacude la cabeza y replica:

—Los que fallecieron en el acto por toda la Tierra y los que murieron lentamente de las quemaduras, la enfermedad y la contaminación, esos sí que se libraron de todo, ¿no te parece? Los pájaros significan que sobreviví, y no tengo ningún problema con ellos.

—No te creo.

—No es obligatorio.

—A lo mejor para ti es distinto porque no puedes verlos. —Pressia se queda dándole vueltas al asunto un momento antes de añadir—: ¿Te los has visto alguna vez?

—No suelo quitarme la ropa delante de muchos espejos de cuerpo entero.

—¿No sabes ni qué clase de pájaros son?

Sacude la cabeza y dice:

—Aves acuáticas. Charranes, creo, aunque no estoy seguro.

Por alguna extraña razón aquello la consuela, la hace sentirse mejor. El propio Bradwell no sabe ni las cosas más básicas sobre él mismo. Son desconocidos el uno para el otro, pero también para sí mismos.

—Me gusta.

—¿El qué te gusta?

—Que no sepas algo. Deberías probarlo con más frecuencia.

—¿Me estás llamando sabelotodo?

—Como sabelotodo que eres, deberías saber que lo eres.

—Lo que demuestra que no lo soy.

Doblan por un callejón no muy lejos de la antigua casa de Pressia. Por allí solía ir a rebuscar, a hacer trueques en el mercado negro, a cualquier cosa que la sacase de la trastienda de la barbería donde vivía con el abuelo. Ahora, sin embargo, no le gustan tanto los espacios abiertos, pues la hacen sentirse vulnerable. Todo le parece impregnado de falsedad: cuando recorría aquellas calles se sentía alguien.

Desembocan en una calle más amplia, a unas manzanas de la barbería. Es la primera vez que vuelve desde que murió su madre, y lo que más le sorprende es lo poco que han cambiado por allí las cosas, cuando para ella todo es tan distinto. La sola idea la perturba: su abuelo ya no está y ella sigue allí. Se siente culpable por estar viva.

Pasa por los restos explosionados de la barbería; justo delante alguien ha hecho un muñeco de nieve recubierto de hollín. Las tres partes están salpicadas de restos —de pinchos de metal, trozos de cristal, rocas—, por haberlas hecho rodar por la calle. El perfil está ligeramente derretido y como cansado, algo ladeado.

—Para un segundo —le pide a Bradwell.

—¿Qué pasa?

Pone una mano contra la ventanilla del coche y escruta la fachada derruida de la barbería: el viejo tubo de rayas, medio fundido y con la pintura descascarillada, y la fila de espejos partidos y sillas destartaladas, salvo por la del fondo, que sigue intacta.

Recuerda un sueño febril que tenía de pequeña, en el que tenía un trabajo que consistía en contar postes telefónicos. Pero en lugar de «uno, dos, tres», murmuraba: «*Itchy knee, sun, she go*» [1]. Pero ¿por qué cantaría en inglés? ¿Qué quería decir eso del sol y de alguien que se iba? ¿Soñaba con el sol emborronado por la ceniza después de las Detonaciones? ¿Era el sol el que se iba? Algunos de los postes estaban ardiendo, mientras que otros ya eran palos calcinados y vencidos, con los cables sueltos. Sabía, no obstante, que no debía tocarlos. Hubo alguien que sí lo hizo y en el acto se contorsionó, cayó al suelo y se quedó inerte. En el sueño había también un cuerpo sin cabeza y un perro sin patas. A veces aparecía una oveja, pálida y sin lana, como escaldada en un tono morado fuerte; ya ni tan siquiera parecía una oveja.

—La última vez que estuve aquí cogí la campanilla, la que te di a ti. ¿Por qué la estás usando de pisapapeles?

—Porque sujeta cosas que son importantes para mí. ¿No querías que le diera uso?

Pressia clava la mirada en el muñeco de nieve derretido y responde:

—¿Tan importantes que no me las has contado? —Juguetea con los controles de la radio rota.

—¿De qué hablas?

—¿De Arthur Walrond, de Willux, del cadete muerto? —Ahora lo mira directamente a los ojos.

—Son solo cosas que he descubierto, pero aún no sé lo que significan. Todavía no. —Suspira—. ¿Podemos irnos? Il Capitano nos está esperando.

---

1. Literalmente «Rodilla que escuece, sol, ella se va». (Todas las notas son de la traductora.)

Se queda contemplando el muñeco de nieve unos segundos más, la parte de atrás de su bulboso cuerpo de hielo, metal, vidrio y roca; uno de los ojos se le está derritiendo cara abajo.

—Es uno de los nuestros —comenta Bradwell.

Pressia se le queda mirando; ella es una chica capaz de ver belleza en los detalles más pequeños de este mundo oscuro pero ¿en ese muñeco?

—Toca demasiado la fibra —le dice.

—Yo no sé mucho de arte, pero creo que eso es justo lo que pretende a veces.

La chica ve algo que sale por detrás del muñeco de nieve.

—¿Qué ha sido eso?

—¿Una araña?

Otra araña, gruesa y metálica, sale disparada enfrente del camión.

—Otra.

—Y allí hay más —dice Bradwell señalando dos que remontan un repecho de asfalto resquebrajado, como cangrejos, y otra más en un canalón partido.

El chico mete la marcha y acelera.

—¿A eso se refería Il Capitano? ¿A arañas robot?

Están apareciendo más por el alfeizar de la ventana de una tienda destrozada.

—Son todas iguales —dice Pressia—. Y se ve que están nuevas, que acaban de construirlas. Tienen que ser de la Cúpula, no hay otra explicación. —Se agarra al asiento cuando el vehículo se bambolea en unos baches.

—Sabes lo que hacen, ¿no? —le pregunta Bradwell en tono grave.

Pressia se siente desfallecer; reconoce el metal negro y los cojinetes de las articulaciones de las arañas.

—El chico muerto de la morgue.

—Tuvo que ser una de estas cosas lo que le voló la pierna.

—Il Capitano nos podría haber dado más datos sobre las arañas.

—A lo mejor no sabía de lo que eran capaces. Todavía. —Se queda mirándola—. ¿Te alegras de haber venido?

En realidad prefiere estar ahí que en el cuartel: necesita volver al mundo exterior y demostrar que no es frágil (y puede que, más que nada, a ella misma).

Bradwell se detiene junto a un surco y aparca. Il Capitano está

83

al lado de a una pared de ladrillos derruida, con los brazos de Helmud rodeándole los hombros.

Ambos chicos salen a toda prisa del coche con los ojos clavados en el suelo, en busca de arañas.

La calle está vacía salvo por un amasoide —dos hombres grandes y, justo por detrás, una mujer— al lado de Il Capitano. El ambiente es de lo más típico: las viviendas apiñadas, entre chabolas y cabañas destartaladas hechas con lonas, el aire lleno de humo, la ceniza que cae en una llovizna casi constante. Huele a casa, a algo penetrante y sulfuroso que se le queda cogido en la garganta. Es un olor a infancia, y tiene derecho a sentir nostalgia; es posible echar de menos hasta una infancia desolada y contaminada.

—¿Qué diablos está haciendo aquí Pressia? —pregunta Il Capitano.

—Pressia —dice sonriendo Helmud.

—Buenas, Helmud —lo saluda Pressia, que luego le dice a Il Capitano—: Gracias por avisarnos de lo de las arañas, pero a ver si la próxima vez nos das más detalles.

—¿Cómo? ¿Es que tengo cara de entomólogo? —replica Il Capitano, que se da cuenta en el acto de que ha sido un poco borde. Pressia sabe que está esforzándose por ser mejor persona, pero no es fácil—. Lo siento —murmura.

—Entomólogo —dice Helmud con admiración.

—Son letales, Capi —le dice Bradwell—, ya lo sabes.

—¿Y eso?

—¿Te acuerdas del chico que encontraron en el bosque, de cómo tenía la pierna, y de esos ganchos clavados en la carne? Es posible que lo matase un prototipo, un ejemplar de prueba o algo por el estilo.

Helmud se inclina hacia delante y mira de reojo la expresión de su hermano, como intentando calibrar su miedo.

—Bueno, aquí tenemos otro tema. —Il Capitano enciende una cerilla y la tira a un cubo con ropa amontonada—. Lo quiero todo calcinado hasta las cenizas —le dice al amasoide y se va hacia la entrada de la alcantarilla—. Y nada de movimientos inesperados. Ojo con las arañas. Todavía no han llegado hasta aquí, pero están de camino.

Una vez dentro de la alcantarilla Pressia recuerda el sitio. Su abuelo la trajo en una noche lluviosa y le dijo que debía esconderse allí cuando huyera por los paneles traseros de los armarios. En teoría era ahí donde debía haber ido cuando, en lugar de eso, se dirigió a casa de Bradwell y se encontró por el camino a Perdiz, o la condujeron hasta él. Si se hubiese escondido en esa alcantarilla, ¿habría sido una chica distinta, una que se dedicase a ir por la ciudad rebuscando? ¿Seguiría el abuelo siendo su abuelo? ¿Estaría todavía vivo?

—¿Estás bien? —susurra Bradwell.

Debe de tener mala cara.

—Estupendamente —dice para disimular.

—La niña es una superviviente, una post —prosigue Il Capitano—. La Cúpula se la llevó, la convirtió en pura y la mandó de vuelta. Ha venido con un mensaje.

—¿Que la convirtió en pura? —murmura Pressia—. Eso es imposible.

—Pues ahora lo es —replica Il Capitano.

—¡Lo es! —recalca Helmud con los ojos chisposos.

Pressia siente que el sudor le recorre la espalda. «¿Es posible hacer puro a alguien?»

Se acercan a dos chicas de la edad de Pressia y a una niña pequeña que está acurrucada contra la pared. Il Capitano les presenta a la que tiene un bulto retorcido de piel a un lado de la cara, Margit; la otra es una amiga ciega de la que Il Capitano no les dice el nombre.

—Adoradoras de la Cúpula —dice con cara de desdén.

La ciega replica a la defensiva:

—¿Y qué quieres que adoremos si no?

Bradwell odia a muerte a los adoradores de la Cúpula; no puede evitar responder:

—La Cúpula es vuestro enemigo, no vuestro dios.

—Cuando oigas el Nuevo Mensaje, te morderás la lengua —esgrime con saña Margit.

Bradwell hace ademán de abrir la boca para responder pero Pressia lo coge del brazo y le dice:

—Déjalo.

Luego se acerca a la niña de la que han estado hablando, una cría paliducha de ojos claros y pelo rojo intenso.

—Se llama Wilda —interviene Il Capitano—. Le he quemado toda la ropa por si acaso llevaba algún tipo de dispositivo de seguimiento.

La niña lleva un vestido viejo que le queda grande por todos lados —en especial por el cuello— y tiene las mangas enrolladas por encima de los codos. Pressia solo ha visto a dos puros en su vida, a Perdiz y a Lyda. Pero la niña, con lo pequeña que es, parece doblemente pura y vulnerable. Siente deseos de protegerla, tal vez por cómo la mira, con esos ojos tan atormentados y desamparados.

—¿Una niña que es pura pero no es pura? —se extraña Pressia.

—Sea lo que sea, tiene un Nuevo Mensaje de la Cúpula —les dice Il Capitano.

—¡La verdad! —exclama Margit.

Wilda tiene un barquito de madera en la mano.

—¿Qué es eso? —pregunta Pressia.

Helmud grita:

—¡La verdad!

—Es un barco, lo ha tallado Helmud en madera y se lo ha regalado a la cría.

Pressia se queda mirando el barquito.

—Qué bonito tu barco —le dice a la cría—. Bien hecho, Helmud. No sabía que te gustara tallar. —El hermano menor baja la cabeza, como si de repente se hubiese vuelto tímido.

Il Capitano se agacha, desequilibrado por el peso de Helmud en la espalda, y le dice a la niña:

—Repíteselo. Recítalo otra vez.

Helmud sacude la cabeza porque no quiere oírlo.

La niña mira por toda la habitación y dice con los labios apretados, como si no pudiese abrir del todo la boca:

—Queremos que nos devolváis a nuestro hijo.

Pressia asiente, animándola a que prosiga.

—La niña es la prueba de que podemos salvaros a todos —sigue la pequeña, que pliega entonces los labios en una fina línea fruncida y mete la barbilla en el pecho. A Pressia le sorprende que una cara tan perfecta pueda parecer tan angustiada, con esas mejillas rojas y tensas y esos labios duros como nudillos. Así y todo, surgen más palabras—: Si ignoráis nuestro ruego, mataremos a los rehenes… —La niña aprieta los ojos con fuerza y mueve la cabeza delante y atrás descontroladamente. No quiere seguir hablando pero tiene las palabras en la garganta y se le cuelan por los labios—: Uno a uno.

Empieza a levantar el brazo derecho pero se coge su propia muñeca, para detenerla, y empieza a lloriquear.

—Ya está bien —dice Pressia, que mira a Il Capitano y a Margit—. Decidle que puede parar.

—¡Parar! —dice Helmud frotándose las orejas.

—Es que no puede —dice Il Capitano—. No está programada para parar.

Aunque la niña mira a Pressia con los ojos desencajados, suplicante, sigue forcejeando entre su brazo y su propia mano, hasta que no puede evitar dibujarse una cruz pequeña en medio del pecho y rodearla con un círculo por el centro.

—El Nuevo Mensaje —dice de mala gana Il Capitano.

—¿Qué quieren decir con que pueden «salvarnos a todos»?

Pressia nunca pudo ser una niña así, sin cicatrices, marcas o fusiones; es algo que le fue negado. A esta niña la han hecho pura. ¿Podría ella recuperar su pureza?, ¿volver a verse algún día la mano, la de verdad? ¿Podrían borrarle la quemadura en forma de media luna que tiene en la cara? ¿Y qué hay de los pájaros de Bradwell? ¿Y si Il Capitano y Helmud pudiesen ser cada uno una persona distinta?

—¡Rehenes, Pressia! —exclama Bradwell—. Van a matar a gente.

Se siente avergonzada de haber pensado antes que nada en volver a ser pura, pero tampoco le gusta que Bradwell la reprenda. Este apoya una mano en la pared abovedada de la alcantarilla y sacude la cabeza.

—Van a salvarnos —dice Margit—. ¡Y a los rehenes van a dejarlos como nuevos!

—Nuevos —le susurra Helmud a Pressia—. ¡Nuevos!

—¡La Cúpula no piensa abducir a gente para dejarla como nueva! —replica Bradwell.

—Las arañas —dice Pressia—. Así es como van a coger rehenes y matarlos. Esa es su misión.

—¡Si les entregamos a su hijo, nos harán a todos puros! —dice la ciega.

—Perdiz —musita por lo bajo Il Capitano.

La niña se levanta de repente, pega unos cuantos saltitos y se dirige hacia la entrada.

—¡Wilda! —la llama Pressia.

Margit corre detrás de la niña y le retuerce el brazo.

—Tú de aquí no te mueves. ¡Tienes que decirles que nos salven!

—¡Suéltala ahora mismo! ¡Estás asustándola! —la increpa Pressia.

Margit suelta el brazo de Wilda, que se lo lleva rápidamente al pecho y se lo frota antes de gritar:

—¡Queremos que nos devolváis a nuestro hijo! —Aunque esta vez es más una reprimenda que un mensaje.

La ciega se levanta a duras penas y se tambalea como si estuviese borracha.

—¡Pueden volvernos puros! Es igual que en la Primera Biblia. Dios nos dio a su único hijo y ¡tenemos que devolvérselo!

—¡Deja de adorar a tus opresores! —grita Bradwell—. ¿Es que no sabes por qué estás ciega? Fueron ellos los que te lo hicieron. ¡A todos nosotros!

La ciega dice entre dientes:

—¿Y qué pruebas tienes tú de eso? ¡Yo tengo a la Cúpula! ¡Y a esta niña, a esta niña pura!

—Esta niña pura —repite Helmud con la voz llena de esperanza. ¿Pensará Helmud que la Cúpula puede salvarlo?, ¿separarlo de su hermano y hacerlo puro? A Pressia le encantaría creer que pueden hacerla pura, dejarla como nueva, igual que ha dicho Bradwell—. ¡Esta niña pura!

—¡Que te calles, Helmud! —le grita su hermano, y todos suben tanto la voz que rebota contra las paredes abovedadas.

Incluso Helmud le grita a Il Capitano:

—¡Que te calles, que te calles, que te calles!

Wilda aprieta los ojos y chilla:

—¡La niña es la prueba de que podemos salvaros a todos! ¡Podemos salvaros a todos! ¡Si ignoráis nuestro ruego, si ignoráis nuestro ruego! Mataremos a los rehenes, uno a uno. —Acto seguido se araña una cruz en el pecho y la rodea con un círculo, con tanta saña que debe de dolerle.

Todo se queda en silencio.

Wilda abre los ojos y Pressia va a arrodillarse a su lado. La niña le mira la cabeza de muñeca y la acaricia con suavidad. Pressia se la ofrece a la niña, que mece la cabeza de muñeca y el brazo pegado a ella, acunándola a un lado y a otro al tiempo que va calmándose a sí misma.

—Queremos que nos devolváis a nuestro hijo. La niña es la prueba.

Se acurruca en el regazo de Pressia, que a su vez la arrulla como si fuese una muñeca.

—Chissst, ya está.

Pressia se sabe de memoria el primer mensaje, el que escribieron en hojas de papel que lanzaron desde una especie de aeronave. Se lo recita:

—Sabemos que estáis ahí, hermanos y hermanas. Un día saldremos de la Cúpula para reunirnos con vosotros en paz. De momento solo podemos observaros desde la distancia, con benevolencia.

La niña asiente. Hablan el mismo idioma.

La ciega pregunta:

—¿Qué está pasando?

—Chist —la reprende Margit—. Cállate un rato.

—La cruz —les dice Pressia al resto—. Es de las que tiene la corona alrededor del centro. Es igual que la que salía al final del primer Mensaje. —Mira a Bradwell—. En cierto modo son casi idénticos, ¿no?

—¿En qué sentido? —le pregunta Bradwell.

—No lo sé. Pero me da la impresión de que son igual de largos, que tienen la misma forma. ¿No te parece?

—Veintinueve —murmura Il Capitano.

—¿Veintinueve qué? —quiere saber Bradwell.

—Palabras. Los dos mensajes tienen cada uno veintinueve palabras justas.

—Todo va a salir bien —le susurra Pressia a Wilda, al tiempo que le acaricia la espalda enjuta.

—Bien, bien —remeda Helmud.

Apretando con fuerza la muñeca, la niña susurra:

—Queremos que nos devolváis a nuestro hijo.

—Lo sé, lo sé —la calma Pressia—. Vamos a cuidar de ti.

Il Capitano

Arañas

Bradwell coge a la niña, que sigue agarrando el puño de muñeca de Pressia, mientras la ciega no para de insultarlo y zarandearlo.

—¡Es nuestra! ¡Suéltala!

—¡Quita! —le grita Pressia, que aparta de un empujón a la mujer.

Entre los dos se apresuran a sacar a la niña de aquella cloaca.

Margit increpa a Il Capitano:

—¡Dejadnos que seamos todos puros! ¡Vosotros conocéis a su hijo! ¡Yo lo sé! ¡Entregadlo! Y si vosotros no queréis, lo atraparemos nosotros.

—¡A mí no me amenaces! —responde Il Capitano.

—¡No es ninguna amenaza!

—¿Es que el Mensaje no os ha abierto el corazón?

—¡Déjate de corazones!

—¡Corazones!

—¡Entregad al niño! —chilla Margit.

—¡Puros! ¡Podemos ser puros! —grita la ciega.

—¡Puros! ¡Puros! —reverbera Helmud como si fuese una especie de reclamo para pájaros.

Margit coge de la camisa a Helmud y tira de él con toda su fuerza, pero Il Capitano se coloca por delante el fusil y la apunta con él:

—No me des razones, que tengo el gatillo fácil. Y ve calmando también a tu amiga.

—¡Estamos dispuestas a morir por el Nuevo Mensaje!

—¡Mátanos! —grita la ciega.

—¿De verdad? —dice Il Capitano, y amartilla el fusil.

En el acto ambas enmudecen; la ciega conoce el sonido del arma. Helmud se encoge en la espalda de su hermano y apoya una mejilla contra el cuello de este.

Margit coge de la mano a su amiga.

—Jazellia, no te preocupes, los ángeles la guardarán a cada paso que dé. ¡Ten fe!

Desde la entrada llega la voz de Bradwell:

—¡Las arañas! ¡Ya han llegado!

Cuando Il Capitano y las dos mujeres salen corriendo de la alcantarilla, se encuentran con arañas por todas partes. El amasoide ha desaparecido y solo quedan las ascuas de la ropa quemada. Pressia y Bradwell, que lleva a Wilda en brazos, están corriendo hacia el coche. A la niña se le cae al suelo el barquito que le hizo Helmud. No se puede volver a por él. Cierran las puertas con fuerza con las arañas pisándole los talones.

Una de las arañas se acerca demasiado a Il Capitano, que le dispara pero falla.

La ciega pega un chillido y Margit le dice:

—Ha sido la Cúpula la que ha enviado estos seres. ¡La Cúpula es buena! —Se le desencajan los ojos al ver una araña que trepa por una roca, pequeña pero rápida de movimientos; así y todo, alarga la mano para cogerla.

—¡Noo! —le grita Il Capitano.

Pero es demasiado tarde: la araña coge impulso, salta hasta ella y le clava las patas dentadas en la manga y en la parte de arriba del brazo. A Margit se le desencajan los ojos cuando ve salir del cuerpo bulboso del robot un rayo de luz roja y empieza a pitar acto seguido, con unos pitidos largos, lentos y constantes. En el acto brota la sangre y le mancha la manga. Se le va el color de la cara.

—¡Me ha elegido a mí! —Su voz es una combinación de alegría y dolor.

Otra araña está rondando la pierna de la ciega. Il Capitano le dispara pero no le da.

—¡Corre o te matará! —le chilla—. ¡Vamos, vamos!

—Vamos —repite Helmud.

La ciega tira de los brazos de Margit y la pone en pie. Se vuelven y echan a correr. Il Capitano sale disparado hacia el camión. Pressia está en el asiento de atrás con la niña, que tiene los ojos clavados en los de la muñeca; es posible que esté conmocionada.

—¡Sube! —le grita Bradwell desde el asiento del conductor, que acto seguido revoluciona el motor.

Il Capitano ve el barco en el barro. Puede llegar hasta él, está casi seguro.

—Tengo que coger tu puñetero barco, Helmud. ¡Tú hiciste ese barco tan condenadamente bonito!

—¡Sube! —le dice Helmud echando el peso hacia la puerta.

Una araña trepa por la punta de su bota. Salta, dispara, y un penacho de tierra se levanta de donde ha impactado el tiro. Coge la manija del asiento del copiloto justo cuando ve a un joven correr hacia él entre gritos y con una araña metálica alojada en el muslo, la sangre chorreándole por la pernera del pantalón. «Demasiado tarde para ti», piensa Il Capitano. Aunque tal vez lo sea para todos. Su ejército no está preparado, y puede que nunca lo esté. La Cúpula ha mandado arañitas para matarlos a todos.

Il Capitano va a dejar al joven allí. ¿Qué hacer si no?

Pero entonces Pressia no se lo piensa y salta del coche para socorrer al hombre.

—Déjalo —le insta Il Capitano—. ¡Hay arañas por todas partes! —Le dice a Bradwell que se quede con la niña y echa a correr detrás de Pressia.

—No podemos hacer nada —le grita—. Tenemos que irnos.

—¡Sí que podemos! —chilla Pressia a su vez, que entonces pasa los dedos por el lomo de la araña, que tiene un reloj digital rojo: «00:00:06... 00:00:05»—. ¡Es una cuenta atrás!

—¡Atrás! —grita Helmud como si diese una orden—. ¡Atrás, atrás!

Il Capitano coge a Pressia por las costillas, la levanta y echa a correr con ella. Helmud se agarra al cuello de su hermano. Cuando la araña emite una última nota prolongada, Il Capitano se lanza en plancha al suelo.

La araña enganchada a la pierna del hombre explota.

Le zumban los oídos a Il Capitano y lo ve todo negro. Nota la espalda como si estuviera empotrada en una pared y tiene la respiración como atrapada en la garganta. Helmud gime.

Pressia le pone las manos en el pecho y lo llama:

—¿Capi? ¿Me oyes? —La voz es minúscula y lejana.

—Sí —dice como puede Il Capitano cuando la cara de Pressia, esa cara tan perfecta, entra en su campo de visión.

La chica mira detrás para ver cómo está Helmud e intenta ponerlos en pie. Il Capitano se levanta demasiado rápido y por un segundo siente que se le nubla la vista. La chica lo sostiene pero la aparta y le dice:

—Estoy bien.

Pressia echa a correr hacia el coche pero se vuelve para asegurarse de que va detrás de ella: la sigue, aunque con pies de plomo.

—¡No mires! —oye gritar a Bradwell, seguramente a la niña pequeña—. ¡No mires!

Helmud lo repite al tiempo que entierra la cara en la espalda de su hermano:

—¡No mires, no!

Pero Il Capitano sí vuelve la vista hacia el hombre que ha explotado, su cuerpo ya calcinado, su ropa en llamas y el humo perdiéndose en el aire.

Se apoya en el capó del coche para no perder el equilibrio y pega la frente a la ventanilla por unos segundos, contra el cristal frío.

—¡Aprisa, Capi! —grita Bradwell.

—¡Aprisa! —le dice Helmud.

Pero en ese momento algo le sube a todo correr por la bota y ve un pequeño bulto moverse bajo la pernera del pantalón: tiene una araña encima. Il Capitano se descuelga el fusil y se da en la espinilla con la culata, pero las patas de la araña le han horadado ya la piel y se le han incrustado en el músculo. Siente náuseas, pero se incorpora, con la sangre corriéndole hasta la bota. «No mires —se dice a sí mismo—. No mires.» Los demás están todos en el camión llamándolo por su nombre. No ven la parte baja de su cuerpo, de modo que se sube la pernera y allí, sobre la caña de la bota, en la parte más musculosa de la pantorrilla, tiene la araña robot. En el negro lomo giboso, hay un cronómetro que cuenta hacia atrás: «07:13:49... 07:13:48... 07:13:47». El resto de su vida y la de Helmud sentenciada en horas, minutos y segundos.

—Me cago en Dios —dice Il Capitano.

—Dios —suplica Helmud—. ¡Dios, Dios, Dios!

93

Pressia

Cenador

*E*s como si a la ciudad le hubiese salido una piel móvil, una gasa negra repiqueteante que cubre todo lo que hay a la vista: los edificios doblados, las paredes rotas, los tejados de tablones de las rudimentarias chabolas. Cuando Pressia cierra los ojos por unos instantes, el sonido se le antoja el clic de miles de ojos de muñecas.

Bradwell va metiendo las marchas a trompicones y girando el volante a ambos lados mientras las arañas siguen apareciendo y aplastándose bajo las ruedas. Por suerte, el peso no las hace detonar; es probable que estén programadas para explotar solo en contacto con carne, algo que podría decirse que han conseguido a la perfección. Por la calle los supervivientes se tambalean y se llaman unos a otros entre chillidos. Los hay que corren o trepan, mientras que otros aplastan arañas con ladrillos; también están, en cambio, los que se rinden y dejan que se les enganchen media docena o más por todo el cuerpo, a modo de enormes garrapatas negras.

Wilda va sentada entre Pressia e Il Capitano en el asiento de atrás. *Fignan*, por su parte, parece estar haciendo una especie de espectáculo de luces para distraer a la niña y que no mire por la ventanilla. Pressia la ha advertido de que a veces la caja muerde y tira del pelo. Y, cómo no, al poco, ve que *Fignan* araña el brazo de la niña, aunque no le tira mucho y apenas le deja marca. A Wilda no parece importarle y vuelve la vista al espectáculo de luces.

—La Cúpula quiere que le entreguemos a Perdiz, que le devolvamos a su hijo… ¿Qué mierda vamos a hacer? —pregunta Il Capitano.

—Perdiz no puede entregarse —opina Pressia—. Sería una sentencia de muerte.

—Es el hijo de Willux, eso te da ciertos privilegios —comenta Bradwell.

—Además, ¿qué otra opción hay? —esgrime Il Capitano—. ¿Acaso vamos a dejar que mueran todos, uno a uno?

—Tenemos que encontrarlo —sentencia Pressia.

—Y antes de que los adoradores de la Cúpula le pongan las manos encima —apostilla Il Capitano—. Dicen que quieren entregarlo, pero están locos perdidos. Son capaces de entregarlo quemándolo y mandando sus cenizas con la primera ventolera.

—Las madres se enteran de todo, tienen ojos y orejas por doquier —dice Bradwell al tiempo que arremete contra otra araña. Cuando se aplastan con las ruedas, suenan a huesos rotos—. Sabrán que vamos hacia allá antes de que se nos vea el pelo.

—Pues vamos allá —sentencia Il Capitano, que sigue con la cara pálida desde la explosión.

—Gracias por cogerme antes —le dice Pressia.

—No ha sido nada, no le des más importancia.

—Más importancia —susurra Helmud.

Wilda alza la vista hacia Pressia y dice:

—Queremos que nos devolváis a nuestro hijo.

Pressia, que comprende que está cansada, le da una palmadita en el hombro y le dice:

—Apoya la cabeza.

La pequeña se echa sobre Pressia y levanta los brazos. Le deja coger la muñeca y apretarla contra el pecho hasta que por fin cierra los ojos. Se acuerda entonces de la nana que le cantaba su madre y se le aparece en la mente su cara. Y la neblina de sangre. Piensa en cómo la ha salvado Il Capitano de la explosión. ¿No podría haber hecho ella eso mismo por su madre? Seguro que algo habría podido hacer... Pressia se inclina sobre el oído de Wilda y le canta la otra canción que le viene a la cabeza, la que estaba cantando el hombre en el vestíbulo abarrotado y azotado por la nieve del cuartel de la ORS:

Las niñas fantasma, las niñas fantoche, las niñas fantasma.
¿Quién puede salvarlas de este mundo, sí, de este mundo?
Ancho el río, la corriente corre, la corriente corroe, la corriente corre.

Abrazaron el agua para curarse, para que sus heridas cicatrizasen, para curarse.
Muertas ahogadas, la piel pelada, la piel toda perlada, la piel pelada.

El abuelo le contó que había ido a una guardería solo para niñas, con una falda de pliegues a cuadros y una camisa blanca con cuello bobo, o cuello Peter Pan como solían llamarlo. Sabe quién fue Peter Pan, un niño que nunca crece. ¿Era esa su infancia?, ¿o se la había robado el abuelo a alguien? La canción va sobre unas chicas de un internado que sobrevivieron a las explosiones y atravesaron el río al tiempo que entonaban el himno del colegio. Algunas niñas estaban ciegas porque habían estado tendidas en el césped, mirando el cielo, cuando empezaron las Detonaciones; o al menos eso es lo que cuenta la gente. Fueron a parar todas al río y algunas se metieron dentro; al principio el agua les hizo bien porque aliviaba las quemaduras, aunque se había calentado con las Detonaciones, pero luego la piel se les acartonó, se desprendió de sus brazos y se enrolló por la garganta como cuellos de piqué. Al final la gente las reconoció por los uniformes, o lo que quedó de ellos.

A ciegas van marchando con las voces cantando, las voces implorando, las voces cantando.
Las oímos hasta que nos pitan los oídos, nos gritan los oídos, nos pitan los oídos.

Según cuenta la historia, la gente quiso salvarlas pero las niñas no querían que las rescatasen; deseaban morir juntas, y así lo hicieron, sin dejar de cantar.

Necesitan un santo salvador, un santo salador, un santo salvador.
Por estas orillas vagarán y cazarán por siempre jamás, vagarán y cazarán por siempre jamás.

En algunas versiones se fusionan con árboles, con los mismos que siguen flanqueando el río; según otras, en cambio, se convierten en terrones y desde entonces vagan por la ribera, pero, si te acercas demasiado, te devoran viva; en otras se fusionan con animales y se convierten en zorros o aves acuáticas. En todas, no obstante, nadie logra rescatarlas.

Las niñas fantasma, las niñas fantoche, las niñas fantasma.
¿Quién puede salvarlas de este mundo, sí, de este mundo?
Ancho el río, la corriente corre, la corriente corroe, la corriente co-
rre.

Pressia pensaba a menudo en ellas cuando tenía la edad de
Wilda: se las imaginaba apareciéndose por la ribera con sus uniformes harapientos y sus cuellos de piqué hechos de piel pelada,
un detalle tan gráfico y grotesco que estaba convencida de que tenía que ser verdad. Intenta pensar en una historia más alegre que
contarle a la niña, pero esta ha empezado a respirar más profundamente y los párpados se le mueven entre sueños. Se pregunta
qué clase de sueños tendrá. ¿No ha ido a la Cúpula y ha vuelto?
¿Qué habrá visto allí? Se le dibuja una sonrisa pasajera por los labios, pero enseguida se le borra. Wilda ha dejado de apretarle con
fuerza la cabeza de muñeca. Pressia la coge de la mano y siente
una vaga vibración, que no es solo por el traqueteo de la camioneta sobre la carretera: es la niña la que está temblando.
   Y rápidamente piensa en Willux, en sus convulsiones resultado de años de potenciación cerebral, que con suerte provocarán
su muerte dentro de poco. Pero se acuerda, en un fogonazo mareante, de cuando le preguntó a su madre en el búnker por qué no
la inmunizó también a ella, a su hija, contra las potenciaciones y
por qué no licuaron los fármacos que había desarrollado en el
agua potable; su madre le explicó que las dosis que valían para los
adultos podían matar a los niños y que a Perdiz solo pudo inmu-
nizarlo para un tipo concreto de potenciación, y escogió la codificación de la conducta porque quería que tuviese libre albedrío.
Pero ¿por qué no se las dio a ella? Pues porque Pressia era bastante más pequeña y era demasiado arriesgado.
   ¿Qué le habrán hecho a Wilda para convertirla en pura? ¿Será
la cura una nueva enfermedad, parecida a la degeneración rauda
de células de Willux? ¿Estará corroyéndole el organismo? ¿Será
ese temblor el primer síntoma?

Al cabo de una hora Bradwell aparca en una colina entre dos
casas caídas en el margen de los fundizales. Desde allí se divisa
la impronta de cimientos de casas, agujeros de cemento resquebrajado que antes fueron piscinas —redondas, ovaladas o en

97

forma de riñón—, carrocerías de coches calcinadas y burbujas informes de columpios derretidos. Las calles con forma de media luna se abren en abanico hacia la cuenca polvorienta de las esteranías.

Bradwell se baja y se pasea por delante del coche. Il Capitano y Helmud lo imitan y se sientan en el capó. Pressia, en cambio, se queda con Wilda, que está dormida con las manos replegadas en el pecho, sin dejar de temblar levemente. De repente sin embargo se pone tensa, se sienta de golpe y dice:

—¿Prueba de que podemos salvarnos a todos? —Luego mira por la ventanilla.

—Estamos esperando ayuda —le dice Pressia. La niña se coge a la manija de la puerta y la zarandea—. ¿Quieres ver dónde estamos?

La pequeña asiente.

Pressia quita el seguro de la puerta y salen para contemplar los fundizales, que se extienden a sus pies bajo un manto de hollín en capas superpuestas.

—¿Se las ve por alguna parte? —pregunta Pressia.

—Todavía no —le responde Bradwell.

—Cualquiera sabe si se presentarán como guardianas o como guerreras —comenta Il Capitano—. Son de lo más impredecibles.

Wilda echa a andar hacia una de las casas derruidas.

—Avisadnos si veis algo —les dice Pressia, que sigue a la pequeña.

Todos asienten, Helmud incluido, sin dejar de otear el horizonte.

Pressia llega a la altura de la niña y la sigue hasta la parte de atrás de una casa, donde hay el hueco de una piscina. Al fondo está todo lleno de mobiliario de jardín y lo que pudo ser un cenador, desgajado, astillado y recubierto de ceniza; está inclinado hacia un lado y semeja un miriñaque torcido. Wilda se sienta en el borde de la parte baja de la piscina, coge impulso y aterriza en el fondo.

—Espera —le dice Pressia, que la sigue hasta el fondo y luego camina hacia el cenador.

La niña se sienta a lo indio en el suelo de la piscina y Pressia hace otro tanto.

—Es como jugar a las casitas. ¿Te gusta jugar?

Wilda asiente.

—Me pregunto si en la Cúpula —dice Pressia, que se saca a *Freedle* del bolsillo y lo deja revolotear a su aire— los niños también jugarán a las casitas.

Si no tuvieses que estar siempre buscando un hogar real, seguro y feliz, si vivieses en un sitio como aquel, ¿seguirías necesitando jugar a las casitas? Por unos instantes se imagina trajinando en una cocina alegre, y está también Bradwell, ayudándola; tiene la cabeza de muñeca fusionada a la mano, mientras que los pájaros aún anidan en la espalda del chico. No, no puede funcionar. Es más, la idea de ellos dos en una cocina alegre la asusta: parece invocar solo fatalidad y muerte.

Wilda mira a Pressia desconcertada y le dice:

—Si ignoráis nuestro ruego, mataremos a los rehenes.

—¿Me estás diciendo que te trataron mal? ¿Pasaste miedo allí?

La niña mira al otro lado de la piscina y sacude la cabeza lentamente.

—Entonces ¿te gustó?

Wilda vuelve a sacudir la cabeza.

—No te asustaba pero tampoco te gustaba. ¿Es eso?

La niña se tiende, cierra los ojos y al punto vuelve a abrirlos y a parpadear como si tuviese una luz brillante encima. Aprieta los dedos contra el pulgar, los abre y los cierra, como remedando a alguien hablando por encima de su cabeza; lo repite con la otra mano: otra persona hablando. Las manos miran hacia abajo, hacia ella, y siguen hablando.

—¿Más que una rehén fuiste una especie de cobaya?, ¿algo con lo que experimentaron?

Wilda asiente y después se sienta, pega las piernas contra el pecho y apoya la barbilla en las rodillas.

—¿No pudiste ver cómo vivían o qué aspecto tenían sus casas ni nada de eso?

La niña sacude la cabeza: no. Al ver que va a echarse a llorar, Pressia cambia de tema:

—¿Sabes nadar?

Wilda se le queda mirando y Pressia se tumba bocabajo y hace como que nada.

—En realidad no sé si llegué a aprender a nadar —comenta—. Es raro, ¿no? Es algo que una tendría que saber sobre sí misma.

Wilda se tiende y hace también como que nada.

99

Pero entonces se oye un golpe seco, las botas de Bradwell aterrizando en el suelo de la piscina.

—Las hemos visto no muy lejos. ¿Qué hacéis vosotras?

—Nadar, ¿qué quieres que hagamos? Estamos en una piscina.

—Claro —dice el chico con una sonrisa.

—¿Tú sabes nadar?

Bradwell asiente y Pressia se incorpora y dice:

—Una lástima que el cadete no supiese nadar.

El chico se la queda mirando.

—Leí los recortes en la morgue.

—¿Estabas fisgando?

—¿Y tú escondiéndolos?

—No.

—Pues entonces no estaba fisgando. ¿Por qué los has sacado?

Wilda se levanta y empieza a correr intentando dar caza a *Freedle*, que danza alrededor de su cabeza.

—Me los encontré después del funeral de mis padres en una bolsita de plástico, en el baúl. Estaban intentado construir un caso contra Willux, y creían tener una pista.

—Pero a Willux le concedieron la Estrella de Plata por intentar salvar al cadete. ¿Qué trapos sucios querían sacar de ahí?

—Nunca lo sabremos.

—En el artículo Walrond califica el intento de Willux por salvar al chico como un acto de «heroísmo». A lo mejor Walrond y Novikov eran miembros de los Siete. Mi madre me dijo que uno murió joven, al poco de hacerse los tatuajes.

—Novikov no sé, pero Walrond no era uno de ellos.

—¿Cómo puedes estar tan seguro?

—Porque sí.

—¿Me estás diciendo que prefieres fiarte de tu instinto en esto e ignorar la lógica y los hechos?

Bradwell sacude la cabeza y replica:

—He investigado, seguí todos los indicios después de que mis padres muriesen. El día de las Detonaciones mi tía me dijo que no me alejase de casa. Mi tío estaba trabajando en el coche. Ellos tenían contactos y esperaban que los avisasen. Pero yo no sabía lo que nos jugábamos ese día, así que les dije que no iría muy lejos pero cogí la bici y me fui a los viejos terrenos de entrenamiento. Ahí es donde estaba cuando impactaron las Detonaciones. ¿Por qué te crees que tengo aves acuáticas en la espalda? Porque huí del resplandor que despedía el río. La bici se fusionó con el árbol en que la había apoyado. Tardé varias horas en llegar a casa de mis tíos, donde me los encontré destrozados y moribundos. Fueron varios días así, ya te lo he contado. Yo estaba bastante malherido, y luego fue lo del gato muerto en la caja, el motor, mi tío rogándole a mi tía que girase el contacto.

—Sí. —Pressia se imagina a Bradwell a solas en el río, mareado por la luz cegadora, el dolor lacerante de las quemaduras y la sensación de tener dagas clavándosele en la espalda—. Lo siento.

—¿Por qué? Yo quiero tu compasión tanto como tú la mía.

—Vale, lo que tú quieras, pero dime una buena razón por la que Walrond no puede ser uno de los Siete, una sola.

—Porque si fuese uno de los Siete, eso significaría que solo se hizo amigo de mis padres para sacarles información, que era un agente doble y que pudo estar jugando para ambos bandos, poniéndolos en contra…, y provocar así el asesinato de mis padres. Y hasta en el artículo ese de tres al cuarto dudo entre si creía lo que le dijo al periodista o estaba jugando con todos. ¿Fue un acto de heroísmo, o en realidad sabía la verdad sobre lo que le pasó al cadete?

Pressia se queda mirando a Bradwell, que tiene la vista perdida más allá de las columnas del cenador, con los ojos rojos y las mejillas coloradas y tiznadas de ceniza.

—¿Cuál es la verdad?

—Que fue un asesinato.

—¿Qué clase de asesinato?

—El primero de Willux.

Pressia recuerda la fotografía granulada del periódico, la de Lev Novikov, su seriedad y su expresión como perdida, y suspira.

—Novikov y Walrond estaban unidos a Willux cuando se constituyeron los Siete, muy unidos. Son dos nombres importantes, eso no puedes negármelo.

—Era muy bueno conmigo —le dice Bradwell, que la mira entonces y añade—: ¿Es que no me entiendes?

—Sí, pero eso no quiere decir que fuese bueno del todo, con todo el mundo.

—Deberíamos irnos, las madres tienen que estar al llegar.

Wilda coge a *Freedle* entre las manos y le pasa la chicharra a su dueña, que vuelve a metérsela en el bolsillo. Se aúpan y salen de la piscina. Pressia echa la vista atrás e intenta imaginar cómo era antes de las Detonaciones: el agua azul, el cenador, con largas cortinas blancas de gasa al viento. ¿Quién vivió esa vida?

—Están aquí —les informa Bradwell.

—Uno a uno —dice Wilda, y se dibuja en el pecho la señal de la cruz con el círculo.

Il Capitano ha dejado el arma en el suelo y se está arrodillando, postrado a los pies de las madres, mientras que Helmud se ha encogido en un amasijo temeroso. Y Pressia tiene la respuesta a su pregunta: una madre llena de cicatrices y quemaduras con un niño fusionado a los hombros, cuyas piernas envuelven la cintura de la madre y se pierden en ella, una madre ajada, curtida y nervuda. Fueron esas mujeres quienes vivieron aquellas vidas, quienes habitaron esas casas con piscinas y cenadores: y esta es la tierra que han heredado.

Wilda se coge de la cabeza de muñeca de Pressia y le susurra:

—¿Queremos que nos devolváis a nuestro hijo? ¿Esta niña?

Pressia está segura de que lo que quiere decir es: «¿Quién es esta mujer y qué va a ser ahora de nosotras?».

Il Capitano

Niños de sótano

Están en una zona más bonita de los fundizales; los contornos de las casas son más grandes y hay algunas más con piscina, ahora apenas hoyos de cemento resquebrajado. Las madres han accedido a llevarlos ante Perdiz, aunque con la condición de que Bradwell e Il Capitano depongan todas las armas. Este último cierra el coche con su fusil dentro. Hasta que Pressia no las convence de que no se trata de ninguna bomba, sino de una especie de biblioteca, las madres no dejan a Bradwell que se ate a la espalda a *Fignan* y lo lleve consigo.

Le duele el músculo de la pantorrilla a rabiar. Tiene las patas de la araña robot clavadas casi a la misma profundidad que el hueso. Le recuerda la agonía achicharrante de después de las Detonaciones, cuando se fusionó con Helmud. El dolor le susurra: «¿Te acuerdas de mí?, ¿del sufrimiento? ¿Lo notas todavía?».

Rememora la mañana de las Detonaciones. Su hermano era un muchacho parlanchín, avispado y divertido (al menos mucho más avispado que él, eso por descontado). ¿Qué fue lo último que le dijo a su hermano? «Deja de hacer el tonto, Helmud, haz el favor de dejar de hacer el payaso.» Su hermano pequeño iba en la parte de atrás de la moto que conducía Il Capitano, camino de un supermercado, para rebuscar en los contenedores. Helmud le dijo que distraería a la gente cantando. La verdad era que tenía una voz bonita, su madre la llamaba la «voz de Dios». Para entonces ya había muerto, y ambos la echaban de menos.

¿Y ahora? Helmud sigue haciendo el payaso, y todos los años que han logrado mantenerse con vida están a punto de terminar. Morirán dentro de cinco horas, veintitrés minutos y quince segundos, según la última ojeada. Resulta de lo más extraño saber el segundo exacto en que vas a morir: un misterio menos en tu vida.

En un momento dado se largará con Helmud, igual que hacen algunos perros cuando saben que van a morir.

La madre se detiene y les hace señas para que se acerquen.

—El ambiente está inquieto.

Y entonces una flecha tallada a mano se hunde en el suelo ante sus pies, mientras que otra pasa rozando el hormigón.

—¡Niños de sótano! ¡Corred!

«¿Niños de sótano? ¿Qué leches es un niño de sótano? Y, por favor, ante todo, lo que sea menos correr», piensa Il Capitano, a quien le arde la pierna. Dios... Tal vez no lo consiga.

Pressia se carga a la niña en brazos y echa a correr, con Bradwell pisándole los talones. Il Capitano intenta mantener el ritmo del resto, pero el dolor lo atenaza. Siente tenso lo que queda de los muslos de Helmud, como si fuese un caballo y su hermano quisiera que fuese más rápido.

—¡Helmud, no aprietes, por Dios!

—¡Dios!

Delante de ellos la madre se ha lanzado cuerpo a tierra, por detrás de un depósito de agua volcado que hay junto a un muro bajo. Unos cuantos proyectiles más surcan el aire. La mujer saca un trozo de tubería de metal y un estuche con dardos finos, probablemente envenenados, y apunta a una tapa levantada junto a los restos aplastados de una casa al otro lado de la calle.

Il Capitano aprovecha para correr hasta ella y se agazapa tras el depósito de agua.

—¿Se puede saber que es un niño de sótano? —Se coge el muslo y contrae la cara por el dolor.

—Eran adolescentes cuando estallaron las Detonaciones —le explica la madre—. Habían vuelto del colegio mientras sus padres estaban trabajando y sobrevivieron escondidos en los sótanos, donde estaban jugando a la consola. Hemos intentado cuidar de ellos, pero quieren ser independientes. Algunos tienen las manos cauterizadas con mandos de plástico y, aunque se los cortaron como pudieron, todavía les quedan trozos en las palmas. Utilizan armas caseras.

—Ajá.

—Como no son buenos francotiradores, se refugian en el subsuelo. Según se cuenta, una pandilla bastante avispada mató a unos cuantos Mercenarios de los Muertos, les quitaron todas las armas y se hicieron con un buen arsenal.

—¿Mercenarios de los Muertos? ¿Te refieres a las Fuerzas Especiales? Qué listos… —La mira con su mejor sonrisa y le dice—: Una lástima que hayamos tenido que dejar nuestras armas.

La madre lo escruta con desconfianza.

—¿Qué quieres que te diga? Me gustaría ayudar —le dice Il Capitano todavía sonriendo.

La mujer mete la mano por debajo de sus gruesas faldas para rebuscar en unas cartucheras ocultas.

—¿Sabes utilizar una cerbatana?

—Es todo un arte. —Il Capitano hizo sus pinitos en una fase en la que le dio por cazar así—. Aunque seguro que estoy un poco oxidado.

La madre saca otro trozo de tubería y le pasa un juego de dardos.

—Ten cuidado, la punta es venenosa —le advierte, y su hijo de ojos azules lo mira también.

—Lo tendré.

—Tendré —repite Helmud.

Asoma la cabeza por el borde del depósito y ve pasar una sombra cerca de la losa de cemento al otro lado de la calle. Se lleva la tubería a los labios y dispara justo cuando ve aparecer una cabeza pálida. El dardo le desgarra la oreja a un niño de sótano, que se la tapa con la mano al tiempo que la sangre le chorrea hasta el suelo. Acto seguido desaparece.

—Buena puntería —le dice la madre.

—Buena —le dice Helmud, como felicitándolo.

Van primero de un viejo jacuzzi a una pared que ha levantado alguien con adoquines y baldosas y luego hasta una furgoneta reventada y desguazada. Van derribando a un niño de sótano tras otro hasta que logran salir de su territorio. Il Capitano siente como si le estuvieran atravesando con fuego la pierna.

Bradwell, Pressia y la niña se han escondido detrás de un garaje de dos plazas medio derruido.

—No nos han dado —les anuncia la madre.

—Llevas todo el rato cojeando —le dice Pressia a Il Capitano. ¿Es que ha estado observándolo?

—Me ha dado un calambre, no es nada.

105

—No es nada —repite Helmud como si también le hubiesen preguntado a él.

—Seguid todo recto por aquí, rumbo oeste —les dice la madre.

—¿Es que no vienes con nosotros? —le pregunta Il Capitano—. Creía que formábamos un buen equipo.

La madre se quita la cazadora y deja a la vista un hombro herido.

—No somos las únicas que sabemos envenenar cosas. Dejadnos aquí, nunca lo conseguiremos.

—¡Iremos a por ayuda! —la tranquiliza Pressia.

Il Capitano sabe que no puede ofrecerse voluntario para correr a pedir ayuda; es posible que estalle entre tanto, no le queda mucho tiempo.

—No. Nos encontrarán. Las madres vendrán a por nosotros.

—¡*Freedle*! Él puede ver a vista de pájaro, encontrar a otras madres y atraerlas hasta aquí —interviene Bradwell.

Pressia saca a *Freedle* del bolsillo y pregunta:

—¿Deberíamos mandarles una nota?

—Tú suéltalo —le dice la madre, que se sienta y coge entre las manos la cabeza de su hijo—. Lo entenderán.

—Busca ayuda, encuentra a las madres y tráelas hasta aquí —le dice Pressia a *Freedle*, antes de alzar las manos para que despegue, bata las alas y se pierda en el aire ceniciento.

—Es mejor que os vayáis ya. Estaremos bien.

—¿Estás segura? —le pregunta Il Capitano.

La madre lo mira con los ojos entornados y responde:

—No, la verdad es que no estoy segura de nada.

Perdiz

Dedosendos

En las últimas horas Perdiz y Lyda han trabajado a fondo en los mapas. La chica ha añadido detalles de la academia femenina, del centro de rehabilitación y de la calle donde vivía, así como de los parques y tiendas de alrededor.

Perdiz se siente como un crío con su proyecto de arte desperdigado por el suelo y tendido bocabajo frente a Lyda. Quiere aferrarse a ese momento: con las luces de Navidad parpadeando encima de ellos, Madre Hestra contándole un cuento sobre un zorro a Syden y Lyda concentrada en el trabajo. La madre les ha dejado susurrar entre ellos.

—Acabo de darme cuenta de que ya mismo es Navidad —comenta Lyda.

En la Cúpula se intercambian regalos sencillos: no es nada conveniente crear un montón de productos con recursos limitados para llenar un espacio igual de limitado. A las mujeres se las anima a hacer delantales y agarradores (a pesar de que apenas se cocina ya), bufandas de punto (a pesar de la climatología controlada de la Cúpula) y joyas de cuentas que los hombres les compran a unas mujeres para regalárselas a otras, collares idénticos pasando de unas manos a otras.

—Pues me alegro de perdérmelas —le dice Perdiz—. En las últimas mi padre me regaló carpetas clasificadoras de varios colores.

—Yo echaré de menos los copos de nieve que hacen los niños y pegan luego en las ventanas.

—Me quedé en casa de mi profesor de ciencias, el señor Hollenback. Y fuimos al zoológico.

—¿No fuiste a tu casa?

—Mi padre siempre andaba liado con algo. Y como Sedge ya no estaba, tampoco tenía mucho sentido.

Lyda clava la mirada en el mapa. ¿Siente pena por él? No era su intención provocar compasión.

—¿Y qué aspecto tenía el zoo en Navidad?

Los habían llevado allí tantas veces de excursión en la academia que Perdiz había acabado detestándolo. Incluso los dos hijos de los Hollenback parecían aborrecerlo. La niña, Julby, se quejó de lo deshinchado que estaba su globo, mientras la señora Hollenback intentaba que el pequeño de dos años, Jarv, repitiera los sonidos de los animales. «El león dice 'grrr'.» Pero el niño se negaba a repetir, bien por cabezonería bien porque todavía no era capaz. Perdiz no podía con el olor a lejía y a productos de limpieza, ni con las caras de pena de los animales y los guardias con sus pistolas tranquilizantes.

—En Navidad era peor, como si obligasen a los pobres animales a ser felices. Pero nunca lo son y, total, ¿qué entienden ellos de navidades? —Lyda asiente—. ¿Sabes que había mucha gente que lo llamaba el «Dedosendos»? —Era una referencia al arca de Noé que había perdurado—. Mis amigos lo llamaban la «Jaula de Jaulas», porque parecía eso: un conjunto de animales enjaulados mirándose entre sí.

—Unas navidades, antes de que nos dejase, mi padre me regaló una bola de nieve con unos niños en trineo dentro. Me dijo que la agitara y cuando lo hice la nieve se arremolinó en el interior... —De pronto deja de hablar.

—¿Qué pasa?

—Nada, que fue entonces cuando comprendí que era una niña dentro de una cúpula agitando una cúpula con una niña dentro.

—Así es como siempre me sentí en el zoo: un niño en una jaula mirando animales en jaulas.

Lyda ladea la cabeza y sonríe con tristeza.

—Nos vamos a perder el baile de invierno.

Perdiz recuerda cuando bailó con ella bajo las serpentinas y las estrellas falsas.

—Me gustaría darte de comer una de esas magdalenas —le susurra a la chica.

—Voy a hacerte un regalo.

—¿El qué?

—Tengo que pensarlo.

Cuando del fondo del túnel que va al vagón de metro llega un sonido, comprende en el acto que el momento se ha acabado. Es una llamada, escueta, apresurada: malas noticias.

—No os mováis —les dice Madre Hestra, que se va cojeando hasta el túnel, con Syden cabeceando al compás, y se pierde por él.

Perdiz se incorpora sobre los codos, como un soldado, hasta que las caras de ambos están separadas por apenas un par de centímetros. Ladea la cabeza y la besa. Tiene los labios dulces y suaves.

—Copos de nieve de papel... —murmura—. ¿Eso es todo lo que necesitas para ser feliz? —Vuelve a besarla.

—Sí —susurra la chica—. Y a ti. —Ahora es ella la que lo besa a él—. Esto que tenemos.

Se abre la trampilla y la luz se cuela hacia abajo. Se oye un ruido, como algo que se arrastra. Lyda se aparta rápidamente y se inclina sobre el mapa sin dejar de sonreír.

Madre Hestra aparece de nuevo y, al tiempo que se sacude el polvo de la ropa, les anuncia:

—Hemos interceptado un mensaje. Vuestra gente está aquí.

—¿Nuestra gente? —se extraña Perdiz.

—Ha pasado algo en la ciudad por culpa de la Cúpula. Tengo que dejaros aquí, he de ir a por refuerzos.

—¿Cómo que dejarnos aquí? —replica Lyda.

—¿Quién ha venido? —quiere saber Perdiz.

Una vez que sale la madre se oye más ruido por el túnel y una voz que dice:

—¿Adónde mierda lleva esto?

Y luego el eco apagado:

—Lleva esto.

Il Capitano es el primero en llegar.

—Lo hemos conseguido —dice, todo lleno de polvo y cenizas. Después apoya la mano en el respaldo de un asiento del metro y se acomoda con un gruñido.

—¿Hemos? —se extraña Perdiz. No está seguro de si se refiere a él y Helmud o a alguien más.

Pero en ese momento aparece Bradwell por el túnel, seguido de Pressia.

La hermana de Perdiz. ¡Su hermana!

Están sucios, llenos de hollín y sin aliento.

Pressia se vuelve para ayudar a alguien, una niña pequeña,

muy pálida, con ojos grandes y una melena roja resplandeciente. ¿Es una niña de la Cúpula?, ¿una pura? Por un segundo vuelve a acordarse de la Navidad, de sus compañeras de la academia, siempre acompañadas por carabinas, cantando villancicos por los pasillos de la residencia de los chicos. Pero no han venido a cantar. Perdiz siente una ráfaga de excitación por todas las extremidades; no lo sabía, pero una parte de él estaba esperándolos... ¿para liberarlos de las madres? Quiere salir fuera.

Pero entonces nota un nudo en el estómago: pasa algo malo.

—No traéis buenas noticias, ¿verdad?

—No —dice Bradwell sacudiendo la cabeza—. Yo también me alegro de verte, por cierto.

Al cabo de unos minutos el vagón de metro es un hervidero. Lyda está repartiéndoles agua y comida de sus provisiones. No puede negarles nada, se les ve agotados. Perdiz es incapaz de dejar de mirar a su hermana: ve a su madre en sus pecas, en la manera que tiene de meter la barbilla hacia dentro cuando sonríe y en la forma en que se porta con la niña, a la que sienta y le dice algo que la hace sonreír, a pesar de que se ve que está asustada. ¿Qué niña es esta sin marcas ni fusiones?

Lyda le pregunta a Perdiz en voz baja:

—¿Es pura?

El chico se encoge de hombros y a continuación se va hacia Pressia. ¿Tendría que abrazarla? No parece de ese tipo de gente. Tiene a la niña cogida de la mano.

—¿Cómo estás? —le dice en voz baja.

Se pregunta si también ella soñará con su madre igual que él, si está condenada a ver el cuerpo de su madre muerta allá donde va. Pero ¿le confesaría Pressia ese tipo de sueños? Lo duda mucho; ella es más de guardarse las cosas para sí. Con todo, como él, ella sabe lo que es reencontrarte con tu madre después de años pensando que estaba muerta y que te la vuelvan a arrebatar. Aunque nunca lo hablen, siempre compartirán eso.

—No va mal. —Está claro que no quiere entrar en el tema.

—Yo intento no darle muchas vueltas al asunto. —Es una cobardía referirse al asesinato de su hermano y su madre como «el asunto»—. Perdona —dice, sin saber muy bien por qué se disculpa, quizá por el pasado en sí—. No quería...

—No pasa nada. —Se ve que lo dice de corazón, y como perdonándolo.

—Capi, mira esto. —Bradwell señala los mapas que hay por el suelo.

Il Capitano les echa un vistazo, al igual que Helmud, que apoya la barbilla en el hombro de su hermano.

—¿Los has hecho tú? —le pregunta a Perdiz.

—Me ha ayudado Lyda. No son perfectos, pero he pensado que podrían sernos de ayuda algún día en caso de…

—¿Este es el aspecto que tiene por dentro? —Il Capitano se arrodilla y al hacerlo contrae la cara del dolor. ¿Con qué habrán tenido que luchar para llegar hasta allí?

—Todavía no los hemos terminado —explica Perdiz.

—¿Por qué habéis venido? —quiere saber Lyda.

—Todo se ha torcido —dice Pressia.

—¿Torcido? —pregunta Perdiz.

Bradwell se desata una caja negra que lleva a la espalda y la engancha a la fuente de energía con la que funcionan las luces de Navidad, que se atenúan al instante.

—Tenemos cosas que contaros y preguntas que haceros.

—Y… —Pressia mira alrededor, sin saber por dónde empezar—. Esta es Wilda.

La niña alza la vista. No es pura; hay algo en ella que no cuadra aunque Perdiz no sabe decir qué es.

Bradwell se sienta y se frota las manos.

—La encontraron unas adoradoras de la Cúpula cerca del bosque. Al parecer la dejaron allí las Fuerzas Especiales.

Il Capitano se toquetea la sangre reseca que tiene en la pernera del pantalón.

—¿Qué es lo que está pasando? ¿Las Fuerzas Especiales? —se inquieta Perdiz.

—Y fue precisamente un soldado de las Fuerzas Especiales quien me llevó hasta ella. —Il Capitano tiene la cara como una sábana de blanca—. Me escribió un mensaje, una única palabra: «Hastings».

—¿Hastings? —dice sorprendido Perdiz.

—¿Como Silas Hastings? —le pregunta Lyda a Perdiz.

—¿Lo conocéis?

—Era mi compañero en la residencia. ¡Dios, tienen a Hastings! ¿Estaba muy mal?

111

Il Capitano se frota una rodilla como si le doliese.

—Seguía siendo bastante humano, logré ver una persona real tras sus ojos. ¿Crees que es de fiar?

—Bueno, no era ni el más fuerte ni el más honrado, pero es leal. —Perdiz se imagina a Hastings en el baile, alto y desgarbado, charlando con alguna chica—. La potenciación cambia a la gente, pero si puede, nos ayudará.

—Vamos a necesitar toda la ayuda que podamos reunir —comenta Il Capitano.

—¿Qué pasa? —pregunta Perdiz—. ¿Ayuda para qué?

—Wilda tiene un Nuevo Mensaje de la Cúpula, de parte de tu padre —le explica Pressia.

—¿De mi padre? ¿Cómo lo sabéis? —Es consciente de que ha respondido como a la defensiva.

—Tiene la misma estructura que el primer mensaje —interviene Il Capitano—: veintinueve palabras y la cruz con el círculo.

—La cruz celta… Es irlandesa —aclara Lyda.

—Las Fuerzas Especiales se la llevaron a la Cúpula y la arreglaron.

Perdiz se coge de una barra que tiene por encima y luego se sienta.

—¿Que la arreglaron?

—Era una miserable —le explica Pressia.

—Dios Santo, eso significa que tienen lo que querían, ¿no es eso? Si mi padre es capaz de revertir los efectos de las fusiones, podrá reconstruirse a sí mismo. Es posible que ya haya regenerado sus propias células. Hice ese mismo experimento con los viales. —Se desabrocha la camisa y les muestra los sueros que lleva atados a la cintura—. Son peligrosos, como dijo mi madre, pero si mi padre… —Se echa hacia delante y se queda mirando la piel perfecta de la niña—. Si puede hacer eso, podrá curarse a sí mismo, ¿no? —Los mira a todos—. ¡Vivirá para siempre!

—No —dice Pressia, que coge la mano de la niña y la pone encima de la suya. Parece estremecerse: la cría ya tiene temblores, igual que su padre—. Es muy joven. ¿Te acuerdas de que nuestra madre solo pudo proteger una parte de tu codificación?, ¿y que a mí no pudo darme nada? Yo tenía un año y medio menos que tú.

Perdiz asintió: era demasiado peligroso, aunque no quiere decirlo delante de la niña, que ya parece bastante asustada de por sí.

—En la Cúpula no se somete a los chicos a potenciación hasta los diecisiete —les explica Lyda—. Y a las chicas más tarde aún.

—Degeneración rauda de células —dice Perdiz. Cuanto más joven eres cuando te someten a potenciación, peores son los efectos. Su padre empezó muy joven, en la adolescencia, y ha seguido potenciándose el cerebro durante décadas. La niña tiene apenas ¿cuánto? ¿Nueve años? Y ya tiene temblores… ¿Cuánto le quedará de vida? ¿Meses, semanas, días?—. ¿Cómo ha podido hacer esto? —De la rabia, Perdiz siente una oleada de calor recorriéndole el pecho.

—No sabe cómo revertir los efectos secundarios —apunta Il Capitano.

—Pero si alguna vez lo averigua —interviene Pressia— podría salvar su propia vida y… —Mira de reojo a Bradwell; no quiere terminar, pero Perdiz lo capta: podría deshacer todas las fusiones, hacerlos puros a todos, sin efectos negativos.

—Yo lo único que sé es que es una mensajera, y que tu padre sabía que llamaría nuestra atención —tercia Bradwell.

—¿Cuál es el mensaje? —pregunta Lyda.

La niña esconde la cabeza tras el brazo de Pressia.

—No pasa nada. No tienes por qué hacerlo.

—Queremos que nos devolváis a nuestro hijo —recita Il Capitano—. La niña es la prueba de que podemos salvaros a todos. Si ignoráis nuestro ruego, mataremos a los rehenes, uno a uno. —Cuando acaba se dibuja una cruz celta en el pecho con el dedo.

—¿De dónde están sacando a los rehenes? —se interesa Lyda.

Bradwell suspira y responde:

—Han mandado arañas robot a la ciudad que se han incrustado en el cuerpo de la gente. Así es como lo han hecho. Si no entregamos a Perdiz, seguirán detonando arañas y matando a gente.

—¿Ya han empezado? —le pregunta Perdiz a su hermana, que asiente.

De modo que eso era lo que nadie quería contarle. Se siente desfallecer. Lyda emite un sonidillo. ¿Se ha puesto a llorar? Se niega a mirarla. Si no fuese por su culpa, ella estaría viviendo una vida tranquila en la Cúpula, haciendo delantales de Navidad.

—Se están dispersando por toda la ciudad. Vimos a una detonar y cómo estallaba en pedazos un hombre. ¡Muerto, así sin más! —Il Capitano contrae la cara como si el recuerdo le doliese—. Y ya antes habíamos encontrado a otra víctima en el bosque.

113

—¡Víctima! —apostilla Helmud.

—Los adoradores de la Cúpula han perdido la cabeza con la niña, creen que es sagrada —les cuenta Bradwell.

—Es que parece pura de verdad —dice Lyda mirando fijamente a Wilda.

—¿Por qué tenemos que seguir utilizando esa palabra? —murmura Bradwell entre dientes.

Pressia lo fulmina con la mirada.

—Están ofreciendo la salvación y la condena de una tacada.

Il Capitano tiene los codos apoyados en las rodillas; ambos hermanos parecen pálidos, con un brillo de sudor y ceniza reseca. Perdiz se agacha delante de la niña.

—¿Te metieron en una especie de molde con forma de cuerpo? ¿Te inyectaron medicinas en el cuerpo por medio de tubos?

La pequeña asiente y hace la señal de la cruz con el círculo en medio.

—¿Y todo salió según lo previsto?

La niña sacude la cabeza.

—¿Qué pasó? —sigue interrogándola Perdiz.

Wilda mira a Pressia, le coge la mano y se la lleva a la barriga. Pressia le palpa el estómago y de pronto retira la mano, como por instinto.

—La han curado demasiado. —Pressia mira a su hermano—. No tiene ombligo.

A Perdiz le recorre un escalofrío por la columna. El vagón de metro se queda en silencio por un instante y Wilda abraza a Pressia, que la aprieta contra sí.

Por fin Bradwell le pregunta directamente a Perdiz:

—¿Piensas entregarte?

Perdiz recuerda la sensación que tuvo cuando su madre le dijo que existía un grupo secreto de personas en la Cúpula que estaban esperando al cisne para rebelarse, para ponerlo en una posición de poder. En teoría, debía haber liderado desde dentro. ¿Sería volver a la Cúpula como admitir la derrota?, ¿o por el contrario le brindaría la oportunidad de gobernar, como su madre pensaba que podía hacer? Quiere derrocar a su padre, es cierto, y al menos darle a la gente la ocasión de aspirar a una vida mejor. Pero ¿tiene madera de líder? ¿Por dónde empezar?

Lyda se echa a llorar y gimotea:

—No puede entregarse, tiene que haber otra forma. Tal vez alguien pueda hablar con su padre.

—Claro, sí, hablar con su padre Como es un hombre tan razonable… —dice Bradwell con todo el sarcasmo.

—La pobre no quiere mandar a Perdiz a una misión suicida —la defiende Pressia—, es normal.

Bradwell se pasa la mano por el pelo, frustrado.

—Si a alguien se le ocurre otra alternativa, soy todo oídos. Pero será mejor que se dé prisa.

Nadie dice nada.

—No es una misión suicida —rompe el silencio Il Capitano—. Willux no va a matarlo. Si lo quisiera muerto, ya nos habría volado por los aires a todos. Si hay algo que Willux sabe hacer es destruir.

Perdiz mira a Lyda, que le ha cogido de la mano y se la aprieta con tanta fuerza que le arden las palmas. Con ella a su lado podría hacerlo, ¿no? Siente que es su destino y que no hay forma de esquivarlo.

—Ojalá hubiese terminado los mapas. Hay más detalles, detalles cruciales. Necesitaréis los puntos de entrada a través del sistema de filtrado del aire. Y saber el sitio por el que salió Lyda, la plataforma de carga que vio y la forma de entrar. Si tuviese más tiempo, os lo anotaría todo.

—Más tiempo… —dice Il Capitano en un hilo de voz.

—Tiempo —repite Helmud.

—También necesitamos que mires la caja —le pide Bradwell—. ¿No te acordarás por casualidad de los nombres de los Siete?

—¿De veras tenemos tiempo para eso? —interviene Pressia—. Debemos llevarlo arriba y entregarlo a las Fuerzas Especiales lo antes posible.

—Si alguna vez logramos derrocar a la Cúpula, salvaremos vidas —responde Bradwell—. ¿Es que no lo entiendes?

Il Capitano tiene un aspecto horrible, demacrado y dolorido. Con el ceño fruncido, respira lenta y entrecortadamente.

—A veces la gente está dispuesta a sacrificar su vida por el bien común —dice este—. No podemos obligar a nadie, pero seguro que habrá muchos que piensen: «Ojalá nos diesen al menos la oportunidad de luchar». Marca todo lo que sea de interés y échale un vistazo a la caja. Cualquier cosa puede ser importante.

115

Lyda

Bola de cristal

*L*yda le pasa a Perdiz la caja negra con mucho cuidado, como si fuese un bebé…, o más bien una bomba. Bradwell está explicándoles que las otras cinco cajas son en realidad enciclopedias idénticas, bibliotecas gigantes llenas de información. La que tiene entre las manos, sin embargo, es distinta.

—Ábrela —le dice a Perdiz, que le da la vuelta.

Lyda pasa el dedo por un simbolito que tiene.

—El resto tiene número de serie mientras que esta lleva un *copyright* sin fecha.

—Podría ser cualquier cosa —replica Pressia—. Déjalos que lo vean sin ideas preconcebidas.

—O el símbolo de pi. Tres coma catorce, en un círculo.

Lyda se pregunta a qué se refiere. ¿Pi? ¿Qué es eso? Posiblemente una de tantas cosas que a los chicos les enseñan en la academia y a las chicas no.

—Sea lo que sea, la caja está relacionada con tu madre —le dice Bradwell a Perdiz—. Tiene que significar algo.

Perdiz mira a Pressia.

—¿Con nuestra madre?, ¿cómo?

—Si dices «cisne» —empieza a decir Pressia, pero *Fignan* la interrumpe al encenderse y realizar su ritual habitual.

—Siete, siete, siete…

Perdiz se queda tan sorprendido que dejar caer la caja negra.

Cuando termina de pitar y de todo lo demás, Pressia les explica:

—Quiere que le digamos los nombres de los Siete. ¿Tú te acuerdas?

—No nos los dijo todos —contesta Perdiz.

Lyda ve el fino brazo metálico que se ha desplegado del cuerpo de la caja, con una punta afilada y brillante.

—¿Qué es eso?

La punta se retrotrae y a toda velocidad penetra la piel de la muñeca de Perdiz, de donde surge una gotita de sangre. El chico coge a *Fignan* del brazo y lo alza como si fuera una rata por la cola.

—¿A santo de qué ha venido eso?

—Es su forma de averiguar quién eres —le explica Bradwell.

—Ten. ¡Lo que me faltaba! —Perdiz le devuelve la caja al otro chico y se restriega la sangre con la manga.

—¿Qué nombres tenéis? —pregunta Lyda, que se acerca, pero no demasiado: no tiene ganas de que la pellizque.

—Tenemos a Aribelle Cording, Willux, Hideki Imanaka. Y luego está el que murió joven, que puede que se llame Novikov —les cuenta Pressia.

—Y Kelly —apunta Perdiz—. Bartrand Kelly y Avna Ghosh. Apunté todo lo que recordaba de lo que nos dijo mamá.

—Kelly y Ghosh —repite Pressia.

—Van seis. ¿Quién será el séptimo? —pregunta Il Capitano, que parece atribulado y con un aspecto espectral. ¿Estará enfermo? ¿Tendrá fiebre?

Pressia mira expectante a Bradwell, arqueando las cejas. Es como si estuviese esperando a que sea él quien diga el nombre, como retándolo. Lyda se pregunta qué habrá pasado entre ellos.

Bradwell mira hacia abajo.

—Es probable que sea Art Walrond —dice por fin Pressia.

—Dios, espero que no. Si estaba metido en todo esto con tu padre desde el principio —le dice Bradwell a Perdiz, como acusándolo—, me partirá el alma. Art no, él no.

—Art —musita Lyda, pensando en las extrañas cosas que Illia dijo sobre echar de menos «arte». Lyda se pregunta si la malinterpretó—. ¿Echo de menos el arte o echo de menos a Art?[2]

—¿De qué hablas? —la interroga Bradwell.

—De Illia. Me dijo que quería morir pero que no había cumplido su misión. —Lyda se queda mirando la caja que Bradwell tiene entre los brazos—. Me contó una historia de un hombre y

2. En inglés la palabra para «arte», *art*, coincide con el diminutivo de Arthur, *Art*, lo que explica la confusión de Lyda.

una mujer que estaban enamorados. Él le dio a ella la semilla de la verdad para que la protegiese. Cuando él murió, ella se convirtió en la guardiana, y tuvo que casarse con alguien que habría de sobrevivir a las Detonaciones para que la semilla no pereciera. Y no puede morir hasta que se la dé a la persona adecuada. Esta mañana he entendido que me ha dicho: «Echo de menos el arte», como la belleza de las cosas creadas. Pero ¿y si lo que quería decir era que añoraba a Art, a Art Walrond? Ella es la mujer de la historia. ¿Y si Art fuese el hombre, e Ingership el marido con el que tuvo que casarse solo para sobrevivir? ¿Y si la semilla de la verdad es esta caja negra?

—A lo mejor trabajaba para el programa financiado por el gobierno que almacenaba información en las cajas. Puede que Art la conociera allí...

—Y la utilizase —apunta Bradwell—. Era un casanova.

—No —replica Lyda—, se querían.

—¿Acaso importa? —opina Perdiz.

—A mí sí —repone Bradwell—. ¿Os acordáis que en la granja Illia me dijo que le recordaba a un niño al que había conocido?

—Tal vez no era un niño parecido a ti —dice Pressia.

—Quizá fuese yo mismo. —Bradwell se deja caer en el asiento. Lyda no sabe mucho sobre él, pero intenta imaginarse cómo tiene que ser que no quede nadie en el mundo que te hubiese conocido antes de las Detonaciones, absolutamente nadie. Una clase de soledad a la que querrías poner fin como fuese. Los pájaros de la espalda del chico se quedan quietos—. ¿Qué verdad?, ¿qué dichosa verdad quería Art Walrond que Illia guardase?

Pressia se vuelve hacia *Fignan* y dice:

—¡Cisne!

Fignan se enciende y dice «siete» siete veces y, nada más empezar a pitar, todos le van dando nombres: Ellery Willux, Aribelle Cording, Lev Novikov, Hideki Imanaka, Bartrand Kelly, Avna Ghosh. La caja va aceptándolos todos con una luz verde.

—Arthur Walrond —dice por último Bradwell.

Y aparece la última de las luces verdes.

Wilda busca la mano de Pressia y la agarra, mientras todos se quedan a la espera... ¿de qué? Lyda no está segura pero no parece ocurrir nada. Las luces de *Fignan* se atenúan.

—¿Eso es todo? —pregunta Pressia.

118

—¿Cómo? —se extraña Il Capitano, y su hermano lo repite con pena.

—¡No! —exclama Bradwell aturdido—. No puede ser.

—Supongo que será una simple caja —dice Perdiz—. Puede que algunas cosas del pasado deban permanecer en el pasado.

—Supongo que eso que dices tiene sentido viniendo de alguien que sobrevivió en una burbujita muy bonita, en un mundo recién pintado y un colegio entrañable, con tus amigos de la escuela y tu novia querida.

—Calla —dice Perdiz—. No empieces ya a dar lecciones.

—Y yo no soy ninguna «novia querida» —repone Lyda apretando la mandíbula. Perdiz se queda mirándola. ¿Le ha sorprendido? Parte de ella espera que sí.

—No tenemos tiempo para discutir —intenta apaciguarlos Il Capitano.

—No —replica Bradwell, que se levanta entonces y se acerca a Perdiz—. ¡Es él! *Fignan* no va a contar ningún secreto delante del hijo de Willux, no si Art Walrond programó la caja.

—A lo mejor confías demasiado en Walrond —esgrime Pressia—. ¿Tú crees que *Fignan* sabe quiénes somos y quiénes son nuestros padres? ¡Eso es una locura!

—No, no lo es —dice Perdiz mirándose la muñeca—. *Fignan* me ha tomado una muestra de sangre.

—Y a mí también —cuenta Bradwell—. Del pulgar.

—A mí me quitó pelo —dice Pressia, tocándose una zona de piel rala.

Justo en ese momento suenan unas pisadas por encima de sus cabezas.

—Algo me dice que nos estamos quedando sin tiempo —comenta Il Capitano.

Madre Hestra abre la puerta del túnel, baja y les dice:

—Están acercándose.

—¿Quiénes? ¿Las Fuerzas Especiales? —aventura Il Capitano.

Ambos, la madre y el hijo, asienten.

—Y a bastante velocidad.

Perdiz coge el mapa y saca un lápiz.

—Aquí —dice marcando con una X el mapa y dibujando una línea que va hasta el centro médico, en la planta Cero. Garabatea el número de ventiladores del sistema, el número de aspas de

ventilador, las barreras de los filtros y el intervalo de tiempo al
que se cierran: tres minutos y cuarenta y dos segundos—. Lyda,
diles dónde crees que está la plataforma de carga.

La chica no está segura.

—Creo que aquí. Había una colina y vi un bosque a lo lejos.
No sé, un momento, a lo mejor era aquí…

—Está bien —dice Pressia.

Bradwell guarda los mapas. Se oyen más pisadas por encima y
todos dirigen la vista arriba, como si pudiesen ver a través del techo del vagón y de las capas de tierra.

Lyda tiene que contarle la verdad a Perdiz: no piensa volver;
prefiere vivir y sufrir allí, en aquel mundo asalvajado para el
resto de su vida, que regresar a la Cúpula.

Perdiz se levanta la camisa y dice:

—No puedo llevar conmigo estos viales. —Con mucho cuidado se los va despegando de la barriga—. Contienen un ingrediente que creo que mi padre ya posee, pero de todas formas no
quiero que sepa que lo tenemos. Puede que os sea de ayuda, pero
tened cuidado. Con el contenido es posible curar, hacer milagros
como regenerar células y todo eso, pero no tiene medida. —Los
envuelve uno por uno y se los va tendiendo a Pressia—. Ella habría querido que los guardases tú.

Pressia los coge con mucho cuidado.

—Si la cosa se pone fea, y no vuelves —le dice a su hermano—, iremos a buscarte.

—Gracias.

—Nos quedaremos aquí abajo con la niña hasta que se despeje
arriba —decide Bradwell.

—Ándate con ojo ahí arriba —le advierte Il Capitano.

—Ojo —le dice Helmud.

Perdiz se vuelve y mira a Lyda; la coge de la mano y se la
aprieta.

—Lyda y yo no nos separaremos.

Y en ese momento, con esa pequeña secuencia de palabras,
Lyda siente que han sellado su destino. ¿Es capaz de decirle allí
mismo, delante de todos, que no piensa ir con él? Perdiz lo está sa-
crificando todo ¿acaso ella no es capaz? Se imagina a las madres
instándola a quedarse, pero al mismo tiempo sabe cuál es su papel, el que le han metido en la cabeza toda la vida. Tiene que ser
una compañera, debe seguirlo.

—No nos pasará nada —dice Lyda mientras se pone la capa.

Y sin más, sigue a Perdiz por el túnel. Al abrirse la trampilla de chapa, por un instante se ve tan solo un rápido parpadeo de luz que le hace recordar su celda del centro de rehabilitación y el panel falso por donde se suponía que entraba el sol; a veces parpadeaba como si pasase por allí revoloteando un pájaro y arrojase una sombra rápida antes de desaparecer de nuevo. Un pájaro falso, una simple proyección aleteando delante de un sol falso al otro lado de una ventana inexistente, dentro de una prisión.

La Cúpula es una jaula, una bola de cristal con nieve, y allí es adonde se dirige.

121

Perdiz

Lanza

*P*erdiz coge del tirador y empuja hacia fuera. Cegado por la luz, nada más salir del túnel oye el chasquido de las armas. Una vez que sus ojos se acostumbran a la luminosidad, ve que todas le apuntan a él y levanta las manos.

—Tranquilidad —les dice—. Venimos en son de paz.

El viento levanta la tierra y la arremolina a su alrededor. Escruta al grupo en busca de Silas Hastings y del resto de chicos de la academia de su curso: el rebaño, como solía llamarlos, Vic Wellingsly, Algrin Firth, los gemelos Elmsford. Va a costarle reconocerlos de esa guisa, hasta las cejas de potenciación y convertidos en seres mecánicos; en su interior, sin embargo, tienen que quedar restos de sus yos antiguos, unos yos que lo odiaban. La última vez que los vio, Vic se ofreció a partirle la cara y Perdiz le convenció de que no lo hiciera diciendo solo «¿De verdad?»; y es que todos sabían lo que quería decir: que no era muy inteligente partirle la cara al hijo de Willux. Se odió a sí mismo por decirlo, pero Wellingsly se retractó, a pesar de que era más fuerte que él. Ahora posiblemente vaya armado hasta los dientes.

Lyda aparece a su lado y entrelaza las manos por detrás de la cabeza. Las armas cambian de dirección y las luces rojas apuntan al pecho y la cabeza de la chica. Aquello le revuelve el estómago a Perdiz y se acuerda de los láseres que les señalaban en el bosque cuando mataron a su madre y a su hermano. Vuelve a sentir la rabia de entonces.

—¿Podéis hacer el favor de bajar las armas? —les grita—. ¡Nos estamos entregando! ¿Qué más queréis?

—Queremos a los demás —dice un oficial, que se adelanta entonces hasta clavar la boca del fusil en las costillas de Perdiz.

—¿Qué demás? Estamos solo nosotros. —¿Dónde estará Hastings? Perdiz no para de escrutar las mandíbulas recias, los cráneos descomunales y las sienes nudosas, pero ni rastro de su amigo.

—¡Coged a la chica! —grita el oficial, y dos soldados lo obedecen, la agarran y la apartan de él, como a unos diez metros.

—¡Ella viene conmigo! ¡Es una condición para mi rendición!

—Tú no impones ninguna condición —le dice el oficial—, las ponemos nosotros. —Acto seguido se inclina sobre la trampilla y grita—: ¡Afuera todo el mundo!

Tendría que haber sabido que las Fuerzas Especiales no se contentarían solo con él.

—¿Qué órdenes tienes? —le pregunta Perdiz—. ¿Qué piensas hacer con ellos? —No le gusta nada la forma en que un soldado está cogiendo de la cintura a Lyda.

El oficial no responde. Otro soldado se adelanta un paso en la fila, con la cabeza ladeada hacia Perdiz. Es alto y delgado, casi como un insecto palo, igual que Silas Hastings. ¿Podría ser él?

Perdiz sacude la cabeza como solía hacerlo su amigo y se aparta el pelo de los ojos. El soldado repite el gesto a pesar de que está rapado. Hastings… Tiene que ser él. ¿Está ofreciéndole su ayuda?

Conforme los demás van saliendo del túnel, un soldado va empujándolos uno por uno y poniéndolos en fila. Todos levantan las manos: Il Capitano y Helmud, el puño de cabeza de muñeca de Pressia, Bradwell, que ha debido de dejar atrás a *Fignan* y los mapas.

Perdiz se apresura a hacerse una idea de conjunto… ¿Tienen alguna vía de escape sus amigos? Más allá de las chimeneas caídas se ve una espiral menuda: ¿un terrón? Una columna vertebral se eriza y se hunde como una ola de polvo. ¿Dónde está Madre Hestra con los refuerzos? ¿Ya habrán aprendido los terrones a temer a las Fuerzas Especiales, igual que a las madres? No quiere que le disparen, pero tampoco tiene ganas de que le devoren los terrones.

—Tengo derecho a saber qué órdenes os han dado.

Se le acerca el oficial, que a pesar de tener unos muslos enormes y unos hombros anchísimos, despliega una extraña agilidad.

—¿Quién dice que tengas ningún derecho? —le dice al chico. Este le clava la mirada en los ojos vidriosos y le dice:

123

—Lo que sí sé es que mi padre quiere que me llevéis vivo ante él. Muerto no le sirvo de nada.

Con el afilado hueso del codo, el oficial le propina un golpe en las costillas que lo deja sin respiración. Perdiz se dobla en dos y casi hinca una rodilla en el suelo, pero se niega a verse humillado y consigue enderezarse. Coge aire con fuerza y se llena los pulmones al máximo.

—Ejecutadlos —dice el oficial—. Devolved al prisionero a la Cúpula.

—¿Cómo? ¡No! —Perdiz arremete contra el oficial al tiempo que grita—: ¡Soy el hijo de Willux, joder! ¡Yo estoy por encima de ti!

El oficial lo empuja con el arma que tiene alojada en el músculo y el hueso de la mano y del brazo. Perdiz siente como cruje su mandíbula, como un disparo en plena cara. Se gira y cae en redondo. Desde el suelo oye la voz de Pressia, que dice:

—La niña es pura. La mandasteis vosotros, no podéis matarla.

Perdiz se enjuga la sangre de la boca y ve que Pressia está tirando de Wilda y acercándola a los soldados. Bradwell e Il Capitano tienen rostros de acero, indescifrables; como si siempre hubiesen creído que morirían así. Helmud, por su parte, ha cerrado ya los ojos, entregándose a la muerte.

—La niña ya ha cumplido su función —grita el oficial—. ¡Volved a la fila!

Wilda da un paso hacia atrás.

—Ahora tengo un ejército —le dice Il Capitano—, y vengará nuestras muertes.

—¿Lo estáis oyendo? —grita Perdiz—. ¡Por favor, parad! ¡Vamos a discutirlo con calma!

Acto seguido intercambia una mirada con Lyda, que ha bajado los brazos y está abrazándose las costillas. Espera ver terror pero distingue algo más en su mandíbula apretada y sus brazos tensos: no está asustada, está furiosa.

El oficial mira fríamente a Perdiz y les dice a los soldados:

—A la de tres.

—¡Madre Hestra! —grita Lyda.

Bradwell intenta entretenerlos:

—Un momento, podemos seros útiles. Tenemos información...

El oficial hace oídos sordos.

—¡Uno!

—¡Dios! —grita Perdiz, que carga entonces contra un soldado y lo embiste.

El soldado lo esquiva, lo agarra de un brazo y le estampa la cabeza contra el suelo. Con el afilado metal del arma contra la tráquea, Perdiz forcejea y se contorsiona en su intento por levantarse.

—¡Dos!

—¡A la niña no! —grita Pressia—. ¡A ella no!

Y acto seguido se oye un tiro. ¿Un soldado disparando antes de que el oficial llegue a tres? ¿A quién le han dado? El soldado que tiene agarrado a Perdiz se cae a plomo sobre él después de que una bala le haya trepanado el cerebro. El chico intenta zafarse del cadáver, pero se produce un intercambio de tiros y todo el mundo se dispersa. Bradwell, Pressia y Wilda corren a ponerse a cubierto al otro lado de la montaña de tierra. ¿Y Lyda e Il Capitano? No los ve. Las balas surcan el aire. Perdiz se parapeta en el soldado muerto con la esperanza de que le escude de las balas. Alcanzan a otros dos soldados, que caen al suelo.

El resto de Fuerzas Especiales se tiran al suelo y devuelven los disparos apuntando hacia las chimeneas. En un principio Perdiz cree que se trata de las madres, que han llegado con refuerzos y con sus cuchillos, sus dardos de jardín y sus lanzas, pero los soldados están siendo abatidos con armas de verdad, automáticas.

Perdiz ve por fin a Lyda, que se ha soltado y está escapando de los soldados. Uno de ellos la ve entonces, corre hacia ella y la coge de la capa, que se le desgarra y cae, dejando a la vista una lanza casera. Ha debido de volver a por ella mientras él estaba saliendo del túnel. Lyda la saca, la agarra con fuerza por el mango y se la clava al soldado en plena garganta. La pistola que tiene el soldado en un brazo deja escapar una ráfaga de balas que riegan la tierra.

Perdiz se ha quedado sin palabras. Lyda mira a su alrededor, con cara fiera y el pelo arremolinado por el viento, y luego se vuelve y sigue corriendo hacia las cárceles derrumbadas. ¿Por qué? El chico no lo sabe, pero no piensa dejarla sola ahí fuera, es demasiado peligroso.

Mira por encima del hombro y se dispone a echar a correr cuando distingue las siluetas de unos cuerpos pequeños y pálidos que corren como rayos entre las ruinas de las chimeneas y disparan con precisión de francotirador. El horizonte está ahora cu-

125

bierto de terrones que surgen de la tierra: han olido a muerte y han venido a darse un festín.

Bradwell sale corriendo hacia la trampilla que da al túnel, la abre y se cuela en el interior; con toda seguridad va a por *Fignan* y los mapas.

Perdiz sale de debajo del soldado muerto y echa a correr, sus botas aporrean con fuerza la tierra reseca. Qué bien sienta correr a esa velocidad...

Pero entonces recibe un impacto en la nuca y se cae hacia delante apoyándose en las palmas. Sobre él tiene a un soldado que, con su cráneo aumentado y sus mandíbulas prominentes, se inclina sobre él y le dice:

—Ahora sí que te partiría la cara. ¿Qué te parece?

Vic Wellingsly. Perdiz lo mira a los ojos y le dice:

—No sabía que los perritos falderos de la Cúpula tuviesen tan buena memoria.

Wellingsly le pega una patada en la barriga y lo deja sin aire. No va a ser una pelea justa: su rival ha recibido una potenciación increíble, y eso que ya era corpulento de por sí. Le pega un puñetazo al suelo junto a la cara de Perdiz y le pregunta:

—¿Cómo saliste?

—¿Qué? —masculla Perdiz.

—Yo quería salir, todos queríamos. Y ahora mira en lo que me han convertido.

—Yo no he tenido nada que ver. Yo nunca quise...

Wellingsly, sin embargo, no está escuchándolo y vuelve a hundir el puño contra el suelo. Perdiz aprovecha para rodar hacia la izquierda y justo entonces el soldado recibe un impacto por detrás y cae noqueado al suelo. Es Hastings, que se queda mirando a Perdiz sin decir nada.

—Gracias —le dice este.

Hastings asiente con la cabeza, como diciéndole: «Vamos, huye».

Corriendo todo lo rápido que puede, Perdiz mira hacia atrás y ve que Wellingsly se pone de rodillas a duras penas y arremete contra Hastings, que forcejea con él hasta devolverlo al suelo. Se están peleando como críos, en un borrón de puños y polvo suspendido en el aire, a toda velocidad, en una lucha encarnizada.

Perdiz sigue corriendo. Los terrones están acercándose al meollo de la pelea, atraídos por la sangre. Ve ante él las dos cárceles derruidas y una figura que atraviesa los escombros ágilmente: es Lyda.

Mira hacia atrás una vez más y ve que los terrones se han alzado con toda su monstruosidad y llenan el paisaje de arena, tierra, dientes y garras.

No puede quedarse mirando. Llama a Lyda por su nombre pero la chica no se vuelve.

Entre los edificios de las dos cárceles, al resguardo de las Detonaciones, se levantan los restos esqueléticos de una casa.

Una casa solitaria, medio inclinada y sin tejado.

Lyda traspasa el umbral y se pierde en la oscuridad del interior.

127

Pressia

Chimenea

$\mathcal{N}$iños de sótano, demasiados para contarlos. Y van pertrechados con armas de verdad. No han venido en misión de rescate: andan a la caza del monstruo de la quinta pantalla, de las Fuerzas Especiales. Pressia contempla cómo van deshaciéndose uno por uno de los soldados, mientras los terrones acechan y baten sus garras. Está escondida con Wilda detrás de las chimeneas medio derruidas, que tienen un extremo desgajado, hecho añicos como una gran bombilla.

Il Capitano la llama por su nombre.

—¡Aquí! ¡Estamos aquí! —le responde Pressia.

Su amigo aparece con su hermano por un extremo de la chimenea; cojeando, se acerca y clava una rodilla en el suelo.

—¿Dónde está Bradwell? —pregunta.

—Ha ido a por *Fignan* y los mapas. Estamos esperándolo.

—Deberíamos salir de aquí mientras podamos. Yo llevo a Wilda. Bradwell sabe hacia dónde vamos, ya nos seguirá.

—No podemos dejarlo aquí —le dice Pressia, que mira hacia el otro lado del polvoriento y estrepitoso campo de batalla—. Por cierto, ¿qué te pasa en la pierna?

—No es nada, una vieja herida que ha vuelto para atormentarme.

—¿No habías dicho que te había dado un calambre en el gemelo?

—Pero era por la herida esa —le explica, y tose a continuación contra la parte interior del codo—. Este aire…, aquí si no nos asfixia un terrón, lo hará el aire.

Está ocultando algo. Mira a Helmud, que la contempla de hito en hito, asustado.

—Asfixia —dice—. Asfixia.

Pressia le mira la pierna a Il Capitano.

—Tienes sangre por el pantalón. Que yo sepa con los calambres no se sangra.

Alarga la mano para tocarle la pierna pero el otro se echa hacia atrás.

—Déjalo, no es nada.

—¿Nada? —pone en duda Helmud.

—Tienes que enseñármela —insiste la chica.

Il Capitano sacude la cabeza y alza la vista al cielo al tiempo que suelta una exhalación profunda. Y entonces Pressia lo entiende: tiene una araña.

—No… —susurra.

Il Capitano asiente.

—¿Llevas con ella desde la ciudad?

—Sí, me pilló justo delante del camión.

—Me pilló —repite Helmud; si su hermano explota, él irá detrás.

A Pressia se le encoge la garganta.

—¿Cuando me salvaste?

Al ver que el otro aparta la mirada, Pressia comprende en el acto que fue entonces, y la culpa se apodera de ella y la corroe. Alarga la mano y la pone sobre el pecho de Il Capitano, justo por encima del corazón.

—¿Cuánto tiempo os queda?

—Unas dos horas. Suficiente para llegar al puesto médico de avanzada.

La oleada de culpabilidad no tarda en ser superada por la rabia.

—¡Hemos desperdiciado un tiempo precioso! ¡Podríamos haberte llevado al médico del cuartel! Podríamos haber salido de la ciudad enseguida y…

—No —replica Il Capitano—. Os habría distraído a todos, habríais perdido el tiempo…

—Pero… —Pressia repasa todas las decisiones que han tomado en el vagón de metro—… tú has sido quien me ha convencido para que les dejásemos más tiempo a Perdiz y Bradwell para averiguar juntos lo de la caja y acabar los mapas…

—Como dije antes, a veces hay gente dispuesta a sacrificar la vida por el bien común. Y es cierto.

129

Se siente furiosa con él.

—Pero todavía hay tiempo, ¿no? Tenemos que llevarte…

La frase se ve interrumpida por una explosión descomunal. El extremo de la chimenea en ruinas explota hecho añicos en una nube de polvo. Pressia se ve impulsada hacia atrás y acribillada por docenas de trozos de cemento y mortero del tamaño de un puño, al tiempo que se le escapa de golpe el aire de los pulmones. Todo sonido es silenciado. Las Fuerzas Especiales están sacando la artillería pesada. Se pasa unos dedos nerviosos por los viales: siguen intactos. Se echa bocabajo y mira a su alrededor. Está todo lleno de humo y polvo.

—¡Wilda!

—¡Aquí! —Il Capitano la tiene cogida en brazos y la protege con su cuerpo.

Otro estallido hace temblar el suelo que los separa.

—¡Corred! —chilla Pressia—. ¡Llévatela de aquí!

Il Capitano se pone de pie y la chica le grita:

—¡Volveremos a vernos! ¡Esto no se acaba aquí! —No es posible.

Su amigo le devuelve una sonrisa triste, se vuelve y echa a correr como puede con la pierna mala. Mientras se alejan a través del humo, Helmud levanta un brazo escuálido para decirle adiós.

Siente como si se le fuese a desgarrar el pecho en cualquier momento. La araña se le clavó mientras la salvaba a ella, y ahora, ¿cuánto tiempo le queda? Intenta recordarlo, tiene que concentrarse. Parpadea para contener las lágrimas y contempla la escena de lucha.

Bradwell. ¡Tiene que encontrarlo!

¿Y dónde están Perdiz y Lyda? ¿Ya se los han llevado a la Cúpula?

Corre hasta el otro lado de la chimenea en ruinas pero le pesan las piernas. A unos sesenta metros hay un pequeño grupo con un movimiento frenético. Al principio cree que se trata de un amasoide pero luego comprende que son un puñado de niños de sótano que han arrastrado hasta allí a un recio y musculoso soldado de las Fuerzas Especiales muerto. Lo están destripando y desguazando de armas y repuestos. Siente asco, este mundo le repugna.

Bradwell. ¿Dónde se habrá metido? ¿Piensa volver alguna vez? ¿Y si lo han matado? Muerto.

A lo lejos los niños de sótano se ponen a discutir por lo que queda del soldado desguazado. En ese momento pasa silbando por en medio de la llanura algo pequeño y afilado que restalla contra el suelo.

Un dardo de jardín.

Y otro.

Han llegado las madres, que se han parapetado al otro lado de la trampilla. Lanzan una lluvia enloquecida de dardos, lanzas y flechas. ¿Por qué este ataque repentino? Pero entonces lo comprende: están cubriendo a Bradwell, que corre ahora hacia ella a través del polvo, con *Fignan* debajo de un brazo y los mapas enrollados bajo el otro. Vivo. El pecho se le hincha de repente, lleno de... ¿alivio?, ¿felicidad?

—¡Bradwell! ¡Aquí! —le grita.

Las balas gimen y estallan al dar contra la chimenea caída. El chico tiene las cejas llenas de polvo y la cara manchada de mugre. Pressia siente un gran alivio.

Pero entonces cae al suelo. ¿Lo habrá alcanzado una bala? Sigue con *Fignan* y los mapas bajo los brazos, pero un terrón lo tiene agarrado por una pierna y está clavándole la garra en el tobillo. Pressia corre hacia él todo lo rápido que puede, mientras Bradwell le pega fuertes puntapiés al terrón con la bota que tiene libre, al tiempo que clava los codos en el suelo para no verse arrastrado.

Pressia saca su cuchillo y lo hunde en el rizo de costillas que suben y bajan, en todo el corazón del terrón. Se oye un grito gutural seguido de un siseo cuando le quita la hoja del cuerpo.

A continuación ayuda a Bradwell a incorporarse, mientras justo entonces los restos de la chimenea vencida estallan y caen como lluvia. La artillería es ensordecedora.

Corren hacia unos árboles que hay a lo lejos, en el bosque por el que se va al río, y consiguen llegar a un antiguo edificio auxiliar de la prisión con cimientos de hormigón. Se detienen para coger aire.

—Il Capitano y Helmud —masculla Pressia—. Una araña. En la pantorrilla. Solo les quedan dos horas.

—¿Por qué no nos...?

—No quería distraernos.

—¿Dónde está? ¿Dónde está Wilda?

—Se la ha llevado al puesto de avanzada, al otro lado del río.

131

—El río… Pressia nunca ha ido tan lejos—. Me dijo que tú sabías cómo ir.

—Más o menos.

—¿Crees que lo lograrán? —Ha mentido cuando le ha dicho a Il Capitano: «Volveremos a vernos. Esto no se acaba aquí». A él y a sí misma. Y él lo sabía, recuerda su mirada de resignación. Con su hermano a cuestas durante todos estos años, siempre ha aceptado la verdad de su vida, y ahora estaba haciendo lo mismo con la de su muerte—. Lo hemos perdido —dice y siente como si fuese una parte de ella lo que hubiese perdido para siempre.

No era consciente de lo vacía, vulnerable y desorientada que le dejaría la idea de perderlo. Se lleva la mano a la garganta y mira hacia el otro lado del terreno polvoriento, donde el humo lo ha cubierto todo.

—¿Il Capitano? —dice Bradwell—. Yo que tú no contaría con ello.

Lyda

Bronce

*L*a casa está apuntalada por una chimenea por un lado y por el otro por una escalera. Las paredes exteriores han desaparecido en su mayor parte y han dejado la casa a la intemperie. Hay un piano sin teclas, cuerdas ni pedales: parece una carroña destripada. Oye a alguien por detrás y se vuelve para descubrir que se trata de Perdiz, de él única y exclusivamente. Están a solas.

—¿Nos han seguido? —le pregunta. El corazón le late a todo trapo pero, por alguna extraña razón, se siente tranquila.

—No lo creo. —Perdiz pone la mano en un marco de ventana agrietado—. Puede que fuese la casa del vigilante. Algunos vivían cerca de las cárceles, en casas grandes y hermosas.

Lyda hace un esfuerzo por imaginarse hermosa aquella casa desolada.

Suben las escaleras, que han sobrevivido a un incendio, tal y como se deduce por las manchas de hollín negro de las paredes. El pasamanos está caído sobre las escaleras, inservible ya, y la capa sedosa de ceniza hace que los escalones resbalen.

—¿Adónde vamos? —le pregunta Perdiz.

—Arriba.

En la tercera planta no hay más techo que el cielo. «Un tejado de aire», piensa. Lyda echará de menos el cielo, incluso uno ensombrecido como ese. Y el viento, el aire y el frío… Las paredes están prácticamente derruidas y en la habitación no hay nada salvo una base de cama de bronce, alta y con dosel. Aquel armazón es un pequeño milagro; del colchón, las sábanas, la manta o los faldones no queda rastro, se fueron con el tejado o con la rapiña. Pero la estructura de bronce recubierta de hollín ha permanecido allí intacta.

Lyda frota la bola de bronce de una esquina y ve su propio reflejo y, por detrás a Perdiz, redondeado.

—Parece un regalo —comenta.

—A lo mejor es por Navidad —contesta el chico.

Pasa por encima del marco de la cama, se queda en el hueco del colchón y dice:

—Puede ser.

Después se sienta y, a cámara lenta, se echa hacia atrás como la que se recuesta entre mantas mullidas.

—¿Y cómo vamos a regresar ahora a la Cúpula? —le pregunta Perdiz.

Lyda no quiere hablar del tema en esos momentos.

—Tenemos que esperar a que se acabe la batalla. No podemos hacer nada hasta que desaparezcan los soldados y los terrones. —Sonríe y añade—: Hay que mullir las almohadas.

Perdiz pasa al hueco del colchón y hace como que coge una almohada, le da unos golpecitos para ahuecarla y se la tiende a Lyda.

—Compártela conmigo —le dice esta, haciendo como que la pone encima de la cama.

El chico se recuesta a su lado y, codo con codo, se quedan mirando las nubes.

Perdiz se gira hacia ella y le dice:

—Lyda

Y ella lo besa, porque no quiere oír nada de lo que tiene que decirle. Están en este mundo ventoso en una casa sin techo sobre una cama que ya no es una cama. No hay ni carabinas de la Cúpula ni madres que los vigilen, están solos. Nadie sabe dónde se han escondido, absolutamente nadie. Ni siquiera tienen por qué existir: están en medio de una fantasía.

Siente la boca de Perdiz en la suya y luego en el cuello. Su aliento caliente hace que le recorran escalofríos por la piel.

Se quita el abrigo. Están los botones delicados y pequeños de sus camisas, y luego ya no están. Cuando la piel del chico roza la suya, le sorprende lo caliente que está. ¿Cómo puede existir tal calidez con aquel viento tan frío?

Se abrigan con la cazadora de él. Frotan los cuerpos entre sí, y le sorprende lo bien que sienta todo: los labios de él en la oreja, el cuello, los hombros. Se siente acalorada, y no solo por las mejillas sino por todo el cuerpo. Es más, ¿cuál es la diferencia entre su cuerpo y el de él? Es todo una amalgama de carne, recorrida por un hormigueo como si acabase de nacer.

La pátina de cera del suero se vuelve pegajosa. ¿Es eso lo que se supone que hacen marido y mujer? Piensa en las clases de higiene de la academia femenina: «Un corazón feliz es un corazón sano». Aunque nada le contaban del sexo ni el amor, algo sabe, por lo poco de ciencias que se les permitía saber a las chicas, y por lo que algunas madres susurraban a sus hijas y estas a su vez a sus amigas, un boca a boca tan dilatado que cualquiera sabía lo que era verdad y lo que era mentira.

Perdiz se quita el resto de la ropa y Lyda lo imita. No les queda nada sobre la piel. ¿Está ocurriendo de verdad? Se han quedado por fin a solas, sin nadie que los vea ni los vigile, y siente algo parecido al hambre, aunque no es exactamente eso. Le encanta sentir los labios de él en los suyos. Le pasa la mano por el pelo y lo rodea con brazos y piernas.

Perdiz se echa hacia atrás y la mira sorprendido, casi asustado.

—¿Estás segura? —le pregunta.

No sabe a qué se refiere. ¿Si está segura de volver a la Cúpula con él? No sabía que tuviese otra opción. Aunque claro que la tiene, no está en la academia femenina: esto son la tierra y el cielo reales y ella una moradora de ellos. Tal vez pueda quedarse, pero no quiere fastidiar el momento contándole que si no es obligatorio, no volverá.

—Sí, seguro. —Ya se lo explicará luego. ¿Por qué desperdiciar un tiempo precioso?

Y entonces entra en ella; siente un dolor agudo y breve y luego una presión, una expansión de sí misma, y deja escapar un jadeo.

—¿Quieres que pare? —le pregunta.

¿A eso se refería?, ¿a si estaba segura de hacer «aquello», algo de lo que solo sabe por rumores, historias de gruñidos animales, maridos, sangre y bebés?

Debería decirle que pare pero en realidad no quiere. Su piel, sus labios y sus cuerpos… ¿dónde acaba el de él y empieza el de ella? Están fusionados, esa es la imagen que le viene a la cabeza: ambos son puros pero fusionados entre sí. En ese momento lo ama, y todo le resulta tan cálido, húmedo, fascinante y nuevo que no quiere que termine.

—No pares —le susurra.

135

¿Y si esa es la última vez que se ven antes de separarse para siempre? Ahora que sabe que no lo acompañará se siente tan triste como liberada. Quiere ser su mujer, aunque solo sea en aquel momento, pues puede que sea el único que van a tener.

—Te quiero —le dice Perdiz—. Y siempre te querré.

—Y yo a ti —responde Lyda; le gusta cómo ha sonado.

Está segura de que hay sangre, y también de que aquello está mal pero, al mismo tiempo, no quiere hacer nada distinto. Perdiz se estremece y deja escapar un sonido suave; a continuación la atrae hacia él y la abraza con fuerza.

Lyda se queda mirando el cielo que hay más allá de las espaldas del chico, las nubes que surcan el cielo y la ceniza arremolinada, y se imagina viendo a los dos desde arriba, por encima de la casa sin techo, dos cuerpos engarzados en medio de una cama hueca con dosel.

Ya lo echa de menos, ya lo añora. Perdiz se va a ir y ella se va a quedar. ¿Qué será de los dos el uno sin el otro?

—Adiós. —Lo ha dicho en voz tan baja que no sabe si él la habrá oído o no.

Il Capitano

Canta, canta, ¡canta!

$\mathcal{V}$an serpenteando colina arriba entre árboles y más árboles. Il Capitano oye el río, casi lo huele, mientras sigue a Wilda, sin parar de escrutar por doquier, a pesar de que tiene la vista nublada por el sudor y el maldito dolor, que intenta invocar el viejo suplicio de las Detonaciones, pero lo manda callar. Algunos fueron pulverizados tan rápidamente que sus cuerpos apenas dejaron una mancha oscura; otros se calcinaron sin más. Después de las Detonaciones encontró a una mujer en su patio doblada sobre las jaulas de conejos derretidas, una estatua de carbón compacto; cuando alargó la mano y la tocó, con la esperanza de que se volviese para mirarlo, en lugar de eso, a la mujer se le desgajó un trozo de hombro que cayó al suelo en una nube de ceniza y él se quedó con los dedos manchados de gris. Había tenido suerte de no quedar calcinado, y también de no haber bebido de la lluvia negra a pesar de estar muriéndose de sed. Encontró un viejo depósito de agua y Helmud y él bebieron de ahí; por eso no murió como muchos al cabo de unos días podrido por dentro. Ambos enfermaron y estuvieron débiles durante un tiempo, pero comieron mandarinas en lata, como las que su madre solía ponerles de postre, con manzana y coco rallado por encima.

El dolor está abriéndose camino por todo su cuerpo, y ahora siente una opresión en el pecho, con el corazón a toda máquina. Tiene que apoyarse en una gruesa rama de abeto para no perder el equilibrio. Recuerda otro tipo de sufrimiento, como el de perder a alguien. Su madre. La bolsita de coco rallado, grumoso en los dientes y dulce en la lengua.

Gruñe y Helmud lo imita.

Il Capitano toca a la niña en el hombro y le dice:

—Por allí.

Dejan atrás abetos y más abetos, hasta que por fin aparece la brecha del río, que por esa parte es demasiado profundo pero que algo más arriba puede vadearse. Van siguiendo la orilla hasta que Il Capitano se detiene y le dice a Wilda:

—Tendré que llevarte en brazos.

La niña lo mira y le tiende las manos. Cuando la aúpa siente un dolor brutal; con todo, resulta extraño pero en cuanto la pequeña se agarra a su pecho, encuentra un nuevo equilibrio, un contrapeso a Helmud en su espalda. El agua está gélida y no tarda en colársele por las botas y más arriba, por el pantalón. En cuanto el frío helado llega a las heridas provocadas por la araña robot, se pregunta si el agua puede acabar con el bicho; a lo mejor es tan simple como eso.

Aquel pensamiento le sirve de estímulo para llegar hasta la otra orilla, donde apea a Wilda y luego se mira la pantorrilla. Cuando la niña está distraída, se sube la pernera del pantalón, que ha quedado ennegrecida por la sangre reseca. Siente tales pinchazos en los ojos que tiene que parpadear y entornarlos. El agua no ha podido con ella; en el cronómetro se sigue leyendo: «1:12:04… 1:12:03… 1:12:02».

Queda poco para que oscurezca del todo, con el sol escondiéndose entre los árboles.

—Helmud —le dice a su hermano—, voy a intentar llegar, pero si no lo consigo tenemos que llevar a la niña a…

—No —le dice Helmud, y esa es una de las pocas veces en que Helmud no hace de eco.

Su hermano parece saber que tiene intención de tirar la toalla y quiere evitarlo. Aquello pasa pocas veces, pero cuando ocurre lo llena de vida, porque es como si le devolviesen a su hermano, al muchacho que enterraba armas con él, el chaval avispado que además cantaba.

—Vale —concede Il Capitano. Lo cierto es que si él muere su hermano también. Quiere contarle lo que está pasando, decírselo en voz alta, aunque solo sea para que alguien le ayude a sobrellevar la carga emocional. Pero Helmud ya sabe lo que se están jugando.

En realidad, si no hubiese sido por él, es probable que Il Capitano no hubiese llegado hasta allí; ya se habría rendido si no tuviese a nadie a quien proteger, aunque fuese de aquella forma retorcida suya, con ese amor-odio típico de él.

Se aparta del árbol donde está apoyado y sigue en camino. Tiene que conseguir al menos llegar a salvo al puesto de avanzada, antes de que explote la araña. Le gustaría llegar con tiempo para intentar desactivarla pero lo más probable es que la detone en el intento y los mate a los dos.

Wilda lo mira expectante.

—No queda mucho. Tenemos que seguir la linde del bosque, bordeando el prado, y por último torcer a la derecha. Después de eso veremos el tejado del puesto.

La niña se adelanta por el sendero estrecho y él la va siguiendo como puede. Cada paso es más martirizante que el anterior y cada vez se va quedando más atrás. Tal vez debería dejar que siga ella sola; quizás eso sea todo lo lejos que puede llegar.

Las rodillas le fallan entonces, se tambalea y se coge a un árbol. Se deja caer y aterriza con la pierna mala estirada hacia un lado. Helmud se agarra con fuerza del cuello.

Wilda vuelve corriendo hasta ellos.

—Vas a tener que echar a correr tú sola —le explica Il Capitano—. Y no vayas a volverte. —Le preocupan los soldados de la ORS que vigilan el puesto: si la oyen correr, abrirán fuego—. ¿Sabes cantar?

La pequeña se encoge de hombros.

—Ve cantando el mensaje mientras corres, canta durante todo el camino. ¡Canta!

La niña se da media vuelta y echa a correr entre los árboles, sorteando los arbustos. Il Capitano ve destellos del vestido entre la espesura que al poco desaparecen. No está cantando.

—¡Canta! —le grita con todo el aliento que le queda—. ¡Canta o te dispararán!

—¡Te dispararán! —reverbera Helmud. Aunque, en realidad, puede que le disparen igualmente.

Por Dios, sigue sin cantar. «Canta, canta, ¡canta!», le ruega Il Capitano para sus adentros.

Y justo cuando asume que la pobre no puede, se oye una voz, límpida, dulce y melódica:

—¡Queremos que nos devolváis a nuestro hijo! —canta Wilda, y le recuerda la voz de Helmud de pequeño, en el Antes, la voz angelical. A veces hacía llorar a su madre—. ¡La niña es la prueba de que podemos salvaros a todos! —Wilda sostiene la última nota, que reverbera por los árboles.

139

Il Capitano cierra los ojos y se deja llevar por la canción. «Queremos que nos devolváis a nuestro hijo»... Y él también quiere que lo devuelvan, al coco y las mandarinas, a su madre mezclándolo todo en una fuente. Devolver, devolver. Siente un tirón en el pantalón. «Me duele —le diría a su madre si estuviese allí—. Me duele mucho.»

Abre los ojos como un resorte y ve por un momento la cara de Helmud cabeceando en su campo de visión. Su hermano está tramando algo a sus espaldas... Y entonces lo oye abrir la navaja con un chasquido y ve la hoja destellante.

—No, Helmud, por Dios, no —acierta a decir Il Capitano entre gruñidos de dolor—. ¿Crees que puedes quitarme con eso la araña de la pierna, como si fuese un trozo de madera que pudieses tallar?

—Como si fuese un trozo de madera —dice con toda la calma Helmud.

—Es demasiado peligroso. ¿Y si activas el explosivo? ¿Y si...?

—¿Y si...?

Tiene razón, no hay nada que perder.

—Santo Dios, Helmud...

—¡Dios Helmud!

Por una vez su vida está en manos de su hermano, y no hay más vuelta de hoja.

—La niña se ha alejado ya, ¿verdad? No quiero que nos vea.

—La niña se ha alejado.

Il Capitano deja caer la cabeza.

—Vale.

Helmud se contorsiona a su alrededor. Tiene los brazos lo suficientemente largos para aplicar presión sobre el tobillo de Il Capitano y agarrarlo con fuerza. Siente una brisa y al punto un dolor tan agudo que tiene que pegar un puñetazo contra el suelo.

—¡Mecachis! —grita Il Capitano.

Esta vez su hermano se queda con solo una parte de la palabra:

—Chis, chis, chis. —Y sigue escarba que te escarba...

Pressia

Río

*E*n cuanto se adentran lo suficiente en el bosque, Bradwell le dice:

—Vamos a probar otra vez.

—¿A probar el qué?

—Con *Fignan*. —La caja negra les ha ido siguiendo a buen ritmo valiéndose de una combinación de ruedas y brazos largos para superar el terreno abrupto—. No dejo de darle vueltas. Quiero que volvamos a decirle los siete nombres sin Perdiz delante, solo nosotros.

—Vale —le dice Pressia—, pero esta vez procura no…

—¿Que procure no qué?

La chica iba a decirle que no depositase sus esperanzas en *Fignan* pero se ve incapaz. Con esa voz tan apasionada y esa mirada tan poderosa, ¿cómo va a decirle que no se haga ilusiones? ¿Cómo va a decirle a nadie, allí en medio de aquel paraje desolado, que no se ilusione?

—Nada. Venga, vamos a intentarlo.

Cada uno se arrodilla a un lado de *Fignan*.

—Cisne —dice Bradwell.

Y cuando *Fignan* termina su letanía de «sietes», Bradwell recita a toda prisa los nombres.

—Aribelle Cording, Ellery Willux, Hideki Imanaka, Lev Novikov, Bartrand Kelly, Avna Ghosh y Arthur Walrond. —Después de que se encienda una luz verde con cada nombre, el ojo de la cámara asoma por encima de la caja y mira a Bradwell y luego a Pressia—. Nos conoce. Tiene que estar comparando nuestras caras con las muestras de ADN que tomó —dice Bradwell.

El motor interior de *Fignan* renquea, como si tuviera un problema en el procesador interno.

—Coincidencia: Otten Bradwell y Silva Bent. Varón —dice por fin—. Coincidencia: Aribelle Cording y Hideki Imanaka. Hembra.

—Somos nosotros, ¿lo ves?

Pressia está aturdida.

—Acceso concedido. Reproduciendo mensaje para Otten Bradwell y Silva Bent.

En el acto surge en espiral una cinta de luz parpadeante desde *Fignan* que se abre en un cono que ilumina el aire y, de paso, las motas de ceniza que cabalgan en el viento.

—¡Ha funcionado! —exclama Pressia asombrada.

—Te lo dije.

En colores parpadeantes va apareciendo una cara, una que Pressia no reconoce, la de un hombre de unos treinta y tantos años con cabello revuelto y bigote rubios que no para de parpadear, como si estuviese demasiado nervioso para dormir y llevase sin pegar ojo varios días.

—Si estáis viendo esto, significa que sois gente en la que confío; o bien miembros de los Siete en quienes todavía tengo fe, o Silva y Otten, a quienes les confiaría mi vida. —Hace una pausa, se lleva la mano al pecho y luego aparecen lágrimas en sus ojos—. Y que estáis vivos.

Bradwell se acerca más a la cara del hombre. Parece aturdido, como si estuviese viendo un fantasma.

Pressia le tira de la manga y le pregunta:

—¿Es Walrond?

Sin dejar de mirarlo, el chico asiente y murmura:

—Sí, el mismo.

—Es probable que cuando veáis esto ya haya muerto. Y puede que el mundo entero conmigo. Quizá nada de lo que estamos intentando hacer llegue a funcionar, pero había que intentarlo. Y la caja lo sabe —prosigue Walrond—. Siento lo de la muestra de ADN, pero se trata de una barrera más de seguridad, no me ha quedado más remedio. —Mira a su alrededor con los ojos empañados. Sale por un momento del encuadre, tal vez para buscar algo o a alguien, con mucha cautela, pero al poco vuelve—. Esta caja contiene todas las notas desde el origen de todo, desde que se crearon los Siete, con todas las ideas de Ellery, toda su locura. —Cruza los brazos por delante del pecho y continúa—: Uno no decide de la noche a la mañana convertirse en genocida. Hay que prepararse para semejante acto de aniquilación, y no me cabe duda de que Ellery así lo ha hecho, y todavía está en ello. Pero empezó bastante joven, yo ya lo conocía por entonces. Podría haber hecho algo, pero no he sido consciente hasta ahora, al echar la vista atrás. Lo más irónico es que mató a la única persona que podría haberlo salvado.

Bradwell tiene los ojos llenos de lágrimas, pero no está llorando. Quería a Walrond, y se ve el dolor grabado en su rostro.

—Está todo aquí, la caja os conducirá hasta la fórmula —sigue hablando Walrond.

La fórmula. Walrond la tenía y puede llevarlos hasta ella... Pero ¿será todavía posible, después de tanto tiempo?

—Es una misión complicada, porque no podía arriesgarme a ponerlo demasiado fácil. Y ojo, si llegáis a un punto muerto de la búsqueda, recordad que yo conocía la mente de Willux como nadie, que leí cuidadosamente sus notas y que tenía que pensar en el futuro. La caja no me parecía lo suficientemente segura, por eso no podía almacenarlo todo aquí sin más. Si sabéis cómo piensa Willux (y todos lo sabéis, pues se convirtió en el trabajo de nuestra vida, intentar dilucidar cuál sería su siguiente paso), como decía, con solo pensar en su mente, en su lógica, entenderéis las decisiones que he tenido que tomar. Y cuando lleguéis al fondo, veréis que la caja no es una caja, sino una llave. Recordadlo: la caja es una llave y el tiempo es crucial. —Vuelve a salir del campo de visión. ¿Tiene una ventana cerca? ¿Estaría mirando si venía alguien a por él? Cuando vuelve dice—: Cada vez los siento más cerca. Nos estamos quedando sin tiempo. Si estáis escuchando esto, quiere decir que todos nuestros intentos han fracasado. —Parece a punto de reír... ¿o es más bien un gemido? Pressia no sabría decirlo. Walrond respira agitadamente y continúa—: Bueno, al fin y al cabo, Willux es un romántico, ¿no os parece? Quiere que la historia de sus glorias perdure en el recuerdo. Espero que alguno de vosotros oigáis esto y que le pongáis fin a esa historia. Prometédmelo. —Mira hacia el techo y por unos instantes la imagen balbucea, pero al cabo de unos segundos se estabiliza—. Aunque ya sé que no me merezco vuestra palabra, en especial la de Silva y Otten. Vuestra palabra es demasiado buena para mí. He roto tantas promesas... Vosotros sois mejores que yo, siempre ha sido así. Y Bradwell es la combinación de lo mejor de los dos. —En ese momento mira fijamente a la cara, y a Bradwell—. De hecho, ¿os

143

imagináis que es él quien sobrevive de todos nosotros? Tal vez le añada una propiedad nueva, por si acaso, para todos vuestros hijos —susurra—. Dios, espero que sobrevivan todos, que superen lo que se nos viene encima. Y que tengan un mundo donde sobrevivir.

La luz se desvanece entonces y la pequeña cámara que proyecta el holograma vuelve a meterse en la caja.

Todo se queda en silencio.

—¿Estás bien? —le pregunta Pressia a Bradwell; no puede ni imaginarse el impacto que ha debido de sentir al volver a ver a Walrond.

—Sí, muy bien —dice sin dejar de mirar a *Fignan*—. Parece que, después de todo, sí que hay una fórmula, y que de un modo u otro la introdujo aquí dentro. La fórmula... Ahí la tienes. —Respira hondo y añade—: Vámonos.

Mientras *Fignan* sigue avanzando, el chico empieza a andar tan rápido que no logra seguirle el paso.

—Espera —le pide Pressia—. ¿Qué querías de Walrond? ¿Lo de la fórmula no te parece buena noticia? Si la conseguimos, solo nos faltaría un ingrediente y así podríamos salvar a Wilda y a...

—Para ti supongo que sí lo es.

—¿Qué quieres decir con eso?

—Que la Cúpula puede purificar a la gente. Que lo han averiguado, pero causa degeneración rápida de células. Y luego está esa esperanza, esa pequeña oportunidad de que si consigues combinar los viales de tu madre con otro ingrediente según la fórmula, la Cúpula podría purificar a la gente y luego darle medicamentos para los efectos secundarios. La vida sería perfecta, ¿no es eso?

—Pero cuando Willux y su gente decidan que la Tierra está lo suficientemente limpia para que regresen, se las arreglarán para que haya dos clases: los puros y los miserables, que servirán a los primeros —replica Pressia—. Con esto podríamos fastidiarle el plan.

—O podrían salir y enfrentarse con nosotros, y con lo que nos hicieron, y aceptarnos tal y como somos.

—No puedes ignorar que una cura es una posibilidad interesante.

—Querrás decir una posibilidad tentadora.

—¡No tergiverses mis palabras!

—Mira, yo sé perfectamente lo que tú quieres, Pressia: te gustaría volver a tener dos manos y borrar todas tus quemaduras. Ser como ellos.

—¿Y qué tiene eso de malo, eh? ¿Es tan horrible no querer estar desfigurado y quemado?

—Y ¿qué crees que cambiaría, Pressia, si consiguieses lo que quieres?

Aunque no está segura, tiene la impresión de que sería como si le devolviesen una parte de sí misma.

—Todavía conservo el recuerdo de quién era y quiero que esa persona exista, quiero ser del todo yo.

—Ya lo eres. Y este soy quien soy yo, con cicatrices y pájaros en la espalda. Sigo estando entero y me acepto como soy. Te pasas la vida viendo belleza a tu alrededor, en medio de todo este desastre, pero ¿cuándo piensas verla en ti misma? —Bradwell alarga la mano y repasa con sus dedos la cicatriz en forma de media luna que tiene en el ojo—. A este yo tuyo.

Pressia quiere apartarse, pero no lo hace: se lo impide la forma tan intensa que tiene de mirarla.

—Por lo menos la fórmula es real. Eras tú el que querías escarbar en el pasado y buscar verdades antiguas, ¿no era eso?

—Hay una verdad. Y tenemos que encontrarla y protegerla.

—No sé, a veces me da la impresión de que crees que la verdad de los demás se puede malear, cambiar, que es poco fiable... Mientras que la tuya no.

Por fin vuelve la cabeza y mira hacia el río, en cuya superficie flota una neblina ligera. No lejos se oye un crujido por el sotobosque y ambos escrutan la espesura negra.

—Va a hacerse de noche dentro de poco —dice Pressia.

Bradwell mira hacia el cielo, atravesado por ramas oscuras.

—¿Qué querrá decir con que el tiempo es crucial? Cualquiera diría que Walrond olvidó que oiríamos el mensaje después de las Detonaciones. El tiempo era crucial durante el Antes, cuando todavía podían detener a Willux. No tiene sentido.

—¿Cómo quieres que imaginase todo esto? En esa época el tiempo tenía que significar otra cosa —comenta Pressia—. Tenemos que darnos prisa.

El tiempo le hace pensar entonces en Il Capitano. ¿Habrá pasado ya tanto tiempo que la araña que tenía clavada en la pierna le habrá explotado? No lleva reloj. ¿Y si él y su hermano han muerto? Ni Bradwell ni ella lo mencionan, son incapaces.

145

Perdiz

Baja

*T*odavía tendido boca arriba, Perdiz abre los ojos a la hondonada de cenizas que es el cielo nocturno, y que se le antoja inmenso, como un océano de nubes. La luna arroja una luz tenue. Cuando Lyda ha susurrado su adiós, él estaba pensando lo mismo: adiós a este mundo, a sus cenizas, a su cielo, su viento. El mundo fuera de la Cúpula tiene un pulso propio y salvaje, un corazón con un bombeo atroz que hace que lo sientas todo, incluso el aire, rabiosamente vivo. No tiene ganas de volver al aire cerrado y viciado de la Cúpula, a la puntualidad, la limpieza inmaculada, toda esa hipocresía de buenos modales. Con todo y con eso, le encantaría estar con Lyda arropado en una cama de verdad.

Ella ya se ha vestido y está en el borde de la pared, que le llega por la cintura. Parece estar mirando por la proa de un barco muy alto.

Se incorpora entonces y se viste. La llama por su nombre pero la chica no se vuelve.

Perdiz coge la cazadora y va hacia ella, le pasa las manos por la cintura y la besa en la mejilla.

—¿Quieres mi cazadora? —le ofrece.

—Estoy bien.

—Deberías ponértela. —Se la quita y se la echa a la chica por los hombros.

—Queda poco tiempo; acabo de ver a Hastings —le anuncia Lyda.

—¿Dónde?

—Estaba por los escombros de las cárceles, él solo. Es posible que se haya separado del resto y esté buscándote.

—Tal vez sea él quien nos lleve dentro. La verdad es que lo

prefiero a Wellingsly, ni que decir tiene. Y es posible que le venga bien para su reputación ser él quien me entregue.

—Él no nos va a llevar dentro —le dice Lyda.

—¿Qué quieres decir?

—A nosotros no. —Se zafa del abrazo del chico.

—No te entiendo.

—No voy a ir contigo —le susurra.

—Pero vamos a volver juntos.

—Yo no puedo.

—Estarás conmigo, y me aseguraré de que estés a salvo.

—Es por eso —le dice con lágrimas en los ojos y una voz que ahora suena desesperada—: ya no quiero que me proteja nadie.

Perdiz no la cree. No tiene sentido. Se queda mirando al paraje diezmado.

—Aquí fuera es de locos, una barbarie. Me aseguraría de que... —Está a punto de decirle que se aseguraría de que la cuidasen, pero se da cuenta de que tampoco es eso lo que quiere oír.

—También lo de allí dentro es una barbarie. La única diferencia es que en la Cúpula no lo reconocen abiertamente.

Tiene razón, no se lo puede negar. Ve cómo los terrones se levantan y vuelven a desaparecer en su errar justo por debajo de la superficie de la tierra. «Rastreo», es la palabra que le viene a la mente.

—Puede que tú no me necesites, pero ¿y si yo a ti sí?

—No puedo. —La voz es firme e inquebrantable, y lo sorprende.

—Pero ibas a venir conmigo... Le has dicho adiós a todo esto, lo he oído.

Lyda sacude la cabeza.

—No me estaba despidiendo de todo esto sino de ti.

Perdiz siente que se ahoga, como si le hubiesen pegado un puñetazo en el pecho. Mira hacia la cárcel derruida y ve un rayo de luz que sobrevuela las vigas caídas: es Hastings, abriéndose camino por las ruinas; se detiene, como si notase que alguien lo observa. Se vuelve y mira a Perdiz, iluminándole la cara y el pecho. Su antiguo compañero está dotado ahora de una visión excepcional y seguramente es capaz de verlo con gran detalle. Hastings se aparta el pelo de los ojos y luego vuelve sobre sus pasos, en dirección a la casa.

—Ya viene —dice Perdiz, que se vuelve y mira a Lyda, con las mejillas arreboladas por el frío, lo que hace que el azul de sus ojos sea más intenso aún—. ¿Qué puedo decir para que vengas? Dímelo. No te prometeré nada. —Le asusta la posibilidad de echarse a llorar.

—Vas a necesitar esto.

Cuando Lyda le pone la cazadora contra el pecho, por un momento se niega a cogerla, como si así fuese a quedarse con él, por un abrigo que no puede devolver. Por fin la coge y aparta la mirada. Lyda lo besa en la mejilla.

—No deberías quedarte aquí sola.

—Las madres vendrán a por mí.

Oye el sonido de su propio corazón y, al poco, las botas de Hastings por la planta baja. Rebusca en el bolsillo de la cazadora y saca la caja de música.

—Toma. —Al principio la chica ni siquiera levanta las manos, pero luego lo mira a los ojos—. Por favor —insiste Perdiz.

Lyda por fin la coge.

—¡Ya bajo! —le grita a Hastings.

—Ten cuidado. No me fío de tu padre. Cualquiera sabe lo que puede hacerte.

—Nadie mejor que yo sabe que es imposible confiar en él —dice a la defensiva.

—Ya lo sé. Pero seguirás deseando que te quiera.

Es verdad, no puede negárselo. Y eso es justo lo que le hace tan vulnerable.

—Tú habrás dicho ya tu adiós, pero yo no pienso despedirme, porque volveremos a vernos. No me cabe ninguna duda. —Y entonces, al no poder soportar la idea de que ella lo abandone, vuelve a gritarle a Hastings y baja corriendo las escaleras.

Pressia

Niñas fantasma

*H*an estado siguiendo el río por la orilla, donde las cañas están bastante crecidas. De vez en cuando gruñe una alimaña por el cañaveral y antes ha visto un hocico oscuro y luego el resplandor pasajero de unos dientes. Bradwell dice saber por dónde cubre menos el agua para atravesarla, pero todavía no ha encontrado el sitio y se están quedando sin luz. El río es profundo y oscuro. Ríos… ¿Había visto alguno antes? ¿Tiene algún recuerdo propio de ese en concreto? Casi puede sentirlo, al mismo tiempo que lo teme. De haber un recuerdo, no está segura de querer desenterrarlo.

Sopla un viento fuerte y frío que hace que las cañas, recubiertas por una fina capa de escarcha, repiquen entre sí. Junto a la orilla, donde no está tan compacto por el frío, el lodo se traga las botas de Pressia, como si fuese algo vivo, algo con tentáculos. Bradwell lleva a *Fignan* bajo el brazo y los dos mapas, sucios y arrugados ya, remetidos por el cinturón.

La corriente es rápida, y eso hace que se acuerde de las niñas fantasma.

—Ancho el río, la corriente corre, la corriente corroe, la corriente corre. ¿Quién puede salvarlas de este mundo? —canta.

—¿Sabías que en el puesto al que nos dirigimos estaba el internado al que iban las niñas de la canción?

—¿De verdad?

—He oído que por aquí la cosa se puso fea. Bueno, vamos, como en todos los sitios donde había agua: piscinas, estanques de campos de golf, ríos como este. —Las cañas repiquetean y un pequeño cuerpo peludo se desliza por el sotobosque.

Pressia lo sabe por lo que le han contado. Todo el mundo se fue hacia el agua —en una procesión de muertos— porque había tornados violentos y el mundo, durante un buen rato, se convirtió en un polvorín, con todo incendiado. La gente buscó refugio en el agua —como las niñas fantasma— y los ríos se saturaron de cuerpos que, quemados y ensangrentados, fueron a morir allí. Pero no recuerda nada de eso, nada de nada. Mira hacia el otro lado del río y pregunta:

—¿Sabes lo que me gustaría saber? Si sé nadar. Es algo que uno debería saber sobre sí mismo, ¿no te parece?

—Sí, la verdad.

No muy lejos rondan otras siluetas oscuras y se oyen gruñidos por aquí y por allá.

Bradwell se vuelve y le dice a Pressia:

—¿Te gustaría averiguarlo?

—¿Nadando? ¿Estás loco? El agua está congelada. ¿Por dónde se podía cruzar?

—Sí, bueno, en cuanto a eso, la verdad es que no sé seguro si está a dos kilómetros por delante o a dos por detrás. Y no es por nada pero estas alimañas nos están dando un ultimátum.

—Yo no pienso meterme en esa agua helada, por mucho que sepa nadar. ¡Moriríamos de frío!

Corriente arriba las cañas entrechocan y un animalillo espigado corretea entre ellas. Los gruñidos van a más.

Bradwell empieza a desatarse las botas.

—Lo más probable es que nos coma lo que quiera que esté gruñendo por ahí.

—¿Qué son? —susurra Pressia.

—No sé, pero están cabreados. ¿Ves aquel techado de chapa? —le pregunta Bradwell.

Pressia entorna los ojos para ver mejor y distingue a duras penas el borde de un tejado a través de los árboles.

—¿Eso es el puesto avanzado?

—Exacto.

—¿Habrá construido alguien un puente o algo parecido?

—¿Quiénes?, ¿los castores?

—Quien sea.

—¿Tú ves alguno?

—A lo mejor si gritamos nos oye alguien del puesto.

—¿Con el sonido del río? Y además, ¿qué iban a hacer aunque nos oyesen? ¿Juntar las manos y hacernos un puente para que crucemos?

Un puente de cuerpos, un río… Eso es un recuerdo. Siente un mareo y la saliva se le espesa en la boca. Se agacha y escupe.

—¿Te pasa algo?

—No, estoy bien.

—Pues no lo parece.

—Pues lo estoy.

«Abrazaron el agua para curarse, para que sus heridas cicatrizasen, para curarse. Muertas ahogadas, la piel pelada, la piel toda perlada, la piel pelada.» En la cabeza ve a las niñas fantasma, cogidas de la mano, llevándose a ciegas las unas a las otras y cantando las canciones de la escuela. Cuerpos de agua, cadáveres. Bradwell lo ha dicho antes: «Bueno, ya se sabe, como en todos los sitios donde había agua: piscinas, estanques de campos de golf, ríos como este». ¿Lo sabe ella?

—Mira. —Bradwell se quita el chaquetón—. Si te limitas a flotar, yo te cruzo.

«A ciegas van marchando con las voces cantando, las voces implorando, las voces cantando. Las oímos hasta que nos pitan los oídos, nos gritan los oídos, nos pitan los oídos.» Pressia mira a su alrededor y ve que todos los arbustos adoptan el aspecto agazapado de pequeños animales. No quiere pensar en flotar en un río. ¿No es así como surgieron a la superficie los cuerpos de las niñas al morir?

—Se van a mojar los mapas.

—Sí, pero están pintados a lápiz, no a boli, que es peor.

Se quita también la camisa, tal vez para moverse mejor en el agua. Tiene el pecho más ancho y musculoso de lo que recordaba. Ya se le han curado las heridas que tenía en los hombros y le han dejado unas cicatrices rosadas. Es hermoso y fuerte, y ser fuerte lo hace más hermoso aún. Oye el aleteo de los pájaros pero no los ve. ¿Está con la espalda hacia el bosque porque no quiere que ella los vea? Aunque nunca lo admitiría, probablemente sea verdad.

—Deberías quitarte todo lo que lleves de peso, para que no te hundas. —Se desabrocha el cinturón pero se detiene y se frota los brazos con brío.

Fignan avanza hasta el borde del agua y mete los brazos y las ruedas. De los lados le salen otros apéndices delgados y palmeados, que parecen delicados pero fuertes.

—¿Crees que *Fignan* sobrevivirá?

—Lo diseñaron para sobrevivir un apocalipsis. Los más deli-

151

cados somos nosotros. —Los más delicados. Vuelve a pensar en las niñas fantasma, tan delicadas ellas—. ¿Estás lista?

Pressia mira el agua y ve un remolino que desaparece al punto. Se acuerda del sueño febril que tenía de pequeña, de todo el horror que la rodeaba y de que contaba los postes de teléfono; y cuando no quedaban más, el abuelo le decía que cerrase los ojos y se imaginara más postes que contar. «*Itchy knee. Sun, she go.*»

—¿Lo único que tengo que hacer es mantenerme a flote?

La vibración de los gruñidos reverbera por el cañaveral y Pressia ve docenas de ojos brillantes, hocicos y dientes.

—Sí —dice Bradwell mirando a las bestias—. Solo tienes que mantener la calma, relajarte y flotar. Yo me encargo de lo demás.

Pressia se quita el abrigo, se desata rápidamente las botas y se las quita tirando de los talones llenos de barro frío.

Bradwell se despoja también de los pantalones; por debajo lleva otros cortos y sueltos. Luego coge el cinturón y los mapas y se los ciñe con fuerza a la barriga.

—Dices muy en serio lo de no hundirse por el peso.

—Sí.

El chico se va metiendo en el agua y contrae la cara por el dolor del frío. Ahora sí ve los pájaros, con sus plumas brillantes y sus patitas naranja intenso. Aves acuáticas.

—Los viales —recuerda Pressia, y se asegura de que sigan intactos.

—Venga, vamos.

Una de las alimañas se ha acercado a la orilla y tiene un pelaje brillante que semeja la melena de un león. El gruñido es bajo y bronco. Pressia mira de nuevo a la orilla y la cabellera sedosa de la alimaña se abre en dos como un telón y de ella surge entonces un brazo humano, delgado y oscuro... ¿será una niña fantasma? No, son un mito. Un mito. Entra de espaldas en el agua helada, que se arremolina en torno a sus piernas. Está tan fría que quema. Todavía con los brazos por encima de la cabeza, el agua le llega ya a la cintura. Bradwell la coge de la mano, con fuerza y firmeza. Pega por fin un saltito con los pies y siente que flota.

—Deja que el agua te lleve, yo voy a tu lado.

El chico le pasa el brazo mojado y desnudo por la cintura y tira de ella desde la barriga. A su vez ella coloca un brazo levemente por el cuello de él y alza las piernas. Empieza a no sentir la piel.

Fignan avanza por el agua y hace vibrar las extremidades palmeadas antes de desaparecer en las profundidades.

Pressia va aguantando la respiración, con la barbilla hacia arriba. Bradwell se aleja del lecho del río y empieza a impulsarse con las piernas.

—Si te sientes inspirada, puedes impulsarte tú también.

Cuando mueve las piernas siente un mareo y suelta el aire, pero vuelve a aspirar rápidamente. Le gustaría haberse quitado más ropa; le pesa mucho.

—Lo estás haciendo muy bien —le dice Bradwell entre resuellos.

Pero entonces Pressia nota que algo le roza las piernas, las sube hasta el pecho y se agarra con más fuerza al cuello de Bradwell.

—¡Hay algo ahí abajo!

—Será un pez, no te preocupes.

Por la forma en que le ve escrutar las aguas, Pressia comprende que también él está asustado. El agua, sin embargo, está demasiado oscura y turbia para ver nada.

—No —le dice—, no se parecía en nada a un pez.

Las niñas fantasma. ¿Y si están ahí rodeándolos, por todo el bosque, convertidas en alimañas, entre las cañas y bajo el agua?

—¡Mueve las piernas! —le grita Bradwell.

—No puedo.

—¡No me aprietes tanto el cuello!

Pero vuelve a sentir el roce en las piernas y esta vez nota como si una mano le rodeara el tobillo por unos instantes antes de volver a soltarla.

Grita y agarra a Bradwell con tanta fuerza que hunde su cabeza en el agua; se apoya en él para mantenerse a flote, trepando por su cuerpo y a la vez hundiéndolo más. Lo hace llevada por el instinto. ¿Está ahogándolo? Siente que el pánico se apodera de ella y grita el nombre del chico. Ahora también ella se hunde, y de pronto está sorda, ciega y sin aire.

Bracea con fuerza y sube a la superficie, jadea y golpea el agua con el puño de muñeca, pero se hunde de nuevo. Aunque tiene los ojos bien abiertos, lo único que ve es una oscuridad de ojos desencajados, mientras que un rumor apacible le embarga los oídos. Trata de abrirse camino hasta la superficie pero cuanto más mueve brazos y piernas, más se hunde en el agua helada. Con el

153

aire atrapado en los pulmones siente el pecho como una cavidad que se helase de fuera hacia adentro.

¿Puede congelársele el corazón antes de llegar a hundirse? La piel se le volvería escarcha y el pelo y las ropas se le pondría tiesos. Su cuerpo, azul y muerto, se vería arrastrado hasta mar abierto. «*Itchy knee* —vuelven a aparecérsele las palabras de su sueño—, *sun, she go*».

Tiene la sensación de que van a estallarle los pulmones, y justo entonces ve en la cabeza una masa de agua justo después de las Detonaciones, una imagen que le cruza la mente. Un puente quebrado por encima y, por debajo, otro puente, pero de cadáveres. El abuelo le dijo que no podían pasar a nado. Ahora lo recuerda todo: tuvieron que gatear por encima de los cuerpos y, para eso, no podía contar; para eso, no valía lo de recitar ese «*itchy knee, sun, she go*», ni tampoco cerrar los ojos. Tenía que llegar al otro lado, a gatas, por encima de los cadáveres. Recuerda ahora cómo cedían los cuerpos bajo ella debido a su peso. Encaja con su sueño de contar postes incendiados, cables eléctricos sueltos, cuerpos sin cabeza, perros sin patas, una vaca calcinada. No son elementos de ningún sueño; los cuerpos del agua no eran ningún sueño, es un recuerdo, uno propio. El pánico va a más: el río se la tragará, nunca la dejará ir. Le duelen y le queman los pulmones. Podría abrir la boca y dejar que entre el agua hasta hundirse del todo.

Y podría hacer que pasase ahora mismo.

Cierra los ojos a la oscuridad y se encuentra con más oscuridad. ¿Dónde está Bradwell? ¿Se habrá muerto ya? ¿Acabarán los cuerpos de los dos en el mismo océano vidrioso?

Y entonces, desde abajo, siente una presión, como dos manos en la espalda, y luego otra mano que la coge del puño de muñeca y tira de ella. Pressia intenta zafarse pero se da cuenta entonces de que tal vez estén rescatándola, y que quizás esas manos la devuelvan a la superficie. Las niñas fantasma… Se las imagina con el pelo bailándoles por la cara y las camisas del uniforme rizándose con el agua.

Por fin sale a flote y coge todo el aire que puede, entre pinchazos y espasmos. Roza el suelo del río con un pie y lo apoya con todo su peso, el agua todavía arremolinada a su alrededor. Jadea y tose.

Oye que la llaman por su nombre, y es la voz de Bradwell.

154

Acto seguido lo oye chapotear hacia donde está, sin parar de repetir su nombre. La coge en brazos y la lleva hasta la orilla, donde se deja caer, todo mojado, con los mapas empapados contra el barro. Las plumas de los pájaros de la espalda están llenas de gotitas y el pecho y los brazos le brillan.

Pressia tose y le recorre en el acto un profundo escalofrío que la hace sentirse inerte, pesada, agotada. Tiene la camisa y los pantalones pegados a la piel y congelados. Parpadea mirando el borrón de luna y luego la cara de Bradwell, su hermosa cara.

Este le aparta el cabello mojado de la mejilla y le dice:

—Respira, no dejes de respirar.

Pressia alarga la mano y la lleva a la mejilla marcada y fría del chico.

—No te he matado —le dice.

—No, yo creía que te había perdido.

—Yo creía que habíamos muerto los dos.

—Ha sido culpa mía. —Tiene las pestañas mojadas y negras y le cae agua desde la mejilla al cuello.

—Me han salvado.

—¿Quiénes?

—Las niñas fantasma. —Sabe que puede parecer una locura, pero todo se ha emborronado en el recuerdo y podría hasta ser verdad.

Fignan emite un pitido desde la orilla e ilumina las caras con su luz como si se alegrara de verlos.

—Está bien, *Fignan*, está viva —le dice Bradwell sin dejar de frotarle los brazos—. Te pondrás bien. Estaba demasiado fría.

Pressia está tiritando y sus respiraciones son cortas y rápidas.

—Estoy bien —dice, pero las palabras suenan lentas y rígidas en su boca y no siente que le esté frotando los brazos; es como si la piel se le hubiese vuelto toda de goma, igual que la cabeza de muñeca, y sus terminaciones nerviosas hubiesen muerto.

—Tenemos que resguardarte de este viento.

Le coge el brazo y se lo pasa por el hombro para ponerla en pie. No es capaz de estirar las rodillas para aguantar su propio peso, de modo que Bradwell se agacha, la levanta en brazos y la acurruca contra su pecho.

—Lo siento —dice Pressia…, por ser una carga, pero es incapaz de terminar la frase. La mandíbula le traquetea y le rechinan los dientes. Está tiritando tan fuerte que cada vez resulta más difícil llevarla. ¿Será posible que la hayan salvado las niñas fantasma para ahora morir de frío? Sabe que le ha bajado la temperatura corporal, que ha estado demasiado tiempo en el agua helada. El viento arrecia con mucha fuerza y siente que la ropa le pesa como si fuesen compresas frías. Cuando de pequeña estaba cruzando el río de cadáveres, lo único que quería era una compresa fría contra la piel, y ahora resulta que así es como va a morir.

Están avanzando entre los árboles, *Fignan* iluminando el sendero estrecho y Bradwell pisándole los talones. Él también está temblando, lo nota por debajo de los brazos, y en su recorrido tambaleante.

—Lo siento —repite Pressia.

—No digas eso.

Bradwell tropieza y aterriza en el suelo con un buen golpe. Sin embargo, se pone de rodillas y vuelve a levantarla con un pulso bastante inestable. Avanza a duras penas, con la piel desnuda rojísima.

—Pressia —le dice. La chica lo mira, contemplando sus mandíbulas recias, su cabeza mojada, esos ojos oscuros—. Piensa en algo caliente —susurra—, piensa en calor, en algo bueno. —Pressia nota que está asustado, que se le entrecorta la respiración.

Se acuerda entonces de cuando Bradwell le dio la mariposa mecánica, la que había recuperado de su antigua casa, y le dijo que le había parecido un milagro que algo tan bonito hubiese sobrevivido. No sabe cómo se las arregla Bradwell, pero siempre consigue que se sonroje. Es un recuerdo cálido, caluroso, bueno. Se lo diría si fuese capaz de articular las palabras.

Bradwell vuelve a caerse y esta vez maldice entre dientes. Intenta levantarla de nuevo pero no puede. El suelo está duro y frío.

—*Fignan*, sigue tú. No dejes el camino hasta llegar al puesto avanzado. ¿Crees que podrás? ¿Me entiendes? Busca ayuda.

Pressia oye el motor de *Fignan* que se va perdiendo por el camino. Duda, sin embargo, que sea capaz de encontrar a alguien, y menos aún de que vuelva con ayuda para rescatarlos.

Bradwell se acerca a un soto rodeado por matorral espeso y una gruesa capa de hojas caídas. Escarba y prepara un hueco para abrigarla.

—No puedes quedarte con esa ropa helada. Tienes que mantenerte con vida. ¿Me oyes? No puedo llevarte más lejos.

La chica asiente, pero ve su cara a pedazos: primero una ceja, luego los labios y por último las manos. Tiene que mantenerse con vida.

Bradwell le desabrocha los pantalones con dedos temblorosos y tira de ellos para quitárselos. Cuando le pasa la camisa por la cabeza, Pressia se nota los brazos muy débiles. A continuación el chico se tiende de costado, para no aplastar los pájaros y absorber así el frío de la tierra, rodea ambos cuerpos con hojas y envuelve a Pressia entre sus brazos. Los pájaros apenas parpadean, no se mueven.

Así como están, con las costillas de uno frente a las del otro, Pressia se los imagina trabados entre sí, con las costillas enganchadas. Respiran aceleradamente y de sus labios morados surgen nubes blancas. Con la mejilla contra el pecho de Bradwell, el chico no para de frotarle la espalda y los brazos, aunque sus movimientos son espasmódicos, pero se van ralentizando. Le aparta el cabello mojado y frío de la piel y le dice:

—Tienes que vivir. Di algo. Habla.

Quiere decirle que preferiría morir aquí que sin él en el río helado. Le gustaría decirle que si mueren ahora, es probable que queden trabados para siempre, costilla con costilla, helados, y, cuando llegue el deshielo, la hierba y las plantas y todo el musgo del bosque los cubrirán.

—¿Pressia? Háblame. ¿Puedes hablar?

¿Puede? Rememora la escena de cuando era pequeña y cruzaba el río lleno de cadáveres. ¿Podía hablar entonces? Decía palabras que nadie entendía y, al mismo tiempo, no las tenía para las cosas que veía y sentía: cómo cede un cuerpo cuando pones tu peso encima y aplasta a otro por debajo.

—*Itchy knee* —susurra sin dejar de castañetear los dientes.

—¿*Itchy knee?* —repite Bradwell, y entonces, como si hubiese desentrañado un misterio de la mente de ella, como si le leyera los pensamientos, dice—: *Itchy knee, ¿sun she go?*

No sabe lo que significa ni cómo ha podido llegar a entenderlo él. Asiente aunque parece más como un tic de la cabeza.

—*Itchy knee, sun, she go.*

Lo repiten a coro:

—*Itchy knee, sun, she go.*

157

Il Capitano

Jabalí

Cuando Il Capitano percibe unas pisadas que van hacia ellos por el bosque, siente un alivio inmediato. La araña desactivada está desguazada sobre el frío suelo. Helmud le ha envuelto y apretado las heridas con un trozo de tela que ha desgarrado de su propia camisa. Tendido sobre un costado, con la agonía de la pierna remitiendo levemente, Helmud lo ha cogido de la mano y lo está acariciando como si fuese un gatito. Il Capitano se deja hacer porque le debe la vida a su hermano; y también porque cada vez que intenta quitar la mano Helmud gimotea y el sonido podría atraer a las alimañas. Por la noche acechan algunas bestias especialmente violentas, tan mutadas y cruzadas que cuesta decir si estás mirando un jabalí salvaje, un lobo con colmillos retorcidos o una especie de pastor alemán. Lo peor es cuando tienen algún rasgo humano, algún trozo de piel, nudillos, un chispazo huidizo de humanidad en los ojos. Hay quienes dicen que a los apocalípticos que se refugiaron en el bosque se los comieron los árboles, pero siguen vivos, atrapados en ellos. Se acuerda del viejo Zander, quien le enseñó a enterrar las armas antes de las Detonaciones. Le debe la vida. ¿Se lo comieron los árboles, o será solo un mito?

Viene ayuda de camino.

—Estoy oyéndoles llegar. ¿Puedes devolverme mi mano?

—¿Mi mano? —le dice Helmud, como si la mano de su hermano le perteneciera.

—¡Helmud! —le reprende, y este por fin lo suelta—. Gracias —le dice Il Capitano al tiempo que flexiona y estira la mano.

Ve primero a Wilda, que lleva una linterna que cabecea enloquecida mientras corre. La siguen dos soldados, un chico y una chica, ambos con abrigos con capuchas tan pegadas a la cara que Il Capitano no ve ni marcas ni fusiones. El chico tiene una extraña forma de andar, mientras que la chica parece jorobada. Quizá son demasiado jóvenes para ser soldados, aunque Il Capitano se acuerda de sí mismo guerreando ya a su edad; es más, con la edad de Wilda ya se valía por sí mismo. Ahora se le antoja algo trágico.

La niña corre hasta él y se para abruptamente, apuntándole con el haz de luz el pecho, como si dijese: «Ahí, ¿lo veis? Esto era lo que quería deciros».

—¿Il Capitano? —se extraña la chica.

—Sí, soy yo.

Ambos se ponen firmes —la chica todo lo que le permite la joroba— y hacen el saludo militar.

Wilda se arrodilla a su lado y se le cuelga de un brazo. Aquello lo inquieta: no quiere que la niña empiece a depender de él… Solo le falta otra boca que alimentar. La ignora y se vuelve para interrogar a los soldados:

—¿Quiénes sois vosotros?

—Yo soy Riggs —se presenta el chico.

—Yo, Darce —dice la chica.

—Descansad —les dice Il Capitano.

Es posible que nunca hayan estado en presencia de un superior. Parecen nerviosos; es probable que solo hayan oído rumores: ¿será él el antiguo Il Capitano, el que cazaba reclutas vivos por el bosque?, ¿o el nuevo Il Capitano, que promete agua potable, comida y armas?, ¿o bien será una extraña combinación de ambos?

Por encima de sus cabezas se oye entonces el revoloteo de unas alas y todos clavan la vista en el cielo. Un búho desvaído se ha encaramado en la rama de un árbol cercano, que se dobla bajo su peso.

—Ahora son como buitres estos búhos paliduchos —comenta Il Capitano—. Una vez vi a uno que atacó a un soldado que estaba medio muerto.

—¿Medio muerto? —pregunta Riggs—. ¿Qué es eso de medio muerto?

—¿Cómo que qué es eso de medio muerto? Pues que no estaba muerto del todo, eso es lo que es.

—Eso es lo que es.

159

—En cuanto olió la sangre, sus compinches no tardaron en venir. Son igual que los tiburones cuando huelen sangre en el agua.

—Yo es que de tiburones no sé nada —comenta Riggs.

—¿Acaso te he preguntado?

El chico sacude la cabeza, con los labios apretados por la preocupación.

—Necesito que me echéis una mano para llegar al puesto. ¿Ha aparecido alguien más por allí esta noche? ¿Nadie?

—¿Nadie? —pregunta Helmud.

—No, señor, no lo creo. ¿Estamos esperando a alguien?

—Tenía la esperanza de que Pressia Belze y Bradwell hubiesen aparecido. Contactar por radio y preguntad.

Los soldados intercambian una mirada.

—¿Es que no tenéis *walkie-talkies*? —Él se dejó el suyo en el coche por orden de las madres.

—No, señor. Todavía no nos los hemos ganado. Hasta la segunda semana nada.

—Estupendo.

Otro búho desvaído aterriza en una rama cercana. A Il Capitano no le gusta nada el pico ensangrentado de este, porque quiere decir que ha estado dándose un banquete no hace mucho. Ojalá no sea con nadie que él conozca.

—Bueno, por lo menos vais armados —dice Il Capitano, que ya ha tenido bastantes heridas punzantes por hoy—. Quiero que uno de vosotros vuelva al puesto, el que sea más rápido y tenga los pulmones más limpios. Preguntad por Pressia y Bradwell y, si no responde nadie, mandad a unos cuantos soldados a que hagan una batida por el bosque. ¿Entendido?

—Yo soy más rápida.

—¿De verdad? ¿Con esa joroba? —se extraña Il Capitano.

La chica hace ademán de abrir la boca pero vuelve a cerrarla. ¿Acaso iba a hacer un comentario sobre lo que él lleva en su propia espalda? ¿Eso es lo que le espera ahora que todo el mundo cree que es un blando?

—¿Qué? Venga, dilo.

—A Riggs no le van muy bien las piernas.

—De acuerdo. Entonces, ¿a qué estás esperando? ¡Corre!

—¡Corre! —dice Helmud.

Darce vuelve a hacer el saludo militar y sale pitando. Por los árboles revolotean más búhos desvaídos.

—Y tú, Riggs, vas a ayudarme a levantarme y a llegar hasta el puesto. ¿Te parece? Serás mi muleta.

—Sí, señor.

Il Capitano intenta tirar del peso de ambos y Riggs se mete por debajo de él para que le eche el brazo por el hombro.

—A la de tres. Uno, dos y tres.

Riggs aúpa a Il Capitano y Helmud hasta que se estabilizan sobre una pierna y luego prueba a echar algo de peso en la pierna mala, pero un dolor paralizante le sube desde la pantorrilla. Las heridas donde clavó las patas la araña son profundas y Helmud se las ha apretado tanto que le palpita la pierna.

—Vale, vamos allá.

—Allá.

Wilda se apresura a recoger los trozos de araña robot. Il Capitano está a punto de gritarle que los deje, pero ¿qué importa ya? Total, están muertas. La niña perdió el barquito, así que ¿por qué no? Que se quede con los trozos de araña.

Riggs es muy poca cosa y, aunque algo le ayuda, tampoco mucho. El terreno es bastante rocoso. Wilda camina una vez más en cabeza, iluminando el camino con la linterna. Se nota la pantorrilla encendida, como si ya se le hubiese infectado…, y puede que así sea. Tal vez sea ese olor lo que ha atraído a los búhos. Ahora tienen a toda una bandada revoloteando sobre sus cabezas.

Il Capitano oye un resoplido entre los matorrales.

—Será mejor que aligeremos el paso —le dice a Riggs.

Se pregunta si Darce habrá encontrado a Pressia y Bradwell en el puesto; con suerte estarán sentados junto a la chimenea en la antigua casa de la directora del internado. Seguro que en cualquier momento se cruzarán con una partida de rescate camino del bosque. Encontrarán a Bradwell y Pressia, y con suerte estarán con vida, si es que han conseguido salir de las esteranías.

Uno de los búhos se pone bravo y baja hasta la altura de su cabeza y, cuando le desequilibra, a punto está de entrar en contacto con él y rozarle las alas con un puño.

—Dame el rifle. Solo llevas dos semanas, ¿no? Creo que soy mejor tirador, incluso con poco equilibrio y con un blanco móvil.

Riggs se detiene y le ayuda a colgarse bien la correa del fusil. Sienta bien volver a coger uno; las armas siempre le hacen sentirse mejor. Vuelve a oír el resuello y ve entonces un colmillo re-

161

torcido y amarillento asomar por entre unos arbustos, pero desaparece enseguida.

Wilda canta nerviosa, con una voz igual de temblorosa que sus manos.

—Si ignoráis nuestro ruego, mataremos a los rehenes.

Il Capitano ve ya el claro entre los árboles; el resto se lo sabe de memoria: la carretera destrozada que lleva hasta lo que en otros tiempos fuera una arcada de ladrillo, ahora derruida y ennegrecida, y el camino que serpentea entre hileras de árboles vencidos y conduce hasta los restos de un invernadero destruido, unas porterías torcidas, setos que han crecido de cualquier forma y unos tallos que parecen de lana y que producen bayas tóxicas en primavera; sin olvidar la hiedra venenosa que trepa por las piedras, las flores amarillas con pétalos de puntas afiladas en verano y los brotes compactos que parecen tener cáscara y que a Il Capitano le recuerdan a bebés de tres cabezas. Todo el lugar parece encantado.

Pero Wilda se detiene entonces y apunta con la linterna un punto del sotobosque.

Il Capitano le dice a Riggs que se detenga. Están ya en la linde del bosque.

—¿Qué ocurre?

—No lo sé —dice Riggs—. La niña parece asustada.

—Wilda, ¿qué pasa? —le pregunta Il Capitano.

La niña se agacha y mueve la cabeza para ver mejor lo que hay entre las zarzas.

—Apártate, Wilda, muy, muy despacio —le ordena en voz baja Il Capitano.

La pequeña, sin embargo, hace oídos sordos y levanta la mano para tocar algo.

—¡No! —grita Il Capitano.

El jabalí salvaje gruñe y embiste a la niña.

La linterna cae al suelo y Wilda se lleva la mano al pecho y se desploma. El jabalí —que tiene más pelo que un coyote— se abalanza sobre la pequeña.

En el acto Il Capitano aparta a Riggs de un empujón y se coloca el arma contra el pecho, pero justo entonces el búho se abalanza sobre él y al darle con las alas, sin el sostén del soldado, Il Capitano se balancea y apoya la pierna mala, que cede. El tiro sale desviado y va a impactar contra la tierra.

Wilda pega un chillido, como un silbido agudísimo, que deja

anonadado por unos instantes al animal, que acto seguido alza la mirada y olisquea el aire con su hocico como de goma. Abre las fauces, deja a la vista unos colmillos afilados y emite un gemido sobrenatural.

Il Capitano intenta ponerse en posición para disparar de nuevo pero, cuando por fin consigue recuperar el equilibrio apoyándose en un árbol, se da cuenta de que es demasiado tarde y de que el jabalí va a matar a la niña. Suelen atacar en la yugular. Y va a morir allí en el bosque, bajo su vigilancia. Le dijo a Pressia que él la llevaría hasta el puesto y no va a poder cumplir su palabra.

Pero entonces el animal retrocede y chilla, con un grito herido y sollozante. De una diminuta herida de bala que tiene en el muslo le sale un chorro de sangre. No puede estar muerto, la herida no es tan grande... El animal, sin embargo, se queda inerte en cuestión de segundos.

Wilda se ha quedado paralizada por el miedo y sigue con la vista clavada ante ella, como si todavía estuviese mirando la alimaña, como si aún la tuviese encima. Il Capitano va hasta ella, le coge la barbilla entre las manos y le dice:

—Ya está, ya ha pasado todo.

Pero los búhos desvaídos dan vueltas en círculos y caen en picado. Riggs los zarandea con un palo y mata a uno de un golpe fuerte.

Il Capitano intenta coger la linterna mientras aleja los búhos de Wilda. Después la agarra y se la carga en brazos. Apunta la linterna hacia el jabalí, que, aunque tiene el cuarto trasero cubierto de sangre, sigue subiendo y bajando las costillas. Lo que quiera que le haya dado debía de tener algún tipo de sedante.

Uno de los búhos cae sobre Helmud. Il Capitano ya no aguanta más. Deja la linterna en el suelo, se echa hacia atrás, echando el peso contra Helmud y empieza a disparar a los pájaros; algunos caen al suelo en una lluvia de sangre y plumas, mientras que otros se refugian en los árboles.

Al poco tiempo los rodea un círculo de búhos muertos, con el haz de la linterna perdiéndose en la distancia sobre el suelo duro.

—¿Qué mierda le ha disparado al bicho ese? —pregunta Il Capitano sin aliento.

—¿Qué mierda?

Y entonces la caja negra asoma por el suelo iluminado como si apareciera bajo los focos de un escenario.

163

—¿Has sido tú?

La luz de *Fignan* parece asentir. Sí.

Es buena señal que la caja haya llegado hasta allí. Il Capitano respira hondo, casi demasiado esperanzado como para preguntar:

—¿Pressia y Bradwell están vivos?

Fignan no se mueve: no lo sabe.

Lyda

Jaula de alambre

*L*yda vuelve a los confines de la cama de bronce y se acurruca para resguardarse del frío. Puede que las madres vayan a buscarla y puede que no. En cualquier caso, ahora está sola. ¿Cuándo ha estado de verdad sola en su vida?, ¿realmente sola?, ¿así de libre?

No es como aquel pájaro que hizo una vez con alambre y que estaba encerrado en una jaula del mismo alambre. Sus huesos no son tan frágiles y maleables, sino que toda ella es un gran nódulo endurecido. Es justo lo que empezó siendo, un amasijo de células organizadas para hacerla a ella y no a ninguna otra persona: a ella. Le sorprende además encontrarse allí a solas y ver en lo que se han convertido sus células, en una persona que ya no es una niña, la persona que no piensa seguir a Perdiz de vuelta a su antigua vida. No está caminando por las esteranías, a su zaga. Sin embargo, por muy bien que se sienta —con esa increíble libertad que no había experimentado en su vida—, su alegría se ve contrarrestada por el dolor agudo de la ausencia de Perdiz. Y, por unos segundos, también echa de menos a la persona que era antes de decirle que no iría con él; también esa persona está ausente. Es otra, alguien a quien apenas reconoce. Es nueva, y vuelve la cara al cielo porque puede, porque está ahí. Ha vuelto a nevar, una nieve tan ligera que se arremolina hacia arriba tanto como se posa.

Nieve.

Perdiz

Traidor

*P*erdiz y Hastings llevan horas caminando en silencio. Lo más probable es que hayan programado a su amigo para que su discurso sea meramente funcional, para que lo utilice con sensatez, precaución y claridad. Pero ¿cuál es la excusa de Perdiz? No está de humor para hablar. No deja de ver la cara de Lyda, su expresión nada más besarlo en la mejilla, como si ya se hubiese ido y se hubiese apartado de él. Le había dicho su adiós.

Perdiz ve la blanca Cúpula cernirse por el norte a través de la imagen emborronada por los copos de nieve grises. Se siente más solo que nunca, y atravesado además por un puñal de miedo.

—Bueno, Hastings, y ¿cómo están tus padres? —le pregunta, más que nada para distraerse, pues da por sentado que no va a responderle.

Su amigo, sin embargo, le fulmina con la mirada —como si acabase de recordar que tiene padres— y luego aparta la vista para escrutar el horizonte tranquilamente, como si nunca le hubiese hecho la pregunta.

—Tu madre siempre nos mandaba magdalenas en las latas esas, ¿te acuerdas? Y cuando ella no estaba, tu padre se pasaba el rato contándonos chistes.

Eran una pareja de rasgos angulosos, ambos altos y espigados como su hijo. Los chistes que contaba el padre eran subidos de tono, como si quisiera ganarse así el favor de la pandilla, igual que Hastings, que siempre buscaba encajar con los demás. Como ahora, de algún modo. ¿Será feliz así? ¿Son las Fuerzas Especiales capaces de sentir emociones como la alegría? ¿Saben sus padres que han perdido a su hijo aunque siga con vida?

Quiere refrescarle la memoria a su antiguo compañero, despertar en él emociones durmientes. ¿Qué parte de su amigo sigue allí con él y qué parte no?

—¿Qué? ¿Por fin consiguió Weed a la chica con la que intentaba hablar? ¿Te acuerdas? Cuando usaba el puntero láser por el césped comunal. ¿No te acuerdas, que le dijiste que era un friki que intentaba comunicarse con una friki?

—Arvin Weed es valioso.

Esa respuesta parece el principio de algo.

—¿Valioso?

Hastings asiente.

—¿Al final saliste con la chica del baile, aquella con la que estabas hablando?

El soldado detiene la marcha y trastea en los engranajes de su armamento, como si estuviera comprobando el funcionamiento.

—Te habrás dado cuenta de que Lyda no viene, hasta ahí supongo que llegas. Pero lo nuestro no se ha acabado.

Hastings se para una vez más y lo mira con una expresión que raya en la compasión. ¿Será esa la emoción a la que aspirar?

—Y mi padre, ¿qué crees que va a hacerme una vez en la Cúpula? ¿Tienes idea?, ¿te has parado a pensarlo? —Al ver que no responde, Perdiz le pega un puñetazo amistoso en el brazo, aunque con más fuerza de lo que pretendía—. Venga, Hastings, háblame. ¿Qué me espera ahí dentro?

El soldado alza la vista hacia la Cúpula, con ojos llorosos, y sacude la cabeza.

—¿Tan mal está la cosa? ¿Es que ha empeorado?

—Flynn, Aria. Edad: diecisiete años. Altura aproximada: uno cincuenta y ocho. Peso aproximado: cincuenta y dos kilos. Color de ojos: avellana. Historial médico: limpio.

—¡Aria Flynn! ¡Así es como se llamaba la chica del baile! Las hermanas Flynn… Y la otra se llamaba Suzette.

Hastings sigue avanzando y aligera el paso. Perdiz tiene que correr para alcanzarlo.

—Si te acuerdas de Aria Flynn, tienes que recordar cómo era todo antes de que me fuese. ¿No es cierto?

—Era un mundo muy pequeño. Este mundo es más grande.

—Ya, pero no es lo mismo, ¿no? Este mundo todo calcinado.

Hastings no responde.

—Te han intervenido, ¿no es eso? Ojos, oídos, una tictac en la cabeza…

167

Su amigo no para de andar, pero entonces Perdiz lo coge del brazo, de una parte del bíceps donde no tiene armas, solo carne, terminaciones nerviosas, una persona real, y el otro se vuelve y se le queda mirando.

—¿Por qué has venido a por mí? —le pregunta, a sabiendas de que no contestará, de que deben de estar grabando cada palabra; sin embargo, no puede evitar presionarlo—: ¿Estás de mi lado? ¿Puedo confiar en ti?

Hastings no responde. La nieve sucia revolotea alrededor de su cabeza, como en el recuerdo de Lyda sobre la bola de nieve de cristal, cuando la agitaba y al mismo tiempo se sentía atrapada en su interior.

—Nada ha salido como esperaba. Aquí todo se ha desmoronado, Hastings. Mi padre asesinó a mi hermano y a mi madre. Sedge pertenecía a las Fuerzas Especiales y tenía una tictac en la cabeza. ¿Te acuerdas de que la noche del baile hablamos de eso, de las tictacs?, ¿y de que yo te dije que no existían pero tú insististe en que sí? Tenías razón. Y ahora ya no están, ni mi madre ni Sedge. Están muertos y fue él quien los mató a los dos.

—Mis órdenes son devolverte a la Cúpula. —Nada más decirlo, se pone firmes, se vuelve y olisquea el aire—. Están llegando.

—¿Quiénes?

—Te acompañarán el resto del camino. Yo no. Vienen desde la Cúpula.

Perdiz mira ahora hacia allí y ve unas formas que están saliendo por una pequeña puerta.

—¿Había una puerta? ¿Siempre la ha habido? ¿Tan simple como una puerta?

—Te atarán las manos como a un preso.

—¿Eso es lo que soy?

—Ahora todos lo somos —dice con estoicismo Hastings.

—Escúchame: tienes que volver con Il Capitano. Encuéntralo.

—Soy un soldado. Soy leal. No soy un traidor como tú. —Se pone firmes y apunta a Perdiz con la pistola. Está claro que Hastings lo ha atrapado, pero ¿lo hace de verdad o solo para que lo vean? No sabría decirlo.

Los otros soldados están acercándose a gran velocidad.

—¿Qué tengo que hacer?

—Levanta las manos. No te muevas.

Los soldados son seres deformes, grotescos e hipermusculados, con huesos contrahechos y cráneos protuberantes. Tienen las armas tan incrustadas en el cuerpo que es posible que las lleven fusionadas en el hueso. Uno le coge de los pies antes de que se dé cuenta y le hace caer al suelo con un buen golpe.

—Sé que todavía eres tú, Hastings. Lo sé. Busca a Il Capitano. ¡Prométemelo!

Hastings no responde.

Un soldado le retuerce los brazos por detrás de la espada y le ata las muñecas con unas esposas de plástico.

—¿Estás todavía ahí dentro, Hastings? —grita Perdiz desde el suelo, mientras muerde el polvo—. ¿Eres el auténtico? ¿Eres tú? ¿Vas a rebelarte por aquello en lo que crees?

Hastings se agacha y empuja a Perdiz hasta que besa el suelo. Como es mucho más alto que él, tiene que bajar bastante la cabeza para estar a la altura de su cara y, en voz baja y acalorada, con un deje metálico, como si tuviese cables eléctricos en la laringe, le dice:

—Yo podría preguntarte lo mismo a ti.

Il Capitano

Golondrinas

Está sentado en una vieja silla plegable que han reforzado con cuerdas para que no se venga abajo. Tiene la pierna mala extendida y el pie hacia fuera, a la espera de que alguien le eche antiséptico y se la vuelva a vendar; entre tanto, se niega a mirar las heridas. Hay unas golondrinas de pico curvado piando en los aleros. Helmud les pía a su vez. Riggs ha echado leña al fuego y luego se ha ido a por provisiones. La chimenea fue construida para calentar las tres plantas de la casa, pero las dos de arriba ya no existen; la de abajo, por su parte, tiene un tejado nuevo, un revuelto de cosas unas sobre otras que han dejado una esquina al aire. Il Capitano contempla el camino del humo, que sale por la chimenea medio rota y luego se eleva en el aire para mezclar sus cenizas con la nieve.

Wilda duerme sobre un camastro en una esquina donde el tejado está bien. No se oye nada; hasta los soldados de las tiendas de fuera están callados. No podrá dormir hasta que no sepa qué ha sido de Pressia y Bradwell. Cuando llegaron, Darce ya había enviado a una partida de búsqueda, pero Il Capitano mandó otra con *Fignan* de guía. Tiene los nervios tan a flor de piel que ojalá pudiese andar de un lado para otro para calmar la ansiedad.

Riggs vuelve al cuarto con un bote de alcohol y vendas nuevas.

—¿Es que no hay nadie con conocimientos médicos? —pregunta al chico.

—Me han mandado a mí.

Il Capitano suspira y su hermano hace otro tanto. El chico se pone de rodillas y desenvuelve las tiras ensangrentadas de lo que antes era la camisa de Helmud.

—¿Tiene mala pinta? ¿Se ha infectado? —quiere saber Il Capitano.

—Está rojo oscuro, hinchado y con algo de pus. —Abre el bote—. Esto le va a doler.

—En peores me he visto.

—Peores.

—Que sea rápido.

Al frotarle con el alcohol, cada uno de los puntos donde se clavaron las patas le abrasan. Coge aire con fuerza, rápido, y Helmud lo imita. ¿Lo hará por solidaridad?

Riggs se apresura a envolver la herida de nuevo, mientras Il Capitano se recuesta y deja que Helmud apoye la espalda.

—¿Riggs?

—¿Sí, señor?

—¿Habías oído hablar de mí? ¿Qué piensas de mí?

—No lo sé, señor.

—Sí que lo sabes. ¿Qué dice la gente?

—Dicen de todo. Pero usted es un cabecilla, así que no creo que nada de eso le importe.

Piensa en Pressia esperando a Bradwell junto a la chimenea caída. ¿Le habría esperado a él también? ¿Helmud y él habrían valido la pena?

—Pues yo creo que tal vez sí que importe lo que la gente piense de mí. Pero solo tal vez.

Se queda mirando por el agujero del tejado. ¿Qué es nieve y qué ceniza? Ambas son igual de grises y ligeras y dan vueltas. Desde donde está sentado no es capaz de distinguirlas.

Pressia

Hielo

*P*ressia siente la cabeza muy pesada y tiene una oreja contra el pecho de Bradwell, donde oye el vago latido de su corazón, como un lento reloj envuelto en algodón. Al chico se le ha ralentizado la respiración y ahora la sujeta con menos fuerza, pues ha dejado caer el brazo inerte al suelo. Lo acerca a sus cuerpos y ve la imbricada película de hielo que se le ha formado por encima. Su propio brazo también reluce con la nieve, como una delgada piel nueva de cristales blancos y brillantes. Le falta la voz y tiene las pestañas cubiertas de copos de nieve que hacen que le pesen. Desearía cerrar los ojos y que la nieve los cubriese a los dos por entero como una manta gris, que la enterrase bajo aquel encaje.

Su respiración es más profunda. Está cansada. Es de noche.

—Buenas noches —susurra sabiendo que pueden ser sus últimas palabras.

Le pesan mucho los ojos, demasiado para mantenerlos abiertos. Y cuando por fin los cierra sabe que no está quedándose dormida, sino que está muriendo, porque ve rayitos de luz parpadeando entre los árboles. Las niñas fantasma se han convertido en ángeles... Y oye sus voces surcar el aire hacia ella, como transportadas por la nieve.

SEGUNDA PARTE

Perdiz

Limpio

Aunque no es posible que vuelva a ser puro en la vida, parece que así es como piensan limpiarlo.

Transfusiones de todo nuevo: sangre, médula y un buen puñado de células. Han conservado su molde de momia, que es ligero y duradero, aunque le queda más ajustado porque se ha puesto más fuerte. Su cuerpo desaparece en él durante horas y horas. Sigue sin haber posibilidad de tocar su código conductivo, aunque prueban nuevas formas de abordarlo, nuevos avances. Nada funciona. Le han cubierto con compresas frías y le han congelado y sujetado el cuerpo. «Punción lumbar», dice alguien, y le inyectan una aguja en la espina dorsal.

Le administran fármacos para que duerma, para que esté despierto y para hablar, en una habitación de azulejos blancos con una grabadora sobre una mesa. Las palabras se precipitan desde su cabeza y su pecho; en cuanto dan vueltas en su cabeza, las tiene en la lengua.

En ocasiones oye la voz de su padre por el interfono. No ha llegado a verlo, a pesar de que no ha parado de preguntar por él: «¿Dónde está mi padre? ¿Cuándo voy a verlo? Decidle que quiero verlo».

Piensa en Lyda, y a veces hasta la llama a gritos y su nombre retumba por la habitación antes de darse cuenta de que ha sido él quien la ha llamado. En cierta ocasión agarró una bata blanca con el puño y dijo: «Lyda, ¿dónde la tenéis?». El técnico se zafó y Perdiz dio con la mano contra una bandeja llena de instrumental afilado y metálico que formó un gran estrépito al caer. «¡Maldita sea! —gritó alguien—. ¡Que vuelvan a esterilizarlo todo!»

De vez en cuando una mujer con bata de laboratorio le dice qué día es, aunque no según el calendario, sino contando a partir de su regreso: «Estás en el día doce. Estás en el día quince. Estás en el día diecisiete». «¿Cuándo se acabará todo esto?» A eso no le responde.

El meñique también le sirve para calcular el tiempo. Lyda tenía razón: Arvin Weed lo averiguó con su ratón de tres patas y media. Dios Santo… Si ha llegado tan lejos, ¿estará a punto de conseguir la cura para su padre? Están recreando la estrecha colaboración existente entre los huesos, el tejido, los músculos, los ligamentos y las células de la piel de Perdiz mediante una inyección tras otra. Le han puesto una férula de fibra de cristal sobre el muñón para que el dedo vaya creciendo en su sitio y los técnicos del laboratorio, los cirujanos y las enfermeras se lo van controlando por medio de microscopios; en ocasiones le aplican puntos de calor que semejan agujas, como si estuviesen soldándole el dedo.

«Se está regenerando bien. Estamos satisfechos. El pigmento de la piel es casi perfecto.»

176 Las estrellas de mar hacen eso mismo. ¿Seguirán existiendo en alguna parte?

Lo cierto es que él no quiere que le arreglen el dedo. Se sacrificó y ahora quieren borrar ese sacrificio, y de paso todo el pasado, el mundo exterior, lo que le ha ocurrido a él y a los demás, la muerte de su madre y su hermano. Todo parece existir con menos intensidad, se borra al paso de ese crecimiento infinitesimal de células.

Arvin Weed ha aparecido dos veces, o al menos sus ojos, que se ciernen sobre la cabeza de Perdiz, el resto de la cara oculta tras una máscara. Quiere hablarle pero no puede con el tubo que tiene en la garganta y atado como está a una camilla de reconocimiento.

Ninguna de esas veces Arvin le ha hablado directamente, aunque en una ocasión le guiñó un ojo, en un gesto tan rápido que pareció más bien un tic. Perdiz, sin embargo, cree que fue algo más. Arvin está ahí y se asegurará de que cuiden de él, ¿no es así? Desea contarle a Weed lo de Hastings y todo lo que ha pasado en el exterior. Quiere pronunciar el nombre de Lyda.

Se despierta sin recuerdo alguno de haberse quedado dormido. Siente la cabeza pesada y los ojos hinchados. Le han quitado el tubo y lo están trasladando en una camilla que va traqueteando sobre las baldosas. Cuando pasa por delante de un gran ventanal, ve bebés en incubadoras tras el cristal. Son diminutos —casi del tamaño de cachorrillos de perro—, pero aun así humanos. Caben en la palma de la mano de una enfermera. ¿Es posible que nazcan tantos bebés prematuros al mismo tiempo en la Cúpula? Lo extraño es que no son perfectos, no son puros, tienen cicatrices, quemaduras e incrustaciones de deshechos. ¿Estará soñando con bebés miserables? ¿Qué es real y qué no? Hay una fila tras otra de incubadoras.

Ahora está en otra habitación y la voz de su padre resuena por el interfono:

—Es un niño, hay que castigarlo. El castigo lo purificará y esa purificación se llevará a cabo mediante agua, igual que un bautismo.

La mujer le informa de que está en el día veintiuno.

Tiene la cabeza fijada a una gruesa tabla blanca ligeramente inclinada para que le quede por debajo de los hombros. Como los tiene sujetos, no puede moverse. Han progresado tanto con el meñique —que ha crecido mucho más y siente ya hasta el cosquilleo de los nervios— que tienen que tener cuidado de no mojarlo.

La tabla blanca tiene un mecanismo para ir introduciéndolo lentamente en el agua. Los técnicos lo rodean siguiendo órdenes, con cronómetros y pequeños aparatos en las manos. La cabeza es lo primero que entra en el agua, que está fresca sin llegar a fría; y luego le sigue todo el cabello y las orejas hasta que va cubriéndole toda la cara. Suelta el aire de los pulmones y se apresura a coger todo el que puede. Mantiene la respiración e intenta forcejear. Abre mucho los ojos, y el agua está transparente y brillante. Unos fluorescentes iluminan la estancia. Ve las caras de los técnicos combadas.

Suelta aire por la nariz, pero solo un poco. ¿Cuánto tiempo lo tendrán así? Tal vez su padre no lo quiera muerto pero sí que sepa lo que es la muerte. Suelta más aire y siente un pinchazo en los pulmones.

Justo cuando cree que no puede más, nota un pequeño tirón en la tabla blanca. La barbilla sale a la superficie, luego la boca, por donde envía aire a los pulmones. ¿Se ha acabado el bautismo? ¿Ya está salvado? Siente de nuevo el motor, que le devuelve al agua, e implora a los técnicos:

177

—¡No, no, no!

Es posible que les hayan sellado de algún modo las orejas para protegerlos de sus ruegos. No puede mover la cabeza ni arquear la espalda para coger aire.

Lo sumergen una y otra vez… ¿es un bautismo que no llega a arraigar? Deja de implorar y se concentra en la respiración, intentando desarrollar un método, pero pierde la noción del tiempo. Solo piensa en salir a la superficie, estar en el aire.

Intenta aferrarse a la imagen de la cara de Lyda, al color exacto de sus ojos. Cuando lo devuelven a la superficie, siente un espasmo en la laringe, que se cierra del todo. Esa vez no hay aire, ni sonido, ni respiración. Intenta comunicarles con los ojos su pánico a los técnicos, pero estos se limitan a apuntar algo en una libreta.

El motor vuelve a zumbar y regresa bajo el agua sin haber podido respirar.

Parece que uno de los técnicos comprende que algo va mal y se acerca al interfono.

Sin embargo, lo sumergen una vez más y no oye lo que dicen. No puede respirar ni aunque quisiera meter agua en los pulmones. Es entonces cuando la luz brillante de la habitación se va oscureciendo hasta quedarse en una mancha oscura, en ceniza. Se acuerda de la ceniza, la nieve y Lyda, cuya cara se desgaja hecha añicos y sale flotando hacia el cielo.

Pressia

Musgo

*P*ressia y Bradwell están viviendo en una casa de campo pequeña, donde la partida de rescate los llevó la noche que estuvieron a punto de morir. Es una cabaña pequeña, con paredes de piedra recubiertas de musgo por dentro y por fuera; los llevaron allí porque es fácil calentarla con una salamandra. Mientras Pressia no tardó en recuperarse de la hipotermia, Bradwell sigue convaleciente, con los pulmones encharcados. Si hay algo que los supervivientes conocen bien son las toses, la respiración laboriosa, y cuáles son serias y cuáles no; cuando se tiene neumonía, por ejemplo, se emiten unos breves gruñidos después de cada exhalación.

Lleva tres semanas ya dedicada a dos cosas: a estudiar detenidamente a *Fignan* y todos los apuntes que dejó Walrond y a cuidar de Bradwell, que se pasa la mayor parte del día durmiendo.

Al principio empezó escribiendo en papel, un bien precioso, pero pronto se le acabó y tuvo que empezar a anotar las cosas en la propia mesa; cuando volvió a quedarse sin espacio, pasó a escribir en un tabla de cortar para más tarde recurrir a piedras del huerto. Va apuntando con letra diminuta, mientras en los conos de luz que parpadean por encima de su cabeza *Fignan* va proyectando vídeos, imágenes escaneadas de documentos (partidas de nacimiento, licencias matrimoniales, obituarios, títulos, transcripciones), así como notas manuscritas de Willux sobre libros que ha leído, con números de página pero sin título ni autor, en diatribas enrevesadas, etc.

Entre tanto, Bradwell se incorpora en la cama lo justo para beber un sorbo de agua o de caldo de cerdo. Il Capitano lo ha dispuesto todo para que unos soldados les lleven comida y vayan enfermeras a verlos. *Fignan* también ofrece información médica y datos sobre neumonía, riesgos, tratamientos y medicinas a las que no tienen acceso. No puede culparlo, solo intenta ayudar.

Il Capitano le ha pedido por favor a Pressia que no se quede allí con Bradwell, porque su enfermedad podría ser contagiosa, pero ella le ha dicho que no puede dejarlo solo.

—Soy una amiga fiel.

«Amiga»… ¿Siguen siendo eso? Pressia recuerda el cuerpo de Bradwell sin ropa alguna, todo mojado, y a veces piensa en él viéndola sin ropa, casi dormida. Sabe que es una tontería sentir vergüenza, al fin y al cabo se estaban muriendo. ¿Qué más da si la vio desnuda? Le salvó la vida. Ahora, sin embargo, con solo pensarlo, se siente cohibida y se pone colorada, como si acabase de ocurrir. Su mente divaga y vuelve a la sensación de sus pieles juntas, al temblor por el frío, y siente como si volviese a caerse de cabeza en una oscuridad desconocida, en un vacío aterrador. Cayendo, cayendo, cayendo… ¿en el amor?

Ahora mismo se le antoja egoísta y estúpido pensar en cosas así. Está sentada en el borde de la cama de Bradwell, a la espera de ese momento del día en que recobra el sentido, parpadea por la luz y la reconoce. La otra posibilidad es que no llegue a recuperarse, que le haya entrado demasiado líquido en los pulmones y se ahogue por dentro. Tiene que obligarse a no pensar esas cosas, debe trabajar y tener algo que enseñarle cuando vuelva a la superficie. Si ella ya volvió esa vez que estuvo a punto de ahogarse, él también lo hará.

Ahora se levanta y se apoya contra una de las paredes recubiertas de liquen. Hay un vídeo de los que tiene *Fignan* almacenados al que no para de volver: el de sus padres cuando eran jóvenes. Ha tomado notas muy detalladas sobre él. Aunque siempre le parece un capricho, no puede evitar ponerlo de nuevo, esa vez como recompensa por haber trabajado con los apuntes de Willux.

—Ponme otra vez la misma grabación, *Fignan*.

La caja se enciende y proyecta un cono de luz. Aparece la madre de Pressia, que ríe bajo el sol y se aparta el cabello rizado de los ojos, y después un joven que debe de ser su padre, pues sus ojos son oscuros y almendrados, como los suyos, y su sonrisa es fugaz e impredecible. Están en el campo, ambos con uniforme de cadete, el cuello abierto y la camisa por fuera. Saludan a la cámara.

Pressia quiere ir hacia ese sol, coger las manos de sus padres y decirles: «Soy yo, vuestra hija. Estoy aquí, justo aquí». La imagen de sus padres, tan hermosa y real, es castigadora a la par que maravillosa. Le permite echarlos de menos con un lujo de detalles increíble.

Al fondo de la escena se ve a Willux —lo reconocería en cualquier parte— con un cuaderno. Está hablando con un tipo que Pressia reconoce por el recorte de periódico bajo la campanilla: el cadete cuya muerte fue declarada accidental, Lev Novikov. Se ve que están enfrascados en una conversación agitada. Su madre se acerca a ellos y les hace señas de que la cámara está grabando; les pide entonces que saluden y luego alarga la mano y coge la del cadete muerto, la de Lev Novikov, no la de Willux ni la del padre de Pressia. Lev la atrae hacia sí y la besa. Willux se mete el cuaderno bajo el brazo, saluda y acto seguido se va con las manos en los bolsillos.

Aparta la vista de la luz parpadeante que hace brillar las paredes musgosas. ¿Significa ese beso que su madre salía con Lev? ¿Estaba enamorado todo el mundo de su madre? ¿Quién era, en cualquier caso, Aribelle Cording? Pressia no se hace a la idea de que alguien pueda dar y recibir amor con tanta facilidad. ¿Sería su madre de naturaleza débil? Seguía a su corazón, no a su cabeza. Pressia debería estar agradecida por eso: es la razón por la que nació, pero aun así le habría gustado que su madre hubiese sido… ¿qué?, ¿más fuerte?, ¿menos receptiva al amor? El amor es un lujo, algo que la gente puede permitirse cuando su vida no se limita a tratar de sobrevivir y cuidar de otra gente. No puede evitar pensar en su madre como alguien rica en amores, mimada incluso, porque ¿qué bien le hizo?

Bradwell gime: se le ha destapado un pie. Pressia lo llama por su nombre con la esperanza de que sea el momento en que recobra la consciencia, pero ha vuelto a quedarse quieto. Si abriese ahora los ojos y la reconociera, ¿qué le diría ella?

Sabe que es el miedo lo que contiene su amor. Pero ¿y si enamorarse no es un síntoma de debilidad, sino de valor? ¿Y si no se estuviera cayendo o estrellando, sino pegando un salto?

La grabación parpadea, se acaba y sume la habitación en la penumbra. Pasa las manos por las piedras recubiertas de notas garabateadas. La enfermera le ha dicho que le hable a Bradwell: «Le hará bien. Es muy posible que pueda oírte, incluso en sueños».

Y Pressia lo mantiene al tanto de todo. Le ha contado que,

aunque no lo saben a ciencia cierta, parece que Perdiz ha regresado a la Cúpula porque han desactivado las arañas robot. Al día siguiente de llegar al puesto de avanzada, corrió desde la ciudad el rumor de que las arañas cobraron vida por unos instantes, contrajeron las patas y luego pusieron las pantallas en blanco. Le ha contado también que Il Capitano está en un puesto médico en la ciudad, donde está ayudando a quitar las arañas robot que siguen alojadas en los cuerpos de la gente.

La malas noticias no se las ha dado: han seguido desapareciendo niños y algunos han regresado; hace unos días encontraron a uno dormido en el bosque y a dos más vagando por el mercado, mientras que otro apareció en su propia cama, como si nunca se hubiese ido, pero, al igual que Wilda y el resto, su cuerpo había sido pulido, con todas las cicatrices y las quemaduras curadas, todas las amputaciones regeneradas y el ombligo cubierto de piel nueva. Il Capitano los ha mandado a todos aquí y los tiene bajo custodia en el dormitorio colectivo para que no caigan en manos del culto cada vez más numeroso de los adoradores de la Cúpula. También Wilda vive allí. Pressia la echa de menos pero no puede ir a verla porque es posible que la enfermedad de Bradwell sea contagiosa y el sistema inmunológico de la niña podría estar debilitándose conforme sus células se degeneran.

Al igual que Wilda, los niños han sido programados para decir unas cuantas frases. «Propaganda —lo llama Il Capitano—, pequeños voceros de la Cúpula.» Y todos los mensajes terminan, como el de Wilda, con la señal de la cruz celta.

Los llaman purificados, porque no son puros de verdad, sino que han sido «restaurados». Todos y cada uno han desarrollado también temblores en manos y cabeza.

Pressia tiene la esperanza de encontrar la fórmula para combinar los viales de su madre con el tercer ingrediente misterioso: tal vez puedan salvar a los niños antes de que sea demasiado tarde. Jamás le confesaría a Bradwell que a veces se queda mirando su puño de cabeza de muñeca y entorna los ojos hasta que se le llenan de lágrimas y ve borroso e intenta entonces imaginar la mano por debajo. ¿Deshacerse de la cabeza de muñeca? Sí, puede que sea otra de las razones por las que trabaja tan duro.

—No conozco a Willux de nada, Bradwell —le dice ahora.

¿Cómo organizar los desvaríos de un loco? ¿Cómo va a encontrar algún patrón que tuviese sentido para alguno de los

Siete o para los padres de Bradwell? Al fin y al cabo, Walrond dejó todas esas pistas para ellos. Bradwell conoce mejor a Willux que ella.

—Te necesito. Levanta y ayúdame.

Aunque tampoco está segura de que pudiese ayudarla si despertara. Lo que él desea tan desesperadamente es la verdad, no la fórmula.

En medio de un sueño agitado, Bradwell tose y se le ponen las mejillas muy rojas, rubicundas. Los pájaros de la espalda se contraen, como si el aire que respiran dependiera de la respiración del chico.

—Tranquilos —los calma—, no pasa nada.

Fignan va hasta la cabecera de la cama con un zumbido y la tos empieza a remitir.

El fuego está perdiendo fuerza. Se pone las botas y el abrigo nuevos, marca ORS, regalo de Il Capitano. Retira la retranca de hierro que le ha instalado este y abre la puerta. La cabaña de artista está en medio de un huerto con unos árboles con ramas tan bajas que han empezado a enraizar en el suelo. El frío le corta la respiración. Se imagina a Perdiz dormido en algún sitio con una temperatura siempre igual de estable… pero ¿a cuántos grados? ¿Veintidós, veintitrés? Se pregunta si alguna vez piensa en ella aquí fuera. Cabe la posibilidad de que no vuelvan a verse y, por un momento, es como si todo hubiese acabado, como si no fuese a cambiar nada y esa fuese a ser su vida para siempre, y la de su hermano también.

Y si Bradwell muere, Pressia terminará sus días aquí sola, en esa casita con huerto rodeada de árboles que parecen apuntalados a la tierra.

Es luna llena (aunque como siempre está medio tapada por una nube de ceniza) y alcanza a ver a lo lejos el muro bajo de cemento medio desmoronado y, más allá, a un lado las fogatas encendidas de los que viven en las tiendas y al otro el viejo dormitorio, que está medio derrumbado. Ahí es donde vive Wilda.

Cuando ve una luz encendida en el dormitorio, se pregunta si será la de Wilda. ¿Y si no saca nada en claro de la caja de Walrond? La niña morirá.

Sigue andando hasta que llega a una pila ordenada de leña y va cogiéndola mientras imagina cómo era aquel sitio en el Antes. ¿Con las niñas fantasma vivas y cogiendo fruta de los árboles?

183

Escruta al otro lado del huerto, a los ramilletes marchitos y las filas y filas de ramas vencidas y ennegrecidas, y ve algo de movimiento, una figura que pasa corriendo a tal velocidad que la nie-
bla se arremolina. Y luego nada.

Mira hacia la cabaña y entonces vuelve a oír toser a Bradwell,
que luego la llama con la voz ronca y desgarrada:

—¡Pressia!

Esta corre hacia la cabaña, deja caer la leña y lo encuentra re-
torciéndose. Se arrodilla a su lado y ve que tiene los ojos abiertos
pero sigue inconsciente.

—Estoy aquí —le dice—. No me he ido.

El chico sigue tosiendo irregularmente. Le da una taza con
agua y le sujeta la cabeza mientras le lleva la taza a los labios.

—Dale un sorbo. Tienes que beber algo.

Cierra los ojos, bebe un poco y vuelve a recostarse. Pressia lo
ayuda a echarse sobre un costado y después se levanta y se pone
a dar vueltas por la habitación. Por fin apoya la frente contra la
pared de piedra, pone la mano contra el musgo y lo restriega.

—Bradwell, ¿por qué no vuelves? Esto no puede quedar así.

184   Espera a que le responda, a pesar de que sabe que no lo hará.
En ese momento quita la mano de la pared y ve colores, un poco
de azul, un rastro de rojo, y mira de cerca los líquenes. ¿Serán ese
rojo y ese azul clases distintas de mohos?

Lleva la mano más arriba y restriega más líquenes hasta que
ve más colores por debajo: es pintura. Frota y frota y ve parte de
una cara, un ojo, una mejilla, una oreja.

¿Quién viviría allí antes de las Detonaciones? ¿Un artista?
¿Siguió en la cabaña, y cuando se quedó sin lienzos se dedicó a
pintar las paredes?

Pressia coge un trapo y va apartando el musgo con cuidado de
no llevarse el color de debajo. Van surgiendo caras, de una niña
tras otra, como si estuviesen allí atrapadas: son las niñas fantasma. «Ancho el río, la corriente corre, la corriente corroe, la corriente corre. ¿Quién puede salvarlas de este mundo?»

¿Estaría el artista aferrándose a todos los que habían muerto?
Pressia recuerda la sensación de ser sacada del agua, de esas manos diminutas por la espalda. Fuesen verdad o no, ella las sintió.

«Abrazaron el agua para curarse, para que sus heridas cicatrizasen, para curarse. Muertas ahogadas, la piel pelada, la piel toda
perlada, la piel pelada.»

Pressia, que sabe qué es estar atrapada bajo el agua, tiene ahora la sensación de verlas en la superficie una tras otra. Aquí una boca, abierta, como manteniendo la nota de una canción. «A ciegas van marchando con las voces cantando, las voces implorando, las voces cantando. Las oímos hasta que nos pitan los oídos, nos gritan los oídos, nos pitan los oídos.» Un ojo azul, medio cerrado, dolorido, y una mejilla redonda y rolliza. «Necesitan un santo salvador, un santo salador, un santo salvador. Por estas orillas vagarán y cazarán por siempre jamás, vagarán y cazarán por siempre jamás.» Otro ojo, con una ceja arqueada, preocupada y triste; labios, estos fruncidos como si fuesen a decir algo.

Es Bradwell quien respira entrecortadamente pero da la impresión de que son las niñas las que toman aliento. Inspiran: Will; espiran: Ux. Es él su asesino. Él las mató. Las paredes están llenas de caras, la habitación de alientos.

Will.

Ux.

Will.

Ux.

Pressia se vuelve y se encuentra a *Fignan* a sus pies. Walrond dijo que había que recordar que él conocía mejor que nadie la mente de Willux. Para conocer el secreto, ha de conocer al hombre. Y para conocer al hombre, al genocida —a quien mató a esas niñas, así como al resto del mundo—, tiene que colarse en su mente.

Will.

Ux.

Tiene que pensar con sus pensamientos, andar con sus pasos y respirar con su respiración.

«Will —susurran las niñas al unísono—, ux.»

Lyda

Nueve

Su cama es la número nueve por la derecha. Está en otro lugar, otro cuarto temporal, ya que las madres son bastante nómadas. El número, sin embargo, no es provisional. Adondequiera que vayan, ella seguirá siendo el número nueve, sea en una fila de camastros sobre el suelo o en una fila de cuerpos en una vivienda sucia; puede que incluso en una fila de sepulturas.

¿Por qué el nueve? Cuando las madres la encontraron, le asignaron la cama que pertenecía a una de las que cayó en la batalla contra las Fuerzas Especiales. A Lyda le parece una crueldad cogerle el sitio. Cuesta tenderse allí, con los latidos contra los muelles, a sabiendas de que podría ser el corazón de otra persona. En cualquier caso, eso es lo que hay: las madres creen en el orden.

Es de noche y la habitación está a oscuras. Algunos niños siguen resistiéndose al sueño: los oye pedir agua, el murmullo de las madres, los susurros de las plegarias nocturnas. Normalmente para ella son como un encantamiento que la ayuda a conciliar el sueño.

Hoy, en cambio, no logra dormirse. Por fin le han permitido ir a ver a Illia. Lleva queriendo verla desde que ha vuelto pero le habían dicho que la mujer había empeorado y que estaba en cuarentena.

Al final han accedido a la petición de Lyda porque el cuerpo de Illia apenas aguanta ya. «El estuche del alma se le está marchitando —le ha dicho Madre Hestra—. Le ha llegado la hora.»

Lyda apoya la cabeza en la almohada que comparte con *Freedle*. Se la dieron cuando llegó y desde entonces la cuida para Pressia. Aunque le crujen las alas cuando aletea, todavía es ágil. Ahora le acaricia la cabeza.

De pequeña compartía almohada con una mariquita de peluche. Ella misma era la que decidía cuándo se iba a la cama. Su madre seguía un método según el cual no eran los padres quienes les decían a los niños cuándo terminaba la jornada. Y ahora está rodeada de un gran plantel de madres. Se siente bien, segura, y se ha ganado un puesto allí a base de trabajo duro. Le duelen los músculos del cansancio. Está aprendiendo a lanzar dardos (y la importancia del movimiento de muñeca); ha destripado terrones y alimañas y ha acarreado tierra de una nueva madriguera que están excavando; ha escarbado en busca de tubérculos y, echada sobre un cubo, los ha pelado para preparar de comer.

Se pasa el rato intentando no pensar en Perdiz. Las madres le han enseñado que los hombres son una debilidad, que solo traicionarán su amor. Perdiz, claro está, no es ningún muerto, no es de esos que las madres odian con tanta saña, pero aun así teme que cuanto más lo eche de menos —su cara, su piel, cómo la miraba— y cuantas más esperanzas tenga de volver a verlo, más tendrá que perder.

La puerta se abre y la luz se cuela por la habitación. Madre Hestra susurra su nombre y en el acto Lyda le da una rápida palmadita a *Freedle* y corre a la puerta.

—Es la hora —le anuncia Madre Hestra, que la conduce por el pasillo hasta un cuartito. Tiene que decirle a Illia lo de la caja negra, la semilla de la verdad.

La mujer está pálida y demacrada, con la cara al descubierto, esta vez cubierta solo por las quemaduras y cicatrices causadas por las Detonaciones y por el maltrato de Ingership. Tal vez se haya reconciliado con todo eso, o quizás esté demasiado cansada para ocultarlo. Lyda se sienta en la silla que hay junto a la cama, pero Illia sigue mirando el techo. La coge entonces de la mano y susurra su nombre. La mujer no responde.

—La semilla de la verdad está en buenas manos —le dice—. La tiene gente que sabrá qué hacer con ella. Gente buena.

Illia no se mueve. ¿La estará oyendo?

—Illia —vuelve a susurrar—, la verdad está en buenas manos. Has cumplido tu misión.

¿Está dándole permiso para morir? A Lyda le han inculcado que tiene que luchar contra la enfermedad y la muerte, temerlas por encima de todas las cosas. Un día su padre estaba malo y al otro ya no estaba, lo encerraron en una clínica, en aislamiento.

Nunca pudo despedirse de él; recibieron una simple nota diciéndoles que había muerto. Las madres, sin embargo, le han enseñado que la muerte forma parte de la vida.

Lyda mira a Madre Hestra y le pregunta:

—¿Lleva mucho tiempo así, inconsciente?

—Está medio aquí, medio en el más allá, entre la vida y la muerte.

—Illia, ya sé lo que querías decirme cuando dijiste que echabas de menos el arte, que en realidad querías decir que añorabas a Art Walrond.

Parpadea por unos instantes, vuelve la cabeza y se queda mirando a Lyda.

—La semilla de la verdad está viva, sigue existiendo. Hiciste lo que te pidió que hicieras.

—Art —susurra Illia—. Lo he visto, está esperándome allí.

A Lyda se le humedecen los ojos.

—Puedes ir con él, ahora ya puedes.

Illia mira una vez más a la chica, levanta la mano y le palpa la mejilla.

—Si hubiese tenido una hija… —Y entonces deja caer la mano sobre el corazón y cierra los ojos.

—Illia —susurra Lyda—. Illia, ¿sigues con nosotros? —Se vuelve hacia Madre Hestra y le grita—: ¡Haz algo! Creo que se está…

—Se está yendo —dice con calma Madre Hestra—. Ya lo sabías. Se está yendo y no pasa nada.

Lyda escruta las costillas de Illia en busca de alguna señal de respiración. No se mueven.

—Ha muerto.

—Sí, así es.

Madre Hestra se engancha del brazo de Lyda y le dice:

—Volvamos ya. Nosotras nos encargaremos del cuerpo.

—Déjame que me quede con ella un minuto.

—De acuerdo.

Lyda cierra los ojos y dice una oración, la que solía susurrarle a su mariquita de peluche por la noche, sobre la alegría que da la luz de la mañana.

Al cabo de un rato Lyda vuelve por los pasillos sobre sus pasos, casi a ciegas, hasta el camastro número nueve. Mira a *Freedle* y al resto de la habitación, que duerme en calma, y siente ganas de decirles: «Alguien ha muerto, alguien acaba de dejarnos». Pero no hay necesidad de despertarlos, es algo natural: la muerte forma parte de la vida.

Se acuesta e intenta dormir, pero no sabe cómo poner freno a sus pensamientos. Se imagina a Illia y a Art Walrond reencontrándose en un lugar parecido al cielo. ¿Será posible? Piensa sin querer en Perdiz. ¿Dónde está ahora mismo? ¿Estará a salvo? ¿Estará pensando en ella?

Se acuerda de lo último que le dijo: «Tú habrás dicho ya tu adiós, pero yo no pienso despedirme, porque volveremos a vernos. No me cabe ninguna duda».

Él ha regresado a una versión de la vida que vivieron en otros tiempos, con normas, un orden social y rigor; con toallas de baño, camisas almidonadas y pintura nueva. La gente espera cosas de él. La Cúpula te cambia a su manera, sin que te des cuenta, sin ni siquiera recurrir a potenciaciones o fármacos, solo con el aire viciado que se respira. Allí aceptaba todo lo que le decían y su mayor miedo era decepcionar a quienes la rodeaban. Y pese a todo, la verdad estaba allí, solo tenía que haberla buscado. Aceptó tan a la ligera, tan alegremente, que los del exterior eran menos humanos. Y no es tanto que desprecie a su antiguo yo como que lo tema. Su vida encerrada era tan cómoda que todavía seguiría en ella si no le hubiesen dado la oportunidad; si le hubiesen dicho a su yo antiguo que algún día viviría aquí fuera, se habría compadecido de su nuevo yo. Pero tiene suerte de haber salido.

189

Cuando se asegura de que todo el mundo está durmiendo, incluso *Freedle*, saca la caja de música que le dio Perdiz, la de la madre del chico. Le da cuerda y levanta la tapa, pero solo unas notas perdidas flotan en el aire. ¿Podrán Illia y Art oír esa melodía? ¿Adónde va el alma después de la muerte?

Vuelve a meter la caja bajo la almohada. ¿Podrá Perdiz recordar el mundo de aquí fuera, aferrarse a la extraña idea de su existencia, una vez dentro de la Cúpula?

La borrarán, lo sabe. La Cúpula no le permitirá existir.

Ya lo ha dejado ir una vez, y cada nuevo día le exige que se desprenda de él, una y otra vez.

Aprieta los puños y piensa: «¿Volverá a encontrarme?».

Y ella misma se responde: «No. No desees eso. Déjalo ir».

Abre las manos y separa los dedos.

Pressia

Piedras

*P*ressia está concentrada en las notas que ha escrito en madera y piedra. El problema está claro: Willux estaba loco, y lo estaba tanto cuando detonó el planeta como ya de joven. En una página garabateó «El bueno de Bucky» en una esquina, «Collins» en otra —¿serían colegas suyos?— y el resto de la página está lleno de serpientes entrelazadas. En una página solo hay unos números —20,62, 42,03, NQ4— y la frase «Fui forjado por el fuego y resucitado por las llamas». ¿Qué significa todo eso? Parecía gustarle la poesía y estaba trabajando en un poema que aparece en distintas hojas, siempre en versiones distintas:

> A diario trepa hasta lo más alto
> y en el cielo con la punta del ala
> roza y acaricia la montaña santa.
> Todo esto te diría si la voz no me faltara
> porque en belleza eres igual de sagrada.

Trazó una flecha desde «todo esto te diría si la voz no me faltara» hasta un verso alternativo: «La verdad está allí arriba escrita» y luego una lista de palabras que riman con ala —escala, cala, bengala— y con alto —salto, falto, cobalto—. Walrond lo había calificado de romántico. ¿Acaso escribió esos poemas para la madre de Pressia? La sola idea le repugna.

Lo que en realidad le gustaría sería encontrarse con fórmulas, disertaciones sobre células, degeneración, renovación, nanobiología… En lugar de eso, sin embargo, solo dispone de páginas de lo que parecen constelaciones, pájaros, florituras, espirales que se van estrechando…, un folio tras otro.

Se queda mirando las motas de polvo que revolotean en el haz de *Fignan*. Se siente tan sola... Mira el hombro de Bradwell, que sube y baja a cada respiración, la mandíbula, la mejilla. Desde que la llamó por su nombre, se incorpora para comer y anda un poco apoyándose con la mano en la pared, encima de las niñas fantasma, a las que no parece ver. Mira a Pressia como si intentara ver al otro lado de un cañón; a veces susurra su nombre y le dice gracias. Y Pressia siente como si el suelo se abriera bajo sus pies. Y que cae y cae, eso es lo que siente cuando su nombre sale por sus labios. Así y todo, sigue durmiendo la mayor parte del día, mientras que ella no para de volver siempre a la misma pregunta: ¿cómo se coló Walrond en la mente de Willux? La habitación parece dar vueltas con las caras de todas las niñas fantasma mirándola, instándola y urgiéndola. «¿Y si nada llega a tener sentido nunca?»

Sabe la respuesta: las niñas fantasma le darán caza y no la dejarán irse nunca. «Por estas orillas vagarán y cazarán por siempre jamás, vagarán y cazarán por siempre jamás.»

—Pasa la página —le dice a *Fignan*, y aparece una nueva de los cuadernos de Willux, otra más llena de garras de pájaros.

En esa ocasión, sin embargo, en el margen se lee una palabra: «Brigid». Su segundo nombre: Emi Brigid Imanaka. Willux no pudo ponerle ese nombre; ni siquiera supo que existía hasta varios años después de nacer, de modo que ¿por qué apuntó su segundo nombre... casi una década antes de que ella naciera? Siente que la rabia se apodera de ella.

Se lo toma por lo personal, como si estuviera chinchándola: ¿qué quiere de ella?

Se levanta y le dice a Bradwell, que sigue profundamente dormido:

—Vale, vamos a repasarlo otra vez.

Señala la esquina superior derecha de la mesa.

—Todo esto hace referencia a los Siete, a cómo empezaron y qué significaban para Willux. Cada miembro de los Siete tiene una zona.

Después de Willux, las notas más completas versan sobre su padre y su madre. Tal vez debería avergonzarse de dedicarles tanto tiempo, pero no puede evitarlo. Le encanta cómo sonríe su padre, y ve su propia cara en la de él, un poquito de aquí, otro poquito de allá. Se queda maravillada con el más mínimo gesto,

191

como cuando recoge algo que se le ha caído a alguien y se lo devuelve. Tenía que empezar por alguna parte, así que… ¿por qué no por su padre, la parte perdida de sí misma?

—En esta piedra grande he escrito todas las referencias al «cisne»; esta parte de la tabla de cortar está dedicada a los números, porque se ve que Willux tenía varios números favoritos. Esta piedra es donde he anotado las referencias a las cúpulas de cualquier tipo. —De joven Ellery estaba obsesionado con ellas.

Vuelve a la mesa, se apoya en ella, con una palma extendida y el puño de muñeca contra la piedra reservada a Lev Novikov. Tal vez no sea capaz de introducirse en la cabeza de Ellery Willux, pero ¿y de Lev Novikov, la primera víctima de Willux? Se acuerda de la vieja película en que iba de la mano de su madre.

Se va hacia los lados de la habitación y va mirando a los ojos a las niñas fantasma. Hay una que siempre la hace detenerse, tiene algo en la cara, una chispa de luz en los ojos, que le recuerda a su amiga Fandra, la única que tuvo en la infancia. Ella y su hermano Gorse huyeron antes de que se los llevara la ORS. Tenía el pelo rubio por los hombros, ojos azules y la mano izquierda impedida. Cuando reía, emitía un ruido extraño, una especie de ronquido, que a Pressia le hacía mucha gracia. No hace mucho se encontró con Gorse en la reunión de las antiguas lecciones de Historia Eclipsada a la que acudió, y le sorprendió verlo con vida. Cuando quiso preguntarle por Fandra, este se limitó a decir «no». Fandra había muerto.

Y aunque esa niña no tenga el pelo dorado, Pressia tiene la sensación de que hay algo de su amiga en la imagen.

—Fandra… —murmura—, ¿qué estoy haciendo?

Lo que sí sabe es lo que su amiga haría: seguir adelante.

Pressia necesita una piedra nueva para la palabra «Brigid».

—Ahora vuelvo —le dice a Bradwell, y cierra la puerta con cuidado tras ella.

No puede quitarse de la cabeza las palabras de Willux —«Fui forjado por el fuego y resucitado por las llamas»— y la imagen de las serpientes enroscadas, siempre entrelazadas de dos en dos y formando una especie de espiral.

—Lev Novikov —se dice mientras se adentra bajo las ramas y coge una piedra.

¿Qué decía el recorte sobre su muerte? Que Willux intentó salvarlo en el entrenamiento. El joven cadete Walrond declaró que había sido un día triste, mientras que un oficial afirmó que era la primera vez que Lev nadaba esa temporada, que había estado malo pero se había recuperado.

Pressia se agacha, coge una piedra grande y ovalada y se la pega al pecho. Le viene entonces a la memoria la expresión de Willux cuando su madre le cogió la mano a Lev. ¿Estaba enamorado de ella y sintió celos del otro?

Recuerda cuando casi se ahoga en el río helado y oscuro (y las manos, está segura de que eran manos tirando de ella) y se imagina a Lev Novikov pero con las manos de Willux tirando de él hacia abajo. Visto desde arriba, ¿quién puede distinguir si el esfuerzo es para salvar a alguien o para hundirlo? Y si Walrond tenía a Willux en un altar, seguro que pensó lo mejor. Lev era de naturaleza débil, por eso resultó más fácil creer que se había ahogado y que el rescate no había salido bien. Willux no tenía un móvil aparente y Lev era amigo suyo.

Se apresura a volver a la cabaña y cerrar bien la puerta. Bradwell está inquieto; los pájaros aletean en la espalda. Pone la piedra en la mesa y dice:

—*Fignan*, enséñame el mensaje de Walrond, el que era para los Siete.

Fignan se enciende y el robusto y rubio Art Walrond vuelve a la estancia.

—Pásalo hacia delante. —La imagen se acelera—. Para.

Art se lleva los dedos a la boca, se cruza luego de brazos y dice: «Uno no decide de la noche a la mañana convertirse en genocida. Hay que prepararse para semejante acto de aniquilación, y no me cabe duda de que Ellery lo ha hecho, y todavía está en ello. Pero empezó bastante joven, yo ya lo conocía por entonces. Podría haber hecho algo, pero no lo he visto hasta ahora, al echar la vista atrás. Lo más irónico es que mató a la única persona que podría haberlo salvado».

«Mató a la única persona que podría haberlo salvado.» Lev Novikov. ¿Era él quien tenía la fórmula?

—Quiero volver a ver los historiales médicos —le pide a *Fignan*—. Lev Novikov. —La caja negra hace aparecer la carpeta de Lev.

Lee los garabatos escritos por el médico: «Temblores en las extremidades. Leve parálisis en la cabeza. Pérdida de audición. Deterioro de la vista de 20/20 a 5/20»...

193

Pressia reconoce los síntomas de la degeneración rauda de células. Según le contó su madre, Willux empezó de muy joven a someterse a potenciación cerebral. Tal vez esa fuese una de las razones para montar la sección internacional de los Mejores y Más Brillantes, un esfuerzo global para asegurarse de que las mejores mentes fuesen aún mejores. Si Novikov y Willux ya habían empezado con el tratamiento, durante un tiempo no debieron de sufrir efectos adversos. Wilda temblaba porque su cuerpo era demasiado joven para admitir dosis intensas y Willux lo hace ahora por la acumulación de potenciaciones durante décadas. Quizá Novikov padeciese de alguna dolencia médica subyacente que hizo que le afectara más la potenciación, o tal vez se sometió a muchas más que Willux, y que nadie.

«Willux mató a la única persona que podría haberlo salvado.»

Vuelve a empezar de nuevo. Novikov tenía degeneración rauda de células, según los informes médicos, pero después ya no, mejoró. Es posible que Novikov supiese que las potenciaciones tenían inconvenientes; o tal vez incluso se indujo la degeneración rauda porque había conseguido revertirla y quería probarlo. Lo cierto es que mejoró: era su primer baño de la temporada.

—Los apuntes de Novikov —le dice a *Fignan*—. Quiero todo lo que Walrond recogiera sobre él, y todo lo que esté escrito con su caligrafía.

La pantalla da como resultado un único archivo: «Notas de Novikov».

—Abrir archivo.

El archivo está vacío.

¿Por qué Walrond crearía un archivo con las notas de Novikov si no tenía ninguna?

A no ser que Walrond estuviese queriendo decir que sí tenía pero las había perdido.

—Poner otra vez el mensaje de Walrond.

La caja negra se ilumina y muestra la cara de Walrond, que hace la introducción y, conforme el mensaje avanza, va teniendo los ojos cada vez más llorosos. «Está todo aquí, la caja os conducirá hasta la fórmula. Es una misión complicada, porque no podía arriesgarme a ponerlo demasiado fácil. Y ojo, si llegáis a un punto muerto de la búsqueda, recordad que yo conocía la mente de Willux como nadie, que leí cuidadosamente sus notas y que tenía que pensar en el futuro.»

—«Tenía que pensar en el futuro.» ¿Por qué? —murmura, y se queda mirando las montañas de papeles y piedras que la rodean.

«La caja no me parecía lo suficientemente segura, por eso no podía almacenarlo todo aquí sin más. Si sabéis cómo piensa Willux (y todos lo sabéis, pues se convirtió en el trabajo de nuestra vida intentar dilucidar cuál sería su siguiente paso), como decía, con solo pensar en su mente, en su lógica, entenderéis las decisiones que he tenido que tomar. Y cuando lleguéis al fondo, veréis que la caja no es una caja, sino una llave. Recordadlo: la caja es una llave y el tiempo es crucial», sigue la imagen de Walrond.

—Pausa.

Fignan congela la imagen en el aire y Pressia recuerda entonces cómo Bradwell cuestionó lo dicho por Walrond. Cuando todavía tenían esperanzas de detener a Willux el tiempo era crucial, pero ya no. No tiene sentido. Y Walrond no confiaba en la caja para guardar la fórmula. El archivo es una especie de marcador de posición: nos dice que la fórmula existe pero que es posible que Walrond la escondiera.

—Pero ¿dónde?

Se sienta en el borde de la cama de Bradwell y de pronto se enfada con él, aunque no sea ni justo ni lógico. Necesita ayuda. Respira hondo y le dice a *Fignan*:

—Rebobinar.

Walrond desaparece de la vista para volver al poco y decir: «Cada vez los siento más cerca. Nos estamos quedando sin tiempo. Si estáis escuchando esto, quiere decir que todos nuestros intentos han fracasado. —Ríe y llora a la vez por unos instantes y luego dice—: Bueno, al fin y al cabo, Willux es un romántico, ¿no os parece? Quiere que la historia de sus glorias perdure en el recuerdo. Espero que alguno de vosotros oiga esto y que le ponga fin a esa historia. Prometédmelo».

—Pausa.

La imagen se detiene y la cabaña se queda en silencio. Fuera arrecia el viento y una ramita de hiedra golpea la ventana. Debería decirle a *Fignan* que se apague, pero le gusta la luz que da, ahora que está oscureciendo. La mente no para de darle vueltas.

Los pájaros aletean bajo la camisa de Bradwell. Se la levanta para ver si están bien y descubre la espalda ancha y musculosa del chico. Tiene mejor color de piel y los pájaros parecen bas-

195

tante mejor, han recuperado el brillo en los ojos. Acaricia las plumas. Son bonitos… casi majestuosos. «¿Qué se sentirá estando unido a algo vivo, tener tres corazoncitos pegados a ti para siempre?», se pregunta.

Pressia le baja la camisa para que se duerman. También ella está cansada.

Bradwell se vuelve. Quiere pegarse a él y calentarse. Lleva todos esos días durmiendo en un camastro en el suelo, pero hace frío, tanto que se está formando escarcha en los cristales de las ventanas. No quiere dormir sola en el suelo, desea sentirse segura; ni tiene ganas de pensar en qué puede acechar por el huerto ni en Willux ahogando a Lev Novikov. Tampoco quiere preguntarse por qué su segundo nombre está escrito en los márgenes del cuaderno de Willux.

Se tiende al lado de Bradwell, se mete bajo la manta, le levanta el brazo y se lo pasa por encima de su propio hombro. En el acto siente el aliento cálido del chico en la oreja.

Amigos fieles, eso es lo que son, amigos, y por eso no pasa nada. Si fuese algo más se contendría. Le gusta sentir ese aliento caliente en el cuello.

Y entonces oye su voz.

—¿Estás aprovechándote de mí?

Pressia se incorpora y salta a trompicones de la cama.

—Bradwell.

Tiene los ojos despejados.

—Sabes que estoy en una situación desfavorecida. —Sonríe—. No está bien aprovecharse de la gente de esa manera.

—¡Tenía frío! —se defiende Pressia, al tiempo que se arropa con sus propios brazos—. Nada más.

—¿Es eso cierto? —Le brillan los ojos.

—Estás despierto, despierto de verdad.

Asiente y dice:

—Más o menos.

—Me alegro de que hayas vuelto. —Y es verdad, no cabe en sí de felicidad—. ¡Has vuelto de veras!

—Nunca me fui.

—Me salvaste en el río.

—Y tú a mí aquí.

Perdiz

Calor

*P*erdiz se despierta en un ambiente cálido y seco. Al abrir los ojos ve un dosel blanco que se infla con una ligera brisa. Por una ventana entra la luz del sol en picado. Levanta una mano, que se le antoja pesadísima y como amoratada hasta la médula, y la pone en el recuadro de sol.

Siente calor. ¿Será posible? ¿Dónde está?

Huele a que están cocinando comida grasienta, algo frito, como beicon. Lleva sin olerlo desde que era pequeño, pero hay cosas que se te quedan para toda la vida, se dice, y el beicon es una de ellas.

El dosel está unido a una gran cama de roble y él está en medio del todo. Levanta la cabeza, que empieza a palpitarle con fuerza, y se incorpora como puede sobre los codos, como si se moviese en el agua. Una puerta al otro lado de la habitación da a un baño con azulejos azul claro.

Al lado tiene una almohada bien mullida. Le da un puñetazo suave y el puño se le hunde entre las plumas. ¿Una almohada de plumas? Es demasiado real para ser un sueño.

Se pregunta si estará en alguna versión del cielo. Si es así, ¿irá Lyda a encontrarse allí con él? Esto podría ser su cuarto, con un armario alto, una mesita de noche, una lámpara y una cama de verdad. Del techo cuelga un ventilador con aspas de mimbre que remueve el aire lentamente.

Mira por la ventana, que está abierta y no tiene cortinas, aunque en cualquier caso en la Cúpula son puro adorno porque en realidad nunca se abren: hace la misma temperatura fuera que dentro, salvo en invierno, cuando bajan diez grados la exterior para simular un cambio de estación.

Fuera se ve un mar de un azul cristalino, con pequeñas olas que rompen contra la arena dorada. No hay nadie, solo un viejo con un detector de metales. Recuerda a ancianos rastreando por la playa cuando era pequeño; llevaban calcetines negros y gruesos zapatos de goma, justo como aquel. La playa semeja un anuncio de vacaciones en el Caribe.

Pero ahí está su férula de fibra de cristal en el dedo. Se la quita y descubre un muñón, regenerado ya en sus tres cuartas partes y cubierto por su propia piel.

Está en la Cúpula.

Algo le roza la piel sensible de debajo de la barbilla y, cuando se lleva la mano al cuello, nota un extraño collar alrededor de la garganta. Es de un metal fino ligeramente flexible y tiene una cajita que emite una vibración eléctrica. Al palparla, siente un hueco: ¿será una cerradura?

Está preso.

Llaman a la puerta y, por un segundo, se pregunta si será Lyda. Cualquier cosa podría pasar.

—Pasa.

La puerta, que al igual que la cama es de diseño barroco, se abre y aparece por ella una mujer con falda rosa, blusa blanca y collar de perlas. Perdiz se acuerda de las madres de fuera y de sus collares de perlas engarzados a la piel a modo de tumores carnosos.

La mujer deja una bandeja con comida en la mesita de noche: hay beicon, huevos, un vaso grande de zumo de naranja cubierto de pulpa y una tostada untada con mantequilla y miel, por lo que parece. A pesar de que está hambriento, siente el estómago un tanto revuelto.

La mujer se inclina sobre él con mucha familiaridad y le pone una mano fría en la frente.

—Perdiz, ¡tienes mucho mejor aspecto! —Le sonríe como si lo hubiese echado de menos y él por fin hubiese vuelto.

Algo en su cara le resulta familiar. ¿La habrá visto en alguno de los mítines a los que lo obligaban a ir de pequeño, cuando su padre solía hacer más apariciones públicas?

—Sí. —Cuando traga saliva le duele la garganta—. ¿De qué nos conocemos?

—Sabía que me reconocerías. Él decía que no, pero yo le dije: «¡Ya lo veremos!». —Ladea la cabeza—. Nos conocemos desde hace mucho pero nunca nos han presentado formalmente. Me llamo Mimi. Te he estado cuidando. —Se sienta en el borde de la cama—. Y mi hija también ha estado echando una mano. Está abajo, practicando con el piano.

Perdiz no tiene ni idea de lo que está contándole la tal Mimi. Ha dicho muchas cosas pero, en cierto modo, cada vez comprende menos.

—¿Dónde estoy?

Mimi le sonríe y le pregunta:

—¿Dónde te gustaría estar?

Perdiz se frota los ojos, cansado.

—Quiero saber dónde estoy.

Mimi da unos pasitos hacia la puerta, contoneando las manos por encima de la cabeza y con la falda bamboleándole por debajo de las pantorrillas.

—Es una sonata de Beethoven. ¿La oyes? —El chico escucha una melodía clásica—. Lleva años dando clases. Aunque no tiene un oído extraordinario, es una perfeccionista, y eso casi lo compensa todo, ¿no te parece?

Como no está seguro de si es así o no, no responde.

—¿Dónde está mi padre?

—Trabajando. No para, se pasa horas y horas trabajando.

—¿De qué lo conoce?

—Lo conozco desde hace años, Perdiz. Madre mía, pero si prácticamente te he visto crecer, aunque desde la distancia, claro. Mi hija y yo hemos estado en los márgenes de tu vida, por así decirlo, ya sabes a lo que me refiero.

Pues no, no tiene ni idea de a qué se refiere. Necesita centrarse, encontrar a Arvin Weed y a Glassings, ambos en la lista de su madre de personas en las que podía confiar.

—¿No lo has notado nunca? ¿Un par de ojos maternos velando por ti? Le rogué que me dejase entrar en tu vida. Le rogué y le rogué, pero alegaba que resultaría demasiado traumático. ¡Pero aquí estás ahora! —Mimi lleva sus pasos diminutos hasta el borde de la cama, donde se arrodilla. Agarra la colcha y da la impresión de que va a echarse a llorar.

Con un gran esfuerzo se incorpora y apoya la espalda en el cabecero. Al principio ve doble la cara de la mujer, pero luego entorna los ojos, enfoca y ve un rostro hermoso, algo anguloso y curiosamente atemporal. Aparenta diez años menos que sus padres

199

pero al mismo tiempo da la impresión de ser mayor. ¿Serán los gestos?, ¿la forma de hablar? No tiene arrugas, ni siquiera ahora que le sonríe expectante; tiene la cara como tirante.

Comprende ahora que Mimi ha adoptado cierta intimidad con él porque la tiene con su padre. Se ha visto obligada a vivir con su hija en los márgenes. Ha sido un par de ojos maternales suplementario... ¿durante años?

—¿Es usted...? —No sabe cómo expresarlo—. ¿Es la... amante de mi padre? —¿Era esa la palabra que buscaba?

—Soy su esposa —dice Mimi resplandeciente.

—¿Cómo?

—Técnicamente acabamos de casarnos, pero llevamos todos estos años juntos. Él me quiere, yo lo quiero. Espero que seas capaz de aceptarlo.

Perdiz se siente desfallecer.

—Mata a mi madre ¿y luego se da media vuelta y vuelve a casarse? —Retira de una patada las mantas y las sábanas y siente que le arden los músculos de la pierna. Se impulsa hasta el otro lado de la cama y deja caer las piernas al suelo—. ¿Era una ventaja más de explotarle la cabeza?, ¿ser un hombre libre?

—Él no es ningún asesino —replica Mimi con voz calma—, estás confundiendo las cosas.

—¡Me ha mandado torturar! ¿Sabía eso? Tengo suerte de seguir con vida. —Todavía se siente bastante cerca de la muerte, como si se le hubiese metido dentro del cuerpo.

—Podrías tener un padre que no se preocupase lo más mínimo por ti, que te hubiese abandonado, como le pasó a mi hija. Ellery nos acogió cuando nadie más lo habría hecho. Nos salvó la vida a las dos. —Mimi no para de sonreír, con un gesto medio fatigado pero que denota también una paciencia solemne.

—Lo que tengo es un padre que es un asesino de masas. —Se tira del collar, que le aprieta en el cuello.

La mujer sacude la cabeza y saca la lengua. ¿Está burlándose de él? ¿De veras cree que es su madre? Le dan ganas de abofetearla.

—Has pasado demasiado tiempo ahí fuera. Esperábamos que hubieses visto la luz. —Se levanta y se alisa la falda—. No le diré a tu padre lo que has dicho; lo único que conseguiríamos sería que se enfadase y meterte a ti en más problemas. —La mujer va hacia la ventana.

Resulta odiosa, pero Perdiz es consciente de que, independientemente de lo que sea lo que Mimi tenga roto y torcido en su interior, la culpa la tiene su padre.

La mujer se queda mirando por la ventana, y justo entonces vuelve a aparecer el viejo de la playa, en la misma dirección que antes, pasando el detector de metales a un lado y a otro.

—Mira —dice, y a continuación se apoya en la ventana y grita—: ¡Hola! ¿Cómo va esta mañana?

El viejo se detiene, se quita la gorrilla y la saluda con ella.

—Antes se empeñaba en ignorarme, pero le dije a tu padre lo mucho que nos entristecía a las dos, a Iralene y a mí, y tu padre lo arregló todo. Bastó mencionárselo para que al cabo de unos días el viejo estúpido nos saludara. En realidad lo odio, pero ahora por lo menos se para y saluda. Es mejor así, ¿no crees? —Mimi da miedo: bulle de amor, sufrimiento y furia, pasando de una emoción a otra en cuestión de segundos—. He querido hacer este viaje en persona. No había por qué, pero pedí permiso y tu padre me autorizó porque para mí era muy importante conocerte. Espero que no haya sido una pérdida de tiempo. Odio perder tiempo real.

No puede morderse la lengua.

—¿Y qué tal lleva lo de perder tiempo falso?

—¿Te refieres a tiempo «suspendido»?

Perdiz se encoge de hombros y responde:

—Sí, tiempo «suspendido».

—Tengo todo el tiempo suspendido que quiero, y en realidad no hay forma de perderlo. Bueno, a lo mejor todo esto es demasiado filosófico para ti...

—Pruebe a ver.

—Por definición el tiempo suspendido es un tiempo que no se pierde, que no pasa. Existe en paralelo al tiempo tal y como lo conocemos, de manera que no puede perderse, ¿verdad?

—¿Sí?

La mujer le sonríe y se va hacia la puerta.

Perdiz recuerda la vez que envenenaron a Pressia en la granja y pregunta:

—Esta comida no me pondrá enfermo, ¿verdad?

—Pero ¿estás loco?

—No sé, ¿y usted?

—No seas maleducado.

201

—¿Sabe lo que es de mala educación? Ponerle un collar eléctrico a alguien por el que en teoría se tienen sentimientos maternales. ¿Hasta dónde puedo ir sin que me dé una descarga?

—Yo no iría muy lejos. Es por tu seguridad.

—Ah, en tal caso, gracias. Se lo agradezco enormemente.

—Que disfrutes del desayuno, Perdiz. Si yo fuera tú, estaría agradecido por todo, por cada detalle que tienen contigo. —Suena a advertencia. Le guiña un ojo, asiente y se va por la puerta, que deja abierta para que Perdiz oiga la sonata que está tocando su hija, Iralene.

El chico vuelve a recostarse en la cama; le pesan los brazos y las piernas. Cuando cierra los ojos, se le mete la música en el cerebro, pero no sabría decir si están tocándola en directo o es una grabación. ¿Iralene existe? ¿Habrá acaso un piano de verdad?

Il Capitano

Puntos

*L*a mayoría de operaciones son mucho más complejas que lo de Helmud quitándole la araña de la pierna con una navaja. Il Capitano tuvo suerte de que se le clavase en la parte carnosa de la pantorrilla y no le llegase al hueso y se lo astillara; por no hablar de la suerte de que solo se le agarrase una: el récord va ya por las trece en un mismo cuerpo. Llevan apenas un mes y todavía quedan cientos de pacientes.

Mediante el estudio y la reproducción de las balas sedantes de *Fignan* y la información que Il Capitano ha recabado durante años sobre distintas plantas que ha ido encontrando en el bosque (y que probó con reclutas), ha creado varias formas de anestesiar —más o menos— a los pacientes antes de operarlos.

Helmud inyecta el suero en la corriente sanguínea de los pacientes y asiste en la operación, pasándole a su hermano lo que le va pidiendo: alcohol, algodón, pinzas, escalpelo, agujas, finos trozos de cable limpio para coser los agujeros, etc. Por primera vez en la vida trabajan como un solo hombre con cuatro manos. Mientras, otro soldado va desinfectando el instrumental con alcohol y ayuda en caso de que el paciente recupere la consciencia en mitad del proceso, momento en que tienen que sujetarlo entre todos hasta que logran ponerle otra inyección.

A Helmud le fascinan las operaciones y a veces se inclina tanto sobre el hombro de su hermano para ver mejor que este tiene que decirle que se eche hacia atrás.

—Deja de echarme el aliento encima.

—Deja de echarme —responde Helmud.

El olor a óxido de la sangre es tan penetrante que Il Capitano siente náuseas y se apresura a terminar con el paciente.

—Tengo que ir a ver si han desaparecido más niños —le dice al soldado.

Desde lo de Wilda, han desaparecido y regresado otros doce críos, y se rumorea que a primera hora de la mañana han encontrado a otro en una chabola abandonada en la linde de los escombrales.

Cuando salen del hospital de campaña, Helmud se estremece por el aire fresco. Il Capitano se pone el rifle por delante, pegado al pecho, y se dirige hacia el mercado, donde se encuentra el bullicio habitual, los empujones, los vendedores ambulantes que jalean su género, la carne, las extrañas verduras... ¿Serán comestibles? Puede que sí o puede que no. Pasa por delante de varias fogatas en bidones con gente apiñada alrededor, calentándose las manos. Todos se le quedan mirando cuando pasa y algunos inclinan la cabeza a modo de reverencia.

Las Fuerzas Especiales no han vuelto a la ciudad: tal vez no vean la necesidad ahora que Perdiz ha regresado a la Cúpula. Eso sí, ha visto a unos cuantos soldados por el bosque, y siempre tiene la esperanza de encontrarse de nuevo con Hastings. Perdiz le dijo que era de fiar. Il Capitano ha pensado incluso en intentar tenderle una trampa. Pero ¿cómo arreglárselas para cazar a un soldado de las Fuerzas Especiales? No los atraparía ni con una trampa para osos.

Il Capitano se cruza con un chiquillo que está repartiendo unas octavillas que rezan: ¿TU ALMA ES DIGNA DE SER PURIFICADA? PREPÁRATE.

—¿Qué es esto? —le pregunta Il Capitano.

El chico tiene parte de la cara entablillada con una lámina de metal.

—La Cúpula es omnibenévola y omnisapiente.

—No, la Cúpula se ha dedicado a volar gente por los aires. ¿O es que no te has enterado de eso?

El niño se encoge de hombros y sigue repartiendo octavillas a la gente que pasa.

—¿Qué es lo que quieres?, ¿quedarte mudo y poder decir solo las palabras que te programen en el cerebro? ¿Una oportunidad de que te pongan guapo con la purificación para que luego te corroa por dentro?

—¡La pureza tiene un precio! ¡Son mártires a los ojos de nuestros guardianes!

—Se ve que te han lavado bien el cerebro…

El niño lo mira con cara resplandeciente de ilusión.

—Ahora ya no son solo niños, hasta tú podrías tener una oportunidad.

—¿A qué te refieres con que ya no son solo niños?

—Madre e hija, padre e hijo. Siempre de la misma familia. Ya van tres parejas por ahora. Y a todos se los llevaron a plena luz del día.

—¿De día?

—Encendemos las piras y rezamos con la esperanza de que nos escojan.

—¿Me tomas el pelo? ¿Os ponéis en fila y dejáis que os lleven las Fuerzas Especiales?, ¿así sin más? Pero ¿qué mierda…?

—¡Mierda!

Il Capitano le quita las octavillas al niño.

—¿De dónde has sacado esto?

—La Cúpula tenía un hijo que vino a la Tierra y que era nuestro salvador. Cuando quiso que se lo devolviesen, nos hicieron rehenes, pero en cuanto regresó a la Cúpula (donde está al lado de su padre verdadero), se apiadaron de nosotros y nos liberaron.

—Vale, vale, lo pillo. Muy bíblico todo. —Il Capitano tiene suficiente formación religiosa como para captar las referencias—. Así que ¿no tenían bastante con niños que han tenido que coger familias enteras? ¿Han devuelto ya a alguna?

—Solo una. Las otras siguen en el paraíso. —Al muchacho le brillan los ojos.

—¿Y qué tal esa pareja? ¿También los han programado para soltar propaganda cupulista?

—Están muertos, eran indignos. Estamos escribiendo un nuevo Evangelio, expandiendo la Palabra. Tendremos profetas nuevos.

—Yo me alegro. ¿Dónde están los cuerpos?

—En la pira. Los sacrificamos y subieron al cielo con el viento de cenizas.

—¿Cómo murieron?

—Los encontramos así una mañana junto a la pira. Eran perfectos, como Dios habría querido. Salvo por un anillo de cicatrices en la cabeza, como una corona de espinas.

—¿Qué tipo de cicatrices?

—Ordenadas, muy bien cosidas. ¿Sabías que Dios le hizo ropa a Adán y Eva en el Edén? Dios es sastre.

—Ah, claro, y el Dios sastre vive en la Cúpula, ¿no? Claro, ¡eso tiene todo el sentido del mundo!

—¡El sentido del mundo! —apostilla Helmud.

—¿Dónde están Margit y su amiga ciega? ¿Siguen vivas? —lo interroga Il Capitano.

El chico asiente.

—¿Sigue teniendo una araña en la mano?

—Sí, es un regalo de Dios.

—Pues dile de mi parte que es un regalo de Dios que se le va a infectar.

Il Capitano se aleja entonces, abriéndose camino entre la muchedumbre, pero el chico le grita:

—¡Cuando vengan a por mí estaré preparado! ¡Soy puro por dentro! ¿Y tú? Esa es la cuestión: ¿y tú?

Il Capitano se apresura a volver al hospital de campaña. Después de apartar el batiente de la puerta, lo cierra tras él.

—Ya está bien por hoy. Manda al resto a casa.

El soldado está limpiando.

Il Capitano coge la bolsa con las ampollas del sedante.

—Vamos a recoger. —Se fija entonces en la montaña de arañas robot muertas, algunas enteras y otras por partes. Coge una y calibra su peso y su densidad en la mano, como una granada—. Recoged todo esto y metedlo en bolsas —le ordena a un soldado.

Este se levanta y pregunta:

—¿Para qué, señor?

—Metal y explosivos. Podrían ser un buen regalo.

206

Perdiz

Alma

*P*erdiz se despierta con un sobresalto. Sigue en la cama grande de roble, en algún punto de la Cúpula, aunque ahora por la ventana entra la luz de la luna. No está solo.

Cuando vuelve la cabeza para ver quién lo acompaña, el collar se le clava en la piel. Hay una silueta delgada junto a la cama y va distinguiendo el contorno de una falda, unas piernas pálidas y unos tacones altos.

—¿Mimi? —murmura—. ¿Qué está haciendo aquí, si puede saberse?

¿Lo ha estado observando mientras dormía?

—No soy Mimi —dice una voz suave, casi infantil.

La silueta da un paso hacia la luz de la luna. Se trata de una chica de la edad de Perdiz, o tal vez más joven, y varios centímetros más baja que él. Tiene una fruta en la mano, roja como una manzana pero del tamaño de un melón de los pequeños. Es guapa y se parece un poco a Mimi, salvo porque tiene los rasgos más suaves y unos labios más gruesos. La piel parece muy fina, tan frágil que Perdiz acierta a ver una vena azul que surca su sien. Está nerviosa, asustada incluso.

—Me llamo Iralene.

La hija de Mimi, la pianista.

—¿Eso es para mí? —Señala la fruta.

—Más o menos.

—Es plena noche, ¿no? ¿O la luna también es falsa?

—Creo que es de noche.

—¿Qué haces aquí?

Se pone más recta y le responde con una pose estudiada:

—Me han dicho que no estás del todo contento aquí y he pensado que podía ponerle remedio. Puedes estar donde quieras mientras te recuperas, Perdiz. En cualquier parte del mundo.

—Ah, pues muy bien, Iralene. Muchas gracias —le dice con sarcasmo.

—A lo mejor no lo has entendido: ¡en cualquier parte del mundo!

—Sí, lo pillo. Ya he visto al viejo de la playa que ha saludado a tu madre y he quedado muy impresionado, ¿te vale? Puedes decirle a mi padre que es un truco de magia estupendo, muy buen material.

Iralene parece al borde de un ataque de pánico.

—No puedo decirle eso a tu padre.

—Cuando era pequeño, compramos un antideslizante industrial para la alfombra y en el anuncio ponía que podía rebotar un huevo contra la alfombra. Mi padre lo probó y el huevo rebotó. Solo tienes que decirle que esto es mejor todavía. ¿Vale? Mejor que hacer rebotar un huevo.

—Yo no sé nada de huevos que rebotan —le dice Iralene llorosa.

—¿Y qué tal anda el viejo?

La chica aparta la vista nerviosa y mira alrededor, como esperando que aparezca el mismísimo Willux.

—No está bien. Ha tenido un repunte en su enfermedad. ¡Pero seguro que ya mismo se pone bien! —Hace una pausa, como calibrando si añadir algo más, mientras Perdiz deja que la incomodidad del silencio se prolongue con la esperanza de que se vea obligada a romperlo. Así lo hace—: Tiene la piel reseca y la voz… —Se detiene, como si el solo recuerdo de la voz de Willux le diera escalofríos—. Se le ha curvado una mano hacia dentro. —Imita el gesto con la mano, curvándola hasta que parece contrahecha, y se la lleva hacia la clavícula—. Y se le están poniendo azules algunas yemas.

—¿Azules?

—¡Tiene unos médicos estupendos! Con un equipo de investigadores de primera. Ya verás como ya mismo solucionan todos sus problemas médicos.

—¿Qué quiere de mí, eh?

La chica le tiende la fruta para que la vea. No es ni una manzana ni un melón, sino una especie de ordenador muy brillante, rojo y de un plástico duro como de cera.

—¡Puedes estar en cualquier parte del mundo mientras te recuperas! —repite—. Solo tengo que reprogramar el cuarto y nos iremos juntos. —La fascinación con la que habla resulta de lo más forzada.

—¿Se trata de un juego?

—¿Quieres jugar a algo?

—Para ya.

—¿Que pare el qué?

Enciende una lámpara que hay en la mesita de noche.

Iralene se pasa la mano por el pelo y se lo alisa, nerviosa. Se ve a la legua que está aterrada.

—¿Qué pasa? ¿Por qué tienes tanto miedo?

—Yo no tengo miedo —replica, y acto seguido frunce los labios y lo mira coqueteando—. ¿No serás tú quien tiene miedo, Perdiz?

—¿Te ha mandado mi padre para que me vuelvas loco?

—¿Que te vuelva loco? Yo estoy bastante cuerda, eso te lo puedo asegurar.

—Es un tanto inquietante que me digas que estás cuerda, ¿lo sabías?

—No quería molestarte, lo único que quiero es gustarte. ¿Te gusto? ¿A que soy encantadora?

—Eres mi hermanastra. ¿Es que no te lo ha explicado mi padre? Nuestros padres se han casado.

—Ya, pero no hay una relación consanguínea, ¡para nosotros no cuenta!

—¿De qué nosotros hablas? —le pregunta Perdiz—. Ni hay ni habrá nunca un «nosotros».

—¡No digas eso! Me han retenido para ti. Me pararon y me retuvieron. ¡He estado suspendida! Llevo mucho tiempo esperándote.

—¿Qué quieres decir con eso de «suspendida»?

—Ya lo sabes, mi madre me ha contado todo lo que habéis hablado. —Vuelve a tenderle el pequeño ordenador rojo y le repite, con más insistencia aún—: ¡Puedes estar en cualquier parte del mundo mientras te recuperas! ¡En cualquier parte del mundo!

—Vale —consiente Perdiz. Tiene que averiguar cómo funciona aquella casa si quiere poder escapar; tal vez pueda ganarse la confianza de Iralene y sacarle información, algo más sobre su padre o aquella cárcel tan encantadora—: Tú eliges.

—¡Sí! —La chica se emociona y dice—: ¡Londres!

Acto seguido pulsa una pantalla que hay en un lateral del ordenador e introduce la información en la pantalla, antes de mirar a Perdiz y sonreírle para asegurarse de que también él está disfrutando. Aunque no es así, el chico enarca las cejas para seguirle la corriente. Iralene es frágil. Si no aparenta la suficiente emoción, quién sabe lo que podría pasar... Se derrumbaría.

La chica coloca el orbe en el suelo y entonces toda la habitación se transforma, con un efecto de lo más fantasmagórico. Aparece una bandeja de té con tazas y platillos muy delicados, mientras por las paredes empiezan a colgar retratos de reyes y reinas. La ventana está adornada con cortinas de encaje recogidas a ambos lados para dejar a la vista un paisaje con una noria gigante, un puente y una catedral. Iralene va hacia la ventana y dice:

—El London Eye, y el puente de Westminster. Y la abadía, que está al lado. Me encanta Londres.

La manta es ahora amarillo oscuro, a juego con las cortinas. Perdiz la toca pero el color es una proyección, la manta tiene el mismo tacto que antes.

—Podrías llevarme a dar un paseo con la correa, como a un *bulldog* británico.

—¿Qué?

—Nada, era una broma, por lo del collar este.

—Ah. Qué gracia. ¡Qué gracioso! —No se ríe.

—¿Hasta dónde puedo ir con esto?

—Por todo el piso. Tiene dos plantas y es muy, muy largo. Aunque creo que prefieren que estés encerrado aquí por tu propia...

—Seguridad. Ya, sí, lo pillo. —Se pasa un dedo por el collar para separárselo un poco de la piel—. ¿Tiene llave?

—¿Cómo quieres que lo sepa?

—Solo era una pregunta.

—Vamos a hablar de otra cosa.

—Vale. Voy a preguntarte algo. —Perdiz tiene que encontrar a Glassings; estaba en la lista que le enseñó su madre en el búnker, la de la gente que esperaba que volviese el cisne... «Cygnus», la palabra que susurró cuando le contó todo aquello—. ¿Cuánta gente sabe que estoy aquí?

—Yo sé que estás aquí.

—Eso ya lo sé, y los técnicos que casi me matan, y tu madre y mi padre. Pero ¿el público en general? ¿Lo sabe alguien ahí fuera?

210

—¿Acaso sabían que te habías ido?

Es una posibilidad que no se le había ocurrido. Su padre envió millares de arañas robot para atrapar rehenes hasta que lo entregasen; dentro de la Cúpula, sin embargo, habrá querido mantener en secreto su huida, que le habría supuesto un gran bochorno.

—Alguna gente ha tenido que darse cuenta.

—Siempre hay algún que otro rumor, y siempre hay secretos. Y secretos dentro de secretos. Nos protegen y la verdad puede manipularse. Pero vivimos dentro de un secreto dentro de un secreto dentro de otro. Por eso podemos hacer que ocurra cualquier cosa, Perdiz. Cualquiera.

—¿Te gusta vivir dentro de un secreto dentro de otro dentro de otro?

—Puede ser muy solitario. Por eso me alegro de que estés aquí. —Lo mira, le sonríe y, por primera vez, él siente que la chica habla con sinceridad. Esta se vuelve y da un toquecito en la ventana—. Va a llover, y las gotas de lluvia salpicarán el cristal.

Pone los pies en el suelo e Iralene lo sujeta por el codo.

—Puedo solo —le dice Perdiz, que se acerca a un cuadro, aunque la cabeza le pesa y se siente mareado. Lo toca pero, en lugar de trazos gruesos de óleos, solo palpa una pared lisa.

—No está tan logrado como lo del Caribe. A mi madre le encanta este. No está mal, ¿no?

—Nada mal.

—¿Sabes cuánta gente de la Cúpula sabe que existen este tipo de habitaciones? ¿Sabes cuánta gente ha visto una gota de lluvia en un cristal desde que…? —No menciona las Detonaciones.

—¿Cuánta?

Parece que no se esperaba la pregunta.

—Pues pocos, muy pocos. Quizá solo un puñado. Y tú formas parte de ese puñado, Perdiz. Nosotros dos.

—Ya, pero ¿qué aspecto tiene en la actualidad Londres?

—¿Quién iba a querer saberlo?

—Pues yo.

—Venga, vamos… —La chica se ríe.

—Sí, sí que querría. De hecho, si dices que puedes proyectar cualquier parte del mundo en estas cuatro paredes, quiero que me muestres el mundo que hay al otro lado de la Cúpula, pero no en el pasado: ahora. Con sus terrones, sus alimañas y sus miserables. Vamos a verlo. —Piensa en Lyda allí fuera, en alguna parte.

—Eso no lo tenemos. —Coge el orbe y apaga Londres. La habitación vuelve a la playa y, con ella, la brisa y el ventilador de techo.

—Dijiste cualquier parte del mundo.

—Pero me refería a la versión conservada. —Deja el orbe en la mesilla de noche.

—Pues yo quiero la de ahora. Cualquier parte del mundo pero del actual.

—Deja de decir eso. —La chica abraza la parte superior de los brazos.

—Dile a mi padre que eso es lo que quiero.

—No puedo.

—Sí que puedes.

—No, significaría que he fracasado. No puedo decirle eso.

—Pues dile que a su hijo le gustaría encontrarse con él en el mundo real.

—Tú me odias. ¿Por qué me odias?

—No te odio.

—Sí, sí que me odias. Y ahora no valgo para nada. He desperdiciado mi vida y todo para que me odies.

—Iralene —le susurra Perdiz. La chica se está apretando con tanta fuerza los brazos que se le han puesto rojos. La coge de la mejilla y le dice—: Para, vas a hacerte daño.

—Soy muy vieja, Perdiz. Soy muy vieja para encontrar pareja.

—¿Muy vieja? Pero si tienes, ¿cuántos? ¿Dieciséis?

Sonríe como si le hubiese hecho un gran cumplido.

—Exacto. Dieciséis.

—Puedo ayudarte si tú me ayudas, Iralene.

—¿Me necesitas?

—Sí.

—¿Cómo?

—Tengo que salir de aquí.

—Pero aquí es fuera de aquí. Puedes quedarte aquí y vivir en cualquier parte del mundo. No hay nada mejor. Mamá y yo…

Perdiz se acerca a ella, le aparta el pelo de la oreja y le susurra:

—Iralene, escúchame. Tengo que conseguir llegar a Durand Glassings. He de salir de aquí, pero no porque sea mejor, sino porque es más real. ¿Crees que podrás ayudarme?

Están muy pegados el uno al otro. La chica repasa el cuarto con la vista.

—No le digas a nadie que te lo he pedido, Iralene —sigue susurrándole—, ¿vale? Será nuestro secreto.

La chica le responde también al oído:

—No se lo diré a un alma, ni a un alma. A nadie. No diré una palabra, Perdiz. Ni una palabra, ni un aliento, ni un alma. ¿Y tú me ayudarás a mí?

—A lo que sea, Iralene. Dime qué es lo que quieres.

Lo mira, aturdida, como si nunca se hubiese hecho esa pregunta. Abre la boca pero no tiene nada que decir, de modo que vuelve a cerrarla.

—Iralene…

—No toco el piano, Perdiz —le confiesa con las mejillas encendidas.

—No pasa nada.

—Pero tienes que seguir la música —susurra. Se trata de un regalo, le ha hecho una ofrenda muy especial—. Ahora estás en deuda conmigo.

Aquello lo inquieta. ¿Le costará muy caro ese regalo?

—Nos ayudaremos el uno al otro.

—Es nuestro secreto —susurra Iralene—. El nuestro.

213

Il Capitano

Libre

*E*l camión está remontando la colina a regañadientes; Il Capitano reduce la marcha, mientras Helmud sigue silbando.

El soldado que les ayuda con las operaciones va en la parte de atrás. Se dirigen al puesto de avanzada. El sol se está poniendo e Il Capitano sigue pendiente de los jabalíes y los condenados búhos desvaídos que puedan salirle al paso. No se arrepiente de haberse cargado a todos los que pudo, la única pena es que no fuesen comestibles. Lo que sí se zamparon fue el jabalí, que tenía una carne estupenda y veteada.

De pronto ve por la ventanilla del copiloto algo que desaparece al punto. No sabe si acelerar o frenar. Podría ser un jabalí de cuernos retorcidos; le encantaría volver a comer esa carne. Helmud se revuelve en su espalda.

—¿Has visto algo?

—¡Visto algo! —le dice Helmud.

Il Capitano detiene el vehículo.

—¿Qué ha sido eso?

Se asoma por la ventanilla para ver mejor, pero Helmud se vuelve hacia el otro lado y chilla.

Il Capitano gira la cabeza como un resorte hacia las otras ventanillas y ve entonces la cara alargada y el cuerpo musculoso de Hastings, que se aparta en ese momento del camión, con las armas tan relucientes que parecen mojadas. Il Capitano respira agitadamente: ¡Hastings!

—No pasa nada, Helmud. No pasa nada —le repite al soldado que va detrás—. No salgas, ¿vale? No te muevas, ahora vuelvo.

Acto seguido abre la puerta, con la esperanza de que no hayan reprogramado a Hastings para que lo mate, y sale del coche con las manos en alto; mantiene las distancias, no vaya a ser que el soldado tenga una tictac que pueda provocar que le explote la cabeza.

—¿Qué puedo hacer por ti?

Hastings respira rápida y pesadamente y no para de ir de un lado a otro. Helmud se ha acurrucado todo lo bajo que ha podido, escudándose en los hombros de su hermano.

—¿Qué quieres? —le pregunta de nuevo.

Hastings se le acerca y, sobrepasando en altura a Il Capitano, lo mira fijamente. Se oye un chasquido: de la bota de Hastings ha surgido una cuchilla, una especie de pezuña-cuchillo.

—Tranquilidad.

—Tranquilidad —susurra Helmud.

Hastings da un paso atrás y escribe con la pezuña en la tierra. «Liberadme.»

Il Capitano se queda unos instantes callado, intentando procesarlo. ¿Qué está pidiéndole exactamente? ¿De qué quiere que lo libere? Pertenece a la Cúpula, lo crearon ellos.

Hastings se va hacia una roca.

—Espera —le dice Il Capitano.

¿Podría en realidad liberarlo? Ha estado haciendo de cirujano con Helmud durante las últimas semanas. Si pudieran sedarlo y desintervenirlo, sería libre y extremadamente valioso. Hastings lo mira fijamente, suplicante. Conoce esa mirada, en plan «líbrame de mis desgracias». La última vez que la vio estaba con Pressia en el bosque y le disparó a un niño que había caído en una trampa. Pero él no le está pidiendo que lo mate, ¿verdad?

Hastings empuja la piedra hacia Il Capitano, le da la espalda y se arrodilla. Inclina la cabeza hacia abajo y abre los brazos de par en par.

Il Capitano abre la parte trasera de la camioneta.

—Pásame la bolsa.

Cuando el soldado le da los sedantes, vuelve adonde está Hastings, que sigue arrodillado, y luego le pone la mano en el descomunal brazo y lo aprieta con fuerza. El soldado se pone tenso… ¿esperando un tiro en la cabeza, tal vez? Ve cómo le palpita la yugular, le mete la aguja bajo la piel, libera el sedante en la corriente sanguínea y después saca la jeringuilla. Se queda contemplando cómo se cae Hastings hacia delante y se apoya en un solo brazo entumecido. El chico se vuelve y mira a Il Capi-

215

tano con los ojos llenos de lágrimas. Al principio parece confundido pero después sobrevuela en su cara cierto alivio y una sonrisa muy leve. Cuando el codo cede, se cae con fuerza contra el suelo.

—Parece que hemos pescado otro paciente, Helmud… ¡y uno bien gordo!

Pressia

Cygnus

*P*ressia le ha explicado a Bradwell todo lo que ha averiguado —incluida su teoría sobre la muerte de Lev Novikov— y le ha enseñado las frases y los dibujos extraños que se repiten, como las serpientes enroscadas y lo de ser forjado por el fuego y resucitado por las llamas, los pares de números, el poema y hasta la aparición de su segundo nombre, Brigid. Se han repartido el trabajo: ella dedica el día a las obsesiones numéricas de Willux, mientras Bradwell se concentra en las palabras y los patrones. Se turnan a *Fignan*, que emite sus zumbidos encantado de que le den buen uso, y han quedado en no interrumpirse si no es estrictamente necesario.

Así y todo Pressia está pendiente de cada movimiento de Bradwell. A veces inspira como si fuese a decir algo y ella se vuelve y le pregunta qué pasa, pero él alza la vista y se le queda mirando, los ojos de ambos entrelazados. Pressia se pregunta si se ha quedado en blanco, pero entonces el chico vuelve la mirada a los papeles y dice: «No, nada, estaba intentando encajar las cosas».

Ahora está anocheciendo y Bradwell empieza con su tos, carraspeando como si tuviera difteria, en sonidos broncos, como de foca, que le hacen resollar. Se sienta encorvado en el borde de la cama, y cada tos le rasga los pulmones.

—Vamos a tomar el aire un rato —le dice Pressia.

Fignan emite un pitido.

—Puedes venir si quieres.

Se ponen los abrigos y los pájaros de la espalda de Bradwell remueven las alas. Cuando están saliendo, Pressia señala la cara de la pared que le recuerda a la de su amiga Fandra.

—Yo tenía una amiga que se parecía a esta niña. Se llamaba Fandra.

Bradwell se acerca al dibujo y pregunta:

—¿La hermana de Gorse? Fue de las últimas en... —Empieza a toser de nuevo pero va respirando lenta y profundamente hasta que puede seguir—: Una de las últimas en utilizar el pasaje clandestino antes de que lo clausurásemos.

—Éramos como hermanas, y de repente un día ya no estaba.

Salen al aire libre. *Fignan* les sigue pegado a sus botas. Cuando encaja la puerta, Pressia le pregunta adónde daba el pasaje.

—Teníamos la esperanza de sacar a la gente de allí, pero los territorios que rodeaban esta zona eran todos letales. Queríamos pensar que había otro lugar al otro lado, donde la gente hubiese sobrevivido, tal vez en paz, quizá viviendo decentemente. Gorse volvió solo después de intentar escapar y nos contó que había perdido a Fandra.

—¿Por qué lo clausurasteis?

Se adentran en el huerto y pasan por debajo de los arcos formados por las ramas que han arraigado en el suelo, por encima de las raíces bulbosas.

—Mandamos a mucha gente y unos cuantos regresaron contando historiales horribles. Muchos desaparecieron sin más y otros murieron. Perdimos la esperanza..., o el valor, o ambas cosas. —Bradwell hace una pausa para recuperar el aliento y se apoya en un árbol—. Conservo la esperanza de que alguno sobreviviese, pero ¿y si murieron todos? Es una idea que no puedo quitarme de la cabeza.

—Si no hubiesen intentado escapar, es probable que hubiesen caído en manos de la ORS y, una vez allí, o se vieron obligados a matar gente en las muerterías, o peor, a ser utilizados como blancos humanos. ¿Qué alternativa tenían? Hiciste lo que pudiste.

—Siento lo de Fandra.

Pressia sacude la cabeza.

—Todavía tengo esperanzas, no puedo evitarlo, es así.

Siguen caminando y pasan por delante de unos cuantos establos caídos y de un invernadero destrozado. *Fignan* va zumbando y valiéndose de sus brazos para andar por raíces, piedras y trozos de cristal. Bradwell intenta respirar hondo, llevando el aire frío hasta el fondo de sus pulmones.

Pressia ve el dormitorio donde Wilda debe de estar preparándose para acostarse. Se aferra a una de las luces de la ventana: Wilda… Ojalá pudiera contarle que están intentando solucionarlo.

Bradwell se detiene en un punto donde sobrevivió intacto un muro de cemento al que un edificio de la escuela le hizo de escudo. Cuando Pressia se le acerca, ve lo que está mirando: la mancha de sombra de una persona impresa en el muro, de alguien que se agachó a recoger algo antes de evaporarse allí mismo.

—Antes había muchas manchas como esta por toda la ciudad —comenta el chico—. Algunas las convirtieron en pequeñas capillas y todo.

—Mi abuelo siempre iba señalándolas y a mí, de pequeña, me asustaban, me parecían fantasmas sombríos.

—Pero son bonitas.

—Sí, es verdad.

Pressia recuerda lo que le dijo él de ver belleza en todas las cosas menos en sí misma; se mira la cabeza de muñeca, fea, castigada y llena de ceniza. «Tiene razón», piensa.

El viento sopla con fuerza pero amaina rápido. *Fignan* va entre las botas de Bradwell.

—Creo que Perdiz tenía razón en una cosa —le dice Pressia.

A Bradwell no le gusta nada que le den la razón a Perdiz.

—¿En qué? —pregunta un tanto mohíno.

—El símbolo que tiene *Fignan,* lo que tú decías que era un *copyright,* es pi. —*Fignan* se ilumina al oír su nombre—. Walrond quiso darnos una pista: en los Mejores y Más Brillantes había veintidós personas y, de ellas, Willux escogió a siete. He estado mirando el artículo sobre «pi» y *Fignan* dice que solía expresarse como tres coma catorce, pero también como veintidós partido por siete. ¿Te acuerdas de cuando Il Capitano y yo contamos el número de palabras de los mensajes de la Cúpula?

—Veintidós más siete son veintinueve, pero podría ser una simple coincidencia —replica Bradwell.

—Merece la pena analizar con detenimiento todas las coincidencias que nos encontremos. La mente de Willux es obsesiva. Pi es un número que nunca se acaba y, lo que es más importante, es necesario para los círculos. Las cúpulas son círculos y él estaba obsesionado con ellas.

—Ajá —dice Bradwell a modo de leve concesión—. Cúpulas.

219

Vale, pongamos que Walrond creó un archivo vacío para la fórmula, como una pista, y que escondió la fórmula en alguna parte. En la grabación dice que tenía que mirar hacia el futuro.

—También lo he estado pensando. Tendría que mirar al futuro para encontrar un sitio donde esconder la fórmula que sobreviviese a las Detonaciones. ¿Y si Willux quiso salvar algunos sitios, sitios que consideraba sagrados? Él estuvo al mando de esa aniquilación planificada, y pudo dejar algunos sitios intactos.

—Walrond dijo que era un romántico. A lo mejor las cúpulas eran su debilidad.

—Exacto.

—Pero había cúpulas en todas partes, en todas las culturas. ¿Cuál era la cúpula más sagrada?

—Supongo que ahí es donde se pierde el rastro. —Alarga la mano y toca la mancha de sombra.

—Willux repetía una serie de números combinados con letras. He probado a introducirla en *Fignan* pero no arroja ninguna coincidencia.

—¿Cuáles son?

—Veinte coma sesenta y dos, cuarenta y dos coma cero tres, NQ-cuatro.

—Parecen coordenadas.

—No he encontrado un solo sitio en todo el planeta que encaje con ellas.

Bradwell ladea la cabeza y alza la vista al cielo. Tiene el cuello grueso y la camisa es lo bastante ancha para dejar a la vista las clavículas. Ha adelgazado con la enfermedad, se ha quedado más chupado y se le marcan los pómulos.

—A lo mejor no son de este planeta.

—Pues como la fórmula esté escondida en otra parte del universo, vamos listos.

—¡Son coordenadas de estrellas! —Bradwell mira a *Fignan* y le dice—: Utiliza los números que te dio Pressia y mira a ver si coinciden con algo que esté por encima de nosotros: el universo, las constelaciones, estrellas o planetas.

Fignan emite un zumbido leve y el huevo rojo interior empieza a girar. Pressia no sabe mucho sobre el cielo nocturno; las estrellas llevan tanto tiempo oscurecidas por la ceniza que apenas se ven. El abuelo se las dibujó: Orión, la Osa Mayor, la Vía Láctea... Le contó que existían mitos sobre las estrellas pero poco más. Por fin *Fignan* muestra un modelo rotatorio del cielo nocturno. Las palabras «ascensión recta: 20 h 62 min; declinación: + 42º 03'; cuadrante: NQ4; superficie: 804 grados cuadrados» aparecen escritas junto a una constelación que se llama «la Cruz del Norte (Cygnus)».

—¿Cygnus? —Bradwell sacude la cabeza sin dar crédito—. Todos los caminos llevan a la misma palabra.

—¿Qué quieres decir?

—Hoy le he dedicado un tiempo a tu segundo nombre. Al parecer «Brigid» significa «flecha salvaje». Y santa Brígida fue una santa y, antes de eso, una diosa pagana. Está asociada con el fuego y era conocida por su poesía, por curar y por la herrería. Inventó, entre otras cosas, el silbato. Fue quien introdujo el *keen*, una especie de lamento fúnebre. Su hijo murió. La mitad de su cara era hermosa y la otra mitad fea.

Pressia se queda mirando el suelo. Siente la marca de la quemadura alrededor del ojo como si le ardiese de nuevo y despidiera un calor abrasivo por toda la cara. ¿No está describiendo a Pressia, medio ella, medio lacerada?

—Pero lo más importante, Pressia, es que su símbolo era el cisne.

A Pressia se le mete el viento en los ojos y se coge el colgante del cisne, que le queda entre ambas clavículas. La madre de Pressia era el cisne, no ella. Mira al cielo, que está ventoso y oscuro, con una fina capa de ceniza, y siente una punzada de nostalgia muy aguda, una inesperada oleada de pena mezclada con confusión.

—Seguro que tu madre tenía razones para dártelo a ti —le dice Bradwell en voz baja—. Es un buen legado, tener esa parte de ella.

—Pues no la quiero. ¿De qué le sirvió a ella ser la esposa cisne?, ¿para verse atrapada entre dos hombres poderosos?, ¿para tener que esconderme como un secreto del que se avergonzara? Yo no soy el cisne, y no quiero tener nada que ver con ese legado.

—Perdona, creía que te alegraría.

Pressia señala hacia la luz, la que imagina que es la del cuarto de Wilda.

—Si queremos salvar a Wilda, lo más importante que tenemos que preguntarnos es por qué Willux estaba tan obsesionado con los cisnes. ¿Qué significaban para él? En eso es en lo que tenemos que centrarnos ahora. Tenemos que ser prácticos y simples. —Pone la mano de nuevo en la mancha de sombra—. Has dicho fuego, ¿verdad? A Brigid se la asociaba con el fuego, con una flecha salvaje. Willux dijo que fue forjado por el fuego. ¿Qué quiso decir?

—Ni idea.

—Llegará un momento en que tendremos que aceptar que hay misterios que no podemos resolver.

Piensa en los estúpidos poemas de amor de Willux y en las dichosas serpientes enroscadas que no paraba de pintar. A lo mejor solo eran los típicos garabatos de un joven perturbado y no significaban nada.

—Tal vez podamos obtener respuestas suficientes, las justas. Eso es lo que decía Walrond…, que la caja serviría para desentrañar el siguiente movimiento. Eso es lo único que necesitamos.

—Pues entonces es que no estamos haciendo las preguntas correctas.

—¿Qué te pasa por la cabeza?

—No sé… Es que, a ver, vale, mi segundo nombre significa algo, pero ¿qué pasa con los nombres de Perdiz y de Sedge?

—¿Te sabes sus nombres enteros?

Pressia sacude la cabeza.

—Una vez Ingership llamó a Perdiz por su nombre completo. Sé que el primero es en realidad «Ripkard», pero no me acuerdo del resto.

—¿Y Sedge?

La chica se encoge de hombros.

Bradwell le pide a *Fignan* que les muestre la biografía completa de Willux y en el acto un cono de luz se ilumina por encima de sus cabezas con un documento.

—Dos hijos —lee Pressia—: Ripkard Crick Willux y Sedge Watson Willux.

—Watson y Crick —dice exaltado Bradwell.

—¿Qué pasa con ellos?

—Son los que descubrieron la estructura del ADN.

—Pero ¿y qué tiene que ver eso con nada? —pregunta desilusionada Pressia.

—Las serpientes.

—¿Qué pasa con las serpientes?

—Dijiste que siempre había dos serpientes enroscadas, ¿verdad?

Pressia asiente.

—El ADN, la hélice doble: es la estructura que tiene el ADN.

Por alguna razón aquello no hace sino enfurecerla.

—Ah, estupendo. Pero ¿de qué nos sirve? Mira, esto para mí es ya personal, Willux se está riendo de nosotros. ¿No le basta con haber matado a mi madre? —Es la primera vez que lo dice en voz alta, y siente que se le saltan las lágrimas y una presión en el pecho. Aprieta la mano contra la pared, se tapa los ojos e intenta no llorar.

—Pressia, no pasa nada por estar enfadada y echarla de menos.

—No quiero hablar de eso.

—Pues yo creo que deberías.

—No. —Vuelve a mirar la mancha de sombra, seguramente de una niña fantasma, que estuvo allí y ya no está.

—Pressia, te lo digo en serio. Te va a comer por dentro. Confía en mí, lo sé por experiencia.

—Tú no hablas de ellos.

—¿De mis padres?

Asiente.

—Estuve mucho tiempo muy enfadado, y todavía lo estoy. Pero ya es distinto, he tenido mi tiempo.

Contempla la mancha de sombra y se agacha para encajar con la silueta.

—¿Qué crees que estaba cogiendo?

—No sé, tal vez algo que había perdido y que encontró en ese momento.

Intenta imaginarse a la niña que se vaporizó en ese sitio, tan rápido que lo único que quedó de ella fue su sombra.

Mira otra vez los dormitorios.

—Quiero ver a Wilda.

—¿Y qué pasa con la posibilidad de contagio?

—Ya sé que no puedo acercarme a ella, pero solo quiero ver si está bien. Es mejor que tú vuelvas con *Fignan* y consigas más información sobre cisnes, Cygnus y Brigid, todo lo que podamos averiguar.

—¿Seguro que quieres quedarte sola?

—Sí.

—Vale.

Se levanta y se dispone a ir hacia el dormitorio pero se detiene. Hay algo que no puede dejar pasar.

—Cuando estábamos... —¿Cómo expresarlo? ¿«Cuando estábamos tendidos en el suelo, prácticamente desnudos y muriendo el uno en los brazos del otro»?

No tiene que decirlo, Bradwell sabe de qué está hablando.

—Sí, en el bosque.

«En el bosque.» Es un alivio tener una frase para eso. «En el bosque.» Nada de desnudos, muriendo, tendidos el uno junto al otro, ni piel contra piel.

—Eso, en el bosque. Yo dije «*itchy knee, sun, she go*» y tú supiste lo que quería decir, sabías a qué me refería. ¿Cómo lo supiste? ¿De qué es eso?

—Mi padre estaba especializado en cultura japonesa. Así fue como dio con las historias sobre las fusiones por las bombas de Hiroshima y Nagasaki. Sé algo de japonés, igual que tú, o al menos cuando eras pequeña. Ya te dije que tenías que tenerlo dentro.

—¿Estaba hablando japonés? Yo creía que era una canción en inglés.

Recuerda ser muy pequeña, justo después de las Detonaciones, y le vienen todos esos recuerdos que se le han ido despertando: la vaca quemada, el cuerpo convulsionado por la corriente eléctrica, los muertos flotando en el agua. Todavía conservaba su idioma, se aferraba a lo que conocía.

—Estabas contando. Decías «uno, dos, tres, cuatro, cinco».[3] Y fui contando contigo.

---

3. La transcripción de los cinco primeros números en japonés es «ichi, ni, san, shi, go», de ahí el juego con las palabras inglesas.

Perdiz

Piano

Cuando Iralene se va, no consigue dormirse. No puede evitar pensar en Lyda; la sola idea de que su padre quiera que le guste Iralene se le antoja una deslealtad. Se pregunta cómo estará. ¿A salvo? ¿Al cuidado de las madres? Oye música de piano, la misma sonata. Iralene le ha dicho que siga la música, esa ha sido su manera de ayudarlo. Le embarga una ilusión repentina: tal vez la chica resulte ser útil. Con todo, siente cierto resquemor porque no quiere deberle nada.

Por la ventana entra el resplandor de la luna. Se levanta de la cama, va renqueando hasta la puerta, con las articulaciones doloridas, y prueba a girar el pomo: está cerrado con llave.

¿Es conciente Iralene de que está encerrado? Rebusca por los cajones de la mesilla de noche, por el baño e incluso por los goznes de la ventana, en busca de cualquier cosa que le sirva para saltar la cerradura. Levanta el faldón de la cama y, en el borde del colchón, ve un plástico redondeado de varios centímetros, un trozo alargado y liso. Se agacha y lo desprende.

De vuelta a la puerta, introduce el plástico por la ranura y gira el pomo. La puerta se abre sin problemas y sin disparar ninguna alarma. Se pregunta si se espera de él que salga del cuarto, si formará parte del plan de alguien.

Se asoma cuidadosamente por el umbral, aguardando cualquier sobresalto y una sensación de cosquilleo, pero no ocurre nada.

Traspasa el umbral. Iralene le ha dicho que le está permitido andar por la casa. ¿Es parte del secreto dentro del secreto dentro del secreto donde vive ahora?

Deja encajada la puerta con el plástico en la ranura para que no se cierre del todo y prosigue por el ancho pasillo, que tiene el suelo de terracota. Va de puntillas hasta el hueco de la escalera y mira hacia la oscuridad que hay por debajo. La música proviene de la planta baja. Conforme desciende descalzo, nota que el tacto de la terracota cambia por una superficie más tosca, parecida al cemento.

Ya a los pies de la escalera, atraviesa una bonita estancia llena de sofás y sillones mullidos, con pinturas de cuadrados y puntos muy coloridos. Sobre la alfombra blanca de pelo hay un perrillo igual de blanco, de esos tamaño bolso; el animal jadea y mira al vacío, indiferente al parecer a la llegada de Perdiz. En su momento se permitió llevar mascotas a la Cúpula, pero la mayoría de esos animales hace tiempo que murieron; ahora solo se permite la cría de perros enanos.

El salón da a una cocina, donde Mimi está sacando del horno una bandeja con magdalenas.

—Tócala otra vez desde el principio, Iralene, haz el favor. Te has equivocado en un bemol que debería ser un sostenido.

La música de piano deja de sonar y Perdiz se vuelve entonces para ver al otro lado de la habitación a Iralene sentada ante un piano, un oscuro ejemplar vertical de caoba. Cuando la chica endereza los hombros, la canción empieza desde el principio una vez más. ¿Por qué le ha dicho que no tocaba el piano?, ¿quería ser modesta?

—Buenos días —le dice Perdiz a Mimi, que todavía no se ha fijado en él. Es de noche aún, ¿no?

Mimi no le responde; está glaseando las magdalenas. Salta a la vista que no le cae bien.

Se va hacia Iralene y entonces, cuando pisa la alfombra de pelo, nota bajo su pie descalzo que tiene el mismo tacto que el cemento.

Aquello no es real.

Alarga la mano para tocar el sofá, pero no hace sino cortar el aire. En el cuarto las imágenes estaban proyectadas sobre cosas reales, pero aquí no hay nada.

—Iralene —dice, y le toca el hombro, pero no hay hombro que valga, ni chica alguna. Quería que siguiese la música para que viese aquello con sus propios ojos.

Pulsa una tecla del piano; se resiste antes de emitir una nota que se mezcla con la canción de la chica. El piano sí es real. Aporrea las teclas con el puño y grita:

—¿Hay alguien aquí?

Mimi saca otra bandeja de magdalenas y dice:

—Tócala otra vez desde el principio, Iralene, haz el favor. Te has equivocado en un bemol que debería ser un sostenido.

No es otra bandeja, es la misma. Están atrapados en un bucle corto. ¿Habrá sido su padre quien ha creado ese mundo falso? ¿Lo ha hecho para él? ¿Acaso cree que se va a tragar aquello, que va a reconfortarlo? ¿Esa era la clase de mundo donde su padre se retiraba mientras él iba a la academia? Lo que más le cabrea es lo cutre que es todo. Tal vez solo exista para que su padre pueda pasearse por la habitación y fingir por un momento que forma parte de una familia —ya que, evidentemente, no le basta con Perdiz—, y luego seguir a lo suyo.

—Hogar, dulce hogar —le dice a la nada.

Va hacia una pared, apoya la mano y repasa poco a poco los bordes de la imagen. Las paredes son amarillo pastel y, de tanto en tanto, cuelgan de ellas apliques o cuadros... salvo porque nada de eso existe. ¿Qué hay detrás de todo aquello? Una salida quizá.

Por fin llega a una esquina que no lo es y sigue pasando las manos por la pared hasta que aparece en el envés de la imagen, en un vestíbulo con una luz muy tenue con varias puertas muy pegadas entre sí a cada lado; se oye un extraño zumbido.

Cada una tiene una placa: «Especímenes Uno y Dos», «Especímenes Tres y Cuatro», y así hasta «Especímenes Nueve y Diez». Y luego, en el resto, hay nombres grabados en plaquitas plateadas. Perdiz va leyendo un nombre tras otro, aparentemente todos de mujer.

«Iralene Willux.» La placa es nueva, tal vez porque lo es el apellido. Ahora Iralene es su hermanastra, otra Willux. ¿Por qué pondrá ahí su nombre? ¿Qué tendrá en común con los especímenes?

Debajo hay otra placa: «Mimi Willux». También es nueva, recién pulida y resplandeciente, sin rastro de óxido o deterioro.

Esto era lo que Iralene quería que viese: el secreto dentro del secreto dentro del secreto... ¿En cuántas capas de secretos está? No quiere saber lo que hay dentro de aquellos cuartillos.

Llama sin mucha convicción, pero no recibe respuesta.

Vuelve a llamar y dice:

—¿Iralene? Soy yo, Perdiz.

Una vez más no hay respuesta.

Se decide entonces a girar el pomo y abrir la puerta, de donde surge una bocanada de aire helado, el más frío que ha sentido jamás en la Cúpula. Toca la pared con la palma de la mano y tantea en busca de un interruptor, hasta que le da a un botón y las luces se encienden.

Ante él, en un cuarto por lo demás vacío, tiene dos cápsulas de dos metros de alto cada una; están empañadas, con el cristal cubierto por dibujos cristalinos de hielo. Perdiz va hasta una de ellas y restriega el cristal con la mano: una cara congelada e inerte.

Mimi Willux.

«Suspendida», esa es la palabra que ella misma utilizó.

Da un paso vacilante hacia atrás y se apresura hacia la puerta. Atemporal… Claro, ahorra tiempo por medio de la conservación. Pero ¿por qué estará suspendida? ¿Es así como consigue su aspecto juvenil?, ¿gracias a una especie de estado criogénico, a una hipotermia autoinducida?

Iralene. Va a la otra cápsula, alza la mano, reúne valor y aparta la escarcha. Está vacía. Aprieta la mano contra el cristal y se da cuenta de que no hay ningún motor vibrando para mantenerla fría.

¿Dónde está la chica? ¿Cómo son capaces de hacer algo así con una adolescente? ¿O será que no lo es? Perdiz recuerda ahora la manera en que Iralene lo miró cuando él aventuró que no podía tener más de dieciséis años. ¿Serán madre e hija mucho mayores de lo que aparentan?

Sale del cuartito y cierra la puerta de golpe tras él. Por ese vestíbulo no hay salida. Vuelve corriendo sobre sus pasos, resintiéndose aún de la debilidad en las piernas. Cuando ve el borde iluminado del salón y se dispone a entrar, la habitación cruje, despide un fogonazo de luz brillante y al cabo se sume en la penumbra. No es más que un sótano. Va repasando la estancia a toda prisa: no hay puertas ni ventanas, solo un piano encajado en el hueco de la escalera, uno de verdad, con teclas, pedales y todo auténtico. Una versión onírica del que había desguazado en la casa del guarda, donde vio a Lyda por última vez.

Lyda… Cuánto se alegra de que no esté aquí. ¿Qué serían capaces de hacerle?

Sube los escalones de dos en dos. Ya no hay terracota y se encuentra la puerta abierta. ¿No la había cerrado?

Entra al cuarto, que está vacío excepto por unos cuantos muebles austeros: una cama individual, una mesita de noche, una lámpara vieja.

Iralene está asomada a la ventana, abierta pero sin nada más allá, ni mar, ni luz de luna.

En la cama hay una llave metálica: la llave del collar.

—Lo he visto, Iralene. He visto lo que están haciendo.

—No puedes ni imaginártelo —le dice, y al cabo se vuelve y lo mira a los ojos—. No podrías entenderlo.

—¿Quiénes son todos los que hay abajo? ¿Cuántos son?

La chica se queda mirando el batiente de la ventana y pasa una mano por encima.

—No sabría por dónde empezar a explicártelo. Hay tantas cosas que se supone que no debo entender...

Perdiz alarga la mano para tocarla, necesita saber que es real; a la chica le tiemblan los dedos.

—¿Por qué lo haces? —le pregunta a Iralene, que lo mira como si él debiera saber la respuesta.

—Existimos solo cuando se nos necesita. El frío retrasa nuestro deterioro celular. Mi madre y yo podemos mantenernos jóvenes.

—¿Para mi padre?

La chica aparta la mano de él.

—¡Para nuestra propia autoestima! ¡Lo hacemos por nosotras! Ni por tu padre ni por ti. Así nos sentimos bien con lo que somos, por dentro y por fuera. —Tiene la voz tomada y estridente.

—Lo siento, no quería molestarte.

La chica abre entonces el armario, de donde saca una percha con un traje, y después coloca dos zapatos negros relucientes a los pies de Perdiz.

—Vas a tener que ponerte esto. —Le tira el traje y los zapatos contra el pecho y se vuelve. Perdiz empieza a desvestirse aprisa—. He sobrecargado el sistema con mis peticiones: India, China, Marruecos, París, el Nilo. No tardará en arreglarse solo, de modo que tienes que darte prisa.

Se sube la cremallera de los pantalones y se pone la camisa y la chaqueta sin abrochárselas. Se anuda la corbata y le pide unos calcetines.

La chica va al armario y rebusca en el único cajón que tiene.

—No veo ningunos —le dice a punto de echarse a llorar—. ¡Qué descuido, no puedo creerlo!

—No pasa nada, tranquila.

Se abrocha unos cuantos botones y se pone los zapatos. Acto seguido coge la llave, palpa el collar en busca del cerrojo, la mete y la gira.

El collar se abre con un chasquido; se apresura a tirarlo en la cama y se frota el cuello lastimado.

—Puedes ir por el reborde de la ventana hasta la salida de incendios —le explica Iralene, que coge los extremos de la corbata y empieza a hacerle bien el nudo—. Y luego echa a correr.

—Ven conmigo, no tienes por qué quedarte aquí.

—No puedo.

—Claro que sí. Ni siquiera tienes collar.

—No tengo porque saben que nunca me escaparía. —Le ajusta el nudo al cuello.

—Iralene, van a saber que lo arreglaste todo para que el sistema se colapsara, que me has ayudado a escapar.

—He sido sincera cuando he apretado todos esos botones. Es verdad que quiero ir a India, China, Marruecos... —No termina la frase.

—No me fío de mi padre. A saber lo que podría hacerte...

—Vete, Perdiz, tú vete.

—No lo olvidaré, Iralene. —Se sube al alféizar de la ventana y, todavía con las manos en el marco, le dice—: Gracias.

—Es nuestro secreto. Lo compartimos, es nuestro.

—Eso es.

—Vete.

Camina por el reborde poniendo un pie detrás del otro. Ya no hay brisa caribeña, el aire ha vuelto a su quietud habitual. Cuando llega hasta las escaleras de incendios, trepa por ellas con sus elegantes zapatos y mira hacia el cemento que tiene por debajo. A continuación alza la vista y ve un edificio lleno de ventanas, todas y cada una de ellas con la luz apagada.

Pressia

Estrellas

*P*ressia remonta a toda prisa la cuesta que conduce hasta las luces del dormitorio colectivo. La noche está tempestuosa. Se sube el cuello, cruza los brazos y esconde el puño de muñeca en la manga, como solía hacer cuando iba al mercado. Siente la quemadura de la mejilla como si acabase de hacérsela. Brigid: medio guapa, medio fea. Cualquiera diría que Willux lo hubiese ordenado; y, en cierto modo, así fue: decretó que todos se quemasen y mutasen. Fue forjado por el fuego… ¿qué quería decir? Y resucitado, volvieron a hacerlo. A los supervivientes no.

Rodea el edificio y se queda mirando las ventanas iluminadas; no quiere fisgar, pero siente la necesidad de encontrar a Wilda. En una se ve a un soldado estudiando unos papeles; otras son de una cocina con gente trajinando entre un vapor tan espeso que no se ve nada por algunos cristales.

Por fin llega a una ventana iluminada con una luz tenue por la que se entrevé una camita y una silla. La puerta, que da al corredor, está abierta y un guardia pasa de un lado a otro, por delante de una enfermera dormida en un sillón. Y ahí está Wilda, acostada. Sigue teniendo la piel igual de lechosa y clara y, a pesar de estar dormida, se nota el temblor de su cuerpo bajo las sábanas.

Pressia se aparta de la ventana y se desliza por la pared hasta el frío suelo. Sabe lo que es el ADN: es la razón de que tenga las pecas de su madre y los ojos negros y almendrados y el pelo brillante de su padre. Los supervivientes están mutados, marcados hasta el mismísimo ADN; por eso los bebés nacidos después de las Detonaciones no son puros. La doble hélice de serpientes y el ADN… ¿cómo estarán relacionados?

Mira al cielo pero las estrellas están ocultas por la ceniza. La constelación de Cygnus tiene que estar por alguna parte. Ojalá pudiese verla. Intenta imaginarse cómo era divisar estrellas todas las noches y no darles mayor importancia. Los marineros nunca las ignoraban, eso sí lo sabe; las utilizaban para navegar. Estrellas en sus constelaciones fijas en el cielo. El abuelo le contó que era típico pedirles deseos, y que las más brillantes solían ser planetas, no estrellas.

—Veinte horas, sesenta y dos minutos, cuarenta y dos grados con cero tres, NQ-cuatro —murmura al aire.

Y entonces se levanta de un salto. Navegación… La gente utilizaba las estrellas para encontrar el camino que buscaban. Las coordenadas 20 h, 62 min, 42° 03′, NQ4 no solo existen en el cielo, también pueden servir de orientación en la Tierra. La constelación de Cygnus… ¿habrá una cúpula vinculada con dichas coordenadas? Casi no es capaz de asimilarlo, pero Bradwell seguro que lo entiende.

Empieza a andar a toda prisa colina abajo, de vuelta a la cabaña de piedra, pero sus pies no pueden evitar echar a correr. Va tan rápido que se le abre el abrigo y los faldones le vuelan a cada lado como si fuesen alas. Brigid, el cisne, en busca de Cygnus, el cisne. Por un momento tiene la esperanza de poder echar a volar.

Ve el huerto y la luz que sale por las ventanas de la casita.

Conforme se acerca, oye voces al otro lado de la puerta y se pregunta si será una de las grabaciones de *Fignan*; pero suenan demasiado altas y vigorosas: no es otro que Il Capitano, recalcado por el eco de Helmud.

Abre la puerta y entra para encontrarse a Bradwell junto a la cama, con *Fignan* bajo el brazo. Il Capitano y su hermano están a su lado dándole la espalda y hablando de algo importante.

Sobre la mesa hay una montaña de arañas robot de la Cúpula, unas enteras y otras desguazadas.

—¿Qué hacéis por aquí? —pregunta Pressia.

—Hemos cogido a uno —le dice Il Capitano.

—¿A un qué?

—Echa un vistazo —le dice Bradwell, que se aparta entonces de delante de la cama.

Pressia se acerca lentamente e Il Capitano le deja paso y le dice:

—Considéralo un regalo.

Pressia ve entonces a un soldado de las Fuerzas Especiales

tendido en la cama con la cabeza envuelta en una gasa. Tiene los ojos abiertos pero parece aturdido. Es alto y delgado, más grande que la cama; de hecho, le sobresalen los pies mucho más allá del colchón. Lleva ambos brazos cargados con maquinaria y armas. La mandíbula es tan grande que parece de otra especie, y puede que lo sea. Mira a Pressia y le sonríe.

—Hola —le dice esta.

Al intentar incorporarse, el soldado deja una mancha de sangre en la almohada de Bradwell. Es demasiado esfuerzo, sin embargo, y tiene que volver a recostarse.

—¿Qué le pasa? —murmura Pressia.

—Es Hastings, el colega de Perdiz. Ya está limpio del todo —le explica Il Capitano—, pero para ello hemos tenido que desintervenirlo y quitarle la tictac. Nos ha ayudado una enfermera. Estaba un poco nerviosa pero no ha explotado nada, así que ha valido la pena, ¿no? En fin, aquí lo tenéis. ¡Y ha sido él quien me lo ha pedido! ¡Y ahora es nuestro!

—Nuestro —repite Helmud como si hablase de un recién nacido.

Hastings cierra los ojos y parece adormilarse.

—¿Y qué se supone que vamos a hacer con él? —pregunta entre susurros Pressia.

—La verdad es que no me importaría tener sus músculos y sus armas de nuestro lado —dice Bradwell—, pero espero que aparte de eso tenga información en esa enorme sesera suya.

Il Capitano se encoge de hombros y comenta:

—Me siento como orgulloso. Es una especie de trofeo o algo así, ¿no os parece? —Cruza los brazos sobre el pecho.

—Has venido sin aliento —le dice Bradwell a Pressia—. ¿Qué ha pasado?

—Se me ha ocurrido una idea estando ahí fuera.

—¿Sobre qué?

—Sobre la fórmula, y dónde puede estar escondida. Es un poco descabellada pero… —Coge una araña y se la coloca en la mano—. Las estrellas se utilizan para la navegación. Veinte horas, sesenta y dos minutos, cuarenta grados con cero tres, NQ-4, podrían ser indicaciones para alguien en la Tierra. ¿Hay alguna cúpula (y no cualquiera, alguna antigua que sea importante, sagrada…) que coincida con las coordenadas de Cygnus?

Bradwell coloca a *Fignan* sobre la mesa y le pide que les

233

muestre las constelaciones. La caja se ilumina y las estrellas empiezan a titilar en el aire polvoriento.

—No basta con eso —opina Il Capitano.

—¿Y tú qué sabes sobre coordenadas de estrellas? —le pregunta Bradwell.

—Recuerda que me crié entre apocalípticos acérrimos. Joder, mientras el resto de niños se hacían fotos con muñecos gigantes en parques temáticos, a Helmud y a mí nos enseñaban a enterrar armas. Sé seguir rastros, cazar, hacer un fuego, ahuyentar a los depredadores... Sé distinguir lo comestible de lo que puede matarme. Nos preparamos para el fin del mundo volviendo a lo más básico y primitivo. Y los apocalípticos algo saben sobre estrellas.

Il Capitano señala el dibujo del cisne que está mostrando *Fignan*.

—Cygnus es una constelación importante. También se le llama «Cruz del Norte», y es enorme.

—La constelación ocupa a diario una extensión enorme en el cielo y abarca mucho terreno. Se necesitaría saber las coordenadas de un día concreto a una hora determinada. —Il Capitano se lleva la mano a la espalda, coge el cuchillo de tallar de su hermano y se pone a hurgarse la uña del pulgar—. O tendríais que localizar el punto al milímetro, debajo de una sola estrella, algo que acote el espacio. Sería de gran ayuda hacer una búsqueda sobre cúpulas sagradas.

Fignan muestra un gran abanico de cúpulas y constelaciones por el que va pasando a toda prisa su cono de luz, como si fuese una pila de folios llevada por el viento.

Hastings gime y se revuelve pero no llega a recobrar el sentido.

Pressia se hunde en una silla junto a la mesa, que está cubierta de cables de arañas robot, cojinetes, carcasas metálicas, pinchos y pantallas digitales en blanco.

—¿Por qué has traído todo eso? —le pregunta a Il Capitano.

—¿No te gustaba hacer cosas? He pensado que lo mismo te gustaría meterle mano a otro tipo de chismes.

Pressia piensa en sus prótesis y en los seres que hacía a mano: mariposas, tortugas, orugas...

—¿Qué se te ha ocurrido?

—¿Qué me dices de convertir a estas cabronas en armas, haciendo tus propios diseños?

Pressia mira las caras de las niñas fantasma de las paredes. «Will-ux, Will-ux, Will-ux.»

—Tiene que estar en las notas de Willux, lo sé, en todos esos pajarillos, espirales y poemas absurdos. Está en las partes llenas de cosas que no tienen sentido.

Il Capitano se ríe.

—¿Willux pintando pajaritos y escribiendo poemas? ¿El mayor genocida de la historia? Eso no me lo pierdo. ¡*Fignan*!

—En serio, Capi. No hay tiempo para cachondearnos de Willux.

—No —dice Pressia, que se levanta lentamente. Está intentando recordar el poema: ¿en lo alto, la verdad arriba escrita, un ala, algo «santo»?—. Quiero ver el poema, el poema de amor sobre la voz que le falta y la belleza sagrada.

Fignan busca en la base de datos y muestra la imagen de una libreta. Y ahí esta. Pressia lo lee en voz alta:

—«A diario trepa hasta lo más alto/ y en el cielo con la punta del ala/ roza y acaricia la montaña santa./ Todo esto te diría si la voz no me faltara/ porque en belleza eres igual de sagrada.»

—Qué ricura —se mofa Il Capitano.

—Ricura.

—«A diario trepa hasta lo más alto», como las constelaciones —repite Bradwell.

—«La montaña santa.» ¡Ese es nuestro sitio! —exclama Pressia.

—¿Y qué es lo que pone ahí debajo? —pregunta Bradwell.

—Es otra versión del verso «Todo esto te diría si la voz no me faltara» que dice: «La verdad está allí arriba escrita». Vuelve a mostrarnos Cygnus —le pide a *Fignan*.

La libreta desaparece y vuelve la constelación. Pressia mira las puntas de las alas del cisne.

—Esta sobresale, es más puntiaguda que la otra —dice señalando un ala, debajo de la cual hay escrita una «K»—. ¿Cómo se llama esta estrella, *Fignan*?

La caja empieza a darles una descripción detallada de una estrella conocida como *Kappa Cygni*, que pasa por el grado 53 de la latitud norte. Ocupa un cinturón de 110 kilómetros de ancho alrededor de la Tierra y pasa por Dublín, Liverpool, Manchester, Leeds, Hamburgo, Minsk y un montón de ciudades rusas, entre otros puntos.

235

—Comparemos la latitud cincuenta y tres grados con los lugares Patrimonio de la Humanidad —sugiere Bradwell—. A ver qué clases de montañas santas nos aparecen.

Fignan se pone a repasar los datos hasta que muestra un mapa en el que empiezan a surgir enclaves marcados por luces verdes: cuatro en Reino Unido, dos en Alemania, una en Polonia, otra en Irlanda y dos en Bielorrusia.

—¿Diez? Eso son nueve más de lo que necesitamos.

—*Fignan*, descarta las que no son tan antiguas, incluso las medievales, y busca solo cúpulas, nada de castillos, campos de batalla o ciudades importantes.

Las luces de Alemania se apagan, así como la de Polonia y las dos de Bielorrusia; poco a poco van desapareciendo también las de Reino Unido, hasta que solo queda una: la de Irlanda. *Fignan* hace zoom hasta un sitio llamado «Newgrange», y todos se acercan a ver. En la foto aparece un montículo recubierto de hierba y rodeado por piedras blancas.

Una cúpula.

Y entonces, al igual que hizo cuando le dieron todos los nombres correctos de los Siete, la caja emite una luz verde brillante de confirmación.

—¿Lo hemos averiguado, *Fignan*? —le pregunta la chica—. ¿Te programó Walrond para que nos dieses esa luz verde? ¿Significa eso?

Vuelve a despedir la luz verde.

—¡Es eso! ¡Newgrange!

—Pero tenemos un océano entre medias. ¿En qué demonios estaba pensando Walrond?

—A lo mejor creía que no había muchas posibilidades de que lo averiguásemos... —aventura Pressia.

—Necesitaríamos un barco o un avión para llegar hasta allí —apunta Il Capitano.

—Hasta allí —repite Helmud.

Pressia mira todas las caras de las paredes; no pueden haber llegado a un punto muerto. Las caras la fijan con la mirada: están diciéndole que siga adelante, que no se rinda.

—¿Qué podemos hacer? —pregunta—. Tiene que haber algo.

—¿El qué? ¿Construir un avión o un barco capaz de cruzar el Atlántico? —pregunta Bradwell.

Il Capitano se rasca la nuca y suspira. Helmud lo imita.

—Pero existe una aeronave —dice Pressia.

—¿Y eso? —quiere saber Bradwell.

Pressia se queda mirando la cúpula congelada en medio del aire.

—¿Os acordáis del primer Mensaje? Unos días después de las Detonaciones cayeron volando unas hojas de papel del cielo y se oyó el ronroneo lejano de una aeronave. Mi abuelo me contó que vio el casco del avión por el cielo oscuro, tan solo unos segundos. Un casco, y si lo vio, tiene que existir.

—Vale —dice Bradwell—, pero ¿cómo vamos a encontrarlo? ¿Y cómo vamos a apoderarnos de él?

La habitación se sume en el silencio por unos instantes, hasta que se oye una voz profunda como un bombo.

—La cabeza —dice Hastings al tiempo que se incorpora en la cama. Pone sus pesadas botas en el suelo y apoya los codos en las rodillas—. Tengo mapas en la cabeza.

Perdiz

Copos de papel

*L*as calles están vacías. Perdiz corre por bocacalles estrechas, pasa bajo las luces del teatro Mitchard y deja atrás la cafetería Buenos Días, así como distintas urbanizaciones de lujo: Los Robles, Altos del Cóndor, Los Wenderly... Está en el nivel dos, al que llaman Superior Segunda, bastante por encima del Superior Primera. Desde allí se ve Betton West, donde en otros tiempos viviera con Sedge y su padre. Tenían una terraza y acceso particular a un jardín en la terraza.

Reina el toque de queda y los guardias hacen sus rondas de vigilancia. La única razón por la que se permite salir a esas horas es una emergencia, alguien que tenga que ir directo al centro médico del nivel Cero, donde también está la academia a la que quiere llegar Perdiz. Los niveles por encima de Cero no se extienden hasta los bordes exteriores de la Cúpula. Por cuestiones de luz y de ventilación, Superior Primera, Segunda y Tercera están rodeados por gruesas paredes de cristal en toda su circunferencia. Distingue a lo lejos el borde de aquella altura, el cristal curvado que acaba por encima de él. Para llegar a Cero, tiene que alcanzar el centro de la Cúpula, donde funcionan varios ascensores, aunque lo malo es que tienen cámaras en las esquinas. ¿Debería aguardar al trajín matutino para pasar desapercibido o será peor? Hay un ascensor privado que utilizan su padre y otros altos cargos. Se ha montado varias veces con él, así como la vez que fueron al modesto funeral de Sedge. Con todo, está rodeado de una vigilancia extrema.

Dobla corriendo por una vía poco iluminada y estrecha en la que cabría bastante justo un carrito eléctrico. Se queda a la sombra de un bloque de pisos y presta atención para ver si oye el chirrido del motor del carrito de vigilancia. Lo único que oye, sin embargo, son sus zapatos sobre el cemento, su respiración y los siseos ocasionales del monorraíl que recorre en espiral los niveles de la Cúpula.

Pasa por delante de un restaurante llamado Smokey's donde ha comido cientos de veces. Aunque en teoría servía comida real, siempre sabía a prefabricada, hecha como estaba con soja procesada, para darle textura de carne al diente, y hasta había trozos manufacturados de ternilla; pese a todo, la prefería a las pastillas de soja sintética. Las masas que viven en el primer nivel tal vez nunca tengan oportunidad de comer allí, salvo en su luna de miel. La decoración nunca cambia, ni tampoco el personal o la carta.

Oye un sonido titilante a sus espaldas, pero, al volverse, no ve nada más que una farola y una polilla revoloteando alrededor de la bombilla. ¿Una polilla? A veces se escapa algún pájaro del aviario y se ven pasar unas alas, y hasta un nido de verdad en un árbol falso. Pero con los insectos aplican mano dura y todos los terrenos se riegan con pesticidas; unos operarios con monos blancos y bidones de veneno a la espalda hacen rondas infinitas. Una polilla es toda una rareza y aquello lo inquieta, tal vez porque no está tan solo como pensaba.

Echa a correr de nuevo y pasa por delante de una lavandería, una farmacia, un gimnasio, etcétera, hasta que llega ante una serie de ventanas casi cubiertas de blanco: es una escuela de primaria con copos de nieve de papel pegados al cristal; algunos son muy intrincados, parecen de encaje, mientras que otros son más toscos y están cortados con menos destreza. Todos y cada uno, no obstante, tiemblan con el aire del sistema de ventilación, como si estuviesen vivos y respirasen.

Ese era el regalo que iba a darle a Lyda. «Copos de nieve de papel ¿Eso es todo lo que necesitas para ser feliz?», le dijo él; y ella le susurró: «Sí, y tú». Luego lo besó. «Esto que tenemos.» Ahora recuerda la dulzura de sus labios. La echa de menos, con un dolor agudo, como de un golpe. Está sin aliento y empieza a sentirse inseguro.

Decide entonces apartarse del camino y atajar por el parque Bellevue, donde todo el césped artificial está recortado al milímetro. Tiene que pasar el rato recordándose que el suelo no tiene ni ojos, ni dientes ni garras. Es hierba falsa e inofensiva, el tipo de terreno en el que se ha criado. Los árboles nunca crecen y las hojas no cambian de color; son exactamente iguales que cuando jugaba a la guerra con Sedge y se turnaban los papeles de miserable y soldado. Su hermano era un niño bueno, siempre hacía lo que le decían y nunca se quejaba o se negaba a acostarse a su hora; jamás se le ocurrió abrir un regalo y decir «esto no era lo que había pedido» como hizo más de una vez Perdiz, que era bastante huraño. Se creía fuerte pero lloraba con facilidad. Hacía muchas preguntas y se quedaba mirando a los desconocidos. Si alguien le ofrecía un caramelo, cogía todos los que podía. Delitos menores, pero que iban sumándose. Una vez Sedge le dijo que tenía que hacerse fuerte e intentó ayudarlo a encajar, a no meterse en problemas y, en definitiva, a madurar, a superar la infancia. No tiene sentido que él haya sobrevivido y su hermano no.

No se había dado cuenta de lo duro que sería regresar a la Cúpula después de perder a Sedge y a su madre, y de dejar a Pressia y a los demás atrás, sobre todo a Lyda.

Oye el leve ronroneo de un motor tras él y se vuelve para ver un carrito eléctrico con una luz de rastreo. Se escabulle entre unos álamos mientras la luz escruta los árboles. Distingue al conductor, que tiene una barriga con la que casi toca el volante. Se pregunta a quién conocía ese hombre en el Antes para haberse ganado un sitio en la Cúpula. ¿Tuvo en otros tiempos un puesto poderoso que le garantizó a su familia un pisito y un trabajo con un carrito de golf?

Perdiz se afloja la corbata. ¿Estaría entrenada Iralene para hacer nudos de corbata? Ojalá la hubiese convencido para que fuese con él; no se fía ni de su padre ni de Mimi. Aquellas puertas…, se le aparecen en la cabeza. Especímenes. ¿De qué clase?, ¿para qué?

De repente siente que algo le cosquillea el tobillo desnudo y, cuando va a rascarse, aterriza bocabajo sobre la tierra un gran escarabajo negro que patalea en el aire. ¿Otro insecto? Le da la vuelta con el zapato, y el escarabajo despide un resplandor rojo antes de escabullirse. ¿Será medio robot, como las arañas que envió la Cúpula? Perdiz no está seguro de qué significan la polilla y el escarabajo. Puede que sean lo último en aparatos de espionaje de su padre, para recabar información y mantener el orden.

Ahora oye voces y se adentra aún más en un seto que hay pegado a la alambrada que rodea las pistas de tenis. Dos guardias van paseando por el camino, uno con una linterna en la mano. Las llaves repiquetean en el llavero.

—Es capaz de lanzar una espiral perfecta, con solo cinco años. Pero perfecta, te digo. Bueno, ya sabes que yo jugaba…

—Sí, todo el mundo lo sabe. —Los guardias pasan tan cerca que aprecia el brillo de los zapatos.

—Te lo digo en serio, mi niño podía haber sido bueno. Pero ¿qué pasa? Que no hay competiciones, ni entrenamientos. De verdad, es que estamos todos…

—Calla —dice el otro deteniendo el paso.

Perdiz aguanta la respiración mientras el guardia inspecciona los alrededores. Siente cómo le bombea la sangre en la cabeza. Pero el guardia sigue diciendo:

—Que te puede oír cualquiera. Di lo que quieras en la ducha para ti, pero aquí fuera no y a mí, menos.

Cuando ambos prosiguen la marcha en silencio, Perdiz puede ya soltar el aire. ¿Cómo se las va a arreglar para llegar hasta la academia sin que lo vean? Nota algo en el hombro… ¿otro escarabajo? No, una mano de dedos finos y delicados.

—Perdiz. —Delante de él una cara parece casi flotar. Es la de un niño enjuto y con pecas.

—¿Quién eres tú?

—Vinty Firth.

—¿Vinty Firth?

Algrin Firth era de la panda de Vic Wellingsly y siempre había odiado a Perdiz, pero el nombre de sus padres estaba en la lista Cygnus de su madre. Recuerda haber oído a Algrin hablar de su hermano pequeño. Sus padres estaban preocupados porque pensaban que era demasiado enclenque para entrar en la academia.

—Sí, el mismo. ¡Sabía que te encontraríamos!

—¿Estás ya en la academia? —le pregunta Perdiz, como si algo de eso importase a esas alturas.

—Sí, en primero.

—¿Qué haces aquí?

Vinty mira a su alrededor, inquieto.

—Tienes que venir conmigo… ahora.

¿De qué lado está Vinty? Se pregunta si la polilla y el escarabajo habrán marcado su posición en algún sistema de control de su padre. Pero de ser así, ¿por qué mandar a un enclenque como Vinty Firth?

—Mira, no pienso dejarme atrapar por mi padre. Dile de mi parte que…

—Tu padre no tiene nada que ver —le dice Vinty—. Soy de Cygnus, somos Cygnus. Hemos estado esperándote.

Perdiz

Debajo

Vinty parece saber que está volviendo el guardia del carrito mucho antes de que Perdiz lo oiga, porque lo empuja por un callejón entre dos tiendas justo cuando el carrito pasa zumbando. El niño alza la mano, como diciéndole «espera, espera». Cuando el sonido se pierde, prosiguen la marcha.

Perdiz empieza a hacerle preguntas pero Vinty se lleva un dedo a los labios y acelera el paso. Aunque lo intenta un par de veces más —formulando otras cuestiones y acercándose y susurrando—, el niño siempre sacude la cabeza.

Cuando llegan al centro de los ascensores de la Cúpula, se protege la cara, se dirige hacia ellos y pulsa el botón que tiene más cerca.

Unos ascensores suben y otros bajan. Se abren las puertas, pero Vinty no se mueve, a pesar de que van vacíos. El niño vuelve a pulsar el botón.

—Cuando venga el bueno, agáchate.

Por fin se abre un ascensor de los del medio y Vinty le da un codazo a Perdiz.

En el interior se encuentran un hombre alto que respira ruidosamente y una mujer menuda; van cogidos por los codos de tal manera que Perdiz se los imagina fusionados. El hombre tiene las mejillas encendidas y el pecho congestionado, con mucha tos. Salta a la vista que van camino del centro médico que hay en Cero. Vinty empuja a Perdiz para que suba, pero este no quiere: en la Cúpula la posibilidad de contagio es lo más temido de todo, y ese viejo temor lo embarga; además, ¿por qué subirse al único que va ocupado?

Pero Perdiz comprende rápidamente que está todo orquestado. El hombre finge molestarse porque las puertas se abran en ese nivel, se queja a su mujer entre toses, y durante todo ese rato su cuerpo robusto y su abrigo largo van tapando la cámara para impedir que grabe a Vinty y Perdiz, que se agacha y entra justo antes de que se cierre. Están tan apiñados en el interior que huele hasta la loción de afeitado y el talco medicinal del hombre.

Pasan de largo Superior Primera, el hogar de las masas, con grandes bloques de pisos, escuelas, algunas zonas de recreo, tiendas, así como el centro de rehabilitación de pacientes de psiquiatría donde encerraron a Lyda.

Cuando llegan a Cero, el hombre y la mujer caminan a paso lento, parapetando diestramente a los chicos hasta que abandonan la zona de los ascensores. En cuanto doblan a la derecha, hacia el centro médico, ambos salen corriendo hacia la izquierda, rumbo a la academia, que está a un par de manzanas.

Aparte de las escuelas y del centro médico, Cero alberga también granjas y pastos, viviendas de trabajadores del escalafón más bajo, materiales, fábricas de procesado de alimentos, laboratorios médicos y científicos, plantas de producción de fármacos, cuarteles de seguridad, así como el zoológico, la «Jaula de Jaulas». Si estuviese permitido atravesar los sembrados agrícolas hasta el final, se llegaría a la propia pared de la Cúpula, la que comparte con el exterior.

Es época de exámenes, justo antes de las vacaciones de Navidad, por eso la academia está tranquila: ni música después de las siete de la tarde, ni cuchicheos por los pasillos, ni deportes ni partidos. Con todo, sigue pareciendo viva, cargada de recuerdos. Lo más raro es sentir, al recorrer el primer pasillo, cómo vuelve su antiguo yo a través del olor: a cuerpos sudorosos y bulliciosos, a las bolitas de goma que recubren las pistas deportivas, a la cera de los suelos y las barandillas, a antiséptico. Aspira con fuerza el aire.

¿Se siente como en casa?

No, pero forma parte de él: en cierto modo, es su infancia. Entró en la academia a los doce años, antes de la cuenta. Medía lo mismo que Vinty Firth, el niño que lo está llevando ahora por un corredor tras otro. Y entró inocente en aquellos pasillos, como un chiquillo que todavía se contaba a sí mismo el cuento de la esposa cisne por las noches. ¿Y ahora?

Los pasillos están tan solo iluminados por las luces de seguridad. Cuando atraviesan a paso ligero la galería de viejos retratos de directores, ve de refilón al que estaba en el cargo cuando Sedge murió, el que lo llamó a su despacho y le dio la noticia. «Todo va a ir bien, hijo. Sedge no podrá acompañarnos en nuestro viaje al Nuevo Edén, pero ahora está ya en el paraíso de Dios.» «El paraíso de Dios»... ¿en contraposición a la reinvención de su padre? Eso fue antes de que Perdiz se enterase de que a este le gustaba jugar a ser Dios.

Le entran ganas de abrir de golpe las puertas de su antigua residencia, correr por el pasillo, saltar para darle a la señal de salida que hay en el techo —una vieja costumbre suya—, asomar la cabeza por el cuarto de Weed y preguntarle a gritos «¿te importa dejarme luego los apuntes?»; y llegar a su habitación para encontrar a Hastings peinándose el pelo mojado ante el espejo, tirarse en la litera e intentar convencer a su compañero para jugar un partidillo en el patio con él aunque acabe de ducharse. No tiene sentido pensar en todo eso: ya no queda nada.

—¿Adónde vamos, Vinty?

—Debajo —responde este, como si aquello debiera decirle algo.

Pasan por delante de los despachos de los profesores, que tienen las persianas echadas. Perdiz ve la del señor Glassings, con su plaquita metálica, y siente un gran alivio: resulta esperanzador saber que su profesor sigue allí.

Vinty deja atrás también los laboratorios de ciencias y prosigue hasta que llegan al salón de actos. El chico abre una puerta que da a los bastidores y sube un pequeño tramo de escalones. Perdiz nunca había estado allí, jamás participó en ninguna función ni formó parte de coros o bandas; tampoco ganó ningún premio. Lyda sí estaba en el coro, y lo cierto es que fue en el concierto de primavera cuando se fijó por primera vez en ella. Aunque había docenas de chicas, a ella se la veía distinta: ladeaba la cabeza al cantar y cerraba los ojos como si sintiese la música como ninguna otra.

Con el telón echado, el espacio parece más cerrado y pequeño. Un hilillo de luz se cuela desde debajo del escenario, por las rendijas de las tablas. Intenta recordar lo que cantó Lyda, una canción bastante antigua sobre querer un trozo del sueño americano. ¿Era feminista? ¿Era la forma de las chicas de reclamar más? Antes nunca se habría cuestionado ese tipo de cosas, pero Lyda seguro que sí, de un modo u otro, ¿no? Sigue sorprendiéndolo que no lo haya acompañado de vuelta a la Cúpula. Ha cambiado mucho desde que está fuera.

—Por aquí —le susurra Vinty.

Perdiz lo sigue por detrás de unos focos y de un telón de cartón que representa una casa de campo.

El niño se agacha y abre una trampilla. Perdiz lo sigue por una escalera que lleva debajo del escenario, al sitio precisamente al que se refirió Vinty con «debajo». De pronto le preocupa que estén tendiéndole una trampa. Le mencionó Glassings a Iralene ¿Lo habrá vendido la chica?

No, no puede ser… Además, Vinty conocía la palabra «Cygnus» y Perdiz ha confiado en él y lo ha seguido hasta allí.

En una esquina de la estancia hay una luz, de ahí el resplandor que se veía por las rendijas de las tablas del escenario. Aunque no tiene mucho sentido, Perdiz tiene miedo de encontrarse allí con su padre, entre cajas, sillas plegables, mesitas, latas de pintura, brochas, velas y una dispar colección de sombreros: los restos de lo que podría haber sido una casa.

Ante él hay dos sillones orejeros; en el que tiene de cara no hay nadie, pero está convencido de que en el otro sí, porque siente la presencia de alguien. Entre ambos sillones hay un barril de madera de pie con una lámpara y un pequeño terrario de cristal lleno de escarabajos, idénticos al que se quitó antes del tobillo.

Perdiz mira hacia atrás.

—¿Vinty?

—No pasa nada —le dice este.

Avanza entonces, con el corazón aporreándole el pecho y se sienta fingiendo calma, como si no estuviese asustado.

Y allí mismo, ante él, tiene a Durand Glassings, el que fuera su profesor de historia mundial.

—¡Señor Glassings! Gracias a Dios que es usted.

El profesor le dedica una gran sonrisa, se inclina hacia delante y le coge de la mano para tirar de él y que vaya a darle un abrazo.

—Caramba, Perdiz, creía que no volvería a verte. —Lo abraza con fuerza—. Siento mucho lo de tu madre y Sedge.

Por extraño que parezca, Perdiz tiene la sensación de haber estado esperando aquel momento sin saberlo. Y entonces se echa a llorar, y desea poder disimular, pero una sacudida le recorre los pulmones. Lleva tanto tiempo esperando que alguien le diga que lo siente…, alguien parecido a un padre. Y comprende entonces

245

que eso es lo representa Glassings para él en ese momento, y que tal vez siempre lo haya sido una figura paterna.

—Ven, siéntate aquí —le dice en voz baja el profesor.

El chico se sienta y se enjuga los ojos.

Glassings también los tiene llorosos, pero sonríe.

—Dios Santo, Perdiz, cómo me alegro de que estés aquí, de verte con mis propios ojos. ¿Cómo es todo ahí fuera? Cuéntame.

Es la primera vez que le preguntan sobre eso, y le sorprende, aunque no debería. La gente de la Cúpula nunca quiere pensar de verdad en los de fuera.

—Está todo polvoriento, oscuro, lleno de hollín, y es muy peligroso, pero, no sé, los miserables no son tal cosa. Hay gente genial ahí fuera que sobrevive, día sí, día no, en circunstancias brutales. —Se queda pensando por un segundo y Glassings espera pacientemente a que prosiga—. Es real —dice por fin—. Y lo real está bien.

—Vaya, has salido de la Cúpula y has vuelto de una pieza —comenta Glassings.

—No del todo. —Se quita la férula del meñique y le muestra a su profesor por dónde se lo cortaron.

—¿Qué te pasó?

—Se podría decir que tuve que pagar a cambio de algo. —Vuelve a ponerse la férula—. Y mi padre, claro, está deseando que me crezca de nuevo.

—Tu padre. —A Glassings se le ensombrece la cara—. Bueno, si alguien puede hacerlo, es él. —Acto seguido le dice a Vinty—: Puedes irte. Gracias por traerlo hasta aquí.

El niño da los primeros pasos por la escalera pero entonces se detiene y le dice a Perdiz:

—Siempre me había preguntado cómo serías en persona.

—¿Quién?, ¿yo?

—¡Claro! ¿Quién si no?

—¿Y soy como te esperabas?

Vinty ladea la cabeza y dice:

—No estaba seguro de que pudieses hacerlo, pero ahora sí.

—¿Hacer qué? —pregunta Perdiz mirando de reojo a su profesor.

Pero el niño ya ha subido las escaleras y está cerrando la trampilla tras él.

—Mi madre me contó algunas cosas antes de morir, como que

teníais planeado que yo liderase la rebelión desde dentro. ¿A eso se refería Vinty? ¿A que llevabais todo este tiempo esperando a que diese muestras de que estaba listo? Yo no tenía ni idea.

—¿Y lo estás ahora, Perdiz?

—¿Cómo se supone que puedo liderar desde dentro?

—No será fácil. —Glassings se mira las manos, y Perdiz se da cuenta de que su profesor quiere decirle algo pero no se siente capaz.

—¿Cómo se puede empezar una revolución en la Cúpula? —le pregunta Perdiz con la esperanza de que el otro tenga un plan.

—¿Una revolución? —Glassings menea la cabeza—. ¿Alguna vez me escuchaste en clase, Perdiz?

—No se ofenda, pero se pasaba el día hablando de civilizaciones antiguas, y nada parecía aplicable a mi vida.

—Procuraba prepararte sin desatar ninguna alarma. Escogía cada palabra con cuidado y escribía las clases pensando sobre todo en ti.

—¿Y qué me perdí sobre revoluciones? Cuéntemelo.

—Pues que por lo general las revoluciones las empieza gente que pasa hambre. Está claro que existen también las ideológicas pero, incluso en esos casos el pueblo se levanta porque siente que no puede seguir viviendo así. Tiene que estar desesperado.

—¿Está diciendo que aquí la gente todavía no está desesperada? Creo que ahí se equivoca. —Iralene le parecía una de las personas más desesperadas, aunque con una angustia callada, que había conocido en su vida—. Lo que yo creo es que lo están pero no lo saben.

—Vale, sí, están desesperados, pero hasta tal punto que se aferran a lo poco que tienen.

—Si supiesen la verdad —dice Perdiz pensando en Bradwell; le gustaría que estuviese allí con él—, si pudiesen ver lo que yo he visto ahí fuera, si supiesen todo lo que mi padre le hizo al mundo, se levantarían contra él. Seguro, estoy convencido.

Glassings se recuesta en el sillón. Ahora que se fija, Perdiz ve que no se trata de un sillón orejero, sino más bien de una especie de trono.

—No lo entiendes, ¿verdad?

—¿El qué?

—Todos los adultos de la Cúpula saben la verdad. Lo que enseñamos en la academia no son más que cuentos para antes de dormir. Todos sabemos la verdad, Perdiz, y cargamos con ella.

Pressia

Sueño

*B*radwell está dormido y *Fignan* descansa cerca de la estufa, de donde succiona energía; Pressia, en cambio, está trabajando en las arañas, que fueron dotadas con unos explosivos increíbles. Primero las desguaza y luego las reconstruye como pequeñas granadas de mano. Ha escrito las instrucciones en una piedra nueva y ha construido tres prototipos.

Por la mañana se pondrán en camino siguiendo los mapas de la cabeza de Hastings para encontrar la aeronave, pero antes ha querido dejar todas las instrucciones terminadas. El césped del antiguo internado está plagado de tiendas de campaña con gente que, con las indicaciones pertinentes, podrían desprender las arañas robot de los cuerpos de los supervivientes y producir grandes cantidades de municiones como la que ha diseñado. ¿Por qué no darles trabajo? Por lo demás, estaba costándole dormir y ha decidido trabajar ella también.

Bradwell pensaba que Il Capitano y Helmud debían quedarse, y estos a su vez que era Bradwell quien tenía que permanecer allí. Han discutido sobre el tema antes de que los hermanos se fuesen con Hastings a dormir.

—Te necesitan aquí al mando —ha esgrimido Bradwell.

—Tú también podrías hacerte cargo. No estás del todo recuperado para un viaje así.

—Yo no pienso quedarme aquí a esperar.

—Ni yo —ha replicado Il Capitano.

—Ni yo —ha corroborado Helmud.

—Además, si encontráis la aeronave, vais a necesitar quien la pilote —ha añadido Il Capitano.

—La pilote —ha repetido su hermano con cierto tono de sorpresa.

—A mi padre lo echaron de las fuerzas aéreas por problemas mentales y desapareció del mapa, pero yo me pasé la infancia aprendiendo todo lo que pude sobre volar y jugando con simuladores de vuelo. A pesar de que no conservo ni un solo recuerdo de mi padre, sé que teníamos dos cosas en común: volar y estar locos.

—Locos.

—¿Un piloto loco? Bueno, no es la mejor opción —ha mascullado Bradwell.

—No, pero en serio —ha tenido que intervenir Pressia—, ¿qué posibilidades hay de que la aeronave funcione igual que el simulador de vuelo con el que jugabas de pequeño?

Il Capitano, sin embargo, no ha querido entrar en razón.

—Pero es mejor tener por lo menos a alguien que sepa algo sobre volar. Sería una lástima encontrar un avión y no saber distinguir la cola del ala de estribor. A lo mejor *Fignan* podría ayudarme, como copiloto. —La caja negra ha centelleado orgullosa.

Cuando Il Capitano estaba despidiéndose y ayudando a Hastings a llegar a los dormitorios, Bradwell le ha gritado desde la puerta de la cabaña:

—Bueno, pues nada, partimos todos juntos. ¡Nos vemos mañana!

Il Capitano ha hecho un gesto con la mano, como claudicando, y ahí ha acabado la cosa.

Pressia se levanta ahora, se estira y vuelve a repasar las cosas que lleva en la bolsa. Pone los viales envueltos sobre la mesa y los va cogiendo uno por uno mirándolos al trasluz; el líquido se remueve con su brillante color ámbar. No puede evitar pensar en su madre, que fue una científica brillante. Pero ¿de qué le sirvió esa mente tan lógica? Lev Novikov la besó, y es probable que estuviesen saliendo cuando el joven murió. De algún modo, tal vez aprovechándose de su duelo, Willux, el asesino de Lev, se ganó el corazón de su madre, y acabaron casándose. ¿Comprendió ella, al igual que Walrond, que lo había matado Willux? Quizás eso a su vez fue lo que la llevó a Imanaka, el padre de Pressia. De una cosa, al menos, está segura: su madre no siempre hacía lo que era racional y lógico, sino que tomaba decisiones siguiendo el dictado de su corazón, no de su cabeza. Y al final esas decisiones acabaron matándola.

Pressia se niega a repetir esos errores, no importa lo que sintiera allí tendida en el bosque junto a Bradwell. Ahora mismo tiene que proteger el legado de su madre, pues sin esos tres viales no habría cura alguna para nadie.

Los trapos en los que Perdiz envolvió los viales que le dio no parecen lo suficientemente gruesos para un viaje que se prevé tan peligroso y puede que mortal como el que le espera, de modo que recorta un rectángulo de lana de una manta y lo pone como refuerzo antes de envolverlos de nuevo en el trapo.

—¿Qué haces despierta? —le pregunta Bradwell con voz somnolienta.

—¿Te he despertado?

—No, no. —El chico se incorpora y se rasca la cabeza.

—¿Qué crees que deberíamos hacer con los mapas de la Cúpula de Perdiz y Lyda?

—Pues no sé, tal vez deberíamos dejarlos aquí, para que estén a salvo.

—Quizá.

Bradwell mira por la ventana.

—¿Alguna vez piensas en Perdiz? —pregunta el chico.

—Sí, y espero que no se esté acomodando demasiado allí.

—Es un puro y, aunque puedo pasarlo por alto, sigue existiendo un abismo entre nosotros dos. No sé si alguna vez llegaremos a conocernos de verdad.

—¿Y qué pasa conmigo? —Pressia coge los viales y los mete con mucho cuidado en la mochila, entre sus ropas.

—En ti confío.

—Pero ¿crees que puedes leerme como un libro abierto?

Bradwell sonríe.

—No.

—¿De qué te ríes?

El chico ahueca la almohada y apoya la cabeza.

—Del sueño que acabo de tener. Salías tú.

—¿De qué iba?

—Era un sueño donde volaba. En el Antes solía repetirse cada dos por tres. —Se queda un momento pensativo antes de añadir—: Supongo que no he vuelto a soñar con volar desde que tengo pájaros en la espalda, con alas de verdad…

—¿Cómo volabas en sueños cuando eras pequeño?

—Aguantaba la respiración e iba levitando poco a poco, hasta que subía lo suficiente y entonces abría los brazos para que me llevase el viento y pudiese surcar el aire sin más.

—¿Y en el sueño de hoy?

—No tenía pájaros en la espalda, pero tampoco era pequeño. Era yo mismo ahora pero...

—¿En puro?

—Supongo que sí. A lo mejor por eso me he despertado pensando en Perdiz y la Cúpula...

—¿Cómo te sentías? —Pressia nunca ha soñado con poder volar.

—Pues... más joven, aunque tenía la misma edad. Pero no me sentía igual que ahora, era como si pudiese volar porque no tenía que soportar el peso de todas las cosas. Y sabía, con esa certeza que solo se tiene en los sueños, que mis padres estaban vivos. Y debajo había sembrados y ríos, y estaba todo lleno de vida. Como si las Detonaciones nunca hubiesen ocurrido.

—¿Y salía yo?

—Vi el río, el que cruzamos, estabas metida en el agua, y te vi como forcejeando.

—¿Ahogándome, quieres decir?

—Eso creía yo. Y conforme fui bajando para salvarte, me di cuenta de que era aquella misma noche, esa noche helada. —Pressia asiente y se pone colorada solo de pensarlo—. Y supe que para cogerte, tenía que recordar que mis padres estaban muertos y que el mundo era un pozo ceniciento. Y en cuanto lo hice, empecé a caer y aterricé en el río. Caí dentro y te vi desde debajo del agua. Y era yo otra vez, con los pájaros en la espalda, las cicatrices... Y...

—¿Me salvaste?

Bradwell sacude la cabeza.

—Si estoy contándote el sueño es porque es un ejemplo de que no es tan fácil leerte.

—Entiendo.

—Estabas con todas esas niñas, las de las caras de la pared, y respirabas bajo el agua. De hecho estabas cantando, todas cantabais. La canción hacía que se moviese el agua, y yo sentía la vibración de las notas por los pies.

Pressia piensa en la piel de él contra la suya.

—¿Y?

—Que no necesitabas que te salvase. En realidad no estabas ahogándote, estabas bien. Y me miraste de un modo que no sabría describir...

—¿Cómo?

—Con cierta ferocidad. No sabía si estabas enfadada conmigo o...

—¿O qué?

—Nada. No sé interpretarte, ni siquiera en sueños, eso es lo que quería decirte.

Pressia mira el interior de la mochila como si no supiese ya de memoria lo que contenía.

—En el mercado hay una mujer que lee los sueños. ¿La has visto alguna vez?

—Yo no creo en esas cosas.

—Pues yo sí. Al menos a veces.

—¿Quieres leerme mi sueño? —El chico se sienta y apoya los pies en el suelo.

Pressia ya lo ha leído: Bradwell va a acompañarla en el viaje para vigilarla, protegerla; pero tal vez una parte, en lo más hondo de él, dude de que necesite ser protegida. Se cuelga la mochila y se va hacia la puerta.

—Sigues manteniendo la promesa que le hiciste a mi abuelo. Incluso en sueños eres honrado y mantienes tu palabra. Y estás dispuesto a sacrificar mucho a cambio..., incluso la idea de que tus padres estén vivos.

—Me da que tú me lees mejor que yo a ti.

En cuanto lo dice, Pressia se da cuenta de que le gustaría que se lo rebatiese. No quiere que siga soportando esa vieja deuda, no quiere sentirse como una carga para él. Se hace el silencio y no sabe bien qué decir. Se queda mirando las caras de las chicas, en particular la que se parece a su amiga Fandra.

Pressia se vuelve y lo mira a los ojos cuando le pregunta:

—¿Por qué quieres venir a este viaje? Ningún superviviente ha conseguido llegar tan lejos y volver con vida.

—¿Y tú?

—Por Wilda. Si encontramos la fórmula habrá posibilidades de salvarla. —Eso es cierto, pero solo está siendo sincera en parte. Pressia siente que la verdad la aguijonea, que la araña por dentro, queriendo salir—. Y también quiero ver si hay más gente al otro lado. Tal vez sí que consiguieron llegar hasta allí pero no han querido volver. —Se acerca a la mesa, de donde coge el cuchillo de cocina que ha usado para cortar la lana, y pasa el dedo por la hoja, todavía afilada—. Mi padre. El tatuaje de su pulso seguía latiendo en el pecho de mi madre. Sigue vivo, ahí fuera, en alguna parte.

—Pero Pressia... —Bradwell se levanta y se acerca a la mesa que los separa.

La chica pone el cuchillo en la tabla de cortar.

—Ya lo sé, ya lo sé. Las posibilidades de encontrarlo son prácticamente nulas, pero querías saber por qué, y ahora ya lo sabes...

Le sorprende haberlo dicho en voz alta. Lleva guardándolo en el fondo de la cabeza... ¿cuánto tiempo? No quería admitirlo ni ante sí misma, porque le parece demasiado egoísta e infantil. Deja el cuchillo.

Bradwell apoya los nudillos en la mesa y se inclina hacia ella; tiene los ojos aún cansados pero parece como si los apretase para superar la fatiga y poder verla mejor, como si intentara leerla allí mismo.

—Te equivocas con lo del sueño.

—¿Sí? ¿Y eso?

—Yo no voy porque quiera protegerte, o por una antigua promesa.

—¿Y entonces por qué vas?

—Voy a hacer ese viaje porque... —Se le acerca aún más—. Pressia, porque...

—Para. Es de suicidas preocuparse por alguien aquí fuera.

—Pues entonces puede que yo lo sea.

Le late con tanta fuerza el corazón que se tiene que llevar la mano al pecho, como para intentar sosegarlo. Se queda mirando a Bradwell pero no tiene claro qué decirle.

Y entonces el chico relaja la expresión, levanta un dedo y susurra:

—Ahí está, justo ahí.

—¿El qué?

—La mirada de mi sueño. La que no sé cómo interpretar.

Perdiz

Hermoso barbarismo

*L*a estancia se ha quedado en silencio salvo por los escarabajos del terrario. Perdiz es incapaz de hablar, aturdido como está por la enormidad de la traición. Todos esos años ha estado creyendo ese cuento de antes de dormir. Y luego, cuando salió de la Cúpula, creyó que habían sido su padre y otros altos cargos los que lo habían tramado todo. La realidad, sin embargo, es que siempre lo habían sabido todos aquellos lo suficientemente mayores antes de las Detonaciones como para ganarse con malas artes un sitio en la Cúpula: sus profesores y entrenadores, el peluquero, las mujeres que le limpiaban el piso todas las semanas, los técnicos del laboratorio, los monitores de la residencia

—¿Todos? —balbucea Perdiz.

—Todos y cada uno.

El chico sacude la cabeza. El plan que tenía de contarle a la gente la verdad y dejarle escoger cómo prefería vivir no va a funcionar.

—Es imposible. ¿Cómo pueden vivir consigo mismos?

—Hay muchos que no pueden. Por algo hemos tenido que aceptar socialmente el suicidio, una circunstancia, por lo demás, que ha resultado ser muy útil, porque, por un lado, mantiene a raya la población y, por otro, cada suicidio deja un hueco para que alguien tenga un hijo, una criatura que no tiene por qué saber nunca la verdad, alguien más a quien hacerle tragar toda la historia.

Perdiz aprieta los ojos con fuerza.

—Lo sabían… todo este tiempo…

—No habrá revolución, Perdiz. Los que eran capaces de liderar una fueron asesinados antes de las Detonaciones o murieron en ellas. —El chico se acuerda de los padres de Bradwell—. Salvo un puñado.

—Cygnus.

—Tu madre fue nuestra líder, y no somos ni los más fuertes ni los más valientes, sino simplemente los que hemos sido capaces de llevar una doble existencia, sabiendo la verdad pero, aun así, siguiendo con nuestras vidas. Somos los que quedamos, y aunque no somos muchos, cada vez somos más fuertes y audaces. —Glassings apoya los codos en las rodillas—. Perdiz —le dice con una voz tan solemne que el chico sabe al instante que va a contarle algo horrible que cambiará su vida para siempre. Siente en el ambiente la enormidad de lo que todavía no se ha dicho y ve la sombra que nubla la cara de su profesor—, tengo que decirte...

—Espere.

Lo único que desea Perdiz son unos cuantos minutos más con Glassings, ellos dos solos en aquellos sillones, como padre e hijo; lo que quiere es quedarse así.

—Primero —dice—, cuénteme qué son estos escarabajos. Yo solo... —Le tiemblan las manos. Las aprieta entre sí y prosigue—: Los escarabajos... cada cosa a su tiempo.

—Vale. Hemos soltado miles, así como otros insectos. Bueno, en realidad son cíborgs. Nos facilitan información y se pueden controlar a distancia.

—¿Se pueden detectar?

—No, eso es lo bueno. Aunque, claro, los secuaces de Willux ya le han llevado unos cuantos y es consciente de que tiene a gente en su contra; es más, se congratula por ello. Pero no, no sabe de dónde vienen o qué quieren.

—¡Eso es una locura! —espeta Perdiz, que recuerda entonces que Glassings fue en otros tiempos su profesor y se disculpa—: Perdone, señor, pero seguro que mi padre logrará averiguar de dónde provienen. Nunca permitiría a sabiendas que unas fuerzas que fuesen en contra de él utilizasen vigilancia propia.

—Todavía no nos ha pillado. Somos bastante cuidadosos porque en nuestras circunstancias tenemos que serlo para sobrevivir.

—¿Y el hombre y la mujer que me ayudaron a entrar y salir del ascensor?

—Ahí tienes la prueba. Contamos con una red sólida y podemos ayudarte a llevar a cabo tu cometido.

Perdiz se recuesta en el respaldo: ahí está.

255

La mirada del profesor parece de pronto más plácida y cansada. Es mayor de lo que el chico recordaba.

—Tienes que asesinar a tu padre —le dice.

Perdiz sacude la cabeza.

—No.

—Escúchame —se apresura a replicar el profesor—: lo tenemos todo planeado al milímetro. Disponemos de una pastilla que produce un efecto inmediato, con un veneno que no puede detectarse. Y tú podrías acercarte lo suficiente, eres su hijo.

—No pienso hacerlo. —Se siente desfallecer.

Glassings no dice nada y mantiene un gesto grave e imperturbable.

—No pienso matar a mi padre. Si me convirtiese en un asesino, sería igual que él. ¿Es que no lo comprende?

—¿Y si fuese en defensa propia? —Glassings lo mira enfadado—. ¿No me dirás que ahí fuera no has causado algún estrago que otro?

—Allí te ves obligado a hacer cosas que te gustaría no tener que hacer. Está lleno de alimañas, terrones, amasoides, y ahora de Fuerzas Especiales.

Glassings se levanta y se pone tras el respaldo del sillón, de donde se coge con fuerza antes de decirle:

—Esto no es una cuestión de represalias o castigos. Queremos pararle los pies a tu padre porque sigue siendo muy peligroso.

—¿Cree que no lo sé?

—¿No matarías a alguien si supieses que está a punto de asesinar a más gente?

Perdiz quiere poner fin a todo eso: a la brutalidad de su padre, a esa herencia de muerte. Es cierto, podría acercarse lo suficiente. Y querría que su padre tan solo por un instante antes de morir supiese que había sido él, su propio hijo. Se imagina ese resplandor de terror pasajero en los ojos de su padre. Pero no puede ceder.

—Tengo que intentar liderar desde dentro como es debido.

Glassings regresa a su asiento y entrelaza las manos con fuerza. No mira a Perdiz cuando le dice:

—Tiene grandes planes para ti.

—¿Qué planes?

—Se rumorea que quiere que sientes cabeza, que demuestres que eres estable.

—Se ha vuelto a casar. ¿Lo sabía?

—Es un tema que se ha llevado con mucha discreción.

—Iralene es mi hermanastra y quiere que siente cabeza con ella.

Glassings echa la cabeza hacia atrás.

—Pero eso es un poco incestuoso, ¿no?

—Técnicamente no, pero sí, es una locura...

—Le gusta tenerlo todo bien atado. —El profesor lo mira afablemente—. ¿Y qué hay de Lyda?... ¿Sigue viva... ahí fuera?

¿Cómo se ha enterado de lo de Lyda?

—¿Sabe que la sacaron de la Cúpula?

—Sí, claro, como cebo para ti. Tenemos gente en el centro de rehabilitación. Incluso el guardia que la escoltó hasta fuera es de los nuestros. ¿Está bien?

—Eso espero. —Piensa en ella cantando en el escenario, ese mismo que está por encima de sus cabezas, y en la música, que le salía desde lo más hondo.

—Bueno, a lo mejor podrías aprovecharte de Iralene.

—¿Cómo? No, no quiero utilizarla de esa manera.

—¿Y si también la beneficiase a ella? Tampoco creo que sea positivo que la ignores, ¿no te parece? —Sabe que Glassings tiene razón—. Lo que se cuenta es que tu padre tiene intención de enseñarte a llevar las cosas para luego pasarte las riendas. El siguiente en la línea de sucesión de la Cúpula es Foresteed.

—Foresteed. Es verdad, me había olvidado de él.

—Se ha convertido en la cara visible del régimen de la Cúpula desde que tu padre ha envejecido y se ha debilitado. Pero tu padre te preferiría a ti.

—¿A mí por qué?

—¿Quieres saber la verdad?

Perdiz asiente.

—Porque cree que puede manipularte.

—Pero ¿acaso no he demostrado que en realidad no puede?...

Glassings ladea la cabeza y enarca las cejas.

—Repasa los hechos. —Era una de sus frases recurrentes en clase de historia mundial.

Perdiz pensó que podía escapar de la Cúpula y después descubrió que había sido su padre quien lo había querido así, quien lo había planeado todo. Quiso que lo llevase hasta su madre, y así lo hizo. Y ahora ha vuelto porque su padre ha amenazado con matar a más gente hasta que no regrese.

—Mierda —musita Perdiz.

—Tienes que meditar largo y tendido sobre tu padre, Perdiz, y en qué es lo mejor para el bien común.

—¿El asesinato?

—Prométeme solo que lo pensarás.

Perdiz se agarra a los brazos del sillón.

—¿Qué hago ahora?

—Tienes que encontrar a tu padre y acercarte a él todo lo que puedas. No podrás hacer nada si no te ganas su confianza y consigues información.

—¿Va a entregarme? —pregunta Perdiz.

—Si soy yo el que te llevo ante tu padre, eso haría que recayese demasiada atención en nuestra relación.

—Pero también demostraría que es usted leal.

—Prefiero no tener ningún tipo de atención.

—¿Y entonces?

—Tal vez algún otro profesor. ¿Tenías lazos con alguno más?

—Con Hollenback. —El de ciencias—. Solía pasar las navidades en su casa.

—Hollenback es perfecto, siempre acata la disciplina. Llamará en cuanto te vea. Fue él quien entregó a Arvin Weed para que se aprovechasen de su genio científico.

—Vi a Arvin cuando me «purificaron».

—Arvin es una pieza fundamental, Perdiz. Willux tiene depositadas en él todas sus esperanzas; cree que puede dar con una cura y está exprimiéndolo a muerte.

—¿Arvin está de nuestro lado?

—Lo estaba, pero Willux tira mucho. Estoy convencido de que le habrá hecho grandes promesas. Y quién sabe si Arvin será lo suficientemente fuerte para no verse seducido. —Glassings mira a su ex alumno—. Por eso tienes que andarte con ojo.

—No pienso dejarme engatusar por mi padre ni tampoco pienso matarlo. Así que, ¿dónde nos deja eso?

—Si cambias de opinión…

—Pero si no podemos ni comunicarnos…

—Estamos por todas partes.

—Bueno, entonces, supongo que tengo que irme.

Perdiz se levanta y va hacia las escaleras. El profesor hace otro tanto.

—¿Sabes, Perdiz? Yo no tengo hijos, y es probable que nunca

los tenga con estas regulaciones. Pero si los tuviera, me gustaría que fuesen como tú.

A Perdiz se le hace un nudo en la garganta y se queda sin habla. Se mira los zapatos y después alza la vista y la cruza con Glassings, que le sonríe con un gesto que va de la tristeza al orgullo.

Perdiz sonríe.

—«Un hermoso barbarismo», dijo una vez en una clase sobre civilizaciones antiguas. Sigue aplicándose a nosotros, ¿verdad?

Glassings asiente.

—¿Ve como atendía en sus clases? Algo se me ha quedado.

—Cuídate.

Aunque no tiene mucho sentido, Perdiz hace el saludo militar para despedirse y Glassings se lo devuelve. A continuación sube por la escalera, abre la trampilla y vuelve al escenario después de cerrar la puerta tras él. Se apresura a salir de allí siguiendo las señales de salida. Cuando por fin encuentra una puerta, la empuja y se hace a la idea de encontrarse con el aire frío.

Pero se ve simplemente en el exterior, porque allí nunca nadie sale del todo.

Pressia

Tazón

*E*n el sedán negro que fuera de Ingership, cortesía de la Cúpula, han ido atravesando las esteranías y lidiando con terrones. Il Capitano va conduciendo echado sobre el volante, mientras a sus espaldas Helmud talla un trozo de madera. Hastings va en el asiento del copiloto y actúa como tal, con sus largas piernas atrapadas contra la guantera. Resulta que Willux mandó construir toda una flota de aviones para que sobreviviesen a las Detonaciones, y Hastings está llevándolos hasta uno que no está rodeado de niveles de seguridad muy altos. Lo que no les ha dicho es por qué no está tan protegido; tal vez no lo sepa.

Los terrones despliegan capuchas como cobras y elevan columnas arqueadas, garras y dientes desde la misma tierra. Il Capitano los va embistiendo uno tras otro; y si siente alguna lástima por matar terrones de esa manera es más que nada porque tiene debilidad por el coche. Cada vez que choca con uno, emite un gruñido, lo que lo hace un conductor emocional y bastante errático. Pressia y Bradwell, que van detrás, se cogen a lo que pueden, a los reposacabezas, las puertas, los asientos. En dos ocasiones sus codos se han rozado cuando el coche ha pegado una sacudida. Ella no puede dejar de preguntarse qué pasaría si le dejase terminar la frase de por qué se ha incorporado a ese viaje. ¿Y si se hubiese reunido con él al otro lado de la mesa? ¿La habría besado? Ha dejado pasar la oportunidad. En el momento ha sido un alivio pero ahora le gustaría volver allí; al mismo tiempo, sin embargo, quiere que pare lo que está corroyéndole el estómago. ¿Qué será?, ¿amor, miedo o ambas cosas?

Pressia ha colocado la caja negra entre sus botas. Ya ha tomado muestras de ADN de Il Capitano, de Helmud y de Hastings con unos pinchazos furtivos, pero no les ha comunicado los resultados: al parecer no era ninguno de los que buscaba.

Bradwell y Pressia llevan las pistolas apuntando hacia las ventanillas cerradas, listos para usarlas en cualquier momento. Los restallidos de los cuerpos de los terrones, así como la arena, el polvo y el hollín que van impactando y perlando el coche, son ensordecedores.

La carrocería está surcada de grandes cicatrices, hendiduras profundas, abolladuras y algún que otro agujero de bala. El parachoques delantero, que ya estaba bastante magullado después de embestir el porche de Ingership y de tanto abrirse camino entre terrones, está hecho una pena. Del de detrás no queda ni rastro, mientras que la parrilla frontal está corroída; con cada terrón que golpean, se levantan la chapa y la pintura.

—A lo mejor si no arremetieras contra cada terrón que ves, el coche tendría más posibilidades de mantenerse de una pieza —comenta Pressia.

—Si el coche nos deja tirados, cada terrón muerto será uno menos que nos mate —se defiende Il Capitano—. ¿Prefieres conducir tú?

—¡Ahí delante! —grita Hastings—. ¿Los ves?

—Sí —dice Il Capitano, que acto seguido se abalanza contra una pequeña horda de alimañas con caras enjutas, ojos oscuros y fauces abiertas. Las criaturas son más fuertes y extrañas cuanto más se alejan de la Cúpula.

El coche coge un bache y las ruedas encuentran un resto de autovía, con gravilla que resuena contra los bastidores; lo justo de carretera para cortar de raíz con los terrones, aunque, tras unos cuantos saltos por los bordes, van volviendo lentamente a la tierra.

—¿Hacia dónde vamos? —le pregunta Il Capitano a Hastings.

—Hacia el noroeste.

—¿Te importaría ser un poco más concreto? —apunta Bradwell.

Il Capitano sacude la cabeza.

—Tenemos un problemilla con nuestro copiloto.

—¿Qué pasa? —pregunta Pressia echándose hacia delante.

—Hastings y yo hemos pasado la noche trazando la ruta, pero hay una pega: está totalmente programado y equipado, con gran cantidad de mapas, una brújula interna, una percepción sensorial muy desarrollada, armamento automático, etcétera. Pero también lo han sometido a codificación conductiva. Y su lealtad, igual de codificada, solo le permite darnos información hasta cierto punto.

—Lealtad —repite Helmud.

—¿Estás diciendo que Hastings no nos puede decir la ubicación exacta de la aeronave? —pregunta Bradwell.

—No puedo daros todo lo que necesitáis —interviene el soldado—. Solo soy capaz de luchar contra mi codificación hasta cierto punto, pero os llevaré tan lejos como pueda.

—No te ofendas, Hastings —Bradwell se echa hacia delante y Pressia sabe que lo que se dispone a decir será ofensivo—, pero ¿cómo sabemos que no sigues siendo leal a la Cúpula y que no piensas entregarnos?

—¿Entregarnos? —recalca Helmud.

—No podéis saberlo.

—Tu codificación es muy fuerte y es probable que la tengas taladrada en el córtex, en la raíz de tu cerebro, impresa en las células.

—Tranquilo, Bradwell —le dice Pressia.

—Capi, si decidiera de repente abrir fuego contra todos nosotros, ¿lo culparías? Lo han programado para que nos odie, para vernos como al enemigo, ¿o no es verdad?

—Nos va a llevar hasta allí, pero paso a paso. Está luchando con uñas y dientes. Hace falta mucha fuerza de voluntad para superar la codificación. Deberíamos agradecérselo y aprovechar lo que podamos.

—Lo que podamos.

—Yo creo que sería inteligente admitir que existe un riesgo —insiste Bradwell—. Y no estoy diciendo que no me fíe de él, es solo que…

—Que no te fías de él —termina la frase Pressia.

—De quien no me fío es de la Cúpula y creo que sería una estupidez infravalorarla.

—Pues a lo mejor es igual de estúpido sobrevalorarla —replica la chica—. Puede que por eso salgan siempre tan bien parados. Hastings podría ser un buen ejemplo de por qué no deberíamos sobrevalorarla—. El soldado la fulmina con la mirada, como si lo hubiese insultado—. Lo que quiero decir es que tal vez su parte humana sea más fuerte de lo que la Cúpula pensaba, que quizá sus emociones sean una fuerza real, que a lo mejor hay cosas que no pueden alterarse.

Bradwell no responde y parece querer decir algo pero es Hastings quien habla entonces:

—Vale, como quieras, no te fíes de mí, pero ¿cambiaría eso algo?

Tiene razón, ya se han internado unos diez kilómetros en las esteranías. Lo necesitan.

—Lo que sí puedo deciros —añade Hastings, entornando los ojos por la concentración— es que la aeronave funciona de forma parecida a los aviones antiguos.

Bradwell coge a *Fignan* y le pide que les informe al respecto. La caja les explica cómo funcionaban los aviones en el viejo mundo, cuando lo hacían siguiendo el principio de rellenar un globo o algo parecido con gas, normalmente de hidrógeno o helio, que eran más ligeros que el aire. Así era en realidad como flotaban los artefactos.

—Aeronaves —dice como en una ensoñación Helmud.

Il Capitano se rasca la cabeza.

—Pero Willux debía de saber que tras las Detonaciones nadie tendría acceso a esos gases. No puede funcionar así.

—Y no funciona así —replica Hastings—. Crearon un material finísimo y ligero lo suficientemente rígido y fuerte para soportar casi el cien por cien de vacío sin que lo aplaste la presión del aire.

Fignan busca en su base de datos y dice:

—Fullerenos endoéndricos.

—¿Qué es eso?

Fignan muestra un vídeo breve.

—Los fullerenos —explica una voz en off— son moléculas de carbono complejas y de distintas formas, que en ocasiones se denominan buckyesferas. Ambos términos deben su nombre a Buckminster Fuller, científico, inventor y futurista.

—¡El bueno de Bucky! —dice Pressia recordando la anotación en una de las libretas de Willux.

—¿Y qué tiene eso que ver con nosotros? —pregunta Il Capitano.

Hastings les cuenta que, por exigencia de Willux, aumentaron el tamaño de dichas moléculas y las combinaron con moléculas de otro tipo para construir una piel fina, fuerte y rígida con la que recubrir el sistema de vacío del artefacto.

—Para elevarse no tiene más que soltar aire, mientras que para aterrizar deja que entre un poco a modo de lastre.

—Guau —dice Bradwell visiblemente impresionado.

Pressia clava la vista en las esteranías.

—Lo inteligentes que eran, y mira lo que hicieron con tanta inteligencia…

Hastings empieza a compartir con Il Capitano su comprensión limitada en materia de instrumentos y navegación, mientras que Bradwell le pide a *Fignan* un plano de la zona. La caja le devuelve un mapa antiguo, con carreteras, iglesias, bloques de oficinas, etcétera, al tiempo que le proporciona información sobre geología, climatología de la región o la densidad de población, datos todos ellos anteriores a las Detonaciones.

Por la ventanilla, sin embargo, no se divisa más que un paisaje baldío. El mundo que describe *Fignan* hace tiempo que desapareció. A Pressia la cansa tanto dato pre-Detonaciones, parecen solo ilustrar todo lo que ha desaparecido.

Bradwell le pregunta a *Fignan* sobre Cygnus: la constelación, los distintos tipos de cisnes clasificados bajo ese término, los mitos… El tono de *Fignan*, tan bajo y apacible, resulta de lo más monótono.

Entre tanto, pasan de largo viejos letreros de cadenas de comida rápida encaramados a largos postes, todos ahora caídos, uno tras otro, árboles tras una tormenta; los hay hechos añicos y los hay quebrados como huevos. Lo que quiera que tuviesen por dentro —¿tubos de luz, cables eléctricos?— ha quedado destruido o ha sido desmantelado. El viento ha formado montones de tierra que parecen engullir los escombros de los hoteles, los restaurantes y los centros comerciales. Así y todo, Pressia acierta a ver mínimos indicios de vida humana, como una casa hecha con un tejado de una gasolinera o unas chabolas rudimentarias al abrigo del viento en el costado de un Hardee's.

Y mientras Pressia sigue sin apartar la vista del paisaje, *Fignan* va contando el mito griego de dos amigos íntimos, Cicno (o Cygnus) y Faetón, que siempre estaban compitiendo. Un día que se retaron en una carrera de carros por el cielo, los dos amigos se acercaron demasiado al sol y sus carros salieron ardiendo y ambos cayeron a la tierra inconscientes. Al despertar, Cicno se puso a buscar a Faetón hasta que encontró el cuerpo de su amigo atrapado entre las raíces de un árbol en el fondo de un río. Bradwell le toca el brazo a Pressia para llamar su atención.

—¿Has oído eso?

Pressia sabe lo que está pensando: Novikov y Willux, el ahogo accidental que podría no haber sido tal. Asiente.

Fignan prosigue:

—Cicno se sumergió en el agua para rescatar el cuerpo de Faetón y darle un entierro digno, sin el cual su espíritu no podría viajar hasta el más allá. Pero Cicno, incapaz de rescatarlo, se sentó en la orilla del río y se puso a llorar rogándole a Zeus que lo ayudase. Este le respondió que podía darle a Cicno la forma de un cisne, lo que le permitiría sumergirse lo suficiente para sacar el cuerpo de Faetón del río; pero si Cicno escogía esta opción, dejaría de ser inmortal y solo viviría lo que vive un cisne. Pese a todo, Cicno decidió convertirse en ave, se sumergió en las profundidades, rescató el cuerpo de Faetón y le dio un entierro digno para que el espíritu de su amigo pudiese viajar al Más Allá. A Zeus le conmovió tanto su acto de altruismo que creó una constelación con forma de cisne en el cielo nocturno.

—Willux era Cicno y Novikov, Faetón. —Pressia se vuelve hacia Bradwell y le dice—: ¿Tú crees que en realidad intentó salvarlo?

—El mito resulta de lo más profético, la verdad. Si Novikov tenía la fórmula, y si además estaba ya experimentando con éxito con la cura, en su propio cuerpo, y Willux lo mató, esa fue su forma de convertirse en mortal y sellar así su destino. Justo como dijo Walrond.

—«Mató a la única persona que podría haberlo salvado» —cita Pressia—. Aunque no comprendiese del todo las implicaciones del mito, es muy probable que lo conociera; al fin y al cabo escogió el cisne como símbolo para los Siete. Tuvo que investigar qué representaba, y no es ninguna locura pensar que se cruzó con esta historia.

—Creo que Walrond tenía razón en que la mente de Willux es obsesiva, y en la importancia de Cygnus, de la constelación y de la punta del ala que pasa por encima de Newgrange —comenta Bradwell—. Antes no las tenía todas conmigo, pero, no sé, estoy empezando a pensar que entiendo cómo funciona la mente de ese degenerado.

265

Pressia va contemplando los restos de grandes fábricas que se elevan hacia el oeste; con los techos de chapa sueltos, dan la impresión de ser más espaciosas, como si estuvieran destripadas.

—Me pregunto quién habrá sobrevivido aquí.

—No sé, pero tiene que ser gente dura.

—Despedíos de la carretera —les dice Il Capitano.

En cuanto el firme se quiebra en pedazos, los terrones aparecen con sus ondas por el horizonte. Pressia coge el arma y se la pega al pecho.

A lo lejos se divisa una gran estructura esquelética en forma de serpentina: un largo cuello que termina de buenas a primeras y un espinazo que se adentra en la tierra, seguido de un bucle que semeja esa caligrafía antigua que le enseñó el abuelo, la cursiva.

—¿Qué es eso?

—Es un parque de atracciones —dice Hastings—. Tenemos que pasarlo por el este.

Bradwell se adelanta en su asiento y comenta:

—Eh, yo conozco ese sitio, fui de pequeño. Era todo muy nuevo, pero en plan retro. A los del Retorno al Civismo les encantaba todo lo que oliese a viejo mundo. Se llamaba Crazy John-Johns. Había un payaso, uno muy grande con la cabeza sujeta por un muelle, un carrusel y montañas rusas como las antiguas. Y no de esos simuladores en salas, sino las atracciones de verdad, con el viento pegándote en la cara y llenándote los pulmones. Me llevó mi padre, y montamos en el Trueno Giratorio y en la Avalancha.

—El Crazy John-Johns… Me acuerdo de los anuncios —dice Il Capitano—. Mi madre nunca pudo reunir dinero para llevarnos.

—Madre —dice Helmud, que ya ha guardado la navaja.

Pressia piensa en su abuelo, Odwald Belze, y en la de veces que le contó el viaje a Disneyworld al que fue en el Antes, una historia que se inventó para ella, para darle una vida, pues de la verdadera no sabía nada.

—Está habitado —les informa Hastings—. La montaña rusa es una torre vigía. ¿Los veis?

—¿A quiénes? —pregunta Pressia, pero justo entonces divisa unas pequeñas figuras en lo alto de la montaña, sobre unas vías en vertical que probablemente utilicen a modo de escalera.

—La última vez que estuve aquí —prosigue Hastings—, resultaron ser bastante peligrosos. Tienen un generador eléctrico, pólvora que quedó de los espectáculos de fuegos artificiales y...

De pronto el coche pega una sacudida a un lado y a otro y describe un círculo cerrado. Las ruedas traseras levantan una gran nube de polvo y el vehículo se detiene de golpe.

—Y trampas —termina Hastings.

—Me cago en.... —grita Il Capitano, que se pasa el rifle por la cabeza y la de su hermano y busca la manija.

—Es mejor que salgas —le aconseja el soldado.

—Salgas —susurra Helmud.

—Tengo que ver los daños. —Il Capitano abre la puerta y se apea. Se agacha junto a la rueda delantera y después se levanta y pasa la mano por el bastidor—. ¡Mierda! ¿Cómo puede nadie hacerle algo así a esta preciosidad?

—¡Preciosidad! —grita Helmud.

—¿Qué ha pasado? —pregunta Bradwell desde el coche.

Los terrones están lejos y el aire quieto.

—Alguien ha cavado algo en la tierra... ¡Un agujero rosa con dientes! ¡Una boca gigante monstruosa!

Pressia se baja del asiento trasero.

—Eso tengo que verlo yo.

—Y yo —coincide Bradwell.

—Tened cuidado y daos prisa —les advierte Hastings.

La rueda pinchada está encima de lo que es, en realidad, un perfecto agujero redondo y rosa, posiblemente de fibra de vidrio; dentro tiene una serie de picos alargados y afilados, algunos de los cuales se han hundido en la rueda. Una lona ahora suelta se bate al viento como un velo enloquecido.

—Qué listos —dice Pressia—. Lo han tapado con una lona, han dejado que la arena y la ceniza lo recubran y se han sentado a esperar.

Hastings sale del coche y se acerca al grupo, al que le saca varios palmos, y escruta el horizonte.

Il Capitano le pega un puntapié al suelo y maldice en voz alta, mientras Bradwell golpea con los nudillos el plástico reforzado.

—Es un tazón —dice—. De un carrusel con tazones.

—¿Un carrusel con tazones? —se extraña Il Capitano—. ¿Me estás diciendo que un tazón del Crazy John-Johns se ha cargado mi coche?

Pressia recuerda las historias que le contaba el abuelo: la feria italiana, los peces de colores en bolsas de plástico que te daban de premio, los *cannoli*, los juegos y las atracciones. Mira hacia el terreno que los separa de la alambrada del parque, por donde los terrones empiezan a concentrarse.

—¿Creéis que habrá más trampas?

—Sí. Volved al coche —les dice Hastings, que luego fija la vista en el parque de atracciones y añade—: En esta ruta perdimos a tres soldados de las Fuerzas Especiales que iban bien armados y estaban preparados para entrar en combate.

—¿Tres? ¿Muertos? —se asombra Il Capitano.

—¿Qué plan tenemos? —pregunta Bradwell.

—El plan era que no me comiese el coche un tazón.

—¿Cuántos kilómetros nos quedan, Hastings? ¿Puedes decírnoslo? —quiere saber Pressia.

—Cincuenta y siete kilómetros.

—Hoy no podremos llegar —opina Il Capitano—. Tendremos que solucionar esto y encontrar un sitio para pasar la noche al otro lado.

—Si es que conseguimos llegar al otro lado… —apunta Bradwell.

—Si es que hay otro lado… —remata Pressia.

—Si… —dice Helmud.

—¿Lo habéis oído? —pregunta Hastings.

—¿El qué? —pregunta Il Capitano, que ha pasado del enfado al temor.

Pero no hay necesidad de respuesta. Todos lo sienten por las suelas de las botas: la tierra está temblando bajo sus pies.

268

Perdiz

Árbol de Navidad

Cuando se levanta, Perdiz ve ante él la cara de Julby, la hija de cinco años de Hollenback. Solía despertarse en ese mismo cuarto cuando pasaba las vacaciones de invierno con la familia. Oye a la mujer cantando en la cocina; siempre andaba canturreando canciones de amor sobre muñecos de nieve y paseos en trineo. Julby ha crecido y tiene las paletas melladas.

Vino aquí anoche después de dejar a Glassings. Fue andando hasta el piso de Hollenback, que tenía la aldaba de la puerta —con forma de cabeza de león, la mascota de la academia—, adornada con cinta rizada, la típica manualidad que la señora Hollenback les enseñaba a hacer a las chicas (en una asignatura de historia del hogar como forma de arte). Bajo la cinta había dos copos de nieve de papel, como los que pegan en las ventanas de las escuelas. Era como si Lyda estuviese allí con él todo el tiempo. Y por un momento se imaginó a la familia dormida, todos acurrucados en sus sábanas, y no quiso despertarlos.

Finalmente, no obstante, alzó la aldaba y llamó con fuerza.

Al cabo de unos minutos oyó un arrastrar de pies y la voz de Hollenback que preguntaba:

—¿Quién es? ¿Quién hay ahí? ¿Qué demonios pasa? —Y acto seguido el chasquido del cerrojo y Hollenback abriendo la puerta de par en par.

Y allí estaba, alarmado, con unos finos pelillos flotándole por la cabeza casi calva y atándose el cinturón del batín. Le dio la impresión de que tenía los hombros más caídos, o tal vez fuese porque no llevaba puesta la chaqueta. Seguramente había abierto la puerta esperando encontrarse con una travesura o con alguna emergencia que no fuese para tanto.

Pero entonces se paró en seco y se quedó mirando a Perdiz. Durante un segundo Hollenback creía saber lo que le depararía el mundo y, al siguiente, todo había cambiado. Perdiz vio la conmoción en sus ojos, y lo cierto es que le gustó verlo desubicado. En ese momento lo odió por saber la verdad, por tragársela día a día y comulgar con la mentira.

«¿Ahora te despiertas, Hollenback? —tuvo ganas de decirle—. Así es la vida, así funciona.»

El hombre lo metió en la casa casi de un empujón.

—Perdiz Willux —no paraba de decir—. Pero, hombre, ¿cómo tú por aquí? —Y entonces hizo una llamada desde el teléfono de la casa. Cuando volvió, estaba pálido—. Quédate a dormir, no pasa nada. Ya vendrá alguien a recogerte por la mañana.

Y ahora Julby está delante de Perdiz.

—No puedes pasarte el día durmiendo.

—¿Qué tal, Julby? Cómo has crecido.

Lleva un jersey con un dibujo de un árbol de Navidad.

—Ya voy a la guardería, al grupo tres, con la señorita Verk. Mi madre me ha dicho que te diga que vamos a comer.

—¿A comer?

—Es el almuerzo del sábado —dice orgullosa. Perdiz recuerda que los Hollenback comen todos juntos los sábados a mediodía, reunidos en torno a una mesa con comida de verdad, nada de pastillas de soja sintetizada o bebidas en polvo. Es un lujo que se le permite al profesorado más veterano—. Estás invitado.

—¿Estás segura? —Sabe que no suele haber mucha comida de sobra.

—Ajá. Y viene otra persona a comer con nosotros.

—¿Quién? —Su padre no puede ser, ni tampoco Glassings.

—¡Una chica! —La primera que le viene a la cabeza es Lyda, pero pronto la sustituye por la opción más lógica: Iralene—. Tiene el pelo brillante, y ya ha llegado. Y huele a burbujitas.

—Todo apunta a que es Iralene.

Julby se encoge de hombros y se pone a rascar las bolas que decoran el árbol de Navidad de su jersey.

—Ha venido para llevarte a tu casa.

—Yo no tengo casa.

Julby lo mira y se ríe.

—Qué gracioso eres.

—Pues no era mi intención serlo.

La niña pone cara seria.

—Jarv tampoco tiene ya casa.

La señora Hollenback siempre estaba excusando a Jarv. «Es que es muy pequeño, por eso escupe tanto. Tiene un sistema digestivo delicado. ¡Ya crecerá!» A los niños que no se desarrollaban bien se los llevaban para tratarlos. ¿Habrán puesto a Jarv en la lista negra?

—¿Y cómo está tu hermano?

Perdiz sigue con el traje y la camisa puestos, ahora hechos un guiñapo. La corbata está en el respaldo de una silla. Julby tamborilea en la ventana como si hubiese algo al otro lado.

—Jarv es tonto.

—No lo es. Es solo un niño tranquilo, eso es todo. ¿Come ya mejor?

—¿Y yo qué sé? Se ha ido para destontizarse.

Se lo han llevado. Piensa de nuevo en el señor Hollenback, en la sensación que le dio de que estaba mayor, encogido; y puede que sea por eso, porque perder a Jarv lo haya avejentado. Perdiz no quiere decirle a Julby que lo siente porque la pequeña pensará entonces que hay algo de lo que preocuparse; aunque desde luego que lo hay. En ocasiones los niños así no regresan nunca.

—Seguro que ya mismo vuelve.

—A lo mejor —dice Julby—. Se fue un buen día sin más, así que puede que vuelva de la misma forma, como una sorpresa. —Mira hacia la puerta y luego se rasca una vez más las bolas del jersey—. Deberías quedarte para las navidades. Nos gusta que estés aquí. —Julby sale corriendo del cuarto y recorre el pasillo al grito de—: ¡Ya se ha despertado! ¡Está despierto! ¡Está despierto!

Perdiz se apresura a escabullirse en el cuarto de baño. Mientras se lava las manos, se quita la férula del meñique y ve que tiene la piel más recia y firme. Le preocupa que aquel dedo que está volviendo a crecerle sea un síntoma de que él esté volviendo a su viejo ser. Su padre quiere que tenga el meñique perfecto, quiere borrar el pasado, limpiarlo. ¿Cuándo lo verá, por cierto? Se echa agua en la cara y se mira al espejo. «Sigo siendo yo —se dice—. Sigo siendo yo.»

Al salir del baño oye unas risas provenientes de la cocina. Pasa por delante del salón, que tiene las paredes recubiertas de estanterías con libros antiguos y, en el centro, un árbol de Navidad de plástico con falso aroma a pino. En una de las estanterías cuelga de un gancho un único calcetín, con «Julby» escrito en letras con florituras. Este año no hay calcetín para Jarv. A los pocos meses después de que Sedge muriera nadie mencionaba su nombre en presencia de Perdiz: era como si nunca hubiese existido.

Cuando va a entrar en la cocina, choca con la señora Hollenback, que lleva un delantal blanco con un dibujo de un Niño Jesús en un pesebre cosido al pecho. También ella, como su marido, parece marchita, mayor, aunque sigue estando llena de una energía infatigable. Tiene las manos llenas de harina y le da un abrazo sin llegar a tocarlo.

—¡Perdiz, qué alegría verte! ¿Cómo no nos habías dicho que tenías una novia tan guapa?

Cuando la mujer se hace a un lado, Perdiz ve a Iralene custodiada por un guardia apostado tras su silla. Aunque no tiene armas fusionadas a los brazos como las Fuerzas Especiales, salta a la vista que se ha sometido a potenciación. Tal vez incluso esté en mitad del proceso de transformación, porque lleva uniforme militar y una pistola en una cartuchera. Perdiz se siente una vez más como un preso. No es culpa de Iralene, claro está, pero por alguna razón la toma con ella.

—Hola, Iralene.

—Buenas.

—¿Qué? ¿Te manda mi padre?

Iralene sonríe.

—Van a dar una fiesta.

—¿Y eso? ¿Qué clase de fiesta? —pregunta la señora Hollenback, medio distraída por la discusión que su marido y su hija están teniendo en la entrada.

—Te he dicho que no, Julby. Es muy importante, necesito que te portes mejor que nunca. —Y si no, ¿qué? ¿Te llevarán como a Jarv? ¿Te harán desaparecer?

—Es una pequeña recepción, nada más —dice Iralene—. Elegante pero informal.

—Suena genial. ¿Y qué se celebra?

—Bueno —dice Iralene lanzándole una mirada nerviosa a Perdiz, antes de volver de nuevo su atención a la mujer—. ¡Es una fiesta de compromiso!

La señora Hollenback da una palmada de alegría y forma una pequeña nube con la harina de las manos.

—¡Ay, Perdiz, cómo me alegro por los dos! —Sale dando saltitos por la puerta y grita por el pasillo—: ¡Ilvander, Julby! ¡Venid a oír esto!

Perdiz se sienta al lado de Iralene y le dice por lo bajo:

—¿De qué estás hablando?

—Tu padre ha decidido acelerar las cosas. Quiere ver hasta dónde eres capaz de llegar para verlo. —Mira de reojo al guardia y luego de nuevo a Perdiz.

—De modo que estamos prometidos, ¿así sin más?

La señora Hollenback sigue a lo suyo:

—¡Se han prometido! ¡Nuestro Perdiz e Iralene! ¡Venid, rápido!

Iralene le coge de la manga de la camisa y le susurra:

—Si no lo haces, ya no me necesitarán. Los he traicionado. Si no consigo que regreses...

Le pone furioso que su padre haya orquestado aquel plan retorcido, pero Iralene parece angustiada.

—Hablaré con él y lo solucionaremos —le promete a la chica.

Los señores Hollenback ya están allí, y antes de poder aclarar la situación, Perdiz se ve envuelto por una oleada de entusiasmo, felicitaciones, apretones de mano, abrazos y palmaditas en la espalda.

273

—Bueno, bueno, Julby, ¿qué te parece? ¡Vamos a tener boda! —exclama la mujer.

«Boda», la sola palabra le da náuseas. Piensa en Lyda y en cuando estuvieron en la casa del vigilante, a cielo abierto. Estaba preparado para pasar el resto de su vida con ella, para siempre ¿Y ahora qué?

Julby es la única que está callada. Tiene las mejillas coloradas, como si hubiera llorado.

—Qué bien —dice.

—Pero ¡felicítalos, mujer! —le dice su madre.

—¡Enhorabuena! —grita enfadada Julby—. ¡Qué suerte tenemos! ¡Qué suerte! ¡Qué suerte! —Se vuelve y tira de varios dibujos que hay pegados en la pared con flores, caballos y arcoíris.

—¡Ahora no, Julby! —le reprende su padre—. ¡Delante de los invitados no!

—¡Qué suerte! —chilla la niña, que da media vuelta y sale corriendo.

La madre se lleva la mano a la boca mientras se le saltan las lágrimas. Va hasta Perdiz e Iralene y los coge con fuerza de las manos.

—No le digáis a nadie que se porta así, se llevarían una impresión equivocada. Está bien, es una buena chica. ¡Es normal! Nada que ver con Jarv. Julby va a crecer perfectamente. No se lo digáis, ¿vale? Por favor.

—Helenia, déjalo ya —le dice su marido—. No saques las cosas de quicio.

—No se lo diremos a nadie, no se preocupe —la tranquiliza Perdiz—. Se lo prometo.

Iralene sonríe y dice:

—Yo lo que he oído es que ha dicho «qué suerte tenemos», y tiene toda la razón. Somos afortunados. Tenemos muchas cosas por las que dar las gracias.

El señor Hollenback pone una mano sobre el hombro de su mujer y le dice:

—¿Lo ves, querida?

—No estamos hablando de Jarv —dice esta.

—Eso es —susurra el señor Hollenback—. Estamos siguiendo con nuestras vidas, sin mirar hacia atrás. Es la decisión que hemos tomado.

La señora Hollenback asiente y vuelve junto al fregadero.

—Sí, sí, claro. Qué suerte tenemos, qué suerte, qué suerte la nuestra…

Lyda

Ciervo enano

Lyda ha aprendido mucho sobre el bosque. A esa hora de la tarde los animales se desplazan para beber agua y se toman un descanso después de todo el día escondiéndose. La luz que atraviesa la espesura de los árboles empieza a caer en perpendicular e ilumina las motas de polvo que viajan en el aire. En el bosque se oye un constante sonido titilante, así como el graznido retorcido de los pájaros en las copas y el agua que corre en busca de más agua con la que juntarse. Todo huele a tierra y polvo.

Madre Hestra va a la izquierda de Lyda, a unos cuantos metros de distancia. Aunque camina un tanto desacompasadamente porque lleva a Syden, apenas hace ruido. Lyda se sabe de memoria las palabras del revés que oscurecen la cara de la madre: «Los perros ladraban con fuerza. Casi había anochecido». Nunca le ha preguntado qué significan o por qué las tiene en la mejilla; sería de mala educación sacar el tema. Madre Hestra nunca le ha contado qué estaba haciendo durante las Detonaciones, ni en general casi nada sobre su vida en el Antes.

En el bosque el matorral es espeso, por eso cazan por allí. Se han hecho expertas en capturar los animales más pequeños: ciervos enanos, ratas, comadrejas que arrastran sus dos patas tras de sí, como un lagarto. A los depredadores más peligrosos los dejan para la noche; pero el riesgo siempre está ahí. Más de una vez las madres han pasado de ser cazadoras a cazadas por amasoides o alimañas.

Lyda es capaz de oler la madriguera diurna de un ciervo enano si no está muy lejos. Descansan por grupos y desprenden un penetrante olor almizclado, nada parecido al sutil aroma de los cachorrillos de perro, que en la Cúpula solían lavarse con champú.

A Lyda le encanta el olor de las madrigueras, le hace sentir viva. La parte por la que coge el arco está pulida por su mano sudorosa; la flecha la ha fabricado a mano con la ayuda de Madre Hestra, mientras que el arco está hecho con fibra de vidrio, extraída de algo que desmantelaron, y cortada luego a tiras. La cuerda es delgada y reluciente. Siempre que la suelta, le produce una nota en el oído derecho, como si fuera un instrumento musical.

Lyda se cerciora de que la flecha encaje en la cuerda y esté lista para ser lanzada.

De pronto oye algo que se arrastra un poco por delante; se detiene y levanta una mano. Madre Hestra se queda inmóvil, mientras Lyda se agacha para buscar una buena línea de visión a través de los matorrales; la madre también apoya una rodilla y se queda en silencio, a la espera.

Lyda encuentra su blanco: un ciervo enano regordete que está apoyado en sus finas patas acortadas mientras olisquea con el hocico en el suelo. Si le da justo por detrás de los hombros, cortándole de tajo la médula espinal, el animalillo nunca sentirá el pinchazo de la flecha. Un tiro poco acertado supondría tener que buscar al animal herido entre el sotobosque y, probablemente, perder la flecha. Rara vez falla.

Tira hacia atrás de la cuerda y apunta abajo. Ha aprendido que el movimiento reflejo del ciervo es ir hacia atrás, para apoyarse en los cuartos traseros, más fuertes que sus patas delanteras acortadas. Apunta. Está preparada y su respiración es sosegada, pero conforme se imagina el vuelo de la flecha hasta el ciervo, siente que le vibra el pecho y la garganta, como si le hubiese dado un vuelco el estómago, por los nervios, y tuviese náuseas. Es lo mismo que le pasa a veces cuando piensa en Perdiz, la ola de calor que le entra al recordar besarlo y estar a solas con él. Mal de amores, así lo llamaban, y eso es justo lo que tiene. Con todo, suelta la flecha, pero al instante sabe que no estaba todo lo estable que debía estar y que va a desviarse.

Y no se equivoca: la flecha atraviesa las costillas inferiores del ciervo, que pega un chillido, como un cerdo, y se cae de lado, pero no tarda en levantarse y buscar cobertura.

Madre Hestra echa a correr, cuidándose de pegar la cabeza de su hijo contra el pecho, y adelanta a Lyda antes incluso de que esta se ponga en pie.

Lyda corre tras ella a través de la espesura. Quiere pedir per-

276

dón, pero no solo a Madre Hestra, también al animal, porque sabe que está sufriendo, aunque con suerte la herida dejará un rastro de sangre que la madre no tardará en localizar para poder librar de su sufrimiento al animal. No quiere que el olor a sangre atraiga a los híbridos más cruentos del matorral.

Sigue la estela de la madre, que avanza con rapidez y agilidad, a pesar del peso del niño; la mujer ha aprendido a compensar el desequilibrio.

Lyda prepara otra flecha por si acaso asoman más animales. Madre Hestra guarda una pistola de un alijo que le quitaron a las Fuerzas Especiales los niños de sótano, pero solo la utilizará como último recurso, en caso de que la ataquen.

¿Por qué ha fallado? Tal vez haya comido algo en mal estado, o puede que simplemente tenga hambre. Vuelve a pensar en Perdiz, tan solo por un instante, antes de echarlo de nuevo de su cabeza. Tiene que estar alerta y presente en el bosque. Aprieta con más fuerza el arco, avanza unos pasos y ve a Madre Hestra junto al bulto peludo. El ciervo está jadeando y tiene la piel cubierta de la sangre que le chorrea por el hocico; el pobre echa la cabeza hacia atrás en un último intento por levantarse.

Madre Hestra saca la pistola y se rasca con saña las palabras de la cara selladas a fuego —«Los perros ladraban con fuerza. Casi había anochecido»—. No se molesta en taparle los ojos al crío: eso es parte de la vida. Lyda, en cambio, aparta la mirada y oye entonces un crujido amortiguado. Sabe que es la culata del arma contra el cráneo del ciervo. ¿Para qué malgastar una bala? El animal descansa ya en paz, piensa Lyda, pero, cuando rodea un árbol y ve a Madre Hestra y el ciervo, sabe que ha pasado algo. La madre le dice:

—Estaba embarazada. A veces pasa eso, que cuando mueren el cuerpo expulsa el feto para darle una oportunidad de vivir.

En el suelo hay desparramado un cuerpo mojado, resbaladizo y sin pelo, con los ojos hinchados y cerrados con fuerza. Lyda sabe que es una imagen que se le quedará grabada, que la verá por la noche antes de cerrar los ojos y la perseguirá.

Lyda se vuelve, incapaz de seguir mirando. Se agacha, apoya una mano en el suelo y vomita. La sorpresa es mayúscula, pues ya está bastante acostumbrada a la sangre; nunca antes le había pasado. Se asombra aún más cuando vuelve a vomitar.

Madre Hestra le pone una mano en el hombro y Lyda se pone

en pie y se limpia el sudor de la frente; está sudando a pesar del frío que hace.

La madre la mira de una forma muy extraña. «Los perros ladraban con fuerza. Casi había anochecido», Lyda se dice para sus adentros. ¿Por qué esas palabras? ¿Por qué? No le gusta cómo está mirándola, con esa intensidad, con esa angustia. Por fin la madre le dice:

—Hace tiempo que no sangras, ¿verdad?

—¿Que no sangro?

—Tu periodo.

Lyda se pone colorada. En la Cúpula no se habla de esas cosas; hay un pequeño armarito con todo lo necesario en los baños de la academia femenina y no hace falta hablarlo. Pero lleva un tiempo sin venirle y había dado por sentado que se debía a tanto cambio físico, al trabajo duro y a las comidas tan extrañas y escasas.

—Sí, es verdad.

—¿Te acostaste con el chico?

—¿Perdón? —Lyda se echa hacia atrás y se sacude el polvo de las rodillas de los pantalones.

278 —Te custodiamos todo el tiempo y os mantuvimos separados. Intentamos salvarte y ¿nos encontramos con esto? ¿Te hizo daño?

Lyda sacude la cabeza.

—¿Te obligó a hacerlo?

—¿El qué?

—¿Ni siquiera sabes de qué te estoy hablando?

Lyda sí lo sabe. Una vocecita en su interior sabía la verdad y ella lo ha comprendido nada más ver el feto del ciervo, ¿no es cierto? ¿No ha sido en parte por eso por lo que se ha vuelto y ha vomitado? Ahora lo sabe pero es incapaz de hablar.

—Estás embarazada, eso es lo que pasa. Tenemos que decírselo a Nuestra Buena Madre.

—No puede ser.

Tiene que haber un malentendido. Perdiz le preguntó si estaba segura pero ella creyó que hablaba de otra cosa. El embarazo no es más que un malentendido. De pronto el bosque se le antoja peligroso, con la luz del atardecer mermando.

—Pues sí que puede. Yo sé lo que me digo.

—Pero si no estamos casados… —Solo estaban jugando a ser marido y mujer.

—¿No sabes cómo funciona? ¿Nunca te lo ha explicado nadie?

Lyda piensa en las clases de cuidados infantiles, en cómo poner ungüento en la piel levantada, cómo quitarle la costra al cuero cabelludo del bebé, cómo frotarle pasta en las encías. Del embarazo no le enseñaron nada, y las niñas se limitaban a cuchichear.

—No, no sé cómo funciona.

—Bueno, pues ya lo has aprendido a golpe de experiencia.

Piensa en la cama de bronce, en su cuerpo y el de Perdiz en el suelo bajo los abrigos. Embarazada... Le está creciendo un niño por dentro. ¿Cómo será de pequeño? Quiere ver a su madre, tiene que contárselo. Pero es posible que no vuelva a verla en la vida.

—¡Madre Hestra! —Lyda le tiende las manos—. ¿Qué va a ser de mí?

La madre la abraza y le dice:

—Nuestra Buena Madre dictaminará al respecto. Ella sabrá lo que es mejor.

—¿Dictaminar? —Se abraza a la madre con más fuerza.

—Ella es la juez de todos los asuntos.

Lyda se echa hacia atrás y busca con la mirada la cara de la otra.

—¿Qué va a hacer conmigo? ¿Me castigará? ¿Me desterrará?

—Ya se me ocurrirá la mejor forma de contárselo. No va a pasarte nada —le susurra. El bosque la arrulla también con sus suaves titileos—. Chist, ya está, chisst...

Il Capitano

Ojos

*I*l Capitano le grita a Hastings que suba al coche, pero este está en el suelo con las armas en posición de tiro. Dios, ¿qué es lo que hace temblar la tierra de esa manera? Terrones, seguro. Pero ¿de qué clase? ¿Y cuántos tienen que ser como para que sacudan de tal forma a Il Capitano, que siente las vibraciones por las costillas y por las de su hermano, como reverberándole en la espalda?

—¡Hastings! —vuelve a gritar.

—¡Déjalo! ¡Sube al coche! —le grita a su vez Bradwell.

—¡Con Hastings no se puede razonar, Capi! —le chilla Pressia.

Tiene razón: es probable que esté programado para que sea así de valiente, y que no tenga otra opción más que tirarse al suelo y luchar. A Il Capitano le encantaría poder superar sus propios instintos y emociones, sobre todo el miedo, que le araña el pecho por dentro como un animal atrapado.

El polvo, la tierra y la arena se arremolinan a su alrededor. Mira fijamente a Pressia, que tiene las mejillas coloradas por el azote del aire ceniciento. Quiere que Bradwell deje de ser tan protector con Pressia. ¿Por qué tiene que cogerle así de la mano? La chica tiene dos pies con los que mantenerse, no necesita ninguna ayuda.

—¡A cubierto! —grita Hastings.

—¡Vale! —chilla Il Capitano.

Pressia y Bradwell vuelven a meterse juntos en el asiento de atrás, al tiempo que Il Capitano y Helmud se ponen tras el volante. Todos cierran las puertas de golpe, bajan el pestillo y aseguran las ventanillas. El coche retiembla sobre la trampa del tazón. Helmud ha escondido la cabeza tras la espalda de su hermano.

—¿Por qué no se dejan ver? —se pregunta Pressia—. Sabemos que están debajo de tierra. ¿Por qué no salen?

—Están jugando con nosotros —opina Il Capitano—. Tenemos que limitarnos a esperar para ver a qué nos enfrentamos.

—¡No podemos quedarnos aquí! —grita Pressia por encima del viento atronador y del ruido del temblor de tierra.

—Hastings no va a poder mantenerlos a raya él solo —opina Il Capitano.

¿Sería capaz de salir y apoyar a Hastings? ¿Tiene las suficientes agallas? Comprueba la munición del rifle y piensa en su padre y en cuando lo licenciaron por problemas mentales. ¿Fue porque no era lo suficientemente duro?, ¿o lo tomaron por loco porque era demasiado osado? ¿Cuál es la herencia que le dejó? Ojalá lo supiera.

—Por mucho que el coche aguante, seguirán esperándonos fuera. Moriremos de deshidratación —dice Bradwell.

—No pienso permitir que eso pase.

—¿Que eso pase? —murmura Helmud nervioso tras el cuello de su hermano.

Bradwell se coge del asiento de Il Capitano y se impulsa hacia delante.

—Si salimos ahí, nos comerán vivos.

—Estamos perdidos hagamos lo que hagamos. Yo prefiero salir y pelear que esconderme aquí como un cobarde.

—¿Me estás llamando cobarde?

—Si tu idea es quedarte aquí a esperar la muerte, entonces sí, te estoy llamando cobarde.

—Cobarde, cobarde —dice Helmud como si estuviese confesándose.

—Mira, Capi, tú lo que eres es un...

—¿Un qué?, ¿qué soy? ¿Un desgraciado que no tenía unos papás profes o algo así?

—Eso no es...

—¡Mirad! —les grita Pressia señalándoles la ventana.

La tierra se ondea y se cubre de unos puntos del tamaño de una moneda, cada uno titilando a su ritmo, hasta que uno por uno van surgiendo ojos de la tierra. Cientos, tal vez miles. Parece como si hubiesen plantado algo y todas las semillas brotasen de repente, pero en lugar de flores, crecen ojos, todos parpadeando para librarse de la arena; ojos húmedos y batientes, con polvo y tierra por los bordes, que guiñan y relucen como unas extrañas almejas u ostras que se hubiesen abierto camino en hordas por la arena.

Bradwell suelta el asiento del conductor y dice:

—¡Mierda! ¿Qué es eso?

Il Capitano ya había visto alguna vez un ojo o dos por los secarrales; suelen ser tan solo un mínimo vestigio humano fusionado con la tierra y perdido para siempre. Pero Hastings, que sigue intentando no perder el equilibrio, se queda también aturdido cuando los ve, tanto es así que se tambalea hacia atrás y se cae contra el coche, con todas sus armas resonando contra el capó.

Pressia se adelanta y coge del brazo a Il Capitano, que se asombra tanto que casi le pega un bandazo con la mano. No está acostumbrado a que la gente lo toque, es un oficial. Intenta no moverse ni un ápice.

—No son solo ojos, ¿verdad? —le pregunta Pressia.

—No, no lo creo —responde Il Capitano con voz carrasposa.

Cuando la chica lo aprieta con más fuerza, siente que se le encienden las mejillas.

—¿Qué podemos hacer? —le pregunta esta.

—Mantenernos unidos.

—Unidos —dice Helmud llamando la atención sobre el hecho de que ellos se mantienen unidos siempre.

Il Capitano le lanza a su hermano una rápida mirada de odio.

—¿Qué quieres decir con que no son solo ojos? —pregunta Bradwell.

La mano de Pressia sigue en el mismo sitio.

—El temblor —dice esta—. ¿Y si hay cuerpos debajo, bichos grandes de verdad?

—Pues deberíamos intentar huir antes de que se levanten, si es que es eso lo que piensan hacer —opina Bradwell.

La mano de Pressia le suelta el brazo.

—No tenemos otra opción, esto solo puede ir a peor.

Hastings descarga una ráfaga de una de sus automáticas. Apunta a los propios ojos, que desaparecen en el suelo en cuanto las balas atraviesan la tierra y levantan finas columnas de polvo que se arremolinan con el viento.

El suelo, sin embargo, empieza a temblar con más violencia que antes.

—No debería haber hecho eso —dice Pressia.

Como respondiendo a la amenaza, unas cabezas bulbosas y polvorientas, con pómulos, bocas abiertas y protuberancias redondeadas por orejas, emergen de la tierra. Levantan sus espaldas y sus brazos descarnados. Les pesa tanto el cuerpo por la tierra que dan la impresión de estar intentando salir del asfalto. De la arena van surgiendo torsos, grupas, piernas.

¿Humanos?

Tienen un aspecto de lo más demacrado, con las costillas marcadas y las espaldas huesudas, aunque los hay también más gruesos, con las cinturas envueltas en un sucio tejido enrollado que había sido piel. Siguen moviendo los ojos con furia, mientras el resto de la cara, en cambio, parece muerto, lacio y con la mandíbula caída. Se mueven como si tuviesen los brazos y las piernas hinchados y las articulaciones rígidas.

Hastings se vuelve y dispara pero, al contrario que los terrones cercanos a la Cúpula, estos ni se parten en dos ni se desgarran. No, las balas forman agujeros negros y surge sangre que al instante se coagula, se oscurece y se hace costra casi en el acto.

—¿Por qué no se mueren? —dice Pressia.

Il Capitano, como por instinto, gira la llave en el contacto, reaviva el motor y pisa el acelerador.

—¿Qué haces? —le chilla Bradwell.

—Sacarnos de aquí. —Il Capitano mete la marcha atrás pero la rueda está demasiado hundida. Las traseras se limitan a levantar tierra, polvo y rocas. Intenta empujar el volante, como urgiendo al coche a que salga del agujero—. ¡Venga, venga!

Helmud está arañándole la espalda a su hermano, como si pudiera cavar un hoyo en ella y esconderse dentro. Fuera, Hastings no deja de disparar.

—¡Capi, esto no funciona! —le grita Pressia.

Un puño enorme golpea el parabrisas y al cabo aparece una cara en el campo de visión, con unos párpados que se mueven furiosos y un pozo negro insondable por boca; mientras, otro terrón aporrea con las pezuñas las ventanillas laterales.

Hastings está intentando esquivarlos. Cada bala los paraliza por unos instantes, pero lo único que puede hacer es disparar como loco, y no solo a los que rodean el coche sino también a los que surgen a su alrededor.

El coche no tarda en verse cubierto de manos que golpean y arañan. Il Capitano oye los disparos de Hastings pero ya no lo ve. Lo que peor lleva son esos ojos, vivos y enloquecidos; preferiría unos ojos mortecinos, lacónicos y vidriosos como los de los zombies. Llevaba mucho tiempo sin pensar en esa palabra. Solía bajarse películas pirateadas que no estaban en la lista permitida, filmes de terror. Y después de las Detonaciones vio en persona esos ojos muertos, esas caras quemadas y esos cuerpos que andaban como si fuesen de plomo, a paso lento y constante. Una vez vio a uno que se agarró al tronco de un árbol y, al quitar la mano, se le desprendió toda la piel del brazo, como un largo guante negro.

Un terrón se aparta de golpe de la ventana entre aullidos y molinetes. Tiene un ojo destrozado, solo le queda la cuenca. Se cae y clava las rodillas en el suelo. ¿Por qué a este sí lo ha abatido? ¿Por qué ahora? El resto de terrones corren hacia el que se retuerce —tal vez atraídos por el olor a sangre o por el agudo chillido humano— y, con sus piernas pesadas, lo rodean. Con la cuenca herida chorreando sangre sobre el ojo bueno, que no para de parpadear para quitársela, se queda mirando al resto de su especie y abre los brazos de par en par, como rindiéndose.

—¡Moveos! —les grita Hastings—. ¡Ahora!

284

Mientras los terrones se comen al caído, Bradwell e Il Capitano salen del coche pero Pressia se queda congelada ante la escena.

—¡Pressia! —la llama Bradwell, que vuelve a meterse en el coche con *Fignan* bajo el brazo—. ¡Vamos, venga! ¡Muévete!

Pero parece como si no lo oyera: está paralizada por el horror de ver cómo los terrones se comen a su semejante. Il Capitano se hace hueco en el asiento trasero y le dice:

—Pressia, escúchame. ¿Me oyes?

La chica asiente.

—Tú solo cierra los ojos. Ciérralos, vuelve la cara y mírame a mí.

Pressia parpadea y a continuación cierra los ojos.

—Ahora vuélvete.

Gira la cabeza y abre los ojos. Por un segundo Il Capitano se queda sin habla; la forma en que lo mira hace que se le corte la respiración: con esperanza, como si realmente lo necesitara.

—Venga, ahora vamos a salir y no vas a mirar atrás, ¿vale? —La chica lo coge del antebrazo y sale del coche.

El brazo canijo de Helmud aparece por encima del hombro de

su hermano con algo en el puño; al abrirlo, todos ven que es...
¿un pájaro?

Pressia lo coge.

—Un cisne. Gracias, Helmud.

—Vaya, nos ha salido artista el hermanito, ¿eh, Helmud?
—dice Il Capitano enfadado con él: el muy idiota ha tenido que
robarle su momento. ¿Ha estado todo ese rato tallando un
cisne?—. Él siempre haciendo regalos.

Echan todos a correr, con las armas a la espalda, colina abajo
hacia el parque de atracciones.

—¿Estás bien? —le pregunta Bradwell a Il Capitano.

—¡Perfectamente!

—Gracias por lo que has hecho.

Il Capitano se niega a responder. Si lo hiciera, estaría admitiendo que en cierto modo Pressia es responsabilidad de Bradwell
y, por lo que a él respecta, eso no es así. En ese momento el suelo
tiembla con tal violencia que le hace perder el equilibrio y caer
hacia delante con todo su peso y desollarse las palmas de las manos. Allí, justo delante de su cara, hay un ojo que parpadea con
tanta fuerza que produce un chasquido. Se levanta, no obstante, y
sigue corriendo.

285

El parque de atracciones se cierne ante ellos rodeado por una
valla rematada con alambre de espino. A través de ella se ve parte
del parque: un barco gigante volcado sobre un costado, una cabeza
de payaso gigante —del propio Crazy John-Johns—, con el cráneo partido pero todavía unido a un cuello que es un muelle oxidado gigante, así como la noria, que debió de desprenderse del eje,
rodar y quedar atrapada entre unos cables de alta tensión. La
parte de abajo y los vagones multicolor están cubiertos por montañas de tierra. Aunque los colores han quedado desvaídos, sigue
siendo una de las cosas más bonitas que ha visto Il Capitano en
mucho tiempo. Piensa en la de veces que su madre les prometió
que los llevaría. «El año que viene, cuando la cosa no esté tan
achuchada.» Poco antes de que la internaran en el sanatorio, le
dijo que lo llevaría al parque de atracciones cuando volviese a casa
pero él le respondió que le daba igual: «El Crazy John-Johns es
una tontería. Ese payaso idiota me importa un bledo». Ahora, sin
embargo, le habría gustado ir, al menos una vez. Sin aliento y aterrado, no puede evitar decirle a Helmud.

—¿Has visto eso?

—Has visto eso —afirma Helmud; tal vez a él también le traiga algún recuerdo.

—¿Por dónde? —grita Pressia.

—¡A la izquierda! ¡Seguidme! —les ordena Hastings, que con sus piernas largas y fuertes podría correr más rápido pero, en cambio, se mantiene a la altura de los demás, escrutando el suelo que pisan y el horizonte en todas direcciones.

—Son los ojos, ¿no? —grita Bradwell—. Es la parte más humana que tienen, y por tanto la más vulnerable. Si les damos en los ojos…

Il Capitano piensa en las alimañas de los escombrales y en que había que encontrar el trozo de vida que tenían a la vista, el tejido que respiraba bajo lo que parecía una coraza de piedra, y hundir el cuchillo allí para matarlos. «Los ojos —piensa—, claro.» Se pone el arma por delante y dispara a todos los que lo miran desde la distancia.

—¡No! ¡Vas a atraerlos! —le grita Pressia.

Cuando Il Capitano se vuelve para ver, comprueba que la chica tiene razón. Unos cuantos terrones han apartado la vista de su presa y miran ahora hacia ellos.

Pressia saca el cuchillo y, sin parar de correr, lo clava en medio de un ojo, que explota en una lluvia de sangre y riega la tierra. El suelo suspira y luego se queda inerte. Esa muerte más silenciosa no atrae la atención del resto de terrones.

—Dame —le dice Bradwell tendiendo la mano—. Dame el cuchillo, yo lo haré.

—No, lo haré yo —replica Il Capitano.

Pero Pressia ya les ha pasado por delante corriendo y sigue agujereando un ojo tras otro, despejando el camino con cuchilladas certeras.

—Helmud, dame tu navaja de tallar.

Helmud sacude la cabeza: no, no, no.

—¡Que me la des ya!

No, no, no.

Il Capitano lleva la mano hacia atrás y le da a su hermano un coscorrón en la cabeza, a un lado y al otro.

—¡Que me lo des!

No.

—A lo mejor lo quiere hacer él —le sugiere Bradwell.

—¿Tú estás chalado?

—¡Chalado!

Pressia mira hacia atrás, con el cuchillo ensangrentado en la mano.

—¡Capi! —le dice. ¿Qué le quiere decir?, ¿que pare de pelearse con Helmud? ¿Quiere que le deje matar algún terrón?

En cualquier caso ya está claro que es una batalla perdida. Surgen terrones del suelo a ambos lados, y los que se han comido al herido están ahora pisándoles los talones. Son demasiados los que los están cercando. Así que… ¿por qué no complacer a Helmud? Total, de todas formas ni sabe ni tiene la musculatura ni la sincronización necesarias. En realidad le gustaría ver cómo fracasa. Después de haberle hecho un cisne a Pressia, eso le recordará su debilidad, su dependencia y que debería de saber cuál es su sitio.

—¿Preparado, Helmud?

—¡Preparado Helmud! —grita este.

Y así, cuando ve un terrón cercano, Il Capitano se agacha y se echa hacia la derecha. Helmud levanta entonces bien alto su navaja de tallar y la clava en la tierra, como a medio palmo del objetivo.

—¡Ni en sueños, amigo! ¡Anda, dame el puñetero cuchillo!

Helmud sacude la cabeza con fuerza y su hermano le deja intentarlo de nuevo.

Esta vez tiene mejor puntería y el ojo estalla lleno de sangre y desaparece.

—Este de aquí —le señala a Helmud, que vuelve a clavarlo en medio de un ojo.

Il Capitano prosigue y va dejando que su hermano siga acertando. Por mucho que lo odie por haberse salido con la suya, de pronto se siente orgulloso de él. Él los mantiene en pie, mientras su hermano va hundiendo la navaja. Forman un gran equipo, con ritmo y agilidad. A lo mejor Pressia ve lo buen hermano que es. Bradwell va pegado a ella e Il Capitano se acerca también ahora a ambos.

Hastings sigue a la zaga, atravesando un terreno moteado por ojos que vibra con la muerte de cada terrón, en rápidas convulsiones.

Pressia alza la vista y comprende ahora que son demasiados.

—No hay nada que hacer —dice—. Son muchos para nosotros.

287

Se detienen y se mueven en círculos lentos mientras los terrones avanzan.

La alambrada que rodea el parque de atracciones está a solo
cincuenta metros a la derecha. Pero ¿será un refugio seguro? Hay
gente vigilando desde lo alto de la montaña rusa. Es posible que
estén conchabados con los terrones o que los utilicen para atraer
presas; al fin y al cabo han sido ellos quienes han puesto la trampa
del tazón, y tal vez todo forme parte de un plan.

—Capi, no hay nada que hacer.

A este le da un vuelco al corazón: es tan intensa la mirada de
la chica, como si estuviera intentando memorizar su cara. Nunca
nadie lo ha mirado así.

—Apuntad a los ojos y disparad.

—Pero así lo único que hacemos es atraer a más —replica
Pressia, y entonces niega con la cabeza—. Bueno, aunque supongo que poco importa que nos maten cien terrones o mil.

—Hasta cierto punto es todo una cuestión de números —dice
Bradwell.

—Haced lo que queráis. Yo voy a disparar —dice Il Capitano.

—Disparar —dice Helmud.

Pressia

Crazy John-Johns

*E*n cuanto Il Capitano, Bradwell y Hastings abren fuego, a Pressia le zumban los oídos y la visión se le emborrona con la arena y el polvo. Sostiene con fuerza el cuchillo y está lista para seguir peleando cuando recibe un golpe tan fuerte en la espalda que cae hacia delante con todo el peso del cuerpo, y el cuchillo sale disparado. Derrapa por el suelo apoyando la palma de la mano y se la desuella.

Al instante oye al terrón y su respiración fatigosa. Cuando se vuelve para encararlo, nota que se le ha desprendido el vendaje con el que sujetaba los viales, se le ha soltado por el arañazo que le ha dado el bicho por la espalda. Antes de poder pegárselos de nuevo al cuerpo, salen rodando en tres direcciones distintas.

—¡Bradwell! ¡Capi! ¡Hastings! —grita.

El terrón se abalanza sobre ella y Hastings dispara y le vuela la cabeza, que cae rodando al suelo.

A lo lejos la tierra empieza a convulsionarse y se levanta una nube de polvo. Una fina grieta parte en dos la tierra y se va abriendo cada vez más rápido en dirección a Bradwell, que no se da cuenta porque está mirando a todos lados con la cabeza en alto.

—¡Bradwell, muévete! —le grita Pressia.

Pero el sonido del temblor es tan fuerte que este no la oye. En cuanto se zafa del terrón muerto, quiere correr hacia él para salvarlo. Aunque los viales… No puede dejarlos ahí. Alarga la mano y va cogiendo el primero y el segundo.

El tercero, sin embargo, no logra alcanzarlo; no puede perderlo, es demasiado valioso. Se impulsa hacia delante pero en ese momento el suelo empieza a resquebrajarse junto al vial y el líquido ámbar retiembla.

Una mano cubierta de barro surge entonces y un terrón despeluchado aparece, encorvado y maltrecho. El vial tiembla junto al cuerpo grueso y embarrado cuando este se incorpora. La mano izquierda del terrón choca contra el vial, que se aplasta bajo la palma.

—¡No! —grita Pressia.

El líquido empapa la mano del terrón y al instante el barro y la arena reseca se resquebrajan y sus articulaciones se inflan y se ensanchan. La piel se vuelve rojiza y de aspecto más humano, una gran mano humana hinchada. Es impresionante: humana, inmensa y fuerte.

El terrón se queda mirándose la mano, se la frota contra el pecho, la mantiene en alto y se queda boquiabierto. Después se limita a mirar a Pressia, quien, con los otros dos viales en el puño, se escabulle a gatas y se apresura a ponerse de pie y salir corriendo.

—¡Agáchate! —le grita Il Capitano.

Pressia le hace caso y se hace un ovillo. Su amigo aprovecha entonces para abatir al terrón de un tiro.

Cuando Pressia levanta la cabeza, ve que la tierra en torno a Bradwell sigue resquebrajándose, que unas delgadas fisuras oscuras zigzaguean alrededor de sus botas. Ahora también él lo ve por fin: está rodeado de grietas cada vez mayores.

—¡Bradwell! —chilla, aunque no puede ayudarlo. Aprieta los viales. ¿Podría haberlo hecho si no hubiese vuelto a por ellos? Siente náuseas—. ¡Bradwell! —le grita de nuevo, a pesar de que no sirve de nada.

Hastings, con sus reflejos hiperrápidos, corre hacia él y levanta en el aire el cuerpo del chico, que aterriza sobre un hombro y mira aturdido a su salvador. Justo entonces, sin embargo, se abre un agujero junto a las botas del soldado y este se precipita dentro. Intenta salir pero no se trata de un agujero, sino de otra trampa, que salta de golpe y le atrapa una pierna. A Hastings le sobreviene el pánico y empieza a disparar al propio suelo, perforando la tierra. Tiene los ojos enloquecidos, y Pressia reconoce esa mirada que ya ha visto antes en las Fuerzas Especiales: mitad terror, mitad determinación. Hastings redobla los esfuerzos para salvar lo que queda de él. Retuerce la parte superior del cuerpo hacia delante y hacia atrás como si estuviese enganchado en un anzuelo, mientras utiliza la pierna que tiene en tierra firme para impulsarse y salir de la trampa.

Bradwell lo ve forcejear y da un paso tambaleante hacia atrás.

—¡No! —chilla Il Capitano, y su hermano lo imita al punto.

Pressia, en cambio, sabe que es lo único que puede hacer el soldado, de modo que se da la vuelta para no verlo.

Y entonces cruza la mirada con el terrón muerto cuya mano ha absorbido el contenido del vial de su madre. Se le han ensanchado los músculos y ahora tiene una mano con un volumen y una potencia que suben por su antebrazo. Piensa en lo que su madre le contó a Perdiz, que la medicina bionanotecnológica de los viales «no separa los tejidos, sino que se adhiere para construirlos». La células humanas de la mano del terrón se han reconstruido a una velocidad vertiginosa. Es una clase de cura de la que no se sabe hasta dónde va a llegar y que no deshace las fusiones. ¿Qué harían los viales con las células humanas perdidas en el interior de su puño de muñeca? Le maravilla lo hermoso de la transformación, la humanidad repentina de la mano de aquel ser, con esa elasticidad firme de la piel sobre el hueso y ese tejido muscular. Y entonces oye el escalofriante chasquido detrás de ella. Hastings profiere un grito ronco y sonoro que parece no terminar nunca. Pressia se vuelve.

Se ha liberado arrancándose la pierna de rodilla para abajo. Tan solo le queda un colgajo de carne, tendones y músculo.

Hastings da dos saltitos y se cae; la sangre que le chorrea muslo abajo riega la tierra.

—¡Necesitamos un torniquete! —grita Bradwell.

Pressia se pega los viales al pecho con la cabeza de muñeca y, con la otra mano, se saca el cinturón. Corre hacia Hastings y Bradwell, que está arrodillado a su lado.

—Lo voy a poner todo lo pegado que se pueda a la herida. Hay una arteria, la femoral, que va hasta detrás de la rodilla. Tenemos que cortarla o se desangrará.

Bradwell la mira impresionado.

—Soy nieta de un cosecarnes. Tuve que sujetar a muchos pacientes durante las amputaciones.

Bradwell aguanta el muslo de Hastings mientras Pressia pasa el cinturón en torno a la carne de la pierna y luego lo aprieta con toda su fuerza. Il Capitano le echa una mano y, entre los dos, fuerzan un nuevo agujero en el cuero para sujetarlo en el sitio.

—Hastings —le dice Bradwell al tiempo que le coge por la tela del uniforme—. Quédate con nosotros, aguanta, ¿vale?

Il Capitano mira alrededor y dice:

—Vamos a morir aquí en medio.

—Morir aquí en medio.

Pressia también lo siente. El olor de la sangre está atrayendo a los terrones.

—Bradwell.

El chico la mira y le dice:

—No lo digas, ya lo sé. Tendría que haber tenido más fe en Hastings, y puede que en la gente en general.

—No es eso.

Quiere decirle algo, pero ¿qué? Pueden morir aquí mismo y la última vez que estuvieron en esa situación no pudo pensar ni hablar con claridad. ¿Quiere decirle que la hace sentir como si estuviese cayéndose?, ¿que quiere que él sienta lo mismo por ella?

—¿Qué pasa, Pressia?

Tiene la impresión de que le va a reventar el pecho. El viento y el polvo los envuelven en una nube. Lo coge de la manga. Y entonces, de repente, se oye una música por encima de sus cabezas, las notas metálicas de una melodía alegre que sale a todo volumen por un viejo sistema de sonido, retumbando por la realimentación. La canción está tan gastada que parece hacer gorgoritos.

—Es como el camión de los helados —dice Bradwell, pero Pressia no sabe a qué sonido se refiere. ¿Los helados iban en camiones que emitían música?

Hastings intenta levantar la cabeza.

—No te muevas —le dice Bradwell.

Los terrones conocen la canción: por las miradas de sus caras contraídas y su parpadeo frenético, se ve que la canción significa algo horrible para ellos. Levantan la cabeza hacia el cielo y se golpean las orejas con los brazos; acto seguido se arrodillan, inclinan las cabezas y algunos se ponen a gemir y gritar.

Al poco, algo surca el aire con un silbido. Una cabeza de terrón cae hacia atrás, grita y, cuando pega la barbilla al pecho, se lleva la mano al ojo, de donde le sale sangre que le cubre la piel polvorienta. Otro proyectil restalla junto a Bradwell, que empuja a Pressia contra el pecho de Hastings para cubrirla. Il Capitano y Helmud se tapan también las cabezas.

Los terrones empiezan a meterse de nuevo en la tierra, aunque con movimientos muy lentos, posiblemente por el pánico que están experimentando, presume Pressia. Llueven más proyectiles sobre los bichos. Uno impacta cerca de Pressia y rueda hasta ella: es una bolita dura. La coge y Bradwell la ve y le pregunta:

—¿Una pistola de bolas?

—¿De bolas?

Miran hacia el parque de atracciones en busca de los atacantes.

—¿De dónde vienen? —pregunta Bradwell.

En ese momento un dardo cruza el aire y le perfora la sien a un terrón, al que se le congelan los ojos. Emite un sonido gutural, como gárgaras, y se cae hacia delante, inerte.

Pressia mira el cuello largo y nudoso de la montaña rusa.

—Sean quienes sean, nos están protegiendo.

Mientras la música sigue sonando, los terrones se van encogiendo y volviendo a la tierra, hasta que por fin los últimos pares de ojos que quedan parpadean, una, dos veces, y desaparecen.

La alambrada que valla el parque está rodeada a su vez por estacas que deben de estar bien clavadas en el suelo, pues los terrones pueden avanzar bajo tierra. Pressia ve entonces la parte de arriba de la cabeza de plástico del payaso, la grieta que recorre su calva como si estuviese a punto de partirse en dos y descubrir otra cosa por dentro. Tiene un semicírculo rojo chillón por boca, una nariz que es una pelota roja y unos ojos muy saltones. Se siente observada.

No lejos de la cabeza de Crazy John-Johns, hay un poste bastante alto que sigue de pie, a pesar de estar mellado y curvado por el centro. En la parte de arriba hay conectados dos megáfonos que se abren como lilas metálicas: de ahí es de donde sale la música.

—¿Quién vivirá ahí dentro?

Bradwell está de pie mirando a través de la alambrada.

Il Capitano y Helmud se levantan y se acercan, mientras que Pressia, en cambio, se queda al lado de Hastings.

—¿Se han ido los terrones? —le pregunta este.

—Por ahora sí.

Pressia se siente medio mareada, el lento y agotado repiqueteo de notas flotando todavía en el aire. El viento sigue azotando con su frío.

—Alguien de ahí dentro nos ha salvado. Necesitamos que nos ayuden, tenemos que poner a salvo a Hastings.

—Podéis dejarme aquí. No seré más que una carga.

—Ni se te ocurra —replica Bradwell—. Me has salvado y nunca lo olvidaré.

—Va a oscurecer dentro de poco —comenta Pressia—. Y ahora que el coche ha muerto…

—No digas que ha muerto —interviene Il Capitano—, está solo… descansando.

—Descansando —recalca Helmud.

—Vale, bueno, pues con el coche descansando somos blancos fáciles.

—Pressia tiene razón —coincide Bradwell—. Debemos averiguar quién hay en el parque. Necesitamos ayuda.

Pressia ve un dardo ensangrentado en el suelo, uno que un terrón se ha sacado del ojo y ha tirado. Va hasta él y lo mueve con la bota. Un extremo está sujeto con cinta americana.

—Mirad.

Il Capitano se acerca.

—¿Cinta americana? Dios… qué recuerdos…

La chica se dirige hasta la valla del parque de atracciones y divisa al otro lado una especie de cobertizos cuadrados; imagina que en otros tiempo fueron casetas de feria, donde la gente ganaba peces de colores en bolsas, igual que el abuelo de joven en sus ferias italianas. ¿No le había contado que lanzaba dardos contra globos sujetos a un corcho?

Una sombra pasa corriendo de un cobertizo a otro y Pressia la sigue por la valla con la esperanza de volver a verla. Y bien que la ve.

Se trata de una chica con una larga melena dorada toda revuelta. Tiene la mano izquierda impedida, con un muñón justo por debajo del codo.

Es Fandra.

Después de todo ese tiempo su mejor amiga sigue con vida Es como si le hubiesen devuelto una parte de su ser: y allí están la barbería en ruinas, *Freedle* en su jaula balanceante, el abuelo con la pierna cortada y el ventilador renqueante en la garganta. Fandra y ella jugaban a las casitas, con mantas extendidas entre la mesa y la silla. Pressia comprende ahora que esa casa, la que construyó con su imaginación infantil y la ayuda de Fandra, era la más segura y auténtica de todas.

—¡Fandra! —grita.

La chica corre hacia la alambrada y se sujeta a ella con la mano buena. Lleva una falda larga, zapatillas de deportes y un viejo cortavientos verde, medio derretido por la parte del cuello. Pressia pega la mano a la de ella y ambas entrelazan los dedos a través del metal.

—¡Eres tú! —Se siente casi mareada de la felicidad.

—¡Pressia! Pero ¿qué haces tú aquí?

—¿Fandra? —Es la voz de Bradwell—. ¿Eres tú de verdad?

La chica rubia lo mira y esboza una gran sonrisa.

—Hola, Bradwell.

Magullado y polvoriento, el chico se queda sin saber qué decir.

—Creía que… y que había sido culpa mía… —Se adelanta unos pasos, pero sin mucha convicción, como si estuviese ante un espejismo.

—Pues yo no soy la única que consiguió llegar hasta aquí, Bradwell. El subterráneo… ¡funcionó! Lo que pasa es que no pudimos avisaros.

A Bradwell le ruedan dos lagrimones por las mejillas llenas de ceniza.

—Eres parte de la Neohistoria —le dice.

—¿La Neohistoria?

Por detrás de las casetas, donde hay un tren en miniatura cauterizado a un tramo de vía circular y el disco volcado de lo que en otros tiempos fuera un carrusel de tazones, van asomando más cabezas.

—¿Fennelly? —dice Bradwell acercándose medio aturdido hacia la valla—. ¿Stanton, eres tú?

—¡Sí, señor!

—No me lo puedo creer. ¡Verden! ¡Lo conseguiste! Estaba convencido de que habías muerto, de que todo era culpa mía.

—Si estamos aquí —dice Fandra—, y estamos vivos, es gracias a ti.

Perdiz

Humanidad

*L*os chicos de la academia están ya despiertos, con las radios encendidas a un volumen moderado tras las puertas cerradas. Perdiz se sabe todas las canciones de la lista permitida. La que oye ahora va sobre la playa, lo que se le antoja bastante cruel teniendo en cuenta que no volverán a ver una en la vida.

—¿Adónde vamos? —le pregunta a Iralene, que mira entonces de reojo al guardia, buscando su aprobación.

Este asiente. Iralene se lo ha presentado, se llama Beckley.

—Tu padre está preparado para verte.

—¿En serio? —Siente un fuerte vuelco en el estómago—. Qué bien, por fin un poco de tiempo padre-hijo. ¿Dónde está?

Iralene vuelve a mirar a Beckley.

—En su despacho —responde este.

Está en el centro médico donde lo torturaron. Tiene muy pocas ganas de volver allí.

Al final del pasillo se abre una puerta y aparece un grupo de muchachos más jóvenes que él; solo conoce a dos por el nombre, a Wilcox Brenner y a Foley Banks. Estos se fijan primero en el guardia y luego en Perdiz e Iralene. No tardan en reconocerlo, siempre ha sido así. Sin embargo, ahora ve nuevos indicios en sus reacciones, aunque es incapaz de interpretar sus expresiones: ¿es miedo, entusiasmo o, simple y llanamente, alarma?

Parecen saber también quién es Iralene, que los saluda con la cabeza, en un gesto muy regio.

—¡Eh, Perdiz, hola! —grita uno de ellos, y cualquiera diría que es fan suyo o algo parecido.

Beckley se adelanta y se pone delante de Perdiz, como si el chico quisiese atacarlo.

Los demás lo mandan callar.

—Chis —le susurran.

Está claro que ha estado circulando alguna historia sobre él. Ojalá le hubiese preguntado a Glassings qué es lo que iban diciendo por ahí.

Cuando los chicos doblan la esquina, Perdiz pregunta:

—¿Qué han estado contando sobre mí?

—Tu historia se ha filtrado a la prensa —le aclara Beckley. En realidad solo hay un periódico, el *Al tanto*—. Aunque ligeramente maquillada.

—A esa propaganda no se le puede llamar periódico. No son más que comunicados de prensa de la Cúpula y crónicas de sociedad.

—Lo que te convierte en una crónica de sociedad —tercia Beckley.

El guardia abre una de las pesadas puertas que dan al patio; en el acto los ojos de Iralene revolotean por los árboles falsos y los arbustos cuadriculados como si estuviese ya hastiada de todo lo que la rodea; mira el mundo igual que un preso al que le han aplazado la pena por un corto periodo de tiempo.

—¿Y qué es lo que se cuenta sobre mí? —le pregunta en voz baja a Iralene.

Esta lo ignora, alza la barbilla y mira al frente.

—Beckley, ¿no vamos a ir en coche?

—Las órdenes son que os lleve en monorraíl.

—Pero seguro que están abarrotados a esta hora… —arguye nerviosa Iralene.

—Cierto —reconoce Beckley.

—No me gusta que la gente se me quede mirando —sigue protestando entre dientes.

—¿Por qué iban a mirarte, Iralene? Anda, cuéntame lo que dice la prensa, por favor.

—¿Es que no te acuerdas? —le pregunta tímidamente la chica.

—¿Cómo quieres que recuerde algo que nunca ha pasado? ¿Y si me lo cuenta Beckley?

Van caminando por el camino de piedra que pasa por delante de los edificios de la escuela y que conecta con el monorraíl de la planta inferior. Beckley abre de nuevo una puerta para que pasen.

—Iralene y tú os conocisteis en un baile y os enamorasteis. Y

297

entonces te pusiste a hacer bravuconerías para conquistarla y tuvisteis un accidente de coche y te quedaste en coma. Ella ha estado a tu lado todo este tiempo, dedicada a ti. Se rumorea que estáis prometidos en secreto.

—Ajá. Entonces ¿nunca me escapé?

—No.

—¿Nunca puse mi vida en peligro, ni encontré a mi madre, ni vi cómo mataban a mi hermano, ni…?

—¡Chist! —sisea Iralene. El edificio de la escuela está vacío porque es sábado. Los pasillos retumban con sus pisadas y con los susurros de Iralene—. Tu padre me contó la verdad sobre la chica que te retó a escaparte para que le demostrases tu amor.

—¿Lyda? —¿Su padre la ha escogido como cabeza de turco?

—Sí, esa. —Iralene parece irritada con la sola mención de Lyda. Abre el bolso, saca un pañuelo, se lo pone y se tapa hasta la nariz con él.

—¿Esa es la historia secreta que te ha vendido mi padre?

La chica no responde.

—Pues eso no es lo que pasó, que lo sepas.

—Pero te arrepentiste, claro —prosigue Iralene—. Y allí fuera te hirieron, te hicieron mucho daño, ¡y casi te matan por culpa de ella! —Mira de reojo la férula del dedo—. Tu padre se ha apiadado de ti. ¡Hay gente que ha sacrificado su vida para salvarte!

Perdiz no sabría decir si la chica se cree o no lo que está diciendo.

—Venga ya, Iralene. No me digas que te crees esa patraña.

—Podrías estar un poco agradecido —le dice Beckley, como reprobándolo—. Mi primo está ahora en las Fuerzas Especiales por culpa de los efectos colaterales.

—¿Qué efectos?

—Pues la búsqueda secreta para salvarte, y luego para encontrar a esos miserables en unas condiciones tan extremas —dice Iralene—. Han tenido que reforzar las Fuerzas Especiales para ayudar a esos pobres desdichados.

Bajan el tramo de escaleras.

—Pero si los mandaron para que me atraparan… ¿Y se sabe también que mi padre soltó arañas robot para que volasen por los aires a esos pobres desdichados y no parasen hasta que yo volviese?

Iralene se detiene en un rellano.

298

—Déjalo ya, Perdiz. —Alarga la mano y le aprieta el brazo—. No digas esas cosas. —Se lo dice muy en serio, suplicándole.

—¿Se puede saber por qué estás tan molesta, Iralene? ¿Porque sabes que estoy diciendo la verdad o porque crees que debería seguir la corriente y mentir yo también? Pero, dime, ¿qué mentira he de escoger? Hay tantas donde elegir.

La chica se queda callada.

—No vuelvas a hablar de Lyda en tu vida —le advierte Perdiz.

Iralene se recompone rápidamente. Cuando las escaleras tiemblan con el ruido de un monorraíl que está llegando, los tres aligeran el paso y alcanzan el andén justo cuando aparece el tren.

Iralene se pega más el pañuelo a la nariz.

—Odio como huele aquí. ¿Tú no, Beckley?

—¿A qué huele? —pregunta Perdiz.

La chica lo mira y ladea la cabeza.

—¿No lo hueles?

Las puertas correderas se abren.

—No, ¿a qué te refieres?

Se suben al vagón, que está lleno de gente que charla entre sí. Sin embargo, en cuanto se vuelven y los miran, se hace el silencio. Una madre y sus dos hijos se levantan de sus asientos como un resorte y se los ofrecen.

—No, gracias —le dice Perdiz.

Pero la mujer insiste:

—¡Por favor! No pasa nada, es un honor.

Se teme que si vuelve a rechazarla, la mujer entre en pánico, de modo que los tres se sientan, Perdiz entre Iralene y el guardia. El tren se impulsa hacia delante y luego se desliza sobre los raíles.

—Es el olor a humanidad, Perdiz. Huele a mortalidad, a muerte.

Perdiz recuerda el olor acre a ceniza y muerte en el viento; a sangre, y ese aire con aroma a hierro después de que mataran a su madre y a su hermano. Eso sí que olía a muerte.

La gente sonríe y los saluda con gestos, pero no solo a él, también a Iralene, que todavía tiene la cara medio cubierta por el pañuelo, aunque se ve que está devolviéndoles la sonrisa.

—Somos pareja —le dice esta—. Y yo soy la que permaneció a tu lado durante el coma, el primer nombre en tus labios cuando te despertaste.

—Iralene…

La chica sacude la cabeza; aunque está al borde del llanto, consigue sonreírle.

—Tenías razón: hay muchas verdades. Y yo elijo una siempre que quiero. Es la única forma de que esto funcione. Si tú quieres, Perdiz… —Y a continuación entrelaza sus dedos con los de él, en la mano del meñique malo.

Perdiz siente todos los ojos sobre él. No puede retirar la mano, se vería como un rechazo y se dispararían los rumores. Le haría mucho mal a Iralene, podría hasta ponerla en peligro. Ese es el papel que le han dado a la chica en su vida, su misión; y puesto que se niega a matar a su padre, esa es la verdad que tiene que prevalecer…, por ahora. ¿Qué piensa decirle a su padre cuando lo vea?

El monorraíl va deslizándose por los túneles y deteniéndose en andenes muy iluminados. La gente que se baja los saluda, mientras que los que suben se quedan igual de sorprendidos por la presencia de los chicos. Perdiz se entretiene mirando por la ventanilla y, cada vez que el tren entra en un túnel, no ve más que su expresión desconcertada que parpadea en el cristal. Por un momento se imagina allí a Lyda, al otro lado del cristal, y quiere decirle que no está traicionándola, que todo eso pasará y regresará a por ella.

El tren se detiene con una sacudida. Beckley es el primero en levantarse, como si necesitaran un escudo humano para llegar hasta la puerta. Perdiz, por su parte, suelta la mano de Iralene: no quiere tener que cogérsela todo el rato, allá donde vayan.

Salen a otro andén de luces estridentes y de ahí pasan a la fluorescencia del propio centro médico. Ese es el olor que le pone malo, no el de humanidad —no, nada más lejos—, sino el del cáustico antiséptico que utilizan para tapar la enfermedad y el fuerte olor sulfuroso que se desprende durante las potenciaciones. Recuerda a los chicos de la academia escoltados hasta sus habitaciones, donde se desvestían y se metían en los moldes de momias, así como la sensación casi asfixiante de la potenciación recorriéndole las células; después se sentía agotado, pero, al mismo tiempo, lleno de una energía nerviosa e irregular, como si todos los órganos, tejidos y músculos estuviesen exhaustos salvo su sistema nervioso, que acababa de recargarse como una batería.

Mientras caminan hacia los ascensores, las reacciones son las mismas que en el tren. Por suerte el ascensor va vacío. Beckley pulsa el botón de la cuarta planta.

—¿Por qué vamos a la cuarta? Ahí no está el despacho de mi padre.

—Lo han trasladado a un ala especial —le explica Iralene.

Lo han llevado a la parte del hospital reservada para los enfermos más graves. La última vez que lo vio fue desde la pantalla de la sala de comunicaciones de la granja. Parecía débil, con su parálisis y el pecho hundido, pero de ahí a que su padre, Willux, esté en la planta de aislamiento le resulta inverosímil.

—¿Tan enfermo está?

—Se encuentra bastante delicado…, pero es algo temporal, claro —le dice Iralene.

Beckley comunica por radio la inminente llegada.

En el ascensor solo se oye una melodía muy baja que sale de un altavoz que no se ve. Da la impresión de estar generada por ordenador para producir un efecto calmante, aunque es tan falsa que a Perdiz le provoca justo lo contrario: la música artificiosa lo irrita.

Cuando se abren las puertas, se encuentran con varios técnicos que les tienden batas blancas, zapatillas de papel, mascarillas, gorros de plástico y guantes.

Iralene y Beckley extienden los brazos para que les pongan las batas, levantan las manos para los guantes e inclinan la cabeza para los gorros; se nota que están acostumbrados al ritual.

—A mí ni se os ocurra tocarme. Pero ¿qué os pasa?

Los técnicos aguardan inmóviles mientras se viste por su cuenta. Cuando no alcanza a atarse los lazos por detrás de la bata, un técnico se adelanta y lo ayuda. Por alguna razón aquello le resulta de lo más bochornoso, como si no pudiese atarse sus propios zapatos. Se siente ridículo con aquel gorro de ducha de plástico y los guantes le aprietan las muñecas. Cuando empieza a andar, las zapatillas de papel resbalan. Se siente humillado, como un niño. Con lo manipulador que es su padre, Perdiz se pregunta si aquello será también parte de su plan.

Guiados por media docena de técnicos, atraviesan unas puertas automáticas y dejan atrás a dos guardias armados hasta los dientes. Entran en un ala donde las habitaciones están vacías y solo la zona de enfermeras rebosa actividad; es evidente que solo tienen un paciente: Ellery Willux.

301

Los técnicos se detienen antes de llegar a la puerta que hay al final del pasillo.

—Dentro hay un guardia —le dice uno—, pero ha pedido verte a solas.

Ahora todos se quedan a la expectativa: los técnicos, los médicos, las enfermeras, Iralene y Beckley, incluso los dos guardias armados al otro lado de las puertas de cristal.

Perdiz asiente.

—Por mí, bien.

Se dispone a entrar en la habitación cuando Iralene le toca el codo. Se vuelve y la besa en la mejilla. Toda la habitación suspira como si fuese lo más entrañable que han visto en su vida. Iralene no parece notar que está enfadado; en lugar de eso le toca la nariz con mucha delicadeza, como si fuese un gesto secreto entre ambos. Perdiz mira a su alrededor, a todas las caras expectantes.

—Buena suerte —le susurra Iralene.

Pone la mano en la puerta pero, justo antes de abrirla, sufre una oleada de esperanza desmedida: se imagina que al abrir la puerta no estará en una habitación de hospital, sino en un saloncito; su padre estará sano, sentado junto a su madre y Sedge, de pie al lado de la ventana. Le dirán que lo han querido poner a prueba, una especie de ritual de paso que se celebra generación tras generación. «Volvemos a ser una familia», dirá su madre, y entonces Lyda asomará por una puerta lateral.

Sabe, sin embargo, que todo eso es una auténtica locura.

Empuja la puerta y entra.

Tal y como le ha dicho el técnico, hay un guardia en posición de firmes junto a la cama, que está cubierta por una especie de tienda de campaña transparente y rectangular que se hunde levemente hacia dentro y luego se infla, como si la propia tela respirase. Hay varias bombas de aire que suben y bajan, al tiempo que otras máquinas emiten suaves pitidos. La única que reconoce es la que muestra el ritmo cardiaco de su padre.

Por mucho que todos esos aparatos pretendan alejar la muerte, la siente allí mismo.

Se queda un minuto pensando en su padre, en el hombre que lo meció en sus brazos de pequeño, que lo arropaba algunas noches, que siempre ha estado en su vida. Por muy diabólico que sea, y pese a ser un genocida —el mayor de la historia—, hay partes de Perdiz que nunca olvidarán quién es. Tu padre puede ser la persona más odiosa y temible, sí, pero en lo más hondo siempre esperas que sea quien te salve. Perdiz se siente débil, y recuerda lo que le dijo Lyda: que sigue deseando que su padre lo quiera.

Y entonces oye su voz:

—Perdiz...

Y en el acto al chico se le encienden las mejillas y se le acelera el pulso. Ese hombre mató a su madre y a su hermano: eso tampoco lo olvidará nunca. Se acerca a la tienda y ve el óvalo rojo que es la cara de su padre, recubierta por una piel escamosa. Pero ahora tiene el cuello y una mano ennegrecidos, como si se le hubiese muerto todo el tejido epidérmico. La mano se le ha atrofiado y parece una garra, doblada hacia su pecho como si estuviese protegiéndole el corazón.

Su padre pulsa un botón a un lado de la cama y la tienda de plástico se repliega. Aunque no abre los ojos, saca la barbilla hacia fuera, como si se dispusiera a hablar. Tiene el pecho encerrado en una especie de artilugio metálico, que es lo que produce los sonidos de inspiración y espiración; debe de contener algo que bombea aire a los pulmones, porque hay tubos de oxígeno atornillados a ambos lados que le llegan hasta la nariz. Perdiz se imagina arrancando los tubos, una imagen fugaz pero que no puede evitar ver con todo detalle: su padre boqueando como un pez y estirando las mejillas hasta que se ponen tan tensas que revientan.

—Perdiz —susurra su padre cuando la caja que tiene en el pecho le insufla aire—. Sabía que volverías.

—Bueno, tampoco es que haya sido un acto voluntario, que digamos.

—Has vuelto.... —Los pulmones se le contraen y se le expanden en la caja— porque no me odias. Dime que no me odias.

—¿Ahora vas a ponerte tierno conmigo, después de tantos años?

Su padre abre los ojos y parpadea bajo las luces fluorescentes; tiene una especie de nube sobre la retina. Le brillan la piel de la mano hecha garra y la del cuello, como envueltas en otra capa de piel que parece barnizada.

—Te he preparado una vida aquí. Un mundo en el que puedes viajar. Una chica. ¿Te has fijado?

—¿Que tú me has buscado a mí una chica? —Perdiz se agarra a los barrotes de la cama de su padre.

El guardia se adelanta.

—¿Señor? —le dice a Willux.

—No pasa nada. Es muy fogoso, pero son cosas de la edad.

—Por cierto, felicidades por tu boda —sigue Perdiz.

—No seas irreverente.

—Eres un enfermo.

—Me estoy muriendo.

—No me refería a eso.

—¿Piensas aceptar lo que... —La máquina gorgotea—... lo que se te ha ofrecido? Aquí eres un héroe.

—Yo no quiero ser ningún héroe.

—¿Y qué quieres?

—Ser un líder.

Su padre pulsa otro botón que hay en los barrotes, y la cabecera de la cama se levanta.

—He estado esperando... oírte decir esas palabras.

—¿De veras?

—¿Quién más iba a querer que me sucediese? ¿Quién sino mi hijo?

Willux extiende su mano buena y la pone en la mejilla de Perdiz. Tiene los ojos llorosos y brillantes. Nunca le ha visto llorar. Sedge era el favorito de su padre, el que estaba destinado a hacer grandes cosas.

—¿Es eso posible? —le pregunta Perdiz.

—Tú podrías ser el líder que los llevase de vuelta... al exterior. Yo ya no voy a poder.

—¿Fuera de la Cúpula?, ¿al Nuevo Edén?

—Yo no estaré para verlo.

—¿En serio crees que podría hacerlo? —A lo mejor no tiene por qué matar a su padre ni esperar a que muera; tal vez este se lo dé todo, así sin más.

Su padre aparta la mano de su mejilla.

—Pero tendrás que demostrarme tu voluntad de dejar atrás el pasado, de seguir adelante, con nosotros, aquí en la Cúpula. Y no solo a mí, sino a los que conforman mi círculo más cercano, los que conocen la verdad de tu huida.

A Perdiz no le gusta como suena aquello.

—¿Y cómo puedo demostrar mi lealtad?

—No queda mucho tiempo.

—¿Qué tienes pensado?

La caja metálica que recubre los pulmones de su padre resopla y suelta una buena bocanada de aire.

—Tu mente.

—¿Mi mente? —Perdiz se siente desfallecer—. ¿A qué te refieres?

—Quiero la parte que recuerda que nos abandonaste, y a la chica de los ojos azules, y a los miserables de ahí fuera; que todo lo que pasó fuera de la Cúpula se borre.

—¿Cómo? No.

—¿No te persigue la visión de la muerte?

Se aparta como un resorte del cuerpo decrépito de su padre, va hasta la pared del fondo y pone las manos sobre los azulejos fríos; la férula del meñique resuena contra la cerámica.

—Querrás decir del homicidio.

—También te lo borrarán. Todo lo malo, lo feo, lo oscuro.

Ve el cuerpo ensangrentado de Sedge, la cara de su madre despedazándose mientras el cráneo de su hermano estalla. Sangre... Un fino rocío de sangre como una nube que rompe a llover. Por un momento desea que todo eso desaparezca, el recuerdo entero, pero no puede ceder, y se niega a perder todo lo que tiene algún significado para él.

—No —responde.

—Es la única forma, la única manera de dejar que me sucedas. ¿No es lo que querías?

—Pídeme otra cosa, lo que sea. —Mira a su padre y se imagina estrangulándolo, hundiéndole los pulgares en la garganta.

—Es la única forma. Te casarás con la chica.

—¿Con Iralene?

—Te casarás con ella y demostrarás tu lealtad dejando que te quiten esos recuerdos, esa mínima fracción de tu pasado, y punto. —El padre cierra los ojos.

—¿Y si me niego?

El hombre sonríe y se le agrieta parte de la piel de la cara.

—No soy un hombre muy indulgente.

Perdiz sacude la cabeza.

—Pero si ni siquiera es posible. ¿Cómo vas a borrarme recuerdos concretos, ni aunque quisieras? Es un farol.

—Ese muchacho, Arvin Weed, es un genio —le dice en voz muy baja, como si estuviese quedándose dormido—. Puede hacer casi cualquier cosa. Casi...

Arvin Weed puede borrarle los recuerdos de su huida, de haber conocido a su hermana Pressia, a Bradwell y las madres, a Il Capitano y los terrones, el reencuentro con su madre y su hermano, y de estar con Lyda en la cama de bronce de la casa sin techo.

Pero no puede salvar a Ellery Willux de la degeneración célula a célula, no puede salvarlo de la muerte. O al menos, de momento. Pero mientras esos aparatos inspiren y espiren por él, ¿no sigue abierta la carrera? Si su padre muere, quiere a Perdiz al mando; pero lo que no ha dicho es que, si Arvin descubriese la cura, su padre ya no lo necesitaría como líder. De modo que si está dispuesto a cederle las riendas, Perdiz tiene que cogerlas, y rápido.

Pressia

Cinta americana

A través de la valla Pressia divisa un viejo tiovivo, un tanto desvencijado pero todavía en pie. El tejado de lanzas desnudas sigue unido a las barras de los caballos, mientras que el desfile circular de animales está congelado y deteriorado, con los cuerpos medio derretidos y los hocicos retorcidos; a uno blanco se le ven los dientes, pero el cuello y la crin los tiene planos y doblados. Hay pezuñas curvas y colas cortadas. Pero lo peor de todo son los ojos: inertes y muy abiertos, algunos derretidos, bajando por las curvas de la cara. En otro tiempo aquel tiovivo estaba impecable y era un capricho inocente, lo que hace que sea aún más triste verlo así.

—No podéis pasar —les dice Fandra—. Lo han visto. —Señala a Il Capitano y Helmud, que tiene apoyada la barbilla en el hombro de su hermano.

Il Capitano está junto a Hastings, cuya hemorragia se ha detenido un poco, pero que aún tiene la cara contraída por el dolor.

—¿Yo? Pero ¿qué he hecho yo? —pregunta Il Capitano.

—¿Yo? —pregunta a su vez Helmud, claramente ofendido.

—Sí, tú, por estar al mando de la ORS —le dice Fandra, que de repente se deja llevar por la rabia—. Has matado a gente a la que queríamos. ¿Crees que podemos olvidarlo?

—Ah. —¿Qué puede decir en realidad? Era un líder cruel y despiadado.

Pressia intenta mediar:

—Ha cambiado —dice, aunque sabe que no va a servir de nada; se ha percatado de la forma en que está apretando la mandíbula su amiga—. Ahora salva vidas y ayuda a la gente.

—Eso no importa. La única razón por la que todavía no le han disparado —Fandra mira por encima de su hombro, hacia lo alto del cuello roto de la montaña rusa— es porque va con un profeta.

—¿Qué profeta? —se extraña Pressia.

—Bradwell —responde su amiga.

El chico se queda un tanto perplejo.

—Bueno, yo no soy ningún profeta…

Il Capitano los interrumpe:

—Mira, odiadme o amadme, haced lo que queráis, pero tenemos a un soldado que necesita ayuda. —Hastings.

—Acogerán al que está muriendo —dice Fandra—. Ellos recogen a los moribundos, así fue como acabé yo aquí.

Aquella observación llena a Pressia de esperanza: los supervivientes que viven allí no son solo los que escaparon de la ORS en la ciudad. Ya vivía allí gente cuando las Detonaciones. Y tal vez existan más grupos parecidos, y su padre forme parte de uno.

Justo en ese momento se produce una vibración eléctrica y se abre la verja, por la que aparecen varios supervivientes escuálidos con una camilla hecha con una sábana atada a dos barras de metal.

—Tengo que saber qué ha sido de mi hermano —les dice Fandra mirando a Pressia y Bradwell—. La última vez que vi a Gorse fue en una batalla encarnizada. ¿Consiguió volver?

—Sí, está bien —la tranquiliza Bradwell.

—Sabía que lo conseguiría, ¡lo sabía!

Para levantar a Hastings en la camilla tienen que auparlo entre todos los que han aparecido por la verja. La música metálica sigue resonando por el sistema de sonido para mantener a raya a los terrones. Los supervivientes están ojo avizor, aunque de vez en cuando miran de reojo a Bradwell, a quien se nota que admiran. Un profeta.

—Esperad —murmura Hastings—. Necesitáis saber adónde ir.

—Y tu codificación conductiva no va a dejarte decírnoslo —replica Bradwell—. ¿Qué vamos a hacer, si puede saberse?

Hastings sacude la cabeza.

—No.

—Bajadlo un minuto —les pide Il Capitano.

Los supervivientes lo apoyan con cuidado en el suelo.

—¿Que no qué?

—Tenías razón en no confiar en mí. No era la codificación

conductiva lo que me impedía daros la información. Tengo fuerza suficiente para burlarla.

—Entonces, ¿por qué no nos la has dado? —pregunta Il Capitano.

—Si os lo hubiese dicho, no hubieseis tenido razones para que siguiera con vosotros; no quería ser prescindible.

—Pues dínoslo ahora —interviene Pressia.

—A *Fignan*. Se lo diré a *Fignan*, él entenderá la información.

Bradwell se descuelga la caja de la espalda y la enciende.

—Treinta y ocho grados, cincuenta y tres minutos, veintitrés segundos, norte; setenta y siete grados, cero minutos, treinta y dos segundos, oeste —recita Hastings.

Fignan ronronea mientras va aceptando los datos y parpadea con una luz verde cuando lo asimila todo.

—Espera, dinos por qué es distinta esa aeronave. ¿Por qué no está bien protegida como el resto?

—Lo único que sé es lo que he oído, que tenía cierto valor sentimental para Willux. No sé cómo ni por qué. Y no está custodiada porque no cree que ningún miserable pueda llegar allí con vida.

—Ah —se limita a decir Pressia.

—Perdón. Creía que querías saber la verdad.

Vuelven a alzar la camilla y se llevan a Hastings hacia el interior del parque de atracciones.

—¿Podréis cuidarlo bien? —le pregunta Il Capitano a Fandra.

—Tenemos algunos suministros médicos y un paramédico que estaba con sus hijos pasando aquí el día de las Detonaciones. Sabe lo que se hace. —La verja se cierra tras la camilla de Hastings con el mismo zumbido eléctrico.

Pressia intenta recordar las explicaciones del abuelo sobre amputaciones: el ángulo en que debe cortar la sierra, la mejor forma de evitar que las astillas del hueso caigan en la herida, cómo vendarla y los líquidos para evitar que se pegue a las vendas, la elasticidad de los calcetines de lana, la presión, etcétera.

—Dile que no dejen de presionar las arterias, que cada gota de sangre que se desperdicia es crucial. Si se suman todas, puede perder al paciente.

El abuelo perdió a uno en cierta ocasión, una niña con una pierna aplastada a la que, al convulsionar sobre la mesa, se le aflojó el torniquete. Intentó colocárselo de nuevo pero, entre los estragos en la pierna y que no paraba de salir sangre, fue imposible atárselo.

—Se lo diré —dice Fandra, que a continuación baja la voz y le susurra a Pressia—: Me alegro de que estéis los dos juntos, que hayas encontrado a alguien a quien amar que te ame a su vez.

—¿Qué? ¿De qué estás hablando?

—Pues de ti y Bradwell —susurra Fandra, sorprendida de que Pressia no sepa de qué le habla.

Pressia sacude la cabeza y le dice:

—No, no estamos juntos.

Fandra sonríe.

—He visto cómo te mira.

—Va a anochecer —le dice Bradwell a Fandra—. ¿Hay algún lugar seguro donde podamos pasar la noche?

La chica señala a lo lejos.

—Hay un paso subterráneo de piedra, la antigua vía de un tren elevado. No os pasará nada si os turnáis para hacer guardia.

—Gracias por habernos ayudado. De no ser por vosotros, estaríamos muertos y rematados.

—Te lo debemos, y lo sabes, Bradwell. Muchos de los que estamos aquí les debemos la vida a tus clases de Historia Eclipsada, al subterráneo, a ti. ¡Gracias!

—De nada —dice Bradwell visiblemente emocionado.

—Supongo que habéis emprendido viaje con un propósito importante, ¿no es así? —les pregunta Fandra.

—O descabellado, como prefieras —apunta Il Capitano.

—Pues nada, continuad, ¡y seguid siempre adelante!

La chica se aparta entonces de la valla y Pressia la echa de menos al instante. Pero no solo a ella, también su infancia, y la casita hecha con sábanas, la tienda de campaña a la que llamaban «casa».

—Volveremos a vernos —le dice Pressia.

Fandra asiente y sale corriendo hacia el interior del parque de atracciones, por donde desaparece.

Parte del cielo está atravesado por un trozo de torre del que cuelgan bastidores calcinados de sillas. Pressia intenta imaginarse por un momento cómo tuvo que ser quedar atrapado ahí arriba durante las Detonaciones: todo cegado por la luz, la fuerza del calor y, de sobrevivir a todo eso, verte suspendido en el aire, pendiendo por encima de la tierra y viendo la histeria colectiva y la destrucción por doquier. Mira a Bradwell. Fandra ha creído que están juntos, que se tienen el uno al otro: alguien a quien amar que te ame a su vez. Y de repente siente como si hubiese subido a una de esas atracciones y tuviese el estómago revuelto por las emociones. Bradwell, con la camisa desgarrada y salpicada de sangre, por la que se le ve la piel. Sus mejillas rojizas, sus pestañas oscuras. Bradwell.

Empiezan a andar, pero no puede evitar mirar hacia atrás, hacia la montaña rusa, negra y huesuda contra el cielo del anochecer.

Pressia

Luciérnagas

*D*espués de andar durante una hora, encuentran el paso subterráneo, que, aunque algo vencido, sigue en pie. Se sientan en el suelo y comen de las provisiones que ha traído Il Capitano, carne en salazón. Cuando terminan, este se ofrece a hacer la primera guardia y sube a las antiguas vías, donde se sienta.

—Deberíamos abrigarnos y ponernos de espaldas al viento —le propone Bradwell a Pressia.

Esta asiente y se tumban el uno al lado del otro, él aovillado junto a ella y con un brazo por su cintura. El corazón le aporrea el pecho pero es una sensación que contrarresta lo que tiene en el estómago, ese viejo resquemor al que llama miedo. Miedo ¿a qué? A perderlo.

—¿Qué crees que quería decir Hastings con lo de que el avión tenía cierto valor sentimental? —le pregunta Pressia.

—Según Walrond, Willux es un romántico. ¿No son sentimentales los románticos? —¿Será Bradwell en su fuero interno un romántico? ¿No es ese baúl que conserva lleno de recuerdos del pasado un síntoma de lo sentimental que es?

—¿Sabes qué tiene valor sentimental para mí?

—¿El qué?

—Las cosas que no recuerdo, sobre las que solo he oído hablar.

—¿Como qué?

—Como las luciérnagas. En el Antes. ¿Tú las recuerdas?

—Llegó un momento en que, de tantos productos químicos como echaban en los jardines, no quedó ninguna, pero si te alejabas un poco y te ibas a los campos sin sembrar, podías verlas encaramadas a la hierba y despidiendo una lucecilla amarillenta. Mi padre me llevó una vez al campo a verlas. Se encendían y se apagaban, como un parpadeo, y luego cazamos unas cuantas y las metimos en un tarro de cristal al que le hicimos agujeros en la tapa. —Pressia siente el aliento cálido de Bradwell en la oreja—. Pero creía que querías saber sobre las Detonaciones, no sobre el Antes.

—Ahora ya he recordado cosas. Alguna que otra.

—Justo después de las Detonaciones aparecieron otra clase de insectos.

—¿De qué clase?

—Eran más gordos que las luciérnagas, una especie de mariposas azul fluorescente que aparecían y desaparecían en el aire —explica Bradwell—. Eran bonitas. Cuando me fui de casa de mis tíos, había gente muriendo por todas partes, pero algunos de los pocos que todavía podían andar intentaban atrapar esos bichos fosforescentes, esas llamas en miniatura... Parecían eso: llamas disparadas por flechas. Estuve a punto de seguirlas, al recordar a mi padre y los eriales, pero una mujer me cogió del brazo y me dijo: «No las sigas, van detrás de la muerte». Intentó disuadir a gritos al resto, pero no la escucharon.

—¿Y qué le pasó a la gente que intentó atraparlas?

—Los que tocaron esas llamas (aunque solo fuese un segundo para llevárselas a algún hijo moribundo) no duraron mucho. Enfermaron en cuestión de horas y murieron al cabo de unos días intoxicados por la radiación... muertes rápidas y violentas.

Pressia se encoge de hombros y comenta:

—Tengo una sensación que no se me va.

—¿De qué se trata?

—Es en la barriga. Antes pensaba que era miedo, pero tal vez sea culpa.

—¿Y de qué ibas a sentirte tú culpable?

—De estar viva.

Intenta imaginarse las mariposas de luz, revoloteando y desapareciendo, y a la gente enferma y tambaleante intentando atrapar una parcela de belleza. Y entonces piensa en su madre en el bosque, igual de enferma y tambaleante, arrodillada junto a su hijo moribundo, el mayor, Sedge. Siente una vez más el peso del arma en la mano y el pitido en los oídos... Y de repente está llorando.

—Pressia. —Bradwell la abraza con fuerza—. ¿Qué te pasa?

—Su voz es seria, parece asustado.

313

—No puedo decírtelo.

Oye el revoloteo de las alas de los pájaros de la espalda de Bradwell, que se rozan contra la tela de la camisa. No puede mirarlo, es incapaz de decir nada. La neblina de sangre la rodea como una nube.

El chico se incorpora un poco e inclina la cabeza para apoyarla contra la de ella.

—Cuéntame. Cuéntame lo que te pasa.

—La maté… Creía que era lo que debía hacer, pero ahora… no estoy segura, no lo sé.

—No, yo estaba allí, y fue un acto de piedad.

A Pressia le cuesta respirar.

—Yo también sentí lo mismo durante mucho tiempo, Pressia. Arrastré esa culpabilidad durante años.

—¿De qué te sentías culpable?

—Yo estaba durmiendo tan tranquilo en mi cama mientras mataban a mis padres. No me desperté ni con los disparos.

—Pero si eras muy pequeño —Pressia se vuelve y lo mira—. No fue culpa tuya.

—Igual que tampoco tú tienes la culpa de la muerte de tu madre. Fue clemencia. Yo estaba allí, lo vi con mis propios ojos.

—Yo sé por qué no le hicieron caso a la mujer que advertía de las mariposas azules.

—¿Por qué?

—Comprendo por qué hicieron lo que hicieron: necesitaban algo que atrapar y a lo que aferrarse. Necesitaban belleza. No sé explicarlo, pero debían de sentir la necesidad de creer que podía surgir algo bonito del horror. Entiendo el impulso de querer creer de nuevo en algo bello, y sostenerlo así entre las manos.

Aunque está oscuro, ve el resplandor de los ojos de Bradwell, que la miran fijamente, con intensidad; después le coge la cara, entre esas manos cálidas, fuertes y curtidas, y la besa. Pressia cierra los ojos y le devuelve el beso, al tiempo que siente los pechos de ambos uno contra el otro. Tiene los labios calientes. Lo sujeta por la camisa.

Cuando se apartan, los dos están jadeantes.

—¿Qué querías decirme ahí fuera cuando estaba rodeado de terrones?

—Algo sobre caer… sobre cómo me haces sentir como si… me estuviese cayendo y fuese a estrellarme.

Bradwell la besa con besos cortos, en la boca, en la mejilla, por el cuello.

—Cuando te conocí, pensé que estábamos hechos el uno para el otro, a pesar de que, en algunos sentidos, parecíamos muy distintos y no parábamos de pelearnos. Pero ahora...

—¿El qué?

—Ahora no creo que estemos hechos el uno para el otro, sino que nos estamos haciendo el uno al otro, para convertirnos en las personas que seremos. ¿Sabes a lo que me refiero?

Sí, al instante, y le parece lo más auténtico que ha oído en su vida.

—Sí —contesta Pressia; lo besa antes de añadir—: Sé a que te refieres.

315

Perdiz

Tarta

*P*erdiz está en Superior Segunda, y en concreto en los Wenderly, en el baño de un ático de lujo. Pero ¿de quién? ¿De la familia Crowley? Ni siquiera está seguro de quién da la fiesta, solo que lo hacen en honor a su compromiso con Iralene. En ese momento cae en la cuenta de que no le ha regalado ningún anillo. ¿No se supone que antes tiene que pedirle matrimonio? Piensa en Lyda; a ella le dio la caja de música, que significa más que un anillo. Era algo verdadero, mientras que aquí es todo una farsa pasajera.

Le llega el murmullo de la conversación, con alguna risa más alta que el resto, de tanto en tanto. La gente que está ahí sabe que se escapó, pero creen que lo hizo como una bravuconería, para impresionar a una chica que se juntaba con malas compañías. Pero no es posible que sepan que su padre quiere que deponga todos sus recuerdos sobre lo sucedido. Sí, claro, ¿y luego qué? ¿Pretenden que también desaparezca la historia de la chica con malas compañías? A esa gente se le da muy bien la negación, y de hecho la practican a diario, como una religión.

Arvin Weed, esa es su esperanza. Puede que Glassings tenga sus dudas sobre él, pero a Perdiz no le queda más remedio que confiar en que su ex compañero lo ayude a salir bien parado de todo eso (con suerte, podrá fingir la dichosa operación). Al fin y al cabo es un genio, ¿no? Ojalá esté allí entre el grupito y pueda hablar con él un minuto a solas.

Se desviste y coge un traje reluciente de una percha. Se pone los pantalones, se abrocha los gemelos de la camisa, se ata la corbata celeste y se enfunda una chaqueta azul marino. Le queda todo tan perfecto —incluso las suaves líneas de los zapatos de cuero— que se pregunta si habrán cogido las medidas de su viejo molde de momia. Resulta inquietante lo mucho que saben sobre él, y no solo el número de zapato: conocen hasta su ADN.

No tiene ninguna gana de sonreír o estrechar manos. ¿Estará allí la madre de Iralene, Mimi? Se pregunta si saldrá de su cápsula para ese tipo de acontecimientos.

Llaman a la puerta.

—¿Necesita algo? —Es Beckley.

—Estoy bien.

—La gente pregunta por usted. ¿Está ya?

—Dame un minuto.

Se quita la férula del meñique. ¿Quedará alguna señal de que se lo cortaron de un tajo? Si le borran la memoria, ¿le quedará siquiera una cicatriz mínima testigo de lo que le pasó? Han sido las investigaciones de su madre lo que lo han hecho posible. Ella podía haberse reconstruido sus propias extremidades con bionanotecnología, pero se negaba, porque su cuerpo era la verdad y no tenía intención alguna de ocultarla. Perdiz se pregunta qué demonios está haciendo allí.

Beckley vuelve a llamar.

—¿Señor?

Perdiz se coloca de nuevo la férula, abre la puerta y pasa por delante del guardia camino de las voces.

—Acabemos cuanto antes con todo esto.

Atraviesa el salón, todo blanco y mullido, abierto a una terraza.

Todos se vuelven, y hay incluso quien aplaude. Alguien repiquetea con un cuchillo contra una copa de vino. Reconoce muchas caras, rostros todos sonrientes que lo llaman por su nombre. Hay vecinos suyos de Betton West, donde se crio, los Belleweather, los George, los Winthrop, así como oficiales de alta graduación, Collins, Bertson, Holt y otros que solo reconoce por sus apariciones públicas, incluido el propio Foresteed, que se ha convertido en la cara visible del régimen de la Cúpula. Hay más gente que se pone a tintinear cuchillos contra copas. Incluso el servicio, formado por jóvenes con camisa blanca, chaleco azul marino y pajarita, se ha quedado congelado en el sitio y sonríe a Perdiz. Están sirviendo comida de verdad: hojaldres, dados de pollo en espetón… ¿Qué es lo que quieren de él?

317

Beckley se pone a su lado y le sugiere entre dientes:

—Podría saludar.

—¿Cómo? —pregunta aturdido Perdiz.

—Con la cabeza o algo.

El chico saluda con un gesto mínimo y después se mete las manos en los bolsillos, sin saber muy bien qué más hacer. Siente cierto alivio incluso cuando ve a Mimi entre los invitados. Esta, radiante de felicidad, está conduciendo a Iralene hasta él. Tiene la piel reluciente del maquillaje y lleva el pelo en una madeja suelta de rizos que le caen desde lo alto de la cabeza, como si fuera una tarta de varios pisos.

El vestido y el ramillete de flores azules de Iralene van a juego con la corbata de Perdiz. La chica lleva en la mano un *botonier* para él con las mismas flores teñidas de azul; flores reales, nada de plástico.

—Hola, Perdiz —lo saluda Mimi—. Qué alegría verte de nuevo. Es estupendo que al final todo haya salido tan estupendamente bien.

Iralene se pone de puntillas y le da un beso en la mejilla. Los invitados profieren un «oooh» colectivo y ponen fin al tintineo. Perdiz siente calor en las mejillas, pero no se debe al bochorno por la demostración pública de afecto, sino a la rabia que se está apoderando de él. ¿Hasta dónde va a llegar la farsa? ¿Por qué tienen todos que fingir de esa manera? Iralene le coloca el *botonier* en la solapa del traje. Cuando cree que ha acabado, se aparta, pero Iralene no había terminado y se clava el alfiler en el dedo, de donde sale una gotita de sangre.

—Perdona.

—¡No pasa nada!

—Haz el favor de acabar —le dice enfadada Mimi a su hija, al tiempo que le pasa una servilleta de cóctel.

La chica logra meter del todo el alfiler.

—Ya está.

Ambos se vuelven entonces y se ponen de cara al gentío.

—Por favor, ¡comed, bebed, socializad! ¡Luego habrá hasta baile!

Bailar solo conseguirá que se acuerde de Lyda; tendría que salir de allí.

—No ha sido idea mía —le susurra Iralene—. No te enfades conmigo, Perdiz.

—Claro que no. —La coge de la mano y le dice—: Seguimos teniendo nuestro secreto, ayudarnos el uno al otro, ¿no es así, Iralene?

—Sí.

Se fija en que la chica lleva un anillo de compromiso.

—¿De dónde ha salido eso?

—De ti. ¡Me lo diste antes del accidente!

—No puedes hacer estas cosas, Iralene.

—Pero si has accedido al plan de tu padre. Te borrarán los recuerdos y yo tendré que rellenar los huecos. Así es como tú me ayudas a mí.

—¿Es esto lo que tiene planeado? ¿Borrarme la memoria para hacer que me trague la historieta de las páginas de sociedad?

—Puedes elegir la verdad que...

—Déjalo.

—Ninguno de los dos podemos parar esto, es superior a nuestras fuerzas.

—Weed sí que puede —replica Perdiz—. Necesito un poco de aire.

—Pero si ya estamos fuera.

A pesar de estar en la terraza, el aire no es distinto al del interior del piso. Perdiz siente claustrofobia. Repasa las caras de los invitados y ve entonces a Arvin Weed, con corbata roja al cuello, cogiendo un hojaldre de la bandeja de una camarera.

Piensa en todos los trayectos en tren en los que Weed iba con la cabeza inclinada sobre la pantalla, leyendo, con esa forma suya tan lograda de hacerse invisible, típica de él. La última vez que lo vio, el día en que planeó su escapada —justo antes de que Vic Wellingsly se ofreciese a partirle la cara—, Arvin lo había mirado como si, por un segundo, fuese a salir en su defensa, pero no lo hizo. Llegado el momento, ¿tendrá Weed el valor suficiente para ponerse de parte de Perdiz? Ya ha visto cómo reacciona cuando lo ponen a prueba, cómo pegó la barbilla al pecho y volvió los ojos a la pantalla. Esta vez, sin embargo, Weed tiene que ayudarlo: es su única esperanza.

—He visto a un antiguo amigo mío. Voy a ver qué me cuenta.

—¿No quieres presentármelo?

—Déjame un momento con él, ¿vale?

Iralene asiente.

—Hay tarta. Voy a ver si van a sacarla ya y luego te veo.

—Vale.

Le cuesta más de lo esperado abrirse camino entre el gentío. Los amigos de su padre van parándolo, dándole bien la mano, bien una palmadita en la espalda. Hacen los clásicos chistes sobre el matrimonio y símiles con la cárcel, y Perdiz los detesta por ello. «Esto sí que es una cadena perpetua, más que nada de lo que jamás podáis imaginar», le gustaría decirles.

Al otro lado de la estancia parecen estar dando la enhorabuena a Arvin por algo. Perdiz oye fragmentos de alabanzas y ve los sentidos apretones de mano y las palmaditas que están dándole. ¿Qué habrá conseguido Weed ahora? Por un segundo cruza la mirada con su antiguo compañero, que mira a su alrededor nervioso, apura su vaso de ponche, se disculpa con sus admiradores y se va a la ponchera a por más.

—Necesitamos sangre joven —comenta Holt—. Nos alegra que tu padre te haya convencido para que trabajes con nosotros.

—Estoy deseándolo —dice Perdiz sin perder de vista a Arvin, que está siendo felicitado ahora por el señor Winthrop, un vecino de Perdiz y consejero fiel de su padre, así como gran tenista—. ¿Qué es lo último que ha hecho Arvin Weed? —pregunta al grupo.

Todos responden atropelladamente:

—¡Un esfuerzo colectivo, un auténtico logro!

—¡Un trabajo estupendo!

—¡Una auténtica hazaña científica!

Perdiz se siente desfallecer. ¿Será que ha logrado la cura? Los hombres que lo rodean no paran la cháchara hasta que los interrumpe:

—No tenéis ni idea, ¿verdad?

Se miran entre sí, hasta que por fin Holt dice:

—Nos han llegado noticias desde lo más alto de que se trata de algo verdaderamente digno de elogio.

—Pero ¿no sabéis qué elogiáis exactamente? —Perdiz está exasperado, pero también bastante asustado.

—La verdad es que no —reconoce Holt.

—¿No tenéis ni una pista?

—No. Pero es verdaderamente genial, Perdiz, te lo aseguro.

Y entonces el propio Foresteed se acerca; es un hombre de torso corpulento, algo bronceado y con el pelo muy tieso.

—¡Perdiz! ¡Qué alegría verte sano y salvo! ¡Nos tenías preocupados! —Le da una palmadita en el hombro, muy paternal, pero luego mira a Holt, sonríe y se inclina hacia delante para añadir—: Aunque, bueno, ¿quién no ha perdido alguna vez la cabeza por una cara bonita, eh? ¿No es verdad, Holt? Pasa hasta en las mejores familias. Yo también tuve oportunidad de hacer alguna que otra trastada.

—¿Perdone? —¿Está hablándole de Lyda? ¿Es eso lo que está diciéndole?, ¿que Lyda lo maleó y él hizo una trastada?

—Así es —corrobora Holt—. Todos somos hombres, a fin de cuentas.

—Los críos hacen cosas de críos —dice Foresteed, que a continuación coge al chico por la nuca y lo zarandea un poco, en broma.

Perdiz, sin embargo, siempre ha desconfiado de la gente tan amistosa, como buen hijo de su padre que es.

En ese momento ve que Arvin se aleja del señor Winthrop.

—Perdonen, tengo que hablar con alguien.

Pero Foresteed lo agarra por el brazo y lo atrae hacia sí para susurrarle al oído:

—¿Sabes qué? Me han dicho que en la operación se borra todo, desde el momento en que te ponen la anestesia hasta tan atrás como se quiera.

—Vaya, qué interesante.

—Lo que significa que ahora mismo puedo decirte lo que me venga en gana porque van a borrártelo de la cabeza.

Perdiz mira la mandíbula cuadriculada de Foresteed y sus ojos de topo.

—Venga, adelante. Diga lo que tenga que decir.

—No eres nadie, Perdiz, eres un mindundi, eso es lo que eres y lo que serás siempre. Y si te crees que voy a permitir que tengas el mando solo porque tu papaíto lo dice, estás muy equivocado.

Perdiz se queda mirando a Foresteed, negándose a apartar la vista.

—Está bien saber que es usted un cobarde. ¿Por qué no me lo repite cuando pueda recordarlo, eh?

—Prefiero que te coja por sorpresa.

Perdiz retuerce el brazo y se libera de Foresteed, que le dice en voz alta:

—¡Enhorabuena por el compromiso!

Intenta llegar hasta Weed antes de que este salga por la puerta.

—¡Arvin! —grita.

Pero su antiguo compañero no se detiene.

Perdiz se abre camino a codazos por un corro de mujeres.

—Lo siento, disculpen. —E intercepta a Arvin justo antes de que se escabulla—. ¿Estás evitándome, por casualidad?

—¡Perdiz, hombre! Tenía ganas de saludarte pero te he visto tan ocupado que he tenido que renunciar.

—¿De veras? Fíjate que yo habría dicho que intentabas escaquearte.

—No, no. Qué cosas tienes.

Perdiz lo coge por el codo y lo lleva hacia una esquina del salón.

—Arvin, a mí no me vengas con tonterías.

—Oye, que duele. A todos no nos dieron las mismas potenciaciones. ¿Podrías aflojar un poco?

Perdiz lo suelta y le pregunta:

—¿Qué potenciación te dieron a ti? ¿Cerebral y...?

—Conductiva. Yo superviso mis propias potenciaciones, Perdiz. Me han dado unos recursos y un poder increíbles. Ni te lo imaginas.

—Desde luego que no. Yo aquí no soy más que un peón, Arvin. Y dime, ¿a qué vienen tanto alboroto y tantas felicitaciones? ¿Cuál ha sido la hazaña esta vez?

—No estoy en posición de contarlo.

Perdiz baja la voz.

—¿Estamos hablando de la cura?

Arvin mira al suelo y menea la cabeza muy lentamente. ¿No? ¿No se trata de la cura?

—¿Y qué es entonces?

—No puedo decírtelo. —Arvin se pone nervioso.

—No te alteres, Weed. Mira, yo confío en ti.

—Bueno, en eso haces bien, porque estoy al cargo de toda la siguiente fase —dice alardeando.

—¿Qué va a pasarme, Arvin?

Este se aprieta el nudo de la corbata.

—¿Cómo va el meñique?

—Bien. No cambies de tema.

—Es realmente extraordinario lo que podemos llegar a hacer

hoy en día. Regenerar un dedo ¿Tú te imaginabas de pequeño que podría llegar a hacerse algo así?

—Si quieres que te diga la verdad, nunca pensé que podría necesitar regenerarme el meñique. —Una camarera pasa junto a ellos con una tabla de quesos—. No, gracias —le dice Perdiz y, en cuanto se aleja, le susurra a Arvin—: No evites la pregunta. Quiero saber qué va a pasar con mis recuerdos.

—La memoria es muy traicionera. No es infinita, es como una red. Tu mente es un océano. Y solo se puede dragar hasta cierto punto.

—¿Qué quieres decir?

—Pues que hay cosas que se recuerdan conscientemente y otras que se asientan en el estrato más profundo del subsuelo marino de la memoria, en el subconsciente. Y lo que llega a esa profundidad no puede tocarse. Podemos intentar acabar con los caminos que llevan hasta allí, pero poco más. Luego, pasado un tiempo, cuando apenas se accede ya a esos caminos dañados, se cierran para siempre.

—Pero yo no tengo que preocuparme por nada de eso, ¿verdad, Arvin? Tú estás al mando y vas a encargarte de todo.

Weed vuelve a parpadear, con los mismos guiños nerviosos y casi imperceptibles que le hacía a Perdiz durante la repurificación. Está de su lado, casi seguro.

—Te ha vuelto a crecer el meñique, Perdiz. Es asombroso. Deberías alegrarte del favor que te ha hecho la ciencia.

—Sí, supongo que sí.

—Alégrate de eso —le dice Weed como si fuese una orden.

—Que sí, que me alegro. Estoy encantado de tener de nuevo el meñique. ¿Te vale?

—Y todo porque, como todavía existía una parte fundamental de tu meñique, pues se pudo regenerar. —¿Está diciéndole Arvin que también podrá recuperar la memoria porque en lo más hondo seguirá existiendo una parte fundamental?—. Está oscureciendo.

Perdiz mira a los invitados congregados en la terraza.

—Se ha hecho tarde.

—Ya solo va a oscurecer cada vez más.

Esas últimas palabras de su amigo hacen que le recorra un escalofrío: se trata de una advertencia. Está claro que, por mucho que Perdiz crea saber, Arvin Weed sabe más.

Su antiguo compañero se queda mirando un jarrón con flores y toca el centro de una flor.

—No es la cura —susurra—, es peor, Perdiz. —¿Qué puede haber peor que la cura? Arvin le enseña el dedo manchado de polen—. Qué detalle…, flores de verdad. Me pregunto de dónde las habrán sacado.

Perdiz quiere hacerle más preguntas —tantas que no sabe ni por dónde empezar—, pero llega Iralene y se le cuelga del brazo.

—Me pillaste.

La chica se acerca a su oído y le susurra, como si estuviese contándole un secreto muy íntimo:

—Ya han sacado la tarta.

—Bueno es saberlo —responde Perdiz, que a continuación hace las presentaciones.

—Ya conozco a Arvin. Me alegro de verte.

Este le estrecha la mano torpemente, con demasiada fuerza, y luego se mira los zapatos. Siempre se ha puesto nervioso delante de las chicas. Es reconfortante que haya cosas que no cambian.

—¿De qué os conocéis?

—De clase. He estado asistiendo a lecciones particulares en la academia, para repasar un poco. Sería una vergüenza no poder mantener conversaciones inteligentes contigo, Perdiz. ¿No te parece?

—Nos hemos cruzado por los pasillos en un par de ocasiones cuando he ido a visitar a algún amigo —apunta Weed.

—¿Y quién te ha dado clases? —le pregunta Perdiz a la chica—. ¿Qué profesores?

—Pues unos y otros. Era tan aburrido que apenas lo soportaba.

—¿Glassings? ¿Welch? ¿Quién?

Iralene se encoge de hombros y dice:

—¿Y qué más da uno que otro, en realidad?

—Tengo que irme —tercia Arvin.

—¿No quieres un poco de tarta? ¡Es de limón!

—Gracias, pero estoy lleno y tengo que irme ya.

—Ah —dice Iralene haciendo un mohín—. Qué pena que tengas que irte.

Arvin le sonríe pero no parece tener nada más que decir. Se vuelve para irse pero retrocede entonces y dice:

—Te veo mañana, Perdiz.

—¿Mañana?

—Tu padre es una gran persona pero no destaca por su paciencia, la verdad. Han fijado el procedimiento para mañana.

—Pero... no. Es demasiado pronto.

—¿Y qué quieres que le hagamos? Lo único que puedes hacer es prepararte mentalmente.

«Mentalmente», piensa Perdiz. ¿Cómo se prepara uno para que le quiten un trozo de mente?

Arvin hace una pausa, como si quisiera añadir algo, pero mira a Iralene y su presencia lo retiene. En lugar de decir lo que quiere, Perdiz comprende que va a intentar decirlo de otra manera.

—¿Qué pasa? —pregunta Iralene.

—Nada. Que me alegro mucho de que Perdiz haya vuelto, eso es todo. —Mira entonces al chico y le dice—: Me alegro de que hayas vuelto... de que estés aquí.

—¿Qué quieres decir? —pregunta Iralene, que le da un codazo a Perdiz.

—¿Que haya vuelto? ¿Aquí? ¡Qué gracia!, pero si nunca me he ido.

325

Lyda

Túmulos

*E*n plena noche Lyda mete la mano debajo de la almohada helada y da con el borde metálico de la caja de música que guarda allí, contra la pared de yeso. La coge y se la lleva al pecho; por lo general la abriría unos segundos y dejaría que sonasen unas notas, como si la propia música pudiera ahogarse en la caja y morir. Esta vez, en cambio, no lo hace. Se incorpora y mete los pies descalzos en las botas frías, que deja sin atar. Tampoco se cambia, sino que se limita a ponerse el abrigo por encima del camisón que le han dejado las madres. *Freedle* emite un chirrido mecánico. ¿Quiere acompañarla? Se lo pone en el hombro, pegado al cuello, por donde en otros tiempos le tapaba el pelo. Pasa todo lo rápido que puede por delante de las madres y los hijos dormidos. Como es invierno, están todos algo congestionados, un tanto resollantes e inquietos.

Ahora viven en un antiguo almacén, en el sótano de lo que en otros tiempos fuera una fábrica de algún tipo de caramelo, algo como de goma que se hacía con partes de animales. Casi una década después sigue despidiendo un olor dulzón con un oscuro retrogusto a muerte. A Lyda le da náuseas. Madre Hestra se ha pasado el día contándole cosas sobre el embarazo: que todo le dará ganas de vomitar y se sentirá mareada durante un tiempo, pero que se le pasará cuando vaya engordando, cuando se le pongan más blandos los pechos (ya los tiene) y tenga que comer más. Lyda le ha preguntado sobre el parto pero la madre le ha dicho que ya hablarían de eso más adelante. «Por ahora no te hace falta saber más.»

Pero no puede evitar tener la mente puesta en el futuro. Cuando nacen bebés de supervivientes, siempre salen también con alteraciones; sus padres han quedado tan profundamente marcados por las Detonaciones que han visto alterado su código genético. Y los cambios pueden ser también ambientales; la radiación se ha incrustado para siempre en la tierra, el aire y el agua, revolotea en la ceniza y se respira por los pulmones. O al menos eso le enseñaron en la Cúpula ¿Nacerá también su hijo alterado? Ha tenido sueños en los que trae al mundo un ser lleno de pelo y retorcido, con colmillos y costillas salpicados de esquirlas de cristal.

Perdiz no tiene preocupaciones al respecto porque no sabe nada. Lyda se siente más sola que nunca en su vida. Hace más de un mes que no lo ve y a veces, cuando intenta imaginarse su cara, la imagen acaba partiéndose en mil pedazos.

Con la caja en el puño, Lyda sale del almacén y entra en la fábrica propiamente dicha. Hay una única luz bastante tenue, pero le sirve para guiarse por las filas de cintas eléctricas, maquinaria y tuberías a la vista. Las madres han destripado todo el lugar, como tienen por costumbre, arramblando con herramientas, cadenas, mangos de goma, palancas, todo lo de valor. El espacio se ha quedado con un aspecto de lo más desvalido. Sabe que Madre Hestra quiere contarle pronto a la Buena Madre lo del embarazo, y tiene miedo de la sentencia que esta pueda pronunciar al respecto; esa mujer la aterra.

Se aprieta la caja contra el pecho y camina todo lo rápido que puede. En el otro extremo de la gran sala de la fábrica no hay puerta, solo un rectángulo donde antes solía haberla. Sale al frío aire de la noche y *Freedle* chirría, tal vez contento de estar al aire libre.

Por muy sola que se sienta, no quiere que Perdiz se entere del embarazo: lo distraería de su misión, que ahora se ha convertido en algo más personal. Piensa en la niña que vio, Wilda…, que no era pura pero la habían hecho pura. Si el crío de Lyda nace marcado, ¿querrá que lo purifiquen? Le gustaría pensar que no, que estaría orgullosa de su hijo en cualquier caso; aunque a veces, es normal, no puede evitar desear que sea puro. Si los demás consiguiesen hallar el modo de revertir la degeneración rauda de células, podrían hacer que el niño fuese perfecto.

Tampoco quiere que Perdiz sepa lo del embarazo porque en realidad desea que regrese a por ella por amor, y no por obligación, aunque se odia por pensar así. No va a regresar, y no debe

327

dejar de repetírselo. Hay partes de ella que sienten como si él no mereciera saberlo. Es suyo, solo de ella, Perdiz no está. Tiene que aprender a valerse por sí misma.

Camina sobre un suelo de cemento compacto recubierto por tierra helada. Dobla la esquina de la fábrica y se encuentra con un pequeño cementerio de lo más rudimentario, rodeado por lanzas de metal bien clavadas en la tierra y envueltas en alambre de espino; las han metido todo lo profundo que han podido para que no se cuelen los terrones.

Abre la verja y la cierra tras ella. En lugar de tumbas, hay túmulos, rocas pálidas apiladas ordenadamente sobre cada sepultura. Dos son bastante recientes: la de una madre y la de una madre con su hijo. Estos últimos solían dormir en el camastro número nueve. Lyda se detiene ante el túmulo, cuyas piedras son tan blancas que relucen en la oscuridad, y pone una mano encima; por un momento tiene la sensación de que todo el mundo es reemplazable, de que esa madre y su hijo se han ido pero Lyda y su hijo han venido. Algún día también ellos desaparecerán, enterrados bajo una montaña de piedras o abandonados a la intemperie, como Sedge y la madre de Perdiz en medio del bosque. Cadáveres. ¿Eso es todo lo que somos? ¿Arde también la llama de un alma en su interior y en el de su bebé? ¿Tiene ahora dos almas?

La cajita de metal.

Va a la esquina del cementerio y coge una pala con un grueso mango de madera. Se arrodilla, deja la cajita en el suelo y alza la pala con ambas manos para clavarla en la tierra helada con toda la fuerza que puede reunir. Cuando el suelo se resquebraja un poco, vuelve a arremeter una y otra vez, con la respiración entrecortada ya, hasta que logra hundir la pala lo suficiente como para levantar un trozo de tierra y luego otro.

Por fin consigue cavar un pequeño hoyo. Cuando coge la cajita, *Freedle* abre las alas entusiasmado ante la perspectiva de oír la canción, que le encanta. Le da cuerda, aunque le cuesta lo suyo con los dedos tan entumecidos como los tiene. Se acuerda del calor que hacía cuando estaba con Perdiz bajo los abrigos, en medio de la cama con dosel. Ahora mismo lo necesita… Le ruedan lágrimas por las mejillas. Abre la caja una vez más y deja que surjan las notas. *Freedle* mariposea en el aire por encima de su cabeza mientras la música flota en el frío, hasta que poco a poco se va ralentizando, cada vez más, hasta detenerse.

Empieza a enterrar la caja en el hoyo cuando, de pronto, se detiene y decide darle cuerda de nuevo, pero sin abrir la tapa. Le gusta la idea de que si alguien la encuentra algún día, las notas salgan de ella y suenen para esa persona. Eso es lo que se espera de una caja de música; tal vez esté muy estropeada para entonces, pero le gustaría que existiese al menos la posibilidad.

Freedle aterriza a su lado. ¿Está intentando en realidad enterrar a Perdiz? No, eso no es posible. Seguirá con ella, pase lo que pase. Siempre se aferrará a alguna parte de él. Enterrar la caja significa que ha dejado de esperar que regrese a por ella. Porque no puede vivir así, tiene que hacerse a la idea de que se valdrá por sí misma y por su hijo, de que lo conseguirá ella sola.

La mete en lo más hondo del hoyo, la cubre con una nube de tierra tras otra y presiona la tierra con la pala.

Perdiz

Siete verdades sencillas

—Se supone que soy yo quien tiene que ir a tu puerta —le explica Perdiz a Iralene—. Si lo que quieres es que lo hagamos en plan tradicional, claro.

—Y besarme bajo la luz de un porche —dice esta.

Han vuelto al pasillo, ante la puerta cerrada del cuarto de Perdiz. Iralene tiene las llaves y lo mira expectante, pero el chico se mete las manos en los bolsillos, para que capte que no piensa dar ningún paso.

—Me pregunto en qué estilo estará puesta la habitación. ¿Tú lo sabes?

Iralene mete la llave en la cerradura y le dice:

—Bueno, si no te gusta, siempre puedo cambiarlo a lo que prefieras. —Abre la puerta pero, antes de que Perdiz entre, le dice—: Eso también va por mí: puedo cambiar y ser la persona que prefieras.

—Iralene…

—Gracias —le dice ella mirándose las manos—, por decir que sí a todo esto y fingir delante de tanta gente que quieres casarte conmigo. Gracias por todo, Perdiz. Sé que esta noche no significa nada para ti, pero para mí sí… —Alza la vista y le sonríe, aunque es un gesto frágil.

—¿Dónde vas a dormir tú, Iralene?

—Abajo, tonto.

—Iralene, abajo es un espejismo, no existe. ¿Adónde vas?

—Ya lo sabes, no me obligues a decírtelo. —Y entonces se ríe como si estuviese bromeando, como si todo fuese un juego.

—No es bueno para ti. No puede serlo.

—¿La conservación? Pero si no hay nada mejor para la longevidad...

—¿Sueñas dentro de esas cápsulas? Seguro que no. Te ralentizan el cerebro, así como el resto de células. Ahí no se puede soñar.

—¿Me estás invitando a pasar? Eso les gustaría, incluso aunque te aprovechases de mí.

—No pienso aprovecharme.

—Si no crees que deba estar en una cápsula, entonces invítame a quedarme contigo esta noche.

Perdiz no está seguro de qué responder.

—¡Que no pasa nada! Estoy acostumbrada a la suspensión. Yo soy de las que tiene suerte.

Se acuerda de la señora Hollenback en la cocina: «Qué suerte la nuestra». Si Iralene se considera afortunada, entonces ¿quién tiene mala suerte?

—Quédate.

La chica sonríe y baja la cabeza, cortada.

—Gracias.

Entran en el cuarto, que tiene un ambiente rústico, con una colcha de *patchwork*, cortinas con un estampado desvaído de flores y vistas a una pradera bañada por la luna.

—Puedo apagar las cámaras..., si hay una razón apropiada.

Perdiz mira primero las cámaras de las esquinas y luego a Iralene; es guapa, hay que reconocerlo. Pero solo puede pensar en Lyda, y cada vez que lo hace siente el mismo dolor. Sus dedos conservan el recuerdo de su piel. Debe tener fe en Arvin, en que tenga un plan que lo salve de la operación de mañana. No puede perder a Lyda.

Lo cierto, sin embargo, es que le viene bien que apague las cámaras; quiere poder pensar, por un rato, que su vida le pertenece. Tal vez si no está sometido a esa vigilancia, piense con mayor claridad.

—Vale. Vamos a apagarlas.

Iralene se acerca a Perdiz, tanto que este nota el calor que emana de su cuerpo.

—Si hay una razón apropiada... —Sus labios le rozan la oreja.

Asiente para que lo vean las cámaras.

Iralene rebusca en el bolso y saca la esfera. Toquetea en la pantalla y las cámaras se van apagando una por una. Perdiz suspira y se sienta en el borde de la cama. Arvin le ha dicho que se prepare mentalmente, pero ¿cómo? Se queda mirando a Iralene y le dice:

—Tengo que pedirte una cosa.

La chica va a sentarse a su lado y cruza las piernas en un extraño ocho.

—Lo que quieras.

Perdiz pone la mano sobre su regazo.

—¿Qué has querido decir con eso de que tú eras de las que tenían suerte? —Siente un resquemor que no logra quitarse de la cabeza.

—A nosotras Willux nos suspende por una buena razón. Ya sabes que a otros los pone en suspenso porque están afectados por diversas enfermedades, a la espera de que la ciencia evolucione y pueda curarlos.

—¿Afectados? ¿Como quién?

—La gente se cree que tenemos recursos para cuidar de todos los que están en los centros de rehabilitación, de aquellos que no pueden volver a la sociedad y de los bebés que no nacen bien del todo. Así que, ¿para qué malgastar recursos? ¿Para qué si puedes suspenderlos?

Perdiz piensa en Jarv. ¿Estará en el hospital o está suspendido en una cápsula fría en alguna parte?

—¿Quién te ha contado todo eso?

—No me lo ha dicho nadie. Hablan delante de mí como si fuera tonta y hay cosas que se me quedan.

—¿Estás diciéndome que...?

—No tenemos vecinos, solo compartimentos helados para que la gente no envejezca, o al menos para ralentizar su envejecimiento.

¿Sabrá Glassings todo eso? Dios Santo...

—Es por el bien común. Papá quiere ayudar a la gente.

—No lo llames así.

—Pero tu padre es mi padrastro y también va a ser mi suegro algún día. ¿No es así?

—Vamos paso a paso, ¿vale? Explícame cómo ayuda mi padre a esa gente.

—Yo he crecido ahí abajo, en el hielo.

—Iralene, no digas eso.

—Pero si es la verdad, y además no me pone triste, porque tampoco es que conozca mucho más.

—Iralene, lo siento. —Es posible que esté disculpándose por su padre.

—No pasa nada. Lo que quería decirte es que he encontrado a otros distintos, cápsulas de otro tipo en una galería que hay abajo.

—¿Cómo de distintos?

—Son la colección de reliquias de papá.

«La colección de reliquias», esa expresión la ha oído antes. Ingership se lo dijo a Bradwell justo antes de morir; y también que a su padre no le habría importado nada añadir a su amigo a esa colección.

—Creo que son gente a la que no quiere matar pero tampoco quiere ver con vida. Y se dedica a guardarla, así sin más.

—Iralene, eso no significa que tengas suerte, esto no es forma de vivir.

La chica lleva las manos a la cara de Perdiz y le implora:

—Pues entonces sálvame. Sálvame.

Lo besa entonces, con unos labios delicados, pero él la aparta y la coge por las dos muñecas, con suavidad.

—Vamos a salir de todo esto, pero no de la manera que ellos quieren. No vamos a enamorarnos.

Iralene lo mira fijamente por un momento.

—Ni me voy a enamorar de ti ni voy a abandonarte —prosigue el chico—. Me encargaré de que los dos sobrevivamos. ¿Me estás oyendo?

Aunque asiente, tiene la mirada perdida en la distancia, como si viese a través de él.

Perdiz coge unos cuantos cojines más y los pone en medio de la cama, como si estuviera haciendo un tabique entre ambos.

—Duerme aquí en este lado.

Iralene se tiende más rígida que un palo y apoya la cabeza en la almohada.

—Anda, venga, eres libre de soñar por una noche.

La chica cierra los ojos y le dice:

—Es que creo que se me ha olvidado cómo se hace.

Perdiz va hasta el otro lado de la cama. Se imagina a Jarv en una cápsula de tamaño infantil, con la carita congelada. Tiene que recordarlo después de la operación, ha de saber que el niño lo necesita. Debe acordarse de todo.

«Prepararte mentalmente.» ¿Qué habrá querido decirle con eso?

El guiño… Perdiz se da cuenta de lo mucho que está confiando en un estúpido guiño. Estaba convencido de que significaba que Weed lo salvaría, pero ¿y si resulta no ser más que un traidor asqueroso? o ¿Y si tiene un tic en el ojo o algo parecido? «Dios», piensa Perdiz. Tiene que ir allí y arriesgarse, confiar en Weed. Pero también debería pensar un plan de emergencia. Si su padre se sale con la suya, ¿hay alguien en quien pueda confiar para que le cuente la verdad sobre su vida? Si Glassings le contase que se escapó de la Cúpula, que encontró a su madre y a su hermano y que vio cómo su padre los mataba a ambos, que su hermanastra está ahí fuera, así como una novia a la que le ha prometido volver, creería que su profesor está borracho. Y tampoco Iralene se tomaría muy bien que le contase que está enamorado de Lyda y que su compromiso con ella es una farsa.

Solo puede confiar en sí mismo: ha de encontrar la forma de que su yo actual le cuente la verdad a su yo futuro.

Entre tanto, Iralene se ha quedado dormida y respira profundamente, de modo que aprovecha para cogerle el bolso, que ha dejado en la mesita de noche, y rebuscar entre pañuelos, barras de labios y varios billetes doblados. Siente los bordes puntiagudos de un carné, el que suele sacarse a los dieciséis años. Lo saca y ve una foto de la chica, que parece idéntica, incluso por las ondas del pelo. Va a guardarlo de nuevo cuando se fija en la fecha de expedición: hace ocho años. No es posible, no podía tener dieciséis años. ¿Cuánto tiempo la han tenido suspendida? ¿La eligieron para él y después le ralentizaron la edad a la espera de que él cumpliese los mismos años? ¿La escogió su padre cuando él aún tenía doce años, o menos incluso? ¿Puso su padre en la lista a Mimi y a Iralene porque ya se veía con Mimi antes de las Detonaciones?

Mira a Iralene, medio esperando a que su cara haya envejecido de repente. Tiene veinticuatro años, pero lo extraño es que no solo tiene aspecto de ser joven, también lo parece. Porque ¿qué es lo que hace madurar a la gente? La experiencia. Y a ella le han privado de eso para beneficio exclusivo de él. En el acto, le invade la culpa. Pero él no le pidió a su padre que hiciera semejante atrocidad. ¿Cómo se atreve a hacerle eso a Iralene?

Devuelve el carné al bolso, palpa el fondo con los dedos y

nota la forma de un lápiz. Lo saca junto con un tíquet cuadrado; antes de la fiesta Iralene compró caramelos de menta para el aliento.

Tiene que escribir en letra muy pequeña. Son tantas cosas las que se le agolpan en la cabeza que decide enumerar sus pensamientos.

1. Escapaste de la Cúpula. Encontraste a tu medio hermana, Pressia, y a tu madre. Tu madre y Sedge están muertos. Los mató tu padre.
2. Estás enamorado de Lyda Mertz. Está fuera de la Cúpula. Tienes que salvarla algún día.
3. Le has prometido a Iralene fingir que estáis prometidos. Cuida de ella.
4. En este edificio hay gente viva suspendida en cápsulas congeladas. Sálvalos. Jarv puede estar entre ellos.
5. Confía en Glassings. Desconfía de Foresteed.
6. No te acuerdas de todo esto porque tu padre te obligó a borrar los recuerdos de cuando escapaste. Fue él quien causó las Detonaciones. La gente de la Cúpula lo sabe. Hay que derrocarlo.
7. Tomar el poder. Liderar desde dentro. Empezar desde cero.

335

Son siete verdades sencillas, y a partir de ellas puede averiguar el resto. Pero ahora tiene que esconder la lista. ¿Dónde?

Pasea primero por el dormitorio y luego entra en el baño. Como se supone que están en una granja, se trata de un baño antiguo, sin ducha, solo una bañera con patas. El lavabo es una palangana con dos grifos, uno de agua caliente y otro de fría. Y el váter es de los antiguos, con un taza ajada y una caja colgada arriba en la pared. En lugar de un botón para la cisterna tiene una cuerda para tirar.

Hay un pequeño problema, no obstante: si la esconde, ¿cómo sabrá dónde buscarla?

Mira de nuevo la caja encaramada en la pared y la cuerda que cuelga de ella.

Baja la tapa y se sube encima para mirar en el interior de la cisterna, que está medio llena de agua. El mecanismo consiste en una cadena enganchada a una boya de goma que levanta una compuerta que a su vez hace que baje todo el agua por una tubería, hasta el váter.

Si desengancha la cadena, no se podrá tirar de la cisterna y entonces tendrá que intentar arreglarla y así se encontrará allí una vez más, encima de la tapa del váter. Si mete la nota entre la caja y la pared, pero remetida bajo la tapa, se caerá al suelo cuando vuelva a intentar abrirla.

Se apresura a plegar la nota en forma de fuelle y escribe por fuera: «Para: Perdiz. De: Perdiz. Léeme».

La esconde en el sitio, pero comprende que tendrá que diseñar un plan para volver a ese cuarto. ¿Qué clase de plan? No tiene ni idea.

Y entonces oye un chillido y corre al dormitorio. Iralene está revolviéndose en la cama.

—¡Iralene, despierta! —La sacude por los hombros y la chica se le agarra al pecho—. ¡Iralene! —grita de nuevo.

La chica abre los ojos, boquea, mira la habitación, como un animal enjaulado, y por último clava la vista en Perdiz.

—¿Qué nos ha pasado?

—Nada —le dice en voz calma—. No ha sido más que un mal sueño, una pesadilla.

336 Le lanza los brazos al cuello y lo abraza con fuerza.

—Éramos tan pequeños… Nos habíamos hecho muy pequeños y se habían olvidado de nosotros. Intenté llamarlos a gritos y traté de conseguir ayuda pero no tenía donde ir. Y éramos tan diminutos, Perdiz, como muñequitos en cajitas de plástico.

—No ha sido de verdad. Solo estabas soñando. Chist —le dice acariciándole el pelo—. Chist, no pasa nada. Venga, intenta seguir durmiendo.

—¿De verdad que no pasa nada? ¿Estás seguro?

—Es solo un sueño, todo está bien. No va a pasarte nada. —Intenta creer en lo que está diciéndole—. Te lo prometo.

—Abrázame, por favor.

Se recuesta en la cama y ella pone la cabeza sobre su pecho y le pasa la mano por detrás de la camisa.

—Quiero que recuerdes esto: que eres bueno conmigo. Mañana después de la operación, te contaré lo bien que te has portado conmigo.

—Esta es mi versión favorita del cuarto, Iralene. Mañana, cuando me lo recuerdes, asegúrate de que es esta misma habitación, no un hotel de vacaciones ni una metrópolis. En este cuarto uno se siente como en casa. Prométeme que me lo pondrás, quiero vivir en este. No importa lo que diga mañana, asegúrate de que cuando vuelva me encuentre este mismo. ¿De acuerdo?

—Este mismo. Yo me encargo, te lo prometo.

Se alisa las arrugas de la camisa. Con la cabeza sobre su pecho, es posible que escuche el latido de su corazón. Están despiertos y vivos en un edificio repleto de cuerpos suspendidos, de muertos vivientes.

—¿Puedo volver a encender las cámaras, Perdiz? Me siento más segura así, vigilada. Y además quiero que nos vean juntos. ¿Puedo?

—A mí no me hace gracia, pero por ahora vale.

La chica coge la esfera de la mesilla de noche y pulsa varios botones. Las lentes de las cámaras de las esquinas se repliegan con su chasquido habitual. Y una vez más tienen miles de ojos vigilándolos.

Pressia

Solsticio

*P*ressia duerme a intervalos, hasta que se despierta del todo. Más allá de las capas de la chaqueta y los dos jerséis de lana, siente de repente la curva de la espalda ajustada a otro cuerpo cálido y se da rápidamente la vuelta.

Bradwell, dormido como un tronco. Le sorprende encontrarse con aquel bulto, como quien se encuentra un hermoso osito en la cama, aunque no está tendida en ningún colchón, sino sobre el piso de piedra de un subterráneo. Le viene a la cabeza un cuento sobre unas camas y unos osos pero no recuerda bien cómo era. Los costados le bajan y le suben. Ambos están vestidos de arriba abajo y con las piernas entrelazadas entre sí. Se han besado y besado hasta que les han dolido los labios y han acabado durmiéndose.

Los pájaros de la espalda de Bradwell se remueven bajo la camisa. Pese a que es de noche, distingue bien su cara bajo la luz de la luna, oscurecida por la ceniza: tiene los rasgos tan llenos de paz que se le antoja joven. Aunque en realidad lo es, tiene que recordarse a sí misma; ambos lo son. Y Bradwell parece tan vulnerable así que casi puede imaginar cómo habría sido si no hubiese vivido todo lo que ha vivido: el asesinato de sus padres, la pérdida de Walrond, las Detonaciones... ¿Hubiese sido, en tal caso, de esos hombres de corazón tierno? Puede que parte de él lo siga siendo, y que por eso les haya llevado tanto tiempo encontrarse otra vez así. Él tiene tanto miedo de que le hagan daño como ella.

Como por instinto se lleva la mano a los dos viales envueltos en la barriga. Están a salvo.

Lo más probable es que no pueda quedarse dormida de nuevo, y además va siendo hora de relevar a Il Capitano y hacer guardia.

Se escabulle sin hacer ruido, se cuelga el fusil a la espalda y coge su cuchillo.

Cuando sale del subterráneo oye una voz que canta en un tono bajo y ronco una canción sobre un hombre cuyo amor murió en las Detonaciones. Pressia la ha oído muchas veces.

Ceniza y agua, ceniza y agua, la piedra perfecta.
Me quedaré donde estoy y esperaré por siempre
hasta convertirme en piedra.

Ha de ser la voz de Il Capitano. Se pone de espaldas a la ladera de la colina, se queda en silencio y escucha. Canta con una voz triste, lúgubre y nostálgica. No sabía que su amigo tuviese eso dentro, y se pregunta si estará enamorado de alguien o perdió a alguien a quien quería. No hay otra explicación para esa melancolía tan profunda en su voz rasgada.

Como no quiere avergonzarlo si la pilla allí escuchándolo, regresa al subterráneo y vuelve a salir tosiendo con fuerza.

En el acto su amigo deja de cantar… en medio de una sílaba. Lo llama por su nombre:

—¿Capi?

—¿Qué pasa? —pregunta este de mala gana.

Pressia sube la colina y se lo encuentra sentado entre las vías maltrechas y retorcidas, el arma en el regazo. Il Capitano está meciéndose ligeramente, con su hermano a la espalda, como si intentase dormir a un bebé…, pero ¿a Helmud o al fusil? No parece ser conciente del movimiento. Tiene a *Fignan* a un lado, apagado y en silencio.

—¿Por qué no vas abajo y te echas un rato? Yo haré mi turno.

—¿Dónde está Bradwell?

—Durmiendo.

—¿De verdad? —lo dice como si la estuviese acusando de algo. ¿Sabrá que han estado besándose?

—Sí, de verdad. Él hará el siguiente turno. Yo no podía dormir.

—Entiendo.

—Pero ¿qué te pasa?

—Nada. —Il Capitano se levanta—. ¿Te quieres quedar con *Fignan* o me lo bajo?

—Déjalo. Si la cosa está tranquila, me pondré a investigar.

339

—Hasta ahora ha estado todo tranquilo…, más o menos.

—Empieza a bajar la colina—. Acabamos de empezar y ya estamos con un hombre menos. Tenemos que centrarnos… todos.

—Ya lo sé.

Il Capitano arquea las cejas como si no la creyese. A Pressia no le gusta la mirada suspicaz que ve en sus ojos. Helmud levanta entonces la cabeza, somnoliento, y, al verla, le sonríe.

—Vuelve a dormirte, Helmud —le dice esta.

Il Capitano mira hacia atrás y reprende a su hermano:

—Sí, eso, a dormir. —Acto seguido se vuelve y se va colina abajo.

Hace frío. Pressia se abraza a sí misma y tararea la canción unos minutos pensando en Bradwell. Va sobre esperar a alguien que no regresará nunca. Le vuelven a acechar sus miedos.

El terreno es desolador, pero está tranquilo, así que le dice a *Fignan*:

—Levanta. Vamos a trabajar.

La caja parpadea, saca las patas del cuerpo y se levanta sobre ellas.

—Quiero más información sobre Irlanda y Newgrange. Cuéntame.

Fignan le muestra una cantidad mareante de datos: la historia de las guerras, la topografía, el clima, la geología, e incluso algunas citas de mitología irlandesa, poesía y narraciones populares. A su alrededor el aire está iluminado como si estuviese calentándose con una fogata.

Por último se centra en Newgrange, que es más antigua que Stonehenge y las pirámides de Egipto y fue construida por una civilización muy avanzada para su tiempo. Dentro del túmulo hay un pasaje que mide unos dieciocho metros y conduce al centro del montículo. Una vez al año, durante el solsticio de invierno, el sol ilumina directamente ese pasaje hasta el corazón de la cúpula, a través de una abertura especial que hay justo por encima de la entrada. En la actualidad esto ocurre cuatro minutos después de que salga el sol, pero hace cinco mil años coincidía justo con la salida del astro rey.

Hay algo que la inquieta. Le pide a *Fignan* que le cuente sobre el solsticio de invierno, el día más corto y la noche más larga del año.

—¿En qué día cae este año?

340

—El veintiuno de diciembre —responde *Fignan* con su voz ligeramente metálica—. El sol sale a las 8.39.

—¿Por qué estaban tan obsesionados con el solsticio de invierno?

Fignan la lleva a otra página donde se informa sobre la polémica entre los investigadores que creyeron que se trataba de un túmulo funerario y los que lo veían más bien como un templo de un culto basado en la astronomía.

—Lo que nos lleva de vuelta a Cygnus —susurra Pressia—. La constelación. —De repente siente una sensación extraña, acompañada de un fuerte nudo en el pecho que le impide respirar: es como si su cuerpo hubiese descubierto algo que su mente todavía no hubiese comprendido—. Un culto basado en la astronomía. La salida del sol. Veintiuno de diciembre. Ocho y treinta y nueve de la mañana. ¿Cuánto tiempo brilla el sol en la cámara?

—Diecisiete minutos —le informa la caja.

—E ilumina el suelo, ¿no es eso? ¿El suelo de la cámara?

Fignan reluce para confirmar la información y en el acto Pressia lo coge y sale corriendo colina abajo.

—¡Bradwell, Capi, Helmud! ¡Despertaos! —grita cuando llega al subterráneo.

Bradwell se incorpora sobre un codo y pregunta:

—¿Qué pasa?

Il Capitano, que está acostado a su lado, dice:

—¿A qué viene tanto jaleo, demonios?

Helmud, temeroso, pregunta:

—¿Demonios?

—Walrond —dice Pressia—. ¿Os acordáis de lo que dijo?

—¿Qué? ¿Podrías darnos un poco de contexto? —Bradwell se restriega los ojos con las hermosas manos que han tocado antes su cuerpo, las manos que ama.

—Walrond dijo que «el tiempo era crucial». ¿Te acuerdas? Y tú te preguntaste qué habría querido decir con eso, ¿no?

Bradwell se incorpora del todo.

—Sí, bueno, me refería a que el tiempo solo era crucial cuando tenían la oportunidad de detener a Willux para que no volase por los aires el mundo…, no ahora.

—¿De qué va todo esto? —quiere saber Il Capitano.

—Pues de que he estado investigando sobre Newgrange y resulta que allí el tiempo es crucial solo una vez al año. En un día y a una hora concretos. —Les explica lo del túmulo, el pasaje y la luz que ilumina la cámara—. Durante tan solo diecisiete minutos.

—¿Crees que Walrond podría haber escondido allí la fórmula? —aventura Il Capitano.

—Es posible que, de saber que Willux iba a salvar la cúpula de Newgrange, Walrond la escondiese allí, y tal vez fue así como acotó la búsqueda. Podría ser su X marcando el sitio.

—Tenemos que ir ya, recoger las cosas y largarnos. Solo quedan tres días para el veintiuno de diciembre, y necesitamos ver esa luz en el suelo. Necesitamos esos diecisiete minutos.

—La caja es una llave —murmura Bradwell.

—Una llave —dice Helmud—, una llave.

El terreno es llano, polvoriento y cenizo y el viento no para de azotarlo, mientras el sol asoma ya por el horizonte. *Fignan* les ha trazado una ruta a partir de las coordenadas de Hastings. Los terrones aparecen por aquí y por allá y ellos se van turnando para dispararles; en la mayoría de casos basta con una bala de fusil. Aparte de eso, van todos en silencio.

Bradwell mira de reojo a Pressia, que quiere creer que comparten un secreto, pero Il Capitano se muestra todo el rato de lo más suspicaz. ¿Los habrá visto besándose?

Este rompe por fin el silencio:

—Es como los tatuajes palpitantes del pecho de tu madre, Pressia. Esos supervivientes que había en el Crazy John-Johns son la prueba de que tienen que existir más clanes pequeños como ese, puede que por todo el mundo. ¿Soy el único que se pregunta quién hay más allá?

Pressia piensa en su padre.

—No, yo también.

—Es posible —coincide Bradwell mirando de nuevo a Pressia—, pero tampoco debemos ilusionarnos demasiado.

—Si es posible que sobreviviera gente, también es posible que, en algún sitio, hayan prosperado.

—En teoría es posible —opina Il Capitano, y su hermano asiente, pensativo.

—De todas formas ahora mismo no podemos aferrarnos a teorías —Bradwell se detiene en seco—. Mirad, es evidente que a todos nos persigue la misma idea, ¿no?

Il Capitano y Pressia se detienen a su vez.

—¿De qué hablas? —le pregunta Il Capitano.

—De que podemos ser todo lo optimistas que queramos, pero a todos nos asusta no conseguirlo. Todo apunta a que moriremos en este viaje.

—No podemos permitirnos pensar eso —replica Pressia.

—Pero tampoco no pensarlo —esgrime Bradwell.

Pressia se mira el puño de cabeza de muñeca, las pestañas con ceniza que aletean con el viento. Es igual de peligroso enamorarse de alguien que ser optimista. ¿A eso se refiere? Le ha confesado esa sensación de caída, de que estaba enamorándose, y él le ha dicho que estaban haciéndose el uno al otro. ¿Es que está retractándose ahora?

—¿Por qué no nos callamos un rato y seguimos avanzando? —dispone Il Capitano—. No pensemos en nada, vayamos paso por paso.

—En nada.

—Perfecto —dice Bradwell.

El terreno se vuelve cada vez más escarpado, con matorrales de pino y tallos de árboles yermos. Caminan por una carretera que ha sido reducida a gravilla. Algunos trozos de roca conservan la pintura amarilla de la antigua línea continua.

Llegan a un río en cuyo tramo superior hay una presa derruida; la parte de arriba sigue intacta pero cubierta de grietas y hendiduras. Una de ellas va hasta un agujero que parece perforado a golpes en medio de la presa y por el que cae un caño de agua. El río se ha hecho fuerte y corre con fuerza; Pressia no puede evitar pensar en ahogarse y en el gélido escalofrío que produce estar atrapada bajo el agua.

Il Capitano trepa hasta lo alto de la presa, apoya una rodilla e inspecciona la zona.

—Es transitable —les grita—. Hay rastro de animales por aquí y por allá, en ambos sentidos.

—Esta vez nos mantendremos en seco —le dice Bradwell a Pressia, y hay algo en el brillo de sus ojos oscuros que le hace querer hundirse en el agua y casi ahogarse con tal de volver a tenderse a su lado, de revivir esa sensación de estar cerca de él.

—Supongo que será lo mejor.

Ya desde lo alto de la presa ve pequeños cúmulos de escombros, edificios derrumbados, carreteras desgarradas, unas cuantas

343

carrocerías calcinadas y un autobús volcado que está desintegrándose en el suelo.

Bradwell la sigue y *Fignan* va a la zaga.

—Todo muy pintoresco —comenta el chico.

—¿Cuánto queda? —pregunta Il Capitano.

—¿Queda?

Fignan lo calcula y anuncia:

—Veintinueve kilómetros y trescientos metros.

Bradwell se detiene.

—¿Veintinueve kilómetros? Eso nos llevaría cerca de la capital, de Washington. ¿Podrías contrastar esas coordenadas con un mapa del Antes, *Fignan*?

Il Capitano sigue caminando.

La caja muestra el mapa, una vista amplia del sitio donde están y del sitio adonde van.

—Haz zoom hacia el destino —le pide Bradwell al aparato.

Fignan va estrechando la vista.

—¿Eso es la capital? —pregunta Pressia.

La pantalla se queda congelada.

—No puede ser —dice Bradwell.

—¿Qué pasa?

—Una cúpula. ¡Bueno, bueno, ver para creer!

—¿Qué cúpula? —pregunta Il Capitano.

—Pues imagínate, si es la capital… ¿Es que nunca te llevaron de excursión, Capi?

—Sí, una vez fuimos a un pueblecito donde la gente se dedicaba a hacer velas.

—¿Hay una cúpula famosa en la capital? —pregunta Pressia.

Bradwell sacude la cabeza.

—Es imposible que siga en pie.

—¿El qué no puede seguir en pie? ¡Que nos lo digas! —le grita Pressia.

—El Capitolio.

—¿El capitolio de qué? —insiste Pressia.

Bradwell se mete las manos en los bolsillos y se queda con la mirada perdida en el horizonte.

—El Capitolio de Estados Unidos de América, o, en otras palabras, el edificio del Capitolio, que era una cúpula, una muy hermosa.

—Dios Santo. ¿El Capitolio de Estados Unidos? ¿¿Esa cúpula?? ¿Allí es donde está el avión? —Il Capitano no da crédito.

Bradwell asiente.

—O lo que quede de él, supongo, que no puede ser mucho.

—¿Me estás diciendo que Willux aparcó su avioncito en medio del Capitolio? ¡Eso sí que es ser sentimental!

—Willux —repite maravillado Helmud.

El viento sopla con fuerza a su alrededor.

—Bueno, parece que al final vas a tener tu excursión después de todo, Capi.

Pressia empieza a caminar por lo alto de la presa; el viento es tan fuerte que teme que la empuje cuando arrecie, de modo que se agacha y sigue moviéndose en cuclillas. El aire le enreda el pelo y se le cuela por los pantalones y la chaqueta. Intenta imaginarse una aeronave dentro de una cúpula gigante. ¿Qué aspecto tendrá?

Comete el error de mirar hacia un lado, por donde el agua cae en picado desde el agujero y forma una nube de espuma más abajo; al instante desea no haberlo hecho. Cuando vuelve la vista arriba, ve algo que pasa, una pequeña alimaña de pelo erizado y con el espinazo hacia arriba, arqueado casi como el de un gato; aunque en realidad parece más un gran roedor con dientes afilados que sobresalen por fuera del hocico. El bicho profiere un chillido muy agudo. Las garras son muy gruesas, probablemente retráctiles.

—Tenemos compañía.

—Yo me encargo —dice Il Capitano.

La alimaña desprende un ligero resplandor rubí de sus ojos.

—Va a salir saltando así que mejor que apuntes bien.

Il Capitano alza el fusil muy lentamente y Helmud se tapa los oídos. Sin embargo, cuando la alimaña lo oye amartillar el arma, se abalanza sobre Pressia, que se agacha y rueda. Il Capitano abre fuego pero la alimaña está en movimiento y no le da. La chica tiene ahora frente por frente el morro estrecho y los colmillos del animal. Se impulsa como puede y rueda demasiado cerca del borde. Las piernas se le escurren y salen justo por encima del agujero por donde cae al agua. Se coge del borde con su única mano y el codo del otro brazo, la mejilla desollada ya por el cemento. La alimaña le echa el aliento en la cara.

Esta vez Il Capitano decide embestir sin más la alimaña y cogerla por la piel del cuello, aunque no por ello para de morder y arañar. Bradwell coge de los brazos a Pressia y esta se agarra con fuerza a la manga del abrigo del chico, clavando los nudillos en los músculos del otro. Bradwell tira de ella con fuerza y la atrae hacia sí. No le suelta el abrigo hasta que no recupera el equilibrio y el aliento, empapándose de la sensación de estar cerca de él.

Helmud golpea la alimaña en su intento por quitársela de encima a su hermano, quien por fin consigue zafarse. Aunque está sangrando, el bicho se va maullando y cojeando.

Il Capitano se queda con las manos en las rodillas, intentando recobrar el aliento. Mira a Pressia y parece fijarse en la forma en que sigue cogida a las mangas del chaquetón de Bradwell. Si pensase que hay un lazo más profundo entre ambos, tal vez no se lo tomase a bien, es un tipo bastante impredecible. Suelta entonces a Bradwell y se sacude el polvo de los pantalones.

—¿Qué coño era eso? —pregunta Bradwell.

—Una especie de comadreja —dice Il Capitano.

—¿Casi me mata una comadreja?

—Pero no te ha matado —replica Bradwell—. Te hemos salvado. Se podría decir que ha sido hasta romántico.

—Yo no llamaría a eso romántico —tercia Il Capitano.

—Como si tú fueses a llamar a algo romántico —le contesta sorprendido Bradwell.

—¿Qué pasa? ¿Es que yo no puedo ser romántico? Pues mira, resulta que yo creo en esas cosas. Pero no solo por salvar a una chica: eso no es más que caballerosidad.

Pressia recuerda la voz de Il Capitano, lúgubre y desgarrada. Tal vez la posibilidad de que ellos dos estén juntos le recuerde a él ese amor que perdió, el amor por el que cantaba. Por mucho que cueste imaginarlo enamorado, está claro que puede estarlo: es humano, no importa la imagen de duro que quiera proyectar.

—Todo el mundo puede ponerse romántico, siempre que se quiera… —comenta Pressia.

Lyda

Voto

*L*yda está en un taburete de la fábrica, en una fila de madres que pelan la piel seca y rugosa de los tubérculos llenos de protuberancias; de algunos salen pequeñas tiras, casi como tentáculos, mientras que otros llevan tanto tiempo almacenados que han desarrollado algo parecido a unas garras moradas, como si tuviesen intención de convertirse en alimañas y salir del interior de la pulpa. El trabajo no le disgusta, sin embargo. Cuando les quita la piel, se quedan blancos, relucientes y resbaladizos, como peces que caen al cubo, que hay que rellenar de agua y poner a hervir. Lo único que se oye son el suave tintineo y el rasgueo de los cuchillos de mondar.

Cuando ve entrar a Madre Hestra por el marco vacío de la puerta, siente un nudo en el estómago. La madre se ha pasado la mañana esperando para pedir audiencia con la Buena Madre, para que les permitan a Lyda y a ella hablar a solas sobre un asunto privado y urgente. La líder del grupo no suele aceptar peticiones de reuniones particulares; cree en la solidaridad y en que cualquier noticia debe ser conocida por todo el grupo a la vez. «Una ola puede llevarse por delante a un individuo y arrastrarlo al mar, pero si permanecemos unidas, nos mantendremos a flote, arriba y abajo, como una simple onda.»

A Lyda la perspectiva de ver a la Buena Madre la aterra, y preferiría no tener que hablar con ella.

Con todo, la expresión de Madre Hestra denota un triunfo tácito; incluso Syden parece contento.

—Lyda tiene que venir conmigo —le dice a Madre Egan—. La orden viene de arriba del todo.

—¿De arriba del todo, de verdad?

Madre Hestra asiente.

—Bien, vale. ¿Lyda? Ya lo has oído, tienes que irte.

Madre Egan es la encargada del pelado de los tubérculos, y lo cierto es que ella misma parece uno, con esa piel tan reseca, oscura y llena de erupciones. No lleva ningún niño fusionado porque perdió a sus hijos durante las Detonaciones. Lyda se levanta cogiendo el borde del delantal para que no se le caigan las peladuras. Va hasta la basura, las echa dentro y luego vuelve para pegar el taburete a la pared.

Todas las madres se quedan mirando a Lyda, los hijos incluidos. Se ha acostumbrado a esa forma que tienen de mirarla. Están orgullosas de tener una pura entre las suyas, pero al mismo tiempo la desprecian porque asumen que no ha conocido el sufrimiento. Algunas le susurran: «Qué guapa eres, ¿no?» o «Qué piel más fina tienes», cumplidos hechos en un tono más bien hostil. Una vez encontró una nota debajo de la almohada: «Vuelve a tu casa. No necesitamos a gente como tú aquí». Y el primer día que Madre Egan le dio un cuchillo de mondar le dijo: «Ten cuidado, no querrás dañar esa sedosa piel de pura».

348

En esos momentos Lyda echa de menos a Pressia. Aunque no la conoce muy bien, vivieron muchas cosas juntas en poco tiempo, y la chica nunca le dio la impresión de estar resentida con ella. Está convencida de que si pudiese contarle lo del embarazo, tendría una amiga de verdad, una confidente. ¿Dónde estará ahora?

También añora a Illia; aunque extrañas y oscuras, sus historias la transportaban a otro lugar, y se le antojaban lecciones, como esas que las madres les dan a sus hijas.

Cuando sale de la habitación cavernosa, siente las miradas clavándosele en la espalda. Se pregunta qué pensarán de ella cuando se enteren de que está embarazada. La odiarán aún más, ¿no? Por ser imprudente y tonta. Por entregarse a un chico tan alegremente. Pensarán que es una fulana; ha oído alguna que otra vez esa palabra. Dijeron eso de tres chicas de la academia que acabaron en el centro de rehabilitación. Estuvieron un buen tiempo y volvieron con caras sombrías y pelucas brillantes, hasta que les creció de nuevo el pelo. ¿A qué castigo la someterán aquí?

El día está cubierto, con un cielo de un gris más oscuro de lo normal y las nubes más negras por los bordes.

—¿Se lo has dicho? —le pregunta Lyda a Madre Hestra.

—Eso es cosa tuya. Lo único que sabe es que tenemos que contarle algo.

—¿Crees que me echará a patadas? No será capaz de hacerle eso a una madre joven, ¿verdad?

La otra no responde nada, hasta que por fin suspira y le dice:

—Es inescrutable. Pero al menos es bueno que vayamos a contárselo solo a ella primero.

Pasan por delante del cementerio y de pronto una parte de Lyda quiere volver a tener la caja. Sabe, sin embargo, que no debería quererlo, que Perdiz se ha ido para siempre.

Llegan a otro edificio, la sala de la cuba, donde vive ahora la Buena Madre. Hay dos mujeres haciendo guardia en la puerta armadas hasta los dientes; no llevan solo lanzas, dardos o cuchillos, son viejas armas de todo tipo que les han robado a los niños de sótano.

—La he traído conmigo. Órdenes de arriba del todo —les dice Madre Hestra.

Las guardianas se hacen a un lado para dejarlas pasar.

La propia cuba está en el centro de una estancia de techo alto y parece un caldero de metal gigante. El trono de la Buena Madre está justo detrás, pero hoy no está sentada en él, sino que se ha recostado en un camastro donde otra madre le manipula el cuello.

—Respira hondo y contén la respiración —le dice esta—. ¿Preparada?

La Buena Madre cierra los ojos y asiente.

La otra le dobla la cabeza con un rápido chasquido y a la Buena Madre le cruje el cuello; esta emite un suspiro y dice:

—Gracias.

La madre se levanta. Tiene a una niña alojada en una cadera, con la cabeza sobre el pecho de su madre. Al ver a Lyda y a Madre Hestra, anuncia:

—Tiene visita.

La Buena Madre alza la vista y dice:

—Sí, estaba esperándolas. —Lyda espera que se incorpore pero no es así. Aunque hace frío, lleva los brazos al aire y deja a la vista la boca de bebé que tiene en el bíceps; cubierta de baba, hace un pequeño mohín con los labios—. Cuéntame.

—La noticia de Lyda es bastante…

—Tú no —responde la Buena Madre, que sigue con los ojos cerrados y no se ha movido un ápice. Ahora se atisba el trozo de metal de ventana que tiene incrustado en el pecho y cómo sube y baja al compás de la respiración—. Lyda, cuéntame qué es tan urgente.

La chica da un pequeño paso al frente y dice:

—No estoy segura de si...

—¿Son noticias de la Cúpula? ¿Ha intentado contactar contigo?

—¿Perdiz?

—¿Quién si no?

—No, no creo que pudiese.

—¿De modo que te ha abandonado a tu suerte?

Lyda hace una pausa antes de responder:

—Supongo que se podría decir que sí.

—Bueno, eso no es ninguna novedad. Un muerto es un muerto, y eso es lo que hacen: se van.

Lyda mira de reojo a Madre Hestra. «Díselo —le está diciendo con la mirada—. Venga.»

—Pero antes... Antes de que se fuese...

Ahora la Buena Madre abre por fin los ojos.

Lyda respira hondo y prosigue:

—Antes de irse, cuando escapamos, y había Fuerzas Especiales por todas partes y...

La líder se apoya para sentarse y mira a Lyda con unos ojos que se van estrechando. Tiene la cara repleta de pequeñas fisuras y arrugas.

—Nos quedamos solos cuando huimos. Y nos encontramos con la casa de un vigilante. No tenía techo y...

—Dime qué pasó en esa casa.

—En la planta de arriba. No teníamos nada por encima de la cabeza. Y había un armazón de una vieja cama, cuatro postes de bronce...

—¿Qué te hizo en esa casa, Lyda?

La chica sacude la cabeza. Sabe que está a punto de echarse a llorar y entrelaza los dedos con fuerza.

—Él no me hizo nada, no fue así como pasó.

—¿Estás intentando decirme que te violó?

—¡No!

La Buena Madre se levanta.

—Estás diciendo que te raptó, te apartó de Madre Hestra, te arrastró contra tu voluntad a esa casa, donde nadie oiría tus gritos... —Se acerca más a la cara de Lyda—, ¿y luego te violó?

—¡No fue eso lo que pasó! ¡No me violó! No fue así.

La Buena Madre le pega una bofetada tan fuerte y rápida que al principio ni siquiera le duele, solo le arde; pero al poco la quemazón se le extiende como una abrasión por la mejilla. Alarga la mano y encuentra la de Madre Hestra, que se la ofrece para que se apoye.

—Ni se te ocurra volver a defender a un muerto. Aquí no, y menos delante de mí. —Se aleja de Lyda, va a la pared, levanta los puños y aporrea con ellos el muro hasta que gime del dolor. Cuando para, parece como congelada y cabizbaja.

—Está embarazada —interviene Madre Hestra.

—Ya lo sé —dice la Buena Madre.

Todo se queda en silencio un buen rato, hasta que Lyda no lo soporta más:

—¿Qué va a hacerme? —pregunta.

—No voy a hacerte nada. La pregunta es qué voy a hacer por ti. —La voz de la Buena Madre es un susurro rasgado que asusta más a Lyda que los puñetazos contra la pared.

—¿A qué se refiere?

—Voy a matarlo —dice como si tal cosa.

—¿Qué? —Todavía temblorosa e inestable por la bofetada, siente que las rodillas casi ceden bajo sus piernas—. No, por favor.

—Es la verdad. Lo mataré y para llegar a él tendré que matar a otros más por el camino. Es inevitable, pero ya es hora de que planeemos un ataque contra la Cúpula. Ha llegado la hora de pelear.

La Buena Madre se acerca de nuevo a Lyda, que no puede imaginar como algo tan fugaz, rápido e inocente puede desencadenar una guerra. Va a morir gente por culpa de esos instantes en la casa sin techo del vigilante.

—No —susurra entre llantos Lyda—. Por mí no.

La Buena Madre pone una mano amable sobre la barriga de Lyda y mira a Madre Hestra antes de decir:

—Un bebé al que podremos coger entre nuestros brazos… El primero desde las Detonaciones.

—El primero —repite Madre Hestra—. Lo adorarán.

La Buena Madre suspira y coloca un dedo en la boca de bebé que tiene en el brazo. Lo mete dentro y lo pasa por las encías inferiores.

—Dos dientes de leche. ¿Te lo había dicho? Después de tantos años, dos bultitos blancos.

351

Perdiz

Fibras

Cuando se levanta, Iralene se ha ido; su lado de la cama está perfectamente hecho y ha reseteado el cuarto para que vuelva a la playa, lo que le produce cierta desazón y algo de susto: ¿cumplirá Iralene su palabra y volverá a cambiarlo a la granja a su regreso? En caso contrario, lo tiene crudo.

Le han preparado el desayuno, comida de verdad una vez más, con avena y zumo de pomelo. Las cámaras lo observan a través de sus ojos vidriosos. Se queda mirándolos, como para decirles a quienes lo vigilan que no tiene miedo. Cosa que es mentira: está tan asustado que apenas puede comer. Se acerca a la ventana, ve al viejo que rastrea la playa con el detector de metales y se asoma por el alféizar para gritarle:

—¡Eh, estúpido viejo falso! ¡No tienes futuro! ¡Nunca encontrarás una mierda!

El hombre se vuelve, sonríe y lo saluda con el sombrero.

Llaman a la puerta.

—Pasa.

Da por sentado que es Iralene, ya que parece acompañarlo a todas partes; sin embargo, es la voz de Beckley la que ahora suena tras la puerta.

—He venido para llevarte.

—¿Ya? ¿Puedes darme un minuto?

No está seguro de para qué quiere un minuto. Le gustaría cambiar la habitación a granja y comprobar que la nota sigue en su sitio. Pero sin Iralene no puede.

—Hay que ir saliendo ya.

—Maldita sea —dice Perdiz, que oye entonces cómo gira la llave en la cerradura.

Beckley abre la puerta de par en par.

—¿Preparado?

En cuestión de una hora Perdiz está de vuelta en el centro médico, vestido con un pijama de hospital y tumbado en la camilla de reconocimiento de un quirófano, él solo.

Oye el chasquido y el zumbido del sistema de filtrado de aire, tan familiares para él. Justo por encima de la cabeza, en el techo, hay una rejilla de ventilación que arroja aire sobre él; le gustaría que se pareciese más a la sensación del viento. Los conductos del aire fueron su ruta de escape... Pero ahora debe quedarse, y tener fe en Arvin Weed.

En ese momento entra un técnico que le dice:

—Voy a ponerle las correas.

—¿Qué correas? —Perdiz se incorpora, como por instinto, e intenta sonreír—. Venga, hombre, ¿acaso cree que estoy loco de atar?

El técnico no tiene expresión alguna en la cara.

—El doctor Weed ha dicho que es necesario.

Que Arvin ordene que lo aten se le antoja una muy mala señal.

—¿Doctor? Weed no es ningún médico.

—Ahora lo es.

—Mire, a mí no hace falta que me ate.

Perdiz le pone una mano en el pecho al técnico, que mira hacia abajo y luego de nuevo al chico a los ojos. Este comprende ahora que no es un técnico como otro cualquiera, sino que se ha sometido a potenciaciones varias; antes de darse cuenta, el técnico le ha doblado el brazo por detrás de la espalda y lo ha inmovilizado. Respira a cortos resoplidos.

Con un par más de movimientos rápidos, el técnico consigue atarlo y va a apostarse a los pies de la camilla, hasta que aparece Weed vestido de arriba abajo con un uniforme de cirujano, incluida la mascarilla, hasta el punto de que Perdiz solo le ve los ojos.

—Danos un minuto —le dice Weed al técnico—. Quiero comentar el procedimiento con el paciente y responder a sus preguntas.

El hombre sale del quirófano y ambos se quedan a solas, aunque bajo la estrecha vigilancia de las cámaras. Perdiz está desesperado porque le dé cierta confianza, aunque sea en clave.

—¿Por qué has mandado que me aten? No hace ninguna falta.

—Tenemos que sujetarte mientras te anestesiamos —le dice mirando de reojo una cámara en la esquina del cuarto.

—Dime que todo va a salir bien —le pide Perdiz—, por favor.

—Se trata de un trabajo pionero, Perdiz, y vamos a grabarlo todo para la posteridad.

—¿Todo?

—Por supuesto.

—¿Puedo tener un momento de verdad contigo a solas?

—¿Y eso para qué?

¿Significa eso que Weed no va a poder reconfortarle de ningún modo, o que nunca ha sido esa su intención?

—Ya sabes por qué, Weed.

—¿Qué te parece si te explico la ciencia de la memoria y el procedimiento que vamos a llevar a cabo?

Ahora mismo le importa poco la ciencia, pero se teme que se le quiebre la voz si dice algo; podría derrumbarse allí mismo, y que quedase todo registrado para la posteridad. Decide dejar hablar a Weed hasta recuperar la compostura.

—La memoria a corto plazo es química, pero, más allá de ese recuerdo fugaz, se queda alojada en el cerebro y se convierte en anatómica. A grandes rasgos hemos averiguado cómo «encender» o «apagar» neuronas y patrones de neuronas concretos; patrones que se forman al registrar los recuerdos. De modo que si desactivamos los adecuados, podemos insensibilizarlos. Lo llamamos «optogenética». Ya lo hablamos en cierta ocasión, cuando se descubrieron nuevos avances, ¿te acuerdas?

—Algo me suena..., creo. —A Perdiz, en cambio, se le daba bastante bien desconectar cuando Weed le soltaba sus charlas científicas en la academia, pero puede que no sea el mejor momento de confesárselo.

—Primero se seleccionan las neuronas y luego las alteramos por medio de virus con cierto tipo de ADN. Microbiología, ¿entiendes? Y en tu caso, introduciremos en la neurona una susceptibilidad para que quede desactivada mediante unas luces específicas de colores. Nos adentraremos en tu cerebro a través de fibras ópticas de una delicadeza extrema, que insertaremos con todo el cuidado del mundo en tu cerebro. Y atacaremos uno de esos patrones para desactivar la neurona y su circuito por medio de las señales luminosas que emitirán las fibras. Y *voilà!*

La idea de que alguien inserte unas fibras en su cerebro le da náuseas.

—*Voilà.* Te metes en mi cerebro y apagas unas cuantas luces.

—Eso es, en resumidas cuentas.

Perdiz traga saliva como puede.

—Estupendo. Dígame una cosa, doctor Weed.

En la fiesta Arvin le contó que una vez que se corta el acceso a esos caminos dañados que conducen a los recuerdos más profundos (aquel cieno en el subsuelo marino, como lo llamó), existe un breve periodo de tiempo en el que todavía se puede llegar hasta ellos, antes de que se cierren para siempre. ¿Cuánto tiempo tendrá?

—¿Cuánto tiempo tengo para nadar hasta lo más hondo?

—¿Nadar? ¿De qué hablas? —Arvin saca una aguja—. Voy a ponerte una vía, Perdiz. Relájate, por favor.

—¿Cuánto, Weed? —insiste, al tiempo que vuelve la cabeza porque no quiere ver cómo le introduce la aguja en la fina piel de la zona interior del codo. El médico le pone un poco de esparadrapo para sujetarle la vía.

—Silencio ahora.

Perdiz se mira el brazo y la piel, roja y tirante por el esparadrapo, que se va amoratando alrededor. Arvin está dándole toquecitos al tubo que conecta la vía a la bolsa de líquido transparente que cuelga de una percha metálica. La habitación se sumirá en la penumbra en cuestión de segundos y Perdiz se irá, lo anestesiarán y lo desconectarán.

—¿Cuánto tiempo para nadar hasta el fondo del océano?

—¡Ja! —Arvin ríe como si alguien más estuviese oyéndolo—. Parece que el paciente empieza a alucinar un poco. No tardará en dormirse.

—¿Cuánto? ¡Dímelo!

La cara con mascarilla de Arvin empieza a difuminarse. Este le toca la férula del meñique y le dice:

—¿Cuánto crees que tardará en regenerarse del todo? ¿Una semana o así? Es alucinante. Volverá así sin más, un dedo entero —dice Weed, con un tono casi cantarín—. Un dedo entero, entero del todo.

«Un dedo entero, un dedo entero, un dedo entero», piensa

Perdiz. ¿Está diciéndole que tiene una semana para sacar a flote sus recuerdos? ¿Solo una semana? Tendrá que encontrar la lista de las siete verdades sencillas para entonces. Pero, aunque se las crea, no tendrá ni idea de que solo dispondrá de siete días para recuperar lo perdido. Las luces oscilan y parpadean por delante de sus ojos. La habitación se mueve arriba y abajo. Arvin tiene la cara tan borrosa que ya no está seguro ni de que se trate de él. Entran otras personas con mascarilla que dan vueltas a su alrededor.

Perdiz no debe dormirse, no puede permitir que le metan unas fibras en el cerebro. Arquea la espalda y forcejea para librarse de las correas. Le grita a Weed, pero no es seguro que esté saliendo sonido alguno por su boca. La gente con las mascarillas sigue trabajando estoica y metódicamente.

Se remueve y se contorsiona, pensando en el viejo de la playa con el detector de metales. ¿Se olvidará por completo de él? Lo llamó estúpido y falso, le dijo que no tenía futuro. ¿Y si resulta que el viejo es real y pasa por esa playa todos los días pensando que es Perdiz el que es de mentira? ¿Sería distinto?

Se está durmiendo, se le cierran los ojos y le pitan los oídos. ¿Es el sonido del detector de metales? Ve de nuevo al hombre de la playa mirando hacia su ventana. Cuando le sonríe y lo saluda con el sombrero, Perdiz comprende que no se trata de ningún viejo: es un joven, y de hecho es el propio Perdiz, tan alegre, saludando a un extraño falso desde una playa de verdad, con cosas de verdad enterradas en arena de verdad, y más allá, una extensión infinita de océano.

Pressia

Aeronave

*P*ara evitar las montañas de escombros, se dirigen al sur, rumbo a Washington, por el valle de Rock Creek. Más de una vez escuchan gemidos o chillidos agudos con cierto deje humano. Los pájaros revolotean por encima de sus cabezas y se posan con todo su peso en ramas más bien precarias; algunos están recubiertos por una pátina oleosa, mientras que otros tienen cabeza de reptil; uno en concreto, que grazna como un cuervo, parece más bien un murciélago gigante, con una cabeza que se gira por completo, unas mandíbulas rápidas que chasquean en el aire y unas alas revestidas con parches de pelo hirsuto.

Al cabo de unos cinco kilómetros Pressia divisa una torre partida, con la mitad superior caída y derruida. Hay montañas de ladrillo y piedra y quedan algunos arcos intactos.

—¿Qué sería eso?

Fignan les indica las coordenadas:

—Treinta y ocho grados, cincuenta y cinco minutos, cincuenta segundos, norte; setenta y siete grados, cuatro minutos, quince segundos, oeste.

—Qué pesado con las coordenadas —se queja Il Capitano—. ¿Qué era esto?

—La catedral nacional de Washington. —*Fignan* despliega una imagen de una bonita estructura con arcos, arbotantes y agujas.

—Una iglesia —dice Pressia.

—Pero mucho más grande —matiza Bradwell. Pressia conoce su debilidad por las iglesias, pues en parte el chico le debe su supervivencia a la cripta de santa Wi—. Era enorme. Debía de venir gente de todas partes a verla. Vamos a hacerle una visita.

—¿Para qué? —pregunta Il Capitano mirándolo de hito en hito.

—Está en alto y necesitamos una mejor panorámica para ver qué ruta seguir.

Empiezan a subir por un montículo de escombros enorme.

—¿Tus padres creían en Dios? —Pressia recuerda que no iban a la iglesia, que se negaban a llevar el carné, pero... ¿y Dios?

—Creían en hechos, y en la verdad. En ese sentido se podría decir que eran creyentes.

—¿Y tú en qué crees? —le pregunta Pressia.

A ella le gustaría creer en Dios, y casi se ve capaz. A veces siente algo más allá de todo eso, y le gusta mirar al cielo, lo único que los de la Cúpula no tienen, algo por lo que los compadece.

—¿Y si Dios y la verdad fuesen la misma cosa? ¿Y si la verdad estuviese en el centro de todo? Si crees eso, estás creyendo en que la verdad se impondrá al final. Se revelará a sí misma...

—¿Igual que Dios?

—No lo sé.

—En el Antes la caja en la que guardábamos a Dios se estaba haciendo cada vez más pequeña. Y, en el lado contrario, estaba la ciencia, y fue con toda esa ciencia con lo que Willux jugó a ser Dios. Además, por otro lado, se inventó una iglesia a la medida de unos pocos, donde los ricos se sabían bendecidos tan solo por serlo. Una vez que una persona se considera mejor que otra, se abre la veda para que la gente salga indemne de todo tipo de crueldades.

—La caja en la que metimos a Dios salió volando por los aires en las Detonaciones, junto con todo lo demás —comenta Pressia—. O tal vez siguió haciéndose más pequeña hasta que tan solo quedó una mota de Dios, un átomo.

—A lo mejor Dios no necesita más para sobrevivir.

Il Capitano se ha adelantado y ahora los llama:

—¡Eh, venid! ¡Desde aquí se ve de lujo!

Pressia y Bradwell remontan los escombros, por donde se atisban trozos de vidrieras de muchos colores; a pesar de la ceniza que los recubre, siguen siendo muy vivos. Pressia coge uno con los bordes afilados y la superficie roma. En otros tiempos formó parte de algo bonito, no le cabe duda, algo que inspiraba a la gente.

Cuando llegan a lo más alto de los escombros de la catedral, Pressia mira hacia abajo, hacia el techo caído, y allí, perdido en el hoyo profundo en que se ha convertido la catedral, está lo que en otros tiempos fue el tejado de cobre verde. Entre las capas mugrientas de ceniza y polvo hay más cristales, amarillos, rojos, todos ellos quebrados, en un desbarajuste sin patrón alguno. Pressia, sin embargo, ha oído eso de que en teoría el arte es un reflejo del mundo, lo que significa que esos paneles rotos siguen siendo arte.

—De modo que esto es lo que queda de la ciudad... —comenta Bradwell mientras contempla la vista.

Pressia se vuelve y mira el paisaje allanado que tienen delante: la ciudad ha sido invadida por una marisma pantanosa y fría, y en la húmeda espesura se escabullen alimañas y pájaros. Unas enormes avenidas de escombros llevan hasta los espectrales restos de un obelisco seccionado de cuajo, una protuberancia seguida de una línea de piedra partida, de mármol tal vez, ahora ennegrecido.

—El monumento a Washington, el «Lápiz».

—¿Dónde está la Casa Blanca? —pregunta Pressia.

—Tendría que estar por allí —le dice Bradwell señalando hacia el norte del obelisco caído—. No queda nada.

—¿Y los museos? —quiere saber Il Capitano, mientras su hermano sigue escrutando el paisaje con gran entusiasmo—. Me prometiste que iríamos de excursión.

—Están allí: archivos, pinacoteca nacional, el de historia de América, el de historia natural, el museo de la Ola Roja de la Virtud... ¿Veis toda aquella piedra pulverizada siguiendo una línea recta hacia el este desde el Lápiz? —Bradwell señala unos cerros de roca—. La Declaración de Independencia podría existir todavía; en teoría la metieron en una cámara acorazada subterránea y podría haber sobrevivido a un ataque directo.

—Mirad allí —dice Il Capitano señalando el extremo más al este—. ¿No es eso lo que estamos buscando?

El Capitolio recorta el horizonte como una delicada pompa de jabón. Aunque está bastante destartalado, sigue en pie, en una pequeña loma que sobresale de la marisma. Se trata de una cúpula rota hecha de piedra clara ahora más bien gris. La mayor parte del

359

tejado ha desaparecido o está resquebrajado. Le faltan trozos de pared y, desde lejos, semeja un encaje. Pressia piensa en la manera en que las polillas se comen la lana y en los agujeros finos y como de gasa que dejan.

Y a través de esos boquetes ve que la cúpula no está vacía, sino que hay algo por dentro, con destellos metálicos: la aeronave, con su voluminoso armazón, el casco. ¿Puede ser verdad que esté allí?

—Mira, Helmud —le susurra Il Capitano a su hermano—. Ahí está.

A Pressia le gustaría que el abuelo pudiese ver aquello. Le contó tantas veces lo del día después de las Detonaciones, cuando la aeronave surcó las nubes zumbando por el cielo y lanzó al aire todas esas octavillas, todas y cada una con el mensaje impreso… Pensaron que se trataba de algo que les daría esperanzas, la Cúpula, hermanos y hermanas que vigilaban con benevolencia y que se reunirían con ellos algún día, en paz.

Y ahora, por muy hermoso que sea el edificio del Capitolio y la promesa que contiene, el avión, todo se le antoja una traición, un error profundo y odioso. Ni siquiera está rodeado por una alambrada, como el Crazy John-Johns, está allí sin más, desprotegido, como prueba de la arrogancia de Willux, que nunca creyó que un miserable pudiese llegar hasta allí vivo, o que, de conseguirlo, tuviera valor para robarlo.

Aunque Il Capitano está cerca, se encuentra al otro lado de Bradwell, de modo que Pressia aprovecha para cogerle la mano a este. Cuando entrelazan los dedos, le parece que lo han hecho millones de veces, como si fuese una costumbre de lo más habitual.

—Ha estado todo este tiempo aquí —murmura Bradwell.

—Joder —dice Il Capitano.

—Willux no lo construyó con sus propias manos. Fue la gente la que lo construyó, la gente que él creía prescindible —dice Bradwell.

—Gente como nosotros.

—Es nuestro —sentencia Pressia, que le aprieta la mano a Bradwell y este le devuelve el gesto—. Nos pertenece.

—¡Y tanto! —exclama Il Capitano

—¡Y tanto! —repite su hermano.

—Pues nada, cojamos lo que es nuestro.

Υ

Avanzan a buen paso por el valle y, al cabo de media hora, tienen las botas caladas por culpa de las tierras pantanosas. Han tenido que vadear unas cuantas ciénagas, metiéndose en ellas hasta los muslos. El agua está helada y a Pressia le duelen los pies del frío.

—Este barrio se llamaba «Foggy Bottom» —les informa Bradwell—. Era más o menos por aquí. —Fiel a su nombre, «la Hondonada Brumosa», el aire es nebuloso—. Es mejor que subamos todo lo posible.

Eso supone trepar por los escombros que los rodean. Il Capitano, que va cargando con su hermano, parece ya agotado.

—¿Estás seguro?

—A mí me gustaría poder ver lo que hay en el agua —apunta Pressia.

Es el voto decisivo, de modo que suben, aunque los escombros tienen sus propios peligros, pues no se sabe si por la zona han sobrevivido terrones y alimañas. Toman rumbo este, hacia el Capitolio.

Empieza a lloviznar y Pressia encorva los hombros para guarecerse. Bradwell, que tiene el pelo cubierto de gotitas, se lo sacude con fuerza. No tardan en verse rodeados de abetos enjutos. El agua, fría y oscura, les vuelve a cubrir las botas.

Pressia es la primera en oír el gruñido. Se detiene al instante y se agacha.

—¿Qué pasa? —susurra Il Capitano.

Un rugido parte el aire en dos, mucho más sonoro y profundo que cualquier otro que haya oído Pressia en su vida.

—No sé lo que es, pero es grande.

—Acabo de acordarme de algo típico de las excursiones, Capi —comenta Bradwell.

—¿De qué?

—Del Zoológico Nacional.

A Pressia le pasa algo por encima de la bota y ve entonces una gran cabeza roma, nudosa, parecida a la de un lagarto, con incrustaciones de cristal mate, plexiglás tal vez. Se queda paralizada. La alimaña puede tener casi un metro de largo y colea al deslizarse por el agua. Sabe lo que enjaulaban en otros tiempos en los zoológicos: animales exóticos, tan bellos como fieros.

—Esto no pinta nada bien —dice.

La alimaña vuelve a rugir y luego emite varios gañidos agu-

361

dos y penetrantes. Otras más pequeñas y escurridizas se alejan como locas al escuchar el ruido, con sus orejas gigantes y sus caras de roedoras; las hay también con pieles escamosas, como de serpiente pero con cuerpo de nutria. Los pájaros remontan el vuelo y el aire se llena de vida, de alas pequeñas y raudas y de ojos fugaces; uno tiene un tamaño enorme, es rosa, con alas majestuosas y pico retorcido. Ciervos o algo parecido aparecen brincando y se pierden como un rayo. Tienen pezuñas y son ágiles, negros unos, a rayas otros, algunos con cornamentas, lisas, puntiagudas, retorcidas o en espiral; y pelajes también distintos, vello, lana, piel escamosa, quemada y marcada, salpicada de trozos de cristal y roca. Veloces y ligeros, surcan los escombros ágilmente y se pierden.

—Se está acercando. Será mejor que huyamos nosotros también —sugiere Il Capitano.

Ponen pies en polvorosa y corren por la ciénaga salpicando agua por doquier, con las armas pegadas al pecho.

Por delante Pressia ve una sombra acechante que se les acerca y se detiene al punto. Il Capitano se pone el fusil por delante y apunta.

—Espera —le dice Pressia, que no puede evitar pensar que si estuvieron enjaulados en otros tiempos ahora tienen derecho a reclamar la tierra—. Somos nosotros los intrusos. —Se agacha por los matorrales.

La bruma es tan espesa que al principio la alimaña no es más que una forma turbia, pero, poco a poco, por entre los árboles, la silueta se va definiendo: es una gorila enorme. Cojea un poco, con la pata izquierda como la tiene, atravesada por un barrote metálico. Lleva todo el torso cubierto de caucho, un material que se le ha incrustado bien dentro, y porta en los brazos un bebé gorila, pero este parece inerte y medio descompuesto. No está fusionado, no: el bebé nació y ahora está muerto y despide un fuerte hedor. Pressia da por hecho que murió de deshidratación. ¿Cómo iba a amamantar a la cría con el pecho fusionado con goma?

La gorila pega un grito de furia.

Y Helmud grita en respuesta.

—Calla —le dice su hermano.

—Se va a poner violenta, quiere proteger a la cría —comenta Pressia.

—O lo que queda de ella —apunta Il Capitano.

—No se dará por vencida.

Escuchan un nuevo rugido, este más gatuno y distante.

—¿Había leones en ese zoo? —pregunta Il Capitano—. Bueno, casi mejor no saberlo

Bradwell suspira y responde:

—Por desgracia estaba muy bien surtido, tenían de todo…

—Por aquí —dice Pressia—. Hay un claro, se ve a través de los árboles.

Van moviéndose muy lentamente al principio, caminando hacia atrás y apartándose de la gorila, que los mira con cara de pena, como si buscase ayuda. Apoya a la cría contra el pecho y se agacha sobre una roca. Se la pone bajo el pecho y la acaricia con el hocico; es entonces cuando Pressia ve la mano de la gorila, sin vello, pálida y delicada: un vestigio de humanidad.

Pressia aparta la vista. ¿Lo que quedaba de humano desapareció del todo?

Il Capitano y Bradwell ya han echado a correr. Aunque se siente mareada y horripilada hasta la médula, se levanta y corre hacia el este. Al otro lado de la arboleda, hay primero un tramo de ciénaga y luego más árboles. Pressia va ahora en cabeza y, mientras avanza, de buenas a primeras el suelo desaparece bajo sus pies y se ve impulsada hacia delante; vuelve a pisar a medio metro, sin embargo, y vacila pero no llega a caerse.

Bradwell e Il Capitano tropiezan en el mismo punto. El primero mira hacia el este —donde se cierne el Lápiz y el edificio del Capitolio— y hacia el oeste —donde el monumento a Lincoln parece como talado.

—El estanque reflectante —dice Bradwell tanteando el agua con la bota—. Podría ser esto.

—¿El estanque reflectante?

—La gente solía congregarse aquí durante las manifestaciones, en los tiempos en que todavía se permitían ese tipo de cosas —les explica Bradwell—. Hacían mítines y daban discursos, siempre con la esperanza de un cambio. Justo aquí.

Siguen avanzando por el agua, que durante un tramo cubre más. Cuando a Pressia le llega por la cintura, empieza a notar cosas que se mueven por el agua oscura. ¿Peces?, ¿culebras?, ¿ratas almizcleras?, ¿híbridos de esas tres cosas? Se alegra de que esté todo turbio: no quiere saber lo que hay. Cierra los ojos y prosigue la marcha. El agua baja de nivel conforme se acercan al otro extremo del estanque. El obelisco no queda ya muy lejos y el Capitolio está justo detrás.

Atraviesan a la carrera una pequeña loma, cada vez más rápido ahora que tienen el objetivo a la vista. Remontan una última colina y ahí está, justo enfrente, un edificio imponente. Pressia apoya la mano en la fachada de piedra.

—Hay que ser fanfarrón para dejar aquí el avión —comenta Bradwell—. Como si el muy idiota de Willux hubiese estado tan seguro de que nadie podría llegar hasta aquí.

—Sin las Fuerzas Especiales, tal vez nunca lo habríamos conseguido —replica Pressia.

—Pues a eso lo llamo yo ironía —apunta Il Capitano—, porque lo hemos logrado gracias a la creación del propio Willux.

—Propio Willux —recalca Helmud.

Rodean el edificio hasta que por fin encuentran la entrada, donde hay una gran mole de hierro, lo que en otros tiempos fuera una estatua.

—¿Qué era eso? —pregunta Il Capitano.

—Una estatua de la Ola Roja de la Virtud —les ilustra *Fignan*—. Dedicada al movimiento dos meses antes de las Detonaciones.

Avanzan por distintos pasillos hasta que encuentran una escalera que no ha quedado bloqueada y suben a la planta de arriba, que da a un gran espacio abierto. La cúpula es alta y no está techada. El viento sopla por los boquetes y crea columnas de aire frío.

Y allí, justo donde Hastings dijo que estaría, se levanta un gran casco elíptico apoyado sobre vigas de metal y sujeto por cables gruesos. Por debajo hay una cabina exterior con dos propulsores en la popa que apuntan a un timón que está conectado con la parte de atrás del aparato; las puertas tienen tiradores de plata. La popa es de un material macizo, con escotillas; la parte de delante, el morro, tiene una cabina con ventanas amplias que describen la misma curva que la nariz cónica de la aeronave.

Aunque está cubierta de mugre, sigue siendo de una belleza impresionante.

La aeronave.

La van rodeando sin dar crédito a lo que ven sus ojos.

Il Capitano es el primero en tocarla. Separa los dedos por el cuerpo de la cabina como si fuese el lomo de un caballo y va hablando para sí en voz alta:

—Propulsor de estribor, propulsor de babor. —Mira por detrás del timón y ve una tabla colocada en perpendicular—. Estabilizador de popa.

El abuelo de Pressia hablaba del avión como si existiese la posibilidad de que no fuese real, de que tan solo fuera un mito o una leyenda, a pesar de haberlo visto con sus propios ojos: aceptar su mera existencia suponía un acto de fe.

—¿Seguro que sabes tripular este chisme? —le pregunta Bradwell a Il Capitano.

—Nunca he estado más seguro de nada en mi vida —responde este, con una fuerza en la voz que hace que retumbe por todo el espacio vacío y suene demasiado forzada. Está intentando convencerse a sí mismo de que lo que dice es cierto. ¿Acaso no es eso lo que están haciendo todos, en un sentido u otro, mentirse a sí mismos sobre la factibilidad de un viaje así?

A continuación se oye un gruñido que viene desde fuera del Capitolio, aunque les llega alto y claro. Un gruñido seguido de tres chillidos agudos y entrecortados.

365

Il Capitano

Nubes

*E*n el puente de mando Il Capitano toquetea un botón tras otro, así como cada una de las válvulas y los reguladores.

—Mira todo esto —le dice a su hermano—. ¿Te lo imaginabas tan bonito? —Está sin aliento casi, conmovido por lo real que es todo.

—Tan bonito... —coincide Helmud, que está encajado de mala manera en el estrecho espacio entre la espalda y el respaldo.

Fignan emite un pitido.

—Está todo aquí —le dice a la caja—. Tú sabes cómo funciona este cacharro, ¿verdad, *Fignan*? Es en plan vieja escuela, ¿no es eso? Todo se remonta a los antiguos dirigibles. ¿Cómo se llamaba ese tan famoso que explotó en el aire?

—El *Hildenburg* —dice *Fignan*, que proyecta entonces una imagen del accidente junto con un corte de audio de un reportero que exclama: «Oh, la humanidad...».

—Gracias, *Fignan* —dice con retranca Il Capitano—. Justo lo que necesitaba.

Oye las voces de los otros dos chicos en la cabina. No le gusta que hablen en voz baja, como si se estuvieran compartiendo secretitos. Anoche los vio besarse sobre el suelo helado. Bajó de hacer la ronda por las vías del tren para informarles de que todo estaba despejado y tuvo que salir a toda prisa y recuperar el aliento en el frío aire. «¿Qué mierda...?» murmuró él. «¿Qué... qué...?», no paró de repetir Helmud hasta que su hermano lo mandó callar.

No es el momento de pensar en eso. Abre un compartimento y encuentra una lista de control y un manual, que le pasa a *Fignan*.

—¿Te lo puedes aprender? Rapidito, si es posible.

Fignan coge los dos objetos con sus pinzas y empieza a estudiar las páginas.

Il Capitano alarga la mano y agarra la palanca de control del timón y las alas. La curva encaja en su mano a la perfección. Repasa los indicadores de la consola, todos bien etiquetados: «*bucky* delantero», «*bucky* principal», «*bucky* trasero».

—*Fignan*, dime algo. ¿Cómo funciona esta ricura?

La caja le habla de los depósitos delanteros, que están construidos con unas estructuras moleculares fortísimas y ligerísimas, relativamente nuevas. Una voz en *off* da una explicación: «Cuanto más aire se saca, más se elevará el aparato, hasta alcanzar un vacío casi perfecto».

—De modo que se eleva al expulsar el aire... ¿Cuánto tiempo puede tardar en estar listo para el despegue?

Fignan recita del manual con voz de autómata:

—El proceso lleva aproximadamente media ahora, antes de alcanzar la flotabilidad óptima de vuelo.

—¿Para qué son todas estas palancas? —pregunta Il Capitano, ansioso ya por coger los mandos.

—Las palancas sirven para controlar las velocidades de propulsión para impulsar la aeronave. Hay dos conjuntos de palancas para los propulsores, uno a cada lado de la consola.

—¿Y lo de aquí abajo? —pregunta Il Capitano señalando una especie de pantalla bajo la brújula.

—El panel de navegación.

—¿Mapas?

—Mapas de antes de las Detonaciones.

—Pueden ser de cierta utilidad, aunque no para aterrizar. A saber en qué estado nos encontraremos el terreno... ¿Y qué hay del GPS y los satélites? Todo eso se fue al traste. ¿Cómo navega este cacharro?

—Este artefacto no depende de satélites de posicionamiento ni torres de control.

—Willux sabía que todo eso quedaría arrasado tras las Detonaciones, de modo que no habría tenido ningún sentido. Lo que me preocupa un poco es la navegación cuando sobrevolemos el mar —dice Il Capitano acomodándose en el asiento del capitán con Helmud aplastado contra su espalda—. Allí no encontraremos puntos de referencia. Ni siquiera funcionaría la

367

navegación celeste de la que se valían, entre otros, los marinos, sobre todo sin nada que nos indique la hora concreta ni un mapa de estrellas. Aunque tampoco es que yo hubiese sabido utilizar nada de eso.

—Se desarrolló un nuevo sistema de navegación transoceánica con esa idea en mente. Está basado en el lanzamiento de boyas de seguimiento reflectoras de láser, combinado con la visión integrada de navegación por estima, o VINE, que se muestra en el panel de navegación —le explica *Fignan*.

—Qué bueno. —Il Capitano está impresionado—. Es como una mezcla de la tecnología del medievo con la de las bombas inteligentes.

—La consola de navegación cuenta con botones de lanzamiento para las boyas de seguimiento. El piloto ha de accionar la primera una vez que el artefacto alcance la altitud de vuelo de crucero y repetir más tarde la operación cada dos horas.

Fignan le explica que la fuente de energía para las bombas, la calefacción de cabina y los propulsores está basada en la fusión fría. Y que hay mascarillas que caerán por encima de la cabeza de los viajeros si se superan los tres mil metros de altura.

Il Capitano coge unos prismáticos de un brazo articulado de corte antiguo que hay en la pared. Mira por ellos y ve que tienen visión nocturna. La aeronave parece compleja, una proeza de la ciencia, pero aplicada a una máquina sencilla.

Se rasca la barbilla y se dice más para sí mismo que a *Fignan* y Helmud:

—El caso es que los días son muy cortos en esta época; estamos en invierno y las posibilidades de aterrizar con luz son casi nulas. Nos quedan solo dos días para encontrar la cúpula de Newgrange y, además, justo en el solsticio, y todo eso con apenas luz solar. Tenemos que irnos ya. —Está hecho un manojo de nervios. Se acomoda en el asiento de cuero del piloto, con el bulto de Helmud encorvándolo hacia delante. Hay un botón plateado para activar la fuente de energía—. Vale, voy a pulsar el botón de la fuente de energía, ¿de acuerdo? ¿Estamos?

—¿De acuerdo? ¿Estamos? —dice Helmud; a Il Capitano le preocupa haber sonado tan inseguro.

—Tú dime si hago algo mal, *Fignan*. ¿Vale?

La caja asiente con una luz verde.

Il Capitano pone el dedo sobre el botón plateado y lo pulsa.

Lleva la mano a los tres interruptores que bombearán aire en los depósitos y mira a *Fignan*, que le da luz verde. Pulsa los tres.

Bradwell asoma la cabeza por la puerta de la cabina y pregunta:

—¿Cuánto queda para el despegue?

—Como una media hora. Tiene que vaciarse de aire lo suficiente para que el avión ascienda. —Por una vez se siente más inteligente que Bradwell—. ¿Por qué?

—He oído más ruidos.

—¿De alimañas?

—No estoy seguro. Era un sonido leve, como un arañazo, pero desde abajo.

—Sigue atento —le pide Il Capitano.

Cuando Bradwell se va, Pressia pasa por su lado, tan cerca de él que sus cuerpos se tocan.

—¿Lo tienes todo controlado? —le pregunta a Il Capitano.

—Todo viento en popa. —Su propia bravuconería lo aterra. Quiere decirle que se siente superado por las circunstancias, pero es demasiado tarde, ya ha mentido.

—¿De veras? —dice Pressia mirando la consola—. ¿Viento en popa?

—Sí. ¿Qué pasa?, ¿que no me crees capaz?

—No era mi intención dudar de ti. Es solo que parece… complicado.

Il Capitano se queda callado un minuto. Mira hacia el techo de cristal de la cabina de mando y al cielo gris y ventoso que se entreve por el tejado inexistente del Capitolio. Piensa en todo aquello que le sugería el cielo cuando su padre se fue para no volver.

—De pequeño me quedaba mirando por las ventanas o tendido en el campo, y siempre tropezaba porque iba con la vista en el cielo, en vez de al frente. «¡Estás siempre en las nubes!», me decía mi madre, aunque ella sabía que estaba buscando aviones. Mi padre sabía pilotar, y tarde o temprano pasaría con su avión por allí, y yo no quería perdérmelo. Cada avión era una posibilidad abierta. Los buscaba en cualquier parte, en los libros, las revistas, los juguetes… —Mira a Pressia—. A lo mejor a Willux le ocurría lo mismo de pequeño con las cúpulas. Cuando te pasas la vida buscando una sola cosa, o la encuentras o te encuentra. La obsesión puede llegar a ser recíproca.

Pressia lo mira con cierto aire de asombro, aunque su expresión es de respeto auténtico, admiración incluso. A Il Capitano le recorre una descarga eléctrica. Está acostumbrado al respeto infundido por el miedo, pero esto es distinto. Se alegra de que Helmud se haya quedado callado y le haya dejado hablar a él. Por un segundo imagina que están solos los dos, Pressia y él.

Y en ese momento se produce un golpe fuerte contra el casco.

Pressia vuelve la cabeza al punto y Bradwell les grita desde la cabina:

—He visto tres alimañas. Puede que haya más. Son grandes. No sé cuántas serán.

El suelo retiembla y la aeronave se balancea ligeramente a un lado y otro.

—Ostras, ¿están moviendo este cacharro? —exclama Bradwell.

Y eso es justo lo que parece, que unas alimañas estén levantándolo desde abajo.

Pero luego Il Capitano dice:

—No, a lo mejor no. ¡Se está levantando! ¿No es eso? ¿No estamos un poco levantados?

—¡Levantados! —grita Helmud.

Todavía, sin embargo, no han dejado atrás el suelo y las alimañas siguen aporreando el casco.

—Será mejor que te sientes —le dice a Pressia—. Y ponte el cinturón.

Se escucha un golpe aún más fuerte seguido de gruñidos y chillidos agudos.

—¡Aprisa, Capi! —le grita Pressia, que vuelve corriendo a su asiento.

Il Capitano cierra la puerta y se apresura a coger a *Fignan* y ponerlo en el asiento del copiloto; le pasa el cinturón de seguridad, lo ata y se lo sujeta bien. Él se sienta en el asiento del capitán pero no puede ponerse el cinturón con Helmud en la espalda.

La nave sigue elevándose lentamente, perdiendo el agarre de la gravedad, subiendo, aunque todavía no está del todo en el aire.

Pone las manos en el panel de navegación, donde una pantalla ha cobrado vida. En el centro hay un mapa un tanto rudimentario en el que brilla un puntito verde, que es el propio avión.

—¿Qué hago? —le pregunta a *Fignan*.

—Enciende los motores de estribor y babor.

Busca los botones por la consola. El aporreo del casco parece atender a un ritmo, mientras que los chillidos han pasado a ser aullidos que recuerdan más bien conjuros. Encuentra los letreros que busca y le da a las palancas.

—¡Vamos, *Fignan*! ¿Qué más?

Parece que el artefacto no está ya en contacto con la tierra.

—¡Estamos arriba! ¿No?

Y entonces la aeronave pega una sacudida y se detiene por los cables que tiran de los lados. A Il Capitano se le ha olvidado soltar las amarras, y entra en pánico.

—¿Qué pasa? —pregunta Bradwell—. ¿Qué está ocurriendo?

Los aullidos se acrecientan y suenan más hambrientos.

—Soltar las amarras de proa y popa —dice *Fignan*.

—Ya, claro, pero ¿cómo? —La nave vuelve a balancearse. ¿Es posible que las alimañas estén tirando de las amarras?

—¿Por qué nos hemos parado? —grita Pressia—. ¿Capi?

—¡No pasa nada! —le responde, y espera que así sea, aunque no está seguro—. ¡*Fignan*!

La caja muestra una página de instrucciones con un dibujo de un botón rojo bajo el panel.

Il Capitano pasa la mano por la parte de debajo de la pantalla, da con el botón y lo pulsa. Los cables se desenganchan al instante y se repliegan con un sonido parecido a una cremallera. El avión sale despedido hacia arriba a tal velocidad que tiene que cogerse de la consola para no acabar en el suelo. Entre tanto, le da sin querer a un interruptor y salta una alarma de lo más estridente.

—¡Dios Santo!

—¡Dios!

Vuelve a pulsar el interruptor y la alarma se apaga, pero, después de todo, ha podido venir bien: las alimañas están lloriqueando, como asustadas por la sirena.

—¿Necesitas ayuda? —le pregunta Bradwell.

—¡Ayuda! —grita Helmud.

—Estamos bien —le responde Il Capitano. La aeronave está subiendo muy rápido, demasiado, y se acerca peligrosamente al borde de la cúpula rota—. ¡*Fignan*! —grita Il Capitano.

—Los propulsores controlan la dirección del avión —le dice *Fignan* con una calma que resulta perturbadora.

Il Capitano coge las palancas de los propulsores y las mueve hacia la izquierda, hacia el lado contrario del interior de la Cú-

371

pula. Pero lo hace demasiado rápido y la nave se viene abajo. Suelta un poco: los mandos son más sensibles de lo que pensaba.

Compensa hacia el otro sentido, esta vez con más delicadeza. El avión cabecea a izquierda y derecha, balanceándose cerca de los bordes de ambos lados. Como por instinto, respira hondo, como si eso hiciese que el aparato se encogiera.

Sin que la nave deje de elevarse, va manipulando los controles ligeramente a izquierda y derecha hasta que la palanca está casi en el centro, y entonces la nave se estabiliza y sube, y sube…

Hasta que por fin están fuera. Oye que Bradwell y Pressia le jalean y le aplauden. Recuerda cómo lo ha mirado Pressia después del comentario que ha hecho sobre la obsesión, y la descarga que ha sentido por el cuerpo. A ella le ha parecido inteligente, y lo ha respetado por ello. Vuelve a sentir esa misma descarga, como una mecha encendida por el pecho. Las nubes bajas y oscuras los rodean. Il Capitano está en el aire. Ya no es ningún pequeñajo abandonado por su padre que se parte el cuello para mirar todo avión que surque el cielo en la lejanía.

No, ahora es el quien surca los cielos. No es la primera vez en su vida que se siente como un hombre; siempre ha tenido que ser más adulto de la cuenta. Pero es como si hubiese dejado de ser ese chiquillo solitario que teme mostrar cualquier debilidad, que teme llorar por muy desesperado, triste y perdido que se sienta, el que está convencido de que su padre se fue porque no podía seguir mirando a la cara a un hijo tan inútil como él.

Por primera vez en su vida dista mucho de sentirse un inútil.

TERCERA PARTE

Perdiz

Iralene

*C*uando abre los ojos Perdiz siente un dolor intenso en el cráneo. Por encima tiene un ventilador de techo. No está en la clase de historia mundial de Glassings, ni tampoco en la habitación de la residencia.

Y entonces aparece la cara de una chica, un tanto borrosa al principio; luego, sin embargo, se enfoca de golpe.

—¡Ay, madre! ¡Estás despierto! —grita la chica—. ¡Se ha despertado! —Teclea algo en un ordenador de bolsillo—. ¡Se lo voy a decir a tu padre! Se sentirá tan aliviado… —Y entonces lo mira y le toca el brazo—. Todo el mundo, Perdiz, todos sentirán un gran alivio.

Intenta recordar cómo ha llegado hasta allí. ¿Es pasado el toque de queda? Nunca ha estado en un cuarto de la academia femenina, pero está bastante seguro de que no se parecen a esta habitación, tan espaciosa y con las cortinas al viento. Parpadea y, por alguna razón que no alcanza a comprender, tiene una única frase en la cabeza, de modo que la dice en voz alta con la esperanza de que a la chica le suene de algo:

—Un hermoso barbarismo.

—¿Qué dices?

—Una cosa de la clase de Glassings sobre civilizaciones antiguas. Hablando de… —Se acuerda de la americana de Glassings.

—¿Es que no te alegras de haber dejado atrás todo eso? Las charlas, las clases, los profesores… Es una de las ventajas de un caso como el tuyo. ¡Eres libre!

—¿Libre? —Se pregunta a qué se referirá. Le gustaría creerla pero no es capaz. Intenta incorporarse pero le viene de nuevo ese dolor agudo. Al llevarse la mano a la cabeza, siente dos tramos afeitados junto a la base del cráneo, donde nota más el dolor, que le llega hasta el cerebro—. ¿Dónde estoy?

—En casa, Perdiz. ¿Es que no te acuerdas de nada? —La chica alza la mano y mueve los dedos para enseñarle un anillo de compromiso con un diamante de un tamaño considerable—. Me dijeron que habría cosas que no recordarías, que quizás el golpe que te diste te provocaría amnesia. Pero yo les dije que de mí te acordarías.

De modo que es eso, un golpe en la cabeza, por eso le duele tanto. Amnesia. Se queda escrutando la cara de la chica para intentar ubicarla.

—Eh… sí, claro… Eres…

—Tu prometida. Tu padre nos puso este piso. Nos conocimos en el baile.

—¿El de otoño?

—¡Pues claro!

—¿Te pedí que vinieses conmigo? —No recuerda haberla visto en la vida, aunque sí que le vienen imágenes de chicas haciendo calistenia y cantando con el coro en un escenario.

—Fuiste con otra chica pero luego me conociste esa misma noche, y en el acto la otra desapareció de tu cabeza. —Le busca la mano al chico y se la lleva a la mejilla.

Es entonces cuando Perdiz ve que le falta medio meñique, que lo tiene seccionado por el nudillo.

—¡Dios! ¿Qué me ha pasado en la mano?

—Chist, Perdiz, no debes excitarte de esa manera.

—¿Qué me ha pasado? —Tiene la impresión de hablar demasiado alto, y como fuera de tono; las palabras retumban en su cabeza igual que si oyese un telediario.

—Has estado en coma y has pasado una temporada entrando y saliendo. Ya es invierno. ¡Estamos casi en Navidad!

—¿Qué me estás diciendo, que sufrí un accidente? ¡Cuéntamelo todo!

Se toca el muñón donde en otros tiempos tenía el meñique y se imagina un cuchillo cayendo sobre él y un extraño chasquido; el cuchillo le recuerda a su vez las cocinas antiguas. ¿No estaban poniendo una exposición sobre hogar en el Salón de los Fundadores?

—Fue un accidente espantoso. ¿Es que no te acuerdas de la pista de hielo?

Perdiz sacude la cabeza y en el acto la habitación da vueltas por detrás de la chica. El pánico se apodera de su pecho, al tiempo que siente un gran cansancio.

—¿La pista de hielo? —Casi es capaz de sentir un punto vacío en su mente, una especie de punto ciego; cuando intenta mirar en él, sin embargo, desaparece de la vista—. ¿Qué pista de hielo?

—Pusieron una en el gimnasio, como una capa de plástico congelada, para patinar. Hastings y tú os colasteis a deshoras, porque estaba prohibido entrar. Atasteis los patines, echasteis una carrera y acabasteis enredándoos. Tú te caíste y te golpeaste contra el hielo y Hastings te pasó sin querer por encima del meñique y te lo cortó de cuajo.

Ese vacío, ese borrón en la mente, se le antoja una fina capa de hielo blanco.

—¿Dónde está Hastings? —Tiene que oír su versión—. ¿En nuestra residencia?

—En las Fuerzas Especiales.

—¿Qué? ¿Hastings? Él no vale para eso.

¿Acaso pensaban reclutarlo a él también pero con el accidente han decidido dejarlo pasar? Piensa en Sedge. Está a punto de preguntar si en realidad está muerto pero sabe de sobra la verdad: lleva muerto un par de años, se suicidó y ahí se acabó todo.

—Han tenido que enrolar a unos cuantos chicos a toda prisa, como a Vic Wellingsly, a los gemelos Elmsford, a Hastings y a otros cuantos. Los miserables se han rebelado —le susurra—. Necesitaban más efectivos.

—¿Ahí fuera? ¿En el exterior de la Cúpula? —Sin saber por qué, piensa en un viento cargado de polvo que casi puede sentir en la piel.

—Chist… No todo el mundo lo sabe, pero sí.

No puede pesarle más la cabeza.

—Las sesiones de codificación. Ahora se me habrán desajustado y me habré perdido un montón. Y las clases. ¿Dónde está mi padre?

—Está bien —le dice la chica—. Tiene un plan para ti, ¡un plan estupendo!

Siente una punzada en el pecho. ¿Será de miedo?

—¿Para mí? ¿Por qué? Pero si ni siquiera le caigo bien.

—Tu padre te quiere, Perdiz. ¡Nunca lo olvides!

—¿Y qué clase de plan es ese?

—Pues uno que no es solo para ti, sino ¡para los dos!

—Pero si ni siquiera sé cómo te llamas.

—Pues claro que sí. Iralene, ya lo sabes. Lo tendrás escondido en alguna parte, guardado para siempre. ¿Es que no te acuerdas?

«Iralene. Secretos. Promesas.»

—Ahora sí —responde. «Iralene. Piano. Iralene. En el frío. En la oscuridad.»—. Claro que sí.

¿Está enamorado de ella? ¿Comparten secretos y promesas? ¿Han estado en el frío y la oscuridad? Se queda mirándola y luego ella se inclina y lo besa suavemente en los labios. Recuerda besarse en el frío, sin ropa. ¿Frío? ¿Dónde iba a sentir un frío así? ¿Será que enfriaron el gimnasio cuando pusieron la pista de hielo?

—Cuéntame más cosas sobre ti —le pide—. Dame detalles.

—Bueno, pues mi madre era viuda. Conoció a tu padre hace muchos años y se han casado hace poco. Pero no hay ningún vínculo de sangre entre nosotros, así que no pasa nada.

—¿Que mi padre se ha vuelto a casar? Él no es de esa clase de gente… —«De esa que se enamora», piensa Perdiz para sus adentros. Su padre no entiende de amores ni nada parecido—. ¿Y tu padre está muerto? Mi madre también, fue una mártir. Murió durante las Detonaciones intentando salvar a otra gente. —Aunque no le suena del todo bien, Iralene parece aceptarlo como un hecho válido.

—Sí, ya lo sé. Mi padre en realidad tuvo problemas por fraude fiscal y lo metieron en la cárcel antes de las Detonaciones. Por suerte por aquel entonces mi madre ya conocía a tu padre y él nos ayudó económicamente. Si no fuese por él, no habríamos conseguido sobrevivir, y mucho menos entrar en la Cúpula.

A Perdiz la historia le revuelve el estómago y le produce náuseas. ¿Por qué será? ¿Tan horrible es que su padre ayudara a una viuda y volviera a enamorarse?

Iralene coge el ordenador que tiene en el regazo y le dice:

—Tu padre te ha dejado un mensaje de voz.

Perdiz se incorpora y se pone tenso, una reacción típica en él siempre que hay algo relacionado con su padre.

Iralene pulsa un botón y se oye a su padre decir:

—Perdiz, ¡cuánto me alegro de que estés despierto y estés bien para recibir este mensaje!

De repente experimenta un odio tal hacia su padre que siente una súbita oleada de rabia y tiene la impresión de que va a explotarle el pecho.

—¡Espera! —le dice a Iralene—. Para ese trasto.

La habitación se queda en silencio y se lleva la mano a la boca, como para intentar estabilizar la respiración.

—¿Estás bien?

—Ponlo —masculla—. Acabemos cuanto antes.

—Ahora quiero que te lo tomes con calma —prosigue su padre—. Tómate la vida más relajadamente y disfruta todo lo que puedas.

A Perdiz le sigue latiendo con fuerza el corazón. Su padre no le ha dicho en la vida que disfrute, ni una sola vez. Y la voz le resulta extraña, suena cansada, tal vez mayor de lo que recuerda, y no solo unos meses mayor, sino años, décadas quizá. Se pregunta si su padre estará enfermo. ¿Será por eso por lo que no ha venido a verlo en persona?

—Dentro de unos días recibirás el alta médica. Más adelante podrán llevar a cabo otros procedimientos para salvar y renovar parte de los... —en ese punto vacila, pero luego parece decidirse por seguir con la jerga médica— impulsos sinápticos de tu cerebro. Cuando terminen con todo eso, hijo mío, iré a verte y exigiré grandes cosas de ti como líder. Voy a hacerlo oficial. —Hace una pausa igual que las de sus discursos públicos, un pausa dramática. Está a punto de anunciarle algo, y a Perdiz se le hace un nudo en el estómago, como el que espera a que le den un puñetazo—. Serás mi sucesor. Yo no puedo gobernar siempre y ya va siendo hora de empezar a delegar algo de poder. ¿Y a quién mejor que a ti?

Perdiz se queda aturdido. Aparte de la quemazón rabiosa de odio, ahora también se siente desorientado, como si la habitación estuviera fuera del espacio-tiempo. ¿Que su padre quiere que sea su sucesor, que gobierne él? Nada tiene sentido: ni su padre, ni esa habitación con cortinas que ondean al viento, ni la chica que lo mira con esos ojos como platos.

—Imagino que Iralene está a tu lado en estos momentos. Presta atención: quiero que los dos os dediquéis a pasarlo bien durante unos días. Es una orden. El futuro está llegando, y a una velocidad vertiginosa.

Esas son las últimas palabras del mensaje. Iralene lo mira de reojo, con el ordenador aún en la mano y le dice con suavidad:

—¿Perdiz?

Este pega un puñetazo contra el colchón con toda su fuerza y se sorprende de su propia energía. Iralene se queda aturdida y por un segundo se pone tensa.

—¡No tiene ningún sentido! —exclama, y el dolor vuelve a irradiarle por el cráneo—. Mi padre se avergüenza de mí. Eso sí que lo sé, y siempre lo he sabido.

—Él te quiere —susurra Iralene.

—Tú no sabes nada de mi padre ni de mí.

—Claro que sí —replica, y se acerca al borde de la cama—. A lo mejor nunca ha querido admitir que te necesitaba, tal vez quisiese ahorrarte el peso de lo que sería tu futuro. Pero ahora te necesita. Ha estado…

—Enfermo, ¿verdad? ¿Está muriéndose?

—No, no, muriéndose no —se apresura a decir Iralene—. No ha estado del todo bien, pero pronto se recuperará. Aunque es mortal, como todo el mundo. Y en realidad, ¿quién más le queda?

Perdiz deja la mirada perdida por la habitación. No está seguro de cómo rebatir a Iralene; él nunca ha entendido a su padre. Tal vez ella tenga razón: como Sedge ya no está, a su padre solo le queda él.

—Es importante que descanses, para que podamos empezar a divertirnos. Ha dicho que era una orden, ¿no?

—Supongo.

Iralene se levanta y va hacia la puerta. Perdiz mira el ventilador que tiene por encima. «Aspas de ventilador.» Por un momento se las imagina como cuchillas afiladas capaces de cortarlo en pedacitos. ¿De dónde habrá sacado esa imagen?

Mira a Iralene, que está justo en el haz de luz que entra por la ventana y que parece un sol vespertino de verdad. A lo lejos escucha el ir y venir de las olas.

—¿Se oye el mar?

—Bueno, imagínatelo más bien como una luz para dormir que tu padre ha hecho especialmente para ti.

Su padre jamás haría nada especialmente para él, eso sería más propio de su madre. Piensa en ella en la playa, abrigada con una toalla y con el pelo revuelto por el viento. Es un viejo recuerdo que le alivia constatar que sigue en su cabeza; se acuerda de ella como siempre lo ha hecho: como una santa que se sacrificó. Pero en cuanto le viene ese pensamiento a la mente, regresa a las últimas palabras que recuerda haber oído antes de despertarse, y que nada tienen que ver con echar una carrera con Hastings en una pista de hielo prefabricada de un gimnasio congelado. No, se trata de la voz de Glassings dando clase en un aula mal ventilada, de una lección sobre civilizaciones antiguas y rituales para los muertos: «Un hermoso barbarismo».

Lyda

A sabiendas

Madre Egan entra con una bandeja con puerros, tubérculos, carne blanda y un líquido rosado.

—Venga, arriba, arriba —le dice de buenas maneras.

Lyda está en el camastro nuevo, en un confinamiento casi carcelario, pero que no le viene nada mal. Se siente asquerosamente culpable. No puede parar de pensar en la Buena Madre cuando le dijo que su intención es matar a Perdiz, que atacará la Cúpula y morirá gente en el proceso. Ya ha anunciado que las madres deben prepararse para la guerra, que Lyda es la causa, porque las representa a todas: deshonrada, desamparada y abandonada a su suerte.

Se incorpora en la cama y Madre Egan le ahueca el almohadón para que tenga un buen apoyo. A continuación le pasa la bandeja con el tenedor.

—Este otoño encontramos unos frutos rojos de piel muy gruesa. Hemos descongelado y exprimido algunos para ti. Madre Hestra quiere que estés fuerte.

Lyda le da un sorbo a la bebida, que está salada y amarga. Sigue teniendo náuseas de vez en cuando, pero la mayor parte del tiempo está tan cansada como inquieta.

—Gracias.

Madre Egan le sonríe y le dice:

—Por ti, cualquier cosa. —Ahora todas las madres la tratan mejor, y no solo por compasión, sino más bien por miedo. Sienten que tiene poder—. ¡Estoy deseando ver a la criatura!

Lyda se obliga a sonreír, pero se pasa un brazo por la barriga, como protegiéndola. Pero… ¿de quién será el bebé? Esa es otra razón de que la traten mejor: codician a la criatura.

—Será una alegría para todas. —La madre la mira con voracidad.

—Gracias por la comida —le repite Lyda, y le alivia oír que alguien se acerca a la puerta, alguna persona que desviará la atención. Es Madre Hestra, que viene de cazar, con el saco manchado de sangre fresca pero vacío; ya ha entregado sus capturas.

—¡Madre Egan! ¿Te importa si visito a la paciente?

La primera madre no quiere irse, Lyda lo nota. Ha traído la comida y tiene una excusa para quedarse con ella, pero no puede quejarse.

—Claro que no me importa. Espero que te guste. —Se trata de un sutil recordatorio para que a Lyda le quede claro que es a ella a quien le debe la comida, que ha sido ella la que ha tenido el detalle.

—Seguro.

Una vez que Madre Egan se ha ido, la otra deja caer todo su peso sobre la cama. Syden parece adormilado y tiene las mejillas coloradas por el viento frío.

—¿Cómo estás?

Lyda mastica la carne tierna.

—Estoy pensando en irme. —Le sorprende haberlo dicho en voz alta, pues apenas es un leve pensamiento en lo más hondo de su cabeza. La idea de intentar sobrevivir fuera por su cuenta la aterra.

—No lo conseguirías. Mira, has sido tú el desencadenante, pero si no, hubiese sido cualquier otra cosa. Había llegado la hora.

Lyda mira de reojo al crío, que está asomado por la barriga de su madre.

—Él no me hizo daño, y tú lo sabes.

Madre Hestra suelta el saco en el suelo y se frota las manos para calentárselas.

—Pero ¿tú lo entendiste en realidad, Lyda? ¿Tú sabías lo que estabas haciendo?

—¿Y él? —Lyda no puede ni decir su nombre.

—¿No? —cuestiona Madre Hestra.

Lyda no está segura. ¿Sabía él que podía quedarse embarazada? Ella nunca había oído de ningún niño que naciese de una mujer que no estuviese casada, de modo que no había ninguna prueba palpable de que pudiese pasarle a alguien como ella, tan joven. Recuerda la piel cálida del pecho de Perdiz y la respiración de ambos bajo los abrigos. Le preguntó si estaba segura. Tenía que saberlo, si no, ¿para qué hacerle esa pregunta? Y ella ni se enteró de lo que estaba preguntándole, de que quería pedirle permiso, y mucho menos de lo que suponía dárselo. Sin embargo, podría haberlo parado, pero ella no quiso dormir.

Ahora deja la bandeja en el suelo, junto al vaso. Se tiende en la cama, junta las manos y las mete bajo la almohada.

—Qué importa si él lo sabía o no —dice Lyda. Aunque sí que importa: es la diferencia entre que ambos hayan recibido un golpe a traición, o lo haya recibido solo ella—. Madre Hestra —susurra con apremio—, tengo que ponerme en contacto con Bradwell, Pressia e Il Capitano. ¿Es posible? Tal vez ellos puedan ayudar. No podemos permitir el ataque.

—No sé nada de eso —le responde la madre.

Lyda tiene que contarles lo que está pasando. A lo mejor ellos saben cómo poner fin a toda esa majadería de guerra y muerte. Le entran ganas de llorar.

—La Cúpula…, vosotras no los conocéis, no entendéis lo bien equipados que están y lo poderosos que son. Vais todas por ahí sin tener ni idea… Será un baño de sangre. ¿Es que no lo entiendes?

Madre Hestra sacude la cabeza y sonríe.

—No vamos a atacar la Cúpula. A quienes vamos a atacar es a los muertos, a los hombres que nos hicieron sufrir durante años, antes de que las Detonaciones cayesen sobre nuestras cabezas, a quienes nos deshonraron y nos abandonaron. Te guste o no, tú representas el abandono. Tú eres todas nosotras, y tu hijo, todos los nuestros.

—Yo no quiero representar nada.

—A veces no te dan a elegir.

—Prométeme que intentarás encontrar a mis amigos. Por favor —le ruega—. Inténtalo por lo menos.

Madre Hestra acaricia el pelo de Syden.

—Ya veremos. Pero no te prometo nada.

Pressia

Iluminados

*E*l cielo está oscuro. De tanto en tanto Il Capitano les informa de por dónde van; lo hace a gritos por la puerta abierta de la cabina de mandos, con una voz segura y, lo más extraño de todo, feliz. Pressia nunca le había oído tan alegre. Les ha dicho la distancia total del viaje —2.910 millas náuticas— y, en función de los vientos y de la velocidad que alcance el aparato, es probable que les lleve entre 35 y 56 horas.

Han pasado por encima de Baltimore, de la bahía de Chesapeake, de Filadelfia, Nueva York, Cape Ann, por el golfo de Maine, la isla del Príncipe Eduardo y el golfo de San Lorenzo. Le habría encantado que hubiese sido de día para haber visto el paisaje, pero en lugar de eso se imagina ciudades devastadas, autovías en ruinas y puertos, todo plagado de alimañas y terrones al acecho.

La sala de máquinas del avión es muy ruidosa, con las bombas en un continuo inspirar y echar aire.

—¿Qué había en esas ciudades en el Antes? —le pregunta a Bradwell, que va sentado a su lado.

—En Baltimore había un puerto muy grande, un acuario, barcos y un luminoso enorme de Domino Sugars que siempre estaba encendido. En Filadelfia había una estatua de un hombre encima de un edificio y una campana enorme que representaba la libertad. En Nueva York, bueno... —La voz decae—. Mis padres te dirían que tendrías que haber ido antes de que la Ola Roja de la Virtud ganase terreno. Había que estar allí para creerlo: estaba viva.

Pressia sabe que hay infinitas cosas que pueden ir mal. Tal vez no consigan cruzar el océano. Y puede que Il Capitano no sepa ni aterrizar. Hasta donde saben, quizás Irlanda no sea más que un cráter calcinado o esté plagada de alimañas o terrones más violentos aún. Y si tuviesen la suerte de llegar a Newgrange a tiempo para el solsticio, y que el sol iluminase un punto del suelo, puede que cavasen y encontrasen… una bolsa de aire vacía, polvo, nada de nada.

Pero a pesar de saber todo eso, le queda el momento, allí volando con Bradwell a su lado, rumbo a alguna parte, en un intento por escapar y movidos por la esperanza. La alegría está ahí bien asentada en su interior. Van cogidos de la mano.

Il Capitano grita entonces:

—Estamos sobrevolando las islas Horse, en Terranova. La última masa terrestre antes de adentrarnos en el Atlántico.

Pressia mira por la escotilla, que está cubierta de vaho, que baja por el cristal como cuando se te saltan las lágrimas por un viento muy fuerte, y se imagina la isla Horse llena de manadas de caballos bravos. Lo único que ve, no obstante, es la sombra de las nubes de hollín.

—Voy a soltar la primera boya dentro de treinta segundos —les informa Il Capitano—. Va a sonar bastante fuerte, así que agarraos bien.

Bradwell le aprieta la mano.

—Me estoy agarrando bien.

La boya forma tal estruendo que la nave tiembla. Se ve pasar como un fogonazo por la ventanilla y por un momento la cabina se ve bañada por un resplandor brillante. Y de pronto le viene un recuerdo muy vivo de las Detonaciones: de la luz atravesándolo todo y a todos. Ventanas, paredes, cuerpos y huesos resplandecientes.

Iluminados.

Iluminados por dentro.

Como una explosión solar.

Y luego la luz desaparece y la escotilla vuelve a su penumbra habitual. Suelta el aire y apoya la cabeza en el hombro de Bradwell.

—Por un momento fue como si… —dice.

—Lo sé.

Es de noche y está viviendo un pequeño milagro: va cogida de la mano de Bradwell mientras ambos surcan las nubes, pasando como balas por encima del océano oscuro, navegando el cielo.

Perdiz

Ballenas

*H*an cerrado la piscina al público para que naden a solas. No debe meter la cabeza bajo el agua por la herida, pero puede ir vadeándola.

Iralene lleva un bañador amarillo con una faldita a juego. Hace el muerto, bucea y vuelve a la superficie. El maquillaje no sufre ningún desperfecto.

Apostado sobre el cemento, hay un guardia que se llama Beckley, vestido de arriba abajo y armado. Cuando este no puede escucharlo, Perdiz le pregunta a Iralene.

—¿Y el tal Beckley qué hace aquí?

—Está para vigilarte, por si tienes algún síntoma de algo. Por si algo va mal de repente.

—¿En serio? Pues no tiene pinta de asistente sanitario —dice mientras se impulsa con los brazos por el agua.

Iralene parece cambiar de idea.

—Bueno, si vas a gobernar algún día, tendrás que acostumbrarte a que te protejan.

—O sea, que el guardia no es por recomendación del médico, sino cosa de mi padre.

—Sí… ¿Ves lo mucho que te quiere? —Sí, y también que es su forma de tenerlo controlado todo el rato.

Perdiz se siente débil, pero es más una cuestión mental que física. Su cuerpo está más bien inquieto. Se pregunta si ha estado almacenando energía durante el coma, si la ha tenido yendo de un lado a otro de la jaula de su cuerpo, esperando a ser liberada. Le gustaría ir a echar unas canastas.

—¿No queda ningún chico de la academia con quien pueda echar un partidito de baloncesto?

—¡Los médicos nunca te dejarían jugar a algo tan peligroso!

—Es que me gustaría ver quién anda por aquí, tal vez incluso a algún profesor. —Le gustaría ver a Glassings y preguntarle por su último recuerdo, la charla sobre el hermoso barbarismo—. ¿Nadie me ha mandado ninguna tarjeta? Solíamos hacerlo cuando alguien tenía que permanecer en cuarentena.

—¡Pues claro que te han mandado! Lo que pasa es que las… han destruido. Los médicos no han querido arriesgarse, podían contener virus.

—¿Cómo? ¿Que las han destruido todas?

—Sí, pero había un montón. A la gente le caes muy bien.

—Porque tengo que caerles bien: soy el hijo de Willux.

Iralene nada a su alrededor y luego vuelve a sumergirse.

—A mí me caes muy bien, es más, me gustas. Y me gustarás pase lo que pase —le dice cuando vuelve a la superficie.

Aunque no pondría la mano en el fuego por ella, la chica se le antoja sincera. Se mete bajo el agua y nada por entre sus piernas. Cuando regresa arriba, le dice:

—Cualquiera diría que es invierno, ¿no te parece?

—A lo mejor no lo es. Quién sabe qué pasa ahí fuera.

Iralene se ríe.

—Mira que eres gracioso. Es una de las cosas que más me gustan de ti.

Perdiz, sin embargo, no estaba bromeando.

—¿Y yo?, ¿yo creo que tú eres graciosa? —le pregunta a Iralene, que se le acerca y roza su nariz mojada contra la suya.

Siente una punzada de dolor… ¿será amor? Le parece más bien nostalgia o mal de amores.

—Lo que crees es que soy guapa.

—Pero ¿creo o no creo que eres graciosa?

La chica aparta la vista.

—Crees que soy todo lo que siempre habías querido.

Perdiz asiente. Tiene que serlo; si no, ¿por qué le habría pedido en matrimonio?

Beckley está llevándolos en un carrito motorizado cerrado. Se han sentado en el asiento de atrás para que no los vean. Iralene va de punta en blanco, aunque Perdiz ignora cómo ha podido arreglarse tan rápido después del baño. ¿Habría una especie de *boxes* con asistentes en el vestuario de señoras?

—¿Adónde vamos ahora?

—Al zoo —le dice Iralene mirando por la ventanilla de plástico borroso—. ¿Te acuerdas de que lo que más me gusta son las mariposas y el acuario?

No se acuerda, por eso no responde. Se fija, en cambio, en que en el respaldo de Beckley hay un pequeño escarabajo; está a punto de espantarlo cuando algo en su interior le dice que Iralene no debería verlo.

Primero van al mariposario, donde la temperatura y la humedad están reguladas. A las mariposas les rodea un follaje espeso, por el que revolotean y se pierden. Beckley mantiene una distancia respetuosa y parece incómodo entre tanto aleteo.

También esta parte la han cerrado solo para ellos, aunque se ve que hay otras abiertas al público, porque Perdiz oye a críos no muy lejos de allí. Esa excursión le recuerda las navidades que pasaba con los Hollenback, con Julby y Jarv, a calcetines y regalos, vacaciones solitarias en las que su padre estaba demasiado ocupado para hacerse cargo de Perdiz, ni tan siquiera por unos días. A veces iban de paseo al zoológico.

Iralene le coge de la mano con fuerza, como si la asustasen las mariposas.

388

—Me pregunto si mi padre querrá que pase las vacaciones con él. ¿Ahora de repente vamos a estar unidos, mientras me prepara para mi nuevo futuro? —Es incapaz de decir todo aquello sin un ligero tono de sarcasmo.

Una mariposa de un azul muy vivo se posa sobre el hombro de Perdiz e Iralene la señala.

—¡Mira! ¡Es tan delicada y perfecta...!

Es realmente hermosa; desde tan cerca, se distinguen los bordes negros y aterciopelados de las alas. Pero aparta la vista para posarla en Iralene, en sus ojos verdes relucientes, en sus rasgos perfectos y su pelo brillante.

—¿Ahora resulta que mi padre me quiere, así de buenas a primeras? —le pregunta, sin que las mariposas dejen de batir las alas a su alrededor.

Iralene le rodea la cintura con los brazos y le responde:

—A lo mejor le ha costado demostrarte su amor, después de lo que habéis sufrido los dos.

—Te refieres a mi madre muerta y al suicidio de Sedge, ¿no? —No sabe por qué lo ha dicho de esa forma tan cortante. Tal vez esté poniéndola a prueba.

—Es triste, pero no deberíamos hablar de ellos. El pasado pasado está.

Perdiz arde en deseos de defender a su madre y a su hermano, como si quisieran enterrarlos para siempre. De pronto se siente enfadado, se revuelve y se zafa del abrazo de Iralene.

—No digas eso.

—¿El qué?

—No hables así de ellos. ¡El pasado no está pasado! —Se aleja.

—Ahora que estamos prometidos, debemos poner nuestras esperanzas en el futuro, en un nuevo principio. Eso es lo que podemos ser para tu padre, y el uno para el otro.

—Hay algo que no va bien —dice frotándose la sien.

—¿A qué te refieres? —Se le acerca pero Perdiz da un paso atrás.

—No sé —responde, y cierra el puño con fuerza—. Mi cuerpo —dice, y se mira de arriba abajo.

—¿Qué le pasa?

No tiene la sensación de que su cuerpo haya estado encamado. Tiene los músculos más fuertes y magros. No se fía de Iralene, a pesar de que hay algo en ella que se le antoja sincero e inocente.

—Perdiz, háblame.

—Nada, no es nada.

Por encima de sus cabezas salta un aspersor que arroja una fina lluvia.

Perdiz piensa en sangre, en un velo vaporoso de sangre. La imagen le mancha la mente. Las mariposas empiezan a batir las alas como locas. Mira por encima del hombro a Iralene, pero tan solo ve trozos de su vestido y de su pelo, como si las alas la cortasen en pedacitos de sí misma.

Han despejado incluso los pasillos que comunican el mariposario con el acuario. Caminan por un túnel de cristal, con peces nadando a ambos lados y por encima de ellos. Las medusas se inflan y se deslizan, se inflan y se deslizan. Iralene pone la mano sobre el cristal.

—Ojalá tuviéramos una cámara. Me encantaría una foto.

—¿Es que no tienes millones de cuando eras pequeña? —La Cúpula está llena de sitios donde hacerse fotos de recuerdo en la infancia.

—¡Claro que tengo! —Iralene aparta de golpe la mano del cristal y coge la de Perdiz.

Caminan callados un rato hasta que se produce cierta conmoción un poco más adelante en el pasillo, unas pisadas rápidas.

Beckley levanta la mano y les indica a los chicos que se detengan, antes de adelantarse él y doblar por una esquina.

—¿Quién anda ahí? —pregunta.

Suena una voz nerviosa de hombre.

—¡Soy yo! Estaba buscando los servicios y me he perdido. —Glassings aparece por la esquina, colorado, como si hubiera estado corriendo.

—Haga el favor de volver por donde ha venido —le ordena Beckley.

—¡Un momento! —exclama Perdiz, que echa a correr hacia Glassings, pero tiene que bajar el ritmo porque empieza a palpitarle la cabeza—. ¡Glassings! —Le tiende la mano.

El profesor se la estrecha con fuerza.

—¡Perdiz!

Iralene se interpone entre ambos.

390

—Ahora no pueden hablar. Perdiz no debe tener visitas. ¡Su sistema inmunitario está muy débil! ¿No es así, Beckley?

El guardia pone una mano firme sobre el pecho de Glassings.

—Tengo que pedirle que retroceda, caballero.

—No, no. Es solo Glassings —insiste Perdiz, pero Iralene tira de su brazo—. ¡Que me sueltes! —le dice a la chica—. ¡Déjalo en paz, Beckley! ¡Pero que es mi profesor de historia mundial!

Beckley lo ignora por completo y saca el arma, que sin embargo mantiene apuntada hacia abajo.

—Tengo que pedirle que se vaya, Glassings.

—Uau, tranquilo —dice el profesor.

—¿Qué te crees que estás haciendo, Beckley?

—No pasa nada, tranquilidad. Solo quería saludar a Perdiz. No lo había visto desde que volvió.

—¿Desde que volví?

—¡A callar! —grita Beckley, que levanta el arma.

—Beckley, vete a la mierda —chilla a su vez Perdiz—. ¡Que te apartes ya!

Glassings se queda callado y empieza a retroceder muy lentamente con las manos en alto.

—Sigue avanzando, Perdiz, y todo irá bien.

Glassings le hace señas con la cabeza de que le haga caso al guardia. «Esto es serio —parece decir la expresión de Glassings—. Hazle caso.»

—Venga —interviene Iralene.

Perdiz deja que la chica tire de él hasta que doblan la esquina y luego se zafa de ella y le dice:

—Calla.

No se oye ningún tiro, ningún forcejeo o ruido alguno.

Al cabo de un par de minutos Beckley vuelve como si tal cosa y murmura:

—En marcha. —Y se van los tres hacia el otro lado del pasillo.

Perdiz se pone a la altura del guardia y le pregunta:

—¿A santo de qué ha venido eso?

—Solo sigo órdenes: ningún contacto con nadie salvo con Iralene. Punto y final.

—Glassings es solo un profesor mío de la academia ¡y tú vas y le sacas una pistola!

—No es nada personal, solo órdenes. —El guardia sigue andando, con los hombros tiesos y sin expresión alguna en la cara.

Perdiz no sabe qué decir. Se vuelve para mirar a Iralene, que le repite:

—Órdenes, es solo eso.

La chica intenta seguirle el ritmo pero Perdiz la deja atrás. Está tan enfadado que no puede ni hablar.

Cuando llegan al pequeño anfiteatro alrededor de la piscina, Perdiz se sienta en la última fila y se queda mirando al frente, a una pared de un cristal extremadamente resistente. Al otro lado hay ballenas belugas, tan hermosas como fuertes, impulsándose con sus gruesas colas por el agua.

Iralene se sienta a su lado; él sabe que lo está mirando pero se niega a devolverle la mirada.

—¿Quién se cree mi padre para ordenar que no hable con nadie nada más que contigo? —le pregunta Perdiz, al tiempo que mira a Beckley por el rabillo del ojo.

—Es por tu seguridad, por tu propio bien.

—Déjalo ya, Iralene. Hay algo que no va bien y lo sé.

—Pues claro que hay algo. Estás recuperando tu vida, Perdiz, y es normal que eso te suponga una gran conmoción.

—¿Qué ha querido decir Glassings con eso de que no me veía desde que volví?, ¿volver de dónde?

—¡Yo qué sé! —dice Iralene encogiéndose de hombros—. A lo mejor de vuelta del abismo… Yo me lo imagino así. Como que te fuiste y ahora has vuelto.

—A mí no me ha parecido eso. Ha sonado distinto.

—Si quieres le pregunto al médico si es normal que los pacientes estén suspicaces por el vacío en la memoria. Me apuesto algo a que es así.

—¿Tú crees?

—Seguro.

Las belugas se desplazan de dos en dos, una al lado de otra. Perdiz siente un cansancio profundo. Se frota los ojos y deja que se le emborronen mientras mira fijamente el agua.

—¿Por qué estamos haciendo todo esto, Iralene?

—Tenemos que reconstruir. Fue así como nos enamoramos, y no estoy dispuesta a sacrificar todo nuestro pasado. Me partiría el alma que no pudiésemos reconstruir nuestros recuerdos.

A Perdiz le sorprende que una chica como ella pueda estar enamorada de alguien como él. Parece tan normal, tan perfecta, y él nunca se ha sentido normal ni cercano a la perfección. Se le antoja cruel estar condenado a no recordar nada. Se pregunta a qué punto de intimidad llegaron. Es una pregunta justa, aunque no se sentiría muy cómodo haciéndola. ¿Y si ya se han comportado como una pareja casada y no se acuerda? Le gustaría saberlo y, al mismo tiempo, no del todo, porque por muy atractiva que sea, no se siente atraído por ella. La conoce pero no la conoce: es de lo más desconcertante. Son íntimos a la par que unos desconocidos.

—¿Qué se supone que debemos hacer?, ¿reconstruir los recuerdos o volver a crearlos? —le pregunta.

—¿Qué más da?

—¿Tú crees que los recuerdos pueden reconstruirse? No sé, ¿tú crees que llegaré a recordar la primera vez que vinimos aquí? ¿O tendremos que rehacerlo todo? Reconstruir los recuerdos…

—No lo sé —le dice la chica, que parece haberse puesto tensa—. Tu padre nos dijo que nos divirtiésemos, y era una orden.

—A lo mejor no me gusta que me digan lo que tengo que hacer.

—No seas así —le dice Iralene. Es la primera vez que oye un asomo de enfado en su voz, lo cual le sorprende para bien. Le gustaría pensar que tiene algo de sangre en las venas. La chica mira ahora a Beckley como si no fuese solo un guardia sino también un informante, un soplón. Señala luego a las belugas y le dice—: ¿Sabías que tienen ombligo? Son muy parecidas a nosotros.

Las ballenas sacuden sus colas con tal fuerza que se las imagina como piernas humanas revestidas de piel, como las de las sirenas.

—Son muy parecidas a nosotros —repite Perdiz.

Iralene le sonríe.

—Nunca me he sentido más feliz. —Está diciéndole la verdad, lo nota en la forma que tiene de mirarlo. Por lo demás, también se fija en que está esperando a que le dé la razón. Tiene los ojos al borde de las lágrimas—. Todavía me quieres, ¿verdad?

A Perdiz le entra el pánico. Beckley cambia el peso de pie, los mira de reojo y luego aparta la vista. Está demasiado lejos para oírlos, pero, así y todo, le resulta odioso que esté allí; es como si tuviese público, y uno poco entusiasta al que de vez en cuando le da por sacar una pistola.

¿Cómo puede decirle que no está seguro? Es cierto que siente una punzada de amor cuando la mira a los ojos. Si no está enamorado, lo estuvo. Con todo, es incapaz de sincerarse y decirle que no la quiere, pero tampoco tiene sentido decirle que no está seguro. Ni siquiera recuerda haberla besado, ¿cómo va a recordar haberla querido?

Tiene las pestañas oscuras y los labios gruesos. Está allí esperando, de modo que se inclina y la besa. Al principio la chica se sorprende y se pone tensa, pero luego se deja llevar. Espera sentir cierta pasión, o al menos algo familiar. Pero el beso no le evoca nada en absoluto. Es como si fuese el primer beso, salvo porque carece del hormigueo del primer beso. Lo siente hueco, vacío.

Cuando se aparta, Iralene le dice:

—No pasa nada, Perdiz.

—¿Qué quieres que pase?

—Que lo entiendo. —¿Qué entiende?, ¿que no le puede decir que la quiere? Ojalá le volviese de golpe la memoria. Iralene se lo merece.

—Eres muy guapa. Guapísima.

Iralene le pone una mano en la mejilla.

—Podría... —¿El qué? ¿Intentar volver a enamorarse de ella?—. Tenemos tiempo, no hay prisa.

Pero ella sacude la cabeza y pega los labios a la oreja del chico para decirle:

—Pero es que no es verdad, Perdiz. No queda tiempo.

Lyda

Debilidad

*L*os ruidos del exterior retumban en sus oídos. Llevan así todo el día: las madres llamando a gritos nombres de listas, organizándose en grupos, martilleando, serrando, niños berreando. Es un auténtico hervidero.

Están preparándose para el ataque a la Cúpula, y Lyda nada puede hacer por detenerlas. Se siente inútil allí sentada con las piernas cruzadas encima de la manta y tiene que resistir las ganas de pegar las manos sobre las orejas y patalear el suelo. Las madres no le han explicado el plan pero es conciente de que no hay vuelta atrás.

Madre Hestra entra en el cuarto y se queda apostada igual que una columna junto al camastro nueve, mirando a Lyda. Syden tose, como llamando su atención, pero es incapaz de mirarlos, está demasiado afligida.

—¿Has mantenido al menos tu palabra? —le pregunta por fin Lyda—. ¿Los buscaste? —A Pressia, Bradwell, Il Capitano y Helmud, a ellos es a quienes necesita ahora.

—Se han ido —le dice Madre Hestra.

—¿Que se han ido? —Ahora sí mira a la madre—. ¿Adónde?

—Ninguna de nuestras espías del puesto de avanzada ha podido enterarse, pero se han ido lejos, más allá de nuestras fronteras. Nunca hemos sabido de nadie que haya ido tan lejos.

—Morirán ahí fuera.

—Si se han ido, será por algo importante. Seguro que les merecía la pena.

Lyda está harta de que la gente arriesgue su vida por cosas importantes. Perdiz se ha ido, Illia está muerta y ahora resulta que los demás se han marchado. Se ha quedado sola.

—¿Y sabes algo de Wilda?

—¿De quién?

—Una niña, una cría pequeña a la que hicieron pura.

—Ya hay muchas como ella.

—¿Ha ido con ellos?

—No.

—¿Está bien?

—Ninguno de los niños purificados lo está, Lyda. Y han sido los muertos los que les han hecho eso. Cada vez están más enfermos. Otro motivo más por el que luchar contra ellos.

Lyda sacude la cabeza.

—¿Cómo eras en el Antes? —le pregunta a la madre—. ¿Recuerdas ser esa persona?

—Era escritora.

—¿Escritora? ¿Y qué escribías?

—Dos tipos de cosas: textos permitidos por el gobierno y textos no permitidos.

—«Los perros ladraban con fuerza. Casi había anochecido...» ¿Lo escribiste tú?

Madre Hestra asiente.

—Sí, era sobre mi hermana, que intentó huir. Vivía pasados los fundizales y no llevaba una vida doble como yo, una de cara al gobierno y otra clandestina para mí sola. Formaba parte de la Resistencia, y la encontraron. Le echaron los perros encima.

—Lo siento mucho. ¿Cómo...?

—¿Que cómo se me quedó grabado en la cara?

Lyda asiente.

—Estaba sujetando la página que había escrito al trasluz de la ventana y el blanco del papel reflejó la luz. La tinta negra la absorbió y me grabó a fuego las palabras en la piel. Vivía una mentira, ni siquiera pensaba contarle a nadie lo de mi hermana, iba a limitarme a escribirlo y guardarlo en un cajón. Y ahora he de vivir para siempre con ese pecado de cobardía en la cara.

Lyda se mira las manos, que tiene ya llena de callos y rasguños. No quiere seguir siendo pura, y lo cierto es que, ahora con el bebé, ya no lo es. Le gusta la idea.

—Tus amigos nos han conducido hasta cosas importantes. Han estado trabajando duro en el puesto de avanzada. Cuando vimos lo que estaban tramando, fuimos y se lo quitamos. ¿Quieres ver lo que es?

Lyda suspira. Una parte de ella quiere quedarse mirando solo la pared —en concreto una mancha de humedad con forma de cabeza de oso—, hasta que se desvanezcan todos los ruidos y haya acabado todo. Pero no puede.

—Enséñamelo.

Madre Hestra rebusca en su saco de caza, marrón por la sangre reseca, y saca un artefacto negro de metal.

—¿Qué es eso?

—Pues es una de las arañas que la Cúpula mandó para matarnos. Pero ahora es una granada que nosotros utilizaremos para matarlos a ellos.

—La Cúpula resistió a las Detonaciones. ¿Realmente creéis que con granadas de mano será distinto?

—Encontramos también otra cosa, que será lo que más nos ayude para nuestra estrategia. Eso sí que marcará la diferencia.

—¿De qué se trata? —Lyda no se imagina qué puede marcar la diferencia en una batalla contra la Cúpula.

Ahora es Syden quien rebusca en el saco de caza de su madre y saca dos pedazos de papel manchados de ceniza. Uno es a color por un lado, un anuncio impreso bastante desvaído. Lo reconoce al instante: el cartel de ¡VISTE TU CASA DE LARGO! que sacaron del plexiglás roto del vagón de metro. Syden se los tiende a Lyda, que los despliega sobre la cama y va pasando las manos por sus propios dibujos, de la academia femenina y el centro de rehabilitación, y por los de Perdiz del interior de la Cúpula, planta por planta, con todo lujo de detalles.

—Nuestros mapas. —Piensa en cuando se tumbó bocabajo en el vagón, frente a Perdiz, y en cómo él se estiró por encima de los mapas y la besó. Ahora se lleva la mano a los labios y dice—: Perdiz.

—Sí, Perdiz, el muerto. Hizo un buen trabajo.

Estuvieron hablando de la Navidad, y ella le contó la vez que su padre le regaló una bola de nieve, cuando comprendió que era una niña atrapada en una bola de cristal. Él le contó sus navidades en casa de los Hollenback y le prometió un regalo: un copo de nieve de papel. Le preguntó si eso era todo lo que necesitaba para ser feliz y le respondió que sí, pero añadió «y tú».

—Tu Perdiz señaló por dónde había salido y puede que también por dónde te sacaron a ti. Los puntos de debilidad —comenta Madre Hestra.

396

—Debilidad. —Debilidad, como la de no ser capaz de enterrar el pasado; debilidad, como la de no perder la esperanza cuando sabes que deberías. Lyda parpadea, y le rueda una lágrima por la mejilla que cae en el mapa, pero se apresura a restregarse los ojos.

—Tenemos que lanzar las granadas en los puntos de debilidad.

Lyda alza la vista y dice:

—No.

Por muchos mapas y muchas granadas que tengan, ¿realmente podrían las madres causar daños de verdad a la Cúpula? Es una fortaleza, sí, pero, al escapar, Perdiz demostró que incluso una fortaleza puede tener agujeros. Los mapas no bastan para derrocar la Cúpula, pero podrían bastar para entrar en ella, bien armadas, y cazar a Perdiz, como prometió la Buena Madre, para matarlo.

Desesperada, Lyda pliega ahora los mapas y se los mete bajo el brazo.

—Están mal, son falsos. Quería engañaros.

—¿De verdad?

—Es un muerto, no podéis confiar en él.

Madre Hestra la coge por la muñeca.

—No hagas eso, sé lo que estás tramando.

—¡Vosotras me habéis enseñado a desconfiar de los muertos!

—Sé perfectamente lo que hacen los muertos cuando consiguen abrirse camino en la mente de una mujer. Deja de intentar salvarlo. ¡Esos son los puntos de debilidad!

La madre la sujeta con mano férrea y tira con fuerza de su brazo hasta que los mapas caen al suelo. Precisamente esos mapas que ella ayudó a hacer podrían permitirles cogerlo... y matarlo.

—Puntos de debilidad —susurra Lyda.

Il Capitano

Borroso

*H*an volado durante dos días y una noche y ahora empieza de nuevo a oscurecer. Il Capitano ve borroso por el cansancio y tiene los nervios de punta por el chute de adrenalina. Helmud se ha dormido, se ha despertado y ha vuelto a dormirse. Ahora lo sacude para que despierte. Están llegando. Abre por unos segundos los tres depósitos de vacío y deja que entre un poco de aire para poder bajar de altitud. Ya no están surcando el infinito del océano vidrioso; por el foco del morro se ve que están pasando por encima de oscuras siluetas de colinas, valles, collados rocosos, lagos oscuros y ciudades en ruinas, con extensiones de casas y edificios derruidos.

—Mira eso, Helmud. Es otro país. ¿Verdad que nunca te habrías imaginado que verías otro país? ¿A que no?

—¿A que no? —le pregunta su hermano.

—Pues no.

El panel de navegación muestra un mapa topográfico que no vale para nada, porque las Detonaciones alteraron todo el terreno. Aterrizarán dentro de poco.

—¿Cuánto queda? —le pregunta a *Fignan*, que emite una luz antes de dar el dato.

—Veintiocho kilómetros y doscientos metros. Rumbo este.

—Vale, pues será mejor que vayamos buscando una llanura.

La aeronave pega entonces una sacudida y lanza a Il Capitano hacia atrás, como si Helmud estuviese tirando de él con fuerza.

—¿Qué coño ha sido eso? —dice, con el corazón ya acelerado.

Fignan pita sin saber qué hacer.

—¡Veintiséis kilómetros! —exclama, como si eso fuese de alguna ayuda.

Cuando el avión parece reencontrar su equilibrio, Il Capitano deja escapar un suspiro de alivio.

—Vale, ha sido solo un bache. No pasa nada.

No es cierto, sin embargo, porque vuelve a ocurrir, esta vez con más fuerza. Se incorpora, pero la cola cabecea y el morro se hunde hacia abajo. Helmud se agazapa tras la espalda de su hermano.

—¡Dios Santo, busca la parte del manual sobre emergencias! ¿Crees que tendrá algo que ver con el *bucky* trasero? —le pregunta a *Fignan*.

—En caso de emergencia… en caso de emergencia. En caso de fallo de motor, en el *bucky* trasero… —¿Está pasando las hojas del manual? *Fignan* tiene todas las luces encendidas—. Compruebe el panel de navegación.

Il Capitano repasa la consola con los ojos y ve una luz roja que parpadea en un dibujo de la estructura básica del avión y que indica una grieta muy fina. Acciona las bombas del depósito que da fallo y se deshace del aire tan rápido como lo coge. La luz roja sigue parpadeando pero parece que la fractura es pequeña y está controlada. Mientras siga pendiente, manteniendo el equilibrio de aire, el avión aguantará hasta que aterricen.

—Tengo que bajarlo.

—Bajarlo.

La aeronave vuelve a reducir la marcha. El *bucky* trasero está cogiendo más aire, con lo que pesa más y se hunde hacia atrás.

—Pero ¿qué está pasando ahí? —grita Bradwell desde atrás.

—Una pequeña grieta. Se está colando un poco de aire.

Y entonces Bradwell se planta en la puerta.

—¿Una pequeña grieta? ¿Qué significa eso?

—No pasa nada, ve a sentarte. Y abróchate bien el cinturón.

En el despegue no le importó mucho no poder atarse por llevar a Helmud en la espalda, pero ahora no le hace mucha gracia no atarse el cinturón.

—¡Pero vas a necesitar ayuda! —replica Bradwell—. ¡Te hace falta un copiloto!

—Tengo a *Fignan*, aparte del copiloto que llevo siempre incorporado. —Señala a Helmud a su espalda.

—Capi, déjame que…

—¡Que no! ¡Vuelve a tu asiento! ¡Es una orden!

Bradwell regresa como puede sobre sus pasos. Il Capitano lo oye hablar con Pressia. ¿Estarán criticándolo a sus espaldas?

Il Capitano no quiere aterrizar hasta que no estén lo más cerca posible de su destino. Aunque quedan menos de veinticuatro kilómetros, cuanto menos recorran a pie, mejor; quién sabe si el terreno será infranqueable y estará plagado de criaturas letales. Tiene que acercarse todo lo posible.

La luz de los focos recae sobre una manada de extrañas criaturas al trote… ¿alimañas, amasoides, terrones, u otra cosa desconocida? Desaparecen por una pequeña arboleda.

La nave se vuelca entonces hacia un lado, y tiene que virarla hacia el otro para enderezarla. De la popa llega una especie de silbido y en el acto el panel de navegación muestra una nueva fisura, más larga aún.

—¿Cómo? ¿Por qué? ¡Fignan! —grita Il Capitano—. ¿Estoy saturando los depósitos?, ¿es demasiada presión?

—Una presión excesiva en los depósitos puede resultar en fisuras, sobre todo si la nave ha estado sometida a grandes altitudes durante un tiempo superior a cuarenta horas —informa Fignan.

—¡Maldita sea! ¿Por qué no me lo has dicho antes?

Fignan no responde y se limita a atenuar la luz, como para expresar cierto sentimiento de culpa.

—¡Quédate conmigo, Fignan! ¡Eres lo único que tengo!

—¡Eres lo único que tengo!

—¡Ahora no te pongas celoso, Helmud! —le grita a su hermano.

Algo se resquebraja, con un sonido fuerte y agudo, algo que se ha roto y se ha soltado. El avión vuelve a pegar una sacudida más violenta aún, y ambos se ven propulsados hacia atrás en el asiento.

—¡Capi! —grita Pressia—. ¿Qué está pasando?

Ay…, no quiere fracasar, no con Pressia allí, con la vida de ella en sus manos.

—Voy a tener que aterrizar. Estamos cogiendo demasiado aire.

No le queda más remedio que maniobrar con las bombas de los depósitos que no están dañados y cruzar los dedos para que no pierdan altitud demasiado rápido y no caigan en picado. Se levanta y mira el mapa topográfico y la gran superficie de terreno abrupto que pasa por debajo de la nave.

Un poco por delante hay un círculo de árboles y floresta, pero al otro lado parece bastante liso. No cree que pueda llegar hasta allí, pero se ve una pradera y ya solo quedan catorce kilómetros para el destino.

—¡El viento viene del noroeste, *Fignan*! ¿Cómo aterrizo este chisme?

—Es aconsejable poner el avión en la misma dirección del viento antes de tocar tierra.

—Vale, de acuerdo. —Il Capitano hace coincidir el morro con la dirección del viento y el aparato se inclina hacia el centro de la pradera—. No estaría mal tener una torre de control con su personal y todo eso

Pasa rozando una colina y, ya sobre la llanura, se queda suspendido en el aire, con el morro en la dirección del viento y los propulsores en contra para mantener la estabilidad.

Con todo, la cola los está lastrando hacia abajo. Suelta un poco de aire de las bombas de los otros dos depósitos y el avión empieza a bajar rápidamente.

—¡No tan rápido! ¡No tan rápido! —Pulsa el botón para extender las patas sobre las que van a aterrizar—. ¡Sooo!

—¡Sooo!

Pero la parte trasera es demasiado pesada y bajan más rápido de lo deseable. Aplica presión sobre las bombas de los depósitos ilesos, pero provoca un estallido que hace que se inclinen hacia delante.

—¡Sujetaos bien! —grita—. ¡Preparaos para aterrizar!

Helmud se coge a los hombros de su hermano pero Il Capitano no puede agarrarse a nada. Está intentando suavizar el impacto del aterrizaje, ajustando los propulsores, frenando el depósito frontal y atando en corto el central.

—Preparaos para aterrizar —susurra Helmud con voz ronca—. Preparaos para aterrizar.

Cuando tocan tierra, Il Capitano estampa la cabeza contra los controles y se queda noqueado en el suelo, mareado y con un ojo emborronado por la sangre. El depósito central sigue bombeando, lo que hace que la nave permanezca en el aire. El viento la sacude y hace que se vuelque hacia un lado. El parabrisas choca contra algo, cruje y se resquebraja. «Vuelta de campana», piensa Il Capitano.

En ese momento se ve impulsado contra el cristal de la cabina de mandos pero intenta mantenerse consciente porque el avión sigue con vida.

—¡Preparaos para aterrizar! —gime Helmud—. ¡Preparaos para aterrizar!

—No pasa nada, Helmud. Tranquilo, hermano.

Alarga una mano y acciona con el puño la última bomba que funciona y los propulsores. La nave parece suspirar aliviada y cabecea como si estuviese en el fondo oceánico. La pantalla de navegación se ha quedado en blanco.

Con sangre saliéndole de un ojo, Il Capitano se arrastra con los codos hasta la ventanilla. Al otro lado del cristal el mundo está en penumbra. Se da cuenta de que no se oye nada.

—¡Pressia! —la llama, pero su voz es muy débil.

Y entonces todo es oscuridad.

Pressia

Golpe en la cabeza

Pressia está volcada con las piernas levantadas, pero sujeta al asiento por el cinturón, que ahora le está cortando la sangre en un muslo. La cara le ha quedado a la altura de la escotilla, por donde solo ve briznas de hierba afiladas y gruesas. La nave ha aterrizado de costado.

Se lleva la mano bajo el jersey y comprueba que los viales estén bien: intactos.

—¿Qué demonios ha pasado? —pregunta Bradwell, que también está sujeto por el cinturón del asiento, aunque al ser alto llega con una mano para apoyarse en la pared curvada de la escotilla.

—Un aterrizaje forzoso. —Pressia encuentra la hebilla del cinturón, pero si lo suelta podría darse un buen golpe.

Bradwell se apoya con ambas manos en el techo.

—Desabróchame el mío y luego te ayudo con el tuyo —le dice a Pressia.

Alarga la mano hasta la hebilla flexible del asiento de Bradwell y tira de ella. El chico amortigua la caída con la fuerza de los brazos, se apoya en la pared lateral, le pasa un brazo por la cintura y ella se agarra a su cuello. Le encanta que sea tan corpulento y fuerte, con esos músculos curtidos por brutales años de supervivencia. Por fin le desabrocha el cinturón y la ayuda a bajar.

Trepan hasta la cabina de mandos mientras el avión se va balanceando bajo el peso cambiante.

Il Capitano ha caído de bruces y está tirado en el suelo inconsciente, con los brazos extendidos y una brecha en la cabeza por la que le sale una especie de halo de sangre oscura.

Helmud levanta la cabeza del hombro de Il Capitano y empieza a decir:

—Preparaos para aterrizar, preparaos para aterrizar. —Tiene la mejilla roja y empapada de la sangre de su hermano.

—Ostras, ¿qué hacemos? —exclama Bradwell.

Fignan se pone en medio de los dos y les dice:

—Aplicar hielo para reducir la hinchazón. Aplicar presión para cortar el flujo de sangre.

Pressia se arrodilla junto a Il Capitano, se cubre la mano con la manga del jersey y la presiona contra la herida.

—Busca una manta —le pide a Bradwell, que se apresura a volver a la cabina de pasajeros—. ¿Se ha desmayado con el golpe, en el acto? —le pregunta a Helmud.

—Preparaos para aterrizar —repite, con los ojos desorbitados y asustados.

—Helmud, tranquilo, se va a poner bien.

Bradwell reaparece y le tiende una manta, que ella dobla y apretieta contra la herida. La manta, que es azul marino, no tarda en cubrirse de sangre y adquirir un tono más oscuro.

—Mírale los ojos —le dice Pressia a Bradwell.

Este le levanta los párpados a Il Capitano y pregunta:

—¿Y qué tengo que mirar? ¿Si están dilatados?

—Sí, y que con suerte se dilaten al mismo ritmo.

Bradwell levanta ambos párpados y se echa hacia delante y hacia atrás, para procurar que le llegue la luz de *Fignan*.

—Pues no ha habido suerte.

—Ha sufrido una conmoción. No podemos dejarlo aquí.

—Pero tampoco podemos abandonar la misión: solo faltan cinco horas para que salga el sol.

—Preparaos para aterrizar —sigue a lo suyo Helmud.

Il Capitano parpadea.

—¿Capi? ¿Estás bien? —Pressia le toca la mejilla con la cabeza de muñeca.

Él pestañea mirándole a los ojos y entorna los suyos. Parecen mirar de un lado al otro y volver luego a su cara y clavarse en ella. Intenta murmurar algo pero al principio la voz le sale demasiado ronca.

Pressia se inclina para oírle mejor.

—¿Qué quieres, Capi?

Este levanta las manos y le coge la cara con gran delicadeza.

—Pressia —susurra, y la besa, con un beso breve, suave y delicado en los labios.

La chica se queda aturdida, sin saber qué decir. Aguanta la respiración y abre los ojos de par en par. Recuerda en el acto a Il Capitano cantando en su guardia aquella canción de amor, y luego lo de la presa, cuando discutieron sobre qué era ser romántico y qué no.

Sigue presionando la manta sobre la herida, pero sacude la cabeza.

—Capi, acabas de… —Besarme. Il Capitano acaba de besarla, pero ha debido de ser un error.

—Te quiero, Pressia Belze.

Y ahora no hay lugar a dudas.

Il Capitano desliza la mirada fuera de la cara de Pressia y cierra los párpados. Ya está, se ha vuelto a desmayar.

Helmud la mira y le dice:

—¿Pressia? —Como si quisiera saber si también ella quiere a Il Capitano.

Le entran ganas de llorar. La canción de amor que cantaba. ¿Pensaba en ella? Está desconcertada, y se pregunta cuánto tiempo llevará sintiendo eso, cuánto tiempo lleva soportando ese secreto. Ahora entiende la forma en que la miró cuando la vio cogiéndole la mano a Bradwell en el puente.

Este último se levanta y se va hacia la puerta.

—No lo sabía —le dice.

—¿A qué te refieres? —A Pressia le entra el pánico. ¿Está hablando de Il Capitano y ella? ¿Cree que ha estado pasando algo entre ambos?—. No hay nada que saber.

Bradwell le pega un puñetazo a algo y Pressia oye un crujido repentino. La nave oscila por unos segundos. ¿Está celoso?, ¿o solo cabreado porque no sabía algo, aunque no había nada que saber…?

—¡No estamos pensando con claridad! —tercia Pressia—. ¡Ninguno! No lo piensa de verdad. Él solo…

—Claro que lo piensa. Debería haberme dado cuenta. Llevo tanto tiempo queriendo decir esas palabras y ahora ¿llega él y te las dice, así sin más?

—¡Se ha dado un golpe en la cabeza! —exclama Pressia, que entonces se para a pensar en lo que acaba de decir Bradwell—. ¿Que llevas tiempo queriendo decir esas palabras?

De espaldas a Pressia, Bradwell se queda paralizado y respira hondo.

—Sí.

—Sí —repite Helmud como si él ya lo supiera desde hace tiempo.

Pressia se queda mirando a Helmud por primera vez en mucho tiempo. Quiere preguntarle si él conocía el secreto. Suele comprender mucho más de lo que da a entender. Se frota la pequeña fila de dientes superiores contra el labio inferior, nervioso.

—¿Qué vamos a hacer? —le pregunta a Bradwell—. Uno tiene que irse ya y otro tiene que quedarse.

El chico no responde.

Pressia levanta la manta y ve que la hemorragia se ha reducido. La herida está hinchada pero al menos ya no sale sangre a borbotones.

—Helmud. Pon la mano donde la mía. —Le tiende una parte de la manta sin manchar. El otro la coge y Pressia le aprieta la mano con fuerza—. Aplica una presión constante.

—Presión.

406 Se levanta y pasa por delante de Bradwell, al que solo le ve la espalda, con los pájaros removiéndose bajo la camisa. Está mirándose los nudillos, que probablemente se haya cortado. Hay una abolladura en la pared, con un dibujo como de tela de araña en la capa exterior. Pasa por la puerta, coge una bolsa de provisiones con comida y agua y la lleva de vuelta a la cabina de mandos.

—Voy a salir ya. Tú te quedas aquí.

Bradwell se vuelve y sacude la cabeza.

—No, no, no, de eso nada.

Le lanza las provisiones contra el pecho.

—Sí, claro que sí.

—De ningún modo vas a irte tú sola.

—Te olvidas de que en parte estoy aquí por motivos egoístas.

—Pressia, no vas a encontrar a tu padre.

—Si vas tú y lo encuentras a él o alguna pista, aunque sea el indicio más mínimo, de que está vivo, en lugar de mí, nunca te lo perdonaré. Este es un viaje que tengo que hacer yo.

—Esto no es solo cosa tuya, Pressia. Walrond dejó ese mensaje para mis padres antes de matarse, y antes de que yo encontrara a mis padres muertos en la cama.

A Pressia se le hace un nudo en la garganta.

—¿Los encontraste tú?

Bradwell mira a Helmud, que tiene la manta presionada contra la cabeza de su hermano.

—Bradwell —susurra Pressia.

—Era por la mañana y bajé a desayunar. Como no estaban en la cocina, fui por toda la casa llamándolos. Y entonces eché a correr... abrí la puerta... y allí estaban.

—Lo siento mucho...

—Al principio no me di cuenta de que estaban muertos, porque la sangre no parecía sangre, se había secado. Pero cuando me acerqué y le toqué el brazo a mi madre, lo tenía rígido y frío. Y vi el tono azulado de la piel

—¿Por qué no me lo habías contado?

—Me ha costado años superarlo.

—Una cosa así nunca se supera.

—Pues ya ves, yo también soy un egoísta y lo estoy haciendo porque mis padres está muertos. Willux mandó matarlos. Yo no he venido aquí de paseo, no lo hago por el bien común.

—Bradwell —susurra—. Soy yo la que va a ir. Y tú el que se va a quedar, porque mi padre podría seguir con vida. Es muy cruel, pero es así.

Fignan sale por la puerta de la cabina de mandos.

—No puedes dejarme aquí con Il Capitano después de que te haya besado, ¡después de lo que te ha dicho!

¿Está echándole la culpa a ella? ¿Piensa que le ha dado falsas esperanzas o que ha estado teniendo una relación con Il Capitano al mismo tiempo que con él? Se vuelve y camina con paso inestable por las paredes del avión hasta la puerta de salida, que ha quedado casi a la altura de su cabeza.

—Espera. ¡No! No puedes...

Usa los asientos a modo de escalones para alcanzar la puerta, gira el volante que la mantiene cerrada y deja que caiga hacia dentro.

—Te vas de verdad.

—Pásame a *Fignan*, me va a hacer falta para orientarme.

Se apoya en los codos y se impulsa hacia arriba hasta quedarse sentada en el lado de la cabina exterior de la nave. Está oscuro, a pesar del resplandor de la luz del avión que sale por la puerta, el parabrisas y las escotillas.

407

Bradwell se pasa las manos por el pelo y se rasca con fuerza las cicatrices de la mejilla.

—¿Qué quieres?, ¿que me vaya sin *Fignan*?

Bradwell suspira, coge la caja y se la pasa por la puerta. *Fignan* despide un estrecho haz de luz con el que escruta los alrededores y los árboles que hay a lo lejos.

Pressia se desliza hasta el suelo.

Bradwell se asoma por la puerta y se queda mirándolo, con su pelo alborotado, sus hombros musculosos, sus ojos oscuros y húmedos. ¿Qué pensará de ella? ¿Qué pensará de los dos como pareja? Es igual de impenetrable que una caja negra.

Todavía siente el beso de Il Capitano en los labios. Tal vez lo que más le ha sorprendido es lo tierno que ha sido, porque no es precisamente su estilo. Ella no lo quiere, o al menos no de la misma forma que él a ella. Aunque sí que lo quiere en cierto modo. Han vivido muchas cosas juntos. Cuando no tenía a nadie, él la ayudó y la salvó. Y está convencida de que al menos superficialmente ha conseguido hacerlo cambiar. Tienen tantas cosas en común; no es una relación simple ni fácil. ¿Cómo podría serlo? Cuando lo conoció, le aterraba que pudiese dispararle.

Bradwell la mira, expectante.

Por un momento aguza el oído para ver si oye algo alrededor. Está todo en silencio, pero por alguna razón eso la asusta aún más.

—Lo estoy sintiendo ahora mismo —le dice al chico.

—¿El qué?

Una sensación etérea en la barriga y el corazón aporreándole el pecho como si se estuviera cayendo, y cayendo.

—Mira, no entiendo todo lo que hemos pasado juntos, lo que significa todo esto. Pero lo que sí sé… —Se enjuga una lágrima de la cara—, lo que sé es que algún día lo echaré de menos, incluso las partes más duras, incluso los horrores. Te echaré de menos —le dice mirándolo ahora a los ojos—, este momento, aquí y ahora.

Bradwell la mira como memorizando su cara.

—Conseguiré llegar —le dice Pressia a modo de despedida.

—Lo que yo quiero es que consigas volver —replica el otro.

Perdiz

Nebraska

Los días de Iralene y Perdiz están planeados al minuto: un picnic en los sembrados de soja, una visita al planetario o clases particulares de baile con Mirth y DeWitt Standing, donde aprenden chachachá, rumba, fox-trot, etcétera; el profesor va contando en voz alta por encima de la estridente música, mientras Mirth va diciendo «¡Esas barbillas arriba! ¡Arriba!» y Beckley se queda a un lado apostado, con una sonrisa bobalicona en la cara.

Y la cháchara de cortesía es agotadora. A veces Perdiz se enfada sin razón aparente. Tal vez sea solo porque en teoría su padre quiere que gobierne y él está ahí ocupado con esas tonterías.

Lo peor de todo es que no tiene control alguno sobre nada. Si sugiere hacer otra cosa, como ver a los amigos o encontrarse con Glassings para disculparse porque Beckley le sacara un arma, Iralene le dice que todavía está demasiado débil. «No puedes entrar en contacto con nadie, solo con aquellos que hayan pasado rigurosos controles de enfermedades.»

A veces se pregunta si sería mejor seguir inconsciente que verse arrastrado de una cita estúpida a otra. Y siempre sin el mínimo fogonazo de un recuerdo. Lo único que le viene a la cabeza una y otra vez es lo que le dijo Iralene en el acuario: «Pero es que no es verdad, Perdiz. No queda tiempo».

Mientras ella se está cambiando los zapatos después de la clase de baile, el chico le pregunta qué quiso decir.

—Yo no recuerdo haber dicho eso, Perdiz. Ya me conoces, ¡a veces no digo nada más que tonterías!

—No te conozco: ese es el problema.

Iralene lo mira, desconcertada, y suelta una risilla fugaz, pero cuando este sonido se apaga, la chica da la impresión de ser capaz de echarse a llorar en cualquier momento.

—Perdona, Iralene, no quería herir tus sentimientos.

—¿Herir mis sentimientos? ¿De qué hablas?

Desde el beso en el acuario, ha estado más nerviosa, tal vez porque espera que se vuelva a enamorar de ella. Él lo está intentando, Dios sabe que está intentándolo. Porque, bueno, ¿qué clase de capullo recibiría un golpe en la cabeza y le diría luego a una chica que ya no la quiere? No puede hacerle eso.

Así y todo, se siente manipulado e impotente. Más tarde, en el asiento trasero del carrito motorizado, se echa hacia delante y le dice a Beckley que quiere ver a su padre. Se lo ha pedido un montón de veces pero el guardia siempre se inventa alguna excusa. Esta vez añade:

—Déjame que lo adivine, Beckley. ¿No puedo ver a mi padre porque tiene varias reuniones seguidas o… porque está en un almuerzo que se ha alargado? O, ¡no me lo digas!, tiene que preparar una presentación, ¿no es eso?

Beckley no se molesta en contestar. Iralene le da una palmadita en la rodilla y le dice:

—Estoy segura de que ya mismo te manda llamar para una visita.

Como si Perdiz se sintiese herido por la falta de atención de su padre. No es nada de eso, lo único que le pasa es que todo le resulta sospechoso.

Y que está agotado. Sigue doliéndole la cabeza y, a veces, cuando alguien le hace preguntas, tiene la sensación de intentar leerle los labios porque no puede oírlo del todo; como si estuviera dentro de la pecera, con las belugas, mirando desde detrás de un grueso panel de cristal.

—¿Perdona? Lo siento, ¿qué decías?

El cansancio le llega hasta la médula. Recuerda esa misma sensación justo después de las Detonaciones, tras la muerte de su madre. Caminaba como por el agua, sintiéndose demasiado pesado para moverse. «Bendecidos, bendecidos», fue entonces cuando se extendió tanto esa palabra. «Hemos sido bendecidos por haber entrado.» Si te habían bendecido, era difícil culparte por haber entrado tú y otros no. Estar bendecido era algo fuera de tu control, no era culpa de nadie: el estar o no bendecido había sido, hasta la fecha, una cualidad oculta, algo enterrado en el alma; pero después quedó muy claro quién lo estaba y quién no; de hecho, estaba tan claro que existía una lista con los nombres.

¿Cómo sentirse culpable así? ¿Culpable de qué?, ¿de que Dios te quiera?, ¿de su bendición?

En teoría Perdiz debía estar alegre, como todos; de lo contrario habría sido un desprecio hacia la bendición de Dios. Él lo intentaba pero el duelo —tácito e inexpresado— no hacía más que empeorar y pasó a ser algo físico; y a eso precisamente es a lo que le recuerda ese estado post-coma: al duelo físico.

Lo extraño es que no tiene nada por lo que llorar. Su vida es incluso mejor de lo que recuerda. Una noche le confiesa a Iralene, mientras contempla la escena de la playa, que comprende que tiene una vida mucho mejor pero que, aun así, no se siente cómodo.

—Es como estar metido en el cuerpo de otra persona.

—¿De otra persona? Pero eso es horrible. —Iralene se le queda mirando. Empieza a acostumbrarse al hecho de que la chica se tome al pie de la letra todo lo que dice.

—Vale, bueno, no de otra persona, pero es como cuando le coges sin querer la americana a otro chico de la academia y te queda pequeña por la espalda y corta por las mangas, como que nada cuadra.

—Pero eso es porque aún te estás poniendo al día. Estás todavía retrasado y tienes que trabajártelo para llegar al futuro, que está aquí ya.

—Ajá.

—No es que no cuadre. Ya verás cómo te encaja cuando te resulte familiar, eso es todo. Además, ¿de qué puedes quejarte?

Aquello le recuerda a los bendecidos y los no bendecidos, y a los miserables de fuera y la existencia descarnada que llevan. ¿Cómo será la vida allí? Se rasca la nuca y le viene un regusto a polvo y ceniza. Un regusto tan vivo que le parece como un recuerdo.

Ahora que han cerrado la academia por Navidad, Perdiz sugiere que vayan a dar un paseo por los terrenos de la escuela.

—Venga, anda… Por una vez podríamos hacer algo que me guste a mí, ¿no?

—¡Vale! Si te hace feliz, iremos.

Las puertas de la residencia están cerradas, pero Beckley los deja colarse por una ventana abierta de la planta baja.

Perdiz le enseña a Iralene su antigua habitación, que han dejado vacía. Le cuenta cosas de Hastings, su antiguo compañero de cuarto, que siempre decía que «no me lo tomaré por lo personal» pero siempre lo hacía. Lo echa de menos.

—Era el típico patoso delgaducho que lo único que quería en la vida era divertirse y darle a la lengua todo el rato.

Iralene va de un lado a otro de la habitación y luego se tiende en la litera de abajo.

—¿Esta era la tuya?

—No —le dice Perdiz señalando la de arriba.

Iralene sonríe y corre escaleras arriba y se tiende con los brazos cruzados bajo la cabeza sobre el colchón sin funda.

—¿Con qué soñabas cuando dormías aquí?

Soñaba con que chicas como Iralene entrasen en su cuarto y subiesen por esas escaleras, pero entonces, en ese preciso momento, oye el clic del sistema de ventilación. Siguen regulando la temperatura aunque no haya nadie. Perdiz va hasta la ventana y le responde:

—¿Que con qué soñaba? —Se imagina a las chicas en formación en el campo de abajo haciendo los ejercicios de la mañana. Hay una chica que vuelve la cabeza y que lo mira directamente. ¿Quién es? ¿Cómo se llama? ¿Su madre trabaja en el centro de rehabilitación? ¿No canta en el coro?—. Mertz.

—¿Perdona? —pregunta nerviosa Iralene.

—Nada. Estaba intentando acordarme del nombre de alguien y me ha venido a la cabeza. ¿No te pasa a ti a veces?

Iralene asiente.

—Es que no me imagino a Hastings en las Fuerzas Especiales, la verdad. —Va hacia el espejo donde su compañero solía atusarse el cabello. Lo recuerda allí en ese mismo sitio vestido con un traje—. El baile, ¿no?

—¿Qué pasa con el baile?

—Hastings, que acabo de acordarme de que me estuvo dando la lata para que no llegase tarde. —Mira hacia Iralene—. ¿Y te conocí después del baile?

—Fui porque me invitó una amiga. No sé si eres consciente pero no todo el mundo va a la academia.

—Ya, ya —dice tranquilamente. No quiere herir sus sentimientos una vez más. La academia está reservada para los hijos de la élite—. ¿Y yo no tenía pareja? ¿Fui solo al baile?

Iralene parece triste; es más, cualquiera diría que va a ponerse a llorar de un momento a otro. Siempre es igual con ella: Perdiz nunca sabe qué la desestabilizará.

Beckley silba y, al asomarse a la ventana, Perdiz ve que está haciéndole señas para que bajen.

—Este Beckley... Es como una gallina con sus crías.

Iralene baja la mitad de la escalera y le dice:

—¡Cógeme!

Perdiz va hasta la chica, que le echa los brazos al cuello. La sostiene un momento en el aire y luego la pone en el suelo, pero no se suelta. Es de esos abrazos que le das a alguien para despedirte, a alguien a quien puede que no vuelvas a ver.

—¿Iralene? ¿Estás bien?

—Tenemos que quedarnos solos, sea como sea. Puedo deshacerme de él. Yo sé la manera. Tengo un plan.

Y eso hace.

Más tarde, esa misma noche, Iralene y Perdiz están en su dormitorio. Se pregunta qué pasará ahora. No se han besado desde el acuario. Aquello no arrojó luz sobre ningún recuerdo ni tampoco fue el beso más emocionante del mundo. Pero, en fin, al menos debería intentarlo, ¿no? Iralene es guapa y estuvo enamorado de ella en el pasado.

En cuanto piensa en la posibilidad, sin embargo, le invade una ola de extenuación. En realidad lo que le gustaría sería meterse en la cama, cerrar los ojos y dejar que el día entero se vaporice para siempre en el fondo de su mente. Está a punto de decir: «Quiero irme a casa». ¿A qué vendrá esa nostalgia?

Ahora, en cambio, es Iralene la que parece experimentar cierta urgencia. Es el único sitio donde pueden librarse de Beckley, aunque se le hace extraño; es muy consciente de que hay cámaras apuntándolos desde las esquinas pero, aun así, sigue siendo la primera vez que está a solas con una chica. Todas las tímidas interacciones que pudo tener en la academia estuvieron controladas por carabinas entrometidas que acechaban por las esquinas. Las cámaras no hacen mal ese mismo papel, pero no hay como la presencia física de un carrasposo profesor de álgebra para cortar el rollo.

Iralene abre el portátil con forma de bola e introduce una

413

clave. Al tiempo que el aparato resplandece por las ranuras de sus dedos apretados, la habitación empieza a cambiar. Las cortinas sacudidas por la brisa marina automática se cubren de un estampado amarillo con flores azules y se quedan colgando lisas delante de las ventanas, que están cerradas a cal y canto. A la cama le sale un dosel y una colcha de *patchwork* plegada a los pies y aparecen tanto un viejo armario combado como una mesilla de noche algo destartalada.

—¿Qué ha pasado con la casa de la playa? —pregunta Perdiz.

—Te prometí traerte de vuelta a este sitio.

—¿Ah sí? ¿Y qué es esto?

—Es una granja antigua. De Nebraska, creo.

—¿Y por qué querría yo volver a Nebraska? —No tiene sentido—. ¿Seguro que te dije este sitio y no otro? ¿No sería en broma? ¿Cuándo te hice prometérmelo?

Iralene se cruza de brazos, como si tuviera frío, y describe un pequeño círculo por la habitación.

—Lo hiciste y punto. —Está alterada. Va hacia él, le pone una mano en la camisa y se la pasa por el cuello—. Creo que deberíamos quedarnos a solas. —Mira de reojo las esquinas donde están colgadas las cámaras.

Perdiz le aparta la mano del pecho y la deja suspendida en el aire por unos instantes.

—No estoy seguro.

—¿No confías en mí?

Es una pregunta con segundas. Hay algo en la voz de Iralene que le insinúa que piense muy detenidamente la respuesta. La mira a los ojos, claros y de un verde luminoso. Iralene no se parece a nadie que haya conocido jamás. Tampoco es que haya tenido mucha relación con chicas, ni siquiera con su madre. Aun así, no es como las demás. Es dulce y recatada pero, a la vez, parece hecha de acero. Es capaz de mucho más de lo que deja entrever, y aun así Perdiz está convencido de que tiene buen fondo.

—Sí. Confío en ti.

Iralene empieza a toquetear de nuevo en el ordenador, pulsando un botón tras otro como loca. La habitación cambia y se arremolina, mientras las luces vacilan. Por fin vuelve la granja, aunque la iluminación es más tenue y las cámaras hacen un sonido como de derrota, seguido de un suspiro del ordenador.

—He sobrecargado el sistema. Tienes poco tiempo. ¿Te dice algo este sitio?

—No.

—Piénsalo bien.

—Vale —dice señalando el cuarto en toda su sencillez—. Ya pienso pero... nada. No me dice nada.

Iralene suspira.

—¡Tienes que encontrar lo que escondiste!

—¿Lo que yo escondí?

—Estoy convencida de que escondiste algo para poder encontrarlo más tarde. Si no, ¿por qué ibas a pedirme regresar a este sitio?

—Lo que dices no tiene ningún sentido.

La chica retira las mantas de golpe y luego se agacha y mira debajo de la cama.

—¿Crees que esto es fácil para mí? Llevo media vida esperando la posibilidad de que te enamores de mí. Pero no puedo hacerlo, así no. —Se levanta de nuevo, con lágrimas en los ojos, tira al suelo los almohadones y pasa la mano por el alféizar de la ventana.

Perdiz se acerca a ella y la coge por los hombros.

—Iralene, tranquilízate. Háblame.

La chica traga saliva y parpadea para quitarse las lágrimas de los ojos.

—La noche antes de que te borrasen la memoria... escondiste algo aquí para poder saber la verdad.

—¿De que me borrasen la memoria? —Perdiz siente un mareo—. Pero ¿no habías dicho que...?

—No, no hubo ningún accidente.

Piensa en el beso que se dieron y después mira a su alrededor.

—¿Alguna vez estuve...?

Iralene sacude la cabeza.

—No, nunca estuviste enamorado de mí.

Se rasca la nuca y siente el plástico duro de la férula. Extiende la mano por delante de la cara y le pregunta:

—¿Y el meñique?, ¿qué me pasó?

—Perdiz, si quisieses esconder algo en este cuarto, ¿dónde lo pondrías?

—Pues, a ver, lo primero es que no sabría que iba a buscarlo, ¿no? —Está confundido a la par que enfadado—. ¡Has estado mintiéndome todo este tiempo!

—Pero te estoy diciendo la verdad ahora. ¡Tienes que pensar! ¡No hay tiempo que perder!

El chico camina por la habitación sintiéndose desfallecer.

—No tiene sentido. No sé lo que es verdad y lo que no lo es… —Mira a Iralene—. ¿Qué has querido decir con eso de que llevas media vida esperando a que me enamore de ti?

Iralene se sujeta a uno de los postes de la cama y Perdiz ve las venillas azules en el envés de su muñeca. Está sollozando.

Perdiz va hacia ella y le dice:

—Cuéntame lo que está pasando.

—Estoy renunciando a todo. Tú tienes una oportunidad, Perdiz. Tienes una oportunidad para evitar que pase.

—¿El qué?

—Va a matarte.

—¿Quién?

—Tu padre.

—¿Por qué dices eso? Pero si justo ahora he empezado a gustarle.

Iralene lo coge por la camisa e insiste:

—Tú puedes detenerlo. Te estoy dando la oportunidad. ¡Haz el favor de aprovecharla!

—Iralene…

La chica se aparta de él y se va hacia la pared del fondo, donde se queda apoyada.

—Estoy renunciando a todo por ti, Perdiz.

—¿Por qué?

Lo mira y le sonríe a través de las lágrimas.

—Contigo me he sentido más feliz que nunca en mi vida, esa es la verdad. Siempre había querido saber cómo era la felicidad. Y contigo la he experimentado.

—Iralene. —Hay tantas cosas que quiere preguntarle.

Esta se deja caer hasta el suelo, con el vestido enrollado a su alrededor. Pega las rodillas al pecho y esconde los ojos.

—Encuéntralo —le dice con la voz ronca y ahogada—. No te queda mucho tiempo.

Pressia

Rebrotar

Al principio Pressia corría pero, al no poder seguir el ritmo, decidió hacerlo solo cuando iba cuesta abajo y podía coger impulso, como ahora. Está oscuro. Lleva bajo el brazo a *Fignan*, que va arrojando un haz de luz con el que escruta los árboles de los lados —agarrotados, retorcidos y curvados— e ilumina asimismo el camino que tienen por delante. La tierra está tapizada por una hiedra muy densa que cubre rocas, troncos de árboles y el propio sotobosque. Tropieza, pierde pie y se desequilibra, pero logra apoyarse en una rama para no caerse. No tarda, sin embargo, en empezar a correr de nuevo, esquivando ramas y saltando surcos y raíces. Sabe que se está quedando sin tiempo, aunque no puede evitar que el barro le succione las botas al paso y le obligue a ir más lenta.

Lleva casi un día caminando sola y ha parado una vez para dormir unas horas bajo un grueso saliente de roca. *Fignan* la va guiando con un mapa de antiguas carreteras e hitos que ilumina con su luz. Y también hace la cuenta atrás de las horas que faltan para el solsticio: siete horas y cuarenta y dos minutos. Tiene una oportunidad para conseguirlo, pero no va pensando en el destino, sino en un paso tras otro.

Echa de menos a Bradwell, a Il Capitano y a Helmud. Todavía piensa en el beso del segundo. «Te quiero, Pressia Belze», y en Bradwell contemplándola en su partida. Cuanto más piensa en ellos, más segura se siente de estar haciendo todo eso sin ellos, sola por su cuenta y riesgo.

Ve destellos de pájaros al pasar…, ¿o son murciélagos? Parecen empequeñecidos y, más que planear, revolotean. Por los matorrales acechan pequeños roedores, seres contrahechos, deformados en modos que ha aprendido a esperar: fusiones, pieles escaldadas, híbridos.

Aquí, sin embargo, el aire no está tan enturbiado y oscurecido por la ceniza, lo que hace que el mundo parezca más grande, aunque solo sea porque puede ver más de lo que la rodea. También el verde parece haber rebrotado antes.

Se engancha el pantalón con una rama retorcida y sale disparada hacia delante. En la caída se apoya en un codo, pero se clava a *Fignan* en las costillas y se queda sin aire por el golpe.

Se libera la pierna desgarrándose el pantalón en el proceso. Siente como un pinchazo en una zona de la piel y, al pasar la mano, nota cierta hinchazón. Cuando se mira la mano, tiene los dedos cubiertos de sangre.

—¿Estás bien? —le pregunta a *Fignan*. La caja parpadea con sus luces—. Es solo una dichosa espina.

Se levanta con la pierna palpitándole y coge a *Fignan*. Echa a correr pero pronto el terreno se hace cada vez más resbaladizo y tiene que reducir la marcha e ir apoyándose en un árbol tras otro para no caerse.

Le da la sensación de que la tierra se mueve bajo sus pies, como si la hiedra estuviese viva. Avanza todo lo rápido que puede pero algo le envuelve entonces el tobillo y se cae de nuevo. Una enredadera le atrapa el brazo; intenta liberarse pero hay más espinas, que no tardan en perforarle la piel y hacerla sangrar. Otra enredadera se le enrosca por la pierna.

—¡*Fignan*!

Una más le rodea entonces el bíceps, repta hasta su hombro y sigue por la nuca hasta darle la vuelta, cruzarle la mejilla y dirigirse hacia la boca. Sacude la cabeza y se revuelve quitándose varias ramas, que se desgajan de la tierra y se quedan con las raíces colgando, aunque los tallos siguen agarrándola con fuerza. Ambas, la caja y ella, se ven atrapadas, paralizadas contra el suelo. Le entra el pánico y grita:

—¡*Fignan*, no puedo moverme!

Lo único que mueve son los ojos, como locos. No quiere morir allí hasta pudrirse en la tierra. Bradwell, Il Capitano y Helmud se quedarían esperándola sin saber nunca qué fue de ella.

Oye entonces un pitido de *Fignan* y en el acto un olor a pino se desprende en el aire.

—¿Tienes un cuchillo?

418

Asiente con un pitido.

Siente cómo la caja va serrando las enredaderas. Cuando las corta, se quedan mustias y se desprenden en espiral de su pierna.

Fignan se acerca a la que tiene en torno al brazo bueno y la sierra. Pressia ya puede sacar su propio cuchillo del cinturón y ponerse también manos a la obra. En ese momento nota que una nueva hiedra se enrosca por la caña de su bota y rápidamente le oprime el cuero. Se vuelve y la corta en dos.

Logra ponerse de rodillas y casi incorporarse del todo. Una enredadera rápida fustiga el aire y le atrapa el antebrazo, por donde la cabeza de plástico se funde con la piel. Se la imagina asfixiando a la pobre muñeca y por un momento la imagen la paraliza. Al instante, sin embargo, reacciona y mete el cuchillo entre la muñeca y la enredadera y la corta. *Fignan* la libera de la última rama que la tiene amarrada al suelo y se ve completamente libre.

La hiedra retrocede con un siseo y se aparta.

Coge a *Fignan* y echa a correr todo lo veloz que puede. La luz va rebotando por el terreno que tienen por delante hasta que ilumina la linde del bosque. Esprinta hasta ella y, una vez fuera de los árboles, sigue corriendo hasta que se encuentra en medio de una extensión de campo.

Hay una parcela dibujada de tierra y los restos en la distancia de un edificio, con paredes a ambos lados que se alzan para al cabo desmoronarse en la nada. La hiedra ha recubierto las paredes y todo lo que queda del edificio con un manto y posiblemente lo haya ido devorándolo poco a poco.

Con los pulmones a punto de estallarle, deja a *Fignan* en el suelo, apoya las manos en las rodillas e intenta recuperar el aliento.

—Hemos perdido tiempo. ¿Cuánto nos queda?

—Cinco horas y doce minutos.

—Todavía podemos conseguirlo —le dice, pero se siente débil. Tiene la ropa llena de pequeños desgarrones y puntitos de sangre. Cada pinchazo de las espinas le duele como un hematoma—. Solo necesito un segundo.

Pero entonces empieza a temblar y se nota la cabeza como llena de abejas. Se le nubla la visión y, cuando intenta enfocar, se queda mirando un pequeño puñado de tréboles con hojas que parecen de cera. Gira a *Fignan* para que ilumine con su luz las hojas. La ceniza que recubre el verde es tan fina y sedosa, tan ligera, que el verde de las hojas todavía brilla por debajo. Están salpicadas de insectos diminutos que semejan garrapatas enanas, aunque tienen el caparazón rojo y más fuerte.

Los insectos parecen tener unas pinzas frontales que trabajan como brazos que recogen la ceniza y la van quitando mientras avanzan por las hojas con sus delicadas patas.

—¿Están limpiando la ceniza?, ¿es posible que estén abriendo caminos? —le pregunta a *Fignan*.

Pero entonces ve que no, que en realidad se la están comiendo. Son eficientes y tienen un objetivo. Con cuerpos simétricos, todos idénticos entre sí.

—¿Y si los hubiesen criado para este fin? —Se sienta en el suelo y nota un escalofrío y un mareo.

Fignan pita.

—Si eso es cierto, significa que sobrevivieron algunos irlandeses. Están aquí, en alguna parte, y son inteligentes.

Il Capitano

Hermanos

*T*iene algo en la boca que está mordisqueándole los labios, cada vez con más fuerza, de forma insistente. Lo aparta con la mano y un rocío de agua fría le salpica la cara, seguido de un sonido de metal contra metal.

Cuando abre los ojos, ve que está tendido de costado y aovillado.

La cabeza. Se la toca y palpa una gasa sobre lo que parece una brecha abierta en el cráneo. El dolor es agudo y profundo… ¿le habrán abierto la cabeza con un hacha?

Oye la respiración nerviosa de Helmud en su oído, leve y agitada. No está solo, nunca lo está.

Están en el avión.

El avión está en tierra.

Se encuentran en la parte en forma de cono del morro. A pesar de la visión un tanto borrosa, logra enfocar la hierba y la hiedra aplastadas al otro lado de la amplia ventanilla, como hojas prensadas entre las páginas de un libro. Se acuerda de los viejos libros de su abuela; a veces cogías uno y de entre las páginas salía volando una flor morada, aplastada y seca, que revoloteaba hasta el suelo como un regalo, una pequeña nota secreta de amor.

Ha besado a Pressia.

Ese pensamiento le hace impulsarse hacia delante. Levanta las manos, con las palmas callosas y recias hacia arriba, y se queda mirándolas. Se coge la cara entre las manos. Sus labios han tocado los de ella. ¿Por qué la ha besado? Dios… ¿cómo se le ocurre hacer una cosa así?

—Helmud —dice con la voz ronca y seca—, ¿dónde está?

—Dónde está —repite su hermano.

—¡Déjalo ya! No es el momento para tus chorradas, Helmud. —Intenta incorporarse.

—¡Déjalo ya! —grita Helmud, que le agarra los hombros con los brazos y lo empuja hacia atrás para que no se levante—. ¡Déjalo ya!

Il Capitano repasa la cabina con la mirada. Helmud ha estado intentando darle de comer; ve una taza de metal, paquetes de carne seca y el cuchillo de su hermano.

Siente un mareo, la mano le resbala por el cristal, las botas se le comban y se ve de nuevo en el suelo. No puede ni mantenerse en pie. Se pone colorado del bochorno. Bradwell estaba allí cuando la besó, seguro. Le pega una patada con el tacón de la bota a la pared de cristal. ¿Qué pensará ahora Pressia de él?

Se ha ido, normal, ¿cómo iba a quedarse allí? Van a contrarreloj. No le quedaba más remedio que irse. Pero ¿también se ha largado Bradwell?

—¿Me han dejado aquí para que me muera solo? Joder, Helmud, ¿qué se han creído?, ¿que tú ibas a cuidar de mí?

—Cuidar de mí.

Sabe que debería estar preguntándose si habrán llegado a Newgrange y habrán encontrado la fórmula, pero en lugar de eso está pensando en todo lo que pueden estar diciendo a sus espaldas, en lo que se estarán riendo a su costa. ¿Cómo iba a querer ella que la besase? Es un tío con su hermano en la espalda, un monstruo entre los monstruos.

Sabe por qué la besó. Estaba orgulloso de sí mismo por haber pilotado la nave, e incluso del aterrizaje de emergencia. Y cuando le vio la cara, se alegró tanto al saber que estaba viva... La quiere, y se lo dijo en voz alta. Seguro. Y no hay vuelta atrás.

—A lo mejor morimos aquí, Helmud, y tal vez sea para bien.

Helmud se gira hacia un lado; está rebuscando en un saco.

—Para bien.

—¿Sabes lo que te digo? Que me alegro de que papá nos abandonase antes de vernos así. ¿Entiendes lo que te digo? Que me alegro de que se largase para que no viese el monstruo en que nos convertimos. Somos un engendro. Míranos.

Siente la mano de Helmud por debajo de la barbilla, levantándolo para que se incorpore. Il Capitano se sienta pero no del todo recto, no tiene energía suficiente. Se cae hacia un lado y se apoya en Helmud, que tiene una cuchara en una mano y una latita de arroz en la otra y le lleva ahora la cuchara a la boca.

—Míranos.

A Il Capitano le entran ganas de llorar: después de tantos años ahora es Helmud quien cuida de él. Son dos, unidos en uno.

—Míranos —repite Helmud, que añade una palabra más—, Capi.

No está repitiendo la palabra, no es solo un eco: ha dicho algo. Il Capitano no recuerda cuándo le oyó llamarlo por su nombre por última vez... ¿fue antes de las Detonaciones? Mira hacia atrás y se queda contemplando la cara de su hermano. Es como si llevase años sin verlo de cerca. Ya no es un crío, tiene la cara algo torcida pero con rasgos marcados. Tiene los ojos, hundidos en las cuencas, llenos de lágrimas de ternura.

—Míranos. Míranos —dice Il Capitano.

—Míranos.

Y entonces, a lo lejos, oye unas pisadas sólidas... ¿será una alimaña? Ve un arma apoyada en la pared y alarga la mano para cogerla. El dolor de la cabeza le baja hasta la médula. No llega. Apoya la bota en el suelo y se impulsa.

Las pisadas retumban con fuerza en la aeronave, que se balancea ligeramente. Oye que algo se acerca a la puerta de la cabina.

Roza la culata con los dedos. Vuelve a impulsarse, retorciendo la cara del dolor, coge la culata, se pone el fusil por delante, lo amartilla y lo apunta a la puerta, hacia una figura alta entre sombras.

—¡Por Dios, Capi! ¡Baja eso!

Bradwell.

—Estás aquí.

—Sí, yo estoy aquí y Pressia, no. Se fue sola.

—¿Y has dejado que se vaya?

Bradwell lo mira con la barbilla pegada al pecho.

—¿Me estás criticando? No creo que sea lo mejor que puedes hacer en estos momentos.

—Eso ha sonado a amenaza.

—Amenaza —susurra Helmud.

—Tómatelo como una advertencia que te da un amigo.

A Il Capitano no le gustan ni las amenazas ni las advertencias, pero le gusta ver que Bradwell está molesto. Tal vez el beso haya tenido más efecto del que pensaba.

—¿Hace cuánto que se fue? —le pregunta, mientras se incorpora todo lo que puede.

—Un día y medio. No queda mucho para que amanezca. Puede que haya llegado y puede que no. No podía irme con ella y dejaros aquí a los dos, ¿no te parece?

—No fuiste con ella… ¿por mí?

—¿Por mí?

Bradwell asiente.

—Pressia me dijo que me quedase con vosotros y que iría ella.

—Deberías haber ido tú —le reprende Il Capitano—. ¡Lo último que quiero es que Pressia esté ahí fuera ella sola! ¡Podría pasarle cualquier cosa! No conocemos este terreno, ni sus alimañas ni sus terrones.

—¿Qué querías?, ¿que te dejase aquí muriéndote?

—¿No habrías hecho tú el mismo sacrificio? ¡Por ella! —Y en ese momento Il Capitano comprende que ha dicho lo indecible: que ambos están enamorados de la misma chica, que ambos morirían por ella.

Bradwell cruza los brazos sobre el pecho y los pájaros se remueven, furiosos, en su espalda.

—Supongo que es algo que tenemos en común.

Il Capitano no tiene claro qué decir. Siente los brazos débiles y apoya el arma en el suelo.

—También sabemos los dos que ella no nos dejaría sacrificar al otro por su culpa.

—Cierto.

—Pero además —prosigue Bradwell—, no podía dejar que murieses aquí… porque eres como un hermano. Los dos lo sois.

—Los dos.

Il Capitano se queda desconcertado y se siente culpable al instante. Besó a Pressia con Bradwell justo detrás. Y le dijo que la quería. Los hermanos no se hacen eso.

—Lo siento.

—¿El qué?

—Por lo de Pressia. Yo no quería…

—Calla —dice Bradwell, que se acerca y se pone delante de Il Capitano.

Este se abraza a sí mismo, como cubriéndose, pues cabe la posibilidad de que le pegue un puntapié en las costillas.

—Tienes que comer algo. —Se agacha y coge el cuenco—. Y

tenemos que pensar en cómo reparar las averías. Debemos encontrar la forma de volver a casa.

—Casa —dice Helmud.

—Casa —repite Il Capitano, como si ahora fuese él el eco de su hermano.

—Voy fuera —le dice Bradwell—. Creo que he encontrado la grieta del depósito. Voy a mirarlo mejor.

—¿Es seguro ahí fuera?

—Seguro no lo sé, pero por ahora ha estado tranquilo.

—La tranquilidad no me gusta. Me pone de los nervios.

—De los nervios.

Bradwell se levanta y le dice:

—Quiero que te lo hayas comido todo cuando vuelva. —Le hace una seña a Helmud—. ¿Lo has oído? Asegúrate de que tu hermano lo apura hasta el fondo.

Il Capitano nota que Helmud sacude la cabeza: sí.

Cuando Bradwell se dispone a irse, Il Capitano le dice:

—Yo también me habría quedado contigo para salvarte.

Bradwell se detiene y le dice:

—Gracias.

—Gracias —dice también Helmud.

Bradwell sale de la cabina e Il Capitano oye el roce de sus botas y nota el ligero balanceo del avión bajo el peso del chico. Escucha las pisadas por encima y luego ya nada, una vez que el otro está en tierra firme.

Helmud le pone la cuchara en los labios.

—Espera —le dice, pero en cuanto abre la boca, Helmud le mete la comida. Il Capitano mastica, obediente.

La mano de su hermano aparece de nuevo con la cuchara, dispuesto a metérsela de nuevo en la boca. Ahora Il Capitano es el débil y Helmud, el fuerte. Y por un minuto echa el peso sobre él y deja que lo sostenga, que lo alimente y lo cuide. ¿Cuándo fue la última vez que alguien cuidó de él? Antes de que su madre se fuese al sanatorio. Cuando le daban jaquecas, le ponía un trapo húmedo sobre los ojos y le dejaba comer ositos de goma. Cierra los ojos por un momento y se deja hacer.

Y es entonces cuando oye el grito, la voz de Bradwell.

—¡Capi! —Es un chillido fuerte y corto, como si le hubiesen tapado la boca. Il Capitano se echa hacia delante y un dolor agudo y lacerante le recorre el cráneo.

425

—¡Bradwell! —grita a su vez—. ¡Bradwell!

Nada.

Silencio.

—¡Bradwell! —Solo oye su respiración y la de su hermano, ambas entrecortadas y agitadas—. ¡Bradwell! —le dice a Helmud—. No se le oye. ¿Se lo habrán llevado?

—Llevado.

Il Capitano intenta levantarse.

—No podemos permitir que se lo lleven.

—Que se lo lleven. Que se lo lleven.

—¡No! —grita Il Capitano mientras se pone a gatas y empieza a avanzar hacia la puerta.

Pero los codos se hunden bajo su peso y se cae sobre el pecho.

—Que se lo lleven.

—¡No! —susurra Il Capitano—. No.

Lyda

Gorjeos y gruñidos

Grupos de madres se están dedicando a causar altercados en los escombrales y los fundizales para atraer a las Fuerzas Especiales. Mientras, Lyda va caminando con una tropa que serpentea entre los árboles por un sendero lleno de curvas; es noche cerrada y la luz de los faroles colgados de palos va cabeceando de un lado a otro. Por grupos de cuatro, acarrean sobre los hombros pequeñas catapultas como si fuesen ataúdes de niño. Lyda va en medio. Mira las caras de las mujeres distorsionadas por las sombras y se pregunta si alguna de ellas habrá sido escogida para conseguir acceder a la Cúpula por los puntos de debilidad. ¿Cómo piensan matar a Perdiz?, ¿con un cuchillo, de un tiro o lanzando explosivos? Por mucho que no las crea capaces de traspasar la Cúpula, las madres le dan miedo: son más fuertes, hábiles y violentas de lo que cualquiera imaginaría.

Le gustaría intentar al menos avisar a Perdiz; pero al mismo tiempo su deseo de huir es innegable. Tal vez sea el niño que crece en su interior lo que la hace querer volver por donde ha venido, o puede que simplemente sea una cobarde. Cuando la escoltaron hasta el exterior de la Cúpula, estaba segura de que la violarían, la atacarían y se la comerían; nada más salir, cuando no había nadie alrededor, se puso a aporrear la puerta con la esperanza de que la dejaran volver.

Ahora le asusta más estar dentro de la Cúpula que fuera. Le encanta ese aire cargado de hollín, los bosques húmedos, la brisa cortante. Es un mundo vivo, y ella se siente igual.

Nadie le ha explicado por qué está acompañándolas a la lucha, ni tampoco ella se lo ha preguntado a Madre Hestra, que va algo por delante. A lo mejor la Buena Madre quiere que vea la violencia, como castigo por confiar en Perdiz y haberlo defendido en su presencia. Le preocupa que la sacrifiquen a modo de advertencia, que la utilicen igual que a Wilda. Pero no, representa a las madres, el abandono, y es la portadora de lo más valioso para ellas: el bebé. No tiene claro cómo ni por qué, pero sabe que es un cebo. Así salió de la Cúpula y tal vez sea así como acabe otra vez dentro.

Las órdenes de las madres son gorjeos y gruñidos. Acaban de dar una señal que hace que todas se detengan al unísono y bajen los faroles. Las madres rompen filas y se escabullen por los matorrales.

Madre Hestra la coge entonces de la mano y van avanzando sigilosamente hasta la linde del bosque, que se abre a los secarrales. Se agachan detrás de un arbusto espinoso con hojas cerúleas.

A través de los árboles vencidos, Lyda ve deslumbrar la Cúpula sobre la montaña, con un resplandor frío y estéril. ¿Le harán algo las granadas? Bajo la sombra de la Cúpula, más que armas, las granadas parecen mosquitos.

—Lo único que vais a conseguir así es hacer enfadar a la Cúpula. ¿Es que Nuestra Buena Madre no es conciente de la capacidad de defensa que tienen?

—¿Y qué quieres que hagamos?, ¿que esperemos toda la eternidad?, ¿que seamos buenas y no hagamos ruido? —replica Madre Hestra.

—Esto no está bien.

—Yo ya no entiendo de bien ni de mal. De lo único que sé es de hacer o no hacer. Y hay veces en que no queda más remedio que hacer.

Lyda siente el aleteo de *Freedle* en el bolsillo. Debía protegerlo, cuidárselo a Pressia, y tendría que haberlo dejado atrás, pero lo lleva con ella como un pequeño protector alado.

La que va en cabeza está escrutando los secarrales. Lyda da por hecho que se encaminarán hacia ellos para llegar lo más cerca posible de la Cúpula con sus catapultas.

En ese preciso instante Perdiz podría estar volviendo de la academia, recorriendo los pasillos hasta su cuarto. O tal vez se haya despertado en medio de la noche porque no puede dormir y esté pensando en ella. Aprieta las manos entre sí, cierra los ojos con fuerza y piensa en él, como si así pudiera avisarlo. Si están conectados, con una conexión realmente auténtica, tal vez él sea capaz de captar su advertencia.

Y entonces las madres empujan las catapultas colina arriba por los secarrales. Procurando hacer el menor ruido posible, se apresuran a cargar las granadas en las catapultas como... ¿qué? ¿Manzanas, puños amputados? Y luego quitan el seguro.

Cada vez que una da un paso va diciendo:

—Despejado.

Y entonces otro grupo de madres va soltando los enganches de los muelles y los brazos de las catapultas lanzan las granadas.

Al aterrizar, los proyectiles suenan como pisadas aporreando la tierra y levantan nubes de polvo cerca del risco sobre el que está la Cúpula; algunas llegan incluso a impactar contra la capa exterior.

Y luego empiezan a detonar, con explosiones poderosas y concisas. Syden se tapa los oídos y chilla.

—Sí, sí, sí —susurra orgullosa Madre Hestra.

En cuanto empiezan, no paran. Al principio en la Cúpula no parecen inmutarse. Están apuntando a las salidas del sistema de aire, pero están bien selladas.

Y entonces se abre una puerta, la misma por la que salió Lyda, a quien le parece que hace ya años de eso.

A gran velocidad surge una escuadra de soldados de las Fuerzas Especiales que se colocan en fila, todos altos, esbeltos y musculosos, antes de empezar a bajar la ladera.

—¿Por qué no disparan? —se pregunta Madre Hestra.

A Lyda le da un vuelco el corazón.

—Parece que prefieren acercarse para ver de quién se trata.

—Pues que se acerquen, que se acerquen.

—¿Y eso por qué?

—Algunas vamos a dejarnos capturar. Solo podremos hacer daño real desde dentro, tú ya lo sabes.

Lyda sacude la cabeza.

—¡Pero eso es una locura!

Las madres siguen cargando las catapultas y apuntan ahora a las Fuerzas Especiales. Las granadas impactan en el suelo, alrededor de los soldados, y explotan casi al instante. La mayoría se dispersa, pero algunos siguen en formación, como si estuviesen programados y no supiesen cómo reaccionar ante la nueva situación. Sus cuerpos estallan, pero no del todo; las granadas no son tan potentes y se limitan a partir en dos torsos o piernas, o a dejar brazos colgando.

Lyda no soporta verlo. Es culpa suya. Agarra a Madre Hestra y le ruega:

—¡Haz que paren! ¡No son más que chicos de la academia! ¡Son unos críos!

—Son muertos, Lyda, ¡muertos!

Lyda comprende que nadie va a parar aquello. Las madres siguen matando soldados; algunos, sin embargo, han roto la formación y se han parapetado en el bosque y empiezan a devolver los disparos. Oye un tiro de un fusil de francotirador. Una de las madres que está cargando las catapultas se queda paralizada y cae inerte al suelo.

Lyda tiene que parar aquello. Si sale corriendo hacia la Cúpula, tal vez dejen de disparar. Está embarazada. Aunque también podrían dispararle o capturarla las Fuerzas Especiales... Pero si alguien tiene que ser apresada es ella. Tiene que llegar hasta Perdiz y avisarlo. El crío, le preocupa el hijo que lleva en el vientre, pero no puede permitir que continúe esa masacre..., a sabiendas de que es culpa suya.

No es lógico, no lo tenía planeado. Solo sabe que debe hacer algo, como ha dicho Madre Hestra. Y así, se aleja de esta, se pone en pie y echa a correr.

—¡No, Lyda! —grita la madre—. ¡Vuelve aquí! ¡No disparéis! ¡No disparéis!

Recuerda cuando echó a correr colina abajo nada más salir de la Cúpula, y esa sensación de no haberlo hecho desde que era pequeña, y la libertad que experimentó. Y ahora vuelve a correr. Propulsa las piernas todo lo rápido que puede sin dejar de mirar la Cúpula.

A su alrededor detonan más granadas y se oyen tiros provenientes del bosque.

Sabe que, si tiene suerte de esquivar las balas, puede acabar en su antigua celda con la cama estrecha, las paredes blancas, el reloj poco fiable, las bandejas de comida, las pastillas y la imagen de la ventana programada para que imite los cambios de luz del día. Volverá a retumbarle la cabeza, tanto que los zumbidos le trepanarán el cráneo.

Su madre estará allí con las mejillas encendidas por la vergüenza.

Y Perdiz... él también estará, ¿no?

Por fin cesan las explosiones y los disparos, y todo se sume en

430

un silencio sepulcral. Lo único que oye es el susurro del viento en los oídos. Tiene la garganta seca y los pulmones fríos. ¿Es malo correr cuando estás embarazada? En la academia femenina ni siquiera corrían.

No escucha mucho más aparte del sonido de los pies y el latido martilleante de su corazón, pero entonces ve algo por el rabillo del ojo, un movimiento rápido y borroso.

«No mires —se dice para sus adentros—. No mires.»

Oye un restallido y el eco de algo que se clava, al tiempo que siente una punzada aguda en un lado del muslo. Cuando se mira la pierna, ve que tiene clavado un pincho fino de metal —mucho más pequeño que las patas de las arañas robot— que le traspasa los pantalones de lana. Consigue dar un par de pasos más pero entonces le ceden las rodillas. No se siente las piernas, se cae al suelo y rueda sobre su espalda. Ve las ramas cenicientas de los árboles desgarbados, el cielo negro y por último, una cara, con mandíbulas fuertes, ojos hundidos y las aletas de una nariz que palpitan como branquias.

Mira hacia el pincho de la pierna y ve que tiene el pantalón lleno de sangre en torno a la herida. Podrían haberla matado pero no lo han hecho. Se acuerda del ciervo enano preñado en el bosque, y de que tenía la piel empapada de sangre y jadeaba como si todavía estuviese intentando ponerse de pie mientras moría. Madre Hestra le dijo que a veces daban a luz cuando los atacaban. ¿Perderá al bebé?

—No —susurra.

De pronto se siente muy cansada y los ojos le ruedan hacia el cielo y al cabo se le cierran del todo. Siente que alguien la levanta en brazos y después echa a correr con ella. La están llevando de vuelta... a casa.

431

Perdiz

Roto

*N*ada es lo que creía que era y, por alguna razón que no sabe explicar, se siente mejor sabiendo que la vida en la que se ha despertado —la que en teoría era la suya— es una mentira, tan falsa como esa granja de Nebraska. Su padre no lo quiere, esa es la despiadada verdad. Lo ha sabido todo el tiempo y, aunque cree que debe rechazar la idea de que quiere matar a su propio hijo —y solo eso debería ser la prueba de que Iralene está teniendo una especie de crisis nerviosa (ahora está callada y no se mueve, con la espalda contra la pared)—, en el fondo de su ser, la cree.

Su padre dice que quiere que disfrute esos días antes de transferirle un gran poder, pero en realidad nunca ha querido nada parecido. Por no hablar de que Ellery Willux no ha planeado transferir poder a nadie en su vida.

Ellery Willux: solo pensar en ese nombre hace que se le revuelva la barriga.

—Mi padre conoció a tu madre antes de que el tuyo fuese a la cárcel —le dice a Iralene—. ¿Alguna vez te ha parecido raro, sospechoso?

—¿Estás sugiriendo que tu padre tuvo que ver en la encarcelación del mío? —La chica sacude la cabeza—. ¡No, no pienses eso! Tu padre estaba casado por entonces, Perdiz. Estoy segurísima de que mi madre nunca en la vida se habría liado con un hombre casado. Tu padre es tu padre, Perdiz. Pero mi madre es buena, en el fondo lo es, de verdad.

—Vale, vale.

Sabe que Iralene no es tonta, y que ya lo habrá pensado mil veces. Ella lo sabe, si no, ¿por qué iba a responder tan enfadada? En cualquier caso, no tiene tiempo de pensar en eso. Puede que

Iralene tenga toda la razón; si le han borrado la memoria, entonces tiene que enterarse de algunas verdades, a un nivel visceral. Y eso le da la confianza que no ha tenido hasta entonces. La cosa empieza a cuadrar, y no le queda mucho tiempo.

¿Cómo escondería algo para encontrarlo luego, si supiese que ni siquiera sería consciente de que debía buscarlo? Habría que esconderlo en algún sitio donde supiese que iba a encontrarlo… por casualidad.

Repasa la habitación, el parqué, el cabecero, la cruz de la pared. Abre el armario de par en par con la esperanza de haber puesto allí una nota que caiga al suelo al abrirlo. Mira en el cajoncito de la mesilla de noche y lo cierra de golpe. Corre al cuarto de baño y abre el grifo del lavabo y el de la bañera. Después tira de la cuerda del váter antiguo, que baja pero no produce ningún ruido de agua por la tubería.

Está rota.

Cierra la tapa del váter, se monta encima y abre la caja que hay pegada a la pared: un papel doblado cae al suelo.

—He encontrado algo —le dice a Iralene.

Baja de un salto y lo coge. Ve entonces las palabras «De: Perdiz. Para: Perdiz», escritas con su propia letra, y se le antoja una broma. Despliega el papel y encuentra la lista:

1. Escapaste de la Cúpula. Encontraste a tu medio hermana, Pressia, y a tu madre. Tu madre y Sedge están muertos. Los mató tu padre.
2. Estás enamorado de Lyda Mertz. Está fuera de la Cúpula. Tienes que salvarla algún día.
3. Le has prometido a Iralene fingir que estáis prometidos. Cuida de ella.
4. En este edificio hay gente viva suspendida en cápsulas congeladas. Sálvalos. Jarv puede estar entre ellos.
5. Confía en Glassings. Desconfía de Foresteed.
6. No te acuerdas de todo esto porque tu padre te obligó a borrar los recuerdos de cuando escapaste. Fue él quien causó las Detonaciones. La gente de la Cúpula lo sabe. Hay que derrocarlo.
7. Tomar el poder. Liderar desde dentro. Empezar desde cero.

Sale del baño y vuelve al dormitorio de la falsa granja de Nebraska. Agita el papel en el aire con mano temblorosa. Mira a Iralene, que no dice nada, se quita la férula y se mira el muñón.

—Eso te pasó fuera de la Cúpula —le cuenta—. Te lo arregló Weed para que volviera a crecerte.

Glassings. Puede confiar en él. ¿Para qué? ¿Para temas de historia mundial?

Tanta información lo supera, es incapaz de procesarla toda.

Iralene se levanta y da un paso hacia él.

Perdiz piensa en la idea de tener una medio hermana; y en su madre y Sedge…, muertos, vivos, muertos.

—Lyda —susurra, y recuerda haberla visto cantar en el coro. Esa fue la cara que vio en su cabeza mirándolo desde la fila de chicas. Vuelve a sentir ese dolor; estaba en lo cierto: no era amor, era mal de amores—. Lyda Mertz.

Mira a Iralene y esta asiente.

Tiene la sensación de que se le estuviese desgarrando el pecho, con un dolor que es al mismo tiempo una liberación. ¿Que su padre masacró a su madre y a su hermano? ¿Que masacró al mundo entero?

—Mira, mi padre no es perfecto pero, de ahí a que causara las Detonaciones hay un trecho. Es una locura, casi tanto como eso de que yo me escapé de la Cúpula.

—No es ninguna locura, y lo sabes.

A Perdiz le entra un enfado repentino.

—No esperarás que crea que…

—Tú puedes detenerlo. Glassings sabe cómo.

—Glassings… En teoría tengo que confiar en él.

—Y en teoría yo no debía.

—¿Qué quieres decir?

—Que he jugado en ambos bandos —le susurra.

—¿Cómo? ¿Por qué?

—No tenía otra alternativa. ¿Qué te crees, que la supervivencia es algo por lo que solo tienen que preocuparse los miserables? No seas ingenuo.

—¿Cómo? Pero Iralene, yo creía que…

—Soy quien soy en cada momento, Perdiz. Esa es la única forma que tienes de conocerme.

No sabe qué responder a eso.

—Pero yo confío en ti, Iralene, de verdad. Eres buena, yo lo sé, se nota.

La chica cierra los ojos como si estuviese muy cansada y luego sonríe.

—Puede que seas la única persona a la que he conocido de verdad. ¿Sabes a lo que me refiero?

—Sé a lo que te refieres. —A conocer a alguien y que te conozcan. Importa mucho más de lo que había creído—. Escúchame, Iralene, dime una cosa: ¿de qué conoces a Glassings?

—De ir a clases particulares. Yo nunca fui a la academia, pero debía formarme si quería ser digna de ti. Y resulta que me metieron en clase con todos aquellos en quienes no confiaban, y se suponía que yo debía ponerlos a prueba y pegar la oreja. Y eso hice.

—¿Los denunciaste?

—Lo que denuncié es que me aburría, que mi formación no servía para nada —prosigue—. Glassings me ha dado una cosa para ti.

Le da un sobrecito blanco. Cuando lo abre, solo hay una cápsula en su interior.

—¿Qué es esto?

—Veneno, letal e indetectable. Tienes que dárselo a tu padre. La cápsula se disolverá en cuarenta segundos y el veneno se filtrará al instante en su organismo. A los tres minutos habrá muerto.

—No puedo matar a mi padre: matar a un asesino te convierte en eso mismo.

—Justo eso dijiste la vez que te lo pidieron.

—Bueno, al menos estoy siendo coherente.

—A lo mejor cambias de idea. Si quieres te demuestro la vileza de tu padre... Está aquí mismo, en este edificio.

Los cuerpos suspendidos.

—Jarv...

—Sí, Jarv.

Iralene lo lleva a toda prisa a la planta baja, donde atraviesan una gran estancia vacía, de cemento con grietas en las paredes, tuberías a la vista y, lo más extraño, un piano vertical. Todo le resulta vagamente familiar; ha estado allí, y tal vez su mente no lo recuerde, pero su cuerpo sí. Un escalofrío le recorre la espina dorsal.

No quiere ver la vileza de su padre, pero debe hacerlo: no creerá nada de la lista hasta que no le demuestren al menos una cosa, hasta que no lo vea con sus propios ojos.

Iralene lo coge de la mano y lo conduce por un pasillo con puertas a ambos lados; en cada una hay una placa con un nombre.

435

Mientras las dejan atrás, va sintiendo cada vez más náuseas.

—¿Qué es este sitio?

—He pasado gran parte de mi vida aquí, suspendida, para mantenerme joven y envejecer casi imperceptiblemente.

—¿Que has pasado gran parte de tu vida aquí? Pero ¿qué edad tienes?

—No te lo digo.

—Las Detonaciones fueron hace nueve años. No puedes ser tan mayor.

—Esta tecnología se remonta a antes de las Detonaciones, Perdiz. Mi madre y yo no somos computables en años, como los demás. Empezamos bastante pronto.

—¿Cómo de pronto?

—Empecé a recibir sesiones con cuatro años.

Tiene la cara lisa, sin ninguna arruga. Los ojos son claros y brillantes.

—Dios Santo, Iralene, ¿cuántos años tienes? Dímelo, anda.

—Tengo tu edad, Perdiz. Solo que llevo teniéndola más tiempo que tú, eso es todo. Y seguiré así mientras sea posible.

—Iralene —murmura—, pero ¿qué te han hecho?

La chica sacude la cabeza: no quiere hablar de eso.

Perdiz sigue caminando lentamente, al tiempo que lee las placas: «Petryn Sur», «Etteridge Hess», «Moss Wilson».

—Pero la razón de que esta gente esté aquí metida no puede ser la mera conservación. Jarv no está aquí por eso —comenta Perdiz—. Yo conozco a sus padres; son buena gente, no querrían conservarlo.

—¿Qué tenía de malo? —pregunta bruscamente Iralene.

—Nada —dice el chico a la defensiva, pero entonces mira con severidad a Iralene porque, por supuesto, sí que tenía algo mal—. ¿A qué te refieres?

—A los más pequeños los suelen meter aquí cuando tienen algo que no está bien del todo. ¿Por qué gastar recursos con ellos? Pero, claro, al mismo tiempo necesitamos más gente cuando vayamos al Nuevo Edén. Una vez allí tendremos suficiente para todos, ya crecerán cuando salgamos. Al menos no le han practicado la eutanasia, podría haber sido peor.

—¿Que podría haber sido peor? ¿Cómo?, ¿porque no lo han matado por madurar un poco más lentamente de la cuenta?

—O sea que fue eso, que era lento.

436

—Me imagino. Sus padres estaban preocupados. Tuvieron algunos problemas el invierno pasado, pero no recuerdo bien qué pasó exactamente.

«Higby Newsome», «Vyrra Trent», «Wrenna Simms».

—Su pequeña colección de reliquias —comenta Iralene—. Hay gente que iba a ser ejecutada por algún delito, o por traición. Pero, en vez de eso, los conservó aquí, por una cuestión de sentimentalismo.

Al doblar otra esquina se encuentran con una fila de ventanas en lugar de más puertas. Es como una versión retorcida de la maternidad de un hospital, con camas en forma de huevo recubiertas por cristales; hay niños dentro, todos con un tubo en la boca que les proporciona oxígeno. Oye el zumbido de la electricidad.

Corre por la fila buscando a Jarv, hasta que finalmente lo encuentra, el cuarto por el final, con su nombre claramente marcado en la cápsula. En la de al lado hay otro, pero las dos últimas están vacías... a la espera. Jarv tiene las mejillas pálidas y, alrededor del tubo, los labios han adquirido un tono azulado, al igual que los párpados. Los brazos y las piernas, en cambio, están rosados y carnosos, aunque es probable que estén hinchados. Tiene escarcha por las rótulas y un pie cubierto por una capa plateada de hielo, como una especie de calcetín de encaje.

—¿Cómo lo desenchufamos? —Repasa de nuevo la fila de cápsulas—. ¡Dios! ¿Cómo los sacamos de aquí? —Encuentra una puerta de metal pero está cerrada; prueba a tirar de ella sin suerte—. Tenemos que sacarlos de aquí.

—Aunque pudieses entrar, sería demasiado peligroso sacarlos de la suspensión. Eso solo puede hacerlo un médico.

—¿Y dónde hay uno? Puedo convencerlo. ¡Lo convenceré para que lo solucione!

—No tiene por qué haber médicos aquí todo el día. Solo aparecen cuando se los necesita. Los suspendidos tienen las constantes vitales monitorizadas. Y si a alguno le falla el organismo, pues, bueno, tampoco es ninguna tragedia, ¿no? La tragedia ya le ha sucedido.

Perdiz apoya la frente contra la ventana.

—Entonces, ¿sus padres no lo saben? —Se echa a llorar. Debería haberlo hecho antes, tal vez al leer la nota, pero es ahora cuando se le viene el mundo encima.

—No lo saben exactamente pero seguro que algo se huelen.

437

—No pueden saberlo.

—A veces a los más jóvenes se los libera por un tiempo y los llevan al centro médico. Los padres van a visitarlos. Ocurre con muy poca frecuencia; solo las familias con contactos consiguen el permiso.

—Hay que poner fin a todo eso. —Se aparta del cristal—. No pueden seguir así.

—También tiene planes para ti, Perdiz. Y peores que todo esto.

Perdiz la mira.

—No tiene sentido. Me has dicho que quiere matarme, así que, ¿para qué iba a prepararme para gobernar, para ser su sucesor, si piensa librarse de mí?

—No lo sé. —Iralene se da la vuelta.

—Me estás mintiendo…, te estás callando algo, ¿no es cierto?

—Tú puedes acabar con todo esto, y ya sabes cómo.

—Él es el asesino. ¿Qué quieres?, ¿que sea igual que él?

—Lo que quiero es que vivas. Guárdate la cápsula. Cuarenta segundos para disolverse y luego tres minutos en actuar. Solo tú puedes acercarte a él lo suficiente.

La tiene en el sobre que lleva en el bolsillo.

—La guardaré, pero no pienso usarla.

—Quiero enseñarte a alguien más. —Va hasta el fondo del pasillo y se vuelve—. Cuando puedo, me paseo por aquí. No me gusta que estén tan solos, aunque la verdad es que cuando estás ahí metido no piensas ni nada parecido. Los investigadores no nos creen capaces de ser conscientes de nada en ese estado, pero yo pienso que sabemos cuándo tenemos a alguien cerca, cuándo nos visitan.

Doblan por otro pasillo con más nombres en placas: «Fennery Wilkes», «Barrett Flynn», «Helinga Petry».

—Cuando traen a gente nueva, me entero, y si las circunstancias son extrañas, me fijo.

—¿De quién se trata? —Sabe que su madre y su hermano están muertos, es un hecho que él mismo se ha dejado claro.

—Fue cuando estabas fuera de la Cúpula. Lo trajeron desde el centro médico. Lo recuerdo porque era distinto del resto. Por un lado porque es mayor que la mayoría de gente de la Cúpula. Como bien sabes, aquí no se desperdician recursos con los ancianos, porque, a fin de cuentas, tampoco es muy probable que lleguen a ver el Nuevo Edén. Pero lo otro que me llamó la atención —reduce el paso y va mirando detenidamente los nombres— fue que no le pusieron oxígeno. Le sellaron los labios y le pusieron un tubo directamente en la garganta. —Se detiene ante una puerta y señala la placa—. Odwald Belze. ¿Te suena el apellido? ¿Belze?

Siente que ese apellido arroja un mínimo destello de luz en su cerebro, una chispa de reconocimiento. Belze. Belze. Quiere recordar algo. Pasa la mano por la placa y la férula del meñique repica contra el metal, clic. Y por un instante piensa en un ojo pequeño y de cristal. Está abierto y hace clic. Se cierra y hace clic y vuelve a abrirse.

Es un ojo de muñeca.

Iralene va hasta el fondo del pasillo y pone la mano en una gran puerta metálica que está cerrada, con barrotes y un sistema de alarma en la pared.

—Y este de aquí está súper protegido, y no le han puesto ni el nombre. A saber quién hay al otro lado de la puerta…

Pressia

Luz

*F*ignan va llevando la cuenta atrás de los kilómetros y de los metros que quedan, hasta que por fin Pressia la ve, a los pies de una larga ladera de hierba: Newgrange. El montículo no fue aniquilado ni borrado de la faz de la tierra, sigue allí.

—¿Cuánto queda?

—Cuatro minutos y treinta y siete segundos —le responde *Fignan*.

El cielo está empezando a adquirir una tonalidad rosada. Corre con todas sus fuerzas pero, a cada paso, le duelen los hematomas que le han dejado las espinas. La luz de *Fignan* va brincando por delante de ella entre la hiedra y las zanjas que se abren por doquier. El frío viento le levanta las mejillas, mientras que los pulmones le queman de lo helado que es el aire que respira, mucho más limpio y despejado en estos parajes.

Esprinta hasta un lado del montículo y apoya la manos sobre unas piedras enormes y recubiertas de musgo. Repasa con los dedos las extrañas espirales talladas en la roca, pasando la mano por la fría pared de cuarzo, hasta que da con la entrada. Casi oculta por una cortina de hiedra, está flanqueada por piedras pero no bloqueada. Coge un puñado de hiedra y tira con fuerza para despejar no solo el umbral sino también el ventanuco que hay por encima del travesaño de roca.

El sol asoma ya por el horizonte, y Pressia se apresura a recorrer el pasadizo estrecho y oscuro, de menos de veinte metros, hasta llegar a una cámara pequeña con forma de cruz y dos pequeños recovecos a izquierda y derecha. Le da la sensación de estar en un templo antiguo, y en el acto le viene a la cabeza la imagen de la estatua de Santa Wi, la de la cripta donde Bradwell empezó a rezar. Recuerda también al niño de la morgue, y al abuelo, quien, con la de funerales que organizó, nunca tuvo uno propio, y a su madre y Sedge, que nunca descansaron en paz. Sus cuerpos, o lo que quedaba de ellos, se unieron con el manto del bosque.

—El techo —le susurra a *Fignan*.

La caja ilumina hacia arriba y revela un arco en ménsula, con todas las piedras en su sitio para soportar sana y salva toda la estructura. Ojalá no estuviese sola; le gustaría que Bradwell, Il Capitano y Helmud viesen todo eso. Se imagina a las niñas fantasma saliendo de las paredes de la cabaña de piedra. Estarían orgullosas de ella.

«Estoy aquí», quiere decirles.

Le pide a *Fignan* que se apague.

—No puede haber ninguna luz.

Y se hace la penumbra.

Se sienta, con la espalda contra un muro, y oye la voz de Bradwell en la cabeza: «La caja en la que metimos a Dios siguió haciéndose más pequeña hasta que tan solo quedó una mota de Dios, un átomo».

Ahora mismo está segurísima de que sobrevivió al menos un átomo de Dios porque, de lo contrario, ¿cómo podría explicar todo lo que está ocurriéndole? Conforme el sol remonta el cielo y va arrojando luz por el ventanuco de encima de la puerta e iluminando poco a poco el pasadizo hasta reflejarse en un trozo del suelo, se va convenciendo de que se trata de un lugar sagrado.

Fignan está a su lado.

—No eres una caja —dice Pressia repitiendo el mensaje de Walrond—. Eres una llave.

En realidad no tiene ni idea de cómo convertirla en una llave. Siente que le invade el pánico: ha puesto tanta fe en una caja…, llena de información, sí, pero una caja al fin y al cabo.

Fignan, sin embargo, parece conocer su papel. Va con un zumbido hasta el centro de la cámara y despliega un largo brazo con una fina lente de cristal, casi tan ancha como el puño de muñeca de Pressia. La sostiene en alto sin moverla hasta que la luz del sol se cuela por la lente.

Pressia aguanta la respiración. Siente el frío de la piedra a través del abrigo y no aparta los ojos de *Fignan* mientras los rayos de sol se filtran por la lente e iluminan la estancia.

441

Al principio no ve nada más que el suelo resquebrajado y cubierto de varias capas de polvo. Pero entonces nota algo iridiscente, una especie de dibujo en el suelo.

En ese preciso instante se oye una voz y pisadas en la entrada. La luz parpadea como si alguien arrojara una sombra un par de segundos. Pressia aguanta la respiración y piensa para sí: «¡Vete, fuera de aquí!».

El suelo vuelve a iluminarse, y es entonces cuando ve tres espirales entrelazadas, de un palmo de ancho en total. Pressia va gateando hasta ellas y pasa la mano por encima. Aparta las capas de polvo cuando vuelve a oír la voz al otro lado del largo túnel, pero no distingue palabra alguna. Quiere esconderse en uno de los recovecos, pero no puede permitírselo.

—¿Qué hago, *Fignan*?

Es la única oportunidad que tiene. Empieza a escarbar a la desesperada en el suelo donde están las espirales iridiscentes. Otras sombras hacen titilar el sol pero nota algo bajo las uñas, unos pequeños surcos: las espirales, y el contorno de las tres unidas entre sí. Sigue escarbando hasta que distingue las formas en la piedra.

—¿Qué es esto, *Fignan*? ¿Qué son estas formas?

La caja no responde; parece concentrada en absorber la luz.

En cuanto termina de escarbar y de descubrir las tres espirales, oye que las pisadas se acercan. Le dice a *Fignan* que vuelva a apagarse, y, en cuanto este guarda la lente, la habitación se queda a oscuras. Coge la caja, se escabulle en uno de los recovecos laterales y la sujeta bien alto por encima de la cabeza, apretándola todo lo que puede con el puño de muñeca.

—¿Quién anda ahí? —Es una voz de hombre—. ¿Quién eres?

La figura, baja y fornida, está a apenas un palmo de ella. Respira entrecortadamente y lleva una camisa blanca que, al reflejar la luz de la mañana, brilla de tal manera que no cree haber visto nunca nada igual. Por una milésima de segundo tiene la esperanza de que sea su padre, Hideki Imanaka, y se queda paralizada, a pesar de que sabe que las posibilidades son mínimas.

Coge aire, arquea la espalda, levanta la caja todo lo que puede y se la estampa en todo el cráneo al hombre, que se tambalea hacia delante y se agarra con una mano a la pared de piedra; acto seguido se lleva la mano a la cabeza y toca la sangre que brota ya por una brecha, empapándole el pelo canoso. No está fusionado con nada, aunque tampoco es puro. A un lado de la cara tiene profundas cicatrices de quemaduras pero la piel parece de un extraño tono dorado.

—¿Quién? —acierta a decir, pero entonces se desliza pared abajo, con los faldones de la camisa bailándole, y aterriza de espaldas encima de las tres espirales grabadas en el suelo.

Pressia aguza el oído por si hay más voces o pisadas pero no oye nada. Deja a *Fignan* en el suelo con la mano temblorosa; hasta el corazón parece temblarle.

Intenta luego apartar al hombre de encima de las espirales pero pesa más de lo que creía. Se sienta y lo empuja con las botas y la fuerza que le queda en las piernas. El hombre se mueve un poco. Vuelve a tirar y lo desplaza otro poco. Tiene la manga de la camisa llena de barro. Sigue empujando hasta que por fin quedan a la vista las tres espirales.

—*Fignan* —dice casi sin aire—. Eres una llave.

La caja emite en el acto un pitido y va hasta la triple espiral. Una vez allí despliega una fina placa que tiene en el torso y hace aparecer una única espiral de metal en un brazo robótico. Pressia se agacha y barre el suelo con la mano. *Fignan* pone su espiral en la central del suelo y, tras varios clics, la encaja dentro. Con una rápida sacudida la caja empuja hacia abajo la espiral, que hace que las tres del suelo giren unos centímetros y coincidan como en un engranaje. Pressia aprieta el borde de una espiral, que se levanta sin llegar a despegarse por un lado, gracias a unas bisagras que la unen a una caja enterrada bajo el suelo. Las tres espirales hacen las veces de tapa de la caja.

Fignan ilumina la caja, que es de metal frío y húmedo. Pressia ve dentro un cuadrado desvaído y, cuando mete la mano, saca un sobre con una palabra garabateada por fuera: «Cygnus».

Coge la carta, la aprieta contra el pecho un segundo y luego la rasga para abrirla. Dentro hay una sola hoja de papel rayado en azul, sacada de un cuaderno. En una caligrafía confusa, hay números y letras separados por paréntesis y símbolos de más y menos: una fórmula.

¡LA fórmula!

El hombre del suelo deja escapar un gemido y Pressia se apresura a doblar la hoja, meterla en el sobre y guardárselo todo en el bolsillo.

Fignan va hacia el hombre.

443

—¡No! —le susurra.

Pero *Fignan* la ignora, se acerca al individuo y le arranca unos pelos ensangrentados de la cabeza para comprobar su ADN, al igual que hizo con Bradwell, Pressia y Perdiz.

Va hasta el cuerpo inerte del hombre y lo observa: tiene las mejillas coloradas y las pestañas oscuras; la camisa que lleva está hecha a mano y, en lugar de botones, se ata por delante con unos cordones, aunque, al empujarlo, le ha dejado el cuello abierto, tanto que se ve cómo le sube y baja el pecho.

Y después de que *Fignan* emita un pitido largo, Pressia se arrodilla junto al hombre y ve una fila de seis cuadraditos junto al corazón, donde aún laten dos.

—Uno de los Siete —murmura.

Y *Fignan* precisa:

—Bartrand Kelly.

Alarga la mano para tocarle la camisa. Bartrand Kelly..., un hombre que conoció a su madre y a su padre..., uno de los Siete.

Uno de los latidos es de Ghosh. ¿Quién sabe dónde estará?

El otro pertenece a Hideki Imanaka, su padre.

444 Se queda mirando ambos latidos: su padre sigue vivo, y ese pulso es el único vínculo que tiene con él.

Bartrand Kelly gime de nuevo y en ese justo instante se oyen más voces por el pasadizo y lo que parece el roznido de un animal.

Pressia coge a *Fignan* y se pone en pie. Al fin y al cabo, no sabe de qué lado está Kelly, que abre entonces los ojos y se queda mirando primero el techo en ménsula y luego a Pressia. Esta vuelve a alzar a *Fignan*, pero sin mucho convencimiento.

—Espera un segundo. Tranquila. —Se incorpora sobre un codo y se lleva la mano a la cabeza.

—¿Eres Bartrand Kelly?

—¿Quién lo pregunta? —El hombre parpadea y se restriega los ojos.

—¿Dónde está Hideki Imanaka?

—¿Imanaka? —se extraña, como si no hubiese oído ese nombre en años—. ¿De qué lo conoces tú?

Las voces se acercan cada vez más y oye las pisadas que avanzan por el pasadizo.

—¿Dónde está? —le grita.

—¿Por qué quieres saberlo?

—Porque es mi padre. —«Mi padre.» Las palabras le resultan

raras en su propia boca—. Es mi padre —repite, y siente un vuelco al corazón pero se niega a llorar.

Bartrand Kelly la mira fijamente y susurra:

—Emi Brigid Imanaka. —El nombre que le pusieron al nacer, el nombre que desapareció con las Detonaciones, la chica que nunca llegó a ser—. ¿Eres tú de verdad?

El hombre alarga la mano, como para tocarla, pero Pressia retrocede. Que esté vivo puede significar que hiciera un pacto especial con Willux. Tiene la fórmula en el bolsillo y los viales envueltos contra las costillas. Si Kelly estuviese aliado con él y la atrapase, el genocida tendría acceso a todo lo que necesita.

Coge a *Fignan* y se dispone a irse por el pasillo cuando le cortan el paso un hombre y una mujer, ambos jóvenes y fuertes. El primero la agarra por el puño de muñeca y siente el tacto de su piel callosa y curtida. Cuando le levanta la cabeza de muñeca, deja escapar un jadeo de la impresión.

La mujer también se queda mirándola.

—¿Quién eres? —le dice, aunque por el tono parece que más bien esté preguntándole: «¿Qué eres?».

Ninguno de los dos tiene tampoco fusiones, al menos hasta donde puede ver; lo que sí distingue con la luz es que también tienen cicatrices y quemaduras, pero con ese mismo tono dorado en la piel.

—¡Suéltame! —grita Pressia.

—¿Kelly? —lo llama la mujer—. ¿Estás bien?

Pressia intenta zafarse y liberar su brazo. Tiene frío y está empapada; le duelen los músculos y todos los hematomas que recubren su cuerpo.

—¡Dejadla! —responde Bartrand Kelly—. ¡Dejad que se vaya!

El hombre se queda mirando su cara por un momento y luego la suelta. Pressia pasa entre ellos a empujones y echa a correr como puede por el pasadizo, dándose golpes en ambas paredes de piedra, rumbo a la luz.

Escucha entonces un golpe y el extraño roznido. Se apoya con la mano en la piedra y sale al aire libre, al sol, a un nuevo día.

Y allí, justo delante, hay un caballo.

El caballo parece un espejismo, un milagro: su mera existencia, sus anchas costillas, la melena oscura, esas piernas largas y elegantes que acaban en tobillos finos y delicados. Tiene una oscura cicatriz a lo largo del cuerpo, que por lo demás está recubierto de un pelaje aterciopelado. Contonea y gira las orejas y deja escapar una nube de vaho por la boca al respirar.

Tiene una montura pero no está atado a nada. Pressia corre hacia él y le pone la mano sobre las costillas, que despiden calor al tiempo que suben y bajan. Oye las voces de dentro del túmulo. ¿Están acercándose?

No ha montado un caballo en la vida. El abuelo le contó una historia sobre haber paseado en poni en uno de sus cumpleaños, pero eso fue otra de las mentiras de la vida que no vivió. Piensa en los cuerpos retorcidos de los caballos del tiovivo volcado.

Ese caballo es un milagro exclusivo para ella.

Se coge de un saliente frontal de la montura con la mano buena, se pone a *Fignan* bajo el otro brazo y se impulsa hacia arriba. Le sorprende lo alto que es el animal, su majestuosidad. Coge las riendas y lo espolea con las botas.

—Vamos.

El caballo da un par de pasos.

Vuelve a espolearlo, esta vez con más brío. Se inclina hacia delante y le susurra:

—Vamos, por favor, ¡vamos!

Oye las voces con más claridad.

Le da otro pequeño espoleo y grita:

—¡Vamos!

Y justo cuando el hombre y la mujer, que llevan entre ambos a Bartrand Kelly, salen del túmulo, el caballo empieza a galopar. Pressia aprieta las costillas del animal entre las piernas e intenta no perder el equilibrio con *Fignan* pegado al pecho. Se agacha aún más y se pega a la crin. Con el viento removiéndole el pelo y los ojos surcados de lágrimas, grita:

—¡Vamos, vamos, sigue así!

Perdiz

Lyda Mertz

*P*ara cuando las cámaras vuelven a la vida, Iralene y Perdiz ya
están sentados en la cama. Desde que ha visto el ojo de muñeca en
la cabeza —esa aparición de un ojo como una cuenta de vidrio
bordeada por unas pestañas de plástico, con el mecanismo del pár-
pado cubierto de ceniza—, no ha parado de ver cosas con todo lujo
de detalles, imágenes muy vivas.

Una oveja con los cuernos retorcidos y sarmentosos.

Cristal resquebrajado por encima de una especie de mapa.

Un hombre cargando en la espalda a otro hombre larguirucho.

Y a Lyda Mertz. Está seguro de que era su cara, aunque tenía
el pelo rapado y churretes por las mejillas y llevaba una larga
lanza en medio de un paraje desértico y azotado por el viento,
como si realmente hubiese estado con ella en Nebraska, o en una
versión con praderas calcinadas. ¿Será ese el aspecto de la chica
fuera de la Cúpula?

Cada imagen comienza con una llama, con una especie de hilo
de luz, un resplandor brillante que gira como un tornado hasta
enfocar un pequeño detalle. Es como cuando estás en una habitación a oscuras durante una tormenta, y ese primer rayo que ilumina aquello en lo que tienes puestos los ojos, antes de que la luz
desaparezca de nuevo.

—Cógelo tú —le dice Iralene dándole el ordenador de bolsillo,
que está encendido.

Del portátil sale disparado un rayo de luz roja que parece el
haz de un faro. Antes de que las cámaras se encendieran, le ha
contado que está viendo cosas, sin contexto alguno, imágenes
sueltas sin relación entre sí, una tras otra. Iralene le ha aconsejado
que no diga nada más, no delante de las cámaras.

Pero ahora esta aquello; sabe lo que quiere decir la luz roja: un mensaje de su padre. Ya le dijo que no tardarían en ingresarlo de nuevo para recuperar sus impulsos sinápticos, pero esa no es la verdadera razón: lo que quiere su padre es matarlo.

—Dale al play —le dice Iralene intentando sonar alegre—. Vamos a oírlo.

Perdiz mira hacia las cámaras y se pregunta si la persona que está observándolos, sea quien sea, piensa que Iralene apagó las cámaras para que pudiesen estar a solas. El pelo de la chica parece revuelto de verdad.

Un pájaro con el pico de metal y la mandíbula con bisagras.

Un coche negro en una nube de polvo.

La cara de su padre, levantada y brillante, como cubierta por una fina membrana de piel falsa.

Los recuerdos le vienen por tandas, de manera impredecible, en fogonazos, hasta que paran tan bruscamente como empiezan. Recuerda las sesiones de codificación, donde solían venirle recuerdos extraños, pero esto parecen más bien ataques. Nada le resulta familiar, salvo por Lyda Mertz, claro, porque la recuerda de la academia femenina, pero no así, sucia y armada. Pero es la imagen que quiere que le vuelva: Lyda con la cabeza afeitada y una lanza. Le gustaría recrearse en ella. ¿Está enamorado? ¿Será ese el origen de su mal de amores, Lyda Mertz? En teoría debe regresar para salvarla, aunque la imagen que le viene no es la de una persona que necesite que la salven.

—Dale —le repite Iralene, que le indica rápidamente dónde tiene que pulsar.

En cuanto le da al botón rojo, la voz de su padre inunda toda la habitación:

—Necesitamos que estés en el centro médico de buena mañana, a las siete en punto. Según parece, todo va de maravilla, Perdiz. Me han asegurado que podrán hacerte muchas reparaciones en poco tiempo; no es más que una puesta a punto. Van a tener que anestesiarte, eso sí, pero será rápido e indoloro. Yo estaré allí cuando despiertes. Estoy deseando volver a reunirme contigo, hijo mío.

—¿Lo ves? Ya te lo había dicho. ¿No es estupendo? —interviene Iralene.

Perdiz asiente e intenta fingir cierto entusiasmo. Una simple sonrisa ayudaría, pero no le sale ni eso.

—Estoy cansado —se limita a decir. Ojalá no tuviera la pastilla ni supiese de su existencia.

—Es tarde. Te dejaré descansar.

—No quiero acostarme.

Tiene miedo de que los recuerdos se le revuelvan y se le mezclen con los sueños. Si pudiera encargarlos, pediría uno en que saliese Lyda Mertz, solo ella. Sabe, no obstante, que no es así como funciona el subconsciente.

—Deberías intentar dormir —le aconseja Iralene—. Mañana es un gran día y tienes que estar preparado. —La chica se levanta. Finge meter la mano en un bolsillo que no tiene y luego la levanta—. Te regalo un puñado de dulces sueños.

Perdiz alarga la mano y ella hace como que le deja esos dulces sueños, aunque en realidad lo que está diciéndole es: «Tienes la pastilla en el bolsillo, esa con la que puedes matar a tu padre y acabar con todo esto». Lo que está diciéndole es: «Úsala».

449

Il Capitano

Enredaderas

*I*l Capitano ha estado tambaleándose, cayendo y llamando a Bradwell en la oscuridad que rodea la aeronave durante lo que le parecen ya horas, pero no ha recibido repuesta. Su amigo está ahí fuera, en alguna parte, pero lo más que Il Capitano oye de vez en cuando es un roce de hojas y, ahora que ha amanecido, el canto de los pájaros.

Le palpita la cabeza y ha vomitado dos veces. Sin embargo, con la luz del sol que asoma tímidamente por el horizonte, por fin puede buscar el rastro en el suelo. Va a gatas, rebuscando en la tierra, con la esperanza de encontrar la pisada de alguna bota. Helmud le pesa en la espalda más que nunca en la vida, incluso más que cuando no era más que un niño lleno de quemaduras por las Detonaciones, cuando apenas podía cargar con su hermano más de unos minutos seguidos. Se le nubla la visión y luego ve doble.

Parpadea una y otra vez y entorna los ojos para enfocar. Sabe por qué está buscando a Bradwell y por qué no se ha rendido: no quiere tener que decirle a Pressia que ha muerto, no quiere romperle el corazón de esa manera. Los vio en el pasaje subterráneo y es consciente de cómo lo mira ella; lo más probable es que quiera a Bradwell y que nunca llegue a amarlo a él, pero Il Capitano la quiere y no soportaría verla afrontar otra muerte. Con solo imaginarse su cara al contarle la noticia, se le parte el corazón. Tiene que seguir buscando.

—Helmud, dime lo que ves —le pide a su hermano.

—Lo que ves.

—¡No hay tiempo para chorradas, Helmud! ¡Te necesito!

—Te necesito.

Se necesitan el uno al otro, siempre ha sido así y seguirá siéndolo. Tal vez debería alegrarse por ello: no todo el mundo consigue necesitar a alguien y sentirse necesitado permanentemente, para siempre. Tiene que dejar pasar lo de Pressia, olvidarse del amor que siente por ella; de entrada, ni siquiera debería haber albergado esperanzas.

Se acerca a los árboles gateando. Por el suelo pasan las sombras espásticas de los pájaros que surcan el cielo. Al oír los graznidos por encima de su cabeza, piensa: «¿Y si Bradwell está muerto?». Tendrá que decírselo a Pressia... y consolarla. Aunque es una crueldad pensar algo así, ahí está la imagen: ella con la cabeza apoyada en su hombro y él acariciándole el pelo.

—No —murmura en voz alta—. No.

—No —repite Helmud, como si le leyera la mente.

—Tienes razón, Helmud —le dice Il Capitano, pero ya se le ha disparado la adrenalina. Es como si su cuerpo ya estuviese deseando que Bradwell muriera y no hay nada que su conciencia pueda hacer para evitarlo. Sigue avanzando pero le van fallando los codos, se cae y tiene que levantarse de nuevo—. Mantente ojo avizor. No pares de buscar.

Y entonces Helmud aprieta los brazos alrededor de su hermano y le dice:

—Pares de buscar.

Il Capitano se queda quieto. Mira al suelo cubierto de barro y hiedra y ve una hoja cerosa manchada de sangre. La coge por el tallo y observa de cerca la fina capa de sangre casi seca.

—¿Dónde demonios se ha metido?

—Donde demonios se ha metido. —Helmud señala hacia el otro lado del campo, hacia una arboleda.

Y entonces Il Capitano ve el rastro de botas que atraviesa la tierra y aplasta a su paso las hojas de hiedra. Al seguirlo, divisa por fin la silueta del cuerpo del chico, toda su forma, envuelta en enredaderas. No tiene expresión en la cara... ¿duerme o está muerto?

Se pone en pie a duras penas y echa a correr como puede, pero el bosque no para de darle vueltas y tiene que mirar hacia el cielo para no perder el equilibrio. Los pájaros levantan el vuelo y surcan el cielo. Uno extiende las alas y hace un molinillo... ¿o es su visión? Il Capitano se cae sobre un hombro.

—¡Bradwell! —grita—. ¡Bradwell!

Respira hondo y se pone de rodillas. Con un pie en el suelo, se

451

levanta y camina haciendo eses. Divisa el cuerpo de Bradwell: la visión salta y tiembla.

Cuando llega hasta él, ve que tiene la hiedra enroscada con fuerza por brazos y piernas y que le está presionando el pecho y la garganta. Y encima tiene pinchos. Dios Santo, ¿quién le ha hecho eso? ¿Y cómo? Las espinas se le han clavado en la piel y le han provocado una pérdida de sangre lenta y estable. Bradwell está muy pálido y tiene los ojos cerrados. El fusil está a varios metros, cubierto también de enredadera. Tal vez no tuviese cuchillo.

Il Capitano se hinca de rodillas en el suelo y lleva la mano a la cara del chico, que está helada. La idea le asalta la mente: ha sido él quien ha matado a Bradwell. Se lo imaginó muerto y ahora lo está. Es culpa suya.

—Yo no quería —le dice a Helmud.

—¡Quería! —repite este, con una voz tan brusca y airada que Il Capitano echa la cabeza hacia atrás.

—Vale, vale —reconoce, y recupera la compostura.

Mete la mano por debajo de la hiedra que rodea la garganta de Bradwell e intenta encontrarle el pulso.

452 Al principio no hay ni rastro pero, cuando aprieta un poco más, lo nota, lento y débil. ¡Está vivo!

—Venga, Bradwell.

Levanta el cuerpo pesado e inerte del chico, enfundado de arriba abajo en hiedra. Bradwell tose y abre los ojos.

—Capi, Helmud —musita—. Mis hermanos.

—Eso es. Ya están aquí tus hermanos. —Echa mano del cuchillo que lleva en el cinturón pero no lo encuentra. ¿Dónde está? ¿En el avión? ¿Se le habrá soltado al caerse? ¿Lo desarmó Helmud mientras estaba desmayado?—. Helmud, necesito un cuchillo. Necesito un puñetero cuchillo.

—Mi cuchillo, mi puñetero cuchillo. —Helmud saca el cuchillo de tallar y se lo da a su hermano.

—Sí —dice este, contento de haberle dado a Helmud el cuchillo, de haber confiado en él. Quiere mirarlo a los ojos pero no le resulta muy fácil—. Gracias, Helmud. —Aunque en realidad está diciéndole: «Gracias por todo», no solo por el cuchillo, sino también por quitarle la araña de la pierna, por cuidarle en el avión y por ser su hermano…, y estar ahí siempre para él.

—Gracias —repite Helmud, e Il Capitano está seguro de que el gracias de su hermano significa tanto como el suyo.

Coge el cuchillo y empieza a cortar enredaderas, primero las del cuello. Pero, en cuanto se parten en dos, parecen volver a crecer rápidamente y clavan una vez más las espinas en la piel de Bradwell, con punzadas nuevas, hasta que se hacen hueco otra vez. Bradwell está tan mareado que apenas da muestras de dolor. Tiene la mirada perdida y la respiración no es más que un resuello breve.

Desfallecido y agotado, Il Capitano continúa cortando pero tiene la impresión de estar causando más daño que mejora: cada nueva espina origina al clavarse una nueva punzada y un nuevo hilo de sangre. Impotente, deja caer el cuchillo al suelo. Intenta incorporar a Bradwell, hombro con hombro con él, y le pasa el brazo por las costillas, que están revestidas de enredaderas. Ve a los pájaros de la espalda forcejear con el entramado que los tiene atrapados.

—No te abandonaremos. Estamos en esto juntos.

Y es entonces cuando nota el primer trozo de enredadera subiéndole por la muñeca y apretándole luego como unas esposas bien ceñidas, con las espinas aguijoneándole la piel. No intenta desasirse, tan escasa es la resistencia que le queda.

—Nos quedamos contigo.

—Quedamos contigo —repite Helmud.

Bradwell parpadea un par de veces y luego cierra los ojos y hunde la barbilla en el pecho.

Y cuando las enredaderas remontan el brazo de Il Capitano y empiezan a rodearle las piernas, comprende que Bradwell y él quedarán así unidos para siempre, con espinas, enredaderas y sangre. Es una clase de hermandad que entiende: el estar unido. Mira a través de los árboles, hacia el otro lado del campo, donde la aeronave está recostada de lado con todo su peso. La cabeza le pesa una inmensidad, de modo que la apoya en el hombro de Bradwell, mientras Helmud la deja a su vez sobre el de su hermano. Las enredaderas no paran de enroscársele por las extremidades, cada vez más rápido, atrapadas como en alambre de espino. Se imagina a Pressia viéndolos así desde lejos: al estar juntos y medio incorporados, dará por hecho que están vivos, que están allí sentados en el campo, como tres hermanos, charlando, tal vez sobre ella. Pressia es la que los une a los tres.

Las espinas empiezan a clavársele como dientes, produciéndole un dolor agudo y lacerante. Las plantas están vivas y son carnívoras: se los están comiendo.

Al menos, si están muertos cuando Pressia llegue, sabrá que murieron juntos.

Helmud se retuerce y se contorsiona en la espalda como si acabase de comprender que se trata del final.

—¿Quedamos aquí? —pregunta—. ¿Quedamos?

—No podemos irnos.

—¡Irnos! —chilla Helmud.

—No, Helmud. —Il Capitano está convencido de que nunca lo conseguirían—. Moriremos aquí.

—No —replica Helmud.

—Es nuestro sino.

—¡No! —grita sin aliento Helmud.

Y en ese momento Il Capitano ve un punto en el horizonte, un ser que viene hacia ellos. Por un segundo piensa que se trata de la Muerte. ¿No galopaba hacia los muertos para robarles las almas? Su abuela le contaba historias sobre la Muerte, la misma que secaba las flores entre los libros.

—Viene la Muerte a robarnos las almas.

—¿Robarnos las almas? —Helmud está temblando.

Il Capitano cierra los ojos y susurra, como si fuese su última orden:

—Róbanos las almas. ¡Róbanoslas!

Justo cuando todo se vuelve negro, oye una voz, clara y dulce como la de un ángel: es su hermano, que canta igual que cuando cantaba para su madre, con esa voz tan hermosa que la hacía llorar. Tal vez, después de todo, Helmud sea un ángel, y lo haya sido todo ese tiempo.

Lyda

Mono

Lyda vuelve en sí cuando siente el agua sobre ella. Al principio está muy fría, tal vez para despertarla. Se encuentra en un compartimento blanco, del tamaño de un armario, con docenas de boquillas apuntándola. Delante tiene el pomo de una puerta al que intenta agarrarse, pero resbala. Está desnuda y se ve la barriga abultada. Aunque no salta inmediatamente a la vista, tal vez le hayan hecho pruebas mientras estaba inconsciente. Nota el interior de los brazos como amoratado. ¿Sabrán que está embarazada?

Las boquillas la rocían con una espuma cuyo olor le recuerda mucho a la piscina de la academia, a alcohol y a otros productos químicos penetrantes. Tose y le viene una arcada. Los ojos le queman.

Y entonces el agua se vuelve caliente y el compartimento no tarda en llenarse de vapor.

Cuando por fin se paran los chorros, vuelve a manipular el pomo pero, tal y como sospechaba, la puerta está cerrada a cal y canto. De la pared surge un cajón que contiene un mono blanco del centro de rehabilitación y un pañuelo para la cabeza. Ha vuelto donde empezó.

Coge la ropa y comienza a vestirse. Mientras se sube la cremallera, se imagina la barriga toda redonda y tirante rellenando el mono. ¿Qué aspecto tendrá un niño concebido fuera, entre miserables? Quizás ella sea ahora una miserable también. Los oficiales de la Cúpula no permitirían que un hijo suyo naciese en la Cúpula, ¿no es cierto?

El pomo se gira y la puerta se abre.

—Salga —le dice una voz.

Pero no hay donde salir. Da un paso de un espacio cerrado a otro espacio cerrado. El aire no se mueve ni un ápice y es estéril y estático. La Cúpula es el erial auténtico. Recuerda lo que le contó a Perdiz sobre las bolas de cristal con nieve: una vez más está atrapada, aunque aquí ni siquiera tiene el revoloteo acuoso de la nieve falsa.

Pressia

Prométemelo

*P*ressia se ha hecho al paso del caballo, a los cascos que aporrean el suelo y a su respiración resollante. Mientras *Fignan* va indicando el camino, ella tira de las riendas para dirigir al animal, que responde sin vacilar. Es como si el caballo lo hubiesen hecho para ella. Con la fórmula en el bolsillo y los dos viales que quedan contra la piel, se siente fuerte y poderosa.

Lo primero que ve es el avión, que en plena luz del día tiene bastante mal aspecto; volcado como está sobre un costado, los depósitos parecen frágiles y vulnerables. Comprende entonces que tal vez poco importe que tenga la fórmula y los viales, si no consiguen que el avión vuelva a volar. Estarían atrapados allí para siempre.

Atribulada, escruta el terreno que se extiende ante ella y que forma la falda de una colina, así como el perímetro lejano de árboles.

Es entonces cuando ve lo que parece un amasoide de tres cabezas recubierto de pelaje verde. Tira de las riendas hacia atrás y el caballo reduce la marcha. No es un amasoide; ahora distingue las tres caras pálidas de Bradwell, Il Capitano y Helmud. Espolea con fuerza al caballo y galopa hasta ellos.

Ya de cerca ve que tan solo la cara de Bradwell está demacrada y flácida. Il Capitano y Helmud la contemplan con la mirada perdida, como si en realidad no la estuviesen viendo a ella. La sangre de la gasa que cubre la cabeza del primero se ha resecado y ennegrecido. Tira hacia atrás de las riendas y el caballo se detiene. Se descuelga de una pierna, se desliza hasta el suelo y, tras dejar a *Fignan* abajo, corre hacia ellos.

—¿Qué ha pasado? ¿Qué ocurre aquí?

—Almas —susurra Il Capitano.

—Almas —repite Helmud.

Pressia ve el cuchillo en el suelo, lo coge y empieza a serrar tallos, pero Il Capitano le grita:

—¡No, que es peor! Vuelven a crecer.

—¿Qué quieres decir?

Su amigo se limita a sacudir la cabeza y decir que no.

Se arrodilla y alarga las manos para coger la cara de Bradwell.

—¡Bradwell! —le grita, y luego acerca una mano a sus labios entreabiertos y siente un mínimo halo de aliento cálido—. ¡Está vivo!

—Estamos unidos —musita Il Capitano—. Moriremos juntos.

—No —le dice Pressia, que escruta las enredaderas que tejen una maraña infinita por los tres cuerpos—. Tiene que haber una raíz. Si consigo cortarla...

—Róbanos las almas —delira Il Capitano.

—Almas.

Rebusca como loca entre las enredaderas para encontrar un origen común. Pone las yemas de los dedos en un tallo fino con la esperanza de hallar una especie de pulso o de energía que pueda seguir. Por fin nota más tensión en uno de los tallos y empieza a seguirlo en su camino por el cuerpo de Bradwell, atravesándole el pecho, pasándole por la cintura y enroscándose por la pierna. Siente la vibración como si estuviese realmente vivo, como si en alguna parte —tal vez bajo la tierra— tuviese un corazón palpitante.

Cuando llega a la parte en que la enredadera tiene atrapado el tobillo y pasa por debajo del talón de la bota, coge de nuevo el cuchillo. Primero pega el tallo al suelo con el puño de muñeca y luego lo corta todo lo rápido que puede. La enredadera se parte con un chasquido, se encoge y se mete en la tierra con el sonido sibilante de una serpiente.

De pronto las espinas se rompen y en el acto se resecan y se resquebrajan. Desgarra un puñado de enredaderas del pecho de Bradwell y luego otro del hombro y todo el brazo de Il Capitano, que, en cuanto tiene libre la mano, empieza a tirar de las que le rodean a él y a su hermano. Bradwell, sin embargo, cae al suelo y Pressia ve entonces toda la sangre, los miles de cortes diminutos que tiene. Se arrodilla y lo pone de costado. Los pájaros de la espalda no se mueven. ¿No se supone que si ellos mueren, él también?

Le coge la cara entre ambas manos y grita:

—¡Bradwell, Bradwell!

Pero este no se despierta ni se mueve.

—Capi.

Il Capitano sacude la cabeza.

—No me hagas decírtelo.

—Decírtelo.

—¡No va a morirse! ¡No pienso dejarle! —Lo agarra por la camisa, que está agujereada y cubierta de sangre—. ¡Bradwell! ¡Estoy aquí! ¡Soy Pressia! —La voz se le quiebra—. *Ichi ni!* —Le grita las palabras que recitó de pequeña mientras cruzaba el puente de cadáveres sobre el río, las palabras que dijeron juntos cuando pensaban que morirían congelados el uno en los brazos del otro—. *San chi go!*

Bradwell parpadea por un instante y entorna los ojos. Frunce los labios y susurra:

—¿Lo has conseguido?

—Sí, lo he conseguido. —A Pressia le tiemblan las manos. Hay demasiada sangre, tiene empapado el torso de la camisa. Encuentra un agujero y le desgarra del todo la prenda. Justo en el centro del pecho, las espinas le han practicado una incisión, como el corte de un grueso cuchillo de sierra. Se echa a llorar y dice—: No pasa nada, no pasa nada, no pasa nada.

—Pressia, no voy a poder. Pero tú sí, tú los salvarás a todos.

—¡No! Capi, dile que va a ponerse bien.

Il Capitano sacude la cabeza y se levanta como puede apoyándose en un tronco de un árbol alargado.

—No puedo.

Va hasta otro árbol y, a trompicones, llega hasta el caballo, que está paciendo en el campo con toda su elegancia. Pressia comprende que quiere darle un poco de intimidad, que está diciéndole que ha llegado la hora de decir lo que tiene que decir: adiós, entre otras cosas.

Pero eso la pone más furiosa: no piensa despedirse porque no es el final. Lleva las manos de nuevo a la cara de Bradwell, llorando ya a lágrima viva, con un llanto furioso; tanto es así que apenas puede hablar.

—Vas a ponerte bien. No puedes morirte.

459

—Eso no depende de ti —le dice el chico.

Se echa hacia delante y, al doblar la barriga, nota entonces cómo se le clavan los viales de su madre en las costillas, y recuerda ahora la alimaña del parque de atracciones y cómo se le curó la mano y le creció fuerte y musculosa. Le quedan dos jeringuillas de suero, de ese que hace que el cuerpo autogenere células ¿Por qué no en las heridas de Bradwell?

—¡Puedo arreglarlo! —Se levanta el jersey, desenvuelve el trapo que sujeta los viales y se los enseña—. Mira.

Bradwell sacude la cabeza y musita:

—Quiero morir puro, Pressia, en mi parcela de pureza.

La chica menea la cabeza a su vez y replica:

—Puede ser peligroso pero es el momento de arriesgarse.

—Ya soy puro. Y tú también. Déjame morir así. —Bradwell lleva la mano a la mejilla de Pressia—. Prométemelo.

Esta asiente, diría que sí a cualquier cosa que le pidiese… Pero quiere que se quede con ella.

—Vale —le dice, como si estuviese negociando con él—, pero tú prométeme que te mantendrás despierto. No me dejes.

Sacude la cabeza.

—Me echarás de menos.

—¡Bradwell, escúchame! ¡No puedes dejarme!

Pero el chico ha cerrado los ojos y tiene la cara serena y en paz.

—No, no, no —susurra.

No pudo salvar ni a su madre ni a Sedge, porque no había nada que hacer. Pero esta vez es distinto. Mira la cara del chico, las dos hermosas cicatrices que recorren su mejilla. Le ha prometido que le dejaría morir puro… Se lo ha prometido.

Pero está desesperada, y este momento, uno en que todavía puede salvarlo, no se repetirá. Saca las jeringuillas, le quita el chaquetón y le hace un desgarrón en la parte de atrás de la camisa, que deja a la vista la espalda ensangrentada y los tres pájaros, con sus cuerpos inertes entrelazados con él para siempre. Dos parecen ya muertos, con las patitas tiesas y los ojos vidriosos; el tercero, en cambio, aletea y guiña los ojos.

Coge una jeringuilla con la mano tan temblorosa que apenas acierta a quitarle el tapón a la aguja. Aprieta lo justo para que el émbolo presione hacia fuera una gotita del líquido espeso y dorado.

Le ha prometido dejarle morir puro, pero no dejar que también los pájaros mueran. Están conectados para siempre. Se lo inyectará a ellos; es un resquicio legal, uno bastante descabellado.

Aprieta la aguja bajo las plumas de uno y poco a poco inyecta un tercio del suero. El pájaro despliega las alas, se retuerce y se contorsiona por unos segundos hasta que se tranquiliza. Le inyecta al segundo y al tercer pájaro hasta que no queda nada en la jeringuilla.

Le da la vuelta a Bradwell, se pone de cara a él y le pasa la mano por el pelo.

—Bradwell —le susurra.

El chico ni se mueve ni parpadea. Tiene los labios entreabiertos pero no parece que vaya a hablar.

Pressia solloza, con las costillas convulsionándose. El corazón le aporrea el pecho. Se tapa la boca con la mano y se dice a sí misma que va a volver. No puede perderlo, no ahora…, ahora que han llegado tan lejos.

Va a volver.

Va a volver.

Se tiende en el suelo lleno de sangre y encaja la curva de su cuerpo en la de él.

Va a volver.

Se coloca el brazo musculoso de Bradwell en la cintura y se queda mirando la neblina. Il Capitano y Helmud están junto al caballo, que tiene el hocico entre la hierba.

Y entonces oye una respiración y siente que el brazo de Bradwell se pone más tenso y que cierra la mano.

Pressia vuelve la cabeza y ve que tiene los ojos abiertos de par en par.

Bradwell gime y chilla de dolor. Incluso bajo la sangre reseca es posible verle la herida abierta del pecho desnudo —con la piel y el músculo a la vista— y cómo se le va uniendo. Cada desgarrón va también tensándose y cubriéndose de piel.

Bradwell dice su nombre una sola vez:

—Pressia.

También lo oye a lo lejos. Es Il Capitano. Escucha asimismo una bonita voz que resuena por los árboles y que canta su nombre. ¿Será Helmud?

Se pone de pie y ve entonces que Il Capitano se acerca.

—¡Ha vuelto! ¡He conseguido que vuelva! —le dice a este.

Il Capitano tiene la cara de un blanco espectral, congelada en una mueca de terror.

—Pero ¿qué es lo que has hecho?

Y entonces oye una sacudida de plumas, como si batiesen un abanico gigante. Se apoya en el árbol que tiene al lado: tiene miedo de volverse. Siente el tacto de la gruesa corteza bajo la mano. Mira a Il Capitano, que tiene la boca abierta como si fuese a hablar pero es evidente que se ha quedado sin palabras.

Tiene que volverse y ver lo que está viendo el otro. Se siente desfallecer, pero gira la cabeza y mira hacia atrás.

Allí está Bradwell, vivo pero en plena agonía. Se retuerce por el suelo, se encoge sobre sí mismo y echa hacia atrás la cabeza, consumido por el dolor. Se pone en pie como puede, con el pecho desgarrado volviendo a cerrarse, cubierto de sangre, pero sin dejar de coserse con una larga cicatriz oscura. Los brazos parecen más fuertes y, por un segundo, da la impresión de tener puesta una gruesa capa oscura... de plumas.

Pressia sabe, sin embargo, que no es ninguna capa, sino que, más bien, los pájaros se han adueñado de su cuerpo. ¿Qué creía que iba a pasar sino eso? No lo sabe, pero eso no...

De la espalda de Bradwell surgen en curva alas grandes y lustrosas, pero no solo un par: son seis las alas que empiezan a batirse como locas y, con ellas, a sacudir todo el cuerpo del chico. Mira a Pressia y le dice:

—Pero ¿qué me has hecho?

Tras unos instantes en que se le queda la voz atrapada en la garganta, por fin acierta a decir:

—He conseguido que vuelvas.

462

Perdiz

Beso

*B*eckley está ya allí, bien temprano por la mañana, llamando a la puerta con lo que parece la culata de su pistola. Perdiz ya se ha vestido. Tiene el sobre con la pastilla guardado en un bolsillo del pantalón y la lista en el otro; aunque sabe que debería destruirla, se siente incapaz: necesita algún tipo de verdad a la que aferrarse.

Cuando abre la puerta, no le sorprende ver también a Iralene en el pasillo, con los brazos cruzados sobre el pecho y mirando nerviosa de un lado para otro.

—¿Listo? —le pregunta Beckley.

Perdiz asiente, aunque dista mucho de ser verdad. Después de pasarse la noche intentando poner un poco de lógica en la situación, ha decidido que su padre no puede querer matarlo. Tanto el meñique (que le ha crecido ya casi del todo, con un principio de uña por encima de la última falange) como su memoria borrada son pruebas evidentes. Su padre no hubiese hecho nada de eso si su intención era matarlo: ¿para qué molestarse? Ha decidido que Iralene ha tenido que equivocarse. Aun así, no deja atrás la pastilla. ¿Acaso todavía lo asaltan las dudas? Puede ser.

Utilizan las rutas privadas hasta el centro médico, menos transitadas, y llegan un poco antes de la hora. Una técnica los conduce hasta una sala privada y le dice a Beckley:

—Pueden esperar aquí. Vigile usted la puerta.

La habitación es pequeña, toda beis, con una cama cubierta por una sábana de papel rugoso, unas cuantas sillas y un ordenador empotrado en la pared.

—Me gustaría ver a mi padre antes de empezar.

—Eso no entra dentro de los planes.

—Estamos aquí y él está aquí, ¿cuál es el problema?

Aunque asiente, la técnica parece bastante intranquila.

—No puedo dar luz verde a algo así.

—Pues entonces quiero ver al doctor Weed.

—No creo que el doctor tenga prevista una consulta antes del procedimiento. Ya hablará luego con él.

Iralene se cuelga del brazo de Perdiz y le da a este, a escondidas, un pequeño pellizco por encima del codo antes de decirle a la técnica:

—¿Sabe usted con quién está hablando? ¿O debería de decir sabe quién va a ser él algún día? Y muy pronto, no sé si se hace cargo… Muy pronto.

La técnica esboza una sonrisa que es más bien una mueca torcida en una mejilla maquillada.

—Perdiz Willux —responde esta—, claro que lo sé.

—Pues sabrá entonces que ya se ha dispuesto el testamento y la voluntad de su padre, que ya está todo firmado. Su hijo pasará a detentar el poder de forma inmediata. ¿Entiende adónde quiero ir a parar? Pues ya sabe, Perdiz quiere ver a su padre. —Iralene se adelanta para leer el nombre de la técnica en la identificación—. ¿Rosalinda Crandle?

—Hablaré con el doctor Weed para pedir su autorización. Disculpen. —La mujer sale a toda prisa de la estancia, donde hay una cámara en una esquina.

Perdiz atrae a Iralene hacia sí, le roza la mejilla y esconde la cara como acariciándole el cuello con la nariz.

—No voy a hacerlo —le susurra al oído—. Él no piensa matarme, no tiene sentido.

Iralene sonríe, para la cámara más que nada. Lo besa en la mejilla y le susurra a su vez:

—Pero ¿todavía no lo has entendido?

Perdiz sacude la cabeza y la chica le da un abrazo fuerte, apoya la mano a su oreja y le dice:

—Quiere vivir para siempre y que su cerebro sobreviva. Su cuerpo no se lo permite; el tuyo, en cambio…

Perdiz siente una oleada de calor por el pecho. «Mi cuerpo —piensa—. Mi padre necesita mi cuerpo.» Y de repente todo encaja: por eso piensa transferirle el poder, porque él será Perdiz. Lo que pretende es un transplante. Dios Santo, ¿es eso lo que Arvin y su equipo de investigadores lograron? ¿Por eso lo felicitaban en la fiesta de compromiso? Cuando implanten el cerebro de su padre en su cuerpo… este querrá tener el meñique intacto, es por eso Perdiz se apoya en Iralene, entre indispuesto y mareado.

—¿Por qué no me lo habías dicho?

—Te dije que iba a matarte. No me gusta dar más información de la necesaria. A veces los secretos que una tiene son todo lo que vale.

Se queda mirando a Iralene y tartamudea:

—Pero entonces… esto… ¿significa que… que tú…?

—Eso siempre formó parte del plan —le responde, su cálido aliento contra el cuello—. Me pensaron para ti, pero si él consigue hacer el transplante perfecto, entonces…

—¿Para él?

—Ese es mi papel.

—¿Y tu madre?

—Ya habrá cumplido con su deber y no necesitará más recursos.

Perdiz se siente desfallecer y tiene ganas de pegarle a la cámara, meterle un puñetazo al ordenador y volcar la camilla de reconocimiento.

—Tenías razón —susurra Iralene a Perdiz, al tiempo que juguetea con el pelo de este—. Willux le tendió una trampa a mi padre y lo metió en la cárcel para poder quedarse con mi madre. Esto viene de largo. Hazlo. —Baja la voz—. Mátalo.

Reconoce la furia que alberga la chica en su interior, porque él mismo la siente y le está quemando por dentro. Por él, por Iralene, por los supervivientes y por todos los de la Cúpula que han perdido a algún ser querido. Por su madre y su hermano. Por tanta pérdida y tanta muerte.

Con todo, sigue habiendo cosas que no le cuadran del todo.

—Pero su cerebro… tiene que estar deteriorándose junto con el resto de órganos, si no más rápido aún. Al fin y al cabo se sometió a potenciación cerebral. ¿Cómo puede pensar que le vale con cambiar su cerebro devastado por la DRC a mi cuerpo?

Iralene le coge del meñique.

—Mientras una mínima parte de su cerebro siga intacta, siempre que se den las condiciones para que prospere…

¿Está diciéndole que Weed podría regenerar el cerebro de su padre a partir de una parte sana? Si ha conseguido la regeneración con un meñique, tal vez pueda hacer lo mismo con tejido cerebral.

465

—Vale —concede Perdiz, aunque sigue habiendo algo que no tiene sentido—. Entiendo que mi padre quisiese un cuerpo sin cicatrices al que mudarse, pero ¿para qué borrarme la memoria? No tiene sentido.

—¿De veras esperas entender a tu padre? —Iralene se le queda mirando con unos ojos como de acero. Le pone entonces la mano en el pecho y le susurra—: Lo único que sé es que tendrás cuarenta segundos hasta que se disuelva la cápsula y suelte el veneno. Si no quieres que las cámaras lo vean, deberías… —Pero no termina la frase. En lugar de eso se pone de puntillas y le da un beso superficial en los labios.

En ese momento llaman a la puerta y la técnica asoma la cabeza.

—El doctor Weed quiere que sepa que su padre también va a someterse a un pequeño procedimiento hoy, algo puramente cosmético, y estará anestesiado; pero, puesto que hace tiempo que no lo ve, ha aprobado una visita breve.

—Bien —dice Perdiz. Weed… ¿se trata de una pequeña concesión? ¿Será ese, después de todo, el papel de su ex compañero, facilitar esta pequeña ventana, esta oportunidad para que Perdiz mate a su padre?

—Beckley lo conducirá hasta allí. Pero antes de nada debe vestirse con ropa quirúrgica.

—Pero ¿qué pasa?, ¿es que mi padre es contagioso? —Se trata posiblemente de la peor acusación que puede hacérsele a alguien en la Cúpula.

—No, pero no queremos que usted lo haga enfermar.

—Dígale que quiero verlo sin todos esos aparatos por encima. A no ser que esté demasiado débil.

Eso parece alterar aún más a la técnica, que mira a Iralene, pero esta se limita a sonreírle. Se escabulle y desaparece para al cabo volver y asentir sin más.

—Bien. —Tiene la sensación de haber ganado una pequeña batalla de voluntades. Sienta bien descolocar a su padre.

Cuando van por el pasillo, Perdiz se fija en varios corrillos de gente que hablan entre susurros.

—¿Qué es lo que pasa? —pregunta.

—No es nada —susurra Beckley.

—Quiero saberlo.

—Han traído a una prisionera del exterior, una miserable.

Hay médicos corriendo de aquí para allá y varios técnicos con trajes para prevenir contagios.

—¿Una miserable? —se extraña Iralene.

—¿De qué estás hablando? ¿Cómo va a entrar una miserable en la Cúpula? —pregunta Perdiz.

Beckley sacude la cabeza y fuerza una sonrisa.

—Me han ordenado no decir nada. Se trata de información clasificada.

—Pero, Beckley, tengo miedo —interviene Iralene, que se detiene y coge al guardia por el bíceps. De repente tiene los ojos bañados en lágrimas. Perdiz no sabe cómo lo consigue.

—No hay por qué, Iralene, tranquila —le dice Beckley—. Al parecer ha habido un ataque contra la Cúpula pero no ha sido nada. Han cogido a una chica miserable para interrogarla y para dar ejemplo a los demás.

—¿Es una chica? —se interesa Perdiz.

—Sí, bueno, aunque cualquiera lo diría, con ese pelo rapado que lleva.

—Quiero verla.

—Creía que quería ver a su padre —replica Beckley.

—Perdiz, deberíamos ceñirnos al plan —insiste Iralene.

No puede evitarlo, es algo superior a sus fuerzas. Una chica del exterior, y con el pelo rapado. Tiene que verla. Empieza a andar más rápido hacia el grupo de médicos y técnicos reunidos ante una puerta abierta. Beckley llega a su altura y tira de él hacia atrás con fuerza.

Perdiz se vuelve a toda velocidad, coge al guardia por el cuello y le aplica una presión constante.

—Estás aquí para protegerme —le dice en voz muy baja y brusca—, ¿o es que no lo recuerdas?

Beckley echa hacia atrás la cabeza en un mínimo gesto de asentimiento.

Perdiz lo suelta y pregunta en voz alta:

—¿Qué es lo que está pasando aquí?

Los médicos y los técnicos se miran entre sí y uno responde:

—Se trata de un caso clínico.

—¡Quiero ver a la paciente! —grita Perdiz acercándose al grupo.

—Lo siento, pero no es posible. Existe riesgo de contagio —replica otro médico.

—¿De contagio?

—Ha estado fuera, señor. Necesita… —El técnico se queda a mitad de frase y mira alrededor, sin saber muy bien cuánto debe divulgar.

—¿El qué?

Un médico se adelanta y le bloquea el paso a Perdiz.

—Una intervención médica.

«Moldes de momia. Hermoso barbarismo. Un cuchillo.»

El chico empuja al médico, que da con la espalda contra la pared y cae al suelo. Otros técnicos intentan retenerlo por detrás, pero Perdiz se zafa primero de uno y luego coge a otro por la bata, le da una vuelta y lo lanza al suelo.

Corre hacia la habitación, donde una mampara de cristal lo separa de Lyda. La chica está sentada en el borde de una camilla de reconocimiento, con un mono blanco y zapatillas de papel.

El médico les grita a todos que se dispersen.

—¡Vamos! ¡Cada uno a lo suyo!

Cuando entra en el cuarto, Iralene lo sigue con pasos rápidos y refinados. Beckley se queda custodiando la puerta y asegurándose de que todo el mundo obedece y se dispersa.

El médico baja la voz en un intento por no gritar.

—¡No puede estar aquí! ¿Me entiende o no?

Perdiz lo ignora.

—Es un espejo de observación: ella no lo ve a usted —le explica el médico.

Aporrea el cristal y Lyda alza la vista.

«Su vestido, el tacto entre sus manos mientras bailaban bajo un techo de estrellas falsas.»

—Tenemos que irnos, Perdiz —le urge Iralene.

Perdiz la ignora; está mirando fijamente a Lyda, esos pómulos marcados y esos ojos de un azul afilado. «Un cuerpo de niño fusionado al de su madre. Lyda agachándose para hablar con el niño y cogiéndole la barbilla. Lyda andando por un desierto de ceniza, corriendo hacia él y besándolo en medio de una corriente de aire.» Está mirando hacia él ahora, aunque sus ojos apuntan más allá, casi a través de él. Siente la punzada de dolor, esa vaga sensación de pérdida y mal de amores, aunque puede ponerle nombre: Lyda. Y ahora sabe también qué provoca esa sensación de pérdida, la que le hace sentirse como si estuviera bajo el agua, pesado y con lastre: esa cara, la de ella.

—¿Por qué está aquí? ¿Qué tiene?

El médico suspira.

—Por lo visto, ha quedado encinta en el exterior. No sabemos qué clase de ser puede estar arraigando en ella. Lo más seguro es que sea fruto de un acto violento. Ya se sabe de lo que son capaces los miserables.

Perdiz siente como si se le hubiese escapado el aire de los pulmones.

—¿Qué es lo que ha dicho?

—Que está encinta, señor. La miserable que fue antes pura está embarazada.

Perdiz aprieta la mano contra el cristal e intenta tragar saliva, pero tiene la garganta seca. Sigue sin aire. Parece como si todo se hubiese detenido: Lyda está embarazada. Se le llenan los ojos de luz. «Un cielo ventoso, una habitación sin techo, un somier de bronce oxidado y sin colchón. Lyda y él bajo la montaña formada por los abrigos. Piel contra piel.»

—Tengo que hablar con ella.

—Perdiz, no —le dice con calma Iralene. Beckley entra entonces en la habitación—. Díselo, Beckley. ¡No puede hablar con una miserable! ¡Ahora no!

—Antes de ver a su padre, no. De ninguna de las maneras. Va a someterse a una operación, igual que usted. No podemos arriesgarnos a que lo contamine.

—¡Sal de aquí! —le grita Perdiz, que luego mira a Iralene y le grita también—: ¡Iralene! ¡Sal tú también! ¡Tú sabes lo que esto significa para mí! ¡Sal!

Iralene se echa a llorar, se vuelve y, como mareada, intenta apoyarse en el hombro de Beckley, pero no acierta. El guardia trata de cogerla, al tiempo que sale de la habitación y da con las manos y las rodillas contra el suelo de baldosas. Beckley corre a su lado y el médico hace otro tanto. Iralene lo mira por un instante y a continuación pone los ojos en blanco y se queda inerte.

Lo ha fingido, está convencido. Iralene es una joya.

A Perdiz le da tiempo entonces de cerrar la puerta de golpe y echar el pestillo. Intenta respirar hondo pero tiene los pulmones como vacíos. Lyda está embarazada, y no de un ser cualquiera: es el hijo de ambos.

«Están otra vez en el vagón de metro. "Copos de nieve de papel —se oye decir a sí mismo—. ¿Eso es todo lo que necesitas para ser feliz?"; y Lyda le susurra: "Sí. Y a ti". Lo besa. "Esto que tenemos."»

Se saca la lista del bolsillo, el único papel que tiene. Dobla una esquina hacia abajo y lo rasga por la parte inferior para formar un cuadrado. Luego lo pliega en triángulos. Le quita una punta, hace agujeritos por los lados con los dientes y por último rasga el otro extremo, con un corte irregular.

Coge el sobre del otro bolsillo y mete la lista dentro, después de coger la cápsula y guardársela de nuevo. Cierra el sobre.

Abre la puerta y ve que Iralene está en el pasillo, bastante recuperada de su mareo. La han sentado en una silla plegable, y tiene a Beckley a su lado. El médico está cogiéndole la muñeca para tomarle el pulso. Cuando sale de la habitación, la chica se levanta, se libra de la mano del médico y corre hacia Perdiz.

Él aprovecha para darle el sobre e Iralene que tiene los reflejos suficientes para pegárselo al pecho con una mano y abrazarlo con la otra.

—No vuelvas a enfadarte conmigo —le dice.

—Iralene —le susurra al oído—, quiero que le des esto a la chica. ¿Me entiendes?

Iralene asiente.

—Confío en ti. ¿Tú confías en mí?

Vuelve a asentir. A veces se olvida de lo guapa que es —perfecta, en realidad—, y lo pilla desprevenido bajo todo ese maquillaje meticuloso: sus rasgos de muñeca, su barbilla respingona, sus dientes blancos y resplandecientes. Aunque está sonriéndole, la tristeza de sus ojos es palpable. Lo que va a pasar, sea lo que sea, los va a cambiar a los dos. Perdiz la besa en la mejilla y la chica se queda sorprendida y se lleva una mano a la cara para tocar donde la ha besado.

Perdiz se vuelve entonces y sigue recorriendo el pasillo, por donde la gente se va dispersando conforme avanza. Beckley no tarda en alcanzarlo y ambos siguen caminando en silencio. La dinámica de poder ha cambiado ligeramente y ahora el guardia parece tenerle un poco de miedo.

Este lo va guiando por los pasillos hasta que se detiene ante una puerta.

—¿Aquí es?

Beckley asiente. Perdiz no sabría decir si el guardia lo odia o lo respeta contra su voluntad.

El chico abre la puerta y el otro lo sigue hasta el interior de la habitación de su padre, donde hay un guardia junto a la cama.

—Quiero estar un momento a solas con él —le dice a Beckley—. Llévate a este contigo.

Beckley busca los ojos del chico, y por un segundo este se pregunta si el guardia pretende desafiarlo. Le aguanta la mirada y les dice a los dos:

—Os quiero a ambos custodiando la puerta. Quiero que protejáis este tiempo íntimo que voy a tener con mi padre.

—Desde luego —dice por fin el guardia, que le hace una seña al otro para que salga con él.

Perdiz se acerca a la tienda de plástico que rodea la cama de su padre y que parece respirar por su cuenta; está viva, con la maquinaria zumbante y el siseo de la caja de hierro alrededor de las costillas. Le resulta familiar: ha estado allí antes.

Tiene que plantarle cara a su padre. Pero no puede cometer un asesinato, no está en su naturaleza. Y no puede creer en la historia de Iralene, o al menos no del todo, porque sigue sin verle el sentido. ¿Por qué habría de molestarse su padre en borrarle la memoria si pensaba desechar sin más su cerebro?

Aparta un lado de la tienda y ve que este tiene los ojos cerrados. Se diría que la piel lo rechaza, toda en carne viva o ennegrecida como está. Tiene las dos manos curvadas hacia dentro y metidas bajo la barbilla, y tirita hasta en sueños, con un tembleque imparable.

Pese a todo, esta visión del cuerpo de su padre, tan retorcido y destrozado, hace que le asomen las lágrimas. Se trata de su padre, de su cuerpo, y de la muerte. Una gasa como con yeso recubre en ciertos puntos su piel, que supura y reluce como si la hubiesen escaldado por dentro.

«Sangre... una fina neblina explotando y llenando el aire. La sangre de su madre. La de su hermano. Recuerda unas cámaras..., pero no son como las de la habitación sino unas lentes diminutas en los ojos de su hermana. Él está gritando. Ha enloquecido. Por fin para y tiene ante sí la cara de su hermana, sus ojos. Y la muñeca, también ve la muñeca. Lyda está allí llamándolo por su nombre, pero el recuerdo no tiene sonido.»

Perdiz se mete las manos en los bolsillos y toca la cápsula con las yemas del índice y el corazón. Hay cámaras en las cuatro esquinas de la estancia, así como dentro de la propia tienda. Aunque

471

no estuviesen, tampoco lo haría. Él no es un asesino: esa es la diferencia entre su padre y él, y no puede dejar que esa diferencia se desvanezca. Sacude la cabeza: no piensa hacerlo.

Su padre abre entonces los ojos.

—¿Perdiz? —Su voz es un gorjeo encarnecido.

—Papá.

Su padre mueve los dedos de una de las manos ennegrecidas y curvadas para decirle que se acerque.

—Necesito una cosa antes de… —empieza.

—¿Antes de qué?

—Antes del fin. —¿Cuál? ¿El de su padre o el suyo propio? La diferencia entre el asesino y el asesinado, la diferencia entre el bien y el mal; parece tan traslúcido y endeble como un velo mojado.

—¿De qué se trata?

Su padre da la impresión de estar conmocionado, con la cara nublada por el dolor físico… ¿o es por la emoción? Aprieta los ojos con fuerza, saca hacia fuera la mandíbula y dice por fin:

—Necesito tu perdón.

472

¿Eso es lo que quiere?, ¿que lo perdone por todos sus actos horribles, por los millones de muertes, por todo eso?

—Dímelo… dime que me quieres.

Perdiz se aparta de los barrotes de la cama y pasea nervioso por la habitación, cuyos azulejos blancos parecen dar vueltas a su alrededor. Por eso quería limpiarle la memoria, para que solo supiese lo que sabe antes de morir. Quiere su perdón por unos delitos mínimos, los típicos que los hijos echan en cara a sus padres. Quiere una absolución falsa, que las palabras de perdón salgan de los labios de su hijo, un indulto que sortee y oculte sus pecados infinitos.

Y cuando consiga su perdón, se quedará con su cuerpo. Perdiz se abraza a sí mismo, con un hombro contra la pared. Su padre está eligiendo su propia verdad, una en la que su hijo lo quiere y lo perdona. Nota que le cae un goterón de sudor por la espalda. Tiene el pulso acelerado. Se lleva la mano al bolsillo y allí está la cápsula, a su alcance.

—Perdiz —lo llama su padre—. Acércate.

El chico se limpia el sudor de la frente. Toca la cápsula con los dedos, la coge y se la coloca entre el índice y el corazón y cierra la mano en un puño. Se acerca a la cama pero es incapaz de mirar la piel devastada y las manos encogidas de su padre.

—¿Eso es lo único que quieres? —le pregunta sin aliento a su padre—. ¿Solo mi perdón?, ¿que te diga que te quiero?

Su padre asiente con los ojos llenos de lágrimas.

Perdiz se lleva el puño a la boca, hace como que tose y se mete la cápsula bajo la lengua. Las cámaras siguen vigilando. Se coloca la pastilla en un carrillo.

Faltan cuarenta segundos para que se disuelva. No necesita tantos.

Se coge a los barrotes y se inclina sobre el cuerpo de su padre. Por un momento se lo imagina apoderándose de su cuerpo y de su vida, viviendo un futuro con Iralene. Su padre tocándola con las manos de Perdiz. Y su cerebro… ¿muerto?, ¿suspendido? Se imagina a Lyda, y no volver a verla nunca…

Su madre muerta.

Su padre muerto.

Todo el mundo muerto, rematado, moribundo y muerto.

Se inclina aún más y nota cómo le late la sangre en la cara y en el cuello.

—Tú nunca entenderías el amor —le susurra—. Pero te perdonaré… con un beso.

Su padre nunca en la vida les dio un beso ni a su hermano ni a él cuando eran pequeños, ni tampoco los abrazó jamás. Les enseñó a dar la mano, como los hombres. Pero en esto, en esta absolución, es Perdiz quien fija las condiciones y, al inclinarse y darle un beso en la boca, pasa la cápsula a los labios de su padre y la impulsa hacia la garganta.

—Que te perdone o me perdones, ¿qué importa ya?

La garganta de su padre se contrae y traga. Ensancha los ojos descarnados y enrojecidos al comprender lo que acaba de ocurrir, lo que ha hecho su hijo. Levanta como puede la garra que tiene por mano y coge a Perdiz de la camisa.

—Tú eres mi hijo. Eres mío.

Lyda

Temblor

Y entonces, por debajo de la puerta, aparece de la nada un sobre; por un momento revolotea en el aire por el impulso, hasta que aterriza en el suelo, se desliza y se detiene. Lyda se queda mirándolo: es un sobre normal, blanco y liso, algo más abultado por el centro.

Lo coge pensando que será una invitación o algo parecido, a pesar de saber que ya nunca la invitarán a ninguna parte.

Pasa un dedo por la solapa de atrás y lo abre.

Hay un trozo de papel recortado y plegado, con palabras en tinta azul. Parece viejo y está lleno de agujeros.

Lo coge y lo despliega.

Un copo de nieve de papel. El corazón se le dispara.

Ve la huella espectral de las palabras al dorso. Al darle la vuelta las ve flotar en la hoja.

Lyda. Ve su propio nombre. Unos cuantos números, como en una lista. Las palabras «cápsulas» y «memoria».

Ese copo de nieve solo tiene una explicación.

Mira por el falso espejo. ¿Está ahí? ¿La ha visto?

Es su regalo, el que le prometió cuando estaban en el vagón de metro. La besó en los labios con tanta delicadeza… Se lleva los dedos a la boca y recuerda el beso. Está con ella, y él sabe que está aquí. Siguen unidos.

El copo de papel le tiembla en la mano. Se le escurre y oscila en el aire, a un lado y otro, hasta que se posa en el suelo.

Pressia

Alas

Se ha quedado todo en silencio. Bradwell está tendido en el suelo con el pecho al descubierto. Las costillas, ahora más anchas y gruesas, suben y bajan a un ritmo acelerado, pero por lo demás no se mueve. Pressia ha estado vigilándolo pero ahora se ha arrastrado hasta su lado. El viento le remueve el pelo y las alas; una de ellas la tiene curvada sobre el hombro, como una bóveda de plumas que le protegiera el cuerpo. La cicatriz le recorre la parte central del pecho. Cuando le pasa la mano por encima, Bradwell aprieta los ojos por el dolor, sin llegar a abrirlos.

Il Capitano está sentado con la espalda de su hermano apoyada en un árbol y con los puños llenos de tierra. Tal vez la quiera. Piensa en los tres unidos por las enredaderas, muriendo. Tiene que convencerse de que así es mejor. Mejor… Ha de serlo.

Fignan pliega las ruedas. No hay dónde ir. El caballo gime y agita la crin, que cae a lo largo de su grueso cuello. Un animal gigante con un corazón gigante. No les ha dicho de dónde ha sacado el caballo, ni les ha contado nada de la gente que ha visto en la montaña sagrada. Kelly vive y vive aquí. No están solos, aunque esa sea la sensación que tienen: la de estar completamente solos en la tierra, desgajados de todo.

Oye el sonido de su propio corazón en los oídos, con un ritmo entrecortado y enloquecido, igual que lo escuchaba bajo el agua cuando estaba ahogándose: el pulso grave y profundo, y el resto del mundo casi en silencio. Ha faltado a su palabra por una persona a la que quiere.

Quiere a Bradwell.

Ahí está: la verdad y nada más que la verdad. Y no es una debilidad ni requiere ningún valor. Su amor por él existe sin más.

No murieron juntos en el suelo del bosque con los cuerpos cubiertos de hielo, de modo que no iba a dejarlo morir aquí, no sin ella. ¿Es un amor egoísta? Si lo es, se declara culpable. No puede pedir perdón por haberlo salvado, por convertirlo en un ser con tres pájaros gigantes en la espalda.

Se inclina sobre Bradwell, agarrando con fuerza el último vial que le queda, con la fórmula bien guardada en el bolsillo, y le susurra:

—Sigues siendo puro. Lo que cuenta es el interior, me lo enseñaste tú.

Lo ha salvado…, le guste a él o no. Ya había habido demasiadas muertes.

Está vivo. Sedge, no, ni el abuelo, ni su madre. ¿Qué le habría dicho esta? Es un misterio inescrutable para Pressia. ¿Qué le habría dicho el abuelo? Nada, solo la habría abrazado con fuerza, como hizo desde el principio, cuando no la conocía de nada y solo era una niñita perdida que ni siquiera hablaba inglés. «*Ichi ni san chi go.*»

Piensa en Perdiz. ¿Dónde estará ahora? ¿Pensó alguna vez que Pressia podría llegar tan lejos? ¿Conseguirá volver?

Por alguna razón que no sabría explicar, está convencida de que volverán. Hay algo que la está llamando para que vuelva a casa.

Tal vez sea Wilda y todos los demás como ella. Puede que esté a tiempo de salvarlos.

Pressia no cree ya únicamente en su mundo. Es un mito, es un sueño. Y Newgrange es un lugar tocado por otro que está más allá. Tal vez aquí sigan existiendo las luciérnagas, y quizás en alguna parte haya mariposas azules, de las de verdad. Puede que algún día llegue a ver a su padre y le dé un abrazo y oiga el verdadero latido de su corazón. No está sola, forma parte de una constelación. Estrellas esparcidas que son almas iluminadas y ardientes.

—*Ichi ni* —le dice a Bradwell, a quien le tiemblan los labios.

—*San chi go* —susurra este.

FIN DEL LIBRO SEGUNDO

Agradecimientos

*E*n esta colosal tarea de creación ha participado gran cantidad de gente. Me gustaría agradecer el trabajo de mis leales agentes Nat Sobel, Judith Weber (junto a todo su equipo) y Justin Manask. Agradezco desde lo más profundo de mi ser a Hachette y, en particular, a Jaime Levine, Jaime Raab, Beth deGuzman, Selina McLemore, así como al magnífico departamento de diseño y a Hachette del Reino Unido, en concreto, a Hannah Sheppard y Ben Willis; gracias también a todos mis editores en el extranjero por su dedicación. Vaya mi agradecimiento asimismo para Rosenfelt, Rodney Ferrell y Emmy Castlen por creer en las posibilidades cinematográficas de la trilogía. Y otro muy especial para Heather Whitaker, quien quizá algún día me deje leer su trabajo.

Quiero dar las gracias por la obra de Andrew Collins, en concreto por su libro *The Cygnus Mystery: Unlocking the Ancient Secret of Life's Origins in the Cosmos*. Me gustaría agradecer una vez más a Charles Pellegrino por su libro *Last Train from Hiroshima*, que sigue sin estar disponible, aunque conservo la esperanza de que vuelva a nuestras librerías en una nueva edición revisada. Gracias a Cheryl Fitch por invitarme a visitar las instalaciones del departamento de Clonación Molecular de la Universidad Estatal de Florida; y al guía turístico que nos llevó por Newgrange, así como al niño que saltó en la habitación a oscuras con sus zapatillas con luces. (Irlanda hace que me dé un vuelco el corazón.) Estoy agradecida a todo el plantel de colegas de la Universidad Estatal de Florida, que me inspiran con la amplitud y el alcance de sus obras. Y, aunque parezca extraño, quiero dar las gracias al colegio Saint Andrew: hace mucho tiempo, pero todo sigue conmigo.

A mi familia. A vosotros, chicos. A Dave. Os quiero con locura. Cuando estoy agotada, siempre recuerdo que estoy construyendo todo esto para vosotros.

Y una vez más he de decir que la trilogía de *Puro* no existiría sin mi padre, Bill Baggott: tú, demasiado bueno para los lobos, eres el hombre más sabio que conozco. Me enseñaste a ser curiosa, crítica y valiente. Sigues siendo mi bailarín favorito y el mejor modelo que conozco para vivir la vida con el corazón por bandera. Tengo una deuda muy profunda contigo, por todo.

Paz.

Este libro utiliza el tipo Aldus, que toma su nombre
del vanguardista impresor del Renacimiento
italiano Aldus Manutius. Hermann Zapf
diseñó el tipo Aldus para la imprenta
Stempel en 1954, como una réplica
más ligera y elegante del
popular tipo
Palatino

***
**
*

Fusión
se acabó de imprimir
en un día de invierno de 2013,
en los talleres gráficos de Liberdúplex, s.l.u.
Crta. BV-2249, km 7,4, Pol. Ind. Torrentfondo
Sant Llorenç d'Hortons
(Barcelona)

***
**
*